JAMES ROLLINS

Das Messias-Gen

AF177082

James Rollins

Das Messias-Gen

Roman

Aus dem Englischen
von Norbert Stöbe

blanvalet

Die englische Originalausgabe erschien 2019
unter dem Titel »The Last Oracle (Sigma Force 5)«
bei William Morrow, New York.

Penguin Random House Verlagsgruppe FSC® N001967

1. Auflage
Copyright der Originalausgabe © 2008 by Jim Czajkowski
Published by agreement with the author,
c/o Baror International, Inc. Armonk, New York, U.S.A.
Copyright der deutschsprachigen Ausgabe
© 2010 by Blanvalet Verlag, einem Unternehmen der
Penguin Random House Verlagsgruppe GmbH,
Neumarkter Straße 28, 81673 München
Copyright dieser Ausgabe
© 2021 by Blanvalet Verlag, einem Unternehmen
der Penguin Random House Verlagsgruppe GmbH,
Neumarkter Straße 28, 81673 München
Umschlaggestaltung und -motiv: © Johannes Wiebel | punchdesign,
unter Verwendung von Motiven von Shutterstock.com
(DrObjektiff; Eky Studio; Gordan; Husjak; Glitterstudio;
maximmmmum; Aninna; MysticaLink)
Redaktion: text in form/Gerhard Seidl
KW · Herstellung: sam
Satz: Uhl + Massopust, Aalen
Druck und Bindung: GGP Media GmbH, Pößneck
Printed in Germany
ISBN 978-3-7341-0956-0

www.blanvalet.de

Für Shay und Bryce,
denn ihr seid schwer in Ordnung.

NATIONAL MALL – WASHINGTON, D.C.

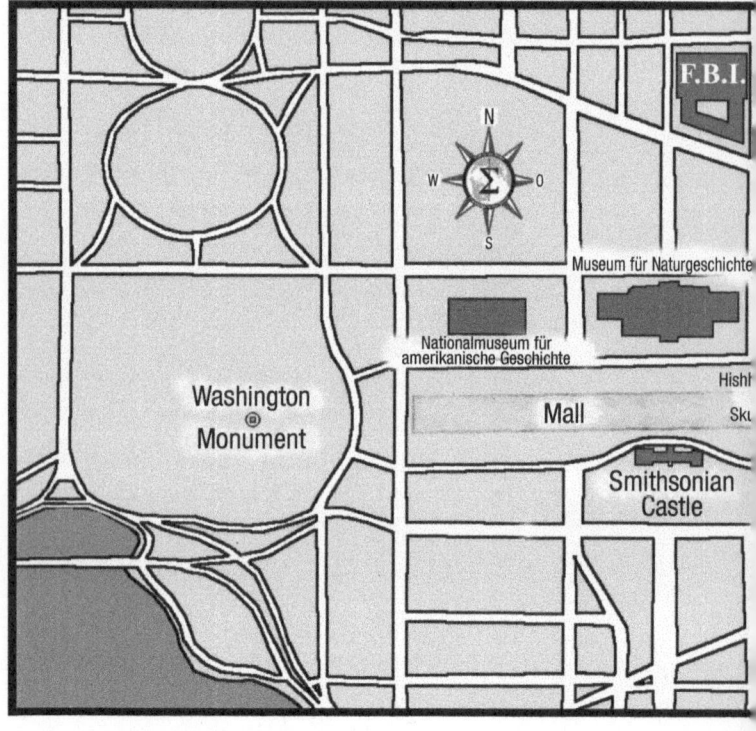

F.B.I.

N
W O
S

Museum für Naturgeschichte

Nationalmuseum für
amerikanische Geschichte

Washington
Monument

Hishl

Mall

Sku

Smithsonian
Castle

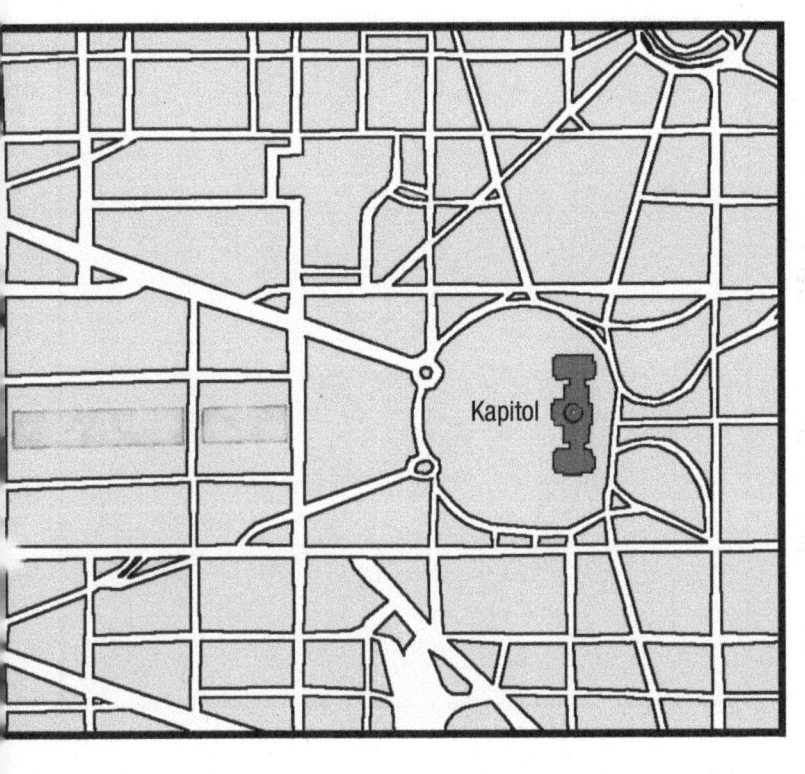

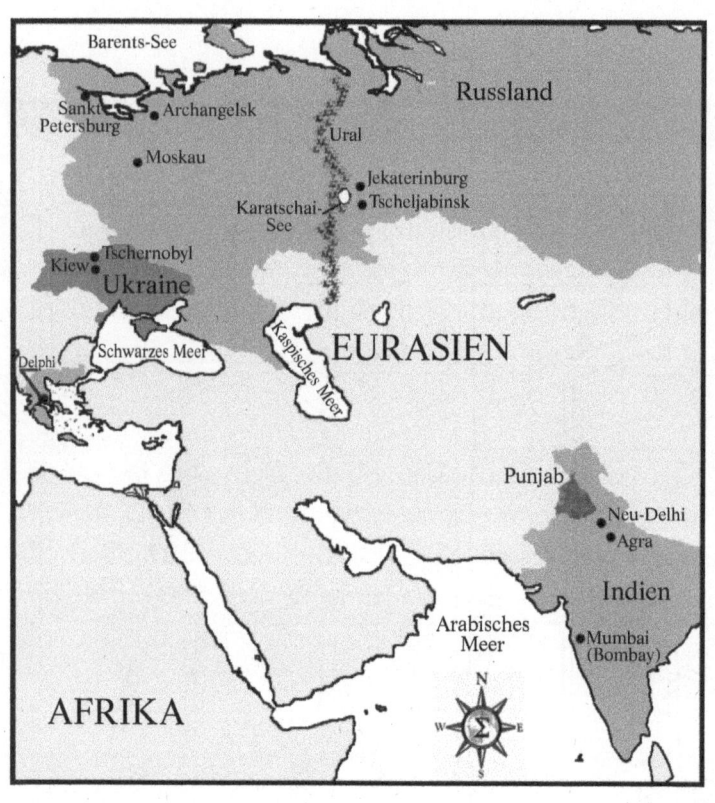

VORBEMERKUNG ZUM HISTORISCHEN HINTERGRUND

Nun aber werden uns die größten der Güter durch Wahnsinn zuteil,
freilich nur einen Wahnsinn, der durch göttliche Gabe gegeben ist.

Sokrates über das Orakel von Delphi

DIE ALTEN GRIECHEN mit ihrem Götterpantheon glaubten fest an die Gabe der Weissagung. Sie verehrten diejenigen, welche die Vorzeichen aus den Eingeweiden von Ziegen zu deuten verstanden, die Zukunft anhand des von einem Opferfeuer aufsteigenden Rauchs oder mithilfe geworfener Knochen vorauszusagen vermochten. Ein Mensch aber genoss bei ihnen die höchste Wertschätzung: das geheimnisvolle Orakel von Delphi.

Fast zweitausend Jahre lang residierte im Apollotempel an den Hängen des Parnass eine Abfolge streng bewachter Frauen. In jeder Generation bestieg eine Frau den Weissagungsthron und nahm den Namen Pythia an. Mittels eingeatmeter Dämpfe versetzte sie sich in Trance und beantwortete Fragen zur Zukunft – alltägliche wie philosophische.

Zu ihren Bewunderern zählten auch bedeutende Gestalten der griechischen und römischen Geschichte: Platon, Sophokles, Aristoteles, Plutarch und Ovid. Auch die Frühchristen verehrten sie. Michelangelo räumte ihr an der Decke der Six-tinischen Kapelle einen hervorstechenden Platz als Verkünde-rin des Kommens Christi ein.

Aber war sie vielleicht nur ein Scharlatan, der die Besucher mit kryptischen Antworten täuschte? Wie dem auch sei, eine Tatsache lässt sich nicht bestreiten. Von Königen und Erobe-rern in der ganzen Welt verehrt, veränderten Pythias Prophe-zeiungen den Lauf der Geschichte.

Während ihr Wirken nach wie vor geheimnisumwoben ist und weitgehend der Mythologie zugerechnet werden kann, so gibt es doch eine neue Erkenntnis zu vermelden. Im Jahr 2001 entdeckten Archäologen und Geologen unter dem Parnass eine merkwürdige Anordnung tektonischer Platten, durch die Kohlenwasserstoffgase abgeleitet wurden, darunter auch Ethylen, das tranceartige euphorische Zustände und Halluzi-nationen hervorrufen kann, wie sie in den historischen Schrif-ten beschrieben sind.

Somit hat die Wissenschaft eines von Pythias Geheimnis-sen gelüftet, doch auf die eigentliche Frage gibt es noch immer keine Antwort: Vermochte das Orakel die Zukunft vorherzu-sagen? Oder handelte es sich lediglich um einen Zustand gött-lichen Wahnsinns?

Erkenne dich selbst,
dann erkennst du den Kosmos und die Götter.

Inschrift am Tempel zu Delphi

SIE WAREN GEKOMMEN, um sie zu töten.

Die Frau stand im Säulenvorbau des Tempels. Sie fröstelte in ihrem dünnen Gewand aus weißem Leinen, das sie an der Hüfte gegürtet hatte, doch es war nicht die Kälte des Morgengrauens, die ihr bis ins Mark drang.

Eine mit Fackeln ausgerüstete Kolonne strömte wie ein Feuerfluss die Hänge des Parnass hoch. Sie folgte dem gepflasterten heiligen Pfad, der sich in Serpentinen zum Apollotempel emporwand. Das Trommeln der Schwerter auf den Schilden tönte herauf; eine römische Kohorte, fünfhundert Mann stark. Der Weg schlängelte sich zwischen verfallenen Monumenten und längst geplünderten Schatzkammern hindurch. Alles Brennbare war in Brand gesetzt worden.

Die über die Ruinen tanzenden Flammen schufen die schimmernde Illusion besserer Zeiten und ließen die alte Pracht scheinbar wieder aufleben: von Gold und Geschmeide überquellende Schatzkammern, zahllose, von den besten Bildhauern geschaffene Statuen, wogende Menschenmassen, die sich versammelt hatten, um die Prophezeiungen des Orakels zu vernehmen.

Das aber war Vergangenheit.

Im Laufe der vergangenen hundert Jahre war Delphi von Galliern erobert und von Thrakern geplündert worden. Vor

13

allem aber war es vernachlässigt worden. Nur noch wenige wandten sich hilfesuchend an das Orakel, etwa ein Ziegenhirt, der an der Treue seiner Ehefrau zweifelte, oder ein Seemann, der nach einem guten Omen für die Fahrt über den Golf von Korinth verlangte.

Dies war das Ende der Geschichte, das Ende des Orakels von Delphi. Nachdem sie dreißig Jahre lang gewahrsagt hatte, würde sie die letzte Trägerin des Namens Pythia sein.

Das letzte Orakel von Delphi.

Diese Bürde aber brachte eine letzte Herausforderung mit sich.

Pythia wandte sich nach Osten, wo bereits der Morgen dämmerte.

Ach, die rosarote Eos, Göttin der Morgendämmerung, würde Apollo drängen, die vier Pferde seiner Sonnenkutsche zu zäumen.

Eine von Pythias Schwestern, eine junge Novizin, trat hinter ihr aus dem Tempel hervor. »Herrin, komm mit uns«, flehte die junge Frau. »Es ist noch nicht zu spät. Wir können uns noch immer mit den anderen zusammen in die hoch gelegenen Höhlen flüchten.«

Pythia legte ihr beruhigend die Hand auf die Schulter. Im Laufe der Nacht hatten sich die anderen Frauen über die zerklüfteten Berghöhen in die Dionysoshöhlen zurückgezogen, die ihnen Schutz bieten würden. Pythia aber hatte noch eine letzte Aufgabe zu erfüllen.

»Herrin, es bleibt keine Zeit mehr für die letzte Prophezeiung.«

»Ich muss es tun.«

»Dann tu es jetzt. Ehe es zu spät ist.«

Pythia wandte sich ab. »Wir müssen warten, bis der siebte Tag anbricht. So haben wir es immer gehalten.«

Als die Sonne am Abend zuvor untergegangen war, hatte

Pythia mit den Vorbereitungen begonnen. Sie hatte in der kastilischen Quelle gebadet, hatte von der Kassotisquelle getrunken und auf dem schwarzen Marmoraltar des Tempels Lorbeerblätter verbrannt. Sie hatte das Ritual peinlich genau befolgt, so wie die erste Pythia vor Tausenden von Jahren.

Diesmal aber war das Orakel bei seinem Reinigungsritual nicht allein gewesen.

Ein Mädchen von kaum zwölf Jahren hatte ihm Gesellschaft geleistet.

Ein solch kleines Geschöpf von seltsamem Gebaren.

Das Kind hatte nackt im Quellwasser gestanden, während die ältere Frau es gewaschen und gesalbt hatte. Es hatte kein Wort gesprochen, sondern lediglich den Arm ausgestreckt und die Hand geöffnet und geschlossen, als ob es nach etwas greifen wollte, das es allein sehen konnte. Welcher Gott hatte das Kind bestraft und es gleichzeitig gesegnet? Bestimmt nicht Apollo. Was es vor dreißig Tagen gesagt hatte, konnte jedoch nur von den Göttern stammen. Seine Worte hatten sich verbreitet und das Feuer entfacht, das nun auf Delphi zuwanderte.

Ach, hätte man das Kind doch nicht hierhergebracht.

Pythia hatte sich damit abgefunden, dass Delphi allmählich in Vergessenheit geriet. Sie erinnerte sich an den unheilkündenden Ausspruch einer ihrer Vorgängerinnen, die bereits seit mehreren Hundert Jahren tot war.

Kaiser Augustus hatte ihre verstorbene Schwester gefragt: »Weshalb ist das Orakel verstummt?«

Und sie hatte geantwortet: »Ein Hebräerjunge, ein Gott, der unter den Seligen herrscht, gebietet mir, dies Haus zu verlassen …«

Diese Prophezeiung hatte sich erfüllt. Der erstarkende Christuskult hatte das Reich zerstört und alle Hoffnung auf eine Wiederherstellung der alten Bräuche zunichtegemacht.

Dann hatte man vor einem Monat das seltsame Mädchen zum Tempel gebracht.

Pythia wandte den Blick von den Flammen ab und schaute zum Adytum, dem innersten Heiligtum des Apollotempels. Dort wartete das Mädchen.

Sie war eine Waise aus der fernen Stadt Chios. Im Laufe der Jahrhunderte hatte man viele solche Kinder hierhergebracht, deren Eltern danach trachteten, die Last der Erziehung der Schwesternschaft aufzubürden. Die meisten waren abgewiesen worden. Nur die geeigneten Mädchen durften bleiben; die unverdorbenen mit geraden Gliedmaßen und klarem Blick. Ein minderwertiges Gefäß hätte Apollo für seine Prophezeiungen nicht akzeptiert.

Als man diese Weidengerte von einem Mädchen nackt auf den Tempelstufen präsentiert hatte, hatte Pythia ihr zunächst keine Beachtung geschenkt. Das Kind war ungekämmt, das dunkle Haar verfilzt und zottig, die Haut von Pockennarben verunstaltet. Pythia aber hatte gespürt, dass mit dem Kind etwas nicht stimmte. Es schaukelte mit dem Oberkörper vor und zurück. Seine Augen schauten blicklos in die Welt.

Seine Begleiter hatten behauptet, das Kind stehe in Kontakt mit den Göttern. Es könne auf einen Blick erkennen, wie viele Oliven in einem Baum hingen, und genau vorhersagen, wann ein Schaf werfe, ohne es auch nur zu berühren.

Diese Geschichten hatten Pythias Interesse geweckt. Sie rief dem Mädchen zu, es solle zum Tempeleingang kommen. Das Kind gehorchte, bewegte sich aber ungelenk, als werde es vom Wind vorwärtsgetrieben. Pythia fasste es bei der Hand und zog es auf die oberste Tempelstufe.

»Kann du mir deinen Namen sagen?«, fragte sie das magere Kind.

»Sie heißt Anthea«, antwortete einer ihrer Begleiter vom Fuß der Treppe aus.

Pythia musterte das Kind forschend. »Anthea, weißt du, weshalb man dich hierhergebracht hat?«

»Dein Haus ist leer«, murmelte das Kind mit niedergeschlagenem Blick.

Dann kann sie also immerhin sprechen. Pythia blickte ins Tempelinnere. In der Mitte des großen Saals brannte das Feuer. Im Moment war der Tempel tatsächlich leer, doch die Worte des Mädchens waren aufgeladen mit unterschwelliger Bedeutung.

Vielleicht lag es an ihrem Gebaren. So fremdartig, so *abwesend*, als stünde sie nur mit einem Bein in dieser Welt.

Das Kind schaute mit klaren, unschuldig blauen Augen zu ihr auf. Seine Worte hingegen straften diesen Eindruck Lügen.

»Du bist alt. Du wirst bald sterben.«

Ihr Begleiter wollte sie ausschelten, doch Pythia sagte mit milder Stimme: »Wir müssen alle irgendwann sterben, Anthea. So ist der Lauf der Welt.«

Anthea schüttelte den Kopf. »Der Hebräerjunge nicht.«

Der unergründliche Blick bohrte sich in ihre Augen. Pythia bekam eine Gänsehaut. Offenbar hatte man das Mädchen im Kult Christi und des blutigen Kreuzes unterwiesen. Aber welch ein Ausspruch. Und dann der eigenartige Tonfall.

Der Hebräerjunge …

Sie musste an die unheilvolle Prophezeiung ihrer Vorläuferin denken.

»Doch es wird jemand anders kommen«, fuhr das Mädchen fort. »Ein anderer Junge.«

»Ein anderer Junge?« Pythia beugte sich vor. »Wer? Woher wird er kommen?«

»Aus meinen Träumen.« Das Mädchen rieb sich mit dem Handballen übers Ohr.

Pythia spürte, dass in dem Mädchen Schätze verborgen waren, die nur darauf warteten, gehoben zu werden. »Dieser Junge«, sagte sie. »Wer ist das?«

Die Antwort des Mädchens brachte die Anwesenden zum Staunen – wenngleich sie sich der darin enthaltenen Blasphemie durchaus bewusst waren.

»Der Bruder des Hebräerjungen.« Das Kind klammerte sich an den Saum von Pythias Gewand. »Er brennt in meinen Träumen… und er wird alles verbrennen. Nichts wird überdauern. Nicht einmal Rom.«

Im Laufe des vergangenen Monats hatte Pythia sich bemüht, weiteren Aufschluss über die Prophezeiung zu bekommen. Sie hatte das Mädchen sogar in die Obhut der Schwesternschaft genommen. Das Kind aber hatte sich immer mehr in sich zurückgezogen und war verstummt. Doch es gab noch eine Möglichkeit, mehr in Erfahrung zu bringen.

Wenn das Mädchen wahrhaft gesegnet war, dann würde Apollos Atem – sein prophetischer Odem – vielleicht freibrennen, was in dem seltsamen Mädchen sonst noch verborgen war.

Aber würde die Zeit reichen?

Eine Berührung am Ellbogen unterbrach ihre Träumereien und versetzte sie wieder in die Gegenwart zurück. »Herrin, die Sonne…«, drängte ihre jüngere Schwester.

Pythia blickte nach Osten. Der flammend rote Himmel kündete vom unmittelbar bevorstehenden Sonnenaufgang. Von weiter unten drangen die Rufe der römischen Legionäre herauf. Die Kunde vom Mädchen hatte sich verbreitet. Die Untergangsprophezeiungen hatten sich weit herumgesprochen und waren selbst dem Kaiser zu Ohren gekommen. Ein kaiserlicher Kurier hatte mit der Begründung, das Mädchen sei von Dämonen besessen, dessen Überstellung nach Rom verlangt.

Pythia hatte sich geweigert. Die Götter hatten das Kind zum Apollotempel und an ihre Schwelle geführt. Ohne ihm zuvor auf den Zahn gefühlt zu haben, wollte Pythia es nicht hergeben.

Im Osten versengten die ersten Sonnenstrahlen den Morgenhimmel.

Der siebente Tag des siebten Monats brach an.

Sie hatten lange genug gewartet.

Pythia wandte den Legionären mit den lodernden Fackeln den Rücken zu. »Komm. Wir müssen uns sputen.«

Sie eilte ins Tempelinnere. Auch hier wurde sie von Flammen begrüßt, doch dies war die freundliche Wärme des heiligen Tempelfeuers. Zwei der Schwestern beaufsichtigten das Feuer, beide zu alt, um den beschwerlichen Aufstieg zu den Höhlen bewältigen zu können.

Sie nickte ihnen dankbar zu, dann eilte sie am Feuer vorbei.

Ganz hinten im Tempel führte eine Treppe zum innersten Heiligtum hinunter. Nur denjenigen, die dem Orakel dienten, war es gestattet, das unterirdisch gelegene Adytum zu betreten. Als sie hinabstieg, machte der Marmor grob behauenem Kalkstein Platz. Die Höhle war vor Urzeiten von einem Ziegenhirten entdeckt worden. Als er der Höhlenmündung nahe kam, war er unter den Einfluss von Apollos süßem Atem geraten und hatte seltsame Visionen gehabt.

Möge das Wunder sich ein letztes Mal wiederholen.

Das Kind wartete in der Höhle. Es trug eine weiße, viel zu große Alba und saß im Schneidersitz neben dem Dreibein aus Bronze, das den heiligen Omphalos stützte, einen hüfthohen, phallischen Stein, der den Nabel der Welt darstellte, den Mittelpunkt des Universums.

Ansonsten gab es in der Höhle nur noch einen erhöhten Sitz, der auf drei Beinen stand. Er befand sich über einer Bodenspalte natürlichen Ursprungs. Wenngleich Pythia den Atem Apollos gewohnt war, prallte sie vor dem aus der Tiefe aufsteigenden Geruch nach Mandelblüten erst einmal zurück.

Der Prophezeiungen schenkende göttliche Odem.

»Es ist Zeit«, sagte sie zu der jüngeren Schwester, die ihr ins Heiligtum gefolgt war. »Bring mir das Kind.«

Pythia ging zu dem Dreibein hinüber und nahm darauf Platz. Die Dämpfe, die aus der Bodenspalte aufstiegen, hüllten sie ein. »Mach schnell.«

Die jüngere Schwester hob das Kind hoch und setzte es ihr auf den Schoß. Pythia schloss es zärtlich in die Arme wie eine Mutter ihr Kind, doch das Mädchen reagierte nicht auf die Zuwendung.

Pythia spürte bereits die Wirkung des göttlichen Odems. Ein wohlvertrautes Prickeln erfasste ihre Gliedmaßen. Als Apollo in sie eindrang, begann ihr Schlund zu brennen. Ihr Gesichtsfeld verengte sich.

Das Kind aber war noch empfänglicher für den göttlichen Atem als sie.

Der Kopf fiel ihm in den Nacken; die Lider sanken herab. Lange würde das Mädchen dies nicht aushalten. Doch wenn sie nicht alle Hoffnung fahren lassen wollte, musste sie ihm die Frage stellen.

»Kind«, sagte Pythia, »erzähl uns mehr von diesem Jungen und dem Verhängnis, das von ihm ausgeht. Woher wird er kommen?«

Die schmalen Lippen zuckten. »Aus mir. Aus meinen Träumen.«

Das Kind tastete mit seinen kleinen Fingern nach Pythias Hand und drückte sie.

Die Worte sprudelten jetzt aus seinem Mund. »Dein Haus ist leer ... deine Quellen sind versiegt. Doch es wird ein neuer Quell der Prophezeiung fließen.«

Pythia schloss die Arme fester um das Mädchen. Der Niedergang des Tempels dauerte schon viel zu lange an. »Ein neuer Quell.« Hoffnung schwang in ihrer Stimme mit. »Hier in Delphi?«

»Nein…«

Pythias Atem beschleunigte sich. »Wo wird er entspringen?«

Das Mädchen bewegte die Lippen, doch kein Laut kam heraus.

Sie schüttelte das Kind. »Wo?«

Das Mädchen hob das magere Ärmchen und legte es sich auf den Bauch.

Plötzlich hatte Pythia eine Vision. Silbriges Wasser ergoss sich aus dem Nabel des Mädchens und aus seinem Schoß. Ein neuer Quell. Aber stammte diese Vision wirklich von Apollo? Oder war sie lediglich Ausdruck ihrer Hoffnung?

Ein Schrei riss sie aus ihrem Dämmerzustand. Von oben war Stimmenlärm zu vernehmen. Eine Gestalt stolperte die Treppe herunter. Eine der Älteren, die sich um das Feuer kümmerten. Die Frau hatte sich an die Schulter gefasst. Blut quoll unter ihrer Hand hervor. Zwischen den Fingern schaute eine schwarze Pfeilspitze hervor.

»Zu spät!«, rief die Frau und sank auf die Knie. »Die Römer…«

Pythia hatte die Frau gehört, blieb aber im Nebel der Dämpfe gefangen. Sie gab sich der Vision hin und beobachtete, wie sich das dunkle Wasser zu einer schwarzen Gestalt formte… zum Schatten eines Jungen. Hinter ihm loderten Flammen.

Die Worte, die das Kind vor einem Monat gesprochen hatte, hallten in ihrem Geist wider.

Der Bruder des Hebräerjungen… der, welcher die Welt in Brand stecken würde.

Pythia hielt das erschlaffte Mädchen in den Armen. Seine Prophezeiung kündete von Verhängnis und Rettung. Vielleicht wäre es am besten, es der kaiserlichen Legion zu überlassen und der Ungewissheit ein Ende zu machen. Lautes Geschrei drang zu ihr herunter. Es war zu spät, um noch zu flüchten. Der einzige Ausweg war der Tod.

Gleichwohl schwoll die Vision in ihr an.

Ein neuer Quell wird entspringen.

Tief atmete sie die Dämpfe ein, nahm Apollo vollständig in sich auf.

Was soll ich tun?

Der römische Zenturio schritt durch den Tempel. Er hatte genaue Anweisungen. Er sollte das Mädchen töten, das den Untergang des Reiches prophezeit hatte. Am Abend zuvor hatten sie eine Tempeldienerin gefangen genommen, eine junge Frau. Als man sie peitschte, hatte sie verraten, dass sich das Kind noch immer im Tempel aufhielt. Dann hatte er sie seinen Männern überlassen.

»Bringt die Fackeln!«, rief er. »Durchsucht jeden Winkel!«

An der rückwärtigen Wand fiel ihm eine Bewegung ins Auge. Er zog das Schwert.

Eine Frau trat aus dem Schatten eines Treppenabgangs hervor. Benommen stolperte sie zwei Schritte in den Tempelraum hinein. Sie war weiß gekleidet und trug einen Lorbeerkranz auf dem Kopf.

Er wusste sogleich, wen er da vor sich hatte.

Das Orakel von Delphi.

Der Zenturio unterdrückte seine aufflackernde Angst. Wie viele Legionäre praktizierte auch er insgeheim die alten Riten. Er opferte Mithras sogar Stiere und badete in ihrem Blut.

Jetzt aber ging eine neue Sonne auf.

Niemand konnte sie aufhalten.

»Wer wagt es, den Frieden des Apollotempels zu stören?«, rief die Frau.

Der Zenturio, der die Blicke seiner Männer wie ein steinernes Gewicht auf sich lasten spürte, schritt der Frau entgegen. »Gib mir das Mädchen!«, verlangte er.

»Es ist nicht mehr hier. Es befindet sich außerhalb eurer Reichweite.«

Der Zenturio wusste, dass sie log. Der Tempel war umzingelt.

Die Sorge aber trieb ihn vorwärts.

Das Orakel verstellte ihm den Weg zur Treppe. Sie legte die Hand auf seinen Brustharnisch. »Der Zutritt zum Adytum ist Männern verboten.«

»Für den Kaiser gilt das nicht. Und ich führe seine Befehle aus.«

Die Frau rührte sich nicht. »Du darfst hier nicht eintreten.«

Arcadius, der Sohn des Kaisers, hatte ihm die mit dem Siegel Kaiser Theosius' versehenen Befehle persönlich überreicht. Die alten Götter mussten zum Schweigen gebracht, ihre Tempel niedergerissen werden. Im ganzen Reich, auch in Delphi. Der Zenturio hatte noch einen weiteren Befehl erhalten.

Er war entschlossen, ihn auszuführen.

Er trieb dem Orakel die Klinge bis zum Heft in den Bauch. Ein Stöhnen kam aus dem Mund der Frau. Sie sank wie eine Geliebte gegen seine Schulter. Grob stieß er sie von sich.

Blut spritzte auf seine Rüstung und auf den Boden.

Das Orakel brach zusammen und fiel auf die Seite.

Sie streckte den zitternden Arm zu der Blutlache aus und legte die flache Hand hinein. »Ein neuer Quell...«, flüsterte sie, als wäre es ein Versprechen.

Dann erschlaffte sie.

Der Zenturio trat über sie hinweg und stieg mit gezücktem Schwert die Treppe hinunter, die in eine kleine Höhle führte. In einer dunklen Blutlache lag eine Tote, die von einem Pfeil getroffen worden war. Neben einer Bodenspalte war ein dreibeiniger Stuhl umgekippt. Er durchsuchte den Raum, bis er wieder an der Treppe angelangt war.

Unmöglich.

Die Felskammer war leer.

März 1959
Karpaten
Rumänien

MAJOR JURI RAEW kletterte aus dem russischen ZiS-151-Laster und sprang auf die unbefestigte Straße hinunter. Ihm zitterten die Beine. Mit einer Hand stützte er sich an der grünen Stahltür des zerbeulten Lasters ab, den er in einem Atemzug verfluchte und lobte. Von dem Gerüttel der einwöchigen Fahrt ins Gebirge hatte er Rückenschmerzen. Er hatte das Gefühl, selbst seine Backenzähne hätten sich gelockert. Doch man brauchte ein solch robustes Fahrzeug, um die steinigen Serpentinen und die überfluteten Straßen zu bewältigen, die zu diesem abgelegenen Winterlager führten.

Er blickte sich gerade um, als die Hecktür sich klappernd öffnete. Soldaten in schwarz-weißen Uniformen sprangen heraus. Ihre Tarnuniformen verschmolzen mit dem Schnee und dem Granit des dicht bewaldeten Hochlands. In den Senken hingen Nebelschwaden, die störrischen Gespenstern glichen.

Die Männer stampften auf den Boden und fluchten. Funken stoben, als Zigaretten weggeworfen wurden. Klirrend machten die Soldaten ihre Kalaschnikows einsatzbereit. Doch das war lediglich die Nachhut, die der Kolonne den Rücken freihalten sollte.

Juri blickte nach vorn, als der stellvertretende Komman

deur, Leutnant Dobritsky, heranmarschiert kam. Der stämmige Ukrainer mit dem pockennarbigen Gesicht und der schiefen Nase trug ebenfalls eine Tarnuniform. Um die Augen hatte er von der Schneebrille rote Druckstellen.

»Major, das Lager ist gesichert.«

»Sind sie das? Sind das die Gesuchten?«

Dobritsky zuckte mit den Schultern und ließ die Antwort offen. Es hatte bereits einen Fehlalarm gegeben, und sie hatten das Winterlager halb verhungerter Bauern gestürmt, die mit dem Brechen von Steinen ein karges Leben fristeten.

Juri schaute finster drein. Die Berge entstammten einer anderen Zeit, der Steinzeit. Hier herrschten Aberglaube und Armut. Das zerklüftete, bewaldete Hochland bot lichtscheuem Gesindel aber auch hervorragende Versteckmöglichkeiten.

Juri trat zur Seite und musterte den gewundenen, von Schlaglöchern übersäten Weg, der als Straße herhalten musste. Die voranfahrenden Fahrzeuge hatten den Matsch und den Schnee aufgewühlt. Zwischen den Bäumen machte Juri mehrere Motorräder vom Typ IMZ-Ural aus, in deren Beiwagen jeweils ein bewaffneter Soldat saß. Die schweren Motorräder waren vorgefahren, hatten das Gelände gesichert und alle Fluchtwege abgeschnitten.

Gerüchte und unter Folter erpresste Aussagen hatten sie zu diesem abgelegenen Ort geführt. Dennoch waren sie gezwungen gewesen, das Hochland zu durchkämmen und ein paar Gehöfte niederzubrennen, um deren Besitzer gesprächiger zu machen. Nur wenige waren von sich aus bereit, über die karpatischen Roma zu sprechen. Zumal man sich über diesen isolierten Clan erzählte, er stehe mit *strigoi* und *moroi* in Verbindung. Mit bösen Geistern und Hexen.

Hatte er sie jetzt endlich gefunden?

Leutnant Dobritsky trat von einem Bein aufs andere. »Was nun, Major?«

Juri entging nicht die sauertöpfische Miene des Ukrainers. Juri war zwar Major der Sowjetarmee, aber dennoch kein Soldat. Er war einen Kopf kleiner als Dobritsky, hatte ein Bäuchlein und ein teigiges Gesicht. Er war von der staatlichen Universität Leningrad angeworben worden und hatte im militärischen Wissenschaftsbereich Karriere gemacht. Mit seinen gerade mal achtundzwanzig Jahren leitete er bereits das biophysikalische Labor des staatlichen Instituts für medizinische und biologische Forschung.

»Wo ist Major Martowa?«, fragte Juri. Die Vertreterin des sowjetischen militärischen Geheimdienstes wich nur selten von Dobritskys Seite und hielt ein Auge auf alle offiziellen Vorgänge.

»Sie erwartet uns am Eingang des Lagers.«

Dobritsky stapfte über die Straße. Juri ging am Rand entlang, wo der Boden noch gefroren und das Vorankommen leichter war. Als sie die letzte Biegung erreichten, zeigte der Leutnant auf ein Lager, das zwischen steilen Felsen lag und von Nadelwald umgeben war.

»Zigeuner«, brummte Dobritsky. »Wie Sie angeordnet haben, *da*?«

Aber war das auch der richtige Roma-Clan?

Die Zigeunerwagen waren in blassen Grün- und Schwarztönen gestrichen, die Räder reichten Juri bis zum Kopf. Stellenweise war die Farbe abgeblättert, und darunter kamen buntere Farbtöne zum Vorschein, die von glücklicheren Zeiten kündeten. Auf den großen Holzwagen lag Schnee, von den Dächern hingen Eiszapfen. Die Fensterscheiben waren mit Eisblumen bedeckt. Es gab mehrere rußgeschwärzte Feuergruben. Im Inneren des Lagers brannten noch zwei Feuer, deren Flammen bis zum Dach des höchsten Wagens emporloderten. Ein Wagen war zerstört und niedergebrannt.

An der einen Seite stand ein Schuppen, den man aus Brettern und Steinen errichtet hatte. Die darin untergebrachten Gäule hatten einen Hohlrücken und ließen die Köpfe hängen. Ziegen und ein paar Schafe streiften umher.

Die Soldaten hatten das Lager umzingelt. Auf dem Boden lagen mehrere Tote in zerlumpten Kleidern und Pelzjacken. Die Lebenden machten kaum einen besseren Eindruck. Man hatte die Bewohner des Lagers aus den Wagen und den schweren Zelten hervorgezerrt.

Von weiter hinten war Geschrei zu hören. Dort wurden die letzten Zigeuner zusammengetrieben. Maschinengewehre knatterten. Kalaschnikows. Juri musterte die finster dreinschauende Menge. Einige Frauen waren niedergekniet und schluchzten. Die dunkelhäutigen Männer musterten die Eindringlinge. Die meisten hatten blutende Verletzungen und gebrochene Gliedmaßen.

»Wo sind die Kinder?«, fragte Juri.

Die Antwort kam von der anderen Seite, so spröde und kalt wie das Eis des Hochlands. »Haben sich in der Kirche verbarrikadiert.«

Juri wandte sich Sawina Martowa zu, der Geheimdienstoffizierin. Sie hatte sich in einen schwarzen Mantel mit pelzverbrämter Kapuze eingemummt. Ihr schwarzes Haar glich der Mähne des russischen Wolfs.

Sie hob den schlanken Arm und zeigte auf eine Anhöhe hinter den Wagen und Zelten. Das Gebäude dort war anscheinend das massivste des ganzen Lagers. Aus Steinen errichtet, verschmolz die Kirche mit den umliegenden Felsen.

»Die Kinder hatten sich bereits dort versammelt, als unsere Einsatzkräfte eingetroffen sind«, berichtete Sawina.

Dobritsky nickte. »Haben wohl die Motorräder gehört.«

Sawina erwiderte Juris Blick. Ihre grünen Augen funkelten in der Morgensonne. Die Geheimdienstoffizierin machte sich ihre eigenen Gedanken. Sawina hatte die geheimen Forschungsberichte in Juris Institut gebracht, Notizblöcke und Unmengen von Akten aus Auschwitz-Birkenau. Die meisten Unterlagen hatten sich auf die Arbeit Dr. Josef Mengeles bezogen, der auch als »Todesengel« des Konzentrationslagers bezeichnet wurde.

Nach der Lektüre war Juri des Öfteren schweißgebadet aus Albträumen erwacht. Es war bekannt, dass Dr. Mengele die unterschiedlichsten grauenhaften Experimente mit den Lagerinsassen durchgeführt hatte, doch dieses Ungeheuer hatte eine spezielle Vorliebe für Zigeuner und zumal deren Kinder entwickelt. Er schenkte ihnen Süßigkeiten und Schokolade. Sie nannten ihn »Onkel Pepe«. Auf diese Weise machte er sich die Kinder gefügig. Am Ende ließ er sie alle ermorden – zuvor aber hatte er ein einzigartiges Zwillingspaar entdeckt.

Zwei eineiige Mädchen. Sascha und Meena.

Juri hatte die Unterlagen mit einer Mischung aus Faszination und Entsetzen gelesen.

Mengele hatte sich akribisch Notizen über die bemerkenswerten Zwillinge gemacht und deren Alter, Familiengeschichte und Stammbaum vermerkt. Er folterte ihre Angehörigen, um weitere Details in Erfahrung zu bringen, die er von den Mädchen verifizieren ließ. Mengele beschleunigte seine Experimente. Als das Kriegsende nahte, war er gezwungen gewesen, seine Versuche vorzeitig abzubrechen. Er tötete die Zwillinge, indem er ihnen Phenol ins Herz spritzte.

Mengele hatte seiner Enttäuschung Ausdruck verliehen.

Wenn ich nur mehr Zeit gehabt hätte…

»Sind Sie bereit?«, fragte Sawina.

Juri nickte.

Begleitet von Dobritsky und einem weiteren Soldaten, drangen sie ins Lager vor. Er wich einem Leichnam aus, der bäuchlings in einer gefrorenen Blutlache lag.

Die Kirche tauchte vor ihnen auf. Sie war aus Bruchsteinen

errichtet und fensterlos. Die Eingangstür war geschlossen. Sie bestand aus behauenen, dicken Holzbalken und war mit Kupferbeschlägen verstärkt. Das Gebäude glich eher einer Festung als einer Kirche.

Zwei mit Rammböcken ausgerüstete Soldaten flankierten den Eingang.

Dobritsky blickte fragend Juri an.

Er nickte.

»Brecht die Tür auf!«, befahl der Leutnant.

Die beiden Männer holten mit dem Rammbock aus und schmetterten ihn gegen die Tür. Holz splitterte. Zwei Attacken hielt die Tür stand. Dann barst sie mit einem lauten Krachen.

Juri folgte Sawina ins Innere der Kirche.

Öllämpchen erhellten den düsteren Raum. Rechts und links Reihen von Kirchenbänken, die auf einen erhöhten Altar hin ausgerichtet waren. Kinder aller Altersstufen saßen in seltsamem Schweigen auf den Bänken.

Als Juri zum Altar schritt, musterte er die Kinder. Viele wiesen eigenartige Deformationen auf: Kleinköpfigkeit, Hasenscharten, Zwergwüchsigkeit. Ein Kind hatte keine Arme. *Inzucht.* Juri bekam eine Gänsehaut. Kein Wunder, dass die Landbewohner diesen Roma-Clan fürchteten und von Geistern und Ungeheuern munkelten.

»Wie wollen Sie erkennen, dass dies hier die *richtigen* Kinder sind?«, fragte Sawina mit unverhohlenem Abscheu.

Juri zitierte aus einem Folterprotokoll Mengeles. »Das Lager der Chovihanis.« Dort waren die Zwillinge geboren worden, an einem Ort, den die Zigeuner seit der Gründung des Clans geheim hielten.

»Sind sie das?«, hakte Sawina nach.

Juri schüttelte den Kopf. »Ich weiß es nicht.«

Er näherte sich einem Mädchen, das vor dem Altar saß. Sie drückte sich eine zerfledderte Stoffpuppe an die Brust, und ihr eigenes Kleid war kaum besser als das der Puppe. Das Kind war von Missbildungen anscheinend verschont geblieben. Seine kristallblauen Augen funkelten im trüben Licht.

Diese Augenfarbe war selten bei den Roma.

Auch die Zwillinge Sascha und Meena hatten blaue Augen gehabt.

Juri kniete vor ihr nieder. Sie schien ihn nicht wahrzunehmen. Ihr Blick ging durch ihn hindurch. Er spürte, dass mit dem Kind etwas nicht stimmte. Es hatte einen Defekt, der schlimmer war als körperliche Missbildung.

Ohne dass sich ihr Blick scharf gestellt hätte, hob sie die Hand und zeigte auf ihn. »*Unchi Pepe*«, lispelte sie mit dünnem Stimmchen.

Juri verspürte einen Anflug von Angst. *Onkel Pepe*. Der Kosename Josef Mengeles. Alle Zigeunerkinder hatten ihn so genannt. Diese Kinder aber waren zu jung, als dass sie ein Konzentrationslager von innen gesehen hatten.

Juri blickte in die leeren Augen. Ahnte das Mädchen, was er und sein Forschungsteam vorhatten? Woher hätte sie es wissen sollen? Mengeles Worte gingen ihm durch den Sinn:

Wenn ich nur mehr Zeit gehabt hätte…

Dieses Problem würde sich Juri nicht stellen. Sein Team würde alle Zeit der Welt haben. Das Forschungsgebäude war bereits im Bau. Vor neugierigen Blicken gut geschützt.

Sawina trat näher. Sie musste sich Gewissheit verschaffen.

Juri kannte die Wahrheit; er hatte es in dem Moment gewusst, da er dem Mädchen in die Augen blickte. Dennoch zögerte er.

Sawina berührte ihn am Ellbogen. »Major?«

Es gab kein Zurück mehr, weshalb Juri nickte. Das Grauen würde seinen Lauf nehmen. »*Da*. Das sind die Chovihanis.«

»Sind Sie sicher?«

Juri nickte erneut, wobei er dem Kind unverwandt in die

blauen Augen blickte. Die Anweisungen, die Sawina gab, bekam er kaum mit. »Verladen Sie die Kinder in die Laster. Eliminieren Sie alle anderen.«

Juri erhob keine Einwände. Er wusste, weshalb sie hierhergekommen waren.

Das Mädchen hatte immer noch die Hand ausgestreckt. »*Unchi Pepe*«, wiederholte sie.

Er legte die Hand um ihre kleinen Finger. Leugnen war zwecklos. Die Würfel waren gefallen.

Ja, ich bin's.

EINS

1

ES KAM NICHT jeden Tag vor, dass einem ein Mensch in den Armen verstarb.

Commander Gray Pierce ging die National Mall entlang, als er von einem Obdachlosen angesprochen wurde. Gray hatte schlechte Laune, denn eine Auseinandersetzung lag bereits hinter ihm, und er war unterwegs zur nächsten. Auch die Mittagshitze trug zu seiner Reizbarkeit bei. In D. C. herrschte die übliche Schwüle, und das Pflaster des Gehsteigs verströmte eine Gluthitze. Bekleidet mit einem marineblauen Blazer, Baumwollhemd und Jeans, kam er sich bereits halbgar vor.

Ein paar Häuser entfernt machte Gray eine hagere Gestalt aus, die ihm entgegengeschlurft kam. Der Obdachlose hatte sich die ausgebeulte Jeans hochgekrempelt, sodass man die abgenutzten Armeestiefel mit den nachschleifenden Schnürsenkeln sah. Um seinen gebeugten Oberkörper schlotterte ein zerknittertes Sakko. Sein struppiger Bart war angegraut, und seine trüben, geröteten Augen huschten suchend umher.

Bettler gab es auf der National Mall viele, zumal die Feierlichkeiten zum Labor Day erst gestern geendet hatten. Die Touristen waren in den Alltag zurückgekehrt, die Bereitschaftspolizei hatte sich in die Bars zurückgezogen, und die Reinigungskräfte hatten die Straßen gesäubert. Übrig geblieben waren die Bettler, die nach verlorenem Kleingeld suchten und wie Krabben, welche die letzten Fleischreste von alten Knochen schabten, die Mülltonnen nach Flaschen und Getränkedosen durchstöberten.

Gray, der sich über den Jefferson Drive dem Smithsonian Castle näherte, wich dem Vagabunden nicht aus. Er stellte sogar Augenkontakt her, um die von ihm ausgehende Gefahr einzuschätzen und ihm zu zeigen, dass er ihn zur Kenntnis nahm. Zwar gab es sicherlich auch ein paar Schwindler, die auf die Bettelei eigentlich gar nicht angewiesen waren, doch die meisten derer, die auf der Straße lebten, hatten entweder Pech gehabt, waren drogensüchtig oder geistesgestört. Viele waren auch Veteranen der bewaffneten Streitkräfte. Gray wollte nicht wegschauen – und vielleicht war das der Grund, weshalb sich die Miene des Fremden aufhellte.

Unter der Schmutzschicht und den Falten zeigte sich eine Mischung aus Erleichterung und Hoffnung. Sein schlurfender Gang wurde zielstrebiger. Vielleicht fürchtete er, seine Beute könnte ihm in die Burg entwischen, bevor er sie erreichte. Die Gliedmaßen des Mannes zitterten. Entweder er war betrunken oder litt unter Entzug.

Er streckte die Hand aus.

Das war eine universale Geste – in den brasilianischen Slums ebenso gebräuchlich wie in den Straßen Bangkoks. *Bitte helfen Sie mir.*

Gray langte zur Innentasche des Blazers. Viele hielten es für falsch, einem Penner etwas zu geben. *Die kaufen sich von dem Geld doch bloß Schnaps oder Crack.* Ihm war es egal.

Das hier war ein Mitmensch in Not. Ein Urteil stand ihm nicht zu. Er zückte die Brieftasche. Wenn ihn jemand anbettelte, dann gab er auch etwas. Das war sein Motto. Und vielleicht profitierte ja auch Gray dabei, und seine Mildtätigkeit diente dazu, ein tief verwurzeltes Schuldgefühl zu beschwichtigen, das er sich selbst nicht eingestehen wollte.

Ein, zwei Dollar konnte er leicht verschmerzen.

Kein schlechtes Tauschgeschäft.

Er schaute ins Geldfach. Alles Zwanziger. Soeben hatte er sich am Automaten in der U-Bahn-Station Geld auszahlen lassen. Achselzuckend zog er einen Geldschein mit Andrew Jacksons Porträt hervor.

Okay, hin und wieder reichten ein, zwei Dollar nicht.

Als sie sich gegenüberstanden, schaute er hoch. Gray wollte dem Mann den Zwanzigdollarschein reichen, doch dessen Hand war gar nicht leer. Auf der Handfläche lag eine matte Münze von der Größe eines Fünfzigcentstücks.

Gray runzelte die Stirn.

Dies war das erste Mal, dass ein Obdachloser ihm Geld geben wollte.

Ehe er sich über die Situation klar werden konnte, taumelte der Mann plötzlich nach vorn, als hätte er einen Stoß in den Rücken bekommen. Mit staunend aufgerissenem Mund kippte er gegen Gray, der den älteren Mann auffing.

Er war erstaunlich leicht, nur Haut und Knochen, ein Skelett im Anzug. Seine Hand streifte Grays Wange. Sie war glühend heiß. Die Angst vor einer Ansteckung mit einer schlimmen Krankheit durchzuckte Gray, doch er ließ auch dann nicht los, als der Mann in seinen Armen zusammensackte.

Während er den erschlafften Mann stützte, verlagerte Gray den linken Arm. Mit der Hand berührte er in dessen Kreuz etwas Warmes, Feuchtes. Es strömte ihm über die Finger.

Blut.

Instinktiv wandte Gray sich um. Ohne den Mann loszulassen, ließ er sich seitlich vom Gehsteig fallen. Das dichte Gras dämpfte den Sturz.

Die nächsten Schüsse hörte Gray nicht, sah aber an der Stelle, wo er eben noch gestanden hatte, zwei Querschläger vom Beton abprallen. Er wälzte sich weiter bis zu einem Hinweisschild aus Metall und Beton, das auf der Grasfläche vor dem Smithsonian Castle stand. Die Aufschrift lautete: SMITHSONIAN INFORMATIONSZENTRUM IN DER BURG.

Informationen konnte Gray im Moment gut gebrauchen.

Zum Beispiel hätte er gern gewusst, wer da auf ihn schoss.

Das massive Schild schirmte ihn von der Mall ab. Es bot ihm vorübergehend Deckung. Zehn Meter entfernt lockte der Nebeneingang des Smithsonian Castle. Das Gebäude mit seinen Türmen und Türmchen war aus rotem Sandstein erbaut, der aus Seneca Creek in Maryland stammte, eine normannische Burg und eine wahre Festung. Bis zu den sicheren Mauern waren es nur wenige Schritte, doch wenn er sich aus der Deckung gewagt hätte, wäre er dem Heckenschützen schutzlos ausgeliefert gewesen.

Stattdessen riss Gray eine Pistole aus dem Rückenhalfter – eine kompakte Sig Sauer P229. Nicht, dass er gewusst hätte, wohin er hätte zielen sollen. Trotzdem brachte er für den Fall eines direkten Angriffs die Waffe in Anschlag.

Der Obdachlose stöhnte. Am Rücken war das Sakko blutgetränkt. Über das Pech des Mannes konnte Gray nur den Kopf schütteln. Der arme Kerl hatte es auf ein Almosen abgesehen gehabt und stattdessen eine Kugel in den Rücken abbekommen, die eigentlich für Gray gedacht gewesen war.

Wer aber wollte ihn umbringen? Und weshalb?

Der Obdachlose hob zitterig den Arm. Mit jedem keuchen-

den Atemzug wurde er schwächer. Dem aus der Eintritts-
wunde strömenden Blut nach zu schließen, hatte die Kugel
eine Niere getroffen, eine tödliche Verletzung für einen so
stark geschwächten Menschen. Er öffnete die Hand, und die
matte Münze fiel heraus. Die ganze Zeit über hatte er sie festgehalten. Die Münze fiel auf Grays Bein und kullerte ins Gras.

Ein Abschiedsgeschenk.

Ein letztes Dankeschön.

Als das vollbracht war, erschlaffte der Fremde. Sein Kopf
sank auf Grays Schulter. Gray fluchte verhalten.

Tut mir leid, alter Mann.

Mit der Linken zog er das Handy aus der Tasche. Er klappte
es auf und drückte die Notruftaste. Es wurde augenblicklich
abgenommen.

Gray schilderte kurz seine Lage.

»Hilfe ist bereits unterwegs«, erklärte der Direktor. »Wir
sehen Sie auf dem Monitor der Überwachungskamera. Da ist
eine Menge Blut. Sind Sie verletzt?«

»Nein«, antwortete Gray knapp.

»Bleiben Sie in Deckung.«

Gray hatte keine Einwände dagegen. Bislang waren keine
weiteren Schüsse abgefeuert worden. Es waren keine Kugeln
in das Schild eingeschlagen. Vielleicht war der Schütze ja bereits geflüchtet. Trotzdem wagte Gray es nicht, sich zu bewegen – er wartete auf das Eintreffen der Kavallerie.

Gray steckte das Handy ein und nahm die Münze in die
Hand. Sie war schwer und dick und wies eine primitive Prägung auf. Zerstreut rieb er daran. Mit dem Blut an seinen Fingern entfernte er den Oberflächenschmutz. Darunter kam das
Abbild eines griechischen oder römischen Tempels zum Vorschein, sechs Säulen unter einem spitzen Giebel.

Was zum Teufel hatte das zu bedeuten?

In der Mitte der Münze prangte ein einzelner Buchstabe.

Gray erkannte darin den griechischen Buchstaben Σ.

Sigma.

In der Mathematik stand der Buchstabe Sigma für die Summe aller Teile, doch er war auch das Symbol der Organisation, für die Gray arbeitete: die Sigma Force, ein Elite-Team von Exsoldaten der Spezialeinsatzkräfte, die eine wissenschaftliche Zusatzausbildung absolviert hatten und nun dem verdeckt arbeitenden militärischen Arm der DARPA angehörten, der Forschungs- und Entwicklungsabteilung des Verteidigungsministeriums.

Gray blickte zur Burg. In den noch aus dem Zweiten Weltkrieg stammenden unterirdischen Bunkern war das Hauptquartier von Sigma untergebracht. Aufgrund seiner zentralen Lage verfügte es über beste Kontakte zu den Regierungsstellen, dem Pentagon und den verschiedenen privaten und staatlichen Forschungseinrichtungen.

Gray konzentrierte sich wieder auf die Münze und stellte fest, dass er einer Täuschung aufgesessen war. Der Buchstabe war kein griechisches Σ – sondern ein großes E. In seiner Panik hatte er die beiden Buchstaben verwechselt und das zu sehen gemeint, was ihn gerade beschäftigte.

Er schloss die Faust um die Münze.

Nur ein *E.*

In den vergangenen Wochen war es schon häufiger vorgekommen, dass Gray Querverbindungen sah, wo gar keine waren – zumindest war das die einhellige Ansicht seiner Kollegen. Einen ganzen Monat lang hatte Gray nach dem Verbleib seines vermissten Freundes Monk Kokkalis geforscht und dabei alle Mittel ausgeschöpft, die Sigma zur Verfügung standen. Bislang war er immer nur in Sackgassen gelandet.

Sie jagen nach Gespenstern, hatte Painter Crowe ihn nach den ersten Wochen gewarnt.

Vielleicht hatte er recht damit gehabt.

40

In der Vorderfront der Burg sprang eine Tür auf. Mehrere schwarz gekleidete Gestalten stürmten mit angelegten Waffen heraus, die sie sich beidhändig an die Schulter drückten.

Die Kavallerie. Die Männer bewegten sich vorsichtig, wurden jedoch nicht unter Feuer genommen.

Kurz darauf hatten sie Gray erreicht und sicherten nach allen Seiten.

Einer der Männer kniete neben dem Obdachlosen nieder. Er stellte einen Notfallkoffer ab, um Erste Hilfe zu leisten.

»Ich glaube, er ist tot«, sagte Gray.

Der Arzt tastete nach dem Puls und bestätigte Grays Vermutung.

Tot.

Gray richtete sich auf.

Zu seiner Verwunderung machte er seinen Chef Painter Crowe am Nebeneingang aus. Mit hochgekrempelten Hemdsärmeln trat der Direktor ins Freie. Seine Miene war finster. Obwohl er zehn Jahre älter war als Gray, bewegte Painter sich noch immer so geschmeidig wie ein schlanker Wolf. Offenbar schätzte der Direktor das Risiko als gering ein. Oder aber er spürte wie Gray, dass der Heckenschütze bereits geflüchtet war.

Aber was verstand der Mann eigentlich unter einem *Schreibtischjob*?

Painter ging ihm entgegen, während in der Ferne Polizeisirenen ertönten. »Ich lasse die Mall von der Polizei abriegeln«, sagte er knapp.

»Zu wenig, zu spät.«

»Wahrscheinlich. Die Ballistiker werden das Schussfeld einengen und herausfinden, wo die Schüsse abgefeuert wurden. Ist Ihnen jemand gefolgt?«

Gray schüttelte den Kopf. »Mir ist jedenfalls nichts aufgefallen.«

Gray konnte sehen, wie es hinter der Stirn des Direktors arbeitete, als er die Mall musterte. Wer hatte es gewagt, einen Mordanschlag auf Gray zu verüben? Noch dazu unmittelbar vor ihrer Haustür. Das war eine deutliche Warnung, doch worauf zielte sie ab? Seit dem Einsatz in Kambodscha war Gray nicht mehr aktiv gewesen.

»Wir haben Ihre Eltern bereits unter Bewachung gestellt«, sagte Painter. »Eine reine Vorsichtsmaßnahme.«

Gray nickte dankbar. Allerdings konnte er sich denken, dass sein Vater nicht besonders glücklich darüber sein würde. Und seine Mutter auch nicht. Sie hatte sich noch immer nicht vollständig von dem Kidnapping vor zwei Monaten erholt.

Trotz des Toten verspürte Gray auf einmal neue Hoffnung.

»Direktor, wäre es möglich, dass der Schütze …«

Painter hob die Hand. Auf seiner Stirn hatte sich eine tiefe Sorgenfalte eingegraben. Er ließ sich neben dem Obdachlosen auf ein Knie nieder und drehte dessen Gesicht behutsam herum. Nach einer Weile hockte er sich auf die Fersen und kniff die Augen zusammen. Auf einmal wirkte er besorgter denn je.

»Was ist, Sir?«

»Ich glaube nicht, dass es der Schütze auf Sie abgesehen hatte, Gray.«

Gray blickte zum Gehsteig und dachte an die Querschläger.

»Jedenfalls waren Sie nicht das vorrangige Ziel.«

»Weshalb sind Sie sich da so sicher?«

Painter nickte zu dem Toten hin. »Ich kenne den Mann.«

Gray reagierte mit Bestürzung.

»Das ist Archibald Polk, Professor für Neurologie am M.I.T.«

Gray musterte skeptisch das gelbliche Gesicht des Toten und den schmutzigen Dreitagebart, doch der Direktor hatte anscheinend nicht gescherzt. Wenn er richtig lag, hatte der Bursche schwere Zeiten durchgemacht.

»Wie zum Teufel konnte er so enden?«, fragte Gray.

Painter richtete sich auf und schüttelte den Kopf. »Keine Ahnung. Der Kontakt zu ihm ist vor zehn Jahren abgebrochen. Aber es gibt eine noch wichtigere Frage: Weshalb wurde er erschossen?«

Gray blickte auf den Leichnam. Er musste seine anfängliche Einschätzung korrigieren. Eigentlich hätte er erleichtert sein sollen, dass der Heckenschütze es nicht auf ihn abgesehen gehabt hatte, doch wenn Painter recht hatte, stand der Angriff nicht in Zusammenhang mit Grays eigenen Nachforschungen.

Ärger wallte in ihm auf – und Gewissensbisse.

Der Mann war in seinen Armen gestorben.

»Er muss absichtlich hierhergekommen sein«, murmelte Painter und blickte zur Burg. »Er wollte mich sprechen. Aber weshalb?«

Gray musste an die drängende Geste des Mannes denken. Er streckte die Hand aus. Auf der blutigen Handfläche lag die Münze. »Ich glaube, er wollte mir das hier geben.«

14:02

Während in der Ferne Polizeisirenen gellten, ging der alte Mann langsam die Pennsylvania Avenue entlang. Er war mit einem staubgrauen Anzug bekleidet. In der einen Hand trug er einen ramponierten Reisekoffer, an der anderen Hand führte er ein Mädchen. Das Kleid der Neunjährigen passte farblich zum Anzug des Mannes. Das dunkle Haar hatte sie sich mit einem roten Band aus dem blassen Gesicht zurückgebunden.

Ihre glänzenden schwarzen Schuhe wiesen einen trocknenden Schlammspritzer auf, der von dem Spielplatz stammte, auf dem sie bis gerade eben gespielt hatte.

»Papa, hast du deinen Freund gefunden?«, fragte sie auf Russisch.

Er drückte ihr die Hand und antwortete mit müder Stimme: »Ja, das hab ich, Sascha. Aber denk bitte daran, *Englisch* zu sprechen, mein Schatz.«

Als Reaktion auf den Tadel schlurfte sie ein bisschen mit den Füßen, dann ging sie weiter. »Hat er sich gefreut, dich zu sehen?«

Der Mann vergegenwärtigte sich den Blick durchs Zielfernrohr und wie der Mann zusammengebrochen war.

»Ja, das hat er. Er war sehr überrascht.«

»Können wir jetzt heimfliegen? Marta wartet bestimmt schon auf mich.«

»Bald.«

»Wann ist bald?«, fragte sie und kratzte sich am Ohr. Dort, wo es juckte, schimmerte glänzender Stahl durch ihr dunkles Haar.

Er drückte ihren Arm behutsam nach unten und strich das Haar glatt. »Ich muss vorher noch etwas erledigen. Dann fliegen wir nach Hause.«

Er näherte sich der Zehnten Straße. Das Gebäude lag zu seiner Rechten, ein hässlicher Kastenbau, den jemand mit Fahnen zu schmücken versucht hatte. Er näherte sich dem Eingang.

Sein Ziel.

Die FBI-Zentrale.

In Grays Spind summte es.

Er eilte darauf zu und wäre auf dem nassen Boden um ein Haar ausgerutscht. Er kam gerade aus der Dusche und hatte sich lediglich ein Handtuch umgelegt. Nach einer kurzen Besprechung mit Direktor Crowe hatte er sich in die Umkleideräume im Keller der Sigma-Bunker zurückgezogen. Als Erstes nahm er eine Dusche, dann stemmte er eine Stunde lang Gewichte und duschte erneut. Die Anstrengung half ihm, wieder einen klaren Kopf zu bekommen.

Vollständig gelungen aber war es ihm nicht.

Erst musste er herausfinden, was es mit dem Mord auf sich hatte.

Er öffnete den Spind und hob den Blackberry auf. Das musste Direktor Crowe sein. Als er das Handy berührte, hörte es auf zu vibrieren. Der Anrufer hatte aufgelegt. Gray warf einen Blick aufs Display und runzelte die Stirn. Painter Crowe war es nicht gewesen.

Auf dem Display stand: R. Trypol.

Den hätte er beinahe vergessen gehabt.

Captain Ron Trypol von der Marineaufklärung.

Der Captain hatte den Rettungseinsatz vor der indonesischen Insel Pusat geleitet. Heute wollte er über den Stand der Arbeiten zur Bergung des gesunkenen Kreuzfahrtschiffs *Mistress of the Seas* Bericht erstatten. Er hatte zwei U-Boote vor Ort, die das Wrack und dessen Umgebung absuchten.

Gray aber hatte ein ganz persönliches Interesse an der Suche.

Sein Freund und Kollege Monk Kokkalis war vor der Insel Pusat zum letzten Mal gesehen worden. Er hatte sich in einem schweren Tarnnetz verfangen und war unter Wasser gezogen worden. Captain Trypol hatte sich bereit erklärt, nach Monks

Leiche zu suchen. Der Captain war ein guter Freund und ehemaliger Kollege von Monks Witwe Kat Bryant. Heute Morgen war Gray zum Amt für Marineaufklärung in Suitland, Maryland, gefahren, weil er hoffte, dort Neues zu erfahren. Man hatte ihm jedoch eine Abfuhr erteilt und ihn aufgefordert, sich bis zum Abschluss der Untersuchung zu gedulden. Anschließend war er zur Sigma-Zentrale zurückgeeilt, weil er den Direktor bitten wollte, Druck auf die Navy auszuüben.

Gray verspürte einen Anflug schlechten Gewissens, weil er sein eigentliches Anliegen aus dem Blick verloren hatte. Er drückte die Rückruftaste und hob das Handy ans Ohr. Während er darauf wartete, dass die Verbindung hergestellt wurde, ließ er sich auf eine Bank sinken. Sein Blick fiel auf den gegenüberliegenden Spind. Auf ein Stück Klebeband an der Tür hatte jemand mit schwarzem Filzstift den Namen des ehemaligen Besitzers geschrieben.

KOKKALIS.

Obwohl Monk mit Sicherheit tot war, hatte sich niemand aufraffen können, das Klebeband zu entfernen. Es war ein Hoffnungszeichen. Auch wenn Gray vielleicht der Einzige war, der die Hoffnung nicht aufgeben wollte.

Das war er seinem Freund schuldig.

Monk hatte zusammen mit Gray bei Sigma Karriere gemacht. Er war zum gleichen Zeitpunkt, als man Gray aus dem Leavenworth Gefängnis herausgeholt hatte, von den Green Berets angeworben worden. Gray hatte in Leavenworth eine Haftstrafe wegen Tätlichkeit gegen einen Vorgesetzten verbüßt, die er sich während seiner Dienstzeit bei den Army Rangers hatte zuschulden kommen lassen. Sie waren rasch Freunde geworden, obwohl sie bei Sigma ein seltsames Paar gewesen waren. Monk war nur knapp eins sechzig groß gewesen und hatte neben dem größeren, hageren Gray wie ein geschorener Pitbull gewirkt. Die eigentlichen Unterschiede aber lagen tiefer. Mit seiner lockeren Art hatte er einen günstigen Einfluss auf den kompromisslosen, stahlharten Gray ausgeübt. Ohne die Freundschaft zu Monk wäre Gray vermutlich bei Sigma ebenso gescheitert wie bei den Army Rangers.

Während er wartete, dachte Gray an seinen ehemaligen Partner. Im Laufe der Jahre hatten sie viele brenzlige Situationen gemeistert. Monks zahlreiche Narben waren ein Beleg dafür gewesen. Bei einem Einsatz hatte er sogar die linke Hand verloren und trug seitdem eine Prothese. Gray vernahm im Kopf noch immer Monks bellendes Gelächter … und seine leise, eindringliche Stimme, die den hohen IQ des Gerichtsmediziners und Wissenschaftlers durchklingen ließ.

Wie war es nur möglich, dass ein solch eindrucksvoller, lebendiger Mensch einfach spurlos verschwand?

Endlich klickte es in der Leitung. »Captain Ron Trypol …«

»Captain, hier spricht Gray Pierce.«

»Ah, Commander. Gut, dass Sie anrufen. Ich hatte gehofft, Sie noch heute Nachmittag zu sprechen. Bis zur nächsten Sitzung bleibt mir nicht viel Zeit.«

Der Mann klang gestresst. »Captain?«

»Ich komme gleich zur Sache. Ich habe Anweisung, die Suche abzubrechen.«

»Was?«

»Wir konnten bislang zweiundzwanzig Leichen bergen. Ein Abgleich des Zahnstatus hat ergeben, dass Ihr Mann nicht dabei ist.«

»Nur zweiundzwanzig?« Das war selbst nach zurückhaltenden Schätzungen nur ein Bruchteil der Toten.

»Ich weiß, Commander. Aber die Bergungsarbeiten wurden durch die extreme Tiefe und den hohen Druck erschwert. Der Grund der Lagune ist von Höhlen und Lavakanälen durchzogen, die ein Labyrinth mit meilenweiten Gängen bilden.«

»Aber trotzdem…«

»Commander«, sagte Trypol mit fester Stimme. »Vor zwei Tagen haben wir einen Taucher verloren. Einen guten Mann mit Familie und zwei Kindern.«

Gray schloss die Augen. Er wusste, wie sehr ein solcher Verlust die Hinterbliebenen schmerzte.

»Wenn wir die Höhlen noch länger absuchen, setzen wir das Leben weiterer Männer aufs Spiel. Und wozu das alles?«

Gray schwieg.

»Commander Pierce, ich nehme an, Sie haben ebenfalls nichts Neues zu vermelden. Keine geheimnisvollen Botschaften mehr?«

Gray seufzte.

Um den Captain zur Zusammenarbeit zu bewegen, hatte er ihm von der einen Botschaft erzählt, die er erhalten hatte… oder *möglicherweise* erhalten hatte. Der Vorfall hatte sich ein paar Wochen nach Monks Verschwinden ereignet. Von dem Einsatz auf der Insel hatte er Monks Handprothese übrig behalten, ein Biotechnologieprodukt, ausgestattet mit neuester DARPA-Technik und einer Funkschnittstelle. Als er die Prothese zu Monks Bestattung bringen wollte, hatten die Finger ein schwaches SOS gemorst. Das Ganze hatte nur wenige Sekunden gedauert – und Gray allein hatte es gehört. Dann hatte es wieder aufgehört. Die Techniker, welche die Hand untersuchten, waren zu dem Schluss gekommen, es habe sich um einen elektrischen Kurzschluss gehandelt. Im digitalen Protokoll der Hand war kein hereinkommendes Funksignal vermerkt gewesen. Es war eine Fehlfunktion aufgetreten. Das war alles. Ein elektrischer Flaschengeist.

Gray aber wollte die Hoffnung nicht aufgeben – auch wenn Woche um Woche verstrich.

»Commander?«, sagte Trypol.

»Nein«, räumte Gray verdrossen ein. »Keine weiteren Botschaften.«

Nach kurzem Schweigen sagte Trypol bedächtig: »Dann ist es vielleicht an der Zeit, die Sache ad acta zu legen, Commander. Das liegt im allgemeinen Interesse.« Sein Tonfall wurde etwas weicher. »Und was ist mit Kat, Monks Frau? Was sagt sie zu alledem?«

Das war ein wunder Punkt. Gray bedauerte, ihr überhaupt von dem Vorfall erzählt zu haben. Aber war er nicht dazu verpflichtet gewesen? Monk war ihr Mann; sie hatten eine kleine Tochter, Penelope. Vielleicht wäre es besser gewesen, er hätte ihr nichts davon gesagt. Kat hatte sich seinen Bericht mit regloser Miene angehört. In ihrem schwarzen Trauerkleid hatte sie stocksteif dagestanden, die Augen vor Trauer ganz eingesunken. Sie wusste, es war ein winziger Rettungsanker, eine vage Hoffnung. Sie hatte erst Penelope angeschaut, die auf dem Rücksitz der schwarzen Limousine saß, und dann wieder Gray. Sie hatte kein Wort gesagt, sondern nur einmal den Kopf geschüttelt. Sie konnte den Rettungsanker nicht ergreifen. Monk ein zweites Mal zu verlieren wäre zu viel für sie gewesen. Sie war bereits angegriffen, doch dies hätte ihr den Rest gegeben. Außerdem musste sie an Penelope denken, das Einzige, was Monk ihr hinterlassen hatte. Ein Wesen aus Fleisch und Blut. Und keine Phantomhoffnung.

Gray hatte Verständnis für sie gehabt. Deshalb hatte er die Untersuchung selbstständig weitergeführt. Seit jenem Tag hatte er nicht mehr mit Kat gesprochen. Zwischen ihnen bestand eine stillschweigende Abmachung. Sie wollte erst dann wieder mit ihm reden, wenn die Angelegenheit auf die eine oder andere Art abgeschlossen wäre. Grays Mutter aber hatte ein paar Nachmittage mit Kat und dem Kind verbracht. Von dem SOS-Signal wusste sie nichts, hatte aber gespürt, dass mit Kat etwas nicht stimmte.

Kat sei *voller Qual*, hatte sie gemeint.

Gray wusste, was sie quälte.

Ungeachtet ihrer bewussten Entscheidung hatte Kat nämlich tatsächlich nach dem Rettungsanker gegriffen. Ihr Verstand mochte sich der Hoffnung gegenüber verschließen, doch ihrem Herzen gelang das nicht.

Um ihretwillen, um ihrer Familie willen, musste Gray sich der grausamen Realität stellen.

»Ich danke Ihnen für Ihre Bemühungen, Captain«, murmelte er.

»Sie haben getan, was Sie konnten. Das müssen Sie sich immer vor Augen halten. Aber irgendwann muss das Leben weitergehen.«

Gray räusperte sich. »Es tut mir sehr leid, dass Sie einen Mann verloren haben, Sir.«

»Mein Beileid auch Ihnen.«

Gray unterbrach die Verbindung. Eine Weile stand er da. Schließlich trat er zum gegenüberliegenden Spind und legte die flache Hand auf die Metalltür, die so kalt war wie ein Grab.

Tut mir leid.

Mit einem Ruck riss er das Klebeband ab.

Lebewohl, Monk.

16:02

Painter versetzte die alte Münze auf seinem Schreibtisch in Drehung. Er betrachtete den blitzenden Silberschemen und grübelte über das darin verborgene Geheimnis nach. Vor einer halben Stunde war die Münze aus dem Labor zurückgekommen. Den detaillierten Untersuchungsbericht hatte er bereits gelesen. Man hatte die Münze mit dem Laser auf Fingerabdrücke untersucht und die Oberfläche wie das Innere mit dem Massenspektrometer analysiert. Zahlreiche Fotos waren angefertigt worden, unter anderem auch Stereoaufnahmen. Die Rotation der Münze verlangsamte sich, dann kippte sie auf die Mahagoni-Arbeitsfläche. Nach der sorgfältigen Reinigung funkelte die alte Prägung hell.

Ein von sechs dorischen Säulen gestützter griechischer Tempel. In der Mitte des Tempels ein großer Buchstabe.

E

Der griechische Buchstabe Epsilon.

Auf der Rückseite war eine Frauenbüste mit der Unterschrift DIVA FAUSTINA abgebildet. Dem Bericht zufolge war inzwischen zumindest die Herkunft der Münze geklärt.

Aber was hatte das alles zu bedeuten?

Die Sprechanlage summte. »Direktor Crowe, Commander Pierce ist eingetroffen.«

»Sehr schön. Lassen Sie ihn reinkommen, Brant.«

Painter zog den Untersuchungsbericht zu sich heran, als auch schon die Tür aufging. Gray trat ein, das schwarze, noch feuchte Haar frisch gekämmt. Er hatte die blutigen Kleidungsstücke abgelegt und trug nun ein grünes T-Shirt mit der Aufschrift ARMY, schwarze Jeans und Stiefel. Seine Miene war düster, doch in seinen graublauen Augen lag eine Art müder Entschlossenheit. Painter hatte eine Vermutung, was es damit auf sich hatte. Er verfügte beim Amt für Marineaufklärung über seine eigenen Kontaktleute.

Painter forderte Gray mit einer Handbewegung auf, Platz zu nehmen.

Als er sich gesetzt hatte, wurde Painter auf die Münze aufmerksam. Neugier regte sich in seinem Blick.

Gut.

Painter schob Gray die Münze entgegen. »Commander, ich weiß, Sie haben darum gebeten, für unbestimmte Zeit vom Dienst freigestellt zu werden, aber ich möchte Sie trotzdem bitten, die Ermittlungen zu diesem Fall zu leiten.«

Gray machte keine Anstalten, die Münze in die Hand zu nehmen. »Dürfte ich Ihnen zunächst eine Frage stellen, Sir?«

Painter nickte.

»Der Tote. Der Professor.«

»Archibald Polk.«

»Sie haben erwähnt, er habe zu Sigma gewollt. Um sich mit Ihnen zu treffen.«

Painter nickte. Er ahnte, worauf Grays Fragen abzielten.

»Dann hatte Professor Polk also Kontakt mit Sigma? Trotz der hohen Geheimhaltungsstufe wusste er Bescheid über unsere Organisation?«

»Ja. So kann man es ausdrücken.«

Gray runzelte die Stirn. »Wie meinen Sie das?«

»Archibald Polk hat Sigma *erfunden.*«

Painter registrierte Grays Überraschung nicht ohne Genugtuung. Der Mann konnte eine kleine Erschütterung gut vertragen. Gray straffte sich.

Painter hob die Hand. »Ich habe Ihre Frage beantwortet, Gray. Jetzt sind Sie an der Reihe. Werden Sie die Ermittlungen leiten?«

»Da der Professor vor meinen Augen erschossen wurde, habe ich ein besonderes Interesse an einer Aufklärung des Falls.«

»Und was ist mit Ihren … außerplanmäßigen Aktivitäten?«

Grays Augen nahmen einen schmerzlichen Ausdruck an. Seine Gesichtszüge verhärteten sich, als ob er sich innerlich zusammenkrampfte. »Ich nehme an, Sie sind auf dem Laufenden, Sir.«

»Ja. Die Navy hat die Suche abgebrochen.«

Gray atmete tief durch. »Ich habe alles versucht. Jetzt kann ich nichts mehr tun. Das lässt sich nicht leugnen.«

»Und Sie glauben nach wie vor, Monk könnte noch am Leben sein?«

»Ich ... ich weiß es nicht.«

»Und Sie können mit der Ungewissheit leben?«

Gray erwiderte unverwandt Painters Blick. »Das werde ich wohl müssen.«

Painter nickte zufrieden. »Dann lassen Sie uns über die Münze sprechen.«

Gray nahm die Münze in die Hand. Er wendete sie zwischen den Fingern und betrachtete die frisch gereinigte Oberfläche. »Haben Sie herausgefunden, was es damit auf sich hat?«

»Wir sind inzwischen um einiges schlauer. Das ist eine römische Münze, die im zweiten Jahrhundert geprägt wurde. Beachten Sie die Frauenbüste auf der Rückseite. Das ist Faustina die Ältere, die Gattin des römischen Kaisers Antoninus Pius. Sie war die Schutzherrin verwaister Mädchen und hat sich generell für Frauen engagiert. Außerdem war sie fasziniert von der Schwesternschaft der Sibyllen, der weissagenden Frauen eines bestimmten Tempels in Griechenland.«

Painter forderte Gray auf, die Münze umzudrehen. »Der Tempel ist auf der Vorderseite abgebildet. Der Tempel von Delphi.«

»Der mit dem Orakel? Wo die Seherinnen zu Hause waren?«

»Genau der.«

Dem Untersuchungsbericht auf Painters Schreibtisch lag auch ein historisches Informationsblatt über das Orakel bei. Darin stand, die Frauen hätten halluzinogene Dämpfe inhaliert, bevor sie die Fragen der Bittsteller beantworteten. Ihre Prophezeiungen waren jedoch mehr gewesen als reine Wahrsagerei, denn sie hatten großen Einfluss auf den Gang der Geschichte gehabt. »Im Laufe von tausend Jahren spielten die Prophezeiungen des Orakels eine Rolle bei der Befreiung vieler tausend Sklaven. Es legte die Saat für die Demokratie westlicher Prägung und setzte sich ein für die Unverletzlichkeit des menschlichen Lebens. Manche Leute sind der Ansicht, das Orakel sei maßgeblich daran beteiligt gewesen, dass Griechenland den Übergang von der Barbarei zur modernen Zivilisation geschafft hat.«

»Aber was ist mit dem großen *E* in der Mitte des Tempels?«, fragte Gray. »Ich nehme an, das ist der griechische Buchstabe Epsilon.«

»Ja. Der steht ebenfalls in Beziehung zum Tempel des Orakels. Man hat dort einige Inschriften gefunden: *Gnothi seauton*, was so viel bedeutet wie ...«

»Erkenne dich selbst«, beendete Gray an seiner Stelle den Satz.

Painter nickte. Er rief sich in Erinnerung, dass Gray in der alten Philosophie gut bewandert war. Als er ihn aus dem Leavenworth Gefängnis holte, hatte Gray gerade Chemie und Taoismus studiert. Grays einzigartige Denkweise hatte Painter von Anfang an fasziniert. Allerdings hatten derlei Vorzüge auch ihren Preis. Gray arbeitete nicht immer gut im Team, wie er in den vergangenen Wochen wieder einmal unter Beweis gestellt hatte. Es tat gut zu erleben, dass er sich wieder dem Hier und Jetzt zuwandte.

»Und dann war da noch dieses mysteriöse *E*«, fuhr Painter fort und deutete mit dem Kinn auf die Münze. »Es war in die Wand des innersten Heiligtums eingeritzt.«

»Und was bedeutet es?«

Painter zuckte mit den Schultern. »Das weiß niemand.

Nicht einmal die Griechen selbst. Seit Plutarch, dem griechischen Gelehrten, haben Historiker die verschiedensten Spekulationen angestellt. Bei den Gegenwartshistorikern herrscht die Ansicht vor, es müsse einmal *zwei* Buchstaben gegeben haben. Ein *E* und ein *G*, das Zeichen der Erdgöttin Gaia. Der erste Tempel von Delphi wurde Gaia zu Ehren errichtet.«

»Wenn die Bedeutung unklar ist, weshalb wurde der Buchstabe dann auf der Münze abgebildet?«

Painter schob Gray den Untersuchungsbericht zu. »Darin erfahren Sie mehr. Das E ist das Symbol eines Prophezeiungskults. Im Laufe der Jahrhunderte wurde es auf zahlreichen Gemälden dargestellt, unter anderem auf Nicolas Poussins *Ordination*, wo es über dem Kopf Christi erscheint, als er Petrus den Himmelsschlüssel überreicht. Das Symbol markiert eine Zeit des grundlegenden Wandels, der von einer einzelnen Person bewirkt wird, sei es vom Orakel von Delphi oder Jesus von Nazareth.«

Gray klappte den Bericht zu und schüttelte den Kopf. »Aber was hat das alles mit dem Toten zu tun?« Er nahm die Silbermünze in die Hand. »Ist sie so wertvoll, dass man deswegen tötet?«

Painter schüttelte den Kopf. »Besonders wertvoll ist sie nicht. Sie kostet gutes Geld, aber der Marktpreis ist eher als moderat zu bezeichnen.«

»Worum geht es dann?«

Das Summen der Sprechanlage unterbrach ihn. »Direktor Crowe, bitte entschuldigen Sie die Störung«, tönte die Stimme seines Assistenten aus dem Lautsprecher.

»Was gibt es, Brant?«

»Dr. Jennings von der Pathologie wünscht Sie dringend zu sprechen. Er hat um eine Videokonferenz ersucht.«

»Ist gut. Stellen Sie ihn auf den Monitor.«

Gray erhob sich und wollte gehen, doch Painter bedeutete ihm, sich wieder zu setzen, dann schwenkte er seinen Sessel herum. Sein Büro lag im unterirdischen Bunker und war fensterlos, doch an der Wand hingen drei große Plasmabildschirme. Das waren seine persönlichen Fenster in die Welt.

Painter blickte in ein Pathologielabor. Im Vordergrund stand Dr. Malcolm Jennings. Der sechzigjährige Leiter der Forschungsabteilung von Sigma trug einen Chirurgenkittel und einen Gesichtsschutz aus Plastik. Hinter ihm erstreckte sich das Labor: versiegelter Betonboden, mehrere digitale Waagen und in der Mitte ein Leichnam, der respektvoll abgedeckt war.

Professor Archibald Polk.

Es hatte ein paar Telefonate erfordert, um den Leichnam vom städtischen Leichenschauhaus in die Sigma-Zentrale verlegen zu lassen, doch Malcolm Jennings war ein hoch angesehener Pathologe.

Seinem grimmigen Gesichtsausdruck nach zu schließen stimmte etwas nicht.

»Was gibt es, Malcolm?«

»Ich musste das Labor unter Quarantäne stellen.«

Sein Tonfall gefiel Painter nicht. »Besteht die Gefahr einer Ansteckung?«

»Eine Ansteckung ist nicht zu befürchten, aber Gefahr besteht durchaus. Warten Sie, ich zeig's Ihnen.« Er trat aus dem Erfassungsbereich der Kamera hinaus, war aber weiterhin klar und deutlich zu verstehen. »Bereits bei der Voruntersuchung wurde ich misstrauisch. Dem Mann gehen büschelweise die Haare aus, der Zahnschmelz ist angegriffen, und er weist Hautverbrennungen auf. Wäre er nicht erschossen worden, wäre er in wenigen Tagen gestorben.«

»Was sagen Sie da, Malcolm?«

Jennings hatte ihn anscheinend nicht gehört. Der Pathologe

kam wieder ins Bild, doch jetzt trug er eine dicke Schürze. Er hielt ein Gerät in der Hand, das mit einem schwarzen Stab verbunden war.

Gray erhob sich und trat näher an den Monitor heran.

Dr. Jennings schwenkte den Stab über dem Toten. Das Gerät in seiner anderen Hand begann heftig zu klicken. Der Pathologe blickte wieder in die Kamera.

»Der Leichnam ist radioaktiv.«

2

IN DER DRÜCKENDEN Nachmittagsschwüle schritt Gray über den Gehsteig vor dem Smithsonian Castle. Zu seiner Linken breitete sich die National Mall aus, die wegen der Hitze nahezu menschenleer war.

Der Tatort war mit Plastikband abgesperrt. Die Spurenermittler hatten ihre Arbeit zwar schon beendet, doch die Stelle wurde noch von einem Polizisten bewacht.

Gray ging in östlicher Richtung über den Jefferson Drive. Ein groß gewachsener Bodyguard folgte ihm auf den Fersen, doch er übersah ihn geflissentlich. Er hatte um keinen Schutz gebeten und gewiss nicht um diesen Mann. Er tippte aufs Kehlkopfmikrofon und flüsterte: »Ich habe eine Spur gefunden.«

Aus dem schnurlosen Ohrhörer tönte eine verrauschte Antwort. Als er den Kopf schief legte, war die Verbindung besser. »Wiederholen Sie das«, flüsterte er.

»Können Sie der Spur folgen?«, fragte Painter Crowe.

»Ja... aber ich weiß nicht, wie weit. Die Anzeige ist sehr schwach.« Gray hatte sich den Plan ausgedacht. Er warf einen Blick auf den tragbaren Strahlendetektor in seiner Hand. Der

58

halogengefüllte Geigerzähler war empfindlich genug, um auch Spuren radioaktiver Strahlung aufzuspüren, zumal wenn man ihn auf das Strontium-90-Isotop einstellte, das man in Polks Körper gefunden hatte. Gray hatte gehofft, dass man die Reststrahlung, das radiologische Äquivalent einer Geruchsfährte, würde detektieren können. Und es sah ganz danach aus, als ob es klappen würde.

»Geben Sie Ihr Bestes, Gray. Jede Information über die Orte, an denen sich der Professor in den vergangenen Tagen aufgehalten hat, könnte von entscheidender Bedeutung sein. Ich habe bereits versucht, seine Tochter anzurufen, konnte sie aber nicht erreichen.«

»Ich folge der Fährte, so weit es geht.« Gray ging weiter und behielt den Detektor im Blick. »Ich melde mich, sobald ich etwas herausgefunden habe.«

Er unterbrach die Verbindung und folgte der National Mall. Einen halben Straßenblock weiter bekam der Detektor auf einmal kein Signal mehr. Fluchend blieb Gray stehen, bewegte sich ein paar Schritte rückwärts und prallte gegen den Bodyguard, der ihn beschattete.

»Verdammt noch mal, Pierce«, brummte der Mann. »Ich hab mir gerade eben die Schuhe poliert.«

Gray blickte sich über die Schulter zu dem Muskelberg um. Joe Kowalski, der früher bei der Navy gewesen war, trug Sportsakko und lange Hose. Beides passte nicht so recht. Mit seinem schwarzen Bürstenhaarschnitt und der nach einem Bruch schief verheilten Nase glich er eher einem rasierten Gorilla, den man in einen zerknitterten Anzug gezwängt hatte.

Kowalski bückte sich und polierte mit dem Sakkoärmel seinen Schuh. »Die haben mich dreihundert Piepen gekostet. Das sind mit Kettenstich vernähte Chukkas aus England. Ich musste sie extra in meiner Größe bestellen.«

Gray schaute vom Geigerzähler hoch und hob eine Augenbraue.

Kowalski wurde klar, dass er möglicherweise zu viel gesagt hatte. »Okay, ich mag die Schuhe«, sagte er verlegen. »Aber was soll's. Ich hatte eine Verabredung, aber... na ja... sie hat abgesagt.«

Kluges Kind.

»Das tut mir leid«, sagte Gray laut.

»Wenigstens sind sie nicht verkratzt«, meinte Kowalski.

»Ich meine, es tut mir leid, dass Sie versetzt wurden.«

»Ach, das.« Er zuckte mit den Schultern. »Selbst schuld.«

Gray enthielt sich eines weiteren Kommentars. Er konzentrierte sich wieder auf die Anzeige des Geigerzählers und beschrieb langsam einen engen Kreis. Einen Schritt weiter nach rechts fing er die radioaktive Spur wieder auf. Sie führte über den Rasen der Mall. »Weiter geht's.«

Sie gingen durch den Skulpturgarten der Mall, der dem Hirshhorn Museum gegenüberlag. Gray folgte Polks Schritten in die schattige Oase der Ruhe hinein und wieder heraus. Hinter dem Skulpturgarten führte Polks Weg weiter über die Mall, vorbei an den Zelten, die man zum Labor Day errichtet hatte und die gerade abgebaut wurden.

Gray blickte sich zu dem vertieft liegenden Garten um und musterte den Weg, den der Professor zurückgelegt hatte. »Er wollte nicht gesehen werden.«

»Oder es war ihm einfach nur zu heiß«, entgegnete Kowalski und wischte sich den Schweiß von der Stirn.

Gray blickte sich um. Im Westen wies das Washington Monument zur sengenden Sonne hoch; im Osten ragte die Kuppel des Kapitols auf.

Gray ging weiter. Die messbare Strahlung sank, je weiter er kam. Mit jedem Schritt nahmen die angezeigten Millirem ab.

Als sie die andere Seite der Mall erreicht hatten, eilte Gray über den Madison Drive. Am Park fand er die Fährte wieder. Als Gray sich einem schattigen Gehölz von Hartriegelgewächsen und Kreppmyrte näherte, wurde das Signal wieder stärker. Neben einem kniehohen Hortensienbeet stand eine Bank.

Gray kletterte auf die Sitzfläche.

An dieser abgeschiedenen Stelle war die Strahlung wieder stärker.

Hatte Polk hier gewartet? War das der Grund, weshalb die Reststrahlung hier so deutlich ausgeprägt war?

Gray schob einen blühenden Myrtezweig beiseite. Auf einmal hatte er freie Sicht auf die Mall und das Smithsonian Castle. Hatte der Professor hier gewartet, bis er den Eindruck gehabt hatte, die Luft sei rein? Gray blinzelte gegen die Sonne an. Malcolm hatte von Entkräftung und Auszehrung gesprochen. Polk hatte auf dem letzten Loch gepfiffen. Die Verzweiflung hatte ihn schließlich aus der Reserve gelockt.

Warum?

Gray wollte sich gerade abwenden, als Kowalski sich räusperte. Er hatte sich auf ein Knie niedergelassen, um den Staub von den Schuhen zu wischen, hatte den anderen Arm aber unter die Bank gestreckt. »Schauen Sie sich das mal an«, sagte er und richtete sich auf. In der Hand hielt er ein Fernglas.

Gray näherte den Detektor dem Fernglas. Die Anzeige schoss nach oben.

Kowalski verzog das Gesicht und hielt das Fernglas am Tragriemen von sich ab. »Nehmen Sie, nehmen Sie.«

Gray nahm Kowalski das Fernglas ab. Die Befürchtungen seines Partners waren unbegründet. Die Strahlung war kaum stärker als die normale natürliche Strahlung.

Er hob das Fernglas an die Augen und richtete es auf die Burg. Es ging gerade jemand daran vorbei. Dank der starken Vergrößerung konnte er die Gesichtszüge der Person deutlich erkennen. Polk hatte bei ihrer Begegnung aufgeregt gewirkt. Er hatte ihn fälschlicherweise für einen verzweifelten Obdachlosen gehalten, der es auf ein Almosen abgesehen hatte. Inzwischen hatte er den Verdacht, dass Polk ihn erkannt hatte. Hatte der Professor ihn dabei beobachtet, wie er die Mall entlanggegangen war, und war er aus seinem Versteck hervorgekommen, um ihn abzupassen?

Gray schob das Fernglas in den bleiverkleideten Beutel, den er sich umgeschnallt hatte.

»Gehen wir.«

Als die Bäume hinter ihnen lagen, folgte Gray der Fährte über den Madison Drive in westliche Richtung bis zu einer Treppe.

Die radioaktive Spur führte die Treppe hoch.

Gray schaute auf und erblickte den Eingang eines der berühmtesten Museen der Smithsonian Stiftung: des Nationalmuseums für Naturgeschichte. Darin waren ökologische, geologische und archäologische Fundstücke aus aller Welt zu sehen, angefangen von winzigen Fossilien bis zum ausgewachsenen Tyrannosaurus Rex.

Gray legte den Kopf in den Nacken. Die Museumskuppel ragte über einem dreieckigen Portikus auf, der von sechs großen dorischen Säulen gestützt wurde. Plötzlich wurde ihm bewusst, dass die Museumsfassade eine gewisse Ähnlichkeit mit dem auf der Münze abgebildeten Tempel aufwies.

Bestand da vielleicht ein Zusammenhang?

Bevor er ins Museumsinnere trat, hielt er es für geraten, der Sigma-Zentrale Bericht zu erstatten. Er ging ein paar Schritte zur Seite, lehnte sich an die steinerne Balustrade und aktivierte die verschlüsselte Funkverbindung. Gleich darauf meldete sich Direktor Crowe.

»Haben Sie etwas herausgefunden?«, fragte Painter.

»Die Fährte des Professors führt anscheinend ins Museum für Naturgeschichte«, antwortete Gray flüsternd.

»Ins Museum…?«

»Ich setze die Suche im Museum fort. Hatte er eine besondere Beziehung zu dem Museum?«

»Nicht dass ich wüsste. Aber ich werde mich mal über seine ehemaligen Kollegen schlaumachen.«

Gray erinnerte sich an eine Bemerkung Painters, Polks Vergangenheit betreffend. »Direktor Crowe, da ist noch etwas. Eine Sache müssen Sie mir erklären.«

»Und das wäre, Commander?«

»Sie haben gesagt, der Professor sei der *Erfinder* der Sigma Force. Was haben Sie damit gemeint?«

Das Schweigen dehnte sich, dann sagte Painter: »Gray, was wissen Sie über die Organisation, die man die Jasons nennt?«

Überrumpelt von der seltsamen Frage, wusste Gray nicht, was er sagen sollte. »Sir?«

»Die Jasons sind ein wissenschaftlicher Thinktank, der zur Zeit des Kalten Krieges gegründet wurde. Ihm gehören Spitzenforscher an, darunter auch viele Nobelpreisträger. Sie haben sich zusammengeschlossen, um die Militärelite bei technologischen Projekten zu beraten.«

»Und Professor Polk war dort ebenfalls Mitglied?«

»Genau. Im Laufe der Jahre erwiesen sich die Jasons für das Militär als ausgesprochen wertvoll. Jeden Sommer traten sie zusammen und berieten über Innovationen. Um Ihre Frage zu beantworten: Bei einer dieser Sitzungen schlug Archibald Polk vor, ein militärisches wissenschaftliches Ermittlungsteam zu gründen, das der DARPA unterstellt sein sollte.«

»Das war die Geburtsstunde von Sigma.«

»Richtig. Allerdings bin ich mir nicht sicher, ob das für diesen Fall relevant ist. Soviel ich weiß, war Polk schon seit Jahren nicht mehr für die Jasons tätig.«

Gray blickte zu der griechisch anmutenden Fassade auf. »Vielleicht arbeitet einer seiner Jason-Kollegen ja hier am Museum? Vielleicht war das der Grund, weshalb er hier war?«

»Das ist ein guter Ansatzpunkt. Ich werde mich darum kümmern, aber das könnte eine Weile dauern. In den letzten Jahren hat sich die Organisation nach außen wie nach innen immer mehr abgeschottet. Die mit verschiedenen Geheimprojekten befassten Wissenschaftler wissen heutzutage nicht mehr, womit sich ihre Kollegen gerade beschäftigen. Aber ich werde ein paar Telefonate tätigen.«

»Und ich verfolge diese Spur weiter.« Gray unterbrach die Verbindung und machte Kowalski ein Zeichen. »Kommen Sie. Wir gehen rein.«

»Wird langsam auch Zeit, dass wir aus der verdammten Sonne rauskommen.«

Dem konnte Gray nicht widersprechen. Sie traten durch den Eingang. Im Inneren war es angenehm kühl. Obwohl das Museum für die Öffentlichkeit frei zugänglich war, zeigte Gray dem Mann am Metalldetektor seinen schwarz glänzenden Ausweis.

Er wurde durchgewinkt.

Die Weite der Haupthalle war beeindruckend. Der dreistöckige Raum hatte einen achteckigen Grundriss. Jede Ebene war von Säulen gesäumt, die zu der gewaltigen, mit Guastavino-Fliesen gekachelten Kuppel aufragten. Durch Lichtgaden und das sogenannte Ochsenauge in der Mitte strömte Sonnenschein.

In der Mitte der Rotunde befand sich eines der Wahrzeichen des Museums, ein acht Tonnen schwerer afrikanischer Elefantenbulle. Mit erhobenem Rüssel und geschwungenen Stoßzähnen stand er auf einer verdorrten Grasfläche. Polks Fährte führte um den Elefanten herum zu einer Treppe.

Gray fiel ein Plakat an der linken Wand ins Auge, das eine Ausstellung ankündigte, die im kommenden Monat eröffnet werden sollte. Dargestellt war das Haupt der Medusa mit den Schlangenhaaren, das sich auf einem runden Schild spiegelte. Gray wurde unwillkürlich langsamer.

Als er den Ausstellungstitel las, musste er an Polks seltsame Münze denken. Auf einmal spürte er, dass er auf der richtigen Fährte war.

Geheimnisse der griechischen Mythologie

18:32

Zwei Männer blickten in dem abgedunkelten Raum durch einen venezianischen Spiegel in ein Kinderzimmer. Sie saßen in Clubsesseln mit Lederbezug, und hinter ihnen waren halbkreisförmig vier Sitzreihen angeordnet, die im Moment jedoch unbesetzt waren.

Das war eine Privatveranstaltung.

Der Raum hinter dem Spiegelglas war hell erleuchtet. Die Wände waren in einem sehr hellen Himmelblau gestrichen, dem die Psychologen eine beruhigende, meditative Wirkung nachsagten. Die Einrichtung bestand aus einem Bett mit geblümter Tagesdecke, einer offenen Kiste mit Spielsachen und einem kleinen Schreibtisch.

Der ältere der beiden Männer saß mit geradem Rücken da. Neben dem Sessel stand eine abgenutzte Reisetasche mit einem zerlegten Scharfschützengewehr der Marke Dragunow.

Der andere Mann war siebenundfünfzig Jahre alt, zwanzig Jahre jünger als sein russischer Sitznachbar. Er trug einen gebügelten Anzug und nahm eine lässige Sitzhaltung ein. Sein Blick war auf das Mädchen gerichtet, das vor einer Plastikstaffelei stand und in einem Kasten mit Filzstiften wühlte. Im Verlauf der letzten halben Stunde hatte das Kind sorgfältig ein grünes Rechteck auf das weiße Papier gemalt, das auf der Staffelei befestigt war. In einem hypnotischen Rhythmus hatte es den Filzstift immer wieder über das Papier wandern lassen.

»Dr. Raew«, sagte der Mann, »ich möchte nicht darauf herumreiten, aber sind Sie absolut sicher, dass Dr. Polk ihn nicht bei sich trug?«

Dr. Juri Raew seufzte. »Ich habe diesem Projekt mein ganzes Leben geopfert.« *Und meine Seele,* setzte er im Stillen hinzu. »So kurz vor dem Ziel darf es nicht scheitern.«

»Aber wo ist er dann? Wir haben das billige Hotel, in dem er die gestrige Nacht verbracht hat, auf den Kopf gestellt. Nichts. Er würde viele Fragen aufwerfen, sollte er in die falschen Hände gelangen.«

Juri blickte seinen Sitznachbarn an. John Mapplethorpe, Abteilungsleiter beim Militärischen Abschirmdienst, hatte ein längliches Gesicht mit Hängebacken und Tränensäcken. Es sah aus, als bestünde es aus Wachs und wäre zu lange der Sonne ausgesetzt gewesen. Sein gefärbtes Haar war zu dunkel, sodass seine Alterseitelkeit allzu deutlich zutage trat. Allerdings stand es Juri nicht zu, jemanden dafür zu verurteilen, dass er sich dem körperlichen Verfall entgegenstemmte. Unter seiner erschlafften Haut besaß Juris Körper noch immer die alte Spannkraft. Er verfügte über schnelle Reflexe, und sein Verstand war so scharf und beweglich wie eh und je. Mit Androgen und Wachstumshormonen sowie mit konsequentem Fitnesstraining versuchte er hartnäckig, den Lauf der Zeit aufzuhalten. Allerdings wurde er nicht von Eitelkeit angetrieben.

Er blickte in den Nebenraum.

Nein, Eitelkeit war es nicht.

Mapplethorpe trommelte mit den Fingern auf die Sessellehne. »Wir müssen uns wiederbeschaffen, was Polk uns gestohlen hat.«

»Er hatte den Gegenstand nicht bei sich«, versicherte Juri ihm voller Nachdruck. »Er ist zu groß, um ihn am Körper zu verstecken. Er passt auch nicht unter eine Jacke. Ein Glück, dass ich ihn aufhalten konnte, ehe er mit jemandem gesprochen hat.«

»Ich hoffe, Sie haben recht. Um unser aller willen.« Mapplethorpe richtete seine Aufmerksamkeit wieder auf den Nebenraum. »Und sie hat ihn aufgespürt? Obwohl sie noch in Russland war?«

Juri nickte. Väterlicher Stolz schwang in seinem Tonfall mit. »Es könnte sein, dass wir mit ihr und ihrem Zwillingsbruder endlich den Durchbruch geschafft haben.«

»Schade, dass sie nicht schneller war.« Mapplethorpe schnalzte bedauernd mit der Zunge. »Die Tochter meines Schwagers hat einen autistischen Jungen. Habe ich das schon erwähnt? Allerdings ist er kein Savant. Er kann sich kaum die Schuhe binden.«

»Man sollte die Bezeichnung *autistischer* Savant verwenden«, entrüstete sich Juri.

Mapplethorpe zuckte mit den Schultern.

Juris Abneigung gegen den Amerikaner wurde immer stärker. Nur wenige Menschen verstanden den Autismus, und das galt auch für die, welche wie Mapplethorpe im Medizinbereich tätig waren. In Wahrheit handelte es sich um ein ganzes *Spektrum* von Störungen, die mit Defiziten bei der Informationsverarbeitung, Schwächen in sozialer Kommunikation und Interaktion sowie abnormen Reaktionen auf Sinneseindrücke einhergingen. Die betroffenen Kinder begannen meist erst spät zu sprechen und wiesen Sprach- und Verständnisstörungen auf, entwickelten motorische Stereotypen und Tics, beschäftigten sich vorzugsweise mit unbelebten Gegenständen und reagierten häufig unverhältnismäßig auf Ereignisse oder andere Personen.

Bisweilen aber brachte die Störung auch Wunder zustande.

In seltenen Fällen besaß ein autistisches Kind auf einem eng begrenzten Gebiet wie der Mathematik, der Musik oder der Kunst herausragende Fähigkeiten. Obwohl etwa zehn Prozent der autistischen Kinder über eine gewisse Savant-Begabung verfügten, interessierte Juri sich vor allem für die äußerst seltenen Fälle, die als »erstaunliche Savants« bezeichnet wurden, jene Hochbegabten, deren Fähigkeiten der Definition des Genies genügten. Doch selbst unter diesen herausragenden Personen gab es nur eine Handvoll, deren Fähigkeiten die der anderen in den Schatten stellten.

Sie hatten alle die gleiche Abstammung.

Ein altes Zigeunerwort ging ihm durch den Kopf.

Die Chovihanis.

Juri beobachtete das dunkelhaarige Mädchen durch das Einwegglas hindurch.

»Was wir hier tun, darf auf keinen Fall bekannt werden«, brummte Mapplethorpe. »Sonst werden die Nürnberger Prozesse im Vergleich zu dem, was uns erwartet, wie ein Verkehrsgericht wirken.«

Juri schwieg. Mapplethorpe verstand nicht einmal ansatzweise, worum es bei seiner Forschung eigentlich ging. Nach dem Fall der Berliner Mauer war Juri jedoch gezwungen gewesen, sich neue Hilfsquellen zu erschließen, um seine Arbeit fortsetzen zu können. Er hatte zehn Jahre gebraucht, um in Amerika das Terrain zu sondieren. Zunächst schien es aussichtslos, dann wandelte sich auf einmal das politische Klima. Der globale Kampf gegen den Terror schmiedete neue Allianzen und Loyalitäten. Aus Gegnern wurden Freunde. Vor allem aber wurden die Grenzen des Anstands neu definiert. Eine neue Ära brach an, mit einer neuen Moral. Fortan bestimmte ein altes Sprichwort das Handeln: *Der Zweck heiligt die Mittel.*

Alle Mittel.

Solange sie dem Wohl der Allgemeinheit dienten.

Juris Regierung hatte das immer schon gewusst. Die Amerikaner hatten diese bittere Wahrheit erst spät begriffen.

»Was macht das Mädchen eigentlich da?«, fragte Mapplethorpe.

Juri schreckte aus seinen Gedanken auf. Er erhob sich. Sascha stand vor der Staffelei, in der Hand einen schwarzen Filzstift. Ihr Arm wanderte am weißen Zeichenpapier auf und ab. Sie stach darauf ein und zeichnete eckige Linien. Ein Muster war nicht zu erkennen. Erst beschäftigte sie sich mit der einen Ecke, dann mit der anderen.

Mapplethorpe schnaubte. »Sie haben gemeint, sie wäre künstlerisch begabt.«

»Das ist sie auch.«

Sascha arbeitete weiter. Das grüne Rechteck, das sie zu Anfang gezeichnet hatte, füllte sich mit schwarzen Schemen und Wirbeln. Den linken Arm hielt sie brettsteif vom Körper ab, als müsse sie eine übernatürliche Krafteinwirkung ausgleichen.

Schließlich sanken beide Arme herab.

Sie wandte sich von der Leinwand ab, setzte sich im Schneidersitz auf den Boden und schaukelte mit dem Oberköper vor und zurück. Ihre Stirn glänzte vor Schweiß. Sie nahm ein Bauklötzchen in die Hand und wendete es rhythmisch in den Fingern, als versuchte sie, ein Rätsel zu lösen, das sich ihr allein erschloss.

Juri fasste das Kunstwerk in den Blick.

Mapplethorpe trat neben ihn. »Was soll das? Das ist doch nur Gekrakel.«

»*Njet*.« Unwillkürlich wechselte er ins Russische, doch er war besorgt … sehr besorgt.

Er eilte zur Verbindungstür. Mapplethorpe folgte ihm. Als er das Kinderzimmer betrat, schaukelte Sascha immer noch mit dem Oberkörper und spielte mit dem Bauklötzchen. Juri wusste aus Erfahrung, dass sie eine Weile nicht ansprechbar sein würde.

Außerdem wusste er inzwischen ganz gut über Saschas Begabung Bescheid.

Er trat zur Staffelei und riss das Zeichenpapier ab.

»Was machen Sie da?«, fragte Mapplethorpe.

Juri drehte die Zeichnung um hundertachtzig Grad und befestigte sie wieder auf der Staffelei. Hin und wieder zeichnete Sascha ihre Bilder auf dem Kopf stehend. Das war nicht ungewöhnlich für autistische Savants. Häufig nahmen sie die Welt mit anderen Sinnen wahr. Zahlen als Geräusche. Worte als Gerüche.

Juri blickte zu Sascha hinüber.

Mit ihren strahlend blauen Augen fixierte sie das Bauklötzchen.

Juri drehte sich um und bemerkte Mapplethorpes erstaunte Miene. Der Mann trat näher an die Zeichnung heran. Wortlos zeigte er darauf. Schließlich stammelte er: »Du meine Güte… das sieht ja aus wie ein Elefant.«

Juri staunte ebenfalls. Das Herz klopfte ihm bis zum Hals. Ohne Stimulation von außen hätte sie dazu gar nicht imstande sein sollen. Solche Skizzen – Zeichnungen der Mall und des Smithsonian Castle – hatten sie zu Dr. Polk geführt. Daraufhin hatte er sich in einem abgelegenen Winkel der Mall postiert. Sie hatten schnell reagieren müssen, binnen zwei Stunden. Das war Saschas Limit.

Mapplethorpe beugte sich weiter vor. »Der *Raum*, in dem der Elefant sich befindet. Ich glaube, den kenne ich. Erst vor zwei Wochen war ich mit meiner Enkeltochter dort. Das ist die Rotunde des Museums für Naturgeschichte.«

Juri runzelte die Stirn. »Das Museum an der National Mall?«

Dort hatte seine Zielperson sich heute eine Weile versteckt gehabt.

Mapplethorpe nickte.

Juri drehte sich zum Spiegel um und erblickte sein eigenes Spiegelbild. Hatte Sascha ihre Anwesenheit gespürt? Und wichtiger noch: Hatte sie Mapplethorpes heftige Besorgnis wegen des Gegenstands gespürt, den Dr. Polk gestohlen hatte?

Es gab nur eine Möglichkeit, diese Fragen zu beantworten.

Juri wandte sich wieder zu Mapplethorpe um. »Ich schlage vor, Sie beordern Ihre Leute dorthin. Und zwar unverzüglich.«

18:48

Gray ging weiter ins Museum hinein. Polks radioaktive Fährte führte an der Rotunde mit dem ausgestopften Elefanten vorbei zu einer Treppe. Gray stieg hinauf und landete vor einer Sicherheitstür mit der Aufschrift ZUTRITT NUR FÜR MUSEUMSANGESTELLTE.

Gray drückte versuchsweise die Klinke. Die Tür war mit einem elektronischen Schloss gesichert, das sich mit einer Magnetkarte entriegeln ließ. Gray runzelte die Stirn. Wie war Polk hier hineingelangt? Gray schaltete das Kehlkopfmikrofon ein und funkte die Kommandozentrale an.

Painter meldete sich unverzüglich. »Commander?«

»Sir, ich brauche Unterstützung.« Er schilderte Painter, wo die Fährte geendet hatte. »Ich brauche jemanden, der mir Zugang zu den Räumlichkeiten verschafft.«

»Einen Moment, Gray. Ich erweitere den Geltungsbereich Ihrer ID-Karte auf die Smithsonian Museen.« Das Schweigen dehnte sich. Gray sah im Geiste vor sich, wie der Direktor auf der Computertastatur herumtippte.

Kowalski lehnte sich an die Wand und pfiff leise zwischen den Zähnen hindurch.

»Versuchen Sie's jetzt«, sagte Painter nach einer Weile.

Gray zog die Karte durch den Leseschlitz. Das Schloss klickte. »Hat geklappt. Ich melde mich, sobald wir etwas gefunden haben.«

Gray schaltete das Mikro ab und trat durch die offene Tür in den abgeschirmten Bereich des Museums. Hier sah es kaum anders aus als im Rest des Gebäudes, allenfalls ein wenig nüchterner: von zahllosen Füßen abgeschliffener Marmorboden, fahle Leuchtstoffröhren und Holztüren mit beschrifteten Milchglasfenstern.

ETYMOLOGIE, ZOOLOGIE DER WIRBELLOSEN, PALÄOBIOLOGIE, BOTANIK.

Die Fährte führte durch das Labyrinth der Gänge. Als sie sich einer Tür ohne Beschriftung näherten, schnellte die Anzeige des Geigerzählers plötzlich nach oben. Gray hielt den Detektor vor die Türklinke. Hier war die Strahlung am höchsten. Gray trat zurück und stellte fest, dass die schwächere Fährte weiterführte. Der Gang mündete in einen großen Raum, der an der gegenüberliegenden Wand von großen stählernen Rolltoren gesäumt war. Der Frachtraum des Museums. Gray ließ den Blick schweifen und stellte sich einen geisterhaften Polk vor. Der Professor musste das Museum von der Laderampe her betreten haben und von hier aus zum Eingang gegangen sein.

Hatte er eventuelle Verfolger abschütteln wollen?

Kowalski versuchte, die Tür zu öffnen. »Offen«, sagte er und schwenkte die Tür auf. Dahinter roch es nach Staub, trockenem Heu und Zedernholz.

Gray tastete nach dem Lichtschalter. Den rückwärtigen Teil des höhlenartigen Raums nahmen Regale und Gestelle ein. An einer Wand waren Holzkisten mit aufgeklebten Frachtzetteln gestapelt. Mehrere Kisten waren aufgebrochen. Altes Packstroh und Styroporflocken waren am Boden verstreut.

Ein Lagerraum.

Links von der Tür befand sich ein Schreibtisch mit Computer und Drucker. An der anderen Wand waren Tische mit Töpferwaren und behauenen Steinblöcken. Jemand hatte die Gegenstände wohl inventarisiert. Weiter hinten standen auf Paletten mehrere größere Objekte: die Marmorstatue einer Frau ohne Arme, eine korrodierte Bronzeskulptur, die einen Stierkopf darstellte, und der Sockel einer Steinsäule.

Gray folgte der Strahlenfährte in den Raum hinein und fragte sich, was der Professor hier wohl gesucht haben mochte. Hatte er sich vor einem vorbeikommenden Wachmann versteckt? Die Fährte war freilich schnurgerade. Sie führte zu einem der Objekte auf den Paletten, einem gewölbten Gebilde aus behauenem Stein. Das Artefakt war etwa hüfthoch und hatte in der Mitte ein Loch. Es glich dem Granitmodell eines Vulkans, abgesehen davon, dass es mit Schriftzeichen bedeckt war. Gray beugte sich neugierig vor.

Altgriechisch.

Gray runzelte die Stirn und schwenkte den Geigerzähler.

Polks Fährte führte um die Palette herum.

Gray folgte den Schritten des Toten. Weshalb hatte der Professor sich für dieses Artefakt interessiert?

Ehe er den Gedanken vertiefen konnte, klirrte es zu seiner Linken. Er wandte sich um und sah Kowalski von einem der Tische zurückweichen. In der Hand hielt er den Griff einer Urne. Der Rest der Urne lag in Scherben auf dem Boden. »Die ... die ist einfach zerbrochen.«

Gray schüttelte den Kopf. Er hätte Kowalski auf dem Gang warten lassen sollen. Der Mann glich dem sprichwörtlichen Elefanten im Porzellanladen – ein Elefant hätte sich freilich besser unter Kontrolle gehabt.

»Der Henkel war wackelig, verdammt noch mal.« Trotzdem ärgerte Kowalski sich vor allem über sein Ungeschick. »Kommen Sie mal her und schauen Sie sich das an.« Mit dem abgebrochenen Griff deutete er auf den Tisch.

Gray trat neben ihn. Auf dem Tisch lagen in Reihen angeordnet alte griechische Münzen. In der zweiten Reihe war eine Lücke. Hatte dort Polks Münze gelegen? Stammte sie tatsächlich von hier?

»Ich bin gegen die Urne gestoßen. Hab versucht, das Ding aufzufangen.« Behutsam legte Kowalski den Henkel auf den Tisch. »Es ist mir unter der Hand zerfallen.«

»Machen Sie sich deswegen keine Sorgen. Man wird Ihnen den Schaden vom Gehalt abziehen.«

»Verdammt noch mal. Was glauben Sie, was das kostet?«

»Ein paar hundert.«

Kowalski pfiff erleichtert. »Also das ist nicht so schlimm.«

»Ein paar *hunderttausend*«, präzisierte Gray.

»Heilige Schei…«

Kowalski stockte, als an der Türklinke gerüttelt wurde. Gray wollte sich umdrehen, doch Kowalski packte ihn mit seiner großen Pranke beim Oberarm und riss ihn zurück. Er stellte sich vor ihn und zog mit einer geschmeidigen Bewegung seine Pistole Kaliber .45 aus dem Schulterhalfter.

Eine schlanke junge Frau trat ein. Sie nestelte an ihrer Handtasche, ohne die beiden anwesenden Männer zu bemerken. Sie tastete sogar blindlings nach dem Lichtschalter, dann fielen ihr zwei Dinge gleichzeitig auf: Das Licht war bereits an, und ein Hüne von einem Mann zielte mit einer Pistole auf sie.

Mit einem Aufschrei wich sie zurück und stieß gegen den Türrahmen.

»Tut mir leid«, sagte Kowalski und richtete den Pistolenlauf zur Decke.

Gray trat um den verdutzten Bodyguard herum. »Alles in Ordnung, Ma'am. Wir sind vom Sicherheitspersonal. Wir untersuchen einen Einbruch.«

Kowalski deutete mit der Pistole auf die Scherben der zerschellten Urne. »Ja, die hat jemand zerbrochen.« Mit einem flehentlichen Blick auf Gray steckte er die Pistole ins Halfter.

Die Frau drückte die Handtasche an ihre Brust. Mit der anderen Hand rückte sie die kleine Brille zurecht. Mit ihrem rotbraunen Haar, das sie zu einem Pferdeschwanz gebunden hatte, und ihrer schmalen Figur wirkte sie wie eine College-Studentin, doch die Art und Weise, wie sie die misstrauisch funkelnden Augen zusammenkniff, deutete darauf hin, dass sie eher zehn Jahre älter war.

»Könnte ich mal Ihren Ausweis sehen?«, sagte sie mit fester Stimme, ohne sich von der offenen Tür fortzubewegen.

Gray hielt seinen schwarzen Dienstausweis hoch. Sein Foto war darauf zu sehen und das Präsidentensiegel in Goldprägung. »Ich kann Ihnen eine Telefonnummer geben, da können Sie eine Bestätigung einholen.«

Die Frau musterte den Ausweis und entspannte sich ein wenig. Ihre Schultern aber wirkten nach wie vor verkrampft. Sie schaute sich um. »Wurde etwas entwendet?«

»Diese Frage können Sie wohl am ehesten beantworten«, sagte Gray, der auf neue Informationen hoffte. »Mir ist aufgefallen, dass auf dem Tisch hier eine Münze zu fehlen scheint.«

»Was?« Sie gab jede Zurückhaltung auf und stürzte zum Tisch. Nach einem kurzen Blick nahm ihr Gesicht einen verzweifelten Ausdruck an. »O nein… die Sammlung ist eine Leihgabe des Museums von Delphi.«

Schon wieder Delphi.

Sie blickte zu dem gewölbten Stein hinüber, für den sich offenbar auch Polk interessiert hatte. Vielleicht tat sie das nur deshalb, weil Kowalski sich darauf stützte. »Bitte nicht anfassen.«

Kowalski straffte sich. Er blickte seine Hand an, als sei sie ganz allein schuld. Sein Hals hatte sich gerötet. »Verzeihung.«

»Dürfte ich fragen, was das ist?«, meinte Gray beiläufig und nickte zu dem Stein hin.

Die Frau rang besorgt die Hände. »Das ist das Prunkstück der Sammlung, das in der geplanten Ausstellung gezeigt werden soll. Gott sei Dank wurde es von den Einbrechern nicht beschädigt.« Sie schritt darum herum. »Das Stück ist über sechzehnhundert Jahre alt.«

»Aber was ist das?«, hakte Gray nach.

»Das bezeichnet man als Omphalos. Die ungefähre Übersetzung lautet ›Nabel‹. Im alten Griechenland galt der Omphalos als die Stelle, um die sich das Universum dreht. Um den Omphalos ranken sich zahlreiche Mythen und Geschichten, und angeblich besitzt er besondere Kräfte.«

»Und wo haben Sie ihn her?«

Die Frau nickte zum Tisch hin. »Der gehört ebenfalls zu der Sammlung. Eine Leihgabe des Museums von Delphi.«

»Delphi? Lag dort nicht der Tempel des Orakels?«

Sie musterte Gray überrascht. »Das stimmt. Der Omphalos hat das innerste Heiligtum des Tempels geschmückt. Das Allerheiligste.«

»Dieser Stein?«

»Nein. Bedauerlicherweise ist das nur eine Replik. Bis vor Kurzem glaubte man, dies sei der originale Omphalos, wie er in den historischen Schriften Plutarchs und Sokrates' beschrieben ist. Die Schwesternschaft des Orakels von Delphi wurde jedoch schon vor dreitausend Jahren gegründet, und dieser Stein wurde erst vor etwa anderthalbtausend Jahren behauen.«

»Was ist mit dem Original?«

»Das ist verschwunden. Niemand weiß, wo es abgeblieben ist.«

Sie richtete sich auf und nahm einen Kittel von einem Haken an der Tür. Sie schlüpfte hinein, zog den Museumsausweis vom Hemd ab und befestigte ihn am Kittel.

Gray bemerkte den Ausweis erst jetzt. Er war mit ihrem Foto versehen. Darunter stand ihr Name.

POLK, E.

»Polk…«, murmelte er.

»Dr. Elizabeth Polk«, sagte sie.

Gray wurde von einer bösen Vorahnung beschlichen. Auf einmal ahnte er, weshalb der Professor hierhergekommen war. »Kennen Sie zufällig einen gewissen Archibald Polk?«

Sie musterte ihn durchdringend. »Das ist mein Vater. Weshalb fragen Sie?«

3

»TOT?«

Gray hatte sich auf den Schreibtisch im Lagerraum gesetzt. Er war sich bewusst, wie schmerzhaft die Todesnachricht für sie sein musste. Elizabeth Polk saß zusammengesunken auf dem Stuhl, ein Häufchen Elend in einem weißen Kittel. Tränen vergoss sie keine. Dafür war der Schock zu groß. Allerdings hatte sie die schmale Brille abgenommen, als bereite sie sich auf die Tränen vor.

»Ich habe von dem Todesfall auf der Mall gehört«, murmelte sie. »Aber ich hätte nie gedacht…« Sie schüttelte den Kopf. »Ich war den ganzen Tag über im Keller.«

Wo es keinen Handyempfang gab, setzte Gray im Stillen hinzu. Painter hatte erwähnt, er habe versucht, Polks Tochter zu erreichen. Dabei war sie die ganze Zeit über in der Nähe gewesen.

»Es tut mir leid, Sie behelligen zu müssen, Elizabeth«, sagte er. »Aber wann haben Sie Ihren Vater zum letzten Mal gesehen?«

Sie schluckte mühsam und rang um Selbstbeherrschung. Ihre Stimme zitterte. »Ich… ich weiß es nicht genau. Vor etwa einem Jahr. Wir haben uns gestritten. Ach Gott, was habe ich damals alles zu ihm gesagt …« Sie fasste sich an die Stirn. Bedauern und Schmerz lagen in ihrem Blick.

»Ich bin sicher, er hat genau gewusst, dass Sie ihn lieben.«

Sie funkelte ihn an, ihr Blick verhärtete sich. »Danke für Ihr Mitgefühl. Aber Sie haben ihn nicht gekannt, nicht wahr?«

Gray spürte, dass unter dem Gehabe der grauen Büchermaus ein harter Kern verborgen war. Er stellte sich ihrer Verärgerung, denn er war sich bewusst, dass ihr Zorn sich vor allem gegen sie selbst richtete. Kowalski hatte sich an die andere Seite des Raums verzogen und lauschte verlegen der Unterhaltung.

Gray drehte sich halb um und zeigte auf den Schreibtisch. Dort waren neben einer Kladde noch immer die Münzen aufgereiht. »Ich *weiß* es, weil wir bei Ihrem Vater eine Münze gefunden haben.« Er rief sich in Erinnerung, was Painter ihm darüber erzählt hatte. »Eine Münze mit der Büste Faustina der Älteren auf der einen und dem Tempel von Delphi auf der anderen Seite.«

Ihre Augen weiteten sich. Sie starrte die Lücke an, die einmal die Münze eingenommen hatte.

Gray hob den Arm. »Er war hier, bevor er erschossen wurde. In Ihrem Büro.«

»Das ist nicht mein Büro«, murmelte sie und blickte sich um, als hielte sie Ausschau nach dem Gespenst ihres Vaters. »Ich forsche gerade für meine Dissertation. Mein Vater hat seine Beziehungen spielen lassen und mir eine Doktorandenstelle im Delphi-Museum in Griechenland beschafft. Bis vor einem Monat war ich dort. Ich beaufsichtige die Installation der Ausstellung. Ich glaube nicht, dass mein Vater wusste, dass ich hier bin. Zumal nach unserem …« Sie verstummte und winkte ab.

»Offenbar hatte er ein wachsames Auge auf Sie.«

Jetzt flossen ein paar Tränen und rannen über ihre Wangen. Energisch wischte sie sich das Gesicht mit dem Ärmel des Kittels ab.

Gray ließ ihr einen Moment Zeit. Er sah zu Kowalski hinüber, der wie ein langsam kreisender Mond gelangweilt um den steinernen Omphalos herumstapfte. Gray wusste, dass auch Elizabeths Vater dieser Umlaufbahn gefolgt war. Aber aus welchem Grund?

Elizabeth kleidete die Frage in Worte. »Weshalb ist mein Vater hergekommen? Weshalb hat er die Münze mitgenommen?«

»Das weiß ich nicht. Aber ich bin mir ziemlich sicher, dass Ihr Vater wusste, dass er verfolgt und gejagt wurde.« Er stellte sich vor, wie Polk am Rande der Mall entlanggeschlichen war und nach einer Möglichkeit gesucht hatte, Kontakt mit Sigma aufzunehmen, ohne dass seine Verfolger es mitbekamen. »Vielleicht hat er die Münze für den Fall mitgenommen, dass er ermordet werden sollte. Die Münze war stark verschmutzt, und wenn der Mörder ihn nur flüchtig durchsucht hätte, wäre sie ihm vielleicht gar nicht aufgefallen. Bei der Autopsie aber wäre man in jedem Fall darauf aufmerksam geworden. Ich glaube, er wollte uns an diesen Ort dirigieren. Weil er wusste, dass Sie die Münze als gestohlen melden würden.«

Elizabeths Tränen waren in der Zwischenzeit getrocknet. »Aber was sollte er damit bezweckt haben?«

Gray schloss die Augen und überlegte angestrengt. Er versetzte sich in Polks Lage. »Wenn ich mit der Münze richtig liege, hatte Ihr Vater Sorge, man könnte ihn durchsuchen. Er muss gewusst haben, dass seine Verfolger nach etwas suchten, was sich in seinem Besitz befand ...«

Natürlich.

Gray öffnete die Augen und richtete sich auf. Dann zog er

Elizabeth auf die Beine. Sie schaute sich um, doch diesmal hielt sie nicht nach Gespenstern Ausschau. Ihre Stirnfalten sagten Gray, dass sie begriffen hatte. Sie setzte die Brille wieder auf.

»Vielleicht hat mein Vater das, wonach seine Mörder gesucht haben, hier versteckt.«

Gray trat zu Kowalski, der neben dem konisch geformten Stein wartete. »Ihr Vater hat sich speziell für den Omphalos interessiert.«

Elizabeth folgte ihm nachdenklich. »Woher wollen Sie das wissen?«

Gray berichtete ihr von der Verstrahlung ihres Vaters und zeigte ihr den Geigerzähler. »Die radioaktive Fährte Ihres Vaters hat uns hierhergeführt, und aufgrund des relativ hohen Strahlenwerts muss er sich einige Zeit in der Nähe dieses Artefakts aufgehalten haben.«

Elizabeth war ein wenig bleich geworden, als er die Verstrahlung erwähnte. Gleichwohl machte sie Kowalski ein Zeichen. »Da drüben an der Wand ist für den Notfall eine Taschenlampe befestigt.«

Kowalski nickte und ging sie holen.

Elizabeth näherte sich dem Stein. »Er wirkt zwar massiv, ist in Wirklichkeit aber innen hohl. Eigentlich ist das kaum mehr als eine umgedrehte Schüssel aus bearbeitetem Granit.« Sie zeigte auf das Loch in der Mitte.

Gray verstand, was sie meinte. Es war denkbar, dass ihr Vater etwas hineingeworfen hatte. Er nahm die Taschenlampe entgegen und leuchtete in das Loch. Innen war der Stein tatsächlich hohl. Unten sah er die Latten der Palette. Er schwenkte die Taschenlampe und bemerkte an der Seite einen Gegenstand. Anscheinend handelte es sich um einen polierten Stein, etwa von der Größe einer Warzenmelone.

»Keine Ahnung, was das ist«, brummte er und richtete sich wieder auf. »Wir müssen den Omphalos anheben.«

»Der ist schwer«, erklärte Elizabeth. »Es waren sechs Männer nötig, um ihn aus der Kiste zu heben. Aber hinten beim Werkzeug liegt auch eine Brechstange. Damit könnten wir ihn kippen. Aber wir müssen vorsichtig damit umgehen.«

»Ich hole die Brechstange«, sagte Kowalski.

Als er sich entfernte, läutete das Telefon auf Elizabeths Schreibtisch. Sie las die Nummer des Anrufers vom Display ab. »Das ist der Sicherheitsdienst.« Sie sah auf die Uhr, dann blickte sie Gray an. »Das Museum hat bereits für den Publikumsverkehr geschlossen. Offenbar will man wissen, wie lange ich noch hier beschäftigt sein werde.«

»Sagen Sie, Sie bräuchten noch mindestens eine Stunde.«

Elizabeth nickte und nahm ab. Sie meldete sich und lauschte. Ihre Augen weiteten sich. »Ich verstehe. Wir kommen gleich.« Sie legte auf und wandte sich Gray zu. »Es hat eine Bombendrohung gegeben. Das Museum wird evakuiert.«

Gray schwieg. Die Bombendrohung zu diesem Zeitpunkt konnte kein Zufall sein. Elizabeth sah das offenbar genauso. »Da weiß jemand Bescheid«, sagte er bedächtig. »Nach den Schüssen auf der Mall wird einer Bombendrohung besondere Beachtung geschenkt. Das ist die perfekte Gelegenheit, um das Gebäude unbemerkt zu durchsuchen.«

Er wandte sich wieder dem Omphalos zu.

Für Feinheiten war keine Zeit mehr.

Kowalski hatte das ebenfalls begriffen. Er kehrte eilig von der hinteren Wand des Lagerraums zurück. »Ich hab's gehört«, sagte er. Statt der Brechstange hatte er einen großen Vorschlaghammer geschultert. »Treten Sie zurück.«

»Nicht!«, rief Elizabeth.

Kowalski ließ sich jedoch nicht von seinem Vorhaben abhalten. Mit einem Schritt hatte er den Omphalos erreicht, holte mit dem Hammer aus und ließ ihn niederkrachen.

Elizabeth schnappte aus Angst um das jahrhundertealte Artefakt nach Luft.

Doch anstatt das Artefakt zu zerschmettern, traf der Vorschlaghammer nur die Palette, auf der der Omphalos stand. Holz splitterte und brach. Kowalski holte erneut aus und zerschmetterte weitere Latten.

Der große Stein neigte sich zur einen Seite der Palette – dann kippte er langsam, bis er hochkant zu stehen kam. Weitere Latten wurden unter ihm zerschlagen, doch anscheinend hatte er das Ganze unbeschadet überstanden.

Kowalski schulterte den Hammer.

Elizabeth starrte den Mann mit einer Mischung aus Entsetzen und Ehrfurcht an.

Gray kniete neben der Palette nieder. Der unter dem Omphalos verborgene Gegenstand war jetzt frei zugänglich. Es war kein polierter Stein. Gray schwenkte den Geigerzähler darüber. Der Gegenstand strahlte radioaktiv, jedoch nicht stärker als das Fernglas aus dem Park.

Zufrieden nahm Gray das Objekt in die Hand und richtete sich auf.

Elizabeth wich zurück.

Kowalski kniff die Augen zusammen. »Ein Schädel? Und deswegen die ganze Aufregung?«

Gray untersuchte den Schädel. Er war klein, der Unterkiefer fehlte. Er drehte ihn um. Im vorspringenden Oberkiefer saßen Raubtierzähne. »Das ist kein Menschenschädel«, sagte er. »Größe und Form der Hirnschale lassen auf einen Affen schließen. Vielleicht einen Schimpansen.«

Kowalskis Gesichtsausdruck wurde noch verdrießlicher. »Na großartig«, brummte er. »Schon wieder Affen.«

Gray wusste, dass der Hüne im Verlauf eines früheren Einsatzes eine Abneigung gegen Affen entwickelt hatte. Damals war es um Paviane gegangen ... oder um Gorillas. Genaues war von Kowalski nicht zu erfahren.

»Aber ... was ist denn das?« Elizabeth zeigte auf die Schädelseite.

Es war nicht zu übersehen. Unmittelbar über dem Ohrkanal war am Schläfenbein eine gebogene Stahlplatte befestigt.

»Ich weiß nicht«, sagte Gray. »Vielleicht eine Hörhilfe. Eine mit Cochlea-Implantaten.«

»Bei einem verdammten Affen?«, meinte Kowalski.

Gray hob die Schultern. »Das werden wir später untersuchen.«

»Weshalb hat mein Vater den Schädel hier versteckt?«

Gray schüttelte den Kopf. »Das weiß ich nicht. Aber jemand wollte ihn daran hindern. Und es wird immer noch danach gesucht.«

»Was machen wir jetzt?«

»Wir verschwinden von hier. Bevor jemand mitbekommt, dass wir den Schädel gefunden haben.«

Gray suchte kurz den Rest der Palette ab, für den Fall, dass der Professor noch mehr zurückgelassen hatte. Zum Beispiel eine Notiz mit einer kurzen Erklärung. Hoffen konnte man immer. Er leuchtete in den Hohlraum des umgekippten Omphalos.

Nichts.

Als er die Taschenlampe wegschwenkte, fiel ihm etwas ins Auge. Es wirkte wie eine spiralförmige Rille, die in die Oberfläche eingemeißelt war. Sie begann am Rand und setzte sich korkenzieherartig bis zur Öffnung fort. Er beugte sich vor, fokussierte den Strahl und leuchtete auf die Schrift.

Elizabeth schaute ebenfalls hin. »Altes Sanskrit.«

Gray richtete sich wieder auf. »Was hat Sanskrit in dem Omphalos zu suchen?«

»Wen interessiert das schon?«, brummte Kowalski. Er wies mit dem Daumen zur Tür. »Denken Sie an die Bombendrohung. Sollten wir nicht allmählich unseren Arsch hier rausschaffen?«

Gray straffte sich. Der Mann hatte recht. Sie hatten schon genug Zeit vertrödelt. Die Räumung des Gebäudes war möglicherweise schon…

Vom Gang her war ein gedämpfter Ruf zu vernehmen.

Kowalski verdrehte die Augen: *Ich hab's euch ja gesagt.*

»Was sollen wir jetzt machen?«, fragte Elizabeth.

19:37

Painter klopfte gegen die halb offene Bürotür des Gerichtsmediziners.

»Kommen Sie rein!«, rief Malcolm. »Jones, haben Sie die Daten…?«

Painter drückte die Tür weiter auf, während Malcolm auf dem Schreibtischstuhl herumschwenkte. Er trug immer noch einen blauen Laborkittel. Die Brille hatte er auf den Kopf hochgeschoben. Er rieb sich gerade den Nasenrücken, als er bemerkte, wer ihm da einen Besuch abstattete.

Seine Augen weiteten sich. »Direktor…« Er wollte sich erheben, doch Painter bedeutete ihm, er solle sitzen bleiben.

»Brant hat mir gesagt, dass Sie angerufen haben. Ich war gerade auf dem Weg von der Videoüberwachung zu meinem Büro.«

»Gibt es Bilder vom Heckenschützen?«

»Bislang nicht. Wir sichten die Aufzeichnungen noch. Aber es gibt massenhaft Videos. Und ein paar Stellen lassen sich Zeit mit der Übermittlung.«

Seit 9/11 war die Videoüberwachung der Hauptstadt ausgebaut worden. In einem Zehnmeilenumkreis ums Weiße Haus wurde jeder Quadratzentimeter der Straßen, Parks und Plätze überwacht. Und auch sechzig Prozent der Innenräume. Dr. Archibald Polk war bei seinem Weg über die Mall gleich von mehreren Kameras erfasst worden. Die bisherige Auswertung hatte bestätigt, was Gray bereits mit seinem Geigerzähler herausgefunden hatte. Allerdings gab es immer noch Lücken. Auf den Videos war zwar zu sehen, wie Polk in Grays Armen zusammengebrochen war, doch auf keinem Bild sah man den Schützen oder ein aufblitzendes Mündungsfeuer.

Das war ärgerlich.

Painter vermutete, dass der Heckenschütze über die Kameras Bescheid gewusst und sich eine Überwachungslücke zunutze gemacht hatte. Oder noch schlimmer, jemand hatte sich an den Videoaufzeichnungen zu schaffen gemacht und alle Hinweise auf den Todesschützen gelöscht.

Dies alles deutete darauf hin, dass Professor Polks Mörder hier in Washington mächtige Komplizen hatte. Aber wer mochte das sein? Wenn Polks Ermordung mit seiner Vorgeschichte bei den Jasons in Verbindung stand, öffnete dies eine Büchse der Pandora. Die Jasons mischten bei allen möglichen Geheimprojekten mit, bei solchen in der Grauzone und bei tiefschwarzen.

Painter wusste, dass er heute Nacht keinen Schlaf bekommen würde.

Und die anderen auch nicht.

»Gibt es schon was Neues von Gray?«, fragte Malcolm, nahm einen Aktenstapel vom Stuhl und forderte Painter auf, Platz zu nehmen.

»Er durchsucht gerade das Museum für Naturgeschichte. Polks Fährte führt dorthin.«

»Hoffentlich wird er fündig, aber das war mit ein Grund, weshalb ich Sie angerufen habe. Es könnte nämlich sein, dass ich auf einen weiteren Hinweis gestoßen bin.«

Painter zog die Augenbrauen nach oben. Malcolm drehte den Computermonitor herum, damit er besser sehen konnte.

»Was haben Sie herausgefunden?«, fragte Painter.

»Etwas Seltsames. Ich weiß wirklich nicht, was ich davon halten soll, aber es bietet vielleicht einen Ansatzpunkt für eine Untersuchung. Da das Opfer radioaktiv verstrahlt war, habe ich nach einem Hinweis auf die Strahlenquelle gesucht. Die Untersuchung von Polks Verdauungstrakt und dessen Leber hat ergeben, dass er keine radioaktiven Stoffe zu sich genommen hat.«

»Also wurde sein Essen nicht mit Polonium-210 oder dergleichen vergiftet?«

Malcolm nickte. »Aufgrund der ausgeprägten Radiodermatitis war ich mir ziemlich sicher, dass er durch eine Umweltstrahlenquelle verstrahlt wurde. Er muss sich in einer heißen Zone aufgehalten haben. Die Mikroanalyse seines Haars hat ergeben, dass es sich um ein aktuelles Ereignis handelt. Die Verstrahlung liegt noch keine Woche zurück.«

»Aber wo ...?«

Malcolm bat mit erhobener Hand um Geduld und rief auf dem Monitor eine Weltkarte auf. »In den tiefen Lungentaschen wurden radioaktive Teilchen gefunden. Die haben sich dort abgelagert wie der Kohlenstaub in der Lunge eines Bergarbeiters. Ich habe sie mit dem Massenspektrometer untersucht und konnte die ungefähre Zusammensetzung der Isotope bestimmen.«

Er zeigte auf den Monitor. Auf der linken Bildschirmseite begannen Daten zu scrollen. »Die Isotopenzusammensetzung dient häufig als charakteristischer Fingerprint. Ich brauchte lediglich in der IAEA-Datenbank in Wien nachzusehen.«

Am oberen Rand des Suchfensters wurde der Name der Organisation angezeigt: INTERNATIONALE ATOMENERGIEORGANISATION.

»Diese Organisation überwacht Strahlenquellen in der ganzen Welt: Bergwerke, Reaktoren, Industrieanlagen. Entgegen der landläufigen Meinung ist Strahlung nicht gleich Strahlung. Wir haben es hier mit einem Material zu tun, das permanent zerfällt und dessen Isotopenzusammensetzung je nach Herkunft und Verarbeitung variiert. Daraus ergibt sich eine charakteristische Strahlensignatur.«

»Und die Teilchen in der Lunge des Professors?«

»Ich habe die IAEA-Datenbank durchsucht und bin fündig geworden.«

»Wissen Sie, wo Polk verstrahlt wurde?«

Malcolm nickte. Das Scrollen hörte auf, und die Weltkarte zoomte an einen Ort in der Ukraine. In einem weißen Kästchen wurde der Name angezeigt, der ein Synonym war für Strahlenkatastrophen.

TSCHERNOBYL

Was hatte Archibald Polk in Tschernobyl gemacht? Weshalb hatte er bei dem havarierten Reaktor eine tödliche Strahlendosis abbekommen? Der Reaktor sollte diese Woche unter einem neuen Sarkophag versiegelt werden, einer gewaltigen, gegliederten Stahlkuppel. War Polk auf der Baustelle lebensgefährlich verstrahlt worden?

Ehe Painter Malcolm danach fragen konnte, begann sein Handy zu vibrieren. Er nahm es aus der Gürtelhalterung und las den Namen des Anrufers vom Display ab. Es war sein Assistent. Er runzelte die Stirn und klappte das Handy auf.

»Was gibt es, Brant?«

»Direktor, soeben hat das Heimatschutzministerium Alarm gegeben. Für das Museum für Naturgeschichte liegt eine Bombendrohung vor.«

Painter krampfte die Hand ums Handy.

Das Museum für Naturgeschichte… dorthin hatte Gray gewollt.

Das ließ nichts Gutes ahnen.

»Stellen Sie mich zu Gray durch.«

Er wartete mit dem Handy am Ohr. Malcolm musterte ihn verblüfft.

Stammte die Warnung von Gray? Oder von jemand anderem?

Auf jeden Fall stimmte dort etwas nicht.

Die Bestätigung erfolgte in der nächsten Sekunde.

Auf einmal tönte wieder Brants Stimme aus dem Handy. »Sir, Gray meldet sich nicht.«

19:56

Als sie sich der Laderampe des Museums näherten, musterte Elizabeth Polk Gray Pierce von der Seite. An der linken Gesichtsseite hatte er eine verblasste Quetschung. Aufgrund seiner starken Sonnenbräune war kaum mehr etwas davon zu erkennen. Die Verletzung musste er sich vor etwa einem Monat zugezogen haben. Sie verlieh seinem Gesicht das Aussehen gehämmerten Kupfers und betonte das Blau seiner Augen. Und der Blick dieser Augen ließ sie frösteln, als er das halbe Dutzend Männer ausmachte, welche die Laderampe räumten. Er bedeutete ihnen umzukehren.

»Hier ist was faul«, sagte er.

Über seine Schulter hinweg erhaschte Elizabeth einen Blick auf das Lager. Der höhlenartige Raum wurde von flimmernden Neonlampen erhellt. In den hohen Regalen stapelten sich Reinigungsmaterialien und Textilien für die verschiedenen Museumsshops. Neben einer Reihe von Flaschenzügen und Gegengewichten, die man für den Transport größerer Ausstellungsstücke benötigte, befand sich ein einzelner Gabelstapler. Rechts stand eine stählerne Rolltür offen. Vor dem Abendhimmel zeichneten sich mehrere Männer in schwarzen Kampfanzügen ab, die den Ausgang abgeriegelt hatten. Während unablässig der Alarm gellte, durchsuchten sie die Arbeiter und Angestellten, die das Museum verlassen wollten.

Ein schmalschultriger Mann in einem blauen Anzug überwachte die Aktion aus ein paar Schritten Entfernung. Offenbar war er ein hohes Tier.

Gray dirigierte Elizabeth zurück auf den Gang und schob den Riemen der Umhängetasche höher auf die Schulter. Sie war geschmückt mit dem Logo des Museums, und darin befand sich der seltsame Schädel, den ihr Vater im Lagerraum versteckt hatte. Wenn sie an ihren Vater dachte, drohte sich der dumpfe Schmerz in ihrer Brust mit Tränen Luft zu machen. Sie drängte ihn zurück. Trauern konnte sie später.

Ein Stück weiter lag eine Treppe. Jemand rief, man solle alle Räume durchsuchen. Stiefel polterten die Stufen hoch.

Gray blieb stehen und wandte sich zu Elizabeth um. »Gibt es noch einen anderen Ausgang?«

Sie nickte. »Die Versorgungstunnel. Folgen Sie mir.«

Während sie zurückgingen, musterte Gray sie eingehend.

»Manche Angestellte machen dort unten Zigarettenpause.« Schuldbewusst erwiderte sie seinen Blick. Sie musste endlich mit dem Rauchen aufhören. Allerdings hatte sie auf diese Weise einige der anderen Forscher kennengelernt. Ein geheimer Raucherclub. Der Eintritt war frei, bis auf das Risiko, ein Lungenemphysem zu bekommen oder an Krebs zu erkranken. »Im Museum ist das Rauchen wegen der Feuergefahr natürlich verboten. Aber dort unten gibt es nur Steinwände und Dampfrohre.«

Sie führte Gray und Kowalski zu einer unbeschrifteten Tür und öffnete das elektronische Schloss mit ihrer Magnetkarte. Eine schmale Betontreppe mit Metallgeländer schraubte sich in die Tiefe.

Plötzlich lenkte ein leises Knurren ihre Blicke zurück Richtung Laderampe. In dreißig Metern Entfernung kam ein Schäferhund in Sicht. Er trug eine schwarze Weste. Die Leine verschwand hinter der Gangbiegung.

Elizabeth erstarrte.

Der Hund hatte sie bemerkt und machte einen Satz nach vorn, wurde aber von der Leine zurückgehalten.

»Los!«, sagte Gray und zog Elizabeth mit sich durch die offene Tür. Sein muskulöser Partner folgte ihnen. Es war beengt und warm. Die Versorgungstunnel waren nicht klimatisiert. Eine Gitterlampe spendete trübes Licht.

Gray schloss die Tür. Mit einem kaum hörbaren Klicken verriegelte sich das Schloss. Das Gellen der Alarmsirene wurde augenblicklich gedämpft. Gray deutete die Treppe hinunter und zwängte sich neben sie. »Wissen Sie, wohin der Tunnel führt?«

Sie schüttelte den Kopf. »Nein, so weit bin ich nie gekommen. Das ist ein wahres Labyrinth hier unten, das sich in alle

Richtungen verzweigt. Angeblich erstreckt es sich bis unters Weiße Haus. Irgendwo muss es auch einen Ausgang zur Straße geben.«

Jemand hämmerte gegen die Tür, dann ertönte lautes Gebell. Die Rufe der Verfolger trieben sie an.

»Ob das ein Bombenspürhund ist?«, fragte Elizabeth. »Vielleicht ist die Gefahr ja ganz real.«

Kowalski schnaubte. »Nur in Pierce' Umgebung gilt eine *reale* Bombe als etwas Gutes.«

Am Fuß der Treppe trafen sie auf ein Tor. Gray riss den Riegel hoch und zog das Tor auf. Der Tunnel erstreckte sich in beide Richtungen, stockdunkel und brütend heiß. Es roch nach feuchtem Beton, und Wassergetröpfel war zu vernehmen.

»Ich hoffe, jemand hat eine Taschenlampe dabei«, bemerkte Kowalski.

Gray fluchte leise. Er hatte die Taschenlampe im Lager liegen lassen.

Elizabeth holte ihr Feuerzeug aus der Tasche, ein altes Dunhill-Modell in Silber. Sie klappte es auf und regelte mit geübter Hand die Flamme.

»Hübsch«, meinte Kowalski. »Schade, dass ich keine Zigarre dabei habe.«

»Ich hab meine Zigaretten auch vergessen«, murmelte Elizabeth.

Kowalski musterte sie überrascht.

Ehe er etwas sagen konnte, strömte auf einmal heller Lichtschein die Treppe herunter. Die Alarmsirene war lauter geworden. Ihre Verfolger hatten die Tür aufgebrochen.

»Beeilung.« Gray wandte sich nach rechts. »Bleiben Sie dicht bei mir.«

Elizabeth hielt sich an Grays Schulter fest, Kowalski folgte dichtauf. Sie hielt das Feuerzeug hoch. Das Licht der flackernden Flamme reichte nur ein paar Schritte weit. Gray trabte den Tunnel entlang. Er hatte den Arm gereckt und streifte mit den Fingerspitzen die Deckenrohre. Er nahm die erste Abzweigung, damit man sie von der Treppe aus nicht mehr sehen konnte.

Ein Hund schlug an.

Gray rannte los.

Elizabeth flatterte der Kittel hinterher. Als sie um eine weitere Biegung kamen, brannte sie mit ihrem Feuerzeug ein Loch in die herabhängenden Spinnweben.

»Wo laufen wir eigentlich hin?«, fragte Kowalski.

»Einfach nur weg«, antwortete Gray.

»Das ist Ihr ganzer Plan? Weglaufen?«

Hinter ihnen ertönte wütendes Gekläff. Es wurde laut gerufen. Man hatte ihre Spur entdeckt.

»Vergessen Sie, was ich gesagt habe«, meinte Kowalski. »Ich glaube, weglaufen ist im Moment genau das Richtige.«

Dicht aneinandergedrängt rannten sie durch die labyrinthischen Gänge.

An der anderen Stadtseite saß Juri unter einem ausladenden Kirschbaum auf einer Bank. Es tat gut zu sitzen. Er hatte Schmerzen in den Knien, und sein Kreuz drohte zu verkrampfen. Er hatte bereits vier Tabletten Aleve ohne Wasser geschluckt. Daheim hatte er stärkere Medikamente, doch die hatte er sich nicht in die Staaten mitzunehmen getraut. Er freute sich schon auf die Rückkehr in den heimischen Bau.

Er streckte ein Bein aus und massierte das Knie.

Die tiefstehende Sonne warf lange Schatten auf den Weg. Kinder und deren Eltern säumten den Rand und zeigten auf ein hinter der Mauer gelegenes Tiergehege. Dort hatte man einen kleinen Ausschnitt des chinesischen Waldlands nachgebildet: Eine kleine Felszunge war in Grotten, Teiche und dunstverschleierte Bäche unterteilt. Büsche, Trauerweiden, Korkeichen und mehrere Bambusarten bedeckten die steilen Hänge. Die beiden Bewohner des Geheges, die Riesenpandas Mei Xiang und Tian Tian, waren eine chinesische Leihgabe und standen im Mittelpunkt der Aufmerksamkeit der letzten Zoobesucher.

Eine davon war Sascha.

Das Mädchen hatte die verschränkten Arme leicht auf die Steinmauer gestützt. Mit einem Fuß tippte sie rhythmisch auf den Betonboden. Die Bewegung wurde allmählich langsamer.

Ganz wie er gehofft hatte.

Juri war nach der Vorstellung, die Sascha Mapplethorpe gegeben hatte, mit ihr in den Zoo gegangen. Aus langer Erfahrung wusste er, dass Tiere auf seine Schützlinge eine beruhigende Wirkung ausübten. Zumal auf Sascha. Juri sah keine Veranlassung, die BDNF-Konzentration in ihrer Rückenmarksflüssigkeit zu bestimmen. Nach einer dermaßen intensiven Episode hatte die Neurotrophinkonzentration bei ihr wahrscheinlich ein lebensgefährliches Maß erreicht. Damit hatte er nicht gerechnet. Auf ihre Vorstellung war er nicht vorbereitet gewesen. Folglich hatte er beschlossen, sie rasch zu beruhigen. Fernab der gewohnten Umgebung war sie besonders erregbar und verletzlich. Es bestand die Gefahr, dass es zu dauerhaften Hirnschäden kam. Das wäre nicht das erste Mal gewesen. Sie hatten Jahrzehnte gebraucht, um herauszufinden, dass die Interaktion mit Tieren eine palliative Wirkung auf die geistige Gesundheit autistischer Kinder hatte.

Während Mapplethorpe das Museum für Naturgeschichte durchkämmte, war Juri mit Sascha in den berühmten zoologischen Garten gegangen. Eine bessere Entsprechung der Menagerie war in dieser fremden Stadt nicht zu finden.

Saschas nervöse Fußbewegung wurde noch langsamer. Sie kam allmählich zur Ruhe. Die Schuhkappe war allerdings bereits stark verschrammt. Besser die Schuhe als ihre Psyche.

Juri spürte, wie sich die Verspannung in seinen Schulterblättern lockerte. Mit dem nächsten Flugzeug würde er sie nach Russland zurückbringen. Im Bau würde er eine umfassende körperliche Untersuchung durchführen: Blutchemie, Urinanalyse, eine CT-Aufnahme des Schädels. Er musste sich vergewissern, dass keine dauerhaften Schäden aufgetreten waren.

Vor allem aber musste er herausfinden, wie es ihr gelungen war, von sich aus eine Episode auszulösen. Das hätte nicht passieren dürfen. Das Korteximplantat sorgte für eine stetige Gehirnstimulation, die für jedes Kind maßgeschneidert war. Zu Saschas Vorstellung in Mapplethorpes Büro hätte es nur nach vorheriger ferngesteuerter Anregung kommen dürfen.

Wie war es dazu gekommen? War bei ihrem Implantat eine Fehlfunktion aufgetreten? Hatte *jemand anders* die Episode ausgelöst? Oder noch beunruhigender: War Sascha ihrer Kontrolle womöglich entglitten?

Trotz der Hitze und seiner Erleichterung fröstelte er.

Irgendetwas stimmte da nicht.

Unter den Leuten, die den Pandas zuschauten, war Unruhe ausgebrochen. Das aufgeregte Gemurmel schwoll immer weiter an. Kamerablitze flammten auf. Immer mehr Menschen eilten herbei. Immer wieder wurde ein Name gerufen.

»Tai Shan ... Tai Shan ...«

Er setzte sich gerade auf, was einen schmerzhaften Stich im Rücken auslöste. Er kannte den Namen aus dem Zooprospekt. Tai Shan war das Pandajunge, das Mei Xiang vor ein paar Jahren zur Welt gebracht hatte. Offenbar hatte es sich jetzt gerade blicken lassen.

Die Zoobesucher wetteiferten miteinander um die besten Zuschauerplätze. Weitere Neugierige kamen hinzu. Eltern nahmen ihre Kinder huckepack. Juri beobachtete besorgt das Gewoge der Touristen und stand auf. Sascha hatte er aus dem Blick verloren; sie musste sich irgendwo in der Menge befinden. Er wusste, dass sie es nicht mochte, angefasst zu werden.

Er überquerte den Weg und drängte sich in die Zuschauermenge hinein. In ein paar Minuten würde der Zoo schließen. Es war Zeit zum Aufbruch.

Er gelangte zu der Mauer, an der Sascha gestanden hatte.

Sie war nicht mehr da.

Mit klopfendem Herzen schaute er rechts und links an der Mauer entlang. Von schwarzem Haar und roten Bändern war nichts zu sehen. Er drängte zurück an den Rand des Menschenauflaufs und bahnte sich rücksichtslos einen Weg durchs Gewühl, was ihm erboste Bemerkungen einbrachte. Jemand ließ seine Kamera fallen, die auf dem Pflaster zerbrach.

Ein Mann packte ihn bei der Schulter. Er wurde herumgerissen.

»He, Mister, Sie haben keinen Grund, sich dermaßen…«

Juri machte sich los. Mit panischem Blick musterte er den groß gewachsenen Fremden. »Meine… meine Enkelin. Ich habe meine Enkelin aus den Augen verloren.«

Die Verärgerung des Mannes machte Mitgefühl Platz.

Da die meisten Anwesenden selbst Kinder hatten, verbreitete sich die Kunde von dem vermissten Mädchen in Windeseile. Das war die größte Sorge jeder Mutter und jedes Vaters. Fragen prasselten auf ihn ein. *Wie sieht sie aus? Was hat sie an?* Man bot ihm Unterstützung an, versicherte ihm, dass man das Mädchen schon finden werde.

Juri verstand kaum, was die Leute sagten, denn der Herzschlag dröhnte ihm in den Ohren. Er hätte sich nicht hinsetzen und Sascha aus den Augen lassen dürfen.

Das Gedränge ließ nach. Jetzt hatte er freie Sicht nach allen Seiten.

Juri drehte sich um die eigene Achse. Er suchte mit den Augen die Umgebung ab, doch er kannte die Wahrheit bereits.

Sascha war verschwunden.

4

»EINE TÜR!«, RIEF Kowalski von hinten.

Gray kam schlitternd zum Stehen und blickte sich um. Im Schein von Elizabeth Polks Feuerzeug sah er eine kleine Türöffnung, die zwei Schritte vom dunklen Tunnel zurückgesetzt lag. Gray war daran vorbeigestürmt, da er sich darauf konzentriert hatte, an der Decke einen Ausgang zur Straße ausfindig zu machen.

Weiter hinten waren die Rufe der Verfolger zu hören. Als sie die Spur wiederfanden, schlug ein Hund an. Gray war im Zickzack gelaufen, weil er die Verfolger abschütteln wollte, doch das war ihm nicht gelungen. Die Männer kamen immer näher.

Kowalski tastete nach dem Türgriff. »Abgeschlossen.« Vor Enttäuschung trommelte er gegen das Metall.

Gray trat neben ihn und bemerkte unter dem Türgriff eine elektronische Lesevorrichtung. Die flackernde Flamme beleuchtete ein kleines Stahlschild und die Beschriftung in Art-déco-Buchstaben:

Nationalmuseum für Amerikanische Geschichte.

Die Tür war der unterirdische Eingang zu einem weiteren Museum der Smithsonian Institution. Elizabeth, die der Tür am nächsten stand, zog ihre Ausweiskarte durch den Schlitz, ohne dass sich das Schloss entriegelt hätte. Kowalski rüttelte frustriert an der Türklinke und schüttelte den Kopf.

»Meine Karte gilt eigentlich nur für das Museum für Naturgeschichte«, sagte Elizabeth. »Aber ich hab mir gedacht, vielleicht …«

Wütendes Gekläff lenkte ihre Aufmerksamkeit nach hinten. In der Ferne wurde der Tunnel von auf und ab tanzenden Taschenlampen erhellt.

»Wir sollten besser machen, dass wir weiterkommen«, sagte Kowalski und entfernte sich von der Tür.

Ein Schuss knallte. An der Stelle, wo eben noch Kowalski gestanden hatte, prallte etwas von der Metalltür ab. Der Querschläger sirrte funkensprühend über den Betonboden.

Kowalski tänzelte weg wie ein Elefant, der von einer Maus erschreckt worden ist.

Gray wusste, worum es sich handelte: ein Taser der Marke XREP. Abgefeuert aus einer üblichen Waffe Kaliber 12, die einen drahtlosen Pfeil verschoss, der einen Stromschlag austeilte. Damit konnte man einen Berggorilla lähmen.

»HIER SPRICHT DER HEIMATSCHUTZ! BLEIBEN SIE STEHEN, ODER WIR SCHIESSEN!«

»Jetzt erst kommt die Warnung«, meinte Kowalski und hob die Arme über den Kopf.

Halb versteckt hinter seinem massigen Partner, drehte Gray sich um und zog den schwarzen Sigma-Ausweis durch den Leseschlitz. Neben dem Schloss leuchtete ein grünes Lämpchen auf.

Gott sei Dank.

»Hände auf den Kopf und runter auf die Knie!«

Gray drückte die Klinke nach unten, die Tür ging auf. Dahinter war es dunkel. Er langte hinter sich und fasste Elizabeth beim Ellbogen. Sie zuckte zusammen, dann bemerkte sie den offenen Türspalt. Sie drehte sich ebenfalls um und packte Kowalski am Gürtel. Er hatte die Hände auf den Kopf gelegt und machte Anstalten niederzuknien.

Dann blickte er sich um.

Gray drückte die Tür mit der Schulter auf und zog Elizabeth mit sich. Kowalski verlor kurz das Gleichgewicht, dann sprang er hoch und hechtete durch den Eingang.

Ein weiterer Schuss knallte.

Kowalski prallte gegen Elizabeth und Gray und warf beide auf die dunklen Treppenstufen. Mit einem Bein schlug er die Tür zu – und trat immer weiter um sich. »Dieses verdammte Arschloch!«, fluchte er.

Das Projektil hatte den Schuh des krampfenden Beins durchbohrt. Elizabeth hatte es ebenfalls bemerkt. Sie kletterte über Kowalski hinweg, drückte seinen Knöchel auf den Boden nieder und zerquetschte das Tasergeschoss mit dem Absatz.

Nach einer Weile hörte Kowalskis Bein auf zu zucken.

Für sein Fluchen galt das nicht.

Gray rappelte sich hoch und half Kowalski auf die Beine. »Sie haben Glück gehabt, dass der Taser den Schuh getroffen hat. Das Leder hat das tiefe Eindringen der Widerhaken verhindert.«

»Glück, ach was!« Kowalski bückte sich und massierte den schmerzenden Fuß. »Die Schweine haben mir meine nagelneuen Chukkas ruiniert!«

Gedämpfte Rufe näherten sich der Tür.

»Los, weiter!«, drängte Gray und übernahm die Führung.

»Crowe muss mir ein neues Paar Schuhe bezahlen!«, schimpfte Kowalski noch im Laufen.

Ohne auf sein Gemecker zu achten, stürmte Gray die Treppe hoch.

Kowalskis Tirade nahm gar kein Ende. »Lassen wir den Affenschädel doch einfach liegen. Meinetwegen können sie das verdammte Ding ruhig haben.«

»*Nein!*«, tönten Elizabeth und Gray im Chor.«

Gray hörte die Verärgerung aus Elizabeths Stimme heraus. Er empfand ebenso. Ihr Vater war gestorben, weil er den Schädel nicht seinen Verfolgern hatte überlassen wollen. Gestorben in Grays Armen. Den Schädel wollte er auf keinen Fall hergeben.

Sie hatten die Tür am Ende der Treppe erreicht. Sie war ebenfalls verschlossen. Unten wurde gegen die Tür gehämmert. Es würde nicht lange dauern, dann hätten sich die Verfolger eine Schlüsselkarte besorgt.

»Hier drüben«, sagte Elizabeth und zeigte aufs Schloss.

Gray zog seine Ausweiskarte durch den Leseschlitz und hörte, wie das Schloss klickte. Er blickte sich über die Schulter um und drückte die Tür auf. Die Verfolger hatten bestimmt schon Meldung erstattet. Wer immer sie jagte, wusste vermutlich, dass sie sich ins Museum für amerikanische Geschichte flüchteten.

Gray trat als Erster in den hell erleuchteten Gang. Hier sah es ganz ähnlich aus wie im Keller des Naturkundemuseums, abgesehen davon, dass an den Wänden Kartons gestapelt waren. Gray stellte versuchsweise das Funkgerät an, bekam aufgrund der Wandabschirmung aber keine Verbindung.

»Mir nach«, sagte er und wandte sich zu der nach oben führenden Treppe.

Beinahe hätten sie einen Elektriker in Arbeitsmontur umgerannt, der eine Kabelrolle geschultert und einen schweren Werkzeuggürtel umgeschnallt hatte. »Passen Sie doch auf, wohin Sie…!«

Etwas in Grays Blick ließ ihn verstummen. Er machte Platz und drückte sich flach an die Wand. Sie eilten an ihm vorbei und stürmten die Treppe hoch. Je höher sie kamen, desto unübersichtlicher wurde es: Scharen von Handwerkern, nackte Wände, bloß liegende Leitungen. Auf dem nächsten Treppenabsatz mussten sie Stapeln von Rigipsplatten und Marmorkacheln ausweichen. Motorengebrumm und das Gewimmer von Elektrosägen schlugen ihnen entgegen. Es roch nach frischer Farbe und Sägemehl.

Gray fiel wieder ein, dass das Museum für amerikanische Geschichte derzeit aufwendig renoviert wurde. Die vierzig Jahre alten Installationen wurden modernisiert, um die drei Millionen historischen Exponate, angefangen von Lincolns Hut bis zu den roten Schuhen, die Judy Garland in der Verfilmung des Zauberers von Oz getragen hatte, besser zur Geltung zu bringen. Das Museum war seit zwei Jahren geschlossen, sollte im kommenden Monat aber wieder geöffnet werden.

Im Atrium sah es so aus, als müsste die Wiedereröffnung verschoben werden. Nahezu sämtliche Oberflächen waren mit Plastikplanen abgedeckt; die Arbeitsgerüste reichten drei Stockwerke hoch. Eine geschwungene Prunktreppe führte zur ersten Etage hinauf. Das große Oberlicht war noch mit Papier beklebt.

Gray wandte sich an den erstbesten Handwerker, einen Schreiner mit Atemmaske. »Der Ausgang! Wo ist der nächste Ausgang?«

Der Mann musterte ihn blinzelnd. »Der Ausgang zur Constitution Avenue ist geschlossen. Sie müssen zum ersten Stock hochgehen. Der Ausgang zur Mall ist offen.« Er zeigte zur Treppe.

Gray blickte Elizabeth an. Sie nickte. Im Pulk rückten sie vor. Gray versuchte erneut, eine Funkverbindung herzustellen, wieder ohne Ergebnis. Etwas oder jemand störte anscheinend das Signal.

Sie rannten zur Treppe und stürmten zur ersten Etage hoch. Hier herrschte weniger Durcheinander. Der grüne Marmorboden wirkte frisch poliert, die darin eingebetteten Silbersterne funkelten. Vom Atrium aus konnte Gray die Glastüren sehen, die zur Mall hinausgingen. Sie mussten es schaffen …

Zu spät.

Draußen tauchten mehrere mit Sturmgewehren bewaffnete Männer auf. Sie trugen dunkle Uniformen mit Schulterabzeichen.

Gray drängte Kowalski und Elizabeth zurück.

Vom Erdgeschoss drangen lautes Knurren und die Rufe der verwirrten Handwerker herauf.

»Was nun?«, fragte Kowalski.

Vom Mall-Ausgang her ertönte über ein Megafon: »HIER SPRICHT DER HEIMATSCHUTZ! DAS GEBÄUDE MUSS EVAKUIERT WERDEN! BEGEBEN SIE SICH UNVERZÜGLICH ZUM AUSGANG!«

»Mir nach«, sagte Gray.

Er wandte sich zur Seite, zum größten Exponat auf dieser Etage. Es handelte sich um eine abstrahierte Fahne, bestehend aus fünfzehn verspiegelten Polykarbonatbändern.

»Wir können nicht ewig wegrennen«, meinte Elizabeth.

»Das werden wir auch nicht.«

»Sollen wir uns verstecken?«, fragte Kowalski. »Was ist mit den Hunden?«

»Wir laufen weder weg, noch verstecken wir uns«, versicherte ihnen Gray.

Er ging an der funkelnden Fahne vorbei. Die verspiegelte Oberfläche gab ein prismatisch verzerrtes Bild des Museumsinneren wieder. In den Facetten sah er, dass die Bewaffneten vor dem einzigen Ausgang eine undurchdringliche Absperrkette bildeten.

Von einem Gerüst, auf dem Arbeitsmaterial und Overalls

lagen, schnappte sich Gray das, was er brauchte. Er reichte Kowalski ein paar Bündel an. Er selbst behielt eine Dose Farbe und einen Plastikkanister mit Verdünnungsmittel. Dann trat er unter der abstrahierten Fahne hindurch. Als Kowalski das Schild am Eingang der Abteilung las, stieß er einen leisen Pfiff aus.

»Pierce, was haben Sie vor?«

Gray führte sie weiter ins Museum hinein, wo die wertvollsten Exponate untergebracht waren. Sie waren der Hauptgrund für die aufwendige Renovierung. Sie gelangten in einen langgestreckten, dunklen Raum. Gegenüber einer verglasten Wand waren Sitzreihen angebracht. Das Chaos schien hinter ihnen zurückzubleiben, gedämpft durch die Ausstrahlung des hinter dem Glas ausgestellten historischen Schatzes, eine der bedeutendsten Ikonen der Nation.

»Pierce …?«, flüsterte Kowalski, dem es allmählich dämmerte. »Das ist das Sternenbanner.«

Gray stellte die Farbdose auf den Boden und drehte den Verschluss von dem Kanister mit dem leicht entzündlichen Verdünnungsmittel ab.

»Pierce … Sie wollen doch nicht etwa … Das kann doch nicht Ihr Ernst sein!«

Ohne ihn zu beachten, wandte Gray sich an Elizabeth. »Könnte ich mal Ihr Feuerzeug haben?«

20:32

Juri saß im Sicherheitsbüro des Zoos und spürte das Gewicht seiner siebenundsiebzig Jahre. Gegen seine Niedergeschlagenheit waren all die Androgene, Stärkungsmittel und chirurgischen Eingriffe machtlos. Die lähmende Angst hatte seine

Gliedmaßen in so etwas wie schmerzendes Blei verwandelt; die Sorge hatte tiefe Falten in sein Gesicht gegraben.

»Wir werden Ihre Enkelin schon finden«, hatte ihm der Chef der Sicherheitsabteilung versichert. »Wir haben den Zoo geschlossen. Alle verfügbaren Leute suchen nach ihr.«

Juri war allein mit einer blonden jungen Frau, die höchstens fünfundzwanzig war. Wie alle Zooangestellten war sie mit einer khakifarbenen Uniform bekleidet. Auf dem Namensschild stand TABITHA. Sie wirkte nervös, da sie nicht wusste, wie sie mit seiner Niedergeschlagenheit umgehen sollte. Sie erhob sich und kam hinter dem Schreibtisch hervor.

»Möchten Sie vielleicht jemanden anrufen? Einen Familienangehörigen?«

Juri hob den Kopf und musterte sie kurz. Ihre rosige Jugend... die vielen Jahre, die noch vor ihr lagen. Ihm wurde bewusst, dass er kaum älter gewesen war als sie, als er in den Karpaten aus dem klapprigen Laster ausgestiegen war. Er wünschte, er hätte das Zigeunerlager nie gefunden.

»Möchten Sie telefonieren?«, fragte sie.

Er nickte langsam. »*Da.*« Er durfte es nicht länger hinausschieben. Mapplethorpe hatte er bereits benachrichtigt, vor allem deshalb, weil er sich die Unterstützung der örtlichen Polizei erhofft hatte. Mapplethorpe aber war abgelenkt gewesen, beschäftigt mit der Jagd nach dem gestohlenen Gegenstand. Er hatte Dr. Polks Tochter erwähnt. Juri aber war das alles inzwischen gleichgültig. Nichtsdestotrotz hatte Mapplethorpe ihm versprochen, wegen des verschwundenen Kindes Alarmstufe Gelb auszurufen. Sämtliche verfügbaren Einsatzkräfte in Washington und den umliegenden Countys würden alarmiert werden. Das Kind musste gefunden werden.

Sascha...

Im Geiste sah er ihr rundliches Gesicht und ihre hellblauen Augen vor sich. Er hätte ihr nicht von der Seite weichen dürfen. Er konnte nur hoffen, dass sie lediglich auf eigene Faust losmarschiert war. Doch auch das war in einem zoologischen Garten voller wilder Tiere nicht ungefährlich. Oder hatte jemand sie womöglich mitgenommen und entführt? In ihrem gegenwärtigen Zustand war sie fügsam und leicht zu beeinflussen. Juri wusste, dass sich hier viele Pädophile herumtrieben. Sogar im Bau hatte es mit den ersten Angestellten ein paar Probleme gegeben. Dort lebten viele Kinder, zu viele. Da waren Fehler nicht zu vermeiden.

Doch nicht alle Missbrauchsfälle waren auf Fehler bei der Personalauswahl zurückzuführen gewesen.

Vor diesem Gedanken scheute er zurück.

Tabitha brachte ihm ein schnurloses Telefon.

Juri lehnte kopfschüttelnd ab und nahm sein Handy aus der Tasche. »Danke, aber das ist ein Ferngespräch«, erklärte er. »Nach Russland. Ich möchte ihre Großmutter anrufen. Da nehme ich besser das Handy.«

Tabitha nickte und wandte sich zum Gehen. »Ich lasse Sie einen Moment allein.« Sie begab sich nach nebenan ins Büro.

Juri wählte. Ein kleiner, vom russischen Geheimdienst entwickelter Chip würde dafür sorgen, dass das Signal über mehrere Funkmasten umgeleitet wurde, bis es nicht mehr zurückzuverfolgen wäre. Dazu kam noch die Verschlüsselung.

Er fürchtete sich vor dem Anruf, konnte aber nicht länger warten. Der Bau musste informiert werden, doch dort war es noch früh am Morgen. Noch nicht einmal vier Uhr. Gleichwohl meldete sich sogleich eine barsche Stimme.

»Ja, was gibt's?«

Juri stellte sich seine Gesprächspartnerin vor, seine unmittelbare Vorgesetzte Dr. Sawina Martowa. Gemeinsam hatten sie die Kinder entdeckt und im Team den Bau begründet, doch aufgrund von Martowas Beziehungen zum ehemaligen KGB war er ihr unterstellt worden. In Russland gab es ein Sprichwort: *Aus dem KGB tritt niemand aus.* Ganz gleich, was westliche Politiker glauben mochten, galt das auch für den gegenwärtigen russischen Präsidenten. Er umgab sich noch immer mit ehemaligen Angehörigen des sowjetischen Geheimdienstes. Bedeutende Aufträge wurden alten Geheimdienstlern zugeschanzt.

Und Dr. Sawina Martowa stellte keine Ausnahme dar.

»Sawina, wir haben hier ein größeres Problem«, sagte er auf Russisch.

Er stellte sich vor, wie ihr Gesicht einen frostigen Ausdruck annahm. Auch sie hatte sich hormonellen, chirurgischen und kosmetischen Behandlungen unterzogen, die bei ihr jedoch weit besser angeschlagen hatten als bei Juri. Sie hatte noch immer dunkles Haar, und ihre Gesichtszüge waren kaum beeinträchtigt. Man hätte sie für vierzig halten können. Juri hatte eine Vermutung, weshalb das so war. Im Gegensatz zu ihm war sie von Schuldgefühlen unbelastet. Die Selbstgewissheit und Zielstrebigkeit standen ihr ins Gesicht geschrieben. Erst wenn man ihr in die Augen sah, zerstob die Täuschung. Die darin liegende kalte Berechnung vermochten auch noch so viele Behandlungen nicht zu kaschieren.

»Sie haben den gestohlenen Gegenstand noch immer nicht gefunden?«, fragte sie mit harter Stimme. »Ich habe schon gehört, dass Polk eliminiert wurde. Also, was ist passiert?«

»Es geht um Sascha. Sie ist verschwunden.«

Das Schweigen dehnte sich.

»Sawina, haben Sie gehört, was ich gesagt habe?«

»Ja. Ich habe gerade eine Meldung von einer der Schlafsaalaufseherinnen bekommen. Deshalb bin ich so früh schon auf. Man hat drei leere Betten entdeckt.«

»Um welche Kinder handelt es sich?«

»Um Konstantin, seine Schwester Siska und Pjotr.«

Sawina berichtete, dass der Bau durchsucht werde, doch

ihre Stimme klang hohl, wie aus einem tiefen Brunnen. Juri hörte noch immer den Nachhall des letzten Namens.

Pjotr. Peter.

Saschas Zwillingsbruder.

»Wann ist es passiert?«, platzte er heraus. »Seit wann werden die drei *rebjonka* vermisst?«

Sawina seufzte. »Der diensthabenden Aufseherin zufolge waren sie bei der letzten Überprüfung noch alle da. Also muss es im Verlauf der letzten Stunde passiert sein.«

Zur selben Zeit, als Sascha verschwunden war.

War das lediglich ein zufälliges Zusammentreffen, oder hatte Pjotr irgendwie gespürt, dass seine Schwester in Gefahr war? War der Junge daraufhin in Panik geraten? Bislang hatte Pjotr jedoch keine solche Begabung erkennen lassen. Er verfügte über ein großes Einfühlungsvermögen – zumal im Umgang mit Tieren –, jedoch nicht über die Fähigkeiten seiner Schwester. Beide verständigten sich in einer unverständlichen Sprache, wie es bisweilen bei Zwillingen vorkam.

Juri, der sich noch immer das Handy ans Ohr drückte, vermutete, dass unbekannte, finstere Kräfte – vielleicht eine unbekannte Macht – hinter den Vorgängen steckten.

Aber wer mochte das sein?

Mit rauer Stimme riss Sawina ihn aus seinen Gedanken. »Finden Sie das Mädchen«, befahl sie. »Ehe es zu spät ist. Sie wissen, was in zwei Tagen geschehen wird.«

Juri wusste es nur allzu gut. Seit Jahrzehnten arbeiteten sie darauf hin. Dies war die Rechtfertigung für all die begangenen Grausamkeiten gewesen. Und das alles nur, um …

Eine Tür schlug zu. Juri drehte sich um. Der Leiter des Sicherheitsdienstes war zurückgekehrt. Sein sonnengebräuntes Gesicht war gezeichnet von Sorge.

»Ich werde sie finden«, sagte Juri mit fester Stimme ins Handy, doch das Versprechen galt eher ihm selbst als seiner eiskalten Vorgesetzten. Er unterbrach die Verbindung, wandte sich dem hochgewachsenen Mann zu und wechselte ins Englische. »Haben Sie irgendwelche Hinweise auf den Verbleib meiner Enkeltochter entdeckt?«

»Leider nein. Wir haben das Zoogelände abgesucht. Bislang gibt es keine Spur von ihr.«

Juris Magen krampfte sich zusammen.

Zögernd fuhr der Sicherheitschef fort: »Eines aber muss ich Ihnen sagen. Jemand hat beobachtet, dass ein Mädchen, auf das die Beschreibung passt, zu einem Van getragen wurde, der am Südausgang abgestellt war.«

Juri stand auf, seine Augen weiteten sich.

Der Mann hob beschwichtigend die Hand. »Die Polizei geht dem Hinweis nach. Vielleicht ist es ja eine falsche Fährte. Mehr können wir im Moment nicht tun.«

»Das kann doch nicht alles gewesen sein.«

»Es tut mir leid, Sir. Auf dem Weg hierher wurde mir gemeldet, dass das FBI eine Eskorte für Sie herschickt. Sie sollte jeden Moment eintreffen. Man wird Sie zum Hotel zurückbringen.«

Juri ahnte, dass Mapplethorpe seine Hand dabei im Spiel hatte. »Ich danke Ihnen für Ihre Hilfe.« Juri ging zur Tür und legte die Hand auf die Klinke. »Ich … ich muss mal an die frische Luft.«

»Natürlich. Draußen steht eine Bank.«

Juri trat ins Freie. Er sah die Parkbank und ging hinüber, doch sobald er vom Bürofenster aus nicht mehr zu sehen war, wandte er sich zum Ausgang.

Er durfte sich Mapplethorpe nicht ausliefern. Nicht einmal in dieser Lage. Dieser Idiot wusste nur ansatzweise Bescheid, gerade so viel, um das Interesse der amerikanischen Geheimdienste wachzuhalten. Sie hatten keine Ahnung, wie sehr die Welt sich in den nächsten Tagen verändern würde.

Er musste Mapplethorpe bei der Suche nach Sascha zuvorkommen.

Es gab nur eine Möglichkeit.

Als er an einem Polizeikordon vorbei den Park verließ, wählte er eine Nummer auf dem Handy und schaltete wieder die Verschlüsselung ein. Wie zuvor wurde sogleich abgenommen. Diesmal war er mit einem Anrufbeantworter verbunden.

»Sie sind mit der Telefonzentrale der Argo Incorporation verbunden. Bitte hinterlassen Sie eine Nachricht…«

Hinter der Argo Incorporation versteckten sich die Jasons. Das Pseudonym Argo entstammte der griechischen Mythologie und war der Name von Jasons Schiff.

Während er auf den Piep wartete, schüttelte Juri den Kopf über seine eigene Torheit. Vor einer Stunde hatte er einen der Jasons ermordet. Jetzt war er auf die Hilfe dieses geheimen Wissenschaftlerzirkels angewiesen. Und er wusste auch schon, auf welche Weise er sie erhalten würde. Seit dem Kalten Krieg wetteiferten beide Seiten um die technologische Überlegenheit und wurden von ihren jeweiligen Militärs und Geheimdienstorganisationen dabei unterstützt. Dieser Wettkampf wurde nicht allein auf intellektuellem Gebiet ausgetragen, sondern es wurde auch auf handfestere Methoden zurückgegriffen: auf Sabotage, Zwang, Erpressung. Da den jeweiligen Organisationen jedoch Wissenschaftler angehörten, agierten beide Seiten unabhängig vom Militär. Im Laufe der Jahrzehnte waren ihnen zwei Dinge klar geworden: Sie hatten durchaus Gemeinsamkeiten, und es gab eine festgeschriebene Grenze, die beide Seiten nicht überschreiten wollten.

Für Fälle wie diesen hatte man einen Kommunikationsweg eingerichtet, ein sogenanntes rotes Telefon. Juri sprach seine verschlüsselte Handynummer auf den Anrufbeantworter auf, dann nannte er ein Codewort, das noch aus dem Kalten Krieg stammte.

»Pandora.«

20:38

Durch den Raum, in dem das Sternenbanner ausgestellt wurde, zog Qualm.

Gray hatte sich mit seinen Begleitern in der Vorhalle des Atriums versammelt. Sie trugen Maleroveralls und Atemmasken. Die Overalls hatte Painter zudem mit Farbe bespritzt.

Er wandte sich um und schaute zur Fahnengalerie hinüber. Obwohl ihm der Rauch in den Augen brannte, konnte er die Flammen erkennen, die über dem Verdünner tanzten, den er auf dem Holzboden verschüttet hatte. Im nächsten Moment schaltete sich die Sprinkleranlage ein. Aus Deckendüsen ergoss sich eine wahre Wasserflut. Eine Alarmsirene gellte.

Gray vergewisserte sich, dass die verglaste Präsentationskammer mit dem Sternenbanner trocken blieb. Er wusste, dass die Kammer klimatisiert war, um die nationale Ikone für zukünftige Generationen zu bewahren. Die Glasscheibe würde die Fahne zunächst einmal vor dem Rauch und dem Wasser schützen.

Zufrieden damit, dass dieser Schatz nicht gefährdet war, wandte Gray sich wieder zum Atrium um. Die verängstigten Handwerker schrien durcheinander. Der Bombenalarm hatte sie bereits in Panik versetzt.

Und jetzt kamen noch der Feueralarm und der Qualm hinzu.

Gray spähte aus der Vorhalle ins Atrium.

Die Alarmsirene hatte bewirkt, dass die Männer und

Frauen zum Ausgang drängten. Viele hatten Werkzeugkästen und Rucksäcke dabei. In Panik drängten sie nach draußen, wo jeder aufgeregte Handwerker von Bewaffneten durchsucht wurde. Zusätzlich mussten sie sich von zwei Deutschen Schäferhunden beschnüffeln lassen.

»Auf geht's«, sagte Gray.

Im Schutze des Qualms und der allgemeinen Panik schlossen sich die drei der wogenden Menge an. Sie teilten sich auf, damit sie nicht so leicht zu entdecken waren. Als sie sich den verängstigten Menschen anschlossen, hatten sie das Gefühl, in ein windgepeitschtes Meer an einer Felsenküste zu springen. Sie wurden angerempelt, gestoßen. Gray behielt seine Begleiter gleichwohl im Auge.

Die Handwerker wogten zum Ausgang. Trotz des Gedränges hielten die draußen postierten Bewaffneten den Anschein von Ordnung aufrecht. Die Durchsuchungen wurden fortgesetzt, jedoch flüchtiger als zuvor. Die Hunde, durch den Lärm und das Durcheinander in Erregung versetzt, zerrten kläffend an der Leine.

Gray packte seine Schultertasche fester und drückte sie sich an die Brust. Notfalls würde er eben wie ein aufs Goal zupreschender Linebacker die feindlichen Linien durchbrechen müssen.

Aus den Augenwinkeln bemerkte Gray, dass Elizabeth durch eine Tür in die Arme eines Bewaffneten geschoben wurde. Sie wurde grob abgetastet und dann zum Weitergehen aufgefordert. Sie ging an einem der Hunde vorbei, der an der Leine zerrte. Das allerdings hatte nichts zu bedeuten. Das Tier war lediglich aufgeregt und verwirrt. Außerdem überdeckten der Qualm und die Farbdämpfe Elizabeths Eigengeruch. Sie taumelte von den Männern weg und auf die Mall hinaus.

An der anderen Seite war Kowalski der Nächste in der Reihe. Um seine Verkleidung zu vervollständigen, hielt er in jeder Hand einen Farbeimer, die er vor allem dazu eingesetzt hatte, andere Leute beiseitezudrängen. Er wurde ebenfalls abgetastet. Selbst die Farbeimer wurden geöffnet.

Gray hielt den Atem an. Das war gar nicht gut. Die allgemeine Panik beeinträchtigte die Gründlichkeit der Bewaffneten in weit geringerem Maße als erhofft.

Kowalski hatte die Durchsuchung überstanden und wurde weitergewinkt.

Gray trat aus der Tür und wurde von einem der Sicherheitsleute aufgehalten.

»Arme hoch!«, sagte der Mann. Ein Kollege von ihm zielte mit seiner Waffe auf Grays Brust und verlieh der Aufforderung Nachdruck.

Er wurde abgetastet, vom Kopf bis zu den Füßen. Zum Glück hatte er sein Fußhalfter mitsamt der Waffe rechtzeitig in einen Abfallkorb geworfen.

Aber trotzdem…

»Öffnen Sie die Tasche!«

Gray wusste, dass Widerstand zwecklos war. Er ließ die Tasche zu Boden fallen und öffnete den Reißverschluss. Dann nahm er den einzigen Gegenstand heraus, der sich darin befand: eine kleine elektrische Schleifmaschine. Der Mann schüttelte die Tasche und vergewisserte sich, dass sie tatsächlich leer war – dann wurde Gray durchgewinkt.

Als er an dem kläffenden Hund vorbeikam, fiel ihm ein mit einem Anzug bekleideter Mann auf, der ein Stück abseits stand. Er trug keine Schutzweste. An einem Ohr klemmte ein Bluetooth-Headset. In barschem Ton erteilte er Befehle; offenbar führte er hier das Kommando. Gray erinnerte sich, ihn auch an der Laderampe des Museums für Naturgeschichte gesehen zu haben.

Als er an ihm vorbeikam, bemerkte er den am Sakko befestigten Ausweis.

D.I.A.

Defense Intelligence Agency – militärischer Abschirmdienst.

Der Name war fett gedruckt: **Mapplethorpe.**

Ehe der Mann auf ihn aufmerksam werden konnte, trat Gray auf die Mall hinaus. Erst ein gutes Stück vom Museum entfernt näherte er sich unauffällig den beiden anderen – drei ganz normale Handwerker, die sich zufällig wiedertrafen. Gray schaltete das Kehlkopfmikrofon ein und versuchte, die Kommandozentrale von Sigma zu erreichen.

»Gray! Wo stecken Sie?«

Es war Painter Crowe.

»Keine Zeit für Erklärungen«, sagte Gray. »Ich brauche ein neutrales Fahrzeug, an der Ecke Vierzehnte und Constitution Avenue.«

»Wird gleich da sein.«

Als sie sich zur Kreuzung wandten, streckte Gray die Hand aus.

Kowalski reichte ihm einen der Farbeimer. »Bin froh, wenn ich's loswerde.«

Gray nahm den Eimer erleichtert entgegen. Am Boden lag der seltsame Affenschädel. Gray hatte sich darauf verlassen, dass die Männer am Ausgang davor zurückschrecken würden, in der dicken Latexfarbe zu rühren, zumal der Overall des Malers mit derselben Farbe bekleckert war. Wenn der Schädel erst einmal gesäubert wäre, würde man hoffentlich bald schlauer sein.

»Wir haben es geschafft«, sagte Elizabeth erleichtert.

Gray enthielt sich einer Bemerkung.

Er wusste, dass sie sich täuschte.

Auf der anderen Seite der Welt erwachte in einem dunklen, fensterlosen Raum ein Mann. An einem Instrumentenrack leuchteten ein paar Lämpchen. Er machte den Blinkrhythmus eines EKG-Monitors aus und schnupperte Desinfektionsmittel und Jodtinktur. Benommen setzte er sich auf. Zu schnell. Die Lichter verschwammen wie umherhuschende Fische in einem nachtdunklen Meer.

Der Anblick rief eine tief verschüttete Erinnerung wach.

Lichter im dunklen Wasser...

Er versuchte erneut sich aufzurichten, doch seine Ellbogen waren am Geländer des Betts festgeschnallt. An einem Krankenbett. Er konnte nicht einmal die Arme unter der Decke hervorziehen. Entkräftet sank er zurück.

Habe ich einen Unfall gehabt?

Während er nach Atem rang, nahm er ein bedrohliches Prickeln wahr, als würde er beobachtet. Er wandte den Kopf und machte undeutlich die Umrisse einer Tür aus. Ein dunkler Schatten regte sich auf der Schwelle. Ein Schuh scharrte über die Fliesen. Dann ein leises Flüstern. In einer fremden Sprache. Anscheinend Russisch.

»Wer ist da?«, fragte er mit rauer Stimme. Seine Kehle brannte, als hätte er Säure geschluckt.

Schweigen. In der Dunkelheit herrschte Totenstille.

Er wartete mit angehaltenem Atem.

Dann flammte nahe der Tür eine Taschenlampe auf. Das Licht blendete ihn. Instinktiv versuchte er, die Hand vor die Augen zu legen; dass seine Arme ans Bett gefesselt waren, hatte er bereits wieder vergessen.

Er blinzelte in die Helligkeit. Das Licht kam von einer Stiftleuchte. Drei kleine Gestalten schlichen sich in den Raum. Es waren Kinder. Ein dreizehn oder vierzehn Jahre alter Junge hielt die Leuchte und hatte sich schützend vor seine ein oder zwei Jahre jüngere Begleiterin geschoben. Ihnen folgte ein kleinerer Junge, der höchstens acht war. Sie näherten sich seinem Bett so vorsichtig, als handelte es sich um einen Löwenkäfig.

Der größere Junge, offenbar der Anführer, drehte sich zu dem jüngeren um. Er flüsterte etwas auf Russisch, offenbar eine besorgte Frage. Er nannte den Jüngeren beim Namen. Es hörte sich an wie *Peter*. Das Kind nickte, zeigte aufs Bett und murmelte etwas, das sich sehr bestimmt anhörte.

Er regte sich auf dem Bett und krächzte: »Wer seid ihr? Was wollt ihr?«

Der größere Junge hieß ihn mit einem Blick schweigen und sah zur offenen Tür. Dann teilten die Kinder sich auf und verteilten sich rund ums Bett. Der Anführer und das Mädchen lösten seine Fesseln. Der kleinere Junge schaute mit großen Augen zu. Wie seine Gefährten war auch er mit einer weiten Hose, einem dunkelgrauen Rollkragenpullover und Weste sowie einer Strickmütze mit Zopfmuster bekleidet. Er starrte ihn unverwandt an, als läse er seine Gedanken.

Als seine Arme frei waren, setzte er sich auf. Das Zimmer drehte sich erneut um ihn, jedoch weniger schlimm als beim ersten Mal. Er fuhr sich mit der Hand über den Schädel und bemühte sich, einen klaren Kopf zu bekommen. Die Schädeloberfläche fühlte sich glatt an, und hinter dem linken Ohr hatte er eine juckende Naht, was seinen Verdacht bestätigte. Hatte man ihm vor einer Operation den Schädel rasiert? Die Berührung mit seinem Kopf aber fühlte sich irgendwie vertraut an.

Ehe er diesen Widerspruch auflösen konnte, hob er die andere Hand vor die Augen. Oder vielmehr, er versuchte es. Der andere Arm endete am Handgelenk in einem Stumpf. Er bekam heftiges Herzklopfen. Er musste einen schrecklichen Unfall gehabt haben. Mit der verbliebenen Hand betastete er die Narbe hinter dem Ohr, als läse er Blindenschrift. Offenbar lag die Operation noch nicht lange zurück. Sein Handgelenk aber war schwielig, die Narben längst verheilt. Trotzdem meinte er, die fehlenden Finger beinahe noch zu spüren. Ihm war, als ballte er frustriert die Hand zur Faust.

Der größere Junge trat einen Schritt vom Bett zurück. »Komm mit«, sagte er auf Englisch.

Aufgrund der merkwürdigen Umstände und des verstohlenen Vorgehens seiner Befreier hatte er das Gefühl drohender Gefahr. Nur mit einem dünnen Krankenhaushemd bekleidet, verkrampfte er die Füße auf dem kalten Fliesenboden. Abermals drehte sich der Raum um ihn.

O je…

»Beeil dich«, drängte ihn der größere Junge.

»Einen Moment noch«, sagte er. »Was geht hier eigentlich vor?«

»Keine Zeit.« Der größere Junge entfernte sich. Er war schlaksig, nichts als Arme und Beine. Er bemühte sich, seiner Stimme einen gebieterischen Klang zu verleihen, doch das Kieksen verriet seine Jugend und seine Angst. Er fasste sich an die Brust und stellte sich vor. »*Menja zawut* Konstantin. Du musst mitkommen. Ehe es zu spät ist.«

»Aber ich… ich weiß nicht…«

»*Da*. Du bist durcheinander. Im Moment brauchst du nur zu wissen, dass dein *zawut* Monk Kokkalis ist.«

Er schnaubte und schüttelte den Kopf. *Monk Kokkalis.* Der Name sagte ihm nichts. Als er sich anschickte, Widerspruch einzulegen und den Fehler zu korrigieren, wurde ihm bewusst, dass er keine Argumente hatte. Anstelle eines Namens war da nur eine Leerstelle. Ihm krampfte sich das Herz zusammen. Vor lauter Panik wurde ihm schwarz vor Augen. Wie war das möglich? Er betastete erneut die Narbe. Hatte er einen Schlag auf den Kopf abbekommen? Hatte er eine Gehirnerschütterung? Er durchforschte sein Gedächtnis nach Erinnerungen an die Vergangenheit, doch da war nichts als Leere.

Was war geschehen?

Er schaute den EKG-Monitor an, der noch immer über Kabel mit seiner Brust verbunden war. In der Ecke standen ein

Blutdrucküberwachungsgerät und ein Infusionsgestell. Wenn er die Dinge in seiner Umgebung benennen konnte, weshalb konnte er sich dann nicht auch an seinen *Namen* erinnern? Er suchte in seinem Kopf nach irgendetwas, woran er sich hätte festhalten können. Doch das Einzige, woran er sich erinnern konnte, war die Tatsache, dass er in diesem Raum zu sich gekommen war.

Der kleinere der beiden Jungs spürte sein wachsendes Unbehagen. Er trat vor, seine blauen Augen funkelten im Licht der Stiftleuchte. Monk – wenn das sein Name war – spürte, dass der Junge mehr über ihn wusste als er selbst. Wie zur Bestätigung schaute ihm das Kind tief ins Herz und sprach die beiden Worte aus, die es vermochten, ihn vom Bett hochzubringen.

Der Junge streckte die kleine Hand zu ihm aus und spreizte die Finger, um sein Anliegen zu verdeutlichen. »Rette uns!«

5

»TSCHERNOBYL?«, FRAGTE ELIZABETH. »Was hatte mein Vater denn dort verloren?«

Über den Couchtisch hinweg schaute sie die beiden Männer an. Sie saß in einem Sessel, mit dem Rücken zu einem Panoramafenster, durch das man den bewaldeten Rock Creek Park sah. Nach der Flucht aus dem Museum waren sie hierhergefahren. Gray hatte von einem *sicheren Zufluchtsort* gesprochen, doch sicher fühlte sie sich deswegen noch lange nicht. Sie hatte das Gefühl, es habe sie in einen Spionagethriller verschlagen. Der Charme des Hauses – ein zweigeschossiges Craftsman Fertighaus aus Ziegelsteinen, verkleidet mit polierter Eiche – hatte sie jedoch beruhigt.

Wenigstens ein bisschen.

Nach der Ankunft hatte sie sich minutenlang die Hände gewaschen und sich Wasser ins Gesicht gespritzt. Trotzdem roch ihr Haar noch immer nach Rauch, und unter den Fingernägeln saß Farbe. Anschließend hatte sie sich auf die Kommode gesetzt, die Hände vors Gesicht geschlagen und fünf Minuten lang versucht, sich einen Reim auf die letzten Stunden zu machen. Erst als ihre Hände nass wurden, wurde ihr bewusst, dass sie weinte. Das war alles zu viel für sie. Sie hatte noch keine Gelegenheit gehabt, den Tod ihres Vaters zu verarbeiten. Obwohl an den Fakten nicht zu rütteln war, fiel es ihr schwer, sich mit der Realität abzufinden.

Erst einmal brauchte sie ein paar Antworten.

Die drängenden Fragen hatten sie schließlich veranlasst, das Bad zu verlassen.

Sie beäugte den Neuankömmling über den Tisch hinweg. Gray hatte ihn als seinen Chef vorgestellt, Direktor Painter Crowe. Sie musterte ihn. Seine Gesichtszüge waren eckig, seine Haut sonnengebräunt. Als Anthropologin erkannte sie das Erbe der amerikanischen Ureinwohner in seinen Augen – trotz deren eisblauer Farbe. Das dunkle Haar reichte ihm knapp übers Ohr, die kleine weiße Strähne darin glich einer Reiherfeder.

Gray saß neben ihm auf dem Sofa und blätterte in einem Stapel Papiere, der auf dem Tisch lag.

Ehe jemand ihre Frage beantworten konnte, kam Kowalski auf Strümpfen aus der Küche zurück. Seine frisch polierten Schuhe standen auf dem kalten Kamin. »Hab ein paar Ritz-Cracker gefunden und etwas, das wie Käse aussieht. Bin mir aber nicht sicher. Aber es war Salami da.«

Er beugte sich vor und stellte das Tablett vor Elizabeth auf den Tisch.

»Danke, Joe«, sagte sie, froh über diese schlichte und reale Geste inmitten all der Geheimnisse.

Der große Mann errötete ein wenig um die Ohren herum. »Schon gut«, brummte er und richtete sich wieder auf. Er zeigte aufs Tablett, denn anscheinend hatte er vergessen, was er sagen wollte. Dann inspizierte er wieder seine Schuhe.

Painter straffte sich und lenkte damit Elizabeths Aufmerksamkeit auf sich. »Was Tschernobyl betrifft, so wissen wir nicht, weshalb Ihr Vater dort war. Wir haben seinen Pass überprüft. Für die Region liegt kein Visumeintrag vor, auch nicht für die Rückkehr in die Vereinigten Staaten. Wir müssen davon ausgehen, dass er mit falschem Pass gereist ist. Der letzte bestätigte Hinweis auf eine Reise liegt fünf Monate zurück. Da ist er nach Indien geflogen. Wo er sich anschließend aufgehalten hat, wissen wir nicht.«

Elizabeth nickte. »Dort war er häufig. Mindestens zweimal im Jahr.«

Gray merkte auf. »In Indien. Weshalb?«

»Es handelte sich um ein Forschungsstipendium. Als Neurologe hat er die biologischen Grundlagen des Instinkts erforscht. Er hat mit einem Professor der Universität Mumbai zusammengearbeitet.«

Gray blickte seinen Chef an.

»Ich überprüfe das«, sagte Painter. »Aber es ist mir bereits bekannt, dass Ihr Vater sich mit Instinkt und Intuition befasst hat. Das war auch der Grund, weshalb er mit den Jasons in Kontakt gekommen ist.«

Diese Bemerkung war an Gray gerichtet, doch als die Organisation erwähnt wurde, spannte Elizabeth sich an. Sie vermochte ihren Abscheu nicht zu verhehlen. »Was wissen Sie über die Jasons?«

Painters Blick schwenkte zu Gray und wieder zurück. »Also wir wissen, dass Ihr Vater für sie gearbeitet hat.«

»Gearbeitet? Er war *besessen* von ihnen, das trifft es schon eher.«

»Was meinen Sie damit?«

Elizabeth schilderte, wie die Zusammenarbeit mit dem Militär sich bei ihrem Vater zu einer alles beherrschenden Leidenschaft ausgewachsen hatte. Jeden Sommer war er monatelang abwesend, manchmal auch länger. Den Rest des Jahres über erfüllte er seine Verpflichtungen als Professor am M.I.T. Infolgedessen war er nur selten zu Hause. Zwischen ihren

Eltern kam es zu Spannungen. Die gegenseitigen Vorwürfe führten zu heftigen Streitereien. Ihre Mutter glaubte, ihr Vater habe eine Affäre.

Die Spannungen zu Hause führten dazu, dass ihr Vater sich noch seltener blicken ließ. Eine wacklige Ehe mündete im Ruin. Ihre Mutter, die immer schon zu viel getrunken hatte, verlor endgültig die Kontrolle. Als Elizabeth sechzehn war, fuhr sie in betrunkenem Zustand mit dem Familien-SUV in den Charles River. Die Frage, ob es sich um einen Unfall oder um Selbstmord gehandelt hatte, wurde niemals abschließend geklärt.

Elizabeth aber hatte gewusst, wer die Schuld daran trug.

Von dem Tag an sprach sie mit ihrem Vater nur noch das Nötigste. Beide zogen sich in ihre eigene Welt zurück. Und jetzt war er ebenfalls tot. Trotz ihrer Trauer verspürte sie noch immer flammenden Zorn. Sein merkwürdiger Tod ließ viele Fragen offen.

»Glauben Sie, sein Engagement für die Jasons hat etwas mit seinem Tod zu tun?«, fragte sie schließlich.

Painter schüttelte den Kopf. »Das ist schwer zu sagen. Die Ermittlungen befinden sich noch im Anfangsstadium. Aber ich habe bereits herausgefunden, mit welchem geheimen Militärprojekt Ihr Vater befasst war. Es heißt…«

»…Stargate«, kam Elizabeth ihm zuvor. Painters Verblüffung bereitete ihr einige Genugtuung.

Kowalski, der am Kamin stand, straffte sich. »Hey, ich hab den Film gesehn, da ging's um Aliens und so Sachen, hab ich recht?«

»Nicht der *Film*, Joe«, sagte sie. »Und keine Sorge, Mr. Crowe. Mein Vater hat nicht gegen die Geheimhaltungsvorschriften verstoßen. Er hat das Projekt nur einige Male in meiner Gegenwart erwähnt. Zehn Jahre später habe ich die geheimen CIA-Berichte gelesen, die aufgrund des Freedom of Information Act veröffentlicht wurden.«

»Worum geht es bei dem Projekt?«, fragte Gray.

Painter nickte zu dem Stapel Papiere hin. »Da steht alles drin. Das Projekt stammt noch aus der Zeit des Kalten Krieges. Offiziell wurde es vom zweitgrößten Thinktank des Landes geleitet, dem Stanford Research Institute, das später maßgeblich an der Entwicklung der Stealth-Technologie beteiligt war. Im Jahr 1973 aber wurde das Institut von der CIA damit beauftragt, die Eignung parapsychologischer Methoden für die geheimdienstliche Informationsgewinnung zu prüfen.«

»Parapsychologie?« Gray hob eine Braue.

Painter nickte. »Telepathie, Telekinese... vor allem aber ging es um Fernaufklärung. Man wollte mit bloßer Geisteskraft Informationen über weit entfernte Orte und Individuen sammeln. Sozusagen Telepathie mit Fernwirkung.«

Kowalski, der an der anderen Seite des Raums stand, schnaubte. »Psychospione.«

»So verrückt das auch klingen mag, aber Sie sollten bedenken, dass in den finstersten Zeiten des Kalten Krieges jeder vermeintliche Entwicklungsvorsprung der Sowjets auch vom amerikanischen Geheimdienst aufgegriffen wurde. Technologische Lücken mussten geschlossen werden. Die Sowjetunion setzte damals alle Hebel in Bewegung. Die Sowjets betrachteten die Parapsychologie als multidisziplinäres Forschungsfeld, das Bionik, Biophysik, Psychophysik, Physiologie und Neurophysiologie umfasste.«

Painter nickte in Elizabeths Richtung. »In diesem Zusammenhang muss man auch die Forschungen Ihres Vaters bezüglich der Intuition und des Instinkts verstehen. Sie hatten einen neurophysiologischen Hintergrund.«

Elizabeth schaute Gray an. Er wirkte nach wie vor skeptisch, hörte aber trotzdem aufmerksam zu. Für sie galt das Gleiche.

»Den CIA-Berichten zufolge hatten die Sowjets erste Erfolge zu verzeichnen. 1971 wurde das Forschungsprojekt auf einmal als streng geheim klassifiziert. Der Informationsfluss versiegte. Wir konnten lediglich feststellen, dass die Forschungen fortgeführt und vom KGB finanziert wurden. Wir mussten reagieren, wenn wir nicht abgehängt werden wollten. Deshalb bekam das Stanford Research Institute einen Forschungsauftrag.«

»Und wie sahen die Ergebnisse aus?«, fragte Gray.

»Bestenfalls bescheiden«, räumte Painter ein.

Elizabeth hatte die als geheim eingestuften Berichte ebenfalls gelesen. »In Wahrheit waren bei dem Projekt *kaum* Fortschritte zu verzeichnen.«

»Das stimmt nicht ganz«, widersprach Painter. »In den offiziellen Berichten heißt es, die Fernaufklärung habe lediglich in fünfzehn Prozent der Fälle zu verwertbaren Ergebnissen geführt, was oberhalb der statistischen Zufallsschwelle liegt. Und dann gab es noch die außergewöhnlichen Fälle. Nehmen wir zum Beispiel den New Yorker Künstler Ingo Swann. Wenn man ihm Koordinaten vorgab, vermochte er die dort befindlichen Gebäude in allen Einzelheiten zu beschreiben. Dabei lag er, den Anwesenden zufolge, in achtundfünfzig Prozent der Fälle richtig.«

Painter war die Skepsis seiner Zuhörer nicht entgangen. Er tippte auf die Akten. »Die Untersuchungen des Stanford Research Institute wurden in Fort Meade und im Princeton Institut zur Erforschung von Anomalien wiederholt. Außerdem gab es mehrere außergewöhnliche Erfolge. Der bekannteste ist die Entführung und Rettung von Brigadegeneral James Dozier. Dem mit der Projektleitung betrauten Physiker zufolge fand ein Fernaufklärer den Namen der Stadt heraus, in der der General gefangen gehalten wurde, während ein anderer das Gebäude und sogar das Bett beschrieb, an das er gefesselt war. Solche Erfolge sollte man nicht leichtfertig abtun.«

»Und doch hat man es getan«, bemerkte Elizabeth. »Meines Wissens wurden die Forschungen Mitte der Neunzigerjahre eingestellt. Das Projekt wurde abgewickelt.«

»Nicht ganz«, meinte Painter kryptisch.

Ehe er weitere Erklärungen vorbringen konnte, schaltete Gray sich ein. »Zurück zum Anfang. Was hat das alles mit den Jasons zu tun?«

»Ah, darauf wollte ich gerade zu sprechen kommen. Es scheint so, als habe das Stanford Research Institute wie schon die Sowjets damit begonnen, den Forschungsrahmen auf andere Wissenschaftsfelder auszuweiten.«

»Zum Beispiel auf die Neurophysiologie«, meinte Gray. »Dr. Polks Arbeitsgebiet.«

Painter nickte. »Obwohl das Projekt als streng geheim eingestuft war, wurden zwei Jasons eingeschaltet, die Parallelforschungen durchgeführt haben. Einer der beiden war Ihr Vater, Elizabeth. Der andere war Dr. Trent McBride, ein Biomediziner, der sich mit Gehirnphysiologie befasst hat.«

Elizabeth kannte den Namen. Sie erinnerte sich an Besuche spät abends. Ihr Vater hatte sich mit fremden Leuten in sein Arbeitszimmer zurückgezogen, und einer von ihnen war Dr. McBride gewesen. Trotz seiner lauten, polternden Stimme hatte er einen gutmütigen Eindruck gemacht. Als sie noch jünger war, hatte er ihr auch Geschenke mitgebracht. Erstausgaben von Nancy Drew.

»Ich habe versucht, Kontakt mit Dr. McBride aufzunehmen«, fuhr Painter fort. »Seit fünf Monaten gibt es von ihm kein Lebenszeichen mehr.«

Elizabeth fröstelte. *Seit fünf Monaten.* »Um diese Zeit herum ist mein Vater nach Indien geflogen.«

Sie wechselte einen besorgten Blick mit Gray.

Was hatte das alles zu bedeuten?

Juri Raew trat im Kellergeschoss der Forschungseinrichtung aus dem Aufzug. Nach dem Anruf hatte er fünfundvierzig Minuten gebraucht, um das militärische Walter-Reed-Forschungsinstitut in Maryland zu erreichen. In dem Gebäude nahmen die Laboratorien eine Fläche von fast fünfzigtausend Quadratmetern ein. Ein großer Teil davon war der biologischen Forschung der Gefahrenstufe BL-3 vorbehalten. Dabei ging es um alle möglichen ansteckenden Krankheiten.

Juri hatte den Alarmcode Pandora benutzt, um Kontakt mit den Jasons aufzunehmen. Weitere zehn Minuten hatte es gedauert, den Alarm an die Zielpersonen zu übermitteln, einen inneren Zirkel, der *zum Wohle beider Nationen* mit den Russen zusammen an dem Projekt gearbeitet hatte. Juri hatte gehofft, die Jasons dafür einspannen zu können, dass Mapplethorpe von Sascha ferngehalten wurde. Die Jasons mit ihrem unterschiedlichen wissenschaftlichen Hintergrund hatten Verständnis dafür, dass man mit einem Kind in physiologischer wie in psychologischer Hinsicht behutsam umgehen musste.

Mapplethorpe wurde beherrscht von Skrupellosigkeit, politischem Ehrgeiz und blindem Eigennutz. Juri vertraute ihm nicht.

Jetzt, da Sascha verschwunden war, brauchte er Verbündete auf amerikanischem Boden.

Er war angewiesen worden, sich mit Dr. James Chen, einem Neurologen und Mitglied des inneren Zirkels, zu treffen und das weitere Vorgehen zu besprechen.

Weitere Jasons sollten hinzugezogen werden.

Leute, die von Nutzen sein werden, hatte die kryptische Erklärung gelautet.

Juri hatte eine genaue Wegbeschreibung und eine Zugangserlaubnis für den genannten Treffpunkt. Er schritt den Gang entlang. Um diese Zeit waren alle Türen geschlossen. Hier unten befanden sich nur wenige Labors. Desinfektionsmittel brannte ihm in der Nase und überdeckte einen dumpferen Geruch. Hinter einer der Türen drang der leise Ruf eines Affen hervor. Hier waren offenbar die Versuchstiere untergebracht. Das Betreuungspersonal war bereits nach Hause gegangen.

Er las die Zimmernummer von einem Zettel ab.

B-2 340.

Er fand die Tür mit der Milchglasscheibe und klopfte. Ein Schatten näherte sich der Glasscheibe, dann wurde die Tür geöffnet.

»Dr. Raew. Danke, dass Sie gekommen sind.«

Juri hatte kaum Zeit gefunden, den jungen Asiaten zu mustern, da wandte er sich auch schon wieder ab. Er trug einen weißen Laborkittel und Bluejeans. Die Brille hatte er auf den Kopf hochgeschoben und anscheinend dort vergessen. An der einen Wand stand ein Arbeitstisch, die gegenüberliegende Wand nahmen Edelstahlkäfige ein. Schwarze Nasen und Schnurrhaare schauten zwischen den Gitterstäben hervor. Das Scharren kleiner Krallen war zu vernehmen. Laborratten. Abgesehen von den Schnurrhaaren waren sie freilich unbehaart.

Dr. Chen geleitete ihn durch die offene Hintertür. Dahinter lag ein vollgestopftes Büro: ein mit Zeitschriften überhäufter Metallschreibtisch, eine mit umrahmten Aufgabenlisten übersäte Weißwandtafel und ein Bücherregal mit Probengläsern.

Zu Juris Überraschung saß hinter dem Schreibtisch eine bekannte Person, ein Handy am Ohr. Der Mann war Ende fünfzig. Der schwere Körperbau, die geröteten Wangen, der vorspringende Kiefer und der nachlässig gestutzte rotgraue

Bart verrieten seine schottische Herkunft. Er war der Chef der Jason-Gruppe, die für die Zusammenarbeit mit den Russen abgestellt war – und ein Kollege und alter Freund Archibald Polks.

Dr. Trent McBride.

»Er ist soeben eingetroffen«, sagte der Mann mit einem Nicken in Richtung Juri ins Telefon. »In einer Stunde melde ich mich wieder.«

McBride klappte das Handy zu und reichte Juri die Hand. »Man hat mich über Ihre Lage informiert. In Anbetracht des instabilen Zustands des Mädchens genießt diese Angelegenheit höchste Priorität. Wir werden alles tun, was in unserer Macht steht, um das Mädchen zu finden.«

Juri schüttelte ihm die Hand und nahm Platz. Trotz seiner Überraschung war er erleichtert, McBride hier anzutreffen. Der Mann machte nicht nur einen gutmütigen, zupackenden Eindruck, sondern besaß auch einen scharfen, praktisch veranlagten Verstand.

»Dann ist Ihnen also klar, wie wichtig es ist, dass wir sie wiederfinden«, sagte Juri. »Und zwar bald.«

McBride nickte. »Wie viele Stunden kann das Mädchen ohne Medikamente überleben?«

»Zweiunddreißig.«

»Wann hat sie die letzte Injektion bekommen?«

»Vor sieben Stunden«, antwortete Juri ernst.

Somit hatten sie einen Tag Zeit, Sascha zu finden.

»Dann müssen wir rasch handeln«, sagte McBride. »Wie Sie sich denken können, hat Mapplethorpe mich bereits angerufen. Das ist der eigentliche Grund, weswegen ich hier bin.«

»Ich dachte, Sie wären in Genf. Wollten Sie sich nicht bedeckt halten?«

»Nur so lange, bis die Angelegenheit mit Archibald geregelt ist.« Sein Blick verhärtete sich ein wenig. »Und das ist sie ja wohl. Wenngleich ich einer anderen Lösung den Vorzug gegeben hätte. Er war mein Freund.«

»Sie wissen ebenso gut wie ich, dass Dr. Polk nur noch wenige Tage zu leben hatte. Ich habe getan, was nötig war.«

McBride wirkte ein wenig besänftigt.

»Und wie Sie sich erinnern werden, war ich von Anfang an dagegen, Dr. Polk einzuschalten.«

Als McBride sich zurücklehnte, quietschte leise der Stuhl. »Ich habe wirklich geglaubt, Archibald wäre kooperativer. Schließlich handelt es sich um eine Erweiterung seines Lebenswerks. Und in Anbetracht der Gefahr, die von ihm ausging, blieb uns nichts anderes übrig, als …«

Abermals ein bedauerndes Achselzucken.

Dr. Polk war dem Kern des Projekts zu nahe gekommen. *Sogar näher, als McBride bekannt war*. Somit hatte es nur zwei Optionen gegeben: ihn anzuwerben oder ihn zu eliminieren.

Die Anwerbung war kläglich gescheitert.

Nachdem man ihn in den Bau gebracht hatte, war er im Besitz wertvoller Informationen geflohen. Sie hatten keine andere Wahl gehabt, als ihn zu jagen.

»Das mit Archibald tut mir leid«, sagte Juri.

Und das war nicht gelogen. Dr. Polks Tod war zwar eine tragische Notwendigkeit gewesen, stellte aber auch einen schweren Verlust dar. Der Professor hatte viel erreicht und hätte beinahe herausbekommen, was die Russen vor den Amerikanern verbargen. Beide Seiten hatten Dr. Polks Findigkeit weit unterschätzt.

Sowohl vor der Entführung als auch hinterher.

Juri fuhr fort: »Was das verschwundene Mädchen angeht …«

McBride fiel ihm ins Wort. »Ich nehme an, sie ist eines der Omega-Versuchsobjekte.«

Juri nickte. »Die Trefferquote liegt bei neunzig Prozent. Sie ist unersetzlich für unser Projekt. Für die Arbeit beider Seiten. Ich fürchte, Mapplethorpe ist sich nicht bewusst, wie prekär das Gleichgewicht ist, das ein Omega-Objekt am Leben erhält und sein Funktionieren gewährleistet.«

McBride rieb sich den Nasenrücken. »Im Verlauf des Telefonats hat Mapplethorpe übrigens vorgeschlagen, wir sollten versuchen, das Kind in unsere Gewalt zu bringen.«

»Ich habe vermutet, dass er etwas Derartiges planen könnte.«

Hinter Juris Rücken öffnete sich die Tür. Er hörte, wie Dr. Chen jemanden förmlich begrüßte.

Juri drehte sich um und erblickte zu seiner Bestürzung den Gegenstand ihrer Unterhaltung. Mapplethorpes erschlaffte Gesichtszüge wirkten noch grämlicher als sonst. Juri wurde von einer bösen Vorahnung erfasst.

McBride erhob sich. »John, wir haben gerade über Sie gesprochen. Ist es Ihrem Team gelungen, den präparierten Schädel zu finden?«

»Nein. Wir haben beide Museen durchsucht.«

»Eigenartig«, sagte McBride mit besorgter Miene. »Irgendwelche Neuigkeiten vom Mädchen?«

»Wir lassen die Stadt ausgehend vom Zoo von Helikoptern absuchen. Bislang wurde noch kein Ortungssignal aufgefangen.«

Juri merkte auf. »Ortung… was soll das heißen?«

McBride kam um den Schreibtisch herum. Er reckte Juri die Faust entgegen. Als er sie öffnete, lag auf seiner Handfläche ein kleiner Gegenstand.

Kaum größer als ein Stecknadelkopf.

Juri beugte sich neugierig vor.

»Ein Wunderwerk der Nanotechnologie«, sagte McBride. »Ein passiver Mikrotransmitter mit gedämpftem Pulsgeber, untergebracht in einer sterilen Polymerhülle. Bei meinem letzten Besuch im Bau habe ich veranlasst, dass allen Kindern ein solcher Chip injiziert wurde.«

Juri hatte von den Implantaten nichts gewusst, doch dass er nicht auf dem Laufenden gehalten wurde, war eigentlich nichts Neues. »War Sawina damit einverstanden?«

McBride hob eine Braue. *Eigentlich hätte ich Sie für klüger gehalten, Dr. Raew*, schien er sagen zu wollen.

Juri begriff, was der Amerikaner damit andeuten wollte. Sawina wusste nichts von den Sendern. McBride hatte die Injektionen eigenhändig vorgenommen – im Geheimen, ohne jemanden darüber zu informieren. Er hatte oft mit den Kindern zu tun gehabt, auch dann, wenn er unbeobachtet gewesen war. Juri musterte den winzigen Sender. Er war so klein, dass es keine großen Probleme bereiten dürfte, hundert davon zu verstecken.

Aber weshalb hatte McBride…?

Juri überschlug die Möglichkeiten, Implikationen und Folgen. McBride hatte alle Kinder damit geimpft. Anschließend hatte er lediglich dafür sorgen müssen, dass eines oder mehrere Kinder sich aus dem Bau davonmachten.

Juri trat Archibald Polks Gesicht vor Augen. Die Erkenntnis traf ihn wie ein Schlag auf den Solarplexus.

»Das war alles von langer Hand vorbereitet!«, keuchte er. »Dr. Polks Flucht…«

McBride lächelte. »Ausgezeichnet.«

Mapplethorpes Schatten legte sich auf ihn wie ein schweres Gewicht.

Man hatte Juri zum Narren gehalten. Er funkelte McBride an. »Sie haben sich im Bau aufgehalten, als Archibald geflohen ist. Sie haben ihm bei der Flucht geholfen.«

»Wir mussten eines Ihrer Omega-Objekte nach draußen locken.«

»Sie haben Dr. Polk als Köder benutzt. Ihren Freund und Kollegen.«

»Das ließ sich leider nicht ändern.«

»Hat er … hat Archibald gewusst, dass er benutzt wird?«

McBride seufzte entnervt. »Ich glaube, er hat etwas geahnt … aber er hatte keine Wahl. Entweder der Tod oder ein Spießrutenlauf. Manchmal muss man eben patriotisch sein, ob man will oder nicht. Und ich muss sagen, er hat seine Sache gut gemacht. Er hätte fast die Ziellinie überquert.«

»Und das alles nur, um ein Kind zu entführen?«

McBride rieb sich erneut den Nasenrücken. »Wir hatten den Verdacht, dass ihr Russen uns etwas verheimlicht. Das ist doch so, oder?«

Juri setzte eine undurchdringliche Miene auf. McBride hatte recht, doch er ahnte nicht das Ausmaß des Geheimnisses.

»Wir werde das Kind dazu benutzen«, fuhr er fort, »in den Vereinigten Staaten ein eigenes Programm zu starten. Ungeachtet unserer wiederholten Anfragen hat Ihre Forschungsgruppe keine umfassenden Berichte vorgelegt. Sie haben von Anfang an Daten zurückgehalten.«

McBride hatte recht – allerdings hatten sie nicht nur Daten verschwiegen, sondern auch ihre Zukunftsplanung.

»Was ist mit Saschas Medikamenten?«, fragte er.

»Das Problem werden wir lösen. Mit Ihrer Hilfe.«

Juri schüttelte den Kopf. »Kommt nicht infrage.«

»Ich bedaure Ihre Entscheidung.«

McBrides Blick schwenkte zur Seite. Juri blickte sich über die Schulter um.

Mapplethorpe hielt eine Waffe in der Hand.

Er feuerte aus kürzester Distanz.

Gray glaubte nicht an Zufälle. Zwei Wissenschaftler, die am selben Projekt arbeiteten, verschwanden am selben Tag – dann tauchte der eine verstrahlt und todkrank in Washington auf.

Gray massierte sich die schmerzenden Schläfen. »Elizabeth, es muss eine Verbindung zu den Forschungen geben, die Ihr Vater in der Vergangenheit betrieben hat.«

Painter nickte. »Aber die Frage ist, worin besteht die Verbindung? Wenn wir mehr Informationen hätten... Vielleicht ist der Schlüssel ja gar nicht in den Akten Ihres Vaters zu finden.«

Die Frage schwebte im Raum.

Elizabeth senkte den Blick auf ihren Schoß. Die Hände hatte sie fest verschränkt. Als sie bemerkte, wie verkrampft sie war, löste sie die Finger und streckte sie ein wenig.

»Ich weiß nicht«, murmelte sie dumpf. »In den letzten Jahren... haben wir nicht mehr viel miteinander geredet. Er war nicht erfreut darüber, dass ich mich der Anthropologie zugewendet habe. Er wollte, dass ich weiterführe, was er...« Sie schüttelte den Kopf. »Tut mir leid.«

Gray goss heißen Kaffee in einen Becher und reichte ihn ihr. Sie nahm ihn mit einem Lächeln entgegen. Allerdings trank sie nicht, sondern wärmte sich nur die Finger.

»Ihr Vater war offenbar weniger unglücklich mit Ihrer Berufswahl, als Sie meinen«, sagte Gray. »Er hat Ihnen die Forschungsstelle am Museum in Griechenland verschafft.«

Elizabeth schüttelte den Kopf. »Seine Unterstützung war weniger uneigennützig, als es scheint. Mein Vater hat sich schon immer für das Orakel von Delphi interessiert. Die Wahrsagerinnen standen mit seinen Forschungen zu Intuition und Instinkt in Beziehung. Mein Vater gelangte zu der Überzeugung, dass diese Frauen Gemeinsamkeiten aufwiesen. Genetische Übereinstimmungen. Oder eine neurologische Anomalität. Mein Vater hat mir die Stelle in Delphi deshalb verschafft, damit ich ihm bei *seinen* Forschungen helfe.«

»Aber woran hat er nun eigentlich geforscht?«, fragte Gray aufmunternd. »Jeder Hinweis könnte wichtig sein.«

Elizabeth seufzte. »Ich kenne nur den Auslöser für die Besessenheit meines Vaters für Intuition und Instinkt.« Sie blickte zwischen den beiden Männern hin und her. »Wissen Sie Bescheid über die ersten Experimente der Russen auf dem Gebiet der Intuition?«

Gray und Painter schüttelten den Kopf.

»Das war ein grauenhaftes Experiment, stand aber in enger Beziehung zu den neurophysiologischen Forschungen meines Vaters. Vor mehreren Jahrzehnten haben die Russen eine Katze von ihren Jungen getrennt. Dann verbrachten sie die Kätzchen in ein U-Boot. Sie überwachten die Körperfunktionen der Mutter und töteten ein Junges nach dem anderen. Im selben Moment nahm der Herzschlag der Katze zu, und ihre Gehirnaktivität deutete auf starken Schmerz hin. Die Katze wurde aufgeregt und wirkte desorientiert. In den folgenden Tagen wurde der Versuch mit anderen Katzen wiederholt, jedes Mal mit dem gleichen Ergebnis. Obwohl sie durch eine weite Entfernung voneinander getrennt waren, spürte die Katze den Tod ihrer Jungen.«

»Eine Art Mutterinstinkt«, meinte Gray.

Elizabeth nickte. »Oder Intuition. Jedenfalls sah mein Vater darin einen Beweis für eine biologische Verbindung. Fortan konzentrierte er sich auf die Erforschung der neurologischen Grundlage dieses eigenartigen Phänomens. Schließlich tat er sich mit einem Professor in Indien zusammen, der die speziellen Fähigkeiten der Yogis und Mystiker seiner Heimat untersuchte.«

»Welche Fähigkeiten zum Beispiel?«, fragte Painter.

Elizabeth trank einen Schluck Kaffee und schüttelte leicht den Kopf. »Mein Vater begann, Berichte über Menschen mit speziellen geistigen Fähigkeiten zu lesen. Spinner und Scharlatane siebte er aus und konzentrierte sich auf die seltenen verifizierten Fälle, die wissenschaftlich untersucht worden waren. Zum Beispiel von Albert Einstein.«

Gray vermochte seine Überraschung nicht zu verhehlen. »Einstein?«

Ein Nicken. »Um 1900 herum wurde an den Universitäten der ganzen Welt eine Inderin namens Shakuntala herumgereicht, die dort ihre Fähigkeiten demonstrierte. Ihr Schulabschluss entsprach lediglich unserem Highschool-Abschluss, doch sie verfügte über eine unerklärliche mathematische Begabung. Sie konnte im Kopf die umfangreichsten Berechnungen anstellen.«

»Eine Art Savant?«, fragte Painter.

»Eigentlich mehr als das. Mit einem Stück Kreide schrieb die Frau die Lösung für ein mathematisches Problem an die Tafel, noch ehe die Frage gestellt worden war. Auch Einstein war bei einer solchen Demonstration dabei. Er legte ihr ein Problem vor, für dessen Lösung er drei Monate gebraucht hatte, zahlreiche Zwischenrechnungen eingeschlossen. Noch ehe er die Frage ausformuliert hatte, schrieb sie auch schon die Lösung auf, welche die ganze Breite der Tafel einnahm. Er fragte sie, wie sie das anstelle, doch sie wusste es selbst nicht und erklärte, die Zahlen erschienen einfach vor ihren Augen und sie schreibe sie lediglich auf.«

Elizabeth musterte ihre Zuhörer, offenbar auf Skepsis gefasst. Gray aber forderte sie lediglich wortlos dazu auf fortzufahren. Das Ausbleiben von Einwänden schien sie zu irritieren.

»Es gab auch noch weitere ähnliche Fälle«, sagte sie. »Auch

wieder in Indien. Ein junger Rikschafahrer aus Madras konnte mathematische Probleme lösen, ohne die Frage überhaupt gehört zu haben. Seine Erklärung lautete, er verspüre eine Art Beklommenheit, wenn sich jemand in seiner Nähe aufhalte, der ein mathematisches Problem mit sich herumtrage. Die Lösung sehe er einfach vor sich, die Zahlen aufgereiht wie Soldaten. Man brachte ihn nach Oxford und stellte ihn auf die Probe. Man legte ihm mathematische Fragen vor, die zur damaligen Zeit unlösbar waren. Jahrzehnte später, als die Mathematik sich weiterentwickelt hatte, erwiesen sich seine Lösungen als richtig. Inzwischen war der Junge jedoch schon an Altersschwäche gestorben.«

Elizabeth stellte den Becher ab. »So erstaunlich diese Fälle auch gewesen sein mögen, bereiteten sie meinem Vater doch eher Frust. Er brauchte *lebende* Versuchspersonen. Während er weiter anekdotische Hinweise zusammentrug, stellte er fest, dass die interessantesten Fälle in Indien zu finden waren, nämlich unter den Yogis und Mystikern. Um diese Zeit herum erforschten andere Wissenschaftler die physiologischen Grundlagen vieler spezieller Fertigkeiten der Yogis wie zum Beispiel die, tagelang Kälte auszuhalten, indem sie willentlich die Durchblutung der Gliedmaßen und der Haut beeinflussen. Oder monatelanges Fasten aufgrund eines herabgesetzten Stoffwechsels.«

Gray nickte. Er hatte sich ebenfalls schon mit derartigen Yogi-Praktiken befasst. Alles lief letztlich auf geistige Kontrolle hinaus, auf die bewusste Beeinflussung von vegetativen Körperfunktionen.

»Mein Vater vertiefte sich in die indische Geschichte und Sprache und befasste sich auch mit alten vedischen Prophezeiungen. Er suchte erfahrene Yogis auf und untersuchte sie. Er bestimmte ihre Blutwerte, maß die Gehirnströme und machte CT-Aufnahmen des Gehirns. Er analysierte sogar ihre

DNA, um die Abstammung der größten Begabungen zu klären. Letztlich suchte er nach dem wissenschaftlichen Beweis für die organische Grundlage des Phänomens, das die Russen mit der Katze und ihren Jungen demonstriert hatten.«

Painter lehnte sich auf dem Sofa zurück. »Kein Wunder, dass er für das Stanford-Projekt angeworben wurde. Seine Forschungen passten hervorragend zu den Zielsetzungen.«

»Aber warum wurde mein Vater ermordet? Das ist doch schon Jahre her.« Sie suchte Grays Blick. »Und was hat der seltsame Affenschädel damit zu tun?«

»Das wissen wir noch nicht«, antwortete Painter, »aber morgen sollten wir mehr über den Schädel erfahren.«

Gray konnte nur hoffen, dass er recht behalten würde. Bei Sigma hatte man ein Expertenteam zusammengetrommelt, das den Schädel untersuchen sollte. Gray hatte ihn nur widerwillig per Kurier in die Sigma-Zentrale geschickt. Er spürte, dass der Schädel der Schlüssel zur Lösung des Geheimnisses war, und den gab er nur ungern aus der Hand.

Ein Klopfen an der Tür beendete die Unterhaltung.

Painter wandte den Kopf; Kowalski erhob sich, einen Schuh in der Hand.

Auch Gray stand auf.

Vor dem Haus waren zwei Wachposten in Zivilkleidung postiert. Wenn es ein Problem gab, hätten sie sich über Funk gemeldet. Gleichwohl öffnete Gray das Halfter und nahm die halb automatische Pistole heraus. Wenn die Wachposten Funkgeräte hatten, weshalb klopften sie dann?

Er bedeutete den anderen zurückzutreten, näherte sich der Tür von der Seite und trat vor den kleinen Videomonitor, der die Bilder der vier Außenkameras wiedergab. Im oberen linken Feld war der Eingangsbereich zu sehen.

Zwei Personen standen auf der Veranda, ein paar Schritte von der Tür entfernt.

Ein mit einer Windjacke bekleideter drahtiger Mann hielt ein kleines Kind bei der Hand. Ein Mädchen. Die Kleine nestelte an einem Haarband. Von dem Mann schien keine Bedrohung auszugehen. In der anderen Hand hielt er möglicherweise einen Umschlag. In diesem Moment bückte er sich.

Gray spannte sich an, doch es war nur ein gelbes Blatt Papier. Der Mann schob es unter der Tür durch. Das Blatt Papier glitt über den gewachsten Holzboden der Diele und landete vor Grays Füßen.

Er blickte auf eine Kinderzeichnung, ausgeführt mit schwarzem Buntstift. Mit groben, aber bestimmten Strichen hatte das Kind das Wohnzimmer der konspirativen Wohnung gezeichnet. Kamin, Sessel, Sofa. Die Einzelheiten stimmten. Es waren auch vier Personen dargestellt. Zwei saßen auf dem Sofa, eine im Sessel. Eine größere Person lehnte am Kamin und hielt einen Schuh in der Hand. Das musste Kowalski sein.

Das Kind hatte das Zimmer gezeichnet.

Gray blickte verblüfft auf den Videomonitor.

Eine Bewegung lenkte seinen Blick auf die Bilder der anderen drei Kameras. Erst tauchte der eine Wachposten auf, dann der andere. Beide wurden mit einer Waffe bedroht.

Kowalski hatte sich auf Strümpfen lautlos genähert. Er sah auf den Monitor, dann seufzte er.

»Na großartig«, meinte er. »Was habt ihr gemacht? Die Adresse unseres Verstecks im Internet veröffentlicht?«

Die Wachposten mussten niederknien.

Das Haus war umstellt.

Sie saßen in der Falle.

Auf der anderen Seite der Welt suchte ein Mann namens Monk seinen eigenen Weg in die Freiheit.

Während die drei Kinder an der Tür Wache hielten, zog Monk einen dicken Baumwolloverall an, dessen dunkelblaue Farbe der seines langärmligen Hemds entsprach. Mit einer Hand war das gar nicht so einfach. Jetzt lagen noch eine schwarze Strickmütze und ein Paar dicke Socken auf dem Stuhl. Er zog die Strickmütze über seinen rasierten Schädel und streifte die dicken Socken über, dann zog er die Stiefel an. Sie waren etwas zu eng, doch das Leder war geschmeidig und stellenweise eingerissen.

Während des Ankleidens hatte Monk Zeit, seine Gedanken zu sammeln, doch die Leerstellen in seinem Gedächtnis vermochte er nicht aufzufüllen. An die Zeit vor dem Aufwachen konnte er sich noch immer nicht erinnern. Jedenfalls brachte das mühevolle Ankleiden seinen Kreislauf in Schwung.

Er näherte sich Konstantin, dem ältesten Jungen, der an der Metalltür stand, die außen einen Riegel hatte. Die massive Tür war ein Beleg dafür, dass er tatsächlich ein Gefangener war und dass die Kinder ihn befreien wollten.

Pjotr, der jüngste, nahm Monk bei der Hand und zog ihn hinaus auf den Gang, weg von der hell erleuchteten Schwesternstation. Die Bitte des Jungen ging ihm durch den Kopf.

Rette uns!

Monk hatte keine Ahnung, was er damit meinte. Vor wem sollte er sie retten? Das Mädchen mit Namen Kiska übernahm die Führung und wandte sich zur Treppe, die von einem roten Neonschild erhellt wurde. Als sie daran vorbeikamen, schaute Monk hoch.

Kyrillische Schriftzeichen.

Offenbar befand er sich in Russland. Auch ohne persönliche Erinnerungen wusste er, dass er hier nicht hergehörte. Er dachte auf Englisch. Ohne britischen Akzent. Dann war er wohl Amerikaner. Wenn er solche Überlegungen anstellen konnte, wieso konnte er dann nicht …

Plötzlich wurde er von einer Kaskade von Bildern geblendet, Standfotos aus einem anderen Leben, die in seinem Kopf aufblitzten…

Ein Lächeln… eine Küche, in der eine Person ihm den Rücken zuwandte… die stählerne Schneide einer Axt, die über den blauen Himmel zuckte… aus dem dunklen Wasser aufsteigende Lichter…

Dann hörte es unvermittelt wieder auf.

Ihm pochte der Schädel. Er wollte sich am Treppengeländer festhalten und versuchte unwillkürlich, es mit dem Armstummel zu packen. Der Unterarm rutschte übers Geländer. Mit Mühe wahrte er das Gleichgewicht. Er blickte auf den Stummel nieder und bekam einen Erinnerungsfetzen zu fassen.

Die stählerne Schneide einer Axt, die über den blauen Himmel zuckte.

Hatte er auf diese Weise seine Hand verloren?

Die Kinder eilten die Treppe hinunter. Abgesehen vom jüngsten. Pjotr hielt immer noch seine Hand fest und schaute zu ihm hoch. Seine blauen Augen wirkten fast weiß. Mit seinen kleinen Fingern drückte er ihm aufmunternd die Hand und zog ihn behutsam weiter.

Monk stolperte den anderen beiden Kindern hinterher.

Sie begegneten niemandem auf der Treppe und traten durch einen Hinterausgang in die mondlose Nacht hinaus. Der Himmel war bedeckt, die Luft kalt und feucht. Kein Lüftchen regte sich. Monk atmete tief durch, bis sein rasender Herzschlag sich beruhigt hatte.

Lautes Generatorengebrumm war zu hören. Monk musterte das Krankenhaus, die einstöckigen Flügel und die beiden fünfstöckigen Türme.

»Komm. Hier entlang«, sagte Konstantin und übernahm die Führung.

Sie eilten durch eine dunkle Gasse mit Kopfsteinpflaster, die zur Linken an eine zwei Stockwerke hohe Mauer grenzte. Jenseits der Mauer brannten ein paar Lampen, deren Licht sich auf den Dachziegeln verborgener Gebäude widerspiegelte. Sie gelangten zu einer Ecke und schlüpften hinter die Umfriedung. Sie befanden sich auf nacktem Fels, schlüpfrig vom Tau. Hier an der Rückseite gab es keine Lichter. Monk konnte lediglich erkennen, dass die Mauer aus Betonblöcken erbaut war. Im Gehen streifte er mit der Hand darüber. Dem unebenen Putz und den vorstehenden Kanten nach zu schließen, war sie hastig errichtet worden.

Ein unheimlicher Schrei drang über die Mauer herüber. Dann waren gedämpftes Gebell und leise, spitzere Schreie zu hören.

Er wurde langsamer. Tiere. War das vielleicht eine Art Zoo?

Als hätte der größere Junge seine Gedanken gelesen, blickte Konstantin sich um, formte mit den Lippen das Wort *Menagerie* und bedeutete ihm mit Gesten, er solle weitergehen.

Eine Menagerie?

Hinter der nächsten Ecke fiel der Weg steil ab. Monk schaute auf ein schüsselförmiges Tal mit einem pittoresken Dorf hinab. Die Gassen waren mit Kopfsteinpflaster belegt, die Häuser hatten Satteldächer und Blumenkästen vor den Fenstern. Schmiedeeiserne Gaslampen spendeten ein flackerndes Licht. An der einen Seite lag eine dreigeschossige Schule, umgeben von Sportplätzen und einem offenen Amphitheater. Die Häuser drängten sich um einen Dorfplatz, auf dem ein großer funkelnder Springbrunnen tanzte.

An der anderen Seite des Dorfs standen nüchterne Wohnblocks, jeweils fünf Stockwerke hoch und in einem strengen Muster angeordnet. Die Gebäude waren unbeleuchtet und wirkten verfallen und unbewohnt.

Ganz anders als das Dorf.

Aufgeregte Menschen wogten umher. Es wurde laut gerufen. Kinder in Nachthemden mischten sich unter die Erwachsenen, manche ebenfalls im Schlafanzug. Offenbar kamen sie gerade aus dem Bett. Andere trugen graue Uniformen und Hüte mit steifer Krempe. Die Lichtkegel von Taschenlampen tanzten durch die schmalen Straßen.

Es musste eine Art Alarm gegeben haben.

Die Menschen riefen Namen, einige winkten, andere wirkten aufgebracht.

»Konstantin! Pjotr! Kiska!«

Roter Lichtschein schoss von der Dorfmitte empor, erhellte das verschlafene kleine Dorf, die dahinterliegenden Gebäude. Feuer tanzte über die Betonwände und die dunklen Fensterhöhlen.

Monk folgte dem Licht mit den Augen, bis es seinen Zenit erreichte und an einem kleinen Fallschirm wieder zu Boden sank.

Monks Blick verweilte in der Höhe.

Der Himmel – er war gar nicht mondlos.

Er war überhaupt nicht vorhanden.

Im rötlichen Lichtschein sah er eine Kuppel aus massivem Fels, die sich in alle Richtungen erstreckte. Staunend drehte Monk sich um die eigene Achse.

Sie befanden sich gar nicht im Freien.

Sondern im Innern einer riesigen Höhle.

Die man offenbar aus dem Gestein herausgesprengt hatte.

Er blickte auf das hübsche kleine Dorf hinunter, das in der Höhle konserviert war wie ein Buddelschiff in der Flasche. Für touristische Muße war allerdings keine Zeit.

Konstantin zog ihn hinter einen Kalksteinvorsprung. Drei Jeeps näherten sich mit einem leisen Summen über eine steile Straße und fuhren Richtung Krankenhaus weiter. Die Fahrzeuge waren mit Elektromotoren ausgestattet, darin saßen bewaffnete Uniformierte.

Das war gar nicht gut.

Als die Jeeps nicht mehr zu sehen waren, zeigte Konstantin nicht zum Dorf, sondern in die Dunkelheit der Höhle. Sie marschierten über den felsigen Untergrund und stießen auf einen schmalen, offenbar selten benutzten Pfad.

Sie umgingen das Höhlendorf auf den höher gelegenen Hängen. An der gegenüberliegenden Seite machte Monk eine Tunnelmündung aus, erhellt von Lampen und verschlossen von gewaltigen Stahltüren, die so breit waren, dass zwei Zementlaster nebeneinander hindurchgepasst hätten. Das war offenbar der Ausgang der Höhle.

Die Kinder aber führten ihn in die entgegengesetzte Richtung.

Wohin brachten sie ihn?

Plötzlich gellte der Alarm, so ohrenbetäubend laut wie eine Luftschutzsirene in einem geschlossenen Raum. Alle vier wandten sich um. Auf dem Krankenhaus blitzte ein rotes Licht.

Die Dorfbewohner hatten herausgefunden, dass nicht nur die Kinder verschwunden waren.

Monk versuchte, die Kinder zum Weitergehen zu bewegen, doch der Lärm hatte sie nahezu bewegungsunfähig gemacht. Sie hielten sich die Ohren zu und kniffen die Augen zusammen. Kiska war anscheinend übel. Konstantin war auf die Knie niedergesunken und schaukelte mit dem Oberkörper. Pjotr klammerte sich an Monk fest.

Hyperempfindlich.

Gleichwohl drängte Monk weiter. Pjotr nahm er auf den Arm, Kiska zerrte er mit sich mit.

Monk blickte sich zu der blitzenden Sirene um. Er mochte sein Gedächtnis verloren haben – oder genauer: jemand hatte es ihm gewaltsam geraubt –, doch eines wusste er genau.

Wenn er eingefangen wurde, würde es beim Gedächtnisverlust nicht bleiben.

Außerdem hatte er Angst um die Kinder, die bestimmt schwer zu leiden hätten.

Sie mussten weitergehen – *aber wohin*?

6

NICOLAS SOLOKOW WARTETE darauf, dass die Kameras eingerichtet wurden. Er war bereits in der Maske gewesen und hatte sich ein Papiertuch unter den gestärkten Kragen gestopft, damit das Make-up nicht das Hemd und seinen mitternachtsblauen Anzug beschmutzte. Um sich zu sammeln, hatte er sich in einen der rückwärtigen Krankenhaustrakte zurückgezogen. Die internationalen Nachrichtencrews bereiteten die morgendliche Übertragung von der Eingangstreppe des Waisenhauses vor.

Sonnenschein strömte durch die hohen Fenster des Kiewer Waisenhauses. Eine Krankenschwester bewegte sich leise zwischen den Betten. Hier wurden die schlimmsten Fälle versteckt: ein zweijähriges Mädchen mit inoperablem Schilddrüsentumor, ein zehnjähriger Junge mit Wasserkopf, ein jüngeres, geistig behindertes Kind mit stumpfem Blick. Dieser Junge war am Bett festgeschnallt.

Die Krankenschwester, eine stämmige Ukrainerin im blauen Kittel, bemerkte, dass er den Jungen musterte. »Das ist nur, damit er sich nicht wehtut, Herr Abgeordneter.« Ihre Augen waren müde vom vielen Leid, das sie gesehen hatte.

Doch es gab auch noch schlimmere Fälle. 1993 war in Moldowa ein Kind mit zwei Köpfen, zwei Herzen und zwei Wirbelsäulen, aber nur vier Gliedmaßen geboren worden. Bei einem anderen Kind hatte sich das Gehirn außerhalb des Schädels befunden.

Das alles waren Spätfolgen der Katastrophe von Tschernobyl.

Im Frühjahr 1986 war mitten in der Nacht ein Reaktor der Atomkraftanlage von Tschernobyl explodiert. Zehn Tage lang hatte sich das Strahlungsäquivalent von vierhundert Hiroshima-Bomben um die ganze Welt ausgebreitet. Der russischen Akademie für Medizinwissenschaften zufolge waren über hunderttausend Menschen an den Strahlenfolgen gestorben und weitere sieben Millionen verstrahlt worden, die meisten davon Kinder. Krebserkrankungen und genetische Anomalien waren das Vermächtnis des Unfalls.

Und nun, da diejenigen, die in ihrer Jugend verstrahlt worden waren, selbst Kinder bekamen, setzte die zweite Welle der Tragödie ein. Die Zahl der geschädigten Neugeborenen war um dreißig Prozent gestiegen.

Aus diesem Grund war der umtriebige und charismatische Vorsitzende der russischen Duma hierhergekommen. Nicolas' Wahlbezirk Tscheljabinsk lag fast zweitausend Kilometer entfernt, hatte aber ganz ähnliche Probleme. Im Ural waren der größte Teil des nuklearen Brennstoffs für Tschernobyl sowie das Plutonium für das sowjetische Atomwaffenprogramm produziert worden. Dies war einer der radioaktivsten Orte des Planeten.

»Die Presse ist bereit, Herr Abgeordneter«, sagte hinter ihm seine Beraterin.

Er wandte sich um.

Jelena Ozerow, eine adrette Frau Anfang zwanzig mit rabenschwarzem Haar und rauchgrauem Teint, trug einen schwarzen Businessanzug, der ihre kleinen Brüste verbarg und ihr ein androgynes, asexuelles Aussehen verlieh. Sie war ernsthaft, wortkarg und stets an seiner Seite. Die Presse bezeichnete sie als Nicolas' Rasputin, und das nahm er hin.

Es passte zu seinen politischen Zielsetzungen als kühner Reformer, der an den zaristischen Ruhm des untergegangenen russischen Reiches anknüpfte. Sein Namensvetter Nikolaus II., der letzte Zar der Romanow-Dynastie, war in Jekaterinburg, seinem Geburtsort, erst gefangen gehalten und dann erschossen worden. Obwohl der Zar ein politischer Versager gewesen war, wurde er nach seinem Tod von der russisch-orthodoxen Kirche heiliggesprochen. Die Bischöfe ließen über dem Ort, wo die Familie ermordet worden war, die Auf-dem-Blut-Kathedrale errichten. Der Bau sollte die Wiedergeburt der Romanows symbolisieren.

Manche Leute meinten, der einundvierzigjährige Parlamentsabgeordnete mit dem glatten schwarzen Haar und dem kurz getrimmten Bart sei der wiedergeborene Zar.

Er selbst förderte derartige Vergleiche.

Da Russland, das unter hoher Verschuldung, Armut und Korruption litt, wieder auf die Beine zu kommen suchte, brauchte es einen neuen Führer ins neue Jahrtausend.

Nicolas wollte dieser Führer sein.

Und noch viel mehr.

Er ließ sich von Jelena das Papiertuch abnehmen. Sie musterte ihn von oben bis unten, dann nickte sie.

Nicolas stellte sich den wartenden Scheinwerfern.

Unauffällig gefolgt von Jelena, trat er durch die Tür. Das Podium stand am Kopf der Treppe, eingerahmt vom Namenszug des Waisenhauses.

Er marschierte bis zu dem von Mikrofonen starrenden Podium und wehrte die auf ihn einstürmenden Fragen mit erhobenem Arm ab. Einer der Reporter fragte nach seinen früheren Verbindungen zum KGB, ein anderer nach den finanziellen Beziehungen seiner Familie zu den großen Bergbauunternehmen im Ural. Je mächtiger er wurde, desto lauter wurde der Chor der Stimmen, die ihn niedermachen wollten.

Ohne auf die Fragen einzugehen, ging er zu seiner eigenen Tagesordnung über.

Er beugte sich über die Mikrofone und erstickte mit seiner dröhnenden Stimme das Fragengewitter. »Es ist an der Zeit, diese Türen ein für alle Mal zu schließen!«, rief er und zeigte auf den Eingang des Waisenhauses. »Die Kinder der Ukraine, Weißrusslands und Mütterchen Russlands haben lange genug unter den Verfehlungen der Vergangenheit gelitten. Das darf nie wieder geschehen!«

Nicolas ließ seinem Ärger freien Lauf. Er wusste, wie das auf dem Bildschirm wirken musste. Das harte Gesicht der Reform und der Empörung. Er setzte sein leidenschaftliches Plädoyer für eine neue Vision von Russland fort, verlangte Taten und forderte dazu auf, nach vorn zu blicken, ohne die Vergangenheit zu vergessen.

»In zwei Tagen wird in Tschernobyl der Reaktor Nummer vier unter einer Stahlkuppel versiegelt. Der neue Sarkophag markiert das Ende einer Tragödie und wird ein Mahnmal sein für die Männer und Frauen, die ihr Leben geopfert haben, um nicht nur unser Heimatland, sondern die ganze Welt zu schützen. Für die Feuerwehrleute, die mit ihren Schläuchen die Stellung hielten, während die Strahlung ihre Zukunft verbrannte. Für die Piloten, die durch die giftige Wolke geflogen sind, um Beton und Material heranzuschaffen. Für die Bergleute, die aus dem ganzen Land herbeiströmten, um die erste Schutzhülle um den Reaktor zu errichten. Diese ruhmreichen Männer und Frauen, die erfüllt waren von Heimatstolz, sind das wahre Herz Russlands! Wir dürfen sie und ihr Opfer niemals vergessen!«

Während Nicolas sprach, war die Menschenmenge hinter den Reportern angewachsen. Der Jubel und der Applaus ermutigten ihn.

Dies war die erste von vielen Reden, die er halten würde, bis er schließlich beim Festakt in Tschernobyl sprechen würde, wenn der neue Sarkophag über die radioaktive Ruine des havarierten Reaktors gestülpt werden würde. Der ursprüngliche Betonschutz zerbröckelte bereits, denn er war nur als Übergangslösung gedacht gewesen, und das Unglück war zwanzig Jahre her. Der neue Sarkophag wog achtzehntausend Tonnen und war halb so hoch wie der Eiffelturm. Er war das größte bewegliche Gebilde auf Erden.

Auch andere Politiker schlugen mit ähnlichen Veranstaltungen und Reden Kapital aus dem Ereignis. Nicolas aber war der lauteste und sprachmächtigste, ein vehementer Befürworter einer Atomreform, der in den strahlenden Brutstätten im ganzen Land aufräumen wollte. Viele versuchten, seine Vorschläge wegen der enorm hohen Kosten abzuwürgen. In der Presse machten sich seine Parlamentskollegen über ihn lustig und zerfetzten seine Argumente.

Nicolas aber wusste, dass er recht hatte.

Eines Tages würden das alle einsehen.

»Denkt an meine Worte!«, fuhr er fort. »Wir schließen ein Kapitel unserer Geschichte ab, doch ich fürchte, das ist so, als wollten wir ein Loch im Deich mit der bloßen Hand stopfen. Die atomare Vergangenheit ist noch längst nicht fertig mit uns … und mit der ganzen Welt. Und wenn es so weit ist, dann werden wir hoffentlich den gleichen unerschütterlichen Mut beweisen wie die tapferen Männer und Frauen, die an jenem Tag ihre Zukunft geopfert haben. Wir dürfen ihr Geschenk nicht verplempern. Lasst uns eine Wiedergeburt vollbringen! Aus dem atomaren Feuer kann eine neue Welt entstehen.«

Er wusste, dass seine Augen funkelten, als er das sagte.

Eine Wiedergeburt.

Die Wiedergeburt Russlands.

Es brauchte nur einen kleinen Anstoß in die richtige Richtung.

Jelena beugte sich vor und berührte ihn am Ellbogen. Er drehte sich zu ihr um, als auf einmal ein Gewehrschuss knallte. Aus den Augenwinkeln sah er das Mündungsfeuer, dann pfiff auch schon die Kugel an seinem Ohr vorbei.

Ein Heckenschütze.

Ein Attentäter.

Jelena zog ihn hinter dem Podium auf den Boden, während lautes Geschrei einsetzte. Einen Moment lang herrschte Chaos. Nicolas nutzte die Gelegenheit und hauchte Jelena einen Kuss auf die Lippen. Er fuhr mit der Hand durch ihr langes Haar und tastete nach der geschwungenen kalten Stahlplatte hinter ihrem Ohr.

»Das ist noch mal gut gegangen«, flüsterte er an ihrem Mund.

22:25
Washington, D. C.

PAINTER TRAT NEBEN Gray und starrte auf den Videomonitor. Er sah die Wachposten, die mit Waffen bedroht wurden.

Als spürte der Fremde ihre Anwesenheit, rief der Schattenmann auf der Veranda durch die Tür hindurch: »Wir wollen Ihnen nichts tun!« Sein harter Akzent machte ihn als Osteuropäer kenntlich.

Painter musterte den Fremden auf dem Monitor. Dann das

Mädchen, das er an der Hand hielt. Sie schaute geradewegs zu der verborgenen Kamera hoch.

»Wir sind Verbündete von Archibald Polk!«, rief der Mann. Offenbar war er sich nicht sicher, ob sie den Namen kannten. »Wir haben nicht viel Zeit!«

Elizabeth stand dicht hinter Painter. Sie wechselten einen Blick. Wenn sie Aufschluss über das Schicksal ihres Vaters haben wollten, mussten sie Risiken eingehen. Allerdings durfte das Risiko auch nicht zu groß sein.

Painter drückte den Sprechknopf und sagte: »Wenn Sie unser Verbündeter sind, geben Sie unsere Männer frei und lassen Sie die Waffen fallen.«

Der Mann auf der Veranda schüttelte den Kopf. »Erst wenn Sie bewiesen haben, dass man Ihnen trauen kann. Wir haben viel riskiert, um das Mädchen hierherzubringen. Wir haben uns in Gefahr gebracht.«

Painter blickte Gray an. Der zuckte mit den Schultern.

»Wir lassen Sie rein«, sagte Painter. »Aber nur Sie und das Mädchen.«

»Und ich behalte Ihre Männer zu unserer Sicherheit hier draußen.«

»Eine große, glückliche Familie«, brummte Kowalski.

Painter bedeutete Gray, Elizabeth aus dem Schussfeld zu bringen.

Painter hielt sich seitlich der Tür. Kowalski postierte sich an der anderen Seite, noch immer in Strümpfen. Die einzige Waffe des großen Mannes war der Schuh in seiner Hand.

Das musste reichen.

Painter entriegelte die Tür und öffnete sie einen Spalt weit. Der Fremde zeigte seine leere Hand vor. In der anderen hielt er die Hand des Mädchens. Sie war höchstens zehn, dunkelhaarig und trug ein grau-schwarz kariertes Kleid. Der Mann hatte olivfarbene Haut mit dunklen Bartschatten. Vielleicht war er Ägypter oder Araber. Seine braunen Augen wirkten schwarz im Lampenschein, verdunkelt von Argwohn. Er war mit Jeans und dunkelroter Windjacke bekleidet.

Der Fremde wandte den Kopf hin und her, löste den Blick aber nicht von der offenen Tür. Er rief seinen Männern etwas zu. Painter verstand ihn nicht, doch dem Tonfall nach zu schließen, hatte er ihnen befohlen, wachsam zu bleiben.

»Ein Zigeuner«, murmelte Kowalski.

Painter blickte den Hünen an.

»In meiner Nachbarschaft hat mal eine Zigeunerfamilie gewohnt.« Kowalski deutete mit dem Daumen auf den Fremden. »Er hat Romani gesprochen.«

»Er hat recht«, sagte der Fremde. »Mein Name ist Luca Hearn.«

Painter zog die Tür noch weiter auf und winkte den Mann herein.

Der Fremde trat vorsichtig über die Schwelle, nickte Painter und Kowalski aber zu. »*Sastimos.*«

»*Nais tuke*«, antwortete Kowalski. »Aber nur damit Sie's wissen, das ist auch schon so ziemlich alles, was ich mir gemerkt habe.«

Painter geleitete Luca und das Kind ins Wohnzimmer. Das Mädchen zitterte leicht. Sein Gesicht war vom Fieber gerötet.

Luca bemerkte Gray, der eine Pistole in der Hand hielt.

Painter bedeutete Gray, die Waffe ins Halfter zu stecken. Von dem Mann ging keine unmittelbare Bedrohung aus. Er wirkte lediglich wachsam.

Elizabeth trat vor. »Sie haben meinen Vater erwähnt.«

Luca kräuselte verständnislos die Stirn.

»Sie ist Archibald Polks Tochter«, erklärte Painter.

Die Augen des Mannes weiteten sich. Er nickte Elizabeth zu. »Mein Beileid. Er war ein großer Mann.«

»Was wissen Sie über meinen Vater?«, fragte sie. »Wer ist das Mädchen?«

Das Kind machte sich von dem Mann los und ging zum Tisch. Es kniete davor nieder und schaukelte mit dem Oberkörper vor und zurück.

»Das Mädchen?«, sagte Luca. »Ich weiß es nicht. Ein Geheimnis. Ich habe eine Nachricht von Ihrem Vater erhalten. Eine aufgeregte Nachricht auf meiner Mailbox. Er war offenbar in Eile, nur schwer zu verstehen. Er hat uns angewiesen, bei Radio Shack ein Dutzend Funkgeräte vom Typ Cobra Marine zu kaufen und eine bestimmte Frequenz einzustellen. Er wollte, dass wir uns auf der National Mall postieren und nach einem Paket Ausschau halten, auf das die Funkgeräte ansprechen.«

»Nach einem Paket?«, wiederholte Painter.

Luca blickte auf das Kind. »Damit war *sie* gemeint.«

»Das Mädchen?«, fragte Elizabeth bestürzt. »Wie das?«

»Das waren wir Ihrem Vater schuldig. Wir haben getan, was er verlangt hat. Wir waren auf der Mall, als Ihr Vater erschossen wurde, erfuhren aber erst später, dass er das Opfer war. Aber wir haben die Fährte des Mädchens gefunden.«

Painter musterte das Mädchen. Es musste einen Minisender am Körper tragen.

»Wir sind ihr zum Zoo gefolgt, und dort haben wir sie uns unbemerkt geschnappt.«

»Sie haben sie entführt?«, fragte Painter.

Luca zuckte mit den Schultern. »Die letzten Worte der Nachricht lauteten, wir sollten *das Paket übernehmen* und es zu einer Organisation oder einer Person namens Sigma bringen.«

Painter merkte auf.

»Die Nachricht endete abrupt«, fuhr der Zigeuner fort, »ohne weitere Anweisungen oder Erklärungen. Als wir das

Mädchen hatten, musste es schnell gehen. Wir fürchteten, man könnte nach ihr suchen. Jemand könnte sie auf die gleiche Weise ausfindig machen wie wir. Zumal in der Gegend Alarmstufe Gelb ausgerufen wurde. Aber wir hatten keine Ahnung, was der Professor mit Sigma gemeint hatte. Während wir durch die Gegend fuhren und versuchten, an Informationen heranzukommen, begann das Mädchen wie wild zu zeichnen.«

Er zeigte auf das Kind, das sich inzwischen erhoben hatte und an die nackte Wand getreten war. Es hatte ein Stück Holzkohle aus dem Kamin in der Hand und kritzelte damit auf der Tapete herum, mit ruckartigen Bewegungen und scheinbar willkürlich von einer Stelle zur anderen springend.

»Sie wollte gar nicht mehr aufhören«, fuhr Luca fort. »Sie zeichnete einen Park mit Bäumen und die Brücke über den Rock Creek.« Er nickte zum Fenster hin. »Dann ein Haus im Wald. Wir sind um den ganzen Park herumgefahren, denn wir hielten das für wichtig. Als wir hier ankamen, hat sie das Bild gezeichnet, das ich unter der Tür durchgeschoben habe.«

Luca musterte die Anwesenden. »Sie sind alle darauf abgebildet. Freunde und Angehörige von Dr. Polk. Deshalb meine Frage: Wissen Sie, wer oder was Sigma ist?«

Painter zückte eine glänzende Ausweiskarte. Darauf waren sein Foto und das Präsidentensiegel abgebildet, zusammen mit einem holografischen griechischen Buchstaben.

Luca betrachtete den Ausweis und hielt ihn schief, um das Hologramm besser zur Geltung zu bringen. Als er den Buchstaben sah, weiteten sich seine Augen.

Währenddessen hatte Gray sich dem Mädchen genähert. Er ging in die Hocke und sah ihr beim Zeichnen zu. Er rieb sich das Kinn. Etwas war ihm aufgefallen. Gray hob den Zeigefinger zwischen seinen Knien an, wie ein Catcher, der dem Pitcher ein Zeichen gibt. Er zeigte auf das Mädchen.

Ihr Gesicht strahlte. Den Kopf hatte sie zur Seite geneigt. Ihre Augen waren geöffnet, folgten aber nicht dem über die Tapeten wandernden Stück Holzkohle. Ihr Verhalten war verstörend, doch das hatte Gray nicht gemeint.

Painter war ebenfalls aufmerksam geworden. Ihr verschwitztes Haar hatte sich hinter dem Ohr geteilt. Eine Stahlplatte funkelte hindurch. Deren Form entsprach in etwa der des Implantats im Affenschädel.

Hier aber handelte es sich um einen lebenden Menschen.

Was hatte Archibald ihnen da ins Haus geschickt?

Während Painter die verschiedenen Optionen überschlug, zeigte Elizabeth, die am Tisch stehen geblieben war, auf die Wand. »Sehen Sie sich das mal an«, sagte sie. Angst schwang in ihrer Stimme mit.

Painter trat neben sie. Elizabeth zeigte auf die Wand. Von Weitem fügten sich die scheinbar willkürlichen Striche zu einem erkennbaren Bild. Ein paar Minuten lang verfolgte er schweigend die Transformation.

»Aber das… das ist ja…«, stammelte Elizabeth entgeistert.

»…das Tadsch Mahal«, beendete Painter den Satz.

In der nachfolgenden Stille war ein neues Geräusch zu vernehmen.

Das Rotorengeräusch eines Helikopters, der sich im Tiefflug näherte.

Gray richtete sich auf und packte das Mädchen bei der Schulter. »Man hat uns entdeckt!«

6:02
Kiew, Ukraine

NICOLAS LEGTE SICH neben Jelena auf den Rücken.

Der Deckenventilator des Hotelzimmers kühlte seinen Schweiß. Das Gesäß tat ihm weh, und an den Schultern hatte er tiefe Kratzer, die noch immer brannten. Jelena richtete sich geschmeidig auf und schüttelte das lange Haar, das ihr in wirren Strähnen bis auf den Rücken hing. Als sie zum Duschen ins Bad ging, fachte das Auf und Ab ihrer Hinterbacken seine Erregung aufs Neue an. Sein Glied regte sich, doch in einer halben Stunde hatte er ein Interview.

Die Nachricht von dem gescheiterten Attentat hatte sich bereits verbreitet. Er würde in allen internationalen Nachrichtensendungen sein. Er hatte bereits erfahren, dass der von der Polizei angeschossene Attentäter auf dem Weg ins Krankenhaus verstorben war.

Jetzt, da er tot war, würde niemand dahinterkommen, dass alles im Voraus geplant gewesen war. Und der Heckenschütze – ein Grubenarbeiter aus Polewskoj, dessen Bruder im vergangenen Jahr bei einem Arbeitsunfall ums Leben gekommen war – würde niemals erfahren, dass er auf raffinierte Weise benutzt worden war.

Alles war mit technischer Präzision abgelaufen. Jelena hatte ihr Eingreifen perfekt getimt. Darauf verstand sie sich. Im aktivierten Zustand vermochte sie Wahrscheinlichkeiten bis weit hinter dem Komma zu berechnen. Ihre statistischen Analysen ökonomischer Sachverhalte stellten die Prognosen der besten Wirtschaftswissenschaftler der Welt in den Schatten. Und da sie die technischen Spezifikationen der meisten Pistolen und Gewehre studiert hatte, brauchte sie lediglich zu wissen, wie eine Waffe gehalten wurde und wohin sie zielte, um die genaue Flugbahn des Projektils zu berechnen.

Im Vertrauen auf ihre Fähigkeiten hatte er heute Morgen sein Leben in ihre Hände gelegt.

Und er hatte überlebt.

Noch nie hatte er sich so hilflos und ausgeliefert gefühlt wie heute hinter dem Podium. Daran gewöhnt, stets alles unter Kontrolle zu haben, hatte er heftiges Herzklopfen bekommen, als ihm die Kontrolle vorübergehend aus den Händen geglitten war. Anschließend hatte er es eilig gehabt, ins Hotel zurückzukehren.

Jelena trat nass aus der Dusche und lehnte sich nackt gegen den Türrahmen. Die Erregung in ihren Augen – die letzten Funken der erotischen Stimulation durch den Neurochip – flaute allmählich ab. Die leidenschaftliche Löwin verwandelte sich wieder in ein schläfriges Kätzchen. Trotzdem beobachtete Nicolas aufmerksam die Nachglut in ihrem Blick – eine erregende Mischung aus Verlangen und Hass, die schließlich kaltem Gehorsam Platz machen würde.

Die Stimulation durch das Implantat war notwendig – nicht nur, um die Vereinigung zu intensivieren, sondern um die entsprechenden physiologischen Reaktionen auslösen und die Wahrscheinlichkeit einer Befruchtung zu erhöhen. Nicolas hatte die Berichte gelesen. Und seine Mutter wünschte sich von ihm Kinder, billigte sogar die Beziehung zu Jelena. Sie ergänzten einander perfekt – er mit seiner Willensstärke und sie mit ihrer kaltblütigen Berechnung.

Nicolas hatte heute Morgen alles getan, um seine Mutter glücklich zu machen.

Die Blutergüsse und Kratzer waren der Beweis.

Seine Mutter hätte es freilich bestimmt nicht gebilligt, dass er sich von Jelena an die Bettpfosten fesseln und die Schenkel mit einer Scheuerbürste peitschen ließ. Als er heranwuchs, hatte sie ihm allerdings auch gesagt: *Der Zweck heiligt die Mittel.*

Seine Mutter war schließlich praktisch veranlagt.

Das Telefon auf dem Nachttisch klingelte. Jelena ging hinüber, nahm ab und reichte ihm den Hörer an.

»Generalmajorin Sawina Martowa«, sagte sie förmlich, inzwischen wieder vollständig erkaltet. »Sie möchte den Herrn Abgeordneten sprechen.«

Mit einem Seufzer nahm er den Hörer entgegen. Wieder einmal hatte sie genau den richtigen Moment abgepasst. Offenbar hatte sie von dem gescheiterten Attentatsversuch erfahren. Bestimmt wunderte sie sich, weshalb er sich noch nicht bei ihr gemeldet hatte, und wollte einen ausführlichen Bericht haben. Der Zeitplan für die nächsten Tage würde für sie beide immer enger werden, bis zur feierlichen Versiegelung des Reaktors von Tschernobyl. Es konnte nichts mehr schiefgehen.

Nicolas veränderte die Haltung, um das wunde Gesäß zu entlasten.

Die Anruferin ergriff das Wort, noch ehe er sich gemeldet hatte. »Nicolas, wir haben ein Problem.«

Er seufzte. »Was gibt es, Mutter?«

GRAY TRUG DAS Mädchen über den vorderen Hof. Die frische Septembernacht wirkte umso kühler, als der Körper des Kindes glühte. Beim Zeichnen war das Fieber gestiegen. Als Gray ihr die Holzkohle abgenommen hatte, war sie zusammengebrochen. Sie war bei Bewusstsein, doch ihr Blick ging ins Leere, und ihre Gliedmaßen fühlten sich eigentümlich steif und hölzern an, so als trüge er eine lebensgroße Puppe. Ihr wächserner Teint verstärkte den Eindruck noch.

Gray berührte ihr Gesicht, streifte über die zarten Augenwimpern.

Was hatte man dem Kind angetan?

Sie mussten das Mädchen in Sicherheit bringen.

Gray blieb stehen und musterte den Himmel. Ein schwarzer Militärhubschrauber flog dicht über die Straße hinweg. Ein zweiter verharrte in etwas größerer Höhe am Ende des Straßenblocks. Ein dritter kreiste über dem hinter ihnen liegenden Park.

Die Hubschrauber nahmen eine Dreieckspeilung vor.

In der Einfahrt stand immer noch die Limousine. Luca und seine Männer hatten drei gleichartige SUVs von Ford auf der Straße geparkt. Der Zigeuneranführer hatte seine Männer bereits um sich versammelt. Mit barscher Stimme erteilte er Befehle und zeigte in verschiedene Richtungen. Offenbar wies er sie an, sich aufzuteilen. Zwei Männer rannten über die Straße und verschwanden zwischen zwei Häusern. Ein Hund begann zu bellen.

Weiter vorn marschierte Kowalski mit Elizabeth auf den Lincoln Town Car in der Einfahrt zu. Sie hielt sich das Handy ans Ohr.

Painter wandte sich zu einem kleinen Wagen, der am Bordstein stand, einem Toyota Yaris, der einem der Wachposten gehörte. Nachdem Lucas Männer ihn freigelassen hatten, hatte er sich gleich ans Steuer gesetzt.

Painter öffnete die Hintertür und streckte die Arme zu Gray aus. Gray reichte ihm das Kind an.

»Sie ist glühend heiß«, sagte Gray.

Painter nickte. »Sobald sie in Sicherheit ist, lassen wir sie untersuchen. Ich habe bereits Kat und Lisa gebeten, die Zentrale zu informieren.«

Dr. Lisa Cummings war eine erfahrene Ärztin mit einem Doktortitel in Physiologie. Außerdem war sie mit dem Direktor befreundet. Captain Kat Bryant war die Geheimdienstexpertin von Sigma und zuständig für die Koordination. Die beiden würden den Einsatz überwachen.

»Zunächst aber«, sagte Painter, der sich mit dem Kind auf dem Rücksitz niederließ und zum Himmel spähte, »müssen wir den Kordon durchbrechen.«

Einer der Ford SUVs schoss ohne Beleuchtung auf die Straße; der andere wendete scharf und raste in die entgegengesetzte Richtung, vorbei an Painters Toyota.

»Hoffen wir, dass es funktioniert«, meinte Gray.

Painter hatte sich von Luca eins der Cobra-Geräte geben lassen, mit denen sie das Mädchen auf der National Mall ausfindig gemacht hatten. Wie der Direktor gehofft hatte, handelte es sich tatsächlich um Funkgeräte, mit denen man auch senden konnte. Er hatte Luca gezeigt, wie man das Gerät von Empfang auf Sendung umstellte. Luca hatte seine Männer angewiesen, das Gleiche zu tun. Jetzt zerstreuten sie sich in alle Himmelsrichtungen und sendeten auf der Frequenz des Mädchens. Die Verfolger mussten einem Dutzend verschiedener Spuren folgen, deren Signal vermutlich stärker war als das des implantierten Mikrosenders. Painter wollte sich die allgemeine Verwirrung zunutze machen, um das Mädchen in den unterirdischen Bunker der Sigma-Zentrale zu schaffen. Die dicken Mauern dort würden das Funksignal nicht durchlassen.

Gray wandte sich in die andere Richtung. Kowalski brachte den Motor bereits ungeduldig auf Touren. Sie wollten zum Reagan International Airport fahren. Gray dachte an die Kohlezeichnung des Tadsch Mahal. Das berühmte Mausoleum lag in Indien, in dem Land, das Dr. Polk als letztes besucht hatte. Noch vor dem Auftauchen des Mädchens hatte Gray die Ermittlungen bereits auf Indien ausgeweitet, denn er wollte Dr. Polks Spur weiterverfolgen. Die geheimnisvolle Zeichnung bestärkte ihn in seinem Vorhaben.

In Indien gab es eine Person, die Aufschluss geben konnte über Archibald Polks Forschung und den Ort, an dem er sich vor seinem Verschwinden aufgehalten hatte.

»Ich habe mit Dr. Masterson gesprochen«, sagte Elizabeth. »Mit dem Kollegen meines Vaters, der an der Universität Mumbai arbeitet. Doch er war gar nicht in Mumbai. Er war in *Agra.*«

»Agra?«, wiederholte Gray.

»Dort liegt das Tadsch Mahal. Er war *da*, als ich angerufen habe. Unmittelbar vor Ort.«

Gray beobachtete, wie der Toyota losfuhr und die Straße entlangglitt. *Was ging da vor?*

Die Helikopter verharrten in der Luft. Dann schwenkten sie in verschiedene Richtungen ab und folgten den Funkködern.

Gray versuchte es ein letztes Mal. »Elizabeth, es wäre besser, wenn Sie hierblieben.«

»Nein, ich komme mit. Sie werden feststellen, dass Dr. Masterson nicht besonders zuvorkommend ist. Aber er kennt mich. Er erwartet mich. Wenn Sie von dem Professor etwas erfahren wollen, muss ich mitkommen.«

Elizabeth schaute Gray an. Unterschiedliche Emotionen mischten sich in ihrem Blick: Entschlossenheit, Angst und abgrundtiefe Trauer.

»Er war mein Vater«, sagte sie. »Ich muss mitkommen.«

»Und außerdem«, rief Kowalski vom Fahrersitz nach hinten, »werd ich auf sie aufpassen.«

Der Schatten eines Lächelns milderte ihren Gefühlsaufruhr. »Das ist keine große Beruhigung, oder?«, flüsterte sie Gray zu.

»Nicht unbedingt.«

Er bedeutete ihr einzusteigen und verzichtete darauf, weitere Einwände vorzubringen. Wenn er diesen Fall lösen wollte, war er vermutlich auf ihre Fachkenntnisse angewiesen. Ihr Vater hatte ihr Büro im Museum für Naturgeschichte in voller Absicht aufgesucht. Er hatte ihr die Forschungsstelle am griechischen Museum verschafft. Irgendwie hing dies alles mit Delphi zusammen – aber wie?

Luca war inzwischen zu ihnen ins Auto gestiegen. Den letzten Teil der Unterhaltung hatte er mitbekommen. »Ich komme ebenfalls mit.«

Gray nickte. Painter hatte sich damit einverstanden erklärt, um sich Lucas Unterstützung bei der Rettungsaktion für das Mädchen zu sichern. Gray konnte damit leben. Es gab noch eine Menge offene Fragen, die meisten betrafen Lucas Beziehung zu Dr. Polk. Außerdem machte der Zigeuneranführer einen wild entschlossenen Eindruck. Das sah Gray in der Tiefe seiner dunklen Augen.

Als das geregelt war, nahm Gray auf dem Beifahrersitz Platz. Luca und Elizabeth stiegen hinten ein.

»Festhalten!«, rief Kowalski, legte den Rückwärtsgang ein, gab Gas und setzte mit quietschenden Reifen auf die Straße zurück.

Das Rotorengeräusch der Helikopter entfernte sich.

Grays Gedanken wandten sich dem Mädchen zu.

Wer war sie? Wo kam sie her?

Monk folgte den drei Kindern. Am unteren Tor hatte sich ihnen noch eine weitere Gestalt angeschlossen.

Das aber war kein Kind.

Monk spürte den Blick ihrer dunklen Augen im Rücken.

Im Gänsemarsch stiegen sie eine Wendeltreppe hoch, die aus dem nackten Fels gehauen war. Von den Felswänden troff Wasser, weshalb die Stufen schlüpfrig waren. Die Treppe war schmal und primitiv. Offenbar wurde sie für Wartungsarbeiten benutzt. Es war ein langer Aufstieg. Monk musste Pjotr inzwischen stützen.

Als die Sirene gellte, hatten die Kinder Monk am Rand der Höhle entlang zu einer kleinen Luke geführt. Dahinter hatte die Treppe gelegen, die sie jetzt emporstiegen. Dort unten war Monk dem letzten und seltsamsten Mitglied ihrer Gruppe vorgestellt worden.

Sie hieß Marta.

»Hier!«, rief Konstantin von vorn. Er trug die einzige Taschenlampe. Sie hatten das Ende der Treppe erreicht. Monk wartete, bis die anderen beiden Kinder zu ihm aufgeschlossen hatten, dann trat er neben ihn. Der schlaksige Junge ging neben mehreren Rucksäcken in die Hocke. Vor ihm öffnete sich ein kurzer Tunnel, der vor einer weiteren Luke endete.

Konstantin drückte Monk einen Rucksack in die Arme. Monk trug ihn zur Luke und legte seine Hand flach darauf. Sie fühlte sich warm an.

Er wandte sich in dem Moment um, als das letzte Mitglied ihrer Gruppe von der Treppe in den Tunnel kletterte. Die Gestalt wog achtzig Pfund, war so gebeugt, dass sie keinen Meter maß, und stützte sich beim Laufen mit den Fingerknöcheln ab. Ihr Körper war mit Ausnahme des Gesichts, der Hände und Füße mit weichem Fell bedeckt. Rund ums Gesicht war das Fell silbergrau.

Konstantin behauptete, die Schimpansin sei über sechzig Jahre alt.

An der unteren Luke hatten sich die Kinder und die Äffin herzlich begrüßt. Trotz des Gellens der Sirene und der Schreckhaftigkeit der hyperempfindlichen Kinder hatte die Schimpansin den Arm um jedes Kind gelegt und es mit mütterlicher Zuneigung an sich gedrückt.

Monk musste zugeben, dass ihre Anwesenheit die Kinder beruhigte.

Das galt auch jetzt, da sie zwischen ihnen herschlurfte und leise Laute von sich gab.

Pjotr, der Jüngste, bekam die meiste Zuwendung ab. Beide verständigten sich auf seltsame Weise. Es handelte sich nicht um Zeichen-, sondern eher um Körpersprache: behutsame Berührungen, Gesten, tiefe Blicke. Es hatte den Anschein, als bezöge der vom Aufstieg erschöpfte Junge von der alten Äffin Kraft.

Konstantin näherte sich der Luke. Er reichte Monk eine kleine Plastikspange und zeigte ihm, wie er sie am Overall befestigen sollte.

»Was ist das?«, fragte Monk.

Konstantin wies mit dem Kinn zur Luke. »Zur Überwachung der Strahlendosis.«

Monk starrte auf die Luke. Strahlung? Was befand sich hinter der Tür? Die Luke hatte sich warm angefühlt. Im Geiste malte er sich eine verwüstete Landschaft aus, voller Trümmer und Schlacke.

Als alle bereit waren, riss Konstantin ruckartig den Hebel herunter. Die Luke öffnete sich knarrend.

Blendend helles Licht strömte in den Gang. Es war, als blickten sie in die Glut eines Brennofens. Monk schlug den

Arm vor die Augen. Er brauchte zwei Atemzüge, um zu erkennen, dass er in die aufgehende Sonne blickte. Zusammen mit den Kindern stolperte er ins Freie.

Die Landschaft war nicht verschlackt, wie er gefürchtet hatte.

Ganz im Gegenteil.

Der Gang mündete auf einen dicht bewaldeten Hang, bestanden mit Birken und Erlen. Das Laub vieler Bäume war herbstlich verfärbt. An der einen Seite plätscherte ein Bach über moosbewachsene Steine. In der Ferne erstreckten sich niedrige Berge, gesprenkelt mit kleinen Seen, die wie Silbertropfen funkelten.

Aus der Hölle waren sie ins Paradies gelangt.

Aber die Hölle war noch nicht mit ihnen fertig.

Aus dem Tunnel drang ein seltsam jaulender Schrei hervor. Das gleiche Geheul war auch aus dem ummauerten Gebäudekomplex neben dem Krankenhaus gekommen.

Aus der Menagerie.

Ein zweiter und ein dritter Schrei antworteten dem ersten.

Konstantin brauchte ihn nicht extra zum Weitergehen zu drängen.

Monk wusste, was er da hörte – nicht weil er sich daran erinnerte, sondern aufgrund jenes Wissens, das in dem uralten Teil seines Gehirns verborgen war, in dem der Raubtier- und der Beuteinstinkt noch immer lebendig waren.

Ein weiterer Schrei hallte durch den Tunnel.

Lauter und näher diesmal.

Sie wurden gejagt.

7

EIN GROSSES GEHEIMNIS in einem kleinen Körper.

Painter beobachtete das Mädchen durchs Fenster. Endlich war sie eingeschlafen. Kat Bryant hielt an ihrem Bett Wache, auf dem Schoß eine Ausgabe von Dr. Seuss' *Grüne Spiegeleier mit Schinken*. Sie hatte dem Mädchen so lange vorgelesen, bis es sich dank der Beruhigungsmittel so weit entspannt hatte, dass es eingeschlafen war.

Das Mädchen hatte seit seiner Ankunft um Mitternacht kein Wort gesagt. Ihre Augen huschten umher und registrierten, was um sie herum vorging. Ansonsten zeigte sie kaum eine Reaktion. Meistens schaukelte sie mit dem Oberkörper und versteifte sich, wenn jemand sie anfasste. Sie hatten sie dazu gebracht, etwas Saft zu trinken und zwei Schokokekse zu essen. Außerdem hatten sie einige Untersuchungen durchgeführt: Blutanalyse, Beurteilung des Gesamtzustands und sogar eine Ganzkörper-Kernspintomografie. Sie hatte noch immer leichtes Fieber, doch es war nicht mehr so hoch wie zu Anfang.

Bei der Untersuchung hatte man auch den im Oberarm implantierten Mikrosender entdeckt. Um den Chip zu entfernen, wäre ein chirurgischer Eingriff notwendig gewesen, deshalb hatte man sich entschlossen, ihn vorerst an Ort und Stelle zu belassen. Außerdem wurde das Signal hier im Bunker abgeschirmt. Draußen konnte man es nicht auffangen.

Kat erhob sich. Sie war lässig gekleidet, ihr kastanienbraunes Haar kontrastierte mit dem weißen Baumwollhemd, das sie über der braunen Freizeithose trug. Man hatte sie von zu Hause in die Kommandozentrale bestellt, damit sie den Einsatz koordinierte, doch da Grays Team noch in der Luft war, wollte sie sich hier ein wenig nützlich machen. Kat hatte selbst eine kleine Tochter, und deshalb hatte sie das Buch von Dr. Seuss mitgebracht. Das Kind war zwar teilnahmslos geblieben, hatte anscheinend aber doch ein wenig Vertrauen zu Kat gefasst. Die Schaukelbewegung war langsamer geworden.

Es freute Painter, dass Kat Bryant wieder arbeitete. Nach dem Tod ihres Mannes Monk hatte sie sich wochenlang hängen lassen. Jetzt war sie vom Schock anscheinend wieder genesen und blickte nach vorn.

Kat kam aus dem Zimmer, schloss leise hinter sich die Tür und trat neben Painter. Um einen Konferenztisch herum standen Stühle mit hoher Lehne.

»Sie schläft.« Kat ließ sich seufzend auf einen Stuhl sinken.

»Vielleicht sollten Sie ebenfalls ein bisschen schlafen. Gray wird erst in ein paar Stunden in Indien landen.«

Die Tür zum Gang öffnete sich. Beide wandten sich um und sahen Lisa Cummings und den Pathologen Malcolm Jennings eintreten. Beide trugen weiße Laborkittel und blaue OP-Kleidung und waren in eine angeregte, aber halblaute Unterhaltung vertieft. Lisa hatte die Hände in die Taschen des Kittels geschoben und ihn um die Schultern gestrafft, ein Zeichen tiefer Konzentration. Das lange blonde Haar hatte sie sich zu einem Zopf geflochten. Beide hatten die vergangene Stunde im Tomografie-Raum verbracht und waren die Untersuchungsergebnisse durchgegangen.

Ihrem hitzigen, aufgeregten Geplauder nach zu schließen – das gespickt war mit für Painter unverständlichen medizinischen Fachausdrücken –, hatten sie zwar schon Schlussfolgerungen gezogen, aber noch keine Übereinstimmung erzielt.

»Neuromodulation in diesem Ausmaß, ohne Einbeziehung der Gliazellen?«, sagte Lisa und schüttelte den Kopf. »Die Stimulation des Nucleus basalis macht natürlich Sinn.«

»Tatsächlich?«, sagte Painter und lenkte damit ihre Aufmerksamkeit auf sich.

Jetzt erst nahm Lisa Painter und Kat wahr. Ihre Schultern entspannten sich, und sie zog die Hände aus den Taschen. Mit einem leichten Lächeln erwiderte sie seinen Blick. Als sie an ihm vorbeiging und sich setzte, ließ sie die Hand über Painters Schulter gleiten.

Malcolm nahm auf dem letzten freien Stuhl Platz. »Wie geht es dem Kind?«

»Im Moment schläft es«, antwortete Kat.

»Also, was gibt es Neues?«, fragte Painter.

»Wir bewegen uns in einem neuen und zugleich altbekannten Umfeld«, antwortete Malcolm geheimnisvoll. Er setzte eine schwach blau getönte Brille auf, die speziell für die Arbeit am Computer geeignet war. Er rückte sie zurecht und klappte einen Laptop auf, den er bis jetzt unter den Arm geklemmt hatte. »Wir haben die tomografischen Aufnahmen und das Ergebnis meiner Untersuchung des Affenschädels verglichen. Die Funktionsweise der Implantate ist ähnlich, doch das des Kindes ist technisch aufwendiger.«

»Was sind das für Geräte?«, fragte Kat.

»Im Wesentlichen handelt es sich um TMS-Generatoren«, antwortete Malcolm.

»Transkranielle Magnetstimulation«, erklärte Lisa, was wenig aufschlussreich war.

Painter wechselte einen fragenden Blick mit Kat. »Wie wär's, wenn Sie am Anfang anfangen würden?«, schlug er vor. »Und in allgemein verständlichen Worten.«

Malcolm tippte sich mit dem Kugelschreiber an die Schläfe. »Dann fangen wir hier an. Mit dem menschlichen Gehirn. Es enthält etwa *dreißig Milliarden* Neuronen. Jedes Neuron kommuniziert mit den Nachbarzellen mittels Synapsen. Das macht ungefähr eine Billiarde synaptische Verbindungen. Dem entspricht eine sehr große Zahl neuronaler Schaltkreise. Und mit *groß* meine ich eine Größenordnung von einer Eins gefolgt von zehn Millionen Nullen.«

»Zehn Millionen Nullen?«, wiederholte Painter.

Malcolm musterte ihn über die Brille hinweg. »Um Ihnen einen ungefähren Eindruck zu vermitteln: Die Gesamtzahl der Atome im ganzen Universum entspricht lediglich einer Eins gefolgt von *achtzig* Nullen.«

Painter zeigte sich beeindruckt, und Malcolm nickte zufrieden. »Unser Schädel beinhaltet also eine gewaltige Rechenpower, die wir erst ansatzweise verstehen. Wir kratzen gerade mal an der Oberfläche.« Er zeigte zum Beobachtungsfenster. »Irgendwo da draußen hat jemand bereits viel tiefer geschürft.«

»Was meinen Sie damit?«, fragte Kat, der die Sorge um das Kind ins Gesicht geschrieben stand.

»Mit unserem gegenwärtigen technologischen Entwicklungsstand haben wir gerade mal die ersten zaghaften Schritte ins wissenschaftliche Neuland getan. So wie man Sonden in den Weltraum schießt, haben wir Elektroden ins Gehirn eingeführt. Der gesamte Input des Gehirns wird durch elektrische

Impulse übermittelt. Wir sehen nicht mit unseren Augen. Wir sehen mit dem Gehirn. Das ist der Grund, weshalb man bei Gehörlosen mit Cochlea-Implantaten das Gehör wiederherstellen kann. Das Implantat wandelt die Geräusche in elektrische Impulse um, die mittels einer in den Hörnerv eingesetzten Elektrode ins Gehirn übermittelt werden. Mit der Zeit lernt der Kortex, das neue Signal zu interpretieren, und wie beim Erlernen einer unbekannten Sprache lernt der Taube wieder hören.«

Malcolm deutete auf den Laptop. »Das menschliche Gehirn – das sich aufgrund seiner Funktionsweise an das neue Signal anpassen kann – besitzt die angeborene Fähigkeit, sich mit Maschinen zu verbinden. In gewisser Hinsicht sind wir daher ideale Cyborgs.«

Painter runzelte die Stirn. »Worauf wollen Sie hinaus?«

Lisa berührte beschwichtigend seine Hand. »Wir sind fast schon am Ende. Die Grenze zwischen Mensch und Maschine ist bereits löchrig geworden. Inzwischen verfügen wir über winzige Mikroelektroden, die man in einzelne Neuronen einführen kann. Im Jahr 2006 wurde einem Gelähmten ein mit hundert dieser Mikroelektroden verknüpfter Mikrochip ins Gehirn implantiert. Nach viertägigem Üben konnte der Mann – *allein mittels Gedankenkraft* – einen Computercursor auf dem Bildschirm bewegen, E-Mails öffnen, einen Fernseher bedienen und einen Roboterarm steuern. So weit sind wir schon.«

Painter blickte zum Fenster. »Und jetzt ist jemand noch weiter gegangen?«

Lisa und Malcolm nickten gleichzeitig.

»Und das Implantat?«, fragte Painter.

»Übertrifft alles, was uns bekannt ist. Die Elektroden aus Nano-Filamenten sind so winzig, dass man kaum erkennen kann, wo das Implantat endet und das Gehirn des Kindes anfängt. Die Basisfunktion aber ist gut bekannt. Von Studien her, die in Harvard an Ratten durchgeführt wurden, wissen wir, dass TMS-Geräte das Wachstum von Gehirnzellen anregen – seltsamerweise jedoch nur in den Regionen, die für das Lernen und das Gedächtnis zuständig sind. Weshalb das so ist, wissen wir noch nicht. Aber wir wissen, dass man die Neuronen mit magnetischer Stimulation auch ein- und ausschalten kann wie mit einem Schalter. Kinder sind dafür besonders empfänglich.«

»Wenn ich dich richtig verstanden habe, hat also jemand dem Kind ein solches Gerät implantiert, um das Nervenwachstum in einer bestimmten Hirnregion zu stimulieren, und jetzt funktioniert das wie ein Schalter.«

»Im Wesentlichen trifft das zu«, sagte Malcolm. »Man hat es tief in das riesige neuronale Netzwerk eingeführt, von dem ich gesprochen habe. Mit der magnetischen Stimulation neuer Neuronen wurde das Netzwerk jedoch ausgeweitet. Und wenn ich mich nicht irre, beschränkt sich die Erweiterung auf eine eng begrenzte Region.«

»Wie kommen Sie darauf?«

»In der Neurologie gibt es ein Gesetz. Das Hebbsche Gesetz. Im Wesentlichen besagt es Folgendes: *Nerven, die gemeinsam feuern, werden miteinander verbunden.* Stimuliert man eine bestimmte Hirnregion, wird die Verbindung immer weiter gestärkt.«

»Aber wozu das Ganze?«, fragte Painter.

Malcolm wechselte einen besorgten Blick mit Lisa. Er wollte, dass sie die Frage beantwortete.

Sie seufzte. »Ich habe mit Zach Larson, dem Psychologen, gesprochen, der das Mädchen eingangs untersucht hat. Aufgrund ihrer fehlenden Reaktionen, ihrer wiederkehrenden Verhaltensmuster und ihrer Empfindlichkeit für äußere Reize geht Zach davon aus, dass sie autistisch ist. Und so, wie

Sie ihr Verhalten in der konspirativen Wohnung beschrieben haben, handelt es sich wahrscheinlich um einen autistischen Savant.«

Painter hatte Larsons Bericht ebenfalls gelesen. Der Bericht war eilig geschrieben, aber informativ. Larson hatte eine Reihe von psychologischen Tests durchgeführt, unter anderem auch einen Gentest auf Marker, die für Autismus charakteristisch waren. Dessen Ergebnis stand noch aus.

Außerdem hatte er einige Berichte zum Thema autistische Savants beigelegt. Die Vertreter dieser Gruppe waren zwar aufgrund ihrer Krankheit mehr oder weniger behindert, wiesen aber bisweilen erstaunliche Inselbegabungen auf. Auf einem sehr eng begrenzten Gebiet. Painter erinnerte sich an Dustin Hoffmans Rolle im Film *Rain Man*. Der Mann konnte blitzschnelle Berechnungen anstellen. Dies war jedoch nur *eine* der speziellen Begabungen auf Larsons Liste. Außerdem waren dort kalendarische Berechnungen, herausragende Gedächtnisleistungen, musikalische und allgemein künstlerische Begabung, mechanische und räumliche Fertigkeiten sowie erstaunliche Unterscheidungsleistungen beim Geschmacks-, Geruchs- oder Gehörsinn erwähnt.

Painter vergegenwärtigte sich die Zeichnung des Tadsch Mahal. Das Mädchen hatte das Bild in Minutenschnelle angefertigt und Proportionen und Perspektive richtig wiedergegeben. Begabt war sie jedenfalls.

Aber war das schon alles?

Ganz zuletzt auf Larsons Liste war ein umstrittener Bericht über außersinnlich begabte autistische Savants aufgeführt.

Painter konnte nicht abstreiten, dass die Zeichnungen des Mädchens die Zigeuner zur konspirativen Wohnung geführt hatten. Er rief sich eine frühere Unterhaltung mit Elizabeth in Erinnerung. Sie hatte über die Forschungen ihres

Vaters auf dem Gebiet der Intuition und des Instinkts und über deren Verbindung zu einem streng geheimen Regierungsprojekt gesprochen, bei dem es um Fernaufklärung ging.

Lisa fuhr fort: »Wir glauben, das Implantat dient dazu, die Gehirnregion zu stimulieren, in der die speziellen Begabungen des Savants angesiedelt sind. Es ist bekannt, dass die meisten Savant-Begabungen in der rechten Gehirnhälfte liegen. Auf dieser Seite befindet sich bei dem Mädchen und dem Affenschädel auch das Implantat. Mit der heutigen Technologie ist es nicht schwer, die für die Begabung zuständige Hirnregion zu lokalisieren. Dann kann man sie mittels magnetischer Stimulation sowohl verstärken als auch steuern.«

Painter hatte ihren Ausführungen mit wachsendem Entsetzen gelauscht. Wenn Lisa und Malcolm recht hatten, dann machte sich jemand die Fähigkeiten des Mädchens zunutze. Er trat ans Beobachtungsfenster.

Wer tat einem Kind so etwas an?

Kat stellte sich neben Painter und zeigte in den Nebenraum. »Sie ist aufgewacht.«

Und sie zeichnete wieder.

Das Mädchen hatte auf dem Nachttisch einen Notizblock und einen schwarzen Filzstift gefunden. Sie kritzelte aufs Papier, nicht so fieberhaft wie in der konspirativen Wohnung, aber doch mit großer Konzentration.

Kat wandte sich zur Tür, und Painter folgte ihr.

Das Mädchen schaute sie nicht an, ließ aber Notizblock und Stift aufs Bett fallen. Sie begann wieder, mit dem Oberkörper zu schaukeln.

Kat warf einen Blick auf die Zeichnung, dann wich sie erschreckt zurück. Painter konnte ihre Reaktion nachempfinden. Das Mädchen hatte ein Porträt gezeichnet.

Monk, Kats Mann.

MONK HALF PJOTR, auf einem umgestürzten Baum über einen tiefen Wasserlauf zu klettern, der über schroffe Felsen toste. Der Baumstamm war mit feuchtem Moos und dicken weißen Pilzen bewachsen. Es roch modrig.

Kiska stand bereits zusammen mit Marta am anderen Ufer und hielt die alte Schimpansin bei der Hand. Monk wollte über die Anhöhe ins angrenzende Tal hinuntersteigen. Er sprang vom Baumstamm und blickte sich um. Sie befanden sich in dichtem Birkenwald. Die Stämme wirkten mit ihrer

175

weißen Rinde wie ausgedörrte Knochen. Das Laub hatte sich stellenweise bereits verfärbt.

Monk hob eins der roten Blätter auf und rieb es zwischen den Fingern. Es war noch nicht vertrocknet und ganz weich. Anfang Herbst. Das verfärbte Laub deutete allerdings darauf hin, dass die Nacht hier in den Bergen kalt werden würde. Zumindest würde wohl kein Schnee fallen. Er ließ das zerriebene Blatt fallen.

Woher wusste er das alles?

Er schüttelte den Kopf. Die Antworten mussten noch warten. Gleichwohl fand er es verstörend, wie rasch er sich an die Diskrepanz zwischen fehlender Erinnerung und Alltagswissen gewöhnte. Außerdem wurden sie gejagt. Sie mussten sich leise bewegen, denn in den Bergen trugen die Geräusche weit. Sie verständigten sich im Flüsterton und mit Handzeichen.

Monk musterte das andere Ufer. Seit drei Stunden waren sie auf der Flucht. Er hatte ein strammes Marschtempo vorgelegt, denn er wollte die unterirdische Welt, aus der sie geflüchtet waren, möglichst weit hinter sich lassen. Er wusste nicht, wie lange es dauern würde, bis die Jäger merken würden, dass sie die Höhle verlassen hatten, und die Verfolgung aufnahmen.

Monk wartete am Ufer.

Wo war Konstantin?

Als hätte er ihn mit Gedankenkraft herbeigerufen, tänzelte der Junge auf einmal über den gegenüberliegenden Hang, so geschmeidig und trittsicher wie ein junger Rehbock. Als er mit abgestreckten Armen über den schlüpfrigen Baumstamm balancierte, war sein Gesicht jedoch angstverzerrt.

»Ich hab's geschafft!«, sagte er. Schwer atmend sprang er ab und landete neben Monk. »Ich hab dein Nachthemd zu dem Bach im anderen Tal geschleift.«

»Und ins Wasser geworfen?«

»Hinter dem Biberdamm. Wie du gesagt hast.«

Monk nickte anerkennend. Das Nachthemd war mit Blut und Schweiß getränkt. Eines der Kinder hatte es mitgenommen, nachdem er sich umgezogen hatte. Das war sehr umsichtig gewesen. Hätte er es liegen lassen, hätten die Verfolger gewusst, dass er sich umgezogen hatte.

Jetzt diente ihnen das Nachthemd dazu, eine falsche Fährte zu legen. Zuvor hatte er sich damit noch den Schweiß von Stirn und Armen abgewischt. Mit den Kindern und der Schimpansin hatte er das Gleiche getan. Je stärker der Geruch, desto besser. Er würde die Verfolger hoffentlich in die falsche Richtung locken.

»Hilf mir mal«, sagte Monk zu Konstantin und bückte sich auf den Baum hinunter, auf dem sie den Wasserlauf überquert hatten.

Mit vereinten Kräften schaukelten sie den Stamm hin und her, bekamen ihn aber nicht los. Da vernahm er ein Schnaufen an seiner Wange. Marta stemmte sich mit der Schulter gegen den Stamm. Schon beim ersten Versuch wälzte die Schimpansin den Baum in den Fluss. Sie war kräftig. Mit einem lauten Platschen stürzte er ins Wasser, schaukelte auf und ab und wurde von der Strömung mitgerissen. Monk beobachtete, wie er forttrieb. Je besser sie ihre Fährte verschleierten, desto größer ihre Chancen.

Zufrieden setzte er sich in Bewegung.

Konstantin hielt gut mit, doch Kiska und Pjotr waren am Ende ihrer Kräfte. Der Weg war steil. Monk und Marta halfen den kleineren Kindern und trugen sie über die beschwerlicheren Abschnitte. Schließlich hatten sie die Anhöhe erreicht. Vor ihnen lagen weitere Hügel, die meisten bewaldet und mit ein paar Wiesen gesprenkelt. Zur Linken, nicht weit entfernt, lag ein großer, silbrig funkelnder See.

Monk wandte sich in diese Richtung. An einem solchen See mussten Menschen leben, die ihnen helfen könnten.

Konstantin fasste ihn beim Ellbogen. »Dorthin dürfen wir nicht gehen. Dort wartet der Tod.« Mit der anderen Hand berührte er die Spange, die er am Gürtel befestigt hatte, den Strahlenmonitor.

In der grünen Umgebung hatte Monk die Gefahr ganz vergessen gehabt. Er drehte den Monitor hoch. Die Oberfläche war weiß und sollte sich entsprechend der Strahlendosis rosa, rot, dunkelrot und schließlich schwarz färben. So ähnlich wie das Stäbchen beim Schwangerschaftstest…

Erinnerungen blitzten vor seinem inneren Auge auf.

Lachende blaue Augen, winzige Fingernägel…

Dann wieder nichts.

Ihm pochte der Schädel. Durch die Wollmütze hindurch betastete er die feine Narbe. Konstantin kniff die Augen zusammen und beobachtete ihn besorgt.

Kiska, die Konstantins Schwester war, wie Monk inzwischen erfahren hatte, schlang die Arme um den Bauch. »Ich hab Hunger«, wisperte sie, als schämte sie sich ihrer Schwäche.

Konstantin musterte seine Schwester vorwurfsvoll, doch Monk war bewusst, dass sie alle dringend etwas essen mussten, sonst würden sie zusammenklappen. Nach der panikartigen Flucht brauchten sie etwas Zeit, um sich zu sammeln und das weitere Vorgehen zu planen. Monk blickte zum See hinüber und betastete die Spange.

Dort wartet der Tod.

»Wir müssen uns einen Unterschlupf suchen und bald etwas essen«, sagte Monk.

Er begann den Abstieg zum nächsten Tal. Von einer Abfolge terrassenförmiger Felsleisten stürzte das Wasser in Kaskaden herab. Im Umkreis funkelten mehrere Wasserfälle und Katarakte. Es roch nach feuchtem Lehm. Auf halber Höhe hatte sich auf dem farnbestandenen Hang unter einem Überhang eine Mulde gebildet. Dorthin führte er die Kinder.

Sie hockten sich auf den Boden, packten ihre Vorräte aus und reichten Proteinriegel und Wasserflaschen herum.

Monk durchsuchte seinen Rucksack. Keine Waffen, dafür aber eine topografische Karte. Er breitete sie auf dem Boden aus. Die Beschriftung war kyrillisch. Konstantin, der an einem Erdnussriegel kaute, hockte sich neben ihn. Monk fiel auf, dass die bergige Landschaft mit zahlreichen X markiert war.

»Bergwerke«, erklärte Konstantin. »Uranminen.« Er fuhr mit dem Finger über die kyrillische Überschrift, dann hob er den Arm und schwenkte ihn herum. »Der Südural. Der Distrikt Tscheljabinsk. Hier gibt es viele alte Waffenfabriken. Sehr gefährlich.«

Der Junge tippte auf die Warnzeichen für radioaktive Strahlung. »Viele offene Minen, alte Uran- und Plutoniumfabriken. Fabriken, die Atommüll weiterverarbeiten. Inzwischen alle geschlossen, bis auf zwei.«

Monk betrachtete die Gefahrensymbole und brummte: »Ich wollte eigentlich nur wissen, wo wir uns befinden.«

»Sehr gefährlich, *da*«, sagte Konstantin. Er zeigte in die Richtung des großen Sees, der im Moment nicht zu sehen war. »Der Karatschai-See. Darin hat man flüssige Abfälle aus der Atomanlage Majak eingeleitet. Wer eine Stunde am Ufer steht, ist eine Woche später tot. Wir müssen den See umgehen.«

Konstantin beugte sich vor und tippte auf eine Ansammlung von Bergwerken und Atomfabriken. »Von hier kommen wir. Das ist der Bau. Eine alte unterirdische Stadt – Tscheljabinsk-88, wo Tausende Strafgefangene lebten, die in den Bergwerken arbeiten mussten. Das ist nur eine von vielen.«

Monk dachte an die fabrikähnlichen Gebäude, die er in der

Höhle gesehen hatte. Offenbar hatte jemand eine neue Verwendung für diesen verlassenen Ort gefunden.

Konstantin fuhr fort: »Wir müssen den Karatschai-See umgehen und dürfen ihm nicht zu nahe kommen.« Er musterte Monk, weil er sich vergewissern wollte, ob dieser ihn auch verstanden hatte. »Das bedeutet, dass wir den Asanow-Sumpf durchqueren müssen, um dorthin zu kommen.«

Der Junge zeigte auf ein weiteres Bergwerk an der anderen Seeseite.

Monk konnte ihm nicht folgen. Was sprach dagegen, die Flucht fortzusetzen und jemanden zu suchen, der ihnen helfen könnte?

»Was ist dort?«, fragte Monk und wies mit dem Kinn auf das Bergwerkssymbol.

»Wir müssen sie aufhalten.« Konstantin blickte Pjotr an, der neben Marta auf dem bemoosten Boden lag und die Arme um sie geschlungen hatte.

»Wen?« Monk dachte an die flehentliche Bitte des Jungen. *Rette uns!*

Konstantin schaute wieder Monk an. »Deshalb haben wir dich hierhergebracht.«

11:30

Generalmajorin Sawina Martowa funkelte die versammelten Kinder an. Sie befanden sich in der großen Schulaula. Ein großer LCD-Bildschirm zeigte ein Foto des Amerikaners.

»Hat jemand heute Nacht diesen Mann gesehen? Möglicherweise war er mit einem Krankenhausnachthemd bekleidet.«

Die Kinder blickten sie von den Holzbänken aus verständnislos an. Man hatte sie früh am Morgen aus den Schlafsälen geholt. Über sechzig Kinder saßen nach Hemdfarben geordnet da. Die Weißhemden, die genetische Marker, aber keine große Begabung aufwiesen, saßen ganz hinten. Die Grauen saßen in der Mitte; sie waren durchschnittlich begabt.

Die zehn Kinder in der ersten Reihe stellten Ausnahmen dar.

Sie trugen Uniformen mit schwarzen Hemden. Das war die Omega-Klasse. Die wenigen Kinder, die ihr angehörten, besaßen erstaunliche Fähigkeiten. Das war das beste Dutzend. Sie waren dazu auserwählt, Sawinas Sohn Nicolas in der bevorstehenden schweren Zeit zu dienen. Sie bildeten den inneren Beratungsstab, dem Sawina vorstand.

Nicolas war Sawinas wunder Punkt, eine große Enttäuschung. Er war ein geborenes Weißhemd. Ein genetischer Fehlschlag. Sawina hatte sich mit der ersten Generation künstlich befruchtet. Sie hatte überstürzt gehandelt und dafür teuer bezahlt. Bei der Geburt war es zu Komplikationen gekommen. Sie konnte keine Kinder mehr bekommen. Aber sie hatte für Nicolas eine neue Verwendung gefunden, die grundlegenden und dauerhaften Wandel bewirken würde. Das war nach seiner Geburt zu ihrem Lebenswerk geworden.

Und jetzt waren sie dicht vor dem Ziel.

Sie musterte die Reihe der Schwarzhemden.

Und die beiden leeren Plätze der Omega-Klasse.

Ein Kind war heute Nacht verschwunden.

Pjotr.

Gleichzeitig war seine Schwester in einem Zoo in Amerika verloren gegangen. Bislang hatte sie von Juri noch immer nichts Neues über ihren Verbleib gehört. Der Mann war in ein seltsames Schweigen verfallen und hatte nicht einmal auf den übermittelten Alarmcode reagiert.

Irgendetwas ging da vor.

Sie brauchte Antworten. Ihr Tonfall wurde schärfer. »Und niemand hat gesehen, wie Konstantin, Kiska oder Pjotr sich aus dem Schlafsaal gestohlen haben? *Niemand*!«

Abermals leere Blicke.

Sie bemerkte eine Bewegung weiter hinten im Raum. Ein Mann mit abstoßendem Äußeren betrat die Aula und nickte ihr zu. Leutnant Borsakow, ihr Stellvertreter. Wie üblich trug er eine graue Uniform und eine Kappe mit steifer schwarzer Krempe. Offenbar hatte er etwas herausgefunden.

Endlich.

Sie wandte sich den drei neben ihr stehenden Lehrern zu. »Sperren Sie sie in den Schlafsälen ein. Unter strenger Bewachung. So lange, bis die Angelegenheit geregelt ist.«

Sie stieg die Treppe hoch und verließ die Aula, gefolgt von Borsakow. Der Mann mit dem pockennarbigen Gesicht reichte ihr nur bis zu den Schultern. So hatte sie es gern. Sie mochte Männer, die kleiner waren als sie. Allerdings war er ausgesprochen muskulös, und bisweilen ertappte sie sich dabei, dass sie ihn voller Verlangen musterte. Auch das gefiel ihr.

Auf dem Weg zum Ausgang der Schule hielt er sich einen Schritt hinter ihr. Draußen erwarteten sie zwei seiner Männer. Einer hielt einen russischen Wolf an der Kette. Das Tier knurrte und bleckte die scharfen Zähne. Der Wachmann riss an der Kette und schimpfte ihn aus.

Sawina machte einen weiten Bogen um das kräftige Tier. Es war eine Mischung aus russischem Wolfshund und sibirischem Wolf und reichte Borsakow fast bis zur Brust. Der Hund stammte von der Tierforschungseinrichtung, die sie als Menagerie bezeichneten. Dort experimentierten sie mit neuen Implantaten und testeten verschiedene Einsatzmöglichkeiten, wobei alle möglichen höheren Säugetiere eingesetzt wurden: Hunde, Katzen, Schweine, Schafe, Schimpansen. Außerdem diente die Menagerie als makaberer Streichelzoo für das Dorf. Im Laufe der Jahre hatten sie festgestellt, dass die Kinder eine intensive Beziehung zu den Tieren entwickelten, was dazu beitrug, sie psychisch zu stabilisieren. Vielleicht handelte es sich auch gar nicht ausschließlich um Mensch-Tier-Beziehungen, sondern um Verbindungen von Implantat zu Implantat, denn die stellten eine Gemeinsamkeit dar.

Auch der Wolf hatte eine Stahlplatte im Schädel.

Das Implantat deckte die Schädelbasis ab, war mit Titanschrauben befestigt und über Elektroden mit dem Gehirn verschaltet. Drückte man eine Taste der Fernsteuerung, konnte man dem Tier Schmerz zufügen oder ihm Lust bereiten, es aggressiv oder fügsam machen, die Sinneswahrnehmung dämpfen oder sie stimulieren.

»Was haben Sie herausgefunden, Leutnant?«, fragte sie.

»Die Kinder sind nicht mehr in der Höhle«, antwortete er.

Sie blieb stehen und wandte sich um.

»Wir haben das ganze Dorf durchsucht, auch den leer stehenden Wohnkomplex. Als wir den weiteren Umkreis absuchten, stießen wir an der rückwärtigen Mauer, hinter der Tierforschungseinrichtung, auf eine Fährte, die zu einer Wartungsluke und an die Oberfläche führte.«

»Sie sind nach draußen geflüchtet?«

»Wir glauben, der Amerikaner aus dem Krankenhaus ist bei ihnen. Die Fährte der Kinder kam von dort.«

Damit war zumindest eine Frage beantwortet. Nicht der Amerikaner war geflohen und hatte die Kinder mitgenommen. Es verhielt sich genau andersherum. Die Kinder hatten ihm bei der Flucht geholfen.

Aber warum?

Was hatte es mit dem Mann auf sich?

Diese Frage beschäftigte Sawina, seit man den Fremden hierhergebracht hatte. Vor zwei Monaten hatte der russische

Geheimdienst von einem verseuchten Kreuzfahrtschiff erfahren, das im Indonesischen Meer von Piraten gekapert worden war. Geheimdienste aus aller Welt hatten danach gesucht. Man hatte sie gefragt, ob ihre Versuchsobjekte bei der Suche behilflich sein könnten. Ein Test. Den sie bestanden hatte. Die zwölf Omegas waren aktiviert worden und hatten die Insel bezeichnet, wo das Schiff versteckt wurde. Ein russisches U-Boot hatte die Lagune in dem Moment erreicht, als das Schiff gesunken war.

Trotzdem war es ein voller Erfolg gewesen – doch dann hatte Sascha so fieberhaft zu zeichnen begonnen, dass ihr Implantat beinahe durchgebrannt wäre. Ein Dutzend Bilder aus einem Dutzend verschiedener Blickwinkel, die einen Ertrinkenden zeigten, der von einem Netz in die Tiefe gezogen wurde. Da Sawina das für wichtig hielt – und weil ihre Neugier geweckt war –, hatte sie das russische U-Boot alarmiert. Der Kommandant hatte bereits Taucher im Wasser gehabt.

Sie hatten den Mann gefunden. Er hatte sich im Netz verfangen und war kaum noch bei Bewusstsein. Man hatte ihn mit einem Tauchschlitten geborgen, ihm ein Atemgerät an den Mund gedrückt und ihn dann ins U-Boot gebracht.

Sawina hatte angeordnet, den Mann hierherzubringen, da sie glaubte, er sei von Bedeutung. In Tscheljabinsk-88 angekommen, hatte er jedoch behauptet, er wäre einer der Bordelektriker des Kreuzfahrtschiffs. Beim Verhör machte er keinen besonders intelligenten Eindruck. Er war einfach nur ein verängstigter, grobschlächtiger Bursche mit kahl rasiertem Schädel, dem eine Hand fehlte. Sascha hatte ebenfalls kein besonderes Interesse an ihm gezeigt. Für die anderen Omega-Versuchsobjekte galt das Gleiche.

Sie konnte sich keinen Reim darauf machen, außerdem erwies sich der Mann als wahrer Plagegeist. Eines Tages wurde er dabei ertappt, dass er die Manschette am Armstummel mit einem an die Oberfläche führenden Sendekabel verbunden hatte. Welches Signal er gesendet hatte, war nicht herauszubekommen, jedenfalls hatte es keine unangenehmen Folgen gehabt. Aus Sicherheitsgründen wurde die Manschette chirurgisch entfernt.

Im Laufe der Wochen gelangte Sawina zu der Überzeugung, dass die Zeichnungen des Mädchens lediglich Ausdruck seiner kindlichen Angst um das Leben des Ertrinkenden gewesen waren. Da die Angelegenheit damit für sie erledigt war, hatte sie den Amerikaner der Forschungsgruppe der Menagerie überstellt. Dort untersuchte man das Gedächtnis, und ein lebender Mensch war als Versuchsobjekt zu wertvoll, als dass man hätte auf ihn verzichten können.

Sawina war bei der Operation zugegen gewesen.

Was die Chirurgen mit ihm angestellt hatten …

Noch heute schauderte sie bei der Erinnerung.

Jetzt aber war er geflüchtet – zusammen mit Saschas Bruder. Welches Spiel spielten die Kinder?

Auf diese Frage wusste sie keine Antwort, und da ihre Pläne schon zu weit gediehen waren, hatte sie auch keine Zeit mehr, sich darum zu kümmern.

»Ihre Befehle, Generalmajorin?«

»Suchen Sie draußen weiter.«

»Ich setze sämtliche Hunde ein«, erwiderte der Mann mit rauer Stimme.

»Nein«, sagte sie. »Nicht nur die Hunde.«

Borsakow musterte sie mit zusammengezogenen Brauen, obwohl er genau wusste, worauf sie hinauswollte. »Generalmajorin? Was ist mit den Kindern?«

Sie wandte sich ab. Jetzt war nicht der geeignete Moment für subtiles Vorgehen. Sie hatte noch zehn Kinder zur Verfügung. Das würde reichen.

Sie präzisierte ihren Befehl. »Lassen Sie auch die Raubkatzen los.«

Pjotr saß zwischen Martas Beinen. Die Schimpansin hatte ihre kräftigen, warmen Arme um den Jungen geschlungen. Obwohl er sich nicht gern anfassen ließ, duldete er die Berührung. Der süßliche Erdgeruch ihres feuchten Fells hüllte ihn ein. Er hörte ihren leise zischenden Atem, spürte am Rücken ihren Herzschlag. Nach Pjotrs erster Operation im Alter von fünf Jahren hatte man sie in sein Zimmer gebracht.

Er erinnerte sich, wie groß ihre Hand ihm vorgekommen war. Zunächst hatte sie ihm Angst gemacht, doch die meiste Zeit über lag sie nur da, den Kopf auf der Bettkante, und schaute ihn an. Schließlich hatte sich seine Hand auf sie zubewegt. Seine Finger tanzten neugierig über die Falten ihrer Handfläche. Sie schaute ihn an mit ihren feuchten, wissenden braunen Augen. Dann hatte sie die langen Finger um seine Hand geschlossen.

Er hatte gewusst, was das bedeutete.

Es war ein Versprechen.

Die anderen Kinder mochten mit ihr spielen, in ihren Armen weinen, in schlaflosen Nächten mit ihr zusammensitzen… doch Pjotr hatte an jenem Morgen die Wahrheit begriffen. Sie hatte Geheimnisse, die sie nur mit ihm teilen wollte. Und sein Geheimnis teilte er mit ihr.

Er betrachtete jetzt den fremdartigen Wald. Manchmal waren sie mit einem Lehrer zusammen im Wald gewandert und hatten in der Stille dagesessen. Trotzdem machte er Pjotr noch immer Angst. Der Wind wisperte im Laub, schaukelte die Zweige und ließ Blätter herabwirbeln. Er beobachtete sie und spürte, dass etwas geschehen würde.

Er war anders als seine Schwester.

Einiges aber wusste er. Er lehnte sich fester an Marta an, weg von den Blättern. Sein Herz schlug schneller, und die Welt verblasste, mit Ausnahme der Blätter. Torkelnd, tanzend… Furcht einjagend…

Marta stieß an seinem Ohr einen leisen Warnlaut aus. *Was stimmt hier nicht?*

Er zitterte und bebte. Das Herz klopfte ihm bis zum Hals und übermittelte eine Warnung, während immer mehr Blätter zu Boden fielen. Forschend musterte er die Zwischenräume. Konstantin hatte ihm einmal gesagt, er könne Zahlen blitzschnell im Kopf multiplizieren.

Jede Zahl hat eine Form… selbst die größte Zahl mit schier unendlich vielen Ziffern hat eine Form. Wenn ich rechne, betrachte ich den leeren Raum zwischen zwei Zahlen. Die Lücke hat ebenfalls eine Form, die bestimmt wird durch die Umrisse der beiden Zahlen. Der leere Raum ist auch eine Zahl. Und diese Zahl ist immer die Lösung.

Pjotr verstand das nicht ganz. Er konnte nicht so gut rechnen wie Konstantin, konnte keine Rätsel lösen wie Kiska und auch nicht so weit sehen wie seine Schwester. Aber Pjotr wusste, dass er etwas so gut konnte wie keiner sonst.

Er konnte in andere Herzen blicken… in alle möglichen Herzen.

In große und kleine.

Und etwas näherte sich, etwas mit einem dunklen, hungrigen Herzen.

Während sein kleines Herz hämmerte, hielt Pjotr Ausschau im fallenden Laub. Nach und nach füllte er die Zwischenräume aus.

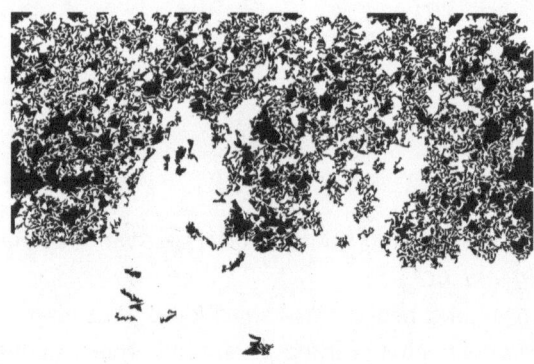

Der Schweiß stand ihm auf der Stirn. Es gab nur noch die fallenden Blätter und die dunklen Zwischenräume, wirbelnd und wogend. Von Ferne hörte er, wie Konstantin seinen Namen rief.

Marta schlang die Arme fester um ihn – nicht um ihn vor den anderen zu beschützen, sondern um ihm Sicherheit zu vermitteln. Auch sie konnte ihm ins Herz blicken.

Er musste es erkennen.

Er musste es wissen.

Irgendetwas näherte sich.

Er füllte die Zwischenräume mit Tinte und Schatten aus, mit Zähnen und Knurren, mit dem Tappen von Tatzen auf hartem Boden. Dann sah er es.

ZWEI

8

NOCH ZWEI STUNDEN bis zur Landung.

Gray schaute aus den Fenstern der Global Express XRS von Bombardier. Während der Privatjet über den Himmel raste, war die Sonne aufgegangen, in den Zenit gewandert und begann nun hinter ihnen wieder zu sinken. Sie flogen mit knapp Überschallgeschwindigkeit und würden mit dem letzten Tropfen Treibstoff landen. Den modifizierten Firmenjet hatte der Milliardär und Luftfahrtfinanzier Ryder Blunt Sigma zum Dank für erwiesene Dienste geschenkt. Zwei Piloten der US Air Force belasteten die Triebwerke bis ans Limit, um noch am Nachmittag Ortszeit in Indien zu landen.

Gray richtete seine Aufmerksamkeit wieder auf die Gruppe, die sich um einen Teakholztisch versammelt hatte. Er hatte die Leute sechs Stunden lang schlafen lassen, dennoch wirkten die meisten erschöpft. Kowalski hatte den Sitz in Liegeposition gestellt und verstärkte das Triebwerksgeräusch noch immer mit seinem Schnarchen. Gray sah keinen Grund, ihn zu stören. Sie konnten den Schlaf alle gut brauchen.

Die Person, die sich auf das vor ihr liegende Dossier konzentrierte und als Einzige keine Anzeichen von Müdigkeit zeigte, war neu zu ihrer Gruppe hinzugestoßen. Da sie Expertin für Neurologie und Neurochemie war, die beiden Fachgebiete, auf denen Archibald Polk gearbeitet hatte, wunderte Painter sich nicht, dass sie ihnen von Sigma zugeteilt worden war.

Dr. Shay Rosauro war etwas größer als der Durchschnitt und hatte einen Mokkateint und goldgesprenkelte dunkelbraune Augen, aus denen eine wache Intelligenz hervorfunkelte. Das schulterlange schwarze Haar hatte sie sich mit einem schwarzen Band zurückgebunden. Sie hatte in der Air Force gedient, und ihrer Personalakte zufolge wäre sie imstande gewesen, die Bombardier-Maschine selbst zu fliegen. Sie trug sogar eine Uniformbluse, eine Khakihose mit breitem schwarzen Gürtel und Stiefel.

Gray hatte noch nie mit ihr zusammengearbeitet, doch Kowalski kannte sie anscheinend. Als der Hüne auftauchte, hatte sie große Augen gemacht. Kowalski hatte gegrinst und sie zur Begrüßung umarmt, dann war er ins Flugzeug gestiegen. Sie hatte Gray mit einem Ausdruck angeschaut, der so viel besagte wie: *Das soll wohl ein Scherz sein.*

Jetzt, da alle geruht hatten, wollte Gray sein Team bis zur Landung auch im Hinblick auf ihren ersten Gesprächspartner auf den neuesten Stand bringen. »Eigentlich kommt er aus Oxford. Er hat Psychologie und Physiologie studiert und sich auf Meditationstechniken und die Funktionsweise des Gehirns spezialisiert. Seit dreißig Jahren lebt er jetzt schon in Indien und studiert die Yogis und Mystiker.«

»Da gibt es Parallelen zur Forschungsarbeit Ihres Vaters.« Elizabeth nickte.

»Ich kenne Mastersons Arbeiten«, sagte Rosauro mit einem Anflug von Überraschung. »Er ist brillant, aber exzentrisch, und einige seiner Theorien sind umstritten. Er war einer der ersten Forscher, welche die Ansicht vertreten haben, das Gehirn sei formbar; damals führte das zu heftigen Kontroversen, doch heute ist es die vorherrschende Lehrmeinung.«

»Was genau meinen Sie mit ›formbar‹?«, fragte Gray.

»Nun, bis vor wenigen Jahren ging man in der Neurologie davon aus, das Gehirn sei fest verschaltet und jede Hirnregion habe nur eine bestimmte Funktion. Eine Region, eine Funktion. In den letzten zwei Jahrzehnten verfolgte die Neurologie das Ziel, die Funktionsweise der verschiedenen Hirnregionen zu bestimmen. Das Sprachzentrum, das Hörzentrum, die für das Gefühl in der linken Hand zuständigen Neuronen, das Gleichgewichtszentrum.«

Gray nickte.

»Inzwischen aber wissen wir, dass das Gehirn nicht fest verschaltet ist. Die Gehirnkarten sind veränderbar, wandelbar. Oder anders ausgedrückt, sie sind *formbar*. Die funktionale Flexibilität ist die Erklärung dafür, dass viele Opfer eines Schlaganfalls die Kontrolle über Gliedmaßen wiedererlangen, die nach einer Zerstörung der zuständigen Hirnregionen zunächst gelähmt waren. Das Gehirn verschaltet sich neu, um die Schäden zu kompensieren.«

Elizabeth nickte. »Dr. Masterson hat seine Forschungen auf die Yogis ausgeweitet. Indem er ihre speziellen Fähigkeiten zur Beeinflussung des Metabolismus und des Blutkreislaufs untersuchte, wollte er beweisen, dass das Gehirn nicht nur veränderbar ist, sondern dass es auch trainiert werden kann. Dass es von außen formbar ist.«

Rosauro lehnte sich zurück. »Jetzt, da man um die Möglichkeiten weiß, sich diese Formbarkeit zunutze zu machen, eröffnet sich den Neurologen eine schöne neue Welt. Sie können die Intelligenz steigern, die Blinden wieder sehend und die Tauben wieder hörend machen.«

Gray dachte an das Implantat im Affenschädel. *Die Tauben*

hörend machen. Das Gerät hatte ausgesehen wie ein Cochlea-Implantat.

Er wandte sich an Elizabeth. »Hat Dr. Masterson Ihnen gesagt, wann er Ihren Vater zum letzten Mal gesehen hat?«

»Der Professor hat gemeint, er könne mir mehr sagen, wolle aber zuvor mit den Leuten sprechen, die meinen Vater eingestellt hätten. Er wirkte verängstigt. Mehr konnte ich nicht von ihm in Erfahrung bringen.«

»Ihn eingestellt?«

Luca Hearn, ebenfalls neu in der Gruppe, ergriff das Wort. Aufgrund seiner Erschöpfung machte sich sein Roma-Akzent deutlicher bemerkbar als zuvor. »Das war unser Clan. Wir haben Dr. Polk engagiert.«

Gray wandte überrascht den Kopf. Er hatte die ganze Zeit schon vorgehabt, noch vor der Landung über die Rolle zu sprechen, welche die Zigeuner bei Dr. Polks Geschichte spielten. Nach der Flucht aus der konspirativen Wohnung waren viele Fragen unbeantwortet geblieben. Zum Beispiel war unklar, weshalb Polk sich an Luca gewandt hatte und nicht an jemand anderen. War es Paranoia gewesen? Hatte der Professor geglaubt, er könne sonst niemandem vertrauen? In Anbetracht des Umstands, dass seine Ermordung einer verdächtigen Suchaktion gefolgt war, die von Agenten seiner eigenen Regierung durchgeführt wurde, hatte Dr. Polk vielleicht recht gehabt.

»Wie haben Sie den Professor kennengelernt?«, fragte Gray.

»Er hat sich vor zwei Jahren an uns gewendet. Er wollte von verschiedenen Angehörigen unseres Clans DNA-Proben nehmen. Von denen, die *pen dukkerin* praktizierten.«

»*Pen* was?«

Kowalski antwortete, ohne sich von seinem Ruhelager aufzurichten. Er hatte aufgehört zu schnarchen, hielt die Augen aber immer noch geschlossen. »*Dukkerin.* Wahrsagerei. Aus der Hand lesen, mit einer Kristallkugel in die Zukunft blicken.«

Luca nickte. »Das ist eine alte Tradition bei unserem Volk, die Jahrhunderte zurückreicht, aber Dr. Polk wollte keine Leute, die *hokkani boro* praktizieren – die große Täuschung.«

»Schwindel«, setzte Kowalski hinzu. »Betrug.«

»Dr. Polk wusste, dass es bei uns Leute gibt, die aufgrund ihrer außergewöhnlichen Fähigkeiten besondere Wertschätzung genießen. Das sind die Ausnahmeerscheinungen. Die wahren Chovihanis. Die Begabten. Auf die hatte er es abgesehen.«

Elizabeth straffte sich. »So wie mein Vater auf die Yogis. Er hat DNA-Proben genommen und nach Gemeinsamkeiten geforscht.«

Gray rief sich in Erinnerung, dass ihr Vater sich auf die wenigen gut belegten Fälle von Yogis und Mystikern konzentriert hatte, die auf dem Gebiet der Intuition oder des Instinkts über besondere Fähigkeiten verfügten. Die Wahrsagerei und das Kartenlesen der Zigeuner passten in das Schema. Nur die genetische Herangehensweise war neu.

Das warf eine weitere Frage auf. »Weshalb hat er sich plötzlich den Zigeunern zugewandt? Wo liegt die Verbindung?«

Luca starrte ihn an, als wäre er nicht bei Verstand. »Was glauben Sie eigentlich, woher die Roma stammen?«

Jetzt schaute Gray verblüfft drein. Er wusste tatsächlich nicht viel über die Nomadenstämme der Zigeuner und so gut wie nichts über ihre Herkunft.

Luca war seine Verwirrung nicht entgangen. »Nur wenige Menschen wissen über unsere Geschichte Bescheid. Als unsere Stämme nach Europa kamen, glaubte man, wir kämen aus Ägypten.« Er rieb sich mit dem Handrücken übers schweißglänzende Gesicht. »Und zwar wegen unserer dunklen Haut und unserer schwarzen Augen. Deshalb nannte man uns *aigyptoi*. Auch andere Bezeichnungen sind vom Wort Ägypter abgeleitet. Bis vor Kurzem waren sich sogar unsere eigenen Clans unsicher über unsere Herkunft. Die Linguisten haben jedoch herausgefunden, dass die Roma-Sprache im Sanskrit ihre Wurzeln hat.«

»Die Sprache des alten Indien«, meinte Gray überrascht. Allmählich dämmerte es ihm.

»Wir stammen aus Indien. *Amaro baro them* nennen wir das Heimatland unserer Vorfahren. Es liegt in Nordindien, im Punjab, um genau zu sein.«

»Aber weshalb sind Ihre Leute ausgewandert?«, fragte Elizabeth. »Soviel ich weiß, ist es Ihrem Volk in Europa nicht besonders gut ergangen.«

»Nicht gut? Man hat uns verfolgt, gejagt, getötet.« Sein Tonfall wurde schärfer. »Die Nazis haben uns gezwungen, das schwarze Dreieck zu tragen, und uns zu Hunderttausenden abgeschlachtet. *Bengesko niamso!*« Dieser Fluch galt offenbar den Nazis.

Elizabeth wandte verlegen den Blick ab.

Luca schüttelte den Kopf und fasste sich wieder. »Über unsere frühe Vergangenheit ist nicht viel bekannt. Nicht einmal die Historiker sind sich sicher, weshalb unsere Clans aus Indien ausgewandert sind. Aus alten Aufzeichnungen wissen wir nur, dass die Roma-Clans im Laufe des zehnten Jahrhunderts aus Indien geflohen sind und über Persien ins Byzantinische Reich gelangten. In dieser Zeit herrschte im Nordwesten Indiens Krieg. Außerdem gab es ein strenges Kastensystem, und wir galten als *Unberührbare*. Dazu zählten Diebe, Musiker, ehrlose Krieger, aber auch *Magier*, deren Fähigkeiten von den vorherrschenden Religionen als Ketzerei angesehen wurden.«

»Damit waren die Chovihanis gemeint«, sagte Gray.

Luca nickte. »Unser Leben war bedroht und wurde immer

unerträglicher. Deshalb schlossen sich die Kastenlosen zu Clans zusammen, ließen Indien hinter sich und wanderten auf der Suche nach einem besseren Auskommen gen Westen.« Er schnaubte verbittert. »Wir suchen immer noch.«

»Kommen wir zu Dr. Polk zurück«, wechselte Gray das Thema. »Haben Sie mit dem Professor zusammengearbeitet? Haben Sie ihm die gewünschten DNA-Proben überlassen?«

»Ja. Wir haben mit Blut bezahlt, als Gegenleistung für seine Unterstützung.«

Gray musterte den Mann aufmerksam. »Unterstützung wobei?«

Lucas Stimme gewann wieder an Schärfe. »Wir wollen etwas wiederhaben, was man uns auf brutalste Weise gestohlen hat. Das Herz unseres Volkes. Wir ...«

Plötzlich sackte das Flugzeug ab. Gläser und auch Kowalski stiegen in die Luft. Mit einem verdutzten Ausruf wickelte er sich aus der Decke. Gray, der angeschnallt war, spürte, wie sich ihm der Magen hob. Sie verloren rasch an Höhe.

Der Pilot meldete sich über Bordlautsprecher. »Tut mir leid, Leute. Wir kommen in Turbulenzen.«

Das ganze Flugzeug bebte.

»Bitte schnallen Sie sich an«, fuhr der Pilot fort. »Wir landen in einer Stunde. Commander Pierce, für Sie liegt ein Anruf von Direktor Crowe vor. Ich stelle das Gespräch durch.«

Mit einer Handbewegung forderte Gray die anderen auf, sich anzuschnallen. Kowalski hatte die Sitzlehne hochgeklappt und zog bereits den Gurt stramm.

Gray schwenkte seinen Sitz herum, nahm den Hörer aus der Halterung und hielt ihn sich ans Ohr.

»Hier Commander Pierce.«

»Gray, ich möchte Sie kurz darüber ins Bild setzen, was Lisa und Malcolm über das Implantat im Affenschädel herausgefunden haben.«

Während Gray den Ausführungen des Direktors lauschte, die um Mikroelektroden und autistische Savants kreisten, sah er aus dem Fenster. Der Jet raste mit kreischenden Triebwerken gen Osten. Er beobachtete, wie die Sonne unterging, und dachte an das kleine Gesicht des Mädchens, ihre Zerbrechlichkeit, ihre Unschuld.

Wenigstens befand sie sich in Sicherheit.

Eine Frage aber nagte an ihm.

Gab es dort draußen noch mehr Kinder wie sie?

12:22
Südural

MONK TRUG PJOTR auf den Armen und rannte am Flussufer entlang. Der Junge klammerte sich an ihm fest. Seine Augen waren noch glasig, sein Gesicht feucht von Schweiß und Tränen. Kiska lief vorneweg und folgte Marta, die weite Sätze machte und sich mit den Vorderarmen abstützte. Konstantin hielt sich an Monks Seite.

»Woher wissen wir, dass Pjotr sich nicht getäuscht hat?«, keuchte Monk. »Tiger? Vielleicht war das ja nur ein Tagtraum, ein Albtraum im Wachzustand.«

Konstantin wandte den Kopf, schob seine Wollmütze hoch und streifte hinter dem Ohr das Haar zurück. Darunter kam eine funkelnde Stahlplatte zum Vorschein. »Du warst nicht der Einzige, der operiert wurde.« Er zog die Mütze wieder über die Ohren und nickte Pjotr zu. »Was er gesehen hat, war kein Traum.«

Monk bemühte sich, das Gehörte zu verarbeiten. Konstantin hatte ihm bereits erklärt, wie er hier gelandet war. Aufgrund einer Zeichnung, die Pjotrs Schwester angefertigt hatte, war er angeblich aus einem sinkenden Kreuzfahrtschiff gerettet worden. Das ergab keinen Sinn.

Vielleicht war *er* ja derjenige, der träumte.

Konstantin fuhr fort: »In der Menagerie gibt es zwei sibirische Tiger. Arkadij und Zakhar. Manchmal nehmen die Soldaten sie mit zur Jagd auf Wildschweine und Elche. Sie sind sehr klug. Die lassen sich nicht so leicht zum Narren halten.«

»Wie weit sind sie entfernt?«

Konstantin fragte Pjotr etwas auf Russisch.

Der Junge antwortete erst zögernd, dann wurde seine Stimme fester. Offenbar war er wieder in einen Trancezustand eingetreten.

Schließlich nickte Konstantin. »Er weiß es nicht. Er weiß nur, dass sie hinter uns her sind. Er spürt ihren Hunger.«

Monk eilte weiter das Flüsschen entlang, das schließlich in einen breiteren Strom mündete. Er hörte das Wasserrauschen, noch ehe er ihn sah. Der Fluss hatte sich tief ins Gestein eingegraben. Wenn es ihnen gelänge, ans andere Ufer zu kommen …

Ein lautes Kreischen durchschnitt die Luft. Es kam aus der Höhe, aus dem schmalen Tal. Der Schrei hörte gar nicht mehr auf und ging einem durch und durch wie eine Sirene. Die Zähne begannen zu schmerzen, die Knochen vibrierten. Die Kinder ließen sich fallen, schlugen die Hände über die Ohren und wälzten sich am Boden. Marta schrie und trottete im Kreis um die Kinder herum, um sie notfalls zu beschützen.

Monk spähte zwischen den Fichtenzweigen hindurch. Irgendetwas schwebte hinten im Tal zu Boden. Es hing wie eine Leuchtkugel an einem roten Fallschirm, doch es handelte sich um einen runden Metallgegenstand von der Größe eines Baseballs. Daher kam das durchdringende Kreischen. Eine Art

Schallgranate. Er kletterte auf einen Findling und machte in der Ferne mehrere rote Stecknadelköpfe aus. Weitere Schallgranaten.

Er sprang auf den Boden.

Offenbar hatte man sie aufs Geratewohl in alle Richtungen abgefeuert.

Am anderen Ufer krachte etwas zu Boden.

Monk erhaschte einen Blick auf gelbbraunes Fell. Das Herz klopfte ihm bis zum Hals.

Ein Tiger.

Doch stattdessen gelangten nur zwei Rehe in Sicht, die mit wirbelnden Hufen davonsprangen. Monk fasste sich wieder und ging zu den Kindern hinüber. Der Schallangriff hatte sie schwer in Mitleidenschaft gezogen. Die Verfolger wussten über ihre Hyperempfindlichkeit Bescheid und versuchten, sie bewegungsunfähig zu machen.

Mit dem Armstummel hob Monk Pjotr hoch und legte ihn sich über die Schulter. Dann zog er Kiska auf die Beine, schlang ihr den Arm um die Hüfte und hob sie ebenfalls hoch. Schwer beladen ging er zu Konstantin, um ihn mit einem Fußtritt aus seiner Lethargie zu reißen.

Sie mussten weitergehen.

Marta kam ihm zuvor. Sie schob den Kopf unter Konstantins Brust und zog einen seiner Arme auf ihren Rücken. Während sie ihn mit den Schultern stützte, schleppte sie ihn in Richtung Fluss. Die Beine des Jungen schleiften über den Boden.

Monk folgte ihnen mit den anderen beiden Kindern. Obwohl er aufgrund der Schallgranate nicht mehr hörte, spürte er das qualvolle Zittern der Jungen. Er humpelte schneller und erreichte schließlich das Ufer.

Das Wasser strömte durch einen vier Meter breiten Kanal mit steilen Ufern. Es schäumte und brodelte so laut, dass die höherfrequenten Töne der Schallgranate gedämpft wurden.

Monk machte Marta auf sich aufmerksam und zeigte flussabwärts. Sie wandte sich in die Richtung. Sie folgten dem gewundenen Ufer. Je weiter sie kamen, desto stärker dämpften die steilen Hänge das Kreischen der Granaten.

Kiska regte sich als Erste. Sie befreite sich aus Monks Umarmung und ging selbstständig weiter. Die Hände hatte sie noch immer über die Ohren geschlagen. Konstantin folgte alsbald ihrem Beispiel und machte sich von Marta los, die sich sogleich auf die Vorderarme sinken ließ.

Während sie weitergingen, blickte Monk sich immer wieder um.

Jeden Moment rechnete er damit, zwei Tiger heranstürmen zu sehen.

Da er abgelenkt war, prallte er versehentlich gegen Kiska, die daraufhin stehen blieb. Monk sank auf die Knie und ließ den Jungen fallen.

Konstantin hatte ebenfalls neben seiner Schwester angehalten und war zusammen mit Marta zur Reglosigkeit erstarrt. Offenbar gab es für sie noch etwas Schrecklicheres als ihre Verfolger.

Vor ihnen richtete sich am Flussufer ein gewaltiger brauner Bär auf. Er wog bestimmt sechshundert Pfund, war triefend nass und vom Gejaule der Schallgranaten bereits aufs Äußerste gereizt. Mit seinen schwarzen Augen starrte er die Menschen an. Auf den Hinterbeinen stehend, erreichte er eine Größe von zweieinhalb Metern. Sein Fell war gesträubt, und er bleckte knurrend die gelblichen Zähne.

Das Symbol von Mütterchen Russland.

Aufbrüllend ließ er sich auf die Vordertatzen fallen und stürmte ihnen entgegen.

ALS DER ALTE Mann erwachte, war es hell. Das Licht schmerzte ihn in den Augen, und er hatte stechende Kopfschmerzen. Stöhnend drehte er den Kopf weg. Magensaft stieg ihm im Schlund hoch. Er würgte und schluckte.

Er blinzelte in die Helligkeit und stellte fest, dass er am Bett festgeschnallt war. Unter dem Laken war er nackt. Der Raum war klinisch weiß, die Wände kahl. Keine Fenster. Eine kleine Tür mit einem vergitterten Fenster. Eingesperrt.

Auf einem Stuhl neben dem Bett saß jemand. Das Sakko hatte er über die Lehne gehängt, die Ärmel hochgekrempelt. Er hatte die Beine übereinandergeschlagen und die Hände steif im Schoß gefaltet.

Er beugte sich vor. »Guten Morgen, Juri.«

Trent McBride lächelte ihn ohne jede Wärme an.

Juri schaute auf seine Brust. Er erinnerte sich, dass er von einem Betäubungspfeil getroffen worden war. Verwirrt und benommen schaute er umher.

»Sie haben ein Gegenmittel bekommen«, sagte McBride. »Sie müssen wach sein, denn wir haben etwas zu besprechen.«

»*Kak... ya...*«, lallte er mit schwerer Zunge.

Seufzend nahm McBride ein Glas mit Strohhalm vom Nachttisch und hielt es Juri an den Mund.

Juri trank. Die lauwarme Flüssigkeit brannte wie der reinste Wodka. Sie verscheuchte die Schatten am Rande seiner Gedanken und spülte die Vergangenheit von seiner Zunge.

»Trent, was haben Sie vor?« Juri zerrte an den Riemen, mit denen seine Arme gefesselt waren.

»Die Lücken füllen.« McBride drückte den Knopf der Sprechanlage am Kopfende des Betts. »Wie ich schon sagte, haben Sie uns nicht über alle Einzelheiten Ihres Forschungs-projekts in Tscheljabinsk unterrichtet. Dieses Versäumnis müssen wir korrigieren.«

»Wie meinen Sie das?« Juri bemühte sich um einen naiven Tonfall, was ihm jedoch gründlich misslang. Er wünschte, er wäre stärker gewesen.

»Hmm«, machte Trent. Er beugte sich vor und zog das Laken weg, mit dem Juri zugedeckt war. »Ich glaube, wir sollten gleich mit dem hässlichen Teil beginnen, damit wir uns wie richtige Kollegen unterhalten können.«

Juri blickte auf seinen nackten Körper. Auf seiner blassen Haut hafteten kleine Saugnäpfe, jeder mit einer erbsengroßen Kappe voller Elektronik, aus der eine nadeldünne Antenne ragte. Sie bedeckten seine Beine bis zur Leistengegend, die Lenden und seine Arme von den Fingerspitzen bis zur Schulter. Seine Brust war ein Schachbrettmuster von Saugnäpfen.

Ehe er sich erkundigen konnte, was das zu bedeuten habe, ging die Tür auf, und eine schlanke Gestalt trat ein. Obwohl er dem Mann erst vor Kurzem begegnet war, musste Juri einen Moment überlegen, ehe er auf den Namen kam. Dr. James Chen. Sie hatten sich in seinem Büro im Walter-Reed-For-schungsinstitut getroffen.

Die schallsichere Tür fiel zu.

Chen näherte sich dem Bett. Er hatte einen Laptop dabei. »Die Kalibrierung ist abgeschlossen.«

Er nahm auf einem Stuhl Platz und stellte den Laptop auf den Nachttisch. Juri erhaschte einen kurzen Blick auf den Bildschirm, dann wurde er gleich wieder weggedreht. Darauf war ein stilisierter liegender Mann abgebildet, der mit kleinen Leuchtpunkten gesprenkelt war.

»Elektro-Akupunktur«, erklärte McBride und deutete auf die Saugnäpfe. »In die Akupunkturpunkte entlang der Meri-diane wurden Mikroelektroden eingeführt. Ich muss zugeben, so ganz verstehe ich das selbst nicht. Das ist Dr. Chens Fachgebiet. Er hat bemerkenswerte Fortschritte bei der Schmerzbekämpfung zu verzeichnen. Diese Technik macht bei der Lazarettversorgung im Krieg die Betäubung überflüssig. Seine brillante Entwicklungsarbeit war der Grund, weshalb er zu den Jasons gekommen ist. Ich habe ihn wegen seines innovativen Einsatzes von Mikroelektroden für unser gemeinsames Forschungsprojekt angeworben. Mikroelektroden, wie Sie sie bei unseren Versuchsobjekten verwendet haben.«

McBride stupste eine Antenne mit dem Finger an. Juri verspürte einen schmerzhaften Stich. »Wir haben gelernt, mit dieser Technik unter günstigen Umständen den Schmerz zu bekämpfen, aber sie lässt sich auch dazu einsetzen, den Schmerz zu verstärken.«

»Trent... bitte nicht...«, flehte Juri.

Ohne ihn zu beachten, wandte McBride sich Chen zu und zeigte auf einen Saugnapf an Juris Knie und auf einen zweiten an seiner Leiste.

Heftiger Schmerz flammte in Juris Bein auf. Er schrie. Es fühlte sich an, als hätte ihn ein Skalpell vom Knie bis zur Leiste bis auf den Knochen aufgeschlitzt. Dann hörte der Schmerz ebenso unvermittelt auf, wie er eingesetzt hatte.

Keuchend blickte Juri an sich hinunter. Er erwartete, frisches Blut und qualmendes Fleisch zu sehen. Die blasse Haut aber war unversehrt.

McBride schwenkte die Hand über die kleinen Saugnäpfe. »Mit den anderen Punkten funktioniert das auch. In jedem beliebigen Muster. Wir können Sie bei lebendigem Leib häuten, ohne Ihnen auch nur ein Haar zu krümmen. Eine virtuelle Operation mit *realem* Schmerz.«

»A-aber... warum?«

McBride blickte wieder Juri an. Sein Gesichtsausdruck war nachsichtig, sein Blick aber unerbittlich. »Ich will endlich Antworten haben, verstanden? Fangen wir mit dem an, was Sie uns über die Kinder verschweigen.«

»Ich verschweige nichts...«

McBride wandte sich Chen zu.

»Nicht!«, schrie Juri.

McBride drehte sich wieder um. »Dann hören Sie auf, uns zu verarschen. Wir konnten Ihre Implantate ohne Schwierigkeiten nachbauen. Die Baupläne, die uns Ihr Team zur Verfügung gestellt hat, waren umfassend und aussagekräftig. Allerdings weniger innovativ als erwartet. Letztendlich handelt es sich um raffinierte TMS-Geräte. Wir haben versucht, Ihre Ergebnisse mit zwei jungen autistischen Savants aus Kanada zu reproduzieren. Unsere Experimente verliefen... nun, sagen wir, enttäuschend.«

Juri wand sich innerlich. Dann waren die Amerikaner noch weiter, als Sawina geargwöhnt hatte. Sie hatten bereits erkannt, wie einzigartig die Situation in Tscheljabinsk-88 war.

»Also«, fuhr McBride fort, »was verheimlichen Sie vor uns?«

Juri zögerte zu lange. Ein durchdringender Schmerz flammte in seiner Brust auf. Er bäumte sich in den Fesseln auf und schrie so laut, dass kein Laut aus seinem Mund kam.

Als der Schmerz aufhörte, zitterte Juri wie Espenlaub. Er schmeckte Blut auf der Zunge. Länger zu warten wagte er allerdings nicht. Was machte es schon, wenn die Amerikaner Bescheid wussten? Es war ohnehin zu spät.

»Die DNA«, keuchte er. »Es liegt in der DNA.«

McBride beugte sich vor. »Was meinen Sie damit?«

Juri schluckte und schnappte nach Luft. »Der Schlüssel ist im Genom der Versuchsobjekte verborgen. Das haben wir selbst erst vor zwölf Jahren herausgefunden.«

Von Krämpfen geschüttelt und von McBrides Fragen wiederholt unterbrochen, erklärte Juri, was es damit auf sich hatte. Er berichtete, dass man 1959 eine Gruppe von Zigeunerkindern entdeckt habe, die über außergewöhnliche Begabungen verfügten. Ihre Abstammung ließ sich weit in die Vergangenheit zurückverfolgen. Die Chovihanis. Die Clans behielten das Geheimnis dieser Abstammungslinie für sich und versuchten sie durch Inzucht zu bewahren, was zu genetischen Defekten führte. Er berichtete, die Russen hätten sich des genetischen Erbes zu Forschungszwecken bemächtigt und es in ihre Projekte zur Erforschung der Parapsychologie eingebracht.

»Mit Mystik hatte das nichts zu tun«, erklärte Juri. »Die Kinder waren einfach nur Savants … allerdings mit einem gewaltigen Potenzial. Wir haben uns bemüht, ihre Fähigkeiten weiterzuentwickeln – erst durch Inzucht, dann mittels Bioengineering. Als im Laufe der Jahre die genetischen Testmethoden immer genauer wurden, konnten wir nachweisen, weshalb die Kinder so einzigartig waren.«

McBride beugte sich noch weiter vor.

»Der Autismus wird durch verschiedene Umweltfaktoren in Verbindung mit etwa zehn Genen ausgelöst. Wir fanden heraus, dass die begabtesten Savants – unsere Omega-Versuchsobjekte – über *drei bestimmte* Gene verfügen. Drei genetische Marker. Liegen sie in der richtigen Sequenz vor und gehen mit leichtem Autismus einher, dann hat man es mit einem erstaunlich begabten Savant zu tun.«

»Dessen Fähigkeit Sie mit Implantaten noch weiter steigern«, sagte McBride. »Ein perfektes Zusammenwirken von Genom und Bioengineering.«

Juri nickte.

»Brillant. Wahrhaft brillant. Dann war es ja nur gut, dass wir Archibald Polk dazu benutzt haben, eines Ihrer Omega-Versuchsobjekte aus dem Versteck zu locken. Umso wichtiger, dass wir das Mädchen zu fassen bekommen.«

Juri stutzte. Sorge wallte in ihm auf. »Sascha befindet sich nicht in Ihrer Obhut?«

McBride runzelte die Stirn und kippelte auf dem Stuhl zurück. »Nein, aber vor etwa einer Stunde haben wir ihren vermutlichen Aufenthaltsort entdeckt. Es scheint so, als befände sie sich in der Gewalt derselben Gruppe, die sich an Archibalds Fersen geheftet hatte. Zum Glück haben wir die notwendigen Maßnahmen ergriffen, um seine Spur vollkommen auszuradieren.«

»Wer… wer hat Sascha in seiner Gewalt?«

»Sie wollen es wirklich wissen?« McBride funkelte Juri an. Das Mädchen war offenbar Juris wunder Punkt.

Er machte Chen ein Zeichen.

Nein!

Juris Brust brach in Flammen aus, die über seine Brust zuckten und ein Zeichen bildeten, einen Buchstaben, einen griechischen Feuerbuchstaben.

McBride brummte zufrieden angesichts von Juris Qualen. »Die werden uns nicht mehr lange Ärger machen.«

SOSEHR IHR VATER sich für das Land interessiert hatte, war Elizabeth selbst noch nicht in Indien gewesen. Sie schaute aus dem offenen Fenster des Großraumtaxis, das vom Flughafen zur Stadt fuhr. Der Fahrtwind brachte kaum Erleichterung, denn es war fast vierzig Grad warm.

Der Verkehr bewegte sich im Schneckentempo, denn er wurde von zahlreichen Rikschas behindert, die von Motorrädern und in einem Fall sogar von einem Kamel gezogen wurden. Sie war dem Nachbartaxi so nahe, dass sie durch dessen ebenfalls offenes Fenster die dünne Zigarre riechen konnte, auf der der Fahrer kaute. Der Rauch schnitt wie ein Messer durch das dichte Geruchsgemisch von Curry, Schmutz und Bratenfett. Der andere Fahrer schimpfte über den Verkehr und hämmerte mit dem Handballen auf die Hupe.

Die Hupe vermochte das Chaos kaum zu übertönen, denn es wurde gerade ein Fest gefeiert, und vor ihnen schepperten Becken. Die Fußgänger verstopften die Gehsteige, schlüpften zwischen den Autos hindurch und machten den Fahrrädern und Motorrädern den Platz streitig.

Elizabeth atmete schwer, und sie spürte eine Beklemmung in der Brust – nicht wegen der schwülen Hitze, sondern wegen der Enge. Normalerweise neigte sie nicht zur Klaustrophobie, doch der Lärm, die Hektik und das Geschrei der wimmelnden Menschenmassen machten sie ganz benommen. Sie hatte die Hände auf den Knien zu Fäusten geballt.

Endlich gelang es dem Fahrer, durch eine Lücke auf die nächste Kreuzung vorzudringen. Er bog um die Ecke und gelangte auf eine breitere Durchgangsstraße, die geradewegs ins Zentrum führte.

Elizabeth seufzte erleichtert auf.

»Endlich«, sagte Kowalski, der offenbar ganz ähnlich empfand wie sie. »Wir hätten einen Van mieten sollen. Ich wäre schneller ans Ziel gekommen.«

Der Hüne war auf dem Sitz eingezwängt, spürte aber ihre Beklemmung und versuchte, Abstand zu halten, was der dritte Passagier in der Sitzreihe ausbaden musste.

Shay Rosauro rammte Kowalski den Ellbogen in die Seite, um sich etwas mehr Platz zu verschaffen. Ihr Gesicht glänzte vor Schweiß. Als sie im Stau standen, hatte sie das schwarze Haarband abgenommen und es zu einem Kopftuch auseinandergefaltet, das sie sich hinters Ohr gesteckt hatte.

Gray, der auf dem Beifahrersitz saß, neigte sich zum Fahrer hinüber und zeigte nach vorn. Der Fahrer nickte. Gray richtete sich wieder auf.

Das letzte Mitglied ihrer Gruppe saß ganz hinten. Luca Hearns Miene war undurchdringlich, doch seine dunklen Augen huschten aufmerksam umher. Noch im Flugzeug hatte er Futterale mit Dolchen an seinen Unterarmen befestigt und sich auf diese Weise für eine unfreundliche Begrüßung im Land seiner Ahnen gewappnet.

Gray drehte sich um. »In zehn Minuten sind wir im Hotel!«, rief er nach hinten.

Das Taxi fuhr dem Yamuna-Fluss entgegen. Das Wasser funkelte stahlblau im hellen Sonnenschein. Zur Linken ragte eine von Palmen gesäumte wuchtige Festung aus rotem Sandstein auf, mit hohen Brustwehren und dicken Mauern. Am Fluss ließen sie die Festung hinter sich und folgten der Uferstraße.

Der Verkehr verlangsamte sich wieder, doch nach wenigen Minuten öffnete sich zur Linken die Sicht auf eine ausgedehnte Parklandschaft mit Rasenflächen, Gärten, schimmernden Teichen und Baumgruppen. Der Grüngürtel folgte dem Flussufer, doch das wahre Wunder schien darüber in der Luft zu schweben, eine Wolke aus weißem Marmor vor dem Hintergrund des strahlend blauen Himmels.

Das Tadsch Mahal.

Das Mausoleum war ein Wunderwerk der Baukunst und eine architektonische Meisterleistung. Gegenwärtig aber wirkte es eher wie ein leuchtendes Traumbild, das am Himmel schwebte. Vor über dreihundert Jahren vom Großmogul Shah Jahan als letzte Ruhestätte für seine geliebte Gemahlin erbaut, sollte es ein Vermächtnis seiner ewigen Liebe sein.

Das aber war nicht ihr Ziel.

Das Taxi fuhr an den Bordstein und hielt vor einem fünfstöckigen weißen Gebäude mit großen Bogenfenstern, dem Deedar-e Tadsch Hotel. Hier wollten sie sich mit Dr. Hayden Masterson treffen.

»Das Restaurant liegt oben«, sagte Elizabeth beim Aussteigen. Sie sah auf ihre Armbanduhr. Sie hatten eine halbe Stunde Verspätung.

Gray bezahlte den Fahrer, dann gingen sie am Springbrunnen vorbei und betraten die wundervoll kühle Lobby.

»Kowalski«, sagte Gray und zeigte zum Tresen. »Sie sichern mit Luca zusammen unsere Zimmer. Wir gehen nach oben.« Er nickte Elizabeth und Rosauro zu.

Kowalski seufzte schwer und murmelte etwas von wegen kalter Dusche. Während Gray sich zum Aufzug wandte, verharrte er noch einen Moment an Elizabeths Seite. »Alles in Ordnung mit Ihnen?«, erkundigte er sich leise.

»Weswegen fragen Sie?«

»Im Taxi. Ich dachte, Sie wären vielleicht… Sie haben irgendwie mitgenommen gewirkt…« Er zuckte mit den Schultern.

»Das war nur die Hitze… oder vielleicht die Nerven«, murmelte sie.

»Ich weiß, was bei mir dagegen hilft.« Er neigte sich ihr

verschwörerisch entgegen und teilte sein Sakko. In der Innentasche steckten zwei Zigarren. »Kubanische. Aus dem Dutyfree-Shop am Flughafen.«

Sie lächelte ihn an. Dafür hätte sie ihn küssen können.

Ehe sie etwas sagen konnte, klingelte hinter ihr der Aufzug, und Gray forderte zur Eile auf.

Kowalski straffte sich und klopfte aufs Jackett. Als er sich abwandte, zwinkerte er ihr zu. Er *zwinkerte*. Wer machte das heutzutage noch? Trotzdem lächelte sie noch immer, als sie sich Gray und Rosauro anschloss.

Gray geleitete sie in den Aufzug und drückte die oberste Taste. »Gibt es etwas, das wir über Dr. Masterson wissen sollten?«, fragte er.

»Sie sollten sich hüten, Manchester United zu erwähnen«, antwortete sie.

»Den Fußballklub?«

»Ja, genau. Beherzigen Sie meinen Rat, sonst werden Sie kein Wort über meinen Vater und seine Forschung erfahren. Aber setzen Sie ihn nicht unter Druck. Lassen Sie ihm Zeit, bis er von selbst darauf zu sprechen kommt.«

Als sich die Fahrstuhltüren öffneten, bot sich ihnen ein seltsamer Anblick. Das Obergeschoss nahm ein großes Restaurant ein, das um diese Zeit nur spärlich besetzt war. Die Tische waren mit Leinentischdecken und edlem Porzellan gedeckt. Der Duft von Curry und Knoblauch ließ einem das Wasser im Munde zusammenlaufen.

Ungewöhnlich war, dass das ganze Restaurant sich langsam drehte. Auf diese Weise konnten die Gäste einen Panoramablick auf die Stadt und das Tadsch Mahal genießen.

An einem Fenstertisch stand ein hochgewachsener Mann auf. Er hob den Arm, senkte ihn wieder und tippte auf seine Armbanduhr.

Elizabeth betrat lächelnd die rotierende Plattform. Das Gefühl war zunächst ein wenig verstörend, dennoch geleitete sie die anderen durch das Gewirr der unbesetzten Tische. Mehrere Ober in goldenen Westen nickten ihnen zu.

Ihre letzte Begegnung mit Dr. Masterson lag schon ein paar Jahre zurück. Er trug noch immer den für ihn typischen weißen Anzug, und auf dem Nebentisch lag ein breitkrempiger Panamahut. Dort lehnte auch ein Spazierstock mit einem Elfenbeingriff in Form eines Kranichs. Sein schulterlanges Haar war in der Zwischenzeit ebenfalls weiß geworden, was ihm vermutlich ganz zupasskam. Sein Gesicht war voller Falten und ledrig und so stark sonnengebräunt, dass der Bronzeton vermutlich nie mehr verblasste.

Elizabeth übernahm die Vorstellung. Dr. Shay Rosauro erklärte, es sei für sie eine große Ehre, ihn kennenzulernen, worauf sein gereiztes Stirnrunzeln allmählich einem etwas freundlicheren Gesichtsausdruck Platz machte. Hayden hatte eine Schwäche für Frauen, zumal wenn sie so langbeinig und schlank waren wie Dr. Rosauro. Elizabeths Vater hatte einmal den Grund erwähnt, weshalb der Professor an der Universität Mumbai geblieben war, anstatt nach Oxford oder Cambridge zu wechseln. Dabei war es um eine heikle Affäre mit einer Studentin gegangen.

Hayden forderte sie mit einer Handbewegung auf, Platz zu nehmen, und achtete darauf, dass Dr. Rosauro sich neben ihm niederließ. Als alle saßen, war aufgrund der Rotation des Restaurants das wundervolle Tadsch Mahal in Sicht gelangt.

Hayden bemerkte die staunenden Blicke. »Das Mausoleum Mumtaz Mahals, Gemahlin des Shah Jahan!«, erklärte er voller Stolz. »Die geliebte Frau des Moguls hat dem armen Kerl vor ihrem Tod vier Versprechen abgerungen.« Er zählte sie an den Fingern ab. »Erstens sollte er ihr ein großes Grabmal errichten. Zweitens sollte er nie wieder heiraten. Das ist mir eine schöne Ehefrau! Drittens sollte er gut zu den Kindern sein. Und schließlich sollte Jahan an ihrem Todestag ihr Grabmal aufsuchen. Und er hielt sich daran, bis zu dem Tag, an dem er neben seiner Frau im Tadsch bestattet wurde.«

»Das ist wahre Liebe«, sagte Rosauro mit Blick auf das prachtvolle Mausoleum.

»Aber was ist eine Liebesgeschichte ohne Blutvergießen?«, meinte Hayden und tätschelte Rosauro die Hand. Er ließ seine Hand an Ort und Stelle liegen. »Angeblich ließ Jahan den am Bau beteiligten Künstlern nach Fertigstellung des Grabmals die Hände abhacken, um sicherzustellen, dass sie kein zweites Bauwerk errichteten, das es mit dem Tadsch Mahal an Schönheit hätte aufnehmen können.«

An Haydens anderer Seite bewegte Gray sich unruhig; offenbar hatte er es eilig, das Thema anzusprechen, um dessentwegen sie um die halbe Welt geflogen waren. Elizabeth streifte mit dem Zeh warnend Grays Bein.

Ihre Blicke trafen sich.

Setzen Sie ihn nicht unter Druck, sagten ihre Augen.

Als sie den Kopf wandte, flog Haydens Ohr inmitten eines Blutschwalls fort, während gleichzeitig ein scharfes *Pling* ertönte, als habe jemand gegen ein Kristallglas geschlagen.

Gray und Rosauro reagierten sofort, während Elizabeth wie erstarrt war. Rosauro riss Hayden zu Boden; Gray warf sich gegen Elizabeth. Sie bemerkte, dass hinter dem Stuhl, auf dem Hayden gesessen hatte, ein Loch in der Glasscheibe war, von dem strahlenförmig Risse ausgingen.

Während sie zu Boden ging, bildeten sich weitere Löcher und Risse – dann schlug sie auf, und Gray kam auf ihr zu liegen.

»Unten bleiben!«

Sie presste sich flach auf den Boden, während die Kugeln durchs Restaurant flogen. Der Schütze feuerte vom Dach des Nebengebäudes aus. Kristallglas zerschellte. Einer der Ober wirbelte herum, als wäre er getreten worden, und brach zusammen. Blut strömte auf den Fliesenboden.

Gray drängte Elizabeth weiterzukriechen. Sie aber wagte nicht, sich zu bewegen. Wenn sie am Boden liegen blieb, konnte der Heckenschütze sie nicht treffen. Gray korrigierte ihre Fehleinschätzung.

»Er nagelt uns fest!«, rief er Elizabeth und Hayden zu; der Professor wollte sich ebenfalls nicht von der Stelle rühren. »Er will uns hier festhalten!«

Elizabeth verstand, worauf Gray hinauswollte. Sie drückte sich auf alle viere hoch. Sie mussten von hier verschwinden. Sofort.

Weitere Bewaffnete waren unterwegs.

9

ALS DER BÄR angriff, stieß Monk Pjotr das steile Flussufer hinunter. Mit ausgestreckten Armen schlug der Junge auf und rollte sich ab. Zweige brachen, etwas streifte seine Wange. Pjotr taumelte dem Fluss entgegen, suchte inmitten von feuchtem Farn und rutschigen Tannennadeln nach Halt. Er konnte nicht schwimmen. Wasser machte ihm Angst.

Durchdringende Schreie durchschnitten das Gebrüll des Bären.

Seine Freunde.

Konstantin und Kiska.

Pjotr prallte mit dem Knie gegen einen Stein. Der Schmerz strahlte bis ins Rückgrat aus. Er landete unmittelbar am Ufer auf dem Bauch. Wasser rauschte an seiner Nase vorbei.

Er wich vor seinem Spiegelbild im dunklen Wasser zurück. Als ein starker Windstoß die überhängenden Äste schwanken ließ, flirrte das Spiegelbild, und die Sonnenreflexe blitzten.

Pjotr verharrte vor Schreck in der Schwebe, hing über dem dunklen, sinnverwirrenden Wasser.

Er hatte den Braunbären erst bemerkt, als er sich vor ihnen aufgerichtet hatte. Sein sanftes Herz war überschattet gewesen von Hunger, das durchdringende Gellen der Sirene hatte sein leises Schlagen übertönt.

Pjotrs Entsetzen steigerte sich noch weiter.

Nicht wegen des Wassers.

Nicht wegen des Bären.

Vor ihm flirrten Hell und Dunkel. Auf dem Wasser war Öl.

Nicht der Bär.

Nicht der Bär.

Er schnappte nach Luft.

Die eigentliche Gefahr ging nicht vom Bären aus.

Sondern von …

Als der Bär ihm entgegenstürmte, hob Monk den Rucksack hoch, seine einzige Waffe. Er hatte Pjotr zum Fluss hinuntergestoßen und die anderen beiden Kinder ins Gebüsch am Wegesrand. Marta sprang auf einen tief herabhängenden Ast und turnte zu Pjotr hinüber.

Monk schwenkte den Rucksack und schrie.

Der Bär stürmte geradewegs auf ihn zu. Monk schleuderte ihm den Rucksack mit aller Kraft entgegen und sprang zur Seite. Zu spät. Der Bär prallte mit der Wucht eines Güterzugs gegen sein Bein und schleuderte ihn herum. Der Rucksack federte von der bepelzten Schulter ab, ohne den Bären zu beeindrucken.

Monk prallte seitlich gegen eine Lärche und fiel auf den Boden. Keuchend rappelte er sich wieder hoch und versuchte, Gesicht und Kopf mit den Armen zu schützen.

Der Bär aber rannte weiter den Wildpfad entlang, ohne ihn zu beachten.

Monk stolperte zurück auf den Weg. In vierzig Metern Entfernung warf sich der Bär auf zwei nur schemenhaft erkennbare Gegner. Zwei große, knurrende Wölfe mit langen Beinen. Mit seiner gewaltigen Tatze schleuderte der Bär den einen Wolf in die Luft. Der andere Wolf sprang dem Bären an die Kehle, wurde aber von gelblichen Zähnen und zornigem Gebrüll empfangen. Der Wolf heulte auf, kämpfte aber weiter.

Monk bemerkte die Stahlplatte am Hinterkopf der Wölfe. Jäger aus der unterirdischen Stadt. Kundschafter. Vielleicht waren sie nicht die einzigen.

Eilig sammelte er Konstantin und Kiska ein. Marta tauchte wieder auf, mit Pjotr auf den Schultern. Monk nahm ihr den Jungen ab und zeigte den Weg entlang.

»Lauft!«, flüsterte er.

Sie rannten gemeinsam los. Falls sich über den Weg noch weitere Jäger näherten, mussten sie erst am Bären vorbei. Der bot ihnen einen gewissen Schutz.

Monk blickte sich über die Schulter um. Der Kampf wurde knurrend und heulend fortgesetzt. Der Bär handelte mit blitzschneller, tödlicher Aggression und einer blindwütigen, an Raserei grenzenden Feindseligkeit. Hatte er bereits schlechte Erfahrungen mit den Wölfen gemacht? Gingen die Soldaten mit den Wölfen auf Jagd? Oder handelte es sich um etwas Elementareres? War das eine Reaktion auf das Widernatürliche der Wölfe? Vielleicht verhielt sich der Bär ja wie eine Löwin, die ein behindertes Junges tötet.

Wie auch immer, jedenfalls verschaffte es Monk und den Kindern etwas Luft.

Wie lange aber würde die Atempause währen?

14:28
Agra, Indien

GRAY DIRIGIERTE SEINE Begleiter durch das verwüstete Restaurant. Da sich dem Heckenschützen kein klares Ziel mehr bot, hatte er sich auf gelegentliche Feuerstöße verlegt, die es ihnen unmöglich machten, sich aufzurichten.

In der Hocke bewegte Gray sich auf den Notausgang zu. Die Treppe lag neben dem Aufzug. Den Lift zu benutzen wagten sie nicht. Wer auch immer hinter dem Hinterhalt stecken mochte, er hatte bestimmt auch Bewaffnete in der Lobby postiert, die den Vordereingang und die Aufzüge im Auge behielten. Hätten sie den Aufzug gerufen, wären die Männer vorgewarnt gewesen. Dann hätten sie in der Falle gesessen. Ihre einzige Hoffnung bestand darin, über die Treppe in ein anderes Stockwerk zu entwischen, sich in einem der Zimmer zu verrammeln und neu zu gruppieren.

Das Erreichen der Tür wurde ihnen durch die Rotation des Restaurants erschwert, doch Dr. Masterson hatte ihr immerhin sein Leben zu verdanken. Die erste Kugel hätte den Hinterkopf des Professors treffen sollen. Aufgrund der Drehung des Raums hatte der Heckenschütze sein Ziel jedoch verfehlt und seine Kugel Masterson lediglich gestreift.

Eines musste Gray dem alten Burschen lassen. Nachdem er den ersten Schock überwunden hatte, schien er durch die Verletzung kaum beeinträchtigt. Er presste sich ein Taschentuch ans Ohr, das bereits blutgetränkt war. Irgendwie war es ihm gelungen, seinen weißen Hut zu retten, und jetzt saß er schief auf seinem Kopf. Rosauro hielt seinen Gehstock in der Hand.

Gray und Elizabeth erreichten die ortsfeste Lobby des Restaurants, dicht gefolgt von Rosauro und Masterson. »Zur Treppe«, sagte Gray.

»Also los.«

Rosauro durchmaß mit zwei weiten Sätzen die Lobby, dann kroch sie zur Tür, so unauffällig wie ein sich unbemerkt ins Ziel schleichender Baseballspieler. Mit einer geschmeidigen Bewegung zog sie eine Sig Sauer Halbautomatik aus dem Fußholster. Ohne sich von den Knien aufzurichten, langte sie nach oben, riss die Klinke nach unten und drückte die Tür mit der Schulter gerade so weit auf, dass sie die Treppe beobachten und mit der Pistole abdecken konnte.

Gray hörte es sofort. Stiefel polterten die gefliesten Stufen hoch. Viele Stiefel.

»Sieben bis zehn Personen«, schätzte Rosauro.

Sie waren zu spät gekommen.

»Halten Sie sie auf«, sagte Gray und wälzte sich zum Fahrstuhl weiter.

Elizabeth meinte zu wissen, was er vorhatte, und langte zur Ruftaste hoch, doch Gray fiel ihr in den Arm. Der Leuchtanzeige über der Tür war zu entnehmen, dass der Aufzug noch immer unten in der Hotellobby stand. Sie mussten davon ausgehen, dass er beobachtet wurde.

Gray flitzte zu einer Servicestation und schnappte sich dort ein Tranchiermesser sowie mehrere gefaltete Tischdecken. Dann kam er zum Aufzug zurück und schob das Messer in den Mittelspalt der Tür. Es gelang ihm, die Tür so weit aufzuhebeln, dass er seine Finger durch den Spalt schieben konnte. Mit einem Ruck drückte er die Tür vollständig auf.

In diesem Moment knallte ein Pistolenschuss – dann ertönte im Treppenhaus ein Schmerzensschrei. Eine kurze Salve wurde abgefeuert. Rosauro aber befand sich in der höheren Schussposition. Niemand konnte sagen, wie lange sie sich dort würde behaupten können. Wenn der Gegner das Treppenhaus stürmte, würde sie einfach überrannt werden.

Sie mussten sich beeilen.

Im Fahrstuhlschacht war es stockdunkel. Zwei ölbeschmierte Kabel baumelten darin. An der einen Wand befand sich eine Metallleiter, die für Wartungsarbeiten genutzt wurde.

Zum Klettern reichte die Zeit nicht mehr aus.

Gray reichte die Tischdecken an Masterson und Elizabeth weiter. Er zeigte ihnen, wie sie sie halten sollten. »Es ist nur ein kleiner Schritt«, versicherte er ihnen und zeigte zu den beiden Aufzugkabeln. »Haltet euch fest und bremst mit den Schuhen. Versucht, möglichst leise auf der Aufzugkabine aufzusetzen. Wartet dort auf uns.«

Als sie in der Dunkelheit verschwunden war, folgte ihr Masterson. Der Spazierstock klemmte hinter seinem Gürtel und sah aus wie ein Schwert in der Scheide. Er war so groß und langgliedrig, dass er nur die Arme auszustrecken brauchte, um an die Kabel heranzukommen.

Und schon rutschte er in die Tiefe.

»Machen Sie schon!«, rief Rosauro. Ohne sich umzudrehen, feuerte sie zwei Schüsse ab. »Ich komme nach.«

»Die Aufzugverriegelung...«

»Los, Pierce!«

Gray wusste es besser, als einer Frau zu widersprechen... zumal einer, die mit einer Pistole bewaffnet war. Er sprang und klammerte sich am Kabel fest. Dann ließ er sich hinunterrutschen und rief Rosauro zu, sie solle ihm nachspringen.

Ehe er den Zuruf beendet hatte, tauchte sie auch schon in der Schachtmündung auf, eine dunkle Silhouette vor dem hell erleuchteten Restaurant. Sie schwang sich auf die Leiter, riss den Verriegelungshebel nach unten und schloss die Aufzugtür. Dunkelheit hüllte Gray ein. Als Rosauro ans Kabel sprang, spürte er, wie es erzitterte.

Grays Augen gewöhnten sich rasch an die Dunkelheit. Durch die Türen sickerte ein wenig Licht. Im Rutschen zählte er sie ab, bis er unter sich schemenhaft den Aufzug ausmachte. In der einen Ecke hockten dicht aneinandergedrängt zwei Personen.

Eine kleine Flamme entzündete sich.

Elizabeths Feuerzeug.

Gray bremste ab und landete leichtfüßig auf dem Aufzug.

Im nächsten Moment setzte neben ihm Rosauro auf.

Gleich darauf hatte Gray die Wartungsluke ausgemacht. Er zog seine Waffe, öffnete die Luke und spähte durch die Öffnung. Der Aufzug war unbesetzt, die Tür geschlossen. Mit Handzeichen wies er die anderen an, auf dem Aufzug zu bleiben.

Während er sich mit einer Hand an der Luke festhielt, schwang Gray sich nach unten und hockte sich nieder, die Waffe hoch erhoben. Er streckte die Hand zu dem Knopf aus, mit dem man die Türen öffnete. Aus der Lobby war lautes

Geschrei zu vernehmen. Die Schüsse hatten das verschlafene Hotel in einen Bienenstock verwandelt.

Ihm konnte das nur recht sein.

Das Chaos würde ihnen nützen.

Gray drückte die Taste, und die Tür öffnete sich. Als der Spalt breit genug war, sprang er hindurch und hechtete nach links hinter eine Palme in einem hüfthohen Pflanzgefäß.

In der Lobby wimmelte es von Menschen. Die Hotelangestellten schrien auf Hindi und Englisch durcheinander.

Nur wenige Schritte entfernt machte Gray zwei Männer aus, die ruhig wirkten und trotz des Hitze Sakkos trugen. Die Hände in den Taschen. Beide trugen Ohrhörer.

Sie hatten ihn ebenfalls bemerkt.

Sein plötzliches und unerwartetes Erscheinen hatte sie überrascht. Trotz des Gedränges in der Lobby musste Gray schnell reagieren. Bei einem längeren Schusswechsel wären noch mehr Menschen umgekommen.

Er zielte zwischen den Palmwedeln hindurch und schaltete den ersten Mann mit einem Kopfschuss aus. Dann drehte er sich auf der Stelle und drückte zweimal in rascher Folge ab, da sein Ziel sich bewegte. Der erste Schuss traf den Mann an der Schulter und schleuderte ihn zurück. Der zweite Schuss ging daneben und traf die Wand.

Der Bewaffnete feuerte aus der Sakkotasche, doch Gray ließ sich rechtzeitig fallen. Putz spritzte auf ihn herab. Dann schoss er mit ausgestrecktem Arm erneut, die Waffe nur wenige Zentimeter über dem Boden. Zerfetzte den Knöchel des Mannes. Sein Gegner kippte nach vorn und prallte mit dem Kinn auf dem Marmorboden auf. Knochen splitterte. Er regte sich nicht mehr.

Als Gray sich zum Aufzug wandte, schloss sich gerade die Tür.

Die geschockten Zuschauer liefen schreiend auseinander.

Gray drückte die Ruftaste.

Keine Reaktion.

Er schaute zur Anzeige hoch. Jemand hatte den Aufzug angefordert.

Er fuhr nach *oben*.

Zu den Bewaffneten im Restaurant.

Elizabeth, die auf der Aufzugkabine hockte, hörte, wie der Flaschenzug einrastete. Ruckartig setzte die Kabine sich in Bewegung. Jemand hatte den Aufzug gerufen.

»*Mierda*...«, fluchte Rosauro an ihrer Seite.

Elizabeth blickte in den dunklen Schacht hoch. »Was sollen wir jetzt tun?«, fragte sie. Sie hielt das Feuerzeug hoch, die kleine Flamme flackerte. Sie fühlte sich hilflos, und es gefiel ihr nicht, dass ihre Hände zitterten.

»Sie bleiben, wo Sie sind«, sagte Rosauro, beugte sich vor und pustete die Flamme aus. »Im Dunkeln. Kein Wort. Kein Geräusch.«

Sie setzte sich auf den Rand der Wartungsluke und sprang in die Kabine hinab.

»Klappen Sie die Luke herunter!«, rief sie nach oben. »Aber verriegeln Sie sie nicht. Für den Fall des Falles.«

Für welchen Fall?

Gleichwohl gehorchte Elizabeth. Sie schwenkte die Klappe nach unten und klemmte den kleinen Finger in den Spalt. Das Letzte, was sie von Rosauro sah, war die Waffe, mit der sie auf die Tür zielte.

Gray verkniff sich einen Fluch und rannte zur Treppe. Er rempelte ein paar Leute an und setzte über ein Pärchen hinweg, das auf der Treppe hockte und die Arme über dem Kopf zusammengeschlagen hatte. Er stürmte nach oben und verharrte nur einen Moment lang, um sich zu vergewissern, dass der

Aufzug nicht angehalten hatte. Wenn es ihm gelang, den Aufzug zu überholen und rechtzeitig die Ruftaste zu drücken, könnte er ihn stoppen, bevor er das Dach erreichte.

Im ersten Stock verfehlte er ihn und rannte weiter.

Von oben drangen laute Rufe herunter, barsche, tiefe Stimmen. Es hörte sich an, als wäre das Überfallteam auf dem Weg nach unten. Im zweiten Stock setzte Gray um die Ecke, um einen Blick auf die Anzeigetafel zu werfen, und prallte gegen eine Wand – oder vielmehr gegen deren menschliches Gegenstück.

Vor dem Aufzug stand Kowalski, den Finger auf der Ruftaste.

»Gray!«, brummte er und rieb sich den Bauch. »Das hat wehgetan. Was zum Teufel soll das, Mann?«

Mit einem Klingeln öffnete sich die Aufzugtür.

Rosauro sprang heraus und drückte Kowalski die Pistole ins Gesicht.

»Hey!« Er wich einen Schritt zurück.

»*Sie* haben den Aufzug gerufen?«, fragte Gray.

»Ja, ich wollte zum Restaurant hochfahren und mal nachschauen, was da oben los ist.«

Gray war sich nicht sicher, welches Kowalskis größter Vorzug war: seine Dickfelligkeit oder seine Trägheit.

»Alle aussteigen!«, rief Gray.

Rosauro half bereits Elizabeth und Masterson, durch die Luke zu klettern. Gray geleitete sie zurück zur Treppe. Kowalski bildete die Nachhut.

Rosauro eilte neben ihm die Stufen hinunter. »Ich habe gehört, wie sie sich auf Englisch unterhalten haben. Kein britischer Akzent. Das sind Amerikaner.«

Gray nickte.

Den beiden Männern in der Lobby nach zu schließen, handelte es sich um Söldner.

Er vergegenwärtigte sich den Mann, den er vor dem Museum für amerikanische Geschichte gesehen hatte. Auf dem Namensschild des Militärischen Abschirmdienstes hatte der Name Mapplethorpe gestanden. Jemand wusste, dass sie hier waren.

Sie hatten die verlassene Lobby erreicht. Gray zeigte zur offenen Tür – doch ehe sie dort angelangt waren, kam ein Mann herein. Er hatte ein stummelläufiges Sturmgewehr vom Typ M4 geschultert. Auf den Rücken hatte er sich ein langläufiges M24 mit Zielfernrohr geschnallt.

Es war der Schütze, der vom Dach des Nebengebäudes aus gefeuert hatte.

Der Lauf seiner Waffe zeigte auf Mastersons Nase.

Diesmal wollte er nicht danebenschießen.

Plötzlich ruckte der Kopf des Mannes nach hinten. Wie eine Marionette, deren Fäden man durchtrennt hat, ging er in die Knie. Dann kippte er unter lautem Scheppern nach vorn. Aus der Schädelbasis ragte der funkelnde Stahlgriff eines Wurfdolchs.

Vor dem Springbrunnen stand Luca. Der Zigeuner hielt einen weiteren Dolch in der Hand. Mit einem Fußtritt beförderte er das Gewehr unter dem Toten hervor. Kowalski hob es auf. Luca eilte herbei und riss den Dolch aus der Wunde.

»Danke«, sagte Gray.

»Ich war draußen, eine rauchen, als die ersten Schüsse fielen«, erklärte Luca und zeigte zur Terrasse. »Hab den Schützen auf der anderen Straßenseite ausgemacht. Bin rübergegangen. Ich wollte gerade nach oben gehen, als er auch schon runterkam. Da hab ich mich versteckt und bin ihm gefolgt.«

Gray klopfte dem Mann auf die Schulter. Er hatte ihnen allen das Leben gerettet. Gray zeigte zum Ausgang. »Alle raus. Wir müssen raus aus der Stadt. Und zwar schnell.«

Sie traten auf die Straße.

»Das mit der Schnelligkeit könnte schwierig werden«, meinte Kowalski. Eine Hand hatte er in die Hüfte gestemmt, mit der anderen versteckte er das stummelläufige Sturmgewehr unter dem Sakko.

Gray blickte die Straße und die angrenzende Gasse entlang. Taxis, Rikschas, Handkarren, Laster und Personenwagen reihten sich dicht an dicht.

Totaler Stillstand. Nichts ging mehr.

Hupen gellten, Musik plärrte, es wurde gesungen und laut gebetet. Weiter die Straße entlang war das Fest in vollem Gange. Wegen des Lärms war die Schießerei im Hotel weitgehend unbemerkt geblieben. Für alle aber galt das nicht.

In der Ferne heulte eine Sirene. Jemand hatte die Polizei alarmiert. In der Lobby wurde zudem laut gerufen. Die Angreifer kamen die Treppe herunter.

Rosauro wandte sich Gray zu. »Was sollen wir …?«

Ein aufbrüllendes Motorrad übertönte sie. Gray drehte sich herum. Zur Linken, nur ein paar Straßenblocks entfernt, kurvten drei schwarze Motorräder im Zickzack durch den Stau. Zu schnell, zu zielstrebig. Sie pflügten durchs Gewühl, drängten die Menschen beiseite. Sie rasten aufs Hotel zu. Hinter dem Fahrer saß jeweils ein Bewaffneter. Verstärkung.

Gray zog seine Begleiter in die Gasse, wo sie von der Straße aus nicht zu sehen waren. Er riss Masterson den weißen Hut vom Kopf. »Ich brauche auch noch Ihr Sakko«, befahl er und rammte sich den Hut auf den Kopf.

»Was haben Sie vor, Sir?«, fragte Masterson, während er das weiße Jackett auszog.

»Der Heckenschütze hat auf Sie gezielt, Dr. Masterson. Auf Sie hat man es abgesehen.«

»Pierce …«, sagte Rosauro warnend.

Gray schlüpfte in das weite Sakko. »Ich will die Motorräder ablenken«, erklärte er und deutete zur verstopften Straße. Mit der anderen Hand wies er in die belebte Gasse hinein. »Sie nehmen diesen Weg. An der Festung, an der wir auf dem Herweg vorbeigekommen sind, treffen wir uns wieder.«

Rosauro ließ sich seinen Plan einen Moment durch den Kopf gehen, dann nickte sie.

»Ich komme mit«, sagte Kowalski. Er löste sich von Elizabeths Seite und hob die Waffe. »Sie brauchen Rückendeckung.«

Rosauro nickte. »Bei Ihnen ist er besser aufgehoben als bei mir. Ich habe schon genug damit zu tun, die Zivilisten zu schützen.«

Gray hatte keine Zeit, etwas zu erwidern. Außerdem konnte er einen Gorilla mit Feuerkraft gut gebrauchen. »Los!«, sagte er.

»Mister Pierce!«

Gray wandte sich um. Masterson warf ihm den Spazierstock zu. Gray fing ihn auf. Damit war seine Ausstattung komplett.

»Aber verlieren Sie ihn nicht! Der Elfenbeingriff stammt aus dem achtzehnten Jahrhundert!«

Dicht gefolgt von Kowalski, eilte Gray auf die Straße. Er tat so, als würde er stolpern, schwenkte den Stock und rief mit britischem Akzent: »Zu Hilfe, zu Hilfe! Man will mich umbringen!«

Er wandte sich in die Richtung der Feierlichkeiten und zwängte sich zwischen eingeklemmten Autos und wartenden Handkarren hindurch. Die Motorräder grummelten im Leerlauf, denn sie hatten das Hotel erreicht – plötzlich heulten die Motoren wieder auf.

Die Jagd war eröffnet.

Kowalski folgte Gray. »Sie haben angebissen.«

EIN KLOPFEN AN der Tür ließ Painter zusammenschrecken. Er wäre auf seinem Stuhl um ein Haar eingenickt, die Ellbogen auf die Tischplatte gestützt, unter seinem Gesicht einen Stapel Notizen und die Untersuchungsergebnisse, die Lisa und Malcolm ihm gebracht hatten. Zuvor hatte er Kat angewiesen, sich in einem der leeren Betten der Krankenabteilung schlafen zu legen. Da er die ganze Nacht kein Auge zugetan hatte, hätte auch er diesen Rat beherzigen sollen.

Er drückte den Türöffner unter der Schreibtischplatte, und die Tür schwang auf. Er hatte mit Lisa oder Malcolm gerechnet. Verwundert straffte sich Painter und erhob sich.

Ein großer, breitschultriger Mann trat ein, bekleidet mit einem blauen Anzug. Sein ursprünglich rotes Haar war inzwischen fast weiß geworden und akkurat zurückgekämmt.

»Sean?«

Sean McKnight war der Direktor der DARPA und Painters unmittelbarer Vorgesetzter. Außerdem war er es gewesen, der Painter vor zehn Jahren, als er selbst noch auf Painters Stuhl gesessen hatte, für Sigma angeworben hatte. McKnight war der erste visionäre Leiter von Sigma gewesen, der sich Archibald Polks Vorstellungen zu eigen gemacht und sie verwirklicht hatte. Vor allem aber war Sean ein guter Freund.

Er bedeutete Painter, wieder Platz zu nehmen.

»Sie brauchen sich wegen mir nicht zu erheben, mein Sohn«, sagte er. »Auf *den* Stuhl will ich mich nie wieder setzen.«

Painter lächelte. An seinem ersten Tag als Direktor hatte Sean ihm einen Karton mit Magentabletten geschickt. Er hatte das zunächst für einen guten Gag gehalten. Seitdem hatte er den Karton zur Hälfte geleert.

»Eine innere Stimme sagt mir, dass *Ihr* Job auch nicht einfacher ist, Sean.«

»Heute bestimmt nicht.« Sean ließ sich auf den Stuhl vor dem Schreibtisch sinken. »Ich habe den Mann überprüft, den Commander Pierce draußen vor dem Museum gesehen hat, diesen Mapplethorpe. John Mapplethorpe.«

»Dann waren die Angaben auf dem Namensschild also zutreffend?«

»Allerdings. Mapplethorpe ist Abteilungsleiter beim Militärischen Abschirmdienst. Er ist zuständig für die Russische Föderation und deren Teilstaaten.«

Painter vergegenwärtigte sich Malcolms Aussagen zu dem Ort, an dem Polk verstrahlt worden war. In Tschernobyl. Welche Rolle spielte Mapplethorpe bei alledem?

»Der Mann besitzt mächtige Verbündete bei den Geheimdiensten«, fuhr Sean fort. »Er ist berüchtigt für seine Skrupellosigkeit und seine Machenschaften. Allerdings erzielt er damit für gewöhnlich auch Ergebnisse. So was wird in Washington gern gesehen.«

»Also ist er in die Sache verwickelt?«

»Ich habe Ihren Bericht gelesen. Sie wissen über das Projekt Stargate, dessen Akten inzwischen freigegeben wurden, Bescheid. Mitte der Neunzigerjahre wurde es beendet.«

»Aber das stimmt nicht«, sagte Painter. »In den letzten Jahren seines offiziellen Bestehens wurde es dem Abwehrdienst unterstellt.«

»So ist es. Mapplethorpe hat sich persönlich des Projekts angenommen. 1996 traten zwei russische Wissenschaftler an ihn heran, die ein ganz ähnliches Projekt wie Stargate leiteten. Nachdem man ihnen die Mittel gekürzt hatte, suchten sie Unterstützung. Wir erklärten uns bereit, ihnen zu helfen – zum gegenseitigen Nutzen in dieser neuen Welt voller grenzüberschreitender Feinde. Eine kleine Gruppe von Jasons wurde für die Zusammenarbeit mit den Russen abgestellt. Das ganze Projekt wurde daraufhin als streng geheim eingestuft. Nur eine Handvoll Personen wusste, dass es fortgeführt wurde.«

»Das galt so lange, bis Archibald vor unsere Türschwelle gestolpert ist«, meinte Painter.

»Wir glauben, dass er sie entlarven wollte. Uns aufmerksam machen.«

»Auf die Grausamkeiten, die im Namen der Wissenschaft verübt werden.«

»Im Namen der *nationalen Sicherheit*«, verbesserte ihn Sean. »Das dürfen Sie nicht vergessen. Das ist das Öl, das in Washington die Räder schmiert. Sie sollten Mapplethorpe nicht unterschätzen. Mit diesem Spiel kennt er sich aus. Und er hält sich für einen aufrechten Patrioten. Außerdem hat er großen Rückhalt in den Geheimdiensten. In den Staaten wie in Übersee.«

Painter schüttelte den Kopf.

Sean fuhr fort: »Mapplethorpe hat sämtliche Geheimdienste des Landes auf den Affenschädel angesetzt, den Sie in unseren Besitz gebracht haben. Da sind alle möglichen Abkürzungen vertreten: CIA, FBI, NSA, NRO, ONI … Ich schätze, er hat sogar das Netzwerk der ausgemusterten Spione bei der Amerikanischen Vereinigung der Ruheständler eingespannt.«

Sean versuchte, über seinen eigenen Scherz zu lachen, doch es gelang ihm nicht so recht. »Ich kann die Angelegenheit nicht länger unter Verschluss halten. Archibald wurde unmittelbar vor unserer Türschwelle erschossen. Seine Verbindungen zu den Jasons und zu Sigma werden nicht lange unbemerkt bleiben. Und da die Regierung seit einem Jahr unsere Operationen überwacht, führen viele geheime Spuren zu uns.«

»Worauf wollen Sie hinaus?«, fragte Painter.

»Ich glaube, es ist an der Zeit, den Affenschädel wieder auftauchen zu lassen. Die Wölfe kreisen uns ein. Ich kann den

Schädel durch einen anderen Geheimdienst auftauchen lassen, damit die Spur sich nicht so leicht zu Sigma zurückverfolgen lässt.« Er suchte Painters Blick und hielt ihn fest. »Damit erkaufen wir uns jedoch für Sie und das Mädchen nur eine Gnadenfrist von einem halben Tag. Wenn Gray und sein Team bis dahin keine Antworten gefunden haben, könnten wir gezwungen sein, die Kleine herauszugeben.«

»Das werde ich nicht tun, Sean.«

»Es könnte sein, dass Ihnen gar keine andere Wahl bleibt.«

Painter erhob sich. »Sie sollten sie erst einmal kennenlernen. Schauen Sie sich an, was man ihr angetan hat. Und dann sagen Sie mir, wie ich das Mädchen unser diesen Umständen Mapplethorpe ausliefern soll.«

Painter bemerkte, dass sein Mentor innerlich zurückschreckte. Über die Gesichtslosen den Stab zu brechen war leichter. Gleichwohl nickte Sean und erhob sich. Er war Schwierigkeiten noch nie aus dem Weg gegangen. Das war der Grund, weshalb Painter so großen Respekt vor ihm hatte.

»Sagen wir ihr Hallo«, meinte Sean.

Sie traten auf den Gang und stiegen zwei Stockwerke zu dem Raum hinunter, in dem das Mädchen untergebracht war.

Als sie im Keller angelangt waren, machte Painter Kat und Lisa aus, die am Ende des Gangs neben der Tür zum Zimmer des Mädchens saßen. Kat wirkte nervös. Dass das Kind eine Zeichnung ihres Mannes Monk angefertigt hatte, hatte sie aus der Fassung gebracht, doch schließlich hatte Kat sich wieder beruhigt. Man hatte dem Mädchen Fotos von ihrer eigenen Tochter Penelope als Baby gezeigt, um auf diese Weise eine Verbindung zu ihr herzustellen. Darunter war auch ein Foto von Monk gewesen.

Aber ich bin mir sicher, dass sie es nicht gesehen *hat*, hatte Kat gemeint. *Jedenfalls so gut wie sicher.*

Die einzige andere Erklärung war, dass das Mädchen Monks

Bild aus Kats Kopf hatte, denn er war der Mensch, der ihr am nächsten gestanden hatte.

Jedenfalls hatte Kat sich wieder beruhigt und eingesehen, dass es für sie am besten war, wenn sie ein wenig schlief. Aufgrund der Erschöpfung hatten ihre Nerven blank gelegen.

Als sie die beiden Männer bemerkte, kam Kat ihnen entgegen. Offenbar musste sie dringend etwas loswerden.

»Direktor«, sagte sie aufgeregt, »wir wollten Sie gerade anrufen. Das Fieber des Mädchens ist stark angestiegen. Wir müssen etwas unternehmen. Lisa glaubt… sie glaubt, das Kind stirbt.«

14:35
Agra, Indien

GRAY EILTE DIE Straße entlang. Je näher er der großen Kreuzung kam, desto schlimmer wurde das Verkehrschaos. Die Fußgänger drängten sich dicht an dicht und strömten langsam zwischen den Fahrzeugen hindurch. Wegen des Festes war die Hauptdurchgangsstraße gesperrt. Der Verkehr wurde auf Nebenstraßen umgeleitet.

Hupen gellten, Fahrradglocken lärmten, Menschen schrien und schimpften. Das Brüllen der Motorräder hatte einem tiefen Grollen Platz gemacht. Auch die Verfolger steckten in diesem Menschengewimmel fest.

Kowalski schob sich näher an ihn heran und duckte sich unter die Schnauze eines von Pferden gezogenen Lieferwagens. »Ein paar sind jetzt zu Fuß.«

Gray blickte sich um. Die drei schwarzen Motorräder waren etwas zurückgefallen. Die Beifahrer waren abgestiegen und setzten die Verfolgung zu Fuß fort. Zwei waren auf dem Gehsteig geblieben, einer rückte mitten über die Straße vor.

Jetzt hatten sie es nicht mehr nur mit drei Verfolgern zu tun, sondern mit sechs.

»Das gefällt mir nicht«, brummte Gray. Er legte sich einen Plan zurecht und erklärte Kowalski, was er tun sollte und wo sie sich treffen würden. »Ich nehme den Hochweg, Sie bleiben unten.«

Der große Mann ging vor einem Laster in die Hocke. Er starrte die Mischung aus Pferde-, Esel- und Kamelmist an, die den Straßenbelag bedeckte. »Wieso soll ich unten lang?«

»Weil ich einen weißen Anzug trage.«

Kopfschüttelnd stützte Kowalski sich mit einer Hand auf dem Asphalt ab und bewegte sich in der Hocke zurück zum Hotel.

Gray hielt den Panamahut fest, sprang auf den Kofferraum des Taxis vor ihm und wandte sich in Richtung Festzug. Seine Stiefel dröhnten auf dem Autodach und der Motorhaube wie Paukenschläge – dann sprang er auf den nächsten Wagen in der Schlange und polterte über die Dächer der Limousinen, Taxis und Kombis hinweg. Da die Fahrzeuge Stoßstange an Stoßstange standen, kam er hier oben schneller voran als auf ebener Erde.

Gray blickte sich über die Schulter um. Wie er gehofft hatte, war er von den Verfolgern bemerkt worden. Um nicht abgehängt zu werden, waren drei von ihnen ebenfalls auf den Hochweg übergewechselt. Sie näherten sich aus drei verschiedenen Richtungen, doch ihr Gleichgewicht war zu prekär, als dass sie bereits einen Schuss hätten riskieren können.

Indem er sich mit Mastersons Spazierstock abstützte, näherte Gray sich in weiten Sätzen dem lärmenden Fest. Er musste die drei Männer von den Motorrädern weglocken.

Teile und siege.

Gray schlitterte über das Dach eines Lieferwagens und musterte das hinter ihm liegende Menschenmeer. Allerdings war jetzt ein Hai darin unterwegs. Kowalski war nicht zu sehen, doch sein Wirken machte sich bereits bemerkbar. Weiter hinten schob sich das vorderste Motorrad neben einen Laster. Als es dessen Motorhaube erreicht hatte, richtete sich der Fahrer plötzlich kerzengerade auf und schüttelte sich am ganzen Körper. Gray vernahm ein gedämpftes Ploppen, ähnlich dem Knattern der Feuerwerkskörper der Feiernden.

Fahrer und Motorrad versanken im aufgewühlten Meer.

Kowalski selbst trat nicht in Erscheinung. Da die Verfolger nur für Gray Augen hatten, hatte er sich unbemerkt zurückfallen lassen, abgewartet und dann den vorbeikommenden Fahrer aus nächster Nähe mit seinem schallgedämpften M4-Karabiner ausgeschaltet.

Der Hai aber hatte seine Jagd in diesen Gewässern noch nicht beendet.

Gray überließ Kowalski seinem blutigen Handwerk und eilte weiter dem Chaos der Feiernden entgegen. Es wurde gesungen, getanzt, gejohlt, gelacht und geschrien. Hörner plärrten, Becken schepperten. Gefeiert wurde Janmashtami, die Geburt Krishnas.

Von seiner erhöhten Position aus sah er Gruppen von Tänzern, die den Ras Lila tanzten, einen traditionellen Manipuri-Tanz, der Krishnas frühe Jahre darstellte, als er mit Melkerinnen allerlei Schabernack angestellt hatte. In der dicht gedrängten Menge waren auch Gruppen junger Männer zu sehen, die menschliche Pyramiden bauten und an die Tongefäße heranzukommen suchten, die an Drähten über der Straße hingen. Die Töpfe, Dahi-handi genannt, waren mit geronnener Milch und Butter gefüllt. Das Spiel empfand die Streiche des jungen Krishna nach, der mit seinen Kameraden zusammen den Nachbarn Butter stibitzt hatte.

Von der Menge wurden sie lautstark angefeuert.

»Govinda! Govinda!«

Ein anderer Name für Krishna.

Gray rannte über die Autodächer auf die Feiernden zu. Da die Hauptstraße gesperrt war und der Verkehr umgeleitet wurde, endete Grays Hochweg an der Straßenparty. Von der Motorhaube des letzten Taxis in der Reihe sprang er in das Gewühl hinunter.

Er landete inmitten der Feiernden, warf den Hut und das weiße Sakko ab und verschmolz mit der Menge. In der einen Hand hielt er den Spazierstock, mit der anderen presste er die Pistole an den Oberschenkel und schob sich so durchs Gewimmel. Er hielt auf die Geschäfte und Imbiss-Karren zu, die den Platz säumten.

Sein Plan sah vor, sich mit Kowalski an der Nordwestecke des Platzes zu treffen. Die Festung wollten sie erst aufsuchen, wenn sie sicher waren, dass sie die Verfolger abgeschüttelt hatten. Gray gelangte zu einem Gebäude mit einer Feuertreppe. Die Metallleiter war heruntergeklappt, auf den Balkonen drängten sich Zuschauer. Gray kletterte zum ersten Stock hoch, wo er die Menge im Auge behalten und nach Kowalski Ausschau halten konnte.

Dort angelangt, machte er einen seiner Verfolger aus, der soeben von der Motorhaube eines Lasters ins Gewühl sprang. Seine beiden Komplizen waren bereits mitten unter den Feiernden. An ihren schwarzen Motorradhelmen waren sie leicht zu erkennen. Der eine bückte sich und hob einen schmutzigen, zerknautschten weißen Hut auf. Angewidert und frustriert schleuderte er ihn von sich.

Gray hoffte, sie würden einsehen, wie aussichtslos ihr Vorhaben war. Doch so glatt sollte es nicht laufen.

Plötzlich tauchte Kowalski auf. Sein Sakko war zerrissen. Seine Hände waren leer, seine Wange blutig. Sein auffälligstes

Erscheinungsmerkmal war freilich seine Größe. Den durchschnittlichen Inder überragte er um gut einen Kopf. Während er sich durch das Meer der Feiernden schob, beschirmte er mit der Hand die Augen vor dem grellen Sonnenschein und musterte die Menge.

Diesmal aber war nicht Kowalski der Hai unter lauter Fischen.

Einer der behelmten Männer hatte den großen Mann ausgemacht und zeigte auf ihn. Die Verfolger näherten sich ihm aus verschiedenen Richtungen.

Das war gar nicht gut.

Gray wollte kehrtmachen, doch das Gedränge auf dem Balkon war in der Zwischenzeit noch schlimmer geworden. Auch auf der Feuerleiter drängten sich Zuschauer. Er würde den Ort des Geschehens nicht mehr rechtzeitig erreichen.

Gray schwenkte herum, kletterte aufs Balkongeländer und sprang ab – und zwar nach *oben*.

Von dem über ihm befindlichen Balkon spannte sich ein dicker, verölter Draht quer über den Platz. Gray reckte den Arm und hakte den Elfenbeingriff des Spazierstocks am Draht ein. Aufgrund seines Schwungs glitt er am Draht entlang, der von einem großen Dahi-handi-Topf beschwert wurde. Mit der einen Hand klammerte er sich am Stock fest, mit der anderen zielte er nach unten. Als sich der Kopf eines der behelmten Männer unmittelbar unter seinen Füßen befand, feuerte Gray zwischen seinen Beinen hindurch. Der Mann brach zusammen, sein Helm war geplatzt wie eine Walnussschale.

Dann prallte Gray gegen die Spitze der menschlichen Pyramide, die es auf den Tontopf abgesehen hatte. Er warf den obersten Mann ab und nahm dessen Stelle an der Spitze ein. Während er ums Gleichgewicht kämpfte, purzelte sein Spazierstock an der Pyramide hinunter – zusammen mit seiner Pistole.

Alle Gesichter wandten sich ihm zu.

Auch die beiden verbliebenen Schützen schauten zu ihm hoch.

Der unbewaffnete Gray balancierte auf den Schultern seines Untermanns und reckte sich. Er packte den großen Tontopf, löste ihn vom Haken und schleuderte ihn mit einem Stoßgebet an Krishna auf den nächststehenden Bewaffneten.

Sein Gebet wurde erhört.

Der schwere Topf traf den Mann mitten im Gesicht, zerschellte und überschüttete den Getroffenen mit Scherben und Butter. Er ging zu Boden.

Der dritte Verfolger hob die Pistole. Während die Menge aufschrie, feuerte er zwei Schüsse auf Gray ab – Gray aber war bereits nicht mehr da. Die menschliche Pyramide fiel unter ihm zusammen. Während er in die Tiefe stürzte, pfiffen die Kugeln an seinem Kopf vorbei.

Er landete in einem Gewirr von Leibern.

Gray versuchte sich hochzurappeln. Der Schütze stapfte mit erhobener Waffe auf den Menschenhaufen zu. Ehe er abdrücken konnte, blitzte es vor ihm weiß auf. Sein Kopf wurde zurückgeschleudert, getroffen vom Elfenbeingriff von Mastersons Stock. Kowalski hatte ihn geschwungen wie ein Batter, der die Tribüne beeindrucken will.

Blut spritzte, und der Mann fiel reglos auf den Rücken.

Kowalski nahm ihm die Pistole ab und streckte den Stock durch das Gewirr der Leiber. Gray packte den Griff und ließ sich von Kowalski hervorziehen.

»Tod durch Butterattacke«, sagte der Hüne. »Nicht schlecht, Pierce. Das verleiht dem Cholesterinwert eine ganz neue Bedeutung.«

Auf dem Platz herrschte Chaos. Menschen flüchteten in alle Richtungen. Uniformierte Polizisten stemmten sich gegen die menschliche Sturmflut. Gray und Kowalski nahmen eine geduckte Haltung ein und ließen sich in die Nebenstraßen mit-spülen.

Nach ein paar nervenaufreibenden Minuten tauchte vor ihnen am Ufer des Yamuna die ausladende rote Sandstein-festung auf. Sie näherten sich dem alten, vom Mogul Akbar errichteten Bauwerk, einem beliebten Touristenziel, das gleich hinter dem Tadsch Mahal rangierte.

Taxis, Lieferwagen und Limousinen säumten die Straße.

»Pierce!«, rief jemand.

Shay Rosauro winkte aus einer Limousine, die wie ein lang-gestreckter weißer Wal wirkte. Er ging hinüber. Luca stand neben der offenen Tür. Masterson und Elizabeth saßen bereits im Wagen.

»Nicht gerade unauffällig«, bemerkte Gray, während er das Fahrzeug misstrauisch beäugte.

»Bietet aber Platz für alle«, entgegnete Rosauro – dann lä-chelte sie verschmitzt. »Und außerdem, was spricht dagegen, die Fahrt ein bisschen aufzumotzen?«

»Die Dame weiß, wovon sie redet«, sagte Kowalski und wandte sich zur Fahrertür. »Vielleicht darf ich ja fahren.«

»Nein!«, widersprachen Gray und Rosauro im Chor.

Kowalski drehte gekränkt ab und stieg hinten ein. Rosauro folgte ihm.

Bevor er einstieg, musterte Gray die Gehsteige und Stra-ßen. Anscheinend achtete niemand auf sie. Hoffentlich hatten sie die Verfolger endgültig abgeschüttelt. Er schaute über die Flussbiegung hinweg.

In der Ferne schimmerte in der Sonne der weiße Marmor des Mausoleums; friedlich und von den Zeitläuften unberührt, schlummerte es am Rand des spiegelnden Wassers.

Gray wandte dem Tadsch Mahal wieder den Rücken zu.

Nur die Toten hatten einen so friedlichen Schlaf.

Als er auf dem Rücksitz Platz nahm, machte Masterson seiner Empörung Luft. »Was haben Sie mit meinem Spazierstock gemacht?«

Gray ließ sich auf den Sitz fallen. Der Elfenbeingriff aus dem achtzehnten Jahrhundert war blutig. Die kostbaren Schnitzereien waren bei der Rutschpartie am geflochtenen Draht entlang abgeschliffen worden.

»Der Stock ist unser kleinstes Problem, Professor«, meinte Gray.

Während die Limousine losfuhr, funkelte Masterson ihn böse an.

Gray zeigte auf das verbundene Ohr des Mannes. »Jemand wollte Sie umbringen, Dr. Masterson. Ich wüsste gern, *warum*.«

10

»LAUTER OFFENE FRAGEN«, bemerkte Trent McBride. »Ich weiß gar nicht, wo wir anfangen sollen.«

Juri sah, dass der Mann ihn anschaute, zuckte aber nicht einmal zusammen. Sollten sie ihn doch umbringen. Ihm war es egal. Juri saß auf einem Bürostuhl. Nachdem man die Elektroden entfernt hatte, war es ihm gestattet worden, sich anzukleiden. Die Höllenqualen hatten noch zwanzig Minuten angedauert. Er hatte nichts verschwiegen. Er hatte alles preisgegeben, sämtliche Details zu den Genen der Kinder, dem Geheimnis, das er und Sawina vor den Amerikanern geheim gehalten hatten.

Er hatte sogar verraten, weshalb die Russen keine Einwände gegen Dr. Archibalds Anwerbung gehabt hatten. Juri erklärte, Polk sei dem genetischen Geheimnis auf die Spur gekommen. Sawina habe während Polks Aufenthalt im Bau einen Unfall inszenieren wollen, um ihn zum Schweigen zu bringen.

Bei diesem Spiel mit höchstem wissenschaftlichen Einsatz hatten er und Sawina jedoch nicht damit gerechnet, dass Polks Kollege und Freund ihm zur Flucht verhelfen würde, um eines ihrer Kinder nach draußen zu locken.

Sawina hatte auf den Köder angebissen. Dass Polk mit dem Schädel, den McBride ihm überlassen hatte, entkommen war, beunruhigte sie kaum. Dass er über das genetische Geheimnis Bescheid wusste, versetzte sie jedoch in Panik und veranlasste sie, Juri und Sascha auf Polk anzusetzen. Sie war dem Amerikaner in die Falle getappt.

»Offene Fragen?«, wiederholte Mapplethorpe und riss ihn damit aus seinen Überlegungen. Er schüttelte unbekümmert den Kopf. »Ich sehe nur drei. Das Mädchen, der Affenschädel und die Fährte, die Polk in Indien hinterlassen hat. Letzteres Problem wurde bereits in Angriff genommen. Und in Geheimdienstkreisen wird gemunkelt, der vermisste Affenschädel könnte auf geheimnisvolle Weise bald wieder auftauchen.«

»Wie haben Sie das geschafft?«, fragte McBride.

»Sie müssen das Wasser nur zum Kochen bringen, dann werden Sie sich wundern, was da alles zum Vorschein kommt.«

»Und das Mädchen?«

Juri merkte auf. Mapplethorpe blickte ihn kurz an. Juri wusste, dass Sascha der einzige Grund war, weshalb er noch am Leben war. Mapplethorpe brauchte ihn, denn er wusste Bescheid über ihren körperlichen Zustand, ein Problem, das alle Kinder betraf. Der Stress der mentalen Manipulation hatte körperliche Auswirkungen auf die Versuchsobjekte. Nur wenige erlebten ihren zwanzigsten Geburtstag, zumal die begabtesten unter ihnen. Deshalb waren sie gezwungen, Eizellen und Sperma zu sammeln, um die stärkste genetische Linie lebensfähig zu erhalten.

Mapplethorpe seufzte. »Ich denke, wir werden das Mädchen bis Sonnenuntergang wieder zurückgeholt haben... wenn nicht schon eher.«

Das wäre immer noch zu spät, dachte Juri.

Die Amerikaner waren zu einfach gestrickt, denn sie glaubten, was sie unter Folter aus einem herausholten, sei schon die ganze Wahrheit. Juri hatte zwar nicht gelogen, doch er hatte sich einer Unterlassungssünde schuldig gemacht. Mc-Bride hatte einfach nicht die richtige Frage gestellt, so selbstgewiss war er gewesen in seinem sadistischen Vertrauen auf die Macht der Schmerzen.

Juri ließ sich nichts anmerken. Man hatte versucht, ihn mit der Folter zu brechen, doch er war ein alter Mann und war es gewohnt, Geheimnisse zu wahren. Die Amerikaner hatten es lediglich geschafft, ihn für das Kommende weiter zu verhärten. In den vergangenen Monaten hatte er zunehmend Vorbehalte gegenüber Sawinas Plänen entwickelt.

Das war nur natürlich.

Millionen Menschen würden einen grauenhaften Tod erleiden.

Und das alles nur, damit eine neue Welt entstehen konnte.

Eine Wiedergeburt.

Juri betrachtete Mapplethorpes selbstzufriedenes Lächeln und McBrides zuversichtlich strahlende Augen.

Seine Zweifel verflüchtigten sich.

Sawina hatte recht.

Es war an der Zeit. Die Welt musste brennen.

14:55
Südural

GENERALMAJORIN SAWINA MARTOWA spürte, dass etwas nicht stimmte. Sie spürte es in den Knochen, eine unbestimmte Angst. Sie konnte nicht länger im Büro bleiben. Sie musste sich irgendwie beruhigen.

Das Funkgerät ans Ohr gedrückt, geleitete sie zwei Soldaten über die dunklen, menschenleeren Straßen, die zwischen den

Wohnblocks aus der Sowjetzeit verliefen, welche die hintere Hälfte der Höhle einnahmen, in der Tscheljabinsk-88 untergebracht war. In den gesichtslosen Betonklötzen zu beiden Seiten der Straße waren ursprünglich die Zwangsarbeiter untergebracht gewesen, die in den Bergwerken und weiterverarbeitenden Fabriken beschäftigt gewesen waren. Man hatte den Männern zugesagt, ihnen ihre lebenslange Haftstrafe zu erlassen, wenn sie sich verpflichteten, fünf Jahre hier im Gulag zu arbeiten. Die meisten waren an Strahlenschäden gestorben, ehe die fünf Jahre um waren.

Ein sinnloses Lotteriespiel, doch die Hoffnung vermochte jeden vernünftigen Menschen zu irrationalem Handeln zu verleiten. Dieses Erbe hatte sie übernommen. Es diente ihr zur steten Mahnung.

Andere Menschen hielten sie für grausam, doch bisweilen zeigte die Notwendigkeit eben dieses Gesicht. Die Kinder waren wohlgenährt und litten auch sonst keine Not. Die Schmerzen wurden so gering gehalten wie nur möglich.

Und das sollte grausam sein?

Sie musterte die verlassenen Wohnungen, die finsteren, kalten, unheimlichen Fensterhöhlen.

Sie sah darin nichts weiter als Notwendigkeit.

Das Funkgerät knackte, dann meldete sich Leutnant Borsakow. Bislang hatte sie von ihrem Stellvertreter nur Negativmeldungen bekommen. Er suchte noch immer die umliegenden Berge und Hügel nach den Kindern ab. Er war durch mehrere falsche Fährten in die Irre geleitet worden und hatte ein weggeworfenes Nachthemd entdeckt.

»Wir haben zwei tote Hunde gefunden«, sagte Borsakow. »Am Fluss. Sie waren vollkommen zerfetzt. Von einem Bären. Aber wir sind auf eine deutliche Fährte gestoßen.«

»Was ist mit den Raubkatzen?«, fragte sie.

Einen Moment lang herrschte Funkstille.

»Leutnant«, sagte sie mit größerer Entschiedenheit.

»Ich wollte sie erst dann loslassen, wenn wir ihre Spur aufgenommen haben. Wenn die Tiger in den Hügeln umherstreifen, sind die Hunde ihres Lebens nicht mehr sicher.«

Sosehr er sich um einen nüchternen Tonfall bemühte, entging Sawina doch nicht seine Anspannung. Der Leutnant war um die Hunde nicht minder besorgt als um die Kinder.

Weshalb musste immer sie die harten Entscheidungen treffen?

In scharfem Ton sagte sie: »Aber jetzt haben Sie eine heiße Spur gefunden, nicht wahr, Leutnant?«

»Jawohl, Generalmajorin.«

»Dann enttäuschen Sie mich nicht noch einmal.«

»Zu Befehl, Generalmajorin.«

Sie unterbrach die Verbindung. Vielleicht war sie ein wenig zu grob gewesen, doch andererseits hatte sie in der vergangenen Stunde schon genug verstörende Nachrichten gehört.

Ein Wartungsarbeiter aus der nahe gelegenen Stadt Ozyorsk hatte einen der ausgemusterten Laster des Baus entdeckt, mit dem man radioaktiven Abfall aus einer Urananreicherungsfabrik zum Karatschai-See transportiert hatte. In der Kabine hatte der Mann eine gefälschte Ausweiskarte mit Dr. Archibalds Foto gefunden.

Damit war die Frage beantwortet, wie der Professor die Flucht bewerkstelligt hatte.

Jemand hatte ihm geholfen.

Sie brauchte nicht lange zu überlegen, um darauf zu kommen, *wer* ihm bei der Flucht geholfen hatte. Es musste Dr. Trent McBride gewesen sein. Welches Spiel spielten die Amerikaner? Da Juri sich noch immer nicht gemeldet hatte, musste sie davon ausgehen, dass er und das Mädchen gefangen genommen worden waren. Vielleicht hatte man ihre Flucht auch nur deshalb bewerkstelligt, um sie festzunehmen.

Wenn dem so war, musste Sawina McBride Respekt zollen. Genau wie sie hatte auch er ein Gespür für das *Notwendige*.

Es wäre besser gewesen, sie hätte sich gar nicht erst auf eine Zusammenarbeit mit den Vereinigten Staaten eingelassen. Doch damals hatte sie keine andere Wahl gehabt. In dem auf den Zusammenbruch der Sowjetunion folgenden Durcheinander hatte ihr Projekt die Finanzierungsgrundlage verloren. Der Pakt mit den Amerikanern hatte es ihr erlaubt, ihre Arbeit fortzusetzen.

Die Vereinigten Staaten hatten die Zwischenfinanzierung übernommen und es ihr erleichtert, an geheimdienstliche Informationen heranzukommen. So vielversprechend war ihr Projekt. Doch es gab noch einen weiteren Grund. Wie die CIA-finanzierten Folterlager in Europa bot es den Amerikanern moralische Entlastung. In dieser neuen Welt hatten sich die Grenzen hinnehmbaren Verhaltens – sowohl auf militärischem wie auf wissenschaftlichem Gebiet – verwischt.

Nicht auf unserem Boden, lautete das neue amerikanische Credo.

Damals hatte sie bereitwillig davon profitiert.

Gleichwohl war der Verlust Juris und des Kindes zu verschmerzen. Sie musste lediglich den Zeitplan straffen. Ihre Operation – mit dem Decknamen Saturn – sollte ursprünglich eine Woche nach Nicolas' Aktion in Tschernobyl starten. Jetzt hatte sie beschlossen, beide am selben Tag stattfinden zu lassen.

Und zwar morgen.

Beide Operationen – Uran und Saturn – waren nach den Offensiven im Zweiten Weltkrieg benannt, als die sowjetischen Streitkräfte die Deutschen in der Schlacht um Stalingrad, der blutigsten Schlacht in der Geschichte der Menschheit, geschlagen hatten. Fast zwei Millionen Menschen waren damals umgekommen, darunter auch zahlreiche Zivilisten. Gleichwohl galt die damalige Niederlage der Deutschen als Wendepunkt des Krieges.

Ein glorreicher Sieg für ihr Vaterland.

Und genau wie damals würden Uran und Saturn auch jetzt wieder Russland befreien und den Lauf der Geschichte ändern.

Die Notwendigkeit war ein grausamer Lehrmeister.

Sawina hatte die Höhlenwand erreicht. Vor ihr öffnete sich ein Tunnel, eingerahmt von dicken, explosionssicheren Bleitoren, eine Miniaturausgabe der Tore, die den nach Tscheljabinsk-88 führenden Haupttunnel verschlossen.

In der Mündung stand vor einer Rammbohle ein Zug. Das elektrisch betriebene Gefährt verkehrte zwischen dem Bau und dem Einsatzzentrum der Operation Saturn am anderen Ufer des Karatschai-Sees. Der alte Tunnel führte unter dem Giftsee hindurch und erlaubte es ihnen, zwischen den beiden Orten hin- und herzuwechseln, ohne von der tödlichen Mischung aus Strontium 90 und Cäsium 137 verstrahlt zu werden.

Der Zug wartete bereits auf sie.

Sawina kletterte in eines der beiden bleiverkleideten Führerhäuschen. Es gab nur zwei geschlossene Wagen, jeweils an den Enden des Zuges. Die übrigen vier Wagen waren offen und dienten zum Transport von Vorräten, Bergwerksausrüstung und Abraum.

Während der Zug, begleitet vom Klackern der Räder und einem elektrischen Knistern, anfuhr, schlossen sich die Schutztüren. Im Tunnel wurde es dunkel. Während das Gefährt seine fünfminütige Fahrt begann, blickte Sawina an die Decke. Sie stellte sich das Gewicht des Seewassers vor, das durch eine vierhundert Meter dicke Gesteinsschicht abgeschirmt wurde.

Diese Region war das Zentrum der sowjetischen Uran- und

Plutoniumproduktion gewesen. Zu dem inzwischen größtenteils stillgelegten Komplex hatten mehrere Plutoniumreaktoren und drei Plutonium-Aufarbeitungsfabriken gehört. Die Sicherheitsvorkehrungen wurden äußerst nachlässig gehandhabt. Seit 1948 hatten die Produktionsstätten *fünfmal* mehr Strahlung freigesetzt als Tschernobyl und sämtliche Atomwaffentests zusammengenommen.

Die Hälfte der Strahlung war im Karatschai-See gespeichert.

Die Strahlungsintensität am Ufer betrug sechshundert Röntgen pro Stunde. Das reichte aus, um binnen einer Stunde eine tödliche Strahlendosis aufzunehmen.

Sawina vergegenwärtigte sich den Ort, wo der Wartungsarbeiter aus Ozyorsk den Laster gefunden hatte, mit dem Dr. Archibald Polk geflüchtet war.

Unmittelbar am Seeufer.

Sie schüttelte den Kopf. Es hatte gar keinen Grund gegeben, Dr. Polk zu jagen. Er war bereits so gut wie tot gewesen.

Vor ihr tauchten Lichter auf.

Sie kündeten von einer strahlenden Zukunft.

Das Einsatzzentrum der Operation Saturn.

15:15

»Sie haben *was* vor?«, fragte Monk mit erhobener Stimme, während sie am Flussufer entlanggingen.

Seit einer Stunde folgten er und die Kinder jetzt schon dem tosenden Fluss. Es war ein anderer Wasserlauf als der, an dem sie auf den Bären getroffen waren. Monk war über große Steine ans andere Ufer gewatet und dem Wasserlauf bis zu dem größeren Fluss gefolgt, der sich mitten durch dichten Tannenwald wand. Mehrmals hatte er die topografische Karte zurate gezogen. Offenbar folgten sie der Wasserscheide, welche die Osthänge des Urals entwässerte. An der Westseite flossen das Regen- und Schmelzwasser ins Kaspische Meer; an dieser Seite floss es in ein Gebiet mit großen Wasserläufen und Hunderten von Seen ab, bis es schließlich ins Arktische Meer mündete.

Was die Russen da vorhatten…

Die Bestürzung war ihm deutlich anzuhören gewesen.

Sein scharfer Tonfall ließ Konstantin zusammenschrecken.

»Tut mir leid«, sagte Monk leise, denn er wusste, dass Geräusche im Gebirge weit trugen. Er selbst hatte die Kinder gebeten, sich nur im Flüsterton zu unterhalten. Jetzt bemühte er sich, seiner eigenen Vorgabe gerecht zu werden, wenngleich sein Tonfall immer noch angespannt war. »Trotz der Löcher in meinem Gedächtnis weiß ich, dass dieses Vorhaben Wahnsinn ist.«

»Sie werden Erfolg haben«, fuhr Konstantin sachlich fort. »Das ist nicht schwer. Eine ganz simple Strategie. Wir«, er zeigte auf Pjotr und Kiska, dann schwenkte er den Arm, als wollte er auch die anderen Kinder einbeziehen, die mit ihm in der Höhlenstadt lebten, »haben verschiedene Szenarien und Modelle durchgespielt, die wahrscheinlichen Ergebnisse berechnet, statistische Daten aus aller Welt analysiert, die Umweltauswirkungen studiert und die Folgen extrapoliert. Das ist alles andere als Wahnsinn.«

Monk hörte dem Jungen aufmerksam zu. Er drückte sich eher aus wie ein Computer als wie ein Halbwüchsiger. Andererseits saß hinter Konstantins Ohr eine Stahlplatte. Alle Kinder hatten eine. Auch bei Marta war im Fell hinter dem Ohr ein daumengroßes Stahlimplantat verborgen. Im Verlauf der vergangenen Stunde hatte Konstantin seine Rechenfähigkeiten unter Beweis gestellt. Kiska hatte ihm gezeigt, dass sie Vogelgesang perfekt nachahmen konnte.

Nur Pjotr scheute sich anscheinend, seine Fähigkeiten zu demonstrieren.

»Er ist ein Empath«, hatte Konstantin erklärt. »Er erspürt die Emotionen anderer Menschen, auch wenn diese sie verstecken oder sogar gegensätzlich handeln. Ein Lehrer hat mal gemeint, er sei ein lebender Lügendetektor. Deswegen zieht er die Gesellschaft von Tieren vor und verbringt viel Zeit in der Menagerie. Er hat sich auch dagegen ausgesprochen, dass wir Marta mitnehmen.«

Monk schaute den Jungen an, der neben der alten Schimpansin herging. Er beobachtete ihn schon eine ganze Weile, denn er wollte wissen, wie Pjotr sich mit Marta verständigte. Beide waren in ständiger Verbindung, wechselten wortlose Blicke, hoben die Brauen, spitzten die Lippen oder gestikulierten.

Plötzlich versteifte sich Pjotr und blieb stehen. Marta hielt ebenfalls an. Pjotr drehte sich zu Konstantin um und sprach hastig auf ihn ein, ein verängstigtes Gebrabbel, erst auf Russisch, dann auf Englisch. Seine kleinen Augen suchten Monks Blick, als erwartete er sich von ihm eine wundersame Rettung.

»Sie sind hier«, flüsterte der Junge.

Monk brauchte Pjotr nicht zu fragen, wen er meinte. Die Antwort stand ihm ins Gesicht geschrieben.

Arkadij und Zakhar.

Die beiden sibirischen Tiger.

»Los!«, sagte Monk. Sie rannten am Ufer entlang. Konstantin vorneweg. Kiska, seine Schwester, folgte ihm so leichtfüßig wie eine Gazelle. Monk überließ es Konstantin, einen Weg durch das Blaubeergestrüpp, das dürre Buschwerk und die Steine am Ufer zu suchen. Monk blickte sich immer wieder über die Schulter um. Er musste sich in Acht nehmen. Der Boden war stellenweise mit strohgelben Baumnadeln bedeckt, die so glatt waren wie eine Eisfläche.

Pjotr rutschte aus und landete auf dem Rücken. Marta legte ihren pelzigen Arm um ihn und zog ihn auf die Beine. Monk drängte sie zum Weiterrennen. Der Abstand zu Konstantin und Kiska hatte sich vergrößert.

Sie rannten fünf Minuten lang, dann wurden sie langsamer. Die Wirkung des Adrenalins und der Todesangst hielt nicht lange vor. Zehn Minuten später stolperten sie nur noch dahin.

Die Gruppe rückte wieder näher zusammen.

Von ihren Verfolgern war nichts zu hören, weder das Rascheln von Zweigen noch das Knacken von Ästen. Die Tiger ließen sich noch immer nicht blicken.

Konstantin, der laut keuchte und ganz rot im Gesicht war, blickte Pjotr böse an und sagte etwas auf Russisch. Offenbar schalt er ihn wegen des Fehlalarms aus.

Monk winkte beschwichtigend ab. »Er kann doch nichts dafür«, japste er.

Pjotr wirkte verletzt, aber noch immer verängstigt.

Marta stieß einen leisen Warnruf aus und rempelte Konstantin an.

Kiska beschimpfte ihren Bruder ebenfalls auf Russisch.

Monk wusste inzwischen, dass Pjotr Entfernungen nicht gut schätzen konnte. Seine Begabung beschränkte sich auf Emotionen. Er musste darauf vertrauen, dass sein Plan sie retten würde, wenn die Tiger…

Pjotr wurde stocksteif und riss die Augen auf.

Worte waren überflüssig.

»Jetzt!«, brüllte Monk.

Sie machten wie ein Mann kehrt und rannten wie verabredet los – geradewegs auf den reißenden Fluss zu. Monk packte Pjotr, presste ihn an sich und sprang von der Uferböschung ab. Ein paar Meter weiter landeten Kiska und Konstantin mit einem lauten Klatschen im Fluss.

Monk tauchte im eiskalten Wasser auf und stellte fest, dass der Junge sich wie eine Kletterpflanze an seinen Hals klammerte. Aus den Augenwinkeln sah er, dass Marta sich auf einen Baum hochschwang und rasch in die Höhe kletterte.

Tiefer im Wald… eine Bewegung… ein Aufblitzen gelben Fells…

Monk schwamm zur Mitte des Flusses, wo es am tiefsten und die Strömung am stärksten war. Er sah, wie Marta von einem Baum zum anderen sprang. Schimpansen konnten nicht schwimmen und verfügten nicht über ausreichend Auftrieb. Sie musste an Land bleiben.

Das Gebüsch teilte sich, und ein gewaltiges Tier tauchte auf, geduckt, die Nase witternd, die Tatzen weit auseinandergesetzt, der gestreifte Schwanz steil aufgerichtet.

Der Tiger sprang ab.

Monk schwamm rückwärts, behindert vom Rucksack und dem Gewicht des Jungen. Pjotr umklammerte ihn noch fester und schnürte ihm die Luft ab.

Mit vorgestreckten Tatzen und ausgefahrenen schwarzen Krallen flog der Tiger durch die Luft.

Monk war nicht schnell genug.

Das allerdings wurde durch die Strömung wettgemacht.

Der Tiger klatschte mehrere Meter von ihm entfernt ins Wasser und verfehlte seine Beute.

Monk steuerte eine Lücke zwischen zwei Felsen an. Er verfing sich in einem Strudel, wurde in die Tiefe gezogen, tauchte wieder auf.

Pjotr spuckte Wasser, hustete.

Monk wandte den Kopf und sah, dass der Tiger flussaufwärts schwamm. Er drehte sich in der Strömung. Auch wenn man den Katzen nachsagte, sie seien wasserscheu, so galt das nicht für Tiger. Trotzdem schwamm das Tier ans Ufer. Tiger jagten nicht im Wasser.

Raubkatzen pirschten sich im Verborgenen an.

Die Tiger waren ihnen offenbar lautlos gefolgt, als sie nach Pjotrs Warnung durch den Wald geflohen waren, und hatten sich unbemerkt angeschlichen. Der Junge hatte recht gehabt. Geleitet von ihrem uralten Instinkt und ihrer Schläue, hatten die beiden Tiger sie aufgespürt und gewartet, bis sie müde waren. Erst dann hatten sie angegriffen. Tiger sind Sprinter, keine Langstreckenläufer. Sie passen stets den günstigsten Moment zum Angriff ab.

Am Flussufer tauchte ein weiterer Tiger auf, der verunsichert auf und ab schnürte. Die erste Raubkatze kletterte triefend nass aufs Trockene. Sie schüttelte sich und verspritzte dabei Wasser.

Monk konnte das Raubkatzenpaar deutlich sehen. Sie wirkten zwar kräftig, gleichzeitig aber ausgemergelt und unterernährt. Ihr Fell war struppig. Wie die Wölfe hatten auch sie Stahlplatten im Schädel. Das Ohr des einen Tigers war zerfetzt, offenbar eine alte Jagdverletzung. Konstantins Beschreibung nach war das Zakhar. Da sie Geschwister waren, konnte man sie nur anhand des zerfledderten Ohrs unterscheiden.

Wie auf einen lautlosen Befehl hin machten beide Tiger mit einer geschmeidigen Bewegung kehrt und verschwanden in der Dunkelheit des Waldes.

Monk wusste, dass es noch nicht vorbei war.

Die Jagd hatte gerade erst begonnen.

Er wandte den Kopf und sah, wie Konstantin und Kiska um eine Flussbiegung verschwanden. Monk schwamm ihnen in Seitenlage hinterher. Pjotr zitterte. Monk wusste, dass der Junge nicht vor Kälte zitterte und auch nicht aus Angst vor den Tigern. Mit seinen großen, panikerfüllten Augen musterte er nicht das Ufer, sondern das Wasser ringsumher.

Was machte ihm Angst?

15:35

Pjotr klammerte sich an den großen Mann. Er hatte ihm die Arme um den Hals gelegt und die Beine um die Hüfte geschlungen. Überall war Wasser. Er schmeckte es auf den Lippen, spürte es in den Ohren und roch den süßlichen, widerlichen Modergeruch. Die Eiseskälte drang bis in seine Knochen.

Er konnte nicht schwimmen.

Genau wie Marta.

Am Ufer hielt er Ausschau nach seiner Freundin.

Pjotr wusste, dass ein Großteil seiner Angst von ihr herrührte. Tiefes Wasser war für sie tödlich. Als sie über die Steine ans andere Ufer gegangen waren, hatte er ihr Herzklopfen gespürt und bemerkt, wie sich ihr Kiefer verspannte und ihre glasigen Augen sich weiteten.

Ihre Angst war seine Angst.

Pjotr klammerte sich fest an den Mann.

Der wahre Ursprung von Martas Angst reichte jedoch tiefer. Das hatte er in dem Moment gewusst, als sie an sein Bett gekommen war, ihre faltige Hand aufs Laken gelegt und ihm ihre Freundschaft angeboten hatte. Die anderen glaubten, sie sei gekommen, um ihn nach seiner ersten Operation zu trösten.

Doch in jenem scheinbar ewig währenden, atemberaubenden Moment, da er in ihre karamellbraunen Augen blickte, hatte Pjotr begriffen, welches Geheimnis sie in sich barg. Sie war zu ihm gekommen, weil sie selbst trostbedürftig war.

In jenem Moment hatten Schrecken und Liebe den Bund zwischen ihnen besiegelt.

Zusammen mit einem dunklen Geheimnis.

16:28
Neu-Delhi, Indien

»Wussten Sie, dass der Mensch in die Zukunft schauen kann?«, fragte Dr. Hayden Masterson und klopfte auf den Rechner.

Gray blickte von seiner Kaffeetasse hoch. Sie befanden sich in einem Privatraum des Delhi Internetcafés. Kowalski lehnte an der Milchglastür und sorgte dafür, dass sie nicht gestört wurden. Er zupfte an einem Kinnpflaster. Elizabeth hatte seine Schrammen versorgt und stapelte nun die Papierseiten, die der Laserdrucker neben dem Computer ausspuckte. Sie waren zu viert. Rosauro und Luca waren losgezogen, um für die bevorstehende Reise einen neuen Wagen anzumieten.

Obwohl Gray noch immer nicht wusste, wohin sie überhaupt wollten.

Alles hing von Masterson ab – und der war nicht sonderlich gesprächig. Seit ihrer geglückten Flucht aus dem Hotel hatte er kaum ein Wort gesagt. Alle Versuche, ihn zum Reden zu bringen und ihm eine Erklärung auf die Frage zu entlocken, *weshalb* man ihn ermorden wollte, hatten nur dazu geführt, dass er sich noch mehr in sich zurückgezogen hatte.

Er hatte nur wortlos auf den ramponierten Elfenbeingriff seines Spazierstocks gestarrt. Sein Blick war glasig gewesen – jedoch nicht deshalb, weil er unter Schock stand, sondern weil er in tiefer Konzentration versunken war.

Elizabeth hatte Gray angeschaut und wortlos den Kopf geschüttelt.

Setzen Sie ihn nicht unter Druck.

Sie waren in nördlicher Richtung aus Agra hinausgefahren, nach Neu-Delhi, der Hauptstadt Indiens. Im Laufe der Fahrt hatten sie auf Grays Veranlassung hin zweimal das Fahrzeug gewechselt.

Als sie die von Menschen wimmelnden Vororte erreichten, hatte Masterson ihnen eine kurze Anweisung gegeben: *Ich brauche Internetzugang.*

Und so waren sie hier gelandet, im vollgestopften Hinterzimmer eines Internetcafés. Der Professor hatte sich prompt über eine dreistufige Anmeldungsprozedur auf einem Privataccount des Rechners der Universität Mumbai eingeloggt.

»Archibalds Forschungsergebnisse«, hatte Masterson erklärt und damit begonnen, alles auszudrucken. Bis zu seiner kryptischen Bemerkung über die hellseherischen Fähigkeiten des Menschen hatte er geschwiegen.

»Wie meinen Sie das?«, hakte Gray nach.

Masterson schob den Drehstuhl vom Computertisch zurück. »Also, das wissen nur die wenigsten, doch in den vergangenen Jahren wurde wissenschaftlich bewiesen, dass der Mensch in der Lage ist, über einen kurzen Zeitraum in die Zukunft zu schauen. Etwa drei Sekunden weit.«

»Nur drei Sekunden?«, sagte Kowalski. »Damit kann man ja eine Menge anfangen.«

»Das ist eine ganz beachtliche Zeitspanne«, erwiderte Masterson.

Gray warf Kowalski einen warnenden Blick zu und wandte sich wieder dem Professor zu. »Aber was meinen Sie damit, das sei *wissenschaftlich* bewiesen?«

»Wissen Sie über das Stargate-Projekt der CIA Bescheid?«

Gray wechselte einen Blick mit Elizabeth. »Dr. Polk hat eine Zeit lang an diesem Projekt mitgearbeitet.«

»Ein anderer an diesem Projekt beteiligter Forscher, Dr.

Dean Radin, hat mit Freiwilligen eine Reihe von Experimenten durchgeführt. Er hat sie an einen Lügendetektor angeschlossen, den elektrischen Hautwiderstand gemessen und ihnen auf einem Monitor eine Reihe von Bildern gezeigt. Eine Zufallsauswahl von erschreckenden und beruhigenden Fotos. Die Fotos mit gewalttätigen oder pornografischen Inhalten lösten beim Lügendetektor eine stärkere Reaktion aus, sozusagen ein *elektronisches Zusammenzucken*. Nach ein paar Minuten zuckten die Versuchsteilnehmer bereits zusammen, noch ehe eines der Horrorfotos auf dem Bildschirm erschien, und zwar bis zu drei Sekunden im Voraus. Dieses Versuchsergebnis wurde mehrfach bestätigt. Andere Wissenschaftler, darunter auch Nobelpreisträger, haben die Versuche an der Cornell University und der Universität von Edinburgh wiederholt. Jedes Mal mit dem gleichen statistischen Ergebnis.«

Elizabeth schüttelte ungläubig den Kopf. »Wie kann das sein?«

Masterson zuckte mit den Schultern. »Ich weiß es nicht. Das Experiment wurde auch auf Glücksspieler ausgeweitet. Sie wurden beim Kartenspiel überwacht. Dabei zeigte sich das gleiche Muster: Sie reagierten, *bevor* eine Karte aufgedeckt wurde. Sie zeigten eine positive Reaktion, wenn die Karte für sie günstig war, und ansonsten eine negative. Das regte einen Physiker und Nobelpreisträger der Cambridge University zu einer komplizierteren Untersuchung an. Er schloss die Versuchspersonen an MRI-Scanner an und untersuchte ihre Gehirnaktivität. Dabei stellte er fest, dass der Ursprung des Vorauswissens im Gehirn liegt. Der Nobelpreisträger – kein Quacksalber, das dürfen Sie nicht vergessen – schloss daraus, dass gewöhnliche Menschen tatsächlich ein Stück weit in die Zukunft blicken können.«

»Das ist erstaunlich«, sagte Elizabeth.

Masterson musterte sie unverwandt. »Das war der Antrieb

hinter den Forschungen Ihres Vaters«, sagte er mit sanfter Stimme. »Er wollte herausfinden, wie es dazu kommt. Wenn gewöhnliche Menschen drei Sekunden in die Zukunft blicken können, könnte es dann nicht sein, dass diese Fähigkeit bei anderen noch weit stärker ausgeprägt ist? Vielleicht schaffen sie ja Stunden, Tage, Wochen, Jahre. Physikern ist diese Vorstellung durchaus nicht fremd. Schon Albert Einstein hat gesagt, der Unterschied zwischen Vergangenheit, Gegenwart und Zukunft sei eine *Illusion*, wenn auch eine hartnäckige. Die Zeit ist auch nur eine Dimension, genau wie der Raum. Wir haben keine Mühe, auf einem Weg durch den Raum nach vorn oder zurück zu blicken. Weshalb sollte das nicht auch für die Zeit gelten?«

Gray musste an das seltsame Mädchen denken. An die Zeichnung, die sie vom Tadsch Mahal angefertigt hatte. Wenn der Mensch tatsächlich in die Zukunft blicken konnte, wie Dr. Masterson behauptete, warum dann nicht auch über große Entfernungen hinweg? Er dachte an die Erfolge, die die CIA Direktor Crowe zufolge mit der Fernaufklärung erzielt hatte.

»Man bräuchte nur die seltenen Menschen ausfindig zu machen«, sagte Masterson, »die weiter in die Zukunft zu blicken vermögen als der Durchschnitt. Und dann müsste man sie untersuchen.«

Oder sie ausbeuten, dachte Gray, der noch immer an das Mädchen dachte.

Elizabeth legte die letzte ausgedruckte Seite auf den Stapel und reichte ihn Masterson. »Mein Vater ... hat nach diesen seltenen Menschen gesucht.«

»Nein, meine Liebe, er hat nicht nach ihnen gesucht.«

Elizabeth kniff verwirrt die Augen zusammen.

Masterson tätschelte ihr beschwichtigend die Hand. »Ihr Vater hat sie *gefunden*.«

Gray merkte auf. »Was?«

Ehe der Professor weitere Erklärungen vorbringen konnte, wurde an der Tür geklopft. Kowalski sah nach, wer draußen wartete, dann öffnete er.

Rosauro streckte den Kopf herein und reichte Gray einen schweren Schlüsselbund. »Sind Sie hier schon fertig?«

»Nein«, antwortete Gray.

Masterson schob sich an ihm vorbei. Er hatte sich den Papierstapel unter den Arm geklemmt.

»Doch, sind wir.«

Gray verdrehte die Augen und machte den anderen ein Zeichen. »Gehen wir.«

Er folgte dem reizbaren Professor nach draußen und stellte sich dabei vor, ihn zu erwürgen.

Kowalski hielt sich an Grays Seite. »Das ist seine Revanche«, sagte der Hüne und zeigte auf den Gehstock, den Masterson sich unter den anderen Arm geklemmt hatte. »Dafür, dass Sie seinen Stock ruiniert haben.«

Sie traten auf die Straße. Luca Hearn lehnte an der Motorhaube eines blaugrauen Mercedes-SUV vom Typ G55. Der Wagen sah aus wie ein Panzer.

Rosauro trat vor. Um Grays Einwänden zuvorzukommen, sagte sie: »Okay, ich weiß, unauffällig ist der nicht gerade. Aber ich wusste nicht, wohin wir wollen und wie sehr wir uns beeilen müssen.«

Kowalskis Grinsen fiel zu breit aus. »Oder wie viele Hondas wir über den Haufen fahren müssen.«

»Der Wagen hat Vierradantrieb, fast fünfhundert PS und … und …« Sie zuckte mit den Schultern. »Mir gefällt er.«

Kowalski trat an ihr vorbei und inspizierte den Wagen. »Also, meinetwegen kann Rosauro von jetzt an immer unsere Transportmittel aussuchen!«

Gray seufzte und trat neben Dr. Masterson. »Wohin fahren wir?«

Der Professor studierte gerade die Ausdrucke und zeigte mit dem Stock gereizt nach Norden. Gray wartete auf nähere Angaben, doch die blieben aus.

Elizabeths Warnung ging ihm durch den Kopf. *Setzen Sie ihn nicht unter Druck.*

Resigniert zeigte Gray auf den SUV. Er hatte keine Zeit, sich zu streiten. Sie waren ohnehin schon zu lange an ein und demselben Ort. Er wollte endlich losfahren, auch ohne das Ziel zu kennen. Falls jemand die Website der Universität Mumbai präpariert hatte, war der Gegner bereits im Anmarsch.

»Alle einsteigen!«, befahl Gray.

Kowalski streckte die Hand nach dem Schlüsselbund aus.

Gray warf ihn Rosauro zu.

Kowalski funkelte ihn an. »Sie sind richtig fies.«

17:06

Elizabeth konnte nicht länger warten. Sie schlug ihren eigenen Rat in den Wind und wandte sich an Dr. Masterson. »Hayden, Schluss mit den Spielchen. Was haben Sie damit gemeint, als Sie sagten, mein Vater habe diese Leute *gefunden*?«

»Das war ganz wörtlich gemeint, meine Liebe.«

Der Professor saß in der Mitte der mittleren Sitzreihe, flankiert von Elizabeth und Gray. Mit gezücktem Kuli sah er seit zehn Minuten die Ausdrucke durch. Rosauro blickte sich vom Fahrersitz aus nach ihm um. Kowalski saß auf dem Beifahrersitz und hatte schmollend die Arme vor der Brust verschränkt.

Luca beugte sich von der hinteren Sitzreihe aus neugierig vor.

Hayden sagte: »Ihr Vater hat in den vergangenen zehn Jahren DNA-Proben der vielversprechendsten Yogis und Mystiker Indiens gesammelt und miteinander verglichen. Er ist weit herumgekommen, im Norden des Landes wie im Süden. Er hat Unmengen von Daten gesammelt und DNA-Vergleiche angestellt. Mit einem statistischen Modell hat er die mentalen Fähigkeiten mit der genetischen Varianz abgeglichen.«

»Lucas Volk hat er ebenfalls untersucht«, bemerkte Elizabeth.

Der Zigeuner brummte und nickte.

»Weil die Roma aus dem Punjab stammen«, sagte Hayden.

»Weshalb ist das wichtig?«, fragte Gray.

»Das will ich Ihnen zeigen.« Der Professor blätterte im Papierstapel und zog eine Seite hervor. »Ihr Vater, Elizabeth, war ein wahres Genie und wurde von seinen Kollegen gewaltig unterschätzt. Er hat drei Gene ausfindig gemacht, die den Höchstbegabten gemeinsam sind. Wie bei vielen bahnbrechenden wissenschaftlichen Entdeckungen war auch hier neben aller wissenschaftlichen Tüchtigkeit eine Portion Glück im Spiel. Er stieß auf die Gene, weil ihm aufgefallen war, dass die begabtesten Menschen an unterschiedlich stark ausgeprägtem Autismus leiden.«

»Autismus?«, fragte Elizabeth. »Wieso das?«

»Durch diese Krankheit wird zwar einerseits das Sozialverhalten beeinträchtigt, andererseits geht sie häufig mit erstaunlichen Spezialbegabungen einher.« Hayden tätschelte ihr das Knie. »Wussten Sie, dass viele Schlüsselfiguren der Geschichte autistische Tendenzen hatten?«

Elizabeth schüttelte den Kopf.

Er zählte die Namen an den Fingern ab. »Auf dem Gebiet der Kunst zählten Michelangelo, Jane Austen, Emily Dickinson sowie Beethoven und Mozart dazu. Unter den Wissenschaftlern finden sich Thomas Edison, Albert Einstein und

Isaac Newton. Unter den Politikern Thomas Jefferson. Auch Nostradamus war angeblich ansatzweise autistisch.«

»Nostradamus?«, fragte Gray. »Der französische Astrologe?«

Hayden nickte. »Diese Personen haben den Lauf der Geschichte beeinflusst, die Menschheit vorangebracht und einen Beitrag zum Fortschritt geleistet. Archibald hat gern Dr. Temple Grandin zitiert, eine Tierwissenschaftlerin und Bestsellerautorin, die an Autismus leidet. ›*Wäre der Autismus auf magische Weise vom Angesicht der Erde getilgt worden, würden die Menschen noch immer am Höhleneingang ums Feuer sitzen.*‹ Ich glaube, sie hat recht.«

»Und mein Vater?«

»Der auch. Ihr Vater gelangte zu der Überzeugung, dass zwischen dem Autismus und seinen Forschungen zu Intuition und Vorauswissen eine unmittelbare Verbindung bestand.«

»Und hat er diese Verbindung gefunden?«, fragte Gray.

Der Professor seufzte. »Wir kennen zwar nicht die genaue Ursache für den Autismus, doch die meisten Wissenschaftler sind sich darin einig, dass es zehn verschiedene Gene gibt, die an dessen Auftreten beteiligt sind. Archibald hat die Gene mit seinem statistischen Modell abgeglichen und herausgefunden, dass drei dieser Gene bei allen Hochbegabten auftreten. Das war der gesuchte Durchbruch. Anschließend untersuchte er die geografische Verteilung der drei genetischen Marker, wobei diese Landkarte herauskam.«

Der Professor reichte Elizabeth ein Blatt Papier. Die Karte stellte Indien dar. Auf dessen Fläche waren Hunderte kleine Punkte verteilt.

Elizabeth betrachtete die Karte eingehend, dann reichte sie sie an Gray weiter.

Neu-Delhi

Ganges

Brahmaputra

Mumbai

Arabisches
Meer

INDIEN

Golf von
Bengalen

Sri Lanka

»Jeder Punkt«, erläuterte Hayden, »steht für einen Träger der genetischen Marker. Wenn wir genau hinschauen, stellen wir fest, dass die meisten Punkte um große Städte konzentriert sind. Was nur logisch ist, da dort viele Menschen leben.«

»Aber was ist mit dieser Region?«, fragte Gray und tippte auf den Norden.

Elizabeth wusste, worauf Gray hinauswollte. Dort waren besonders viele Punkte massiert – mehr als irgendwo sonst –, doch es waren keine großen Städte eingezeichnet.

»Diese Frage hat sich auch Archibald gestellt.« Hayden nahm den Ausdruck wieder an sich und tippte auf die Punkthäufung im Norden. »In den letzten drei Jahren seines Lebens hat er sich auf diese Region konzentriert. Er wollte herausfinden, weshalb es dort zu dieser Anhäufung von genetischen Markern kommt.«

»Und was ist der Grund?«, fragte sie.

»Der Punjab.« Die Antwort kam von ganz hinten. Von Luca Hearn. »Das Heimatland der Roma.«

»So ist es. Deshalb hat Archibald Kontakt mit den Zigeunerstämmen in Europa und den Vereinigten Staaten aufgenommen. Er fand, es sei doch ein bemerkenswerter Zufall, dass eine solch ergiebige Tradition der Prophezeiung und der Wahrsagerei aus einem einzigen Ort hervorgegangen sei und sich von dort aus nach Europa und noch weiter ausgebreitet habe. Er wollte herausfinden, ob die genetischen Marker auch bei den Zigeunern zu finden sind.«

»Und ist es so?«, wandte Elizabeth sich an Hayden und Luca.

»Ja«, antwortete Hayden, »jedoch nicht im erwarteten Maße. Für Ihren Vater war das eine Enttäuschung.«

Luca brummte etwas Unverständliches.

Sie wandte sich ihm zu. »Ja, was wollten Sie sagen?«

»Dafür gibt es eine Erklärung«, sagte Luca.

»Wie meinen Sie das?«, fragte Gray.

»Deshalb haben wir Dr. Polk eingestellt.«

Elizabeth machte sich bewusst, dass der Zigeunerführer zu diesem Thema noch keine näheren Angaben gemacht hatte. Im Flugzeug hatte er sich darüber auslassen wollen, war aber unterbrochen worden.

»Wie ich schon sagte, wollte Dr. Polk von unseren begabtesten Chovihanis Blutproben nehmen. Nicht von irgendwelchen Schwindlern, sondern von wahren Sehern. Doch es gab nur wenige, die seine Kriterien erfüllten.«

»Wie das?«

»Weil man unserem Volk das Herz geraubt hat.«

In bedächtigem, hartem Ton erzählte Luca nun die Geschichte eines großen Geheimnisses seiner Stämme, das Jahrhunderte in die Vergangenheit zurückreichte. Das Geheimnis betraf speziell einen Clan, der besondere Wertschätzung genoss. Es war verboten, mit Gadjes oder Fremden über sie zu sprechen. Der Clan wurde abgeschirmt, auch vor anderen Stämmen. Er war der wahre Ursprung des Wahrsage-Erbes der Zigeuner. Hin und wieder schlossen sich einige dieser Chovihanis anderen Stämmen an, ließen sie an ihrer Begabung teilhaben und nahmen sich dort einen Mann oder eine Frau. Die meisten aber zogen es vor, für sich zu bleiben. Vor fünfzig Jahren aber wurde dieser Clan entdeckt. Männer wie Frauen wurden niedergemetzelt und in einem flachen Grab aus gefrorenem Erdreich begraben.«

Lucas Tonfall klang jetzt verbittert. »In dem Massengrab wurden allerdings keine Kinder gefunden.«

Elizabeth verstand, worauf er hinauswollte. »Jemand hat sie mitgenommen.«

»Die Verantwortlichen für das Massaker kennen wir nicht, haben aber nicht aufgehört, nach ihnen zu suchen. Wir hatten gehofft, Dr. Polk könnte uns mit seiner DNA-Analyse neue Hinweise liefern.«

»Und ist ihm das gelungen?«, fragte Elizabeth.

Luca schüttelte den Kopf. »Wenn ja, so hat er es uns nicht verraten. Vor ein paar Monaten hat er sich jedoch mit einer seltsamen Bitte an uns gewandt. Er wollte mehr über unsere Erfahrungen als Unberührbare in Indien erfahren.«

Elizabeth hatte keine Ahnung, was das bedeuten sollte. Fragend blickte sie Hayden an, doch auch der Professor zuckte hilflos mit den Schultern. Allerdings bemerkte sie eine Veränderung in seinem Gesichtsausdruck, ein leichtes Zusammenkneifen der Augen. Irgendetwas wusste er.

Anstatt sich zu erklären, malte er mit dem Kuli ein kleines Kreuz auf die Landkarte.

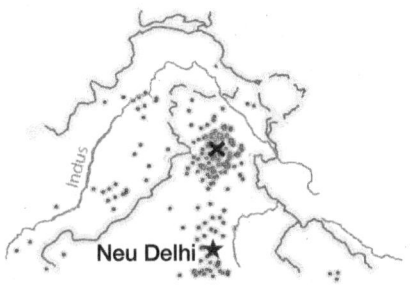

»Was soll das?«, fragte Elizabeth, die sogleich bemerkt hatte, dass das Kreuz mitten in der Punkthäufung im Punjab lag.

»Wenn wir Antworten wollen, müssen wir dorthin gehen.«

»Und was ist dort?«, hakte Gray nach.

»Das ist der Ort, wo Archibald verschwunden ist.«

11

NICOLAS SPAZIERTE DURCH den Vergnügungspark der Geisterstadt.

Ramponierte gelbe Autoscooter standen inmitten von hüfthohem Unkraut in grünen Wasserpfützen. Das Hallendach war längst eingestürzt, zurückgeblieben war ein Gerüst rostiger Stahlträger. Ein Stück weiter ragte das Riesenrad – der Große Wagen – in den Abendhimmel und hob sich als Silhouette von der tief stehenden Sonne ab. Die gelben, von Sonnenschirmen überdachten Sitze hingen reglos am verrosteten Stahlskelett. Ein Symbol und Mahnmal für die Ruine, die nach der Havarie des Kraftwerks von Tschernobyl zurückgeblieben war.

Nicolas ging weiter.

Der Park war aus Anlass der Erste-Mai-Feier im Jahr 1986 angelegt worden. Eine Woche vor dem Fest erstickte die Stadt Prypjat, Heimat von achtundvierzigtausend Arbeitern und deren Familien, jedoch unter einer Strahlenwolke. Die in den Siebzigerjahren errichtete Stadt war ein leuchtendes Beispiel der Sowjetarchitektur und des urbanen Lebens gewesen: Sie besaß ein Theater, das palastähnliche Hotel Polissia, ein modernes Krankenhaus und zahlreiche Schulen.

Jetzt war das Theater verfallen. Aus dem Dach des Hotels wuchsen Birken. Die Schulen waren Ruinen voller verschimmelter Bücher, alter Puppen und Holzbauklötze. In einem Raum hatte Nicolas einen Haufen zurückgelassener Gasmasken entdeckt, die aussahen wie die skalpierten Gesichter von Toten. Von der einst pulsierenden Stadt waren nur noch zerbrochene Fensterscheiben, eingestürzte Mauern, alte Bettrahmen und abblätternde Farbe übrig geblieben. Überall wuchsen Unkraut und Bäume und brachten zum Bersten, was Menschen erbaut hatten. Jetzt kamen nur noch Reisegruppen hierher, die für vierhundert Dollar pro Kopf die Geisterstadt erkundeten.

Und das alles nur wegen…

Nicolas beschirmte mit der Hand die Augen und blickte in die Ferne. In dreieinhalb Kilometern Entfernung konnte er gerade so eben ein dunstverschleiertes Bauwerk ausmachen.

Das Kernkraftwerk Tschernobyl.

Bei der Explosion des Reaktors war eine Strahlenwolke freigesetzt worden, die sich um die ganze Welt verteilt hatte. Der Wald rings um die Stadt hatte sich vom radioaktiven Staub rot gefärbt. Die Stadtbewohner hatten ihre Veranden und Balkone gefegt, während drei Kilometer weiter das Plutoniumfeuer brannte.

Nicolas schüttelte den Kopf, vor allem deshalb, weil ihm eine Nachrichtencrew folgte, die Füllmaterial für die Abendnachrichten drehte. Nicolas schritt durch den Vergnügungspark. Man hatte ihm dringend geraten, sich an den neu verlegten Asphaltstreifen zu halten, der durch die Ruinen der verlassenen Stadt führte. Auf den bemoosten, unkrautüberwucherten Wegen war die Strahlung höher. Die schlimmsten Zonen waren mit dreieckigen gelben Warnzeichen markiert. Die Asphaltstraße hatte man angelegt, um die Flut der Würdenträger, Politiker und Berichterstatter bewältigen zu können, die zur Einweihung des neuen Stahlsarkophags, unter dem die bröckelnde Betonhülle versiegelt werden sollte, nach Tschernobyl strömten.

Heute Abend würde das Hotel Polissia vorübergehend in altem Glanz erstrahlen. Der Ballsaal war eilig renoviert und dekontaminiert worden. Dort sollte heute Abend eine Party stattfinden; Gesellschaftsanzug war Pflicht. Man hatte sogar die aus dem Dach herauswachsenden Birken abgesägt.

Für die internationalen Gäste nur das Beste. Es würden Vertreter aus allen Ländern anwesend sein, sogar ein paar Hollywoodstars. Prypjat würde eine Nacht lang leuchten, eine prachtvolle Galaveranstaltung inmitten des radioaktiv verseuchten Katastrophengebiets.

Auch der russische Präsident und der Premierminister würden anwesend sein, zusammen mit zahlreichen Angehörigen beider Parlamentskammern. Viele Gäste waren bereits angereist, sprachen sich halbherzig für Wandel und Reformen aus und versuchten, aus dem Ereignis politisches Kapital zu schlagen.

Niemand aber hatte sich so vehement für grundlegenden Wandel ausgesprochen wie der Abgeordnete Nicolas Solokow. Und nach dem vereitelten Attentatsversuch von heute Morgen stand er im Mittelpunkt des Scheinwerferlichts.

Verfolgt von den Kameras, trat Nicolas vom Asphaltweg hinunter und näherte sich einer Hauswand. Mit schwarzer Farbe waren darauf zwei Kinder gemalt, die mit einem Spielzeuglaster spielten. Diese Art Schattenkunst fand sich in der ganzen Stadt, beunruhigend und verstörend, denn sie beschwor die Gespenster der verschwundenen Kinder herauf.

Sein persönlicher Schatten Jelena blieb auf dem Asphaltweg stehen. Sie hatte dieses Kunstwerk ausgewählt, weil es besonders ergreifend war. Zuvor hatte sie die Zone mit einem

Dosimeter durchstreift und sich vergewissert, dass die Strahlung hier ungefährlich war.

Heute Abend ging es vor allem darum, eine gute Show abzuliefern.

Nicolas legte eine Hand auf die Wand. Er zeichnete den Umriss der Kinder nach. Dann drückte er sich den Handrücken kurz aufs Auge. Jelena hatte ein paar Tropfen Ammoniak auf den Sakkoärmel geträufelt. Der beißende Geruch sorgte für die erforderlichen Tränen.

Er wandte sich den Kameras zu, die Hand auf die Wange eines Schattenkindes gelegt. »Das ist der Grund, weshalb wir den Wandel brauchen«, sagte er und machte eine weit ausholende Geste mit dem Arm. »Wer vermag diese verwüstete Landschaft anzuschauen, ohne zu erkennen, dass unser großes Land in eine neue Ära aufbrechen muss? Wir müssen dies alles hinter uns lassen – und dürfen doch niemals vergessen.«

Er wischte sich über die Wange und setzte eine energische Miene auf – ein paar Tränen gingen in Ordnung, doch schließlich wollte er nicht als Schwächling dastehen. Mit knurrender Stimme sprach er in die Mikrofone. »Schaut euch diese Stadt an! Was der Mensch zerstört hat, eignet die Natur sich an. Manche Leute haben diesen Ort als Tschernobyls Garten Eden bezeichnet. Ist das nicht ein hübscher Wald, der die Stadt zurückerobert hat? Hier singen Vögel. Es gibt Rehe in Hülle und Fülle. Aber man darf nicht vergessen, dass auch die Wölfe zurückgekehrt sind.«

Er blickte zum Horizont, der sich allmählich verfinsterte. »All die Schönheit darf uns nicht täuschen. Das ist immer noch ein *radioaktiver* Garten. Wir alle mussten zwei militärische Checkpoints passieren, um die dreißig Kilometer durchmessende Sperrzone betreten zu dürfen. Wir alle sind an den zweitausend Fahrzeugen vorbeigekommen, die eingesetzt wur-

271

den, um das radioaktive Feuer von Tschernobyl zu löschen. An Löschfahrzeugen, Flugzeugen, Krankenwagen, die noch immer so stark strahlen, dass es verboten ist, sich ihnen zu nähern. Wir alle sind mit Dosimetern ausgerüstet. Also lassen wir uns nicht täuschen. Die Natur ist zurückgekehrt, doch sie wird noch über viele Generationen hinweg zu leiden haben. Was gesund und lebenskräftig scheint, ist in Wahrheit krank. Das ist keine Neugeburt, sondern nur eine trügerische Hoffnung. Wenn wir eine wahre Wiedergeburt wollen, eine Wiederauferstehung, müssen wir uns neu orientieren und uns neue Ziele setzen.«

Er wandte sich wieder den Schattenkindern zu und schüttelte den Kopf.

»Wie könnte es auch anders sein?«, schloss er traurig.

Auf der Straße klatschte jemand.

Nicolas, der das Gesicht von den Kameras abgewendet hatte, lächelte. Während seine nachdenkliche und entschlossene Pose fotografiert wurde, überdeckte sein Schatten die Umrisse der Kinder. Nach einer Weile wandte er sich ab und ging zur Straße.

Er spazierte zurück zum Hotel. Jelena folgte ihm. Als sie um eine Ecke bogen, bemerkte er, dass vor dem Polissia großer Auftrieb herrschte. Vor dem Eingang hatte eine schwarze Stretchlimousine gehalten, die umringt war von einer kleinen Flotte kugelsicherer Personenwagen. Männer in dunklen Anzügen sprangen heraus und bildeten eine undurchdringliche Absperrkette. Der hohe Politiker stieg aus und hob den Arm zum Gruß.

Die Silhouette war unverkennbar.

Der Präsident der Vereinigten Staaten von Amerika.

Er war hergekommen, um mit Russland einen wichtigen Atomvertrag zu unterzeichnen.

Das war der Hauptgrund, weshalb man in Prypjat aufgeräumt hatte.

Nicolas, der im Hintergrund bleiben wollte, wartete, bis alle in der Hotellobby verschwunden waren. Als der Weg frei war, ging er weiter.

Alles war bereit.

Er blickte sich zum Kraftwerk um, hinter dem die Sonne im Dunst versank.

Morgen um diese Zeit würde ein neues Zeitalter anbrechen.

17:49
Südural

MONK STAND AUF einer Hügelkette und schaute in die Ferne. Die Sonne würde bald untergehen, und das Tal lag in tiefem Schatten.

»Müssen wir da durch?«, fragte er. »Können wir das Tal nicht umgehen?«

Konstantin faltete die Landkarte zusammen. »Das wären mehrere hundert Kilometer, und wir würden Tage brauchen. Bis zum Bergwerk am anderen Ufer des Karatschai-Sees, zu dem wir wollen, sind es nur zwanzig Kilometer, wenn wir hier weitergehen.«

Monk blickte auf das sumpfige Tal nieder. Der Fluss, in dem sie sich hatten treiben lassen, floss über diesen letzten Hügelkamm und mündete in das weitläufige Tal. Zahlreiche andere Flüsschen und Bäche taten das Gleiche. In den schrägen Strahlen der tief stehenden Sonne funkelten Wasserfälle und Katarakte wie Quecksilber. Im Schatten der niedrigen Berge machte er überfluteten Wald und ausgedehnten schwarzen Morast aus, der gesäumt war von Schilf und hohem Gras. Es würde nicht einfach sein, das Gebiet zu durchqueren, und im Dunkeln bestand die Gefahr, dass sie die Orientierung verloren.

Er seufzte. Aber sie hatten keine andere Wahl. Er wandte sich Kiska und Pjotr zu, die auf einem umgestürzten Baum saßen. Die beiden Kinder sahen noch immer aus wie halb ertrunkene Kätzchen. Bis die Eiseskälte sie aufs Trockene trieb, hatten sie sich einen halben Kilometer weit in der Strömung treiben lassen. Dann waren sie auf das den Raubkatzen gegenüberliegende Ufer geklettert. Die Tiger hatten ihre Spur verloren, und der Fluss wurde im weiteren Verlauf immer breiter. Wenn die Tiger ihre Spur wieder aufnehmen wollten, mussten sie erst das reißende Gewässer durchqueren.

In den letzten zwei Stunden hatte Pjotr geschwiegen. Offenbar machte er sich Sorgen wegen Marta. Aber wenigstens war der Junge nicht in Panik geraten, und nichts in seinem Verhalten deutete darauf hin, dass die Tiger in der Nähe waren.

Wieder an Land, hatten sie die Kleider ausgezogen, sie ausgewrungen und anschließend wieder angezogen. Während der zweistündigen Wanderung zur wärmsten Tageszeit waren die Sachen weitgehend getrocknet. Jetzt würden sie abermals nass werden, und die Sonne ging unter. Es würde eine kalte Nacht werden.

Konstantin hatte jedoch recht. Sie mussten weitergehen. Solange zwei Tiger das Hochland unsicher machten, war es auf festem Boden nicht sicher. Der Sumpf würde ihnen zumindest einen gewissen Schutz bieten.

Monk machte sich an den Abstieg entlang des steilen Gebirgsgrats. Er half Pjotr, während Konstantin seine Schwester bei der Hand hielt. Die beiden jüngsten Kinder bauten immer mehr ab. Im Gänsemarsch ließen sie den warmen Sonnenschein hinter sich und drangen in den kühlen Schatten vor.

Monk bildete die Spitze und bahnte den Weg durch das dichte Unterholz aus Wacholderbüschen und Beerensträuchern. Je morastiger der Boden wurde, desto besser kamen sie jedoch voran. Bald darauf sprangen sie von einem Moosflecken zum nächsten, was nicht weiter schwer war, da das Moos hier gedieh. Der weiche grüne Teppich bedeckte Felsnasen und zog sich an den weißen Birkenstämmen hoch, als wollte er sie in den Erdboden hinabziehen.

Sie kamen immer langsamer voran, denn sie mussten den immer zahlreicher werdenden Wassertümpeln ausweichen.

Monk vernahm einen durchdringenden Schrei. Ein Adler schwebte vorbei, seine Flügel hatte eine gewaltige Spannweite.

Auf der Jagd.

Der Adler rief Monk die Gefahren in Erinnerung, die hinter ihnen lauerten.

Er beschleunigte seinen Schritt. Den Kindern schien dieses Terrain besser zu liegen. Aufgrund ihres geringeren Körpergewichts sanken sie kaum ein, während Monk, wenn er nicht einen Stiefel verlieren wollte, darauf achten musste, wohin er seine Füße setzte.

Im Verlauf der nächsten Stunde legten sie Monks Schätzung zufolge keine zwei Kilometer zurück. Immer wieder flüchteten Schlangen vor ihnen, und einmal erhaschte er einen Blick auf einen Fuchs, der von einer Erhebung zur nächsten sprang und dann verschwand. Monk lauschte angestrengt. Im Sumpf wimmelte es von allem möglichen Getier. Einmal tauchte das schwere Geweih eines Elchs über dem Schilf auf.

Ehe sie sich's versahen, befanden sie sich in knöcheltiefem Wasser und wanderten im Zickzack von Insel zu Insel. Die kalte Luft roch nach Algen und Moder. Insekten summten. Als die Sonne hinter den Bergen versank, dunkelte es rasch.

Monk stapfte vorsichtig weiter.

Konstantin wich ihm nicht von der Seite. Er hielt immer

noch Kiskas Hand. Das Mädchen war im Gehen fast eingeschlafen.

Pjotr hielt sich dicht hinter Monk. Wenn sie durch tieferes
Wasser kamen, musste Monk den Jungen huckepack nehmen.

Plötzlich ergriff Pjotr Monks Hand und drückte fest zu.

Etwas brach durchs Gebüsch und kam geradewegs in ihre
Richtung.

O nein ...

»Lauft!«, rief Monk, der ahnte, was da auf sie zukam.

Er riss den Jungen hoch, der sich schreiend wehrte. Konstantin stapfte im Stelzschritt durchs Wasser und zerrte seine
Schwester hinter sich her. Monk sank mit dem linken Fuß bis
zur Wade ein. Er hatte das Gefühl, er wäre in flüssigen Ze-
ment getreten.

Das Rascheln und Knacken der Zweige kam immer näher.

Monk versetzte Pjotr einen Stoß in den Rücken und wirbelte herum, um sich dem Angreifer zu stellen. Er hörte, wie
der Junge ins Wasser fiel. Anstatt jedoch wegzulaufen, kam er
zu Monk zurückgekrabbelt.

»Nein! Lauf weg, Pjotr!«

Der Junge stürzte an ihm vorbei, während ein großer Schatten aus den Bäumen herabsprang und mit einem lauten Plat-
scher im Wasser landete. Junge und Schattengestalt fielen sich
in die Arme.

Marta.

Monk wartete darauf, dass sich sein rasender Herzschlag
beruhigte. »Pjotr, beim nächsten Mal ... sagst du mir vorher
Bescheid.« Langsam zog er den Fuß aus dem Morast hervor.

Die Schimpansin umarmte den Jungen und zog ihn aus
dem flachen Wasser. Konstantin und Kiska kamen angestapft.
Marta ließ Pjotr los und drückte die Kinder nacheinander an
ihre Brust. Dann näherte sie sich mit ausgebreiteten Armen
Monk. Er bückte sich und ließ sich ebenfalls von ihr umar-

men. Sie war erhitzt und atmete ihm schnaufend ins Ohr. Die alte Äffin zitterte vor Erschöpfung. Er erwiderte die Umarmung, denn er spürte, wie anstrengend es für sie gewesen war, wieder zu ihnen zu stoßen.

Als Monk sich aufrichtete, fragte er sich, wie Marta sie wohl gefunden hatte. Er ahnte, wie sie es angestellt hatte, sie einzuholen. Während er mit den Kindern mühsam durch Wasser und Morast gestapft war, hatte sie sich an den Sumpfbäumen entlanggehangelt. Aber wie hatte sie sie ausfindig gemacht?

Monk musterte das dunkle Sumpfland.

Wenn die Schimpansin ihnen hatte folgen können, dann…

»Lasst uns weitergehen«, sagte er.

Sie setzten sich wieder in Bewegung. Martas Auftauchen hatte die Kinder belebt, doch schon bald raubte ihnen das schwierige Terrain erneut den Atem, und sie mussten wieder kämpfen. Konstantin ging ein Stück voraus. Pjotr hielt sich an Monks Seite, während Marta sich meistens an Ästen entlanghangelte, sodass ihre Füße das Wasser nur streiften.

Monk konnte Konstantin kaum mehr erkennen. Zur Linken rief eine Eule, ein langgezogener, hohl klingender Laut.

Aus einer Ansammlung von Weiden rief Konstantin zu ihnen zurück: »Eine *izba*!«

Monk hatte keine Ahnung, was er meinte, doch es klang gar nicht gut. Er stapfte zu dem Jungen und stellte fest, dass das Wasser hier nicht mehr so tief war.

Er schob sich durch den Vorhang der Weidenäste hindurch. Vor ihm lag eine der zahlreichen kleinen Inseln. Doch sie war nicht leer. Auf der flachen Erhebung stand auf kurzen Pfählen eine Hütte. Sie war aus grob behauenen Baumstämmen erbaut, das Dach mit Moos bedeckt. Das einzige Fenster war unbeleuchtet. Sie wirkte unbewohnt. Aus dem Schornstein kam kein Rauch.

Konstantin wartete am Rand der Insel inmitten hohen Schilfs.

Monk trat neben ihn.

Der Junge hob den Arm. »Eine Jagdhütte. Die gibt es überall in den Bergen.«

»Ich seh mal nach«, sagte Monk. »Ihr wartet hier.«

Er kletterte aufs Trockene und ging um die Hütte herum. Sie war klein, der Rauchabzug aus Bruchsteinen errichtet. Das Gras reichte ihm bis zur Hüfte. Anscheinend war seit einer Ewigkeit kein Jäger mehr hier gewesen. Das Fenster war von innen verrammelt. Monk machte einen kleinen Anleger aus, doch es waren keine Boote daran festgemacht. Im Schilf aber lag ein Flachbodenkahn – eine Art Floß mit spitzem Bug. Es war mit Moos überwachsen, aber hoffentlich noch einsetzbar.

Monk wandte sich wieder der Hütte zu. Er rüttelte an der Tür. Sie war unverschlossen, doch die Bretter hatten sich verzogen, und es erforderte einige Anstrengung, sie aufzubekommen. Die verrosteten Angeln quietschten. Im dunklen Inneren roch es modrig. Wenigstens war es trocken. Die Blockhütte hatte nur einen einzigen Raum. Der größte Teil des Bretterbodens war mit Heu bedeckt. Die Einrichtung bestand aus einem kleinen Tisch und vier Stühlen. An der einen Wand standen primitive Schränke, eine Kochecke fehlte. Offenbar war ausschließlich an der Feuerstelle gekocht worden, wo ein paar Eisenpfannen und Töpfe standen. In einer Ecke war ein kleiner Holzstapel.

Gar nicht schlecht.

Monk trat ins Freie und winkte die Kinder zu sich heran.

Er rastete nur ungern, doch sie alle brauchten dringend eine Ruhepause. Da das Fenster mit einem Laden verschlossen war, konnte er es riskieren, ein kleines Feuer zu machen. Es wäre angenehm, Kleider und Stiefel zu trocknen, und die

Nacht würde bestimmt kalt werden. Wenn sie ausgeruht waren und sich aufgewärmt hatten, könnten sie vor Anbruch des Morgens aufbrechen und sich hoffentlich mit dem Floß davonmachen.

Konstantin half ihm beim Feuermachen, während die anderen beiden Kinder am Boden hockten und sich an Marta anlehnten. Konstantin fand eine Wachsschachtel mit Streichhölzern. Das trockene Holz entzündete sich gleich beim ersten Versuch. Bald darauf brannte ein munteres Feuer. Rauch stieg zum Abzug auf.

Während Monk Holzscheite nachlegte, durchsuchte Konstantin die Schränke. Er fand Angelgerät, eine verrostete Laterne, in deren Vorratsbehälter noch etwas Kerosin schwappte, ein schweres Bowiemesser und eine halb volle Patronenschachtel. Aber keine Schusswaffe. In einem der Schränke entdeckte er ein paar zerfledderte, vergilbte Zeitschriften mit nackten Frauen, die Monk konfiszierte und ins Feuer warf. Oben auf dem Schrank aber lagen noch vier schwere Decken, gefaltet und säuberlich gestapelt.

Als Konstantin die Decken verteilte, zeigte er auf Monks Rucksack. Monk blickte hinüber. Der Junge deutete auf das Dosimeter. Es war nicht mehr weiß, sondern rosafarben.

»Radioaktive Strahlung«, murmelte Monk.

Konstantin nickte. »Von der Atomfabrik, die den Karatschai-See vergiftet hat.« Er zeigte in nordwestliche Richtung. »Das strahlende Material dringt langsam in den Boden ein.«

Wahrscheinlich ist das Grundwasser kontaminiert, dachte Monk. Und wo landete das viele Wasser, das von den Bergen floss? Monk musterte den Fensterladen und dachte an den draußen befindlichen Sumpf.

Er schüttelte den Kopf.

Im Moment brauchte er sich nur wegen der menschenfressenden Tiger Sorgen zu machen.

Pjotr hatte sich nackt in eine dicke Decke gemummt und saß vor dem Feuer. Ihre Schuhe standen in Reih und Glied vor der Feuerstelle, die Kleider hatten sie zum Trocknen auf eine Angelschnur gehängt. Die Schnur war so dünn, dass es aussah, als schwebten seine Hose und das Hemd in der Luft.

Er betrachtete fasziniert die tanzenden, knisternden Flammen, doch den Rauch mochte er nicht. Der aufsteigende Qualm wirkte lebendig, wie ein Geschöpf des Feuers.

Er fröstelte und rutschte auf dem Hintern etwas näher an die hellen Flammen heran.

Die Lehrerin erzählte ihnen gern Geschichten von der Hexe Baba Jaga, die im finsteren Wald in einer Blockhütte lebte, die auf Hühnerbeinen umherwanderte und Kinder jagte, die sie anschließend aß. Pjotr dachte an die Pfähle, auf denen die Hütte stand. Und wenn das nun die Hütte der Hexe war und das Maul im Erdboden verborgen?

Misstrauisch beäugte er den Qualm.

Hatte die Hexe nicht unsichtbare Helfer?

Er hielt nach ihnen Ausschau, konnte aber nichts erkennen, was sich selbstständig bewegte. Andererseits warfen die Flammen unstete Schatten, deshalb konnte er sich nicht sicher sein.

Er rückte noch näher an die wärmenden Flammen heran, ohne den wirbelnden Rauch aus den Augen zu lassen.

Um sich zu beruhigen, schaukelte er leicht mit dem Oberkörper. Marta rutschte näher. Er schmiegte sich an sie. Sie
legte den Arm um ihn und drückte ihn an sich.

Hab keine Angst.

Doch er hatte Angst. In seinem Schädel kribbelte es, als
krabbelten tausend Spinnen darin herum. Er beobachtete
den Rauch, denn er wusste, dass von ihm die eigentliche Gefahr ausging. Der aus dem Schornstein aufsteigende Qualm
würde Baba Jaga womöglich verraten, dass sich in ihrer Hütte
Kinder aufhielten.

Pjotr bekam Herzklopfen.

Die Hexe würde sie holen kommen.

Ganz bestimmt.

Mit angstgeweiteten Augen forschte er im Rauch nach der
Gefahr.

Huhu, machte Marta, um ihn zu beruhigen, doch es half
nicht. Die Hexe wollte sie alle auffressen. Sie waren in Gefahr.
Kinder in Gefahr. Wenn es im Feuer knackte, zuckte er jedes
Mal zusammen. Dann auf einmal wusste er es.

Es ging nicht um mehrere Kinder.

Sondern um ein bestimmtes Kind.

Nicht um ihn.

Um jemand anderen.

Pjotr versuchte, durch den Qualm hindurch zur Wahrheit vorzudringen. Dann sah er in den Rauchschwaden die Person, die sich in Gefahr befand.

Es war seine Schwester.

Sascha.

11:07
Washington, D. C.

»DIC«, SAGTE LISA, die am Bett des Mädchens stand.

Kat verstand nicht, was sie meinte. Sie hatte die Arme vor dem Bauch verschränkt und blickte auf das zerbrechliche kleine Mädchen, das in dem Krankenhausnachthemd so mager wirkte, ganz verloren inmitten der Laken und Kissen des Gitterbetts. Unter dem Laken traten Kabel aus, die zu einer Reihe von Geräten führten, die den Blutdruck und die Herzfunktion überwachten. Trotzdem war ihre blasse Haut in den vergangenen Stunden immer wächserner geworden, und ihre Lippen waren bläulich angelaufen.

»Disseminierte intravasale Koagulopathie«, erklärte Lisa, doch ebenso gut hätte sie Swahili sprechen können.

Monk, der ebenfalls Medizin studiert hatte, hätte gleich gewusst, wovon sie redete. Kat schüttelte abwehrend den Kopf. Sie wollte noch immer nicht darüber nachdenken, weshalb das Mädchen Monks Bild gezeichnet hatte. Ganz offensichtlich hatte sie es speziell für Kat gezeichnet. Zwischen ihnen hatte sich eine Beziehung entwickelt. Das hatte Kat beim Vorlesen gemerkt. Meistens wirkte das Verhalten des Mädchens oberflächlich und gekünstelt, doch hin und wieder sah sie Kat genauer an. In ihren Augen leuchtete etwas, eine Mischung aus Vertrauen und beinahe so etwas wie Wiedererkennen. Kat war dahingeschmolzen. Da sie selbst ein kleines Kind hatte, war ihr Mutterinstinkt stark ausgeprägt. Außerdem war sie wegen Monks Tod noch immer aufgewühlt.

»Was heißt das?«, wandte Painter sich an Lisa.

Er stand an der anderen Bettseite. Kurz zuvor hatte er einen Anruf von Gray aus Indien entgegengenommen. Grays Gruppe war angegriffen worden und fuhr jetzt in den Norden des Landes. Painter ließ bereits die Hintergründe des Überfalls untersuchen – der Mordversuch an dem Professor konnte kein Zufall gewesen sein. Jemand hatte *gewusst*, dass Painter dorthin geflogen war. Obwohl der Direktor damit beschäftigt war, das Geheimnis zu lüften, hatte er sich Zeit genommen, sich Lisas Bericht persönlich anzuhören.

Dr. Cummings hatte eine Reihe von Bluttests durchgeführt.

Ehe Painters Frage beantwortet wurde, trat Dr. Sean McKnight in den Raum. Er hatte Sakko und Krawatte abgelegt und sich die Hemdsärmel bis zum Ellbogen hochgekrempelt. Nachdem Gray Meldung erstattet hatte, war er hinausgegangen, um ein paar Anrufe zu tätigen. Painter wandte sich ihm zu und hob fragend eine Braue, doch Sean forderte Lisa mit einer Handbewegung auf fortzufahren. Er sank auf den Stuhl neben dem Bett. Dort hatte er in der vergangenen Stunde Wache gehalten. Auch jetzt wieder hatte er die Hand aufs Laken gelegt. Kat und Sean hatten sich lange unterhalten. Er hatte zwei Enkelkinder.

Lisa räusperte sich. »DIC ist ein pathologischer Prozess, in dessen Verlauf sich im gesamten Kreislauf kleine Blutgerinnsel bilden. Die Gerinnungsfaktoren werden dezimiert, was zu inneren Blutungen führt. Das kann unterschiedliche Ursachen haben, aber meistens ist dies Folge einer Primärerkrankung. Von Schlangenbissen, Krebs, starken Verbrennungen, Schock. Eine der Hauptursachen ist jedoch Meningitis, eine infektiöse Hirnhautentzündung. In Anbetracht des Fiebers und …«

Lisa deutete auf das Implantat an der Schädelseite des Kindes. Ihre Lippen wurden vor Besorgnis ganz schmal. »Sämtliche Tests haben die Diagnose bestätigt. Herabgesetzte Thrombozytenzahl, erhöhte Fibrinwerte und erhöhte Blutgerinnungszeit. Ich bin mir bezüglich der Diagnose sicher. Ich gebe ihr rote Blutkörperchen sowie Antithrombin und Drotrecogin Alpha. Das sollte ihren Zustand vorübergehend stabilisieren, aber eine wirksame Behandlung müsste an der Primärerkrankung angreifen, welche die DIC ausgelöst hat. Und darüber wissen wir nichts. Sascha ist nicht septisch. Die Ergebnisse der Blutuntersuchung und der Analyse der Rückenmarksflüssigkeit sind negativ. Es könnte sich um eine Virenerkrankung handeln, doch ich glaube, es gibt eine andere

Ursache, bezüglich der wir noch im Dunkeln tappen, die aber mit dem Implantat in Verbindung stehen könnte.«

Kat atmete stockend aus. »Und solange wir die nicht kennen ...«

Lisa verschränkte die Arme, als imitierte sie Kats Haltung. »Sie baut ab. Ich habe die Entwicklung verlangsamt, aber wir brauchen mehr Informationen. Die Initialen DIC haben bei Medizinern auch noch eine andere Bedeutung. Sie stehen für *Death Is Coming.*« Es geht zu Ende.

Kat wandte sich Painter zu. »Wir müssen etwas unternehmen.«

Painter nickte und blickte Sean an. »Wir haben keine Wahl. Wir brauchen Informationen. Wenn wir mehr Zeit hätten, kämen wir vielleicht von selbst dahinter, aber es gibt gewisse Leute, die sich mit dieser Biotechnologie auskennen und genau wissen, was man mit dem Mädchen angestellt hat.«

Sean seufzte. »Wir müssen behutsam vorgehen.«

Kat spürte, dass Sean und Painter sich bereits abgesprochen hatten. »Was haben Sie vor?«

»Wenn wir das Leben des Kindes retten wollen«, Painter blickte das zerbrechliche Mädchen an, »müssen wir uns mit dem Gegner einlassen.«

23:38

Trent McBride schritt über den menschenleeren Gang. Dieser Teil des Walter-Reed-Instituts sollte demnächst renoviert werden. Die Krankenzimmer waren in einem desolaten Zustand. Die Wände waren verschimmelt, der Putz bröckelte von den Wänden. Er aber wollte zur geschlossenen psychiatrischen Abteilung. Dort waren die Wände aus nacktem Beton, die Fenster vergittert, und in den Stahltüren gab es kleine vergitterte Guckfenster.

Trent näherte sich der letzten Zelle. Vor der Tür stand ein Wachposten. Man ging hier kein Risiko ein. Der Mann trat beiseite und reichte Trent einen klirrenden Schlüsselbund.

Er nahm die Schlüssel entgegen und spähte durch das kleine Türfenster. Juri lag vollständig bekleidet auf dem Bett. Als Trent die Tür öffnete, setzte Juri sich auf. Für einen alten Mann wirkte er drahtig und agil. Offenbar hatte er sich mit einem kräftigen Cocktail von Androgenen und anderen Anti-Aging-Hormonen in Schwung gehalten. Die Russen konnten von den leistungssteigernden Drogen einfach nicht genug bekommen.

Er stieß die Tür auf. »Es wird Zeit, dass Sie sich nützlich machen, Juri.«

Der Mann stand auf, seine Augen blitzten. »Geht es um Sascha?«

»Wir werden sehen.«

Juri kam zur Tür. Trent gefiel sein resolutes Auftreten nicht. Plötzlich kamen ihm Zweifel. Juri wirkte nicht gebrochen, sondern ließ einen stahlharten Kern erkennen. Vielleicht waren die Injektionen in den Hintern ja nicht die einzige Erklärung für die Kraft dieses alten Mannes.

Resolut hin oder her, Juri befand sich in seiner Gewalt.

Gleichwohl bedeutete Trent dem bewaffneten Wachposten, ihm zu folgen. Trent hatte Juri persönlich abholen wollen. Mit seiner Größe von über eins achtzig und dem doppelten Körpergewicht Juris hätte er auf eine Eskorte eigentlich verzichten können. Allerdings weckte Juris Blick sein Misstrauen.

»Wohin gehen wir?«, fragte Juri.

Wir werden den letzten Nagel in Archibald Polks Sarg hämmern, dachte er bei sich. Trent hatte die Ermordung seines alten Freundes inszeniert, doch nun beabsichtigte er, ein Ende zu machen mit einem der größten Erfolge Archibalds, seinem Geistesprodukt, einer Geheimorganisation, die er sich in der Zeit ausgedacht hatte, als er noch für die Jasons arbeitete.

Ein Team von Killerwissenschaftlern.

Sozusagen bewaffnete Jasons.

Nach der Ermordung des Professors wollte Trent nun sein Geistesprodukt zerstören. Um das Fortbestehen seines eigenen Werkes zu sichern, musste Sigma sterben.

12

ALS DIE SONNE langsam unterging, musste Gray sich eingestehen, dass Rosauro bei der Anmietung des Wagens eine kluge Wahl getroffen hatte. Während er auf dem Beifahrersitz saß, musste er sich mit einer Hand am Dach abstützen, denn die morastige Straße war von Schlaglöchern übersät. Die letzte größere Stadt hatten sie eine Stunde zuvor passiert, und nun rumpelten sie durchs hügelige Hinterland. Milchbauernhöfe, Zuckerrohrfelder und Mangoplantagen gliederten die vorbeiziehende Landschaft in ein Flickenmuster. Masterson hatte bereits erklärt, weshalb der Punjab die Kornkammer Indiens war und den größten Teil des Bedarfs an Weizen, Hirse und Reis deckte.

»Und irgendjemand muss all diese Felder bestellen«, hatte Masterson gemeint, der Rosauro vom Rücksitz aus Anweisungen gab.

Kowalski und Elizabeth teilten sich mit ihm die Sitzbank. Luca saß ganz hinten und polierte seine Dolche.

»Die nächste Abzweigung links«, befahl Masterson.

Rosauro kurbelte am Steuer, und der SUV preschte durch einen wassergefüllten Graben, fast ein kleiner Fluss. Punjab bedeutete auf Persisch »Land der fünf Flüsse«, was einer der Gründe war, weshalb der Bundesstaat überwiegend von der Landwirtschaft lebte.

Gray schaute prüfend zum Abendhimmel hoch. Es würde bald dunkel werden. Die Wolken hingen tief. Im Laufe der Nacht würde es noch mehr Regen geben.

»Geradeaus«, sagte Masterson. »Über den nächsten Hügel.«

Der Wagen mühte sich den Hang hinauf, die Räder wühlten den Morast auf. Von der Kuppe aus blickten sie in ein kleines, von Hügeln gesäumtes schüsselförmiges Tal. Am Talboden lag ein unbeleuchtetes Dorf, eine dicht gedrängte Ansammlung von Steinhäusern und Lehmhütten mit palmgedeckten Dächern. Am Dorfrand brannten mehrere Feuer, drum herum standen ein paar Männer mit langen Stangen. Sie verbrannten Müll. Neben einem der Feuer stand ein Ochsenkarren, hoch beladen mit Abfall. Der einhörnige Ochse bewegte sich unruhig, als der Wagen den Hang heruntergefahren kam.

»Die andere Seite Indiens«, meinte Masterson. »Über drei Viertel aller Inder leben immer noch auf dem Land. Die hier stehen im Kastensystem freilich ganz unten. Das sind Harijan, wie Ghandi sie genannt hat, was so viel bedeutet wie ›Kinder Gottes‹. Meistens aber werden sie noch immer abfällig als Dalits oder Achutas bezeichnet, was ›Unberührbare‹ heißt.«

Gray bemerkte, dass Luca seine Dolche wieder in die Scheide gesteckt hatte und aufmerksam lauschte. *Unberührbare.* Vielleicht hatten sie ja die gleichen Wurzeln wie sein eigenes Volk.

Die mit Sicheln und Stangen bewaffneten Dörfler drängten sich im Feuerschein aneinander und blickten den Fremden misstrauisch entgegen.

»Was sind das für Leute?«, fragte Gray, denn er wollte wissen, mit wem er es zu tun hatte.

»Um das zu verstehen«, sagte Masterson, »müssen Sie über das indische Kastensystem Bescheid wissen. Der Legende nach stammen alle Varnas – oder Menschenkasten – von einem gottähnlichen Wesen ab. Die Brahmanen, die Priester und Lehrer, entstanden aus dem Mund dieses Wesens. Herrscher und Soldaten aus seinen Armen. Kaufleute und Händler aus seinen Schenkeln. Die Arbeiter gingen aus den Füßen hervor. Jede Kaste hat ihre eigene Hackordnung, niedergeschrieben in den zweitausend Jahre alten Gesetzen Manus, worin genau aufgeführt wird, was man zu tun und zu lassen hat.«

»Und die Unberührbaren?«, fragte Gray, während er die versammelten Männer und Halbwüchsigen aufmerksam musterte.

»Die fünfte Varna stammt angeblich *nicht* von diesem Urmenschen ab. Das waren Ausgestoßene, die als unrein galten, weshalb es ihnen nicht gestattet war, sich mit gewöhnlichen Menschen zu vermischen. Diese Leute hatten Umgang mit Tierhäuten, Blut, Exkrementen und Leichen. Es war ihnen verboten, die Häuser und Tempel der Angehörigen höherer Kasten zu betreten, sie durften auch nicht deren Essgeschirr benutzen. Nicht einmal ihr Schatten durfte auf den Angehörigen einer höheren Kaste fallen. Wer gegen diese Regeln verstieß, wurde geschlagen, vergewaltigt, getötet.«

Elizabeth beugte sich vor. »Und niemand unternimmt etwas dagegen?«

Masterson schnaubte. »Die indische Verfassung verbietet solche Diskriminierungen, doch es gibt sie noch immer, zumal in ländlichen Gebieten. Fünfzehn Prozent der Bevölkerung gelten nach wie vor als unberührbar. Es gibt kein Entrinnen. Das Kind eines Achutas bleibt ewig ein Achuta. Sie sind Opfer einer jahrtausendealten Religion, die sie als Untermenschen klassifiziert. Und seien wir mal ehrlich. Wie ich schon sagte, irgendjemand muss all die Felder bestellen.«

Gray dachte an die ausgedehnten Gehöfte und Obstplantagen.

Masterson fuhr fort: »Die Unberührbaren sind die geborenen Sklaven. Es sind in dieser Beziehung einige Fortschritte zu verzeichnen, vor allem in den Städten, aber in den ländlichen Gegenden werden halt Arbeiter gebraucht – und das Kastensystem deckt den Bedarf. Es ist schon vorgekommen, dass Dörfer wie dieses niedergebrannt oder zerstört wurden, weil die Bewohner es gewagt hatten, höhere Löhne oder bessere Arbeitsbedingungen zu fordern. Deshalb begegnen uns die Leute hier auch mit Misstrauen.«

Er nickte zu dem mit Arbeitsgeräten bewaffneten Empfangskomitee hinüber.

»Ach Gott«, sagte Elizabeth.

»Gott hat damit nichts zu tun«, bemerkte Masterson säuerlich. »Es geht ausschließlich um die Wirtschaft. Ihr Vater hat sich sehr für diese Leute eingesetzt. In letzter Zeit fiel es ihm immer schwerer, Yogis und Brahmanen als Unterstützer zu gewinnen.«

»Wegen seiner Verbindungen zu den Unberührbaren?«, fragte sie.

»Ja … und weil er unter den Unberührbaren nach dem Ursprung des genetischen Markers suchte. Als sich das herumsprach, schlug man ihm immer häufiger die Tür vor der Nase zu. So viel zum Thema Erleuchtung. Nach seinem Verschwinden habe ich zunächst angenommen, er sei aus ebendiesem Grund ermordet worden.«

Gray forderte Rosauro mit einer Handbewegung auf, bei den Müllfeuern zu halten. »Und dieses Dorf hier? Wurde Dr. Polk hier zum letzten Mal gesehen?«

Masterson nickte. »Irgendwann rief Archibald mich an. Er klang aufgeregt. Er hatte eine Entdeckung gemacht und wollte sie mit jemandem teilen – anschließend habe ich nichts mehr von ihm gehört. Aber das kam häufiger vor – er verschwand für ein paar Monate in abgelegenen Gebieten und zog von

Dorf zu Dorf. Er hielt sich oft in namenlosen Dörfern auf, die von den höheren Kasten gemieden werden. Nach einer Weile begann ich jedoch, das Schlimmste zu fürchten.«

»Und was sind das für Leute?«, fragte Gray. »Haben wir von ihnen etwas zu befürchten?«

»Ganz im Gegenteil.« Masterson öffnete die Tür, stützte sich auf seinen Stock und stieg aus.

Gray folgte ihm. Auch die anderen stiegen aus. »Bleiben Sie in der Nähe des Wagens«, meinte er warnend.

Masterson stapfte mit Gray im Schlepptau auf das Feuer zu. Der Professor rief etwas auf Hindi. Aufgrund seiner Beschäftigung mit indischer Religion und Philosophie verstand Gray ein paar Worte und Wendungen, doch das reichte nicht aus, um Masterson folgen zu können. Offenbar erkundigte er sich nach jemandem, denn er musterte die Gesichter.

Die Männer bildeten eine waffenstarrende, undurchdringliche Mauer.

Der Ochse muhte klagend, als spürte er die Anspannung.

Schließlich stand Masterson zwischen den beiden qualmenden Scheiterhaufen. Es stank nach verbrannter Leber und brennenden Reifen. Gray musste sich beherrschen, um nicht die Hand vor die Nase zu halten. Masterson deutete auf die Personen am Wagen und sprach weiter. Gray hörte Archibald Polks Namen heraus, gefolgt von dem Hindi-Wort Betee.

Tochter.

Die Männer blickten zu Elizabeth hinüber. Sie senkten die Waffen und unterhielten sich aufgeregt. Es wurde auf sie gezeigt. Die Menschenmauer teilte sich. Zwei Knaben rannten aufgeregt durch die schmale Gasse, die zwischen zwei Steinhäusern entlangführte, und riefen etwas.

Masterson wandte sich an Gray. »Bei den Achutas dieser Gegend genießt Archibald hohe Wertschätzung. Ich hatte keinen Zweifel, dass die Anwesenheit seiner Tochter uns einen freundlichen Empfang bescheren würde. Wir haben von diesen Leuten nichts zu befürchten.«

»Abgesehen von Durchfall«, brummte Kowalski, als er sich zu ihnen gesellte.

Elizabeth versetzte ihm mit dem Ellbogen einen Stoß in die Rippen.

Gray geleitete sie ins Dorf. Er spürte, dass sie mehr zu fürchten hatten als Bauchgrimmen.

20:02

Elizabeth ging zwischen den beiden Feuern hindurch. Jenseits des Lichterscheins erwachte das Dorf. Jemand bearbeitete eine primitive Trommel. Eine Frau tauchte auf, das Gesicht halb vom Sari bedeckt. Sie zeigte zur Dorfmitte.

Als sie sich abwandte, erhaschte Elizabeth einen Blick auf vernarbte, schlaffe Haut, verborgen hinter einem dünnen Schleier. Masterson bemerkte Elizabeths Interesse.

Sie beugte sich zu ihm. »Was ist mit der Frau passiert?«

»Ihr Vater hat von ihr gesprochen«, antwortete der Professor mit leiser Stimme. »Ihr Sohn wurde dabei erwischt, dass er im Teich eines Dorfs angelte, dessen Bewohner einer höheren Kaste angehören. Die Dorfbewohner haben das Kind verprügelt und der Frau Säure ins Gesicht geschüttet. Sie hat ein Auge verloren, und die eine Gesichtshälfte ist entstellt.«

Elizabeth wurde ganz kalt. »Wie grauenhaft.«

»Dabei hat sie noch Glück gehabt, weil man sie nicht auch noch vergewaltigt hat.«

Bestürzt folgte Elizabeth der Frau, abgestoßen von der Grausamkeit, die ihr widerfahren war, aber auch voller Respekt für ihren Überlebenswillen.

Die Frau geleitete sie durch das Labyrinth der Gassen. Hier brannte ein weiteres Feuer. Um eine handbetriebene Wasserpumpe hatten sich Leute an ein paar Holztischen versammelt. Frauen wischten Blätter davon ab oder trugen Speisen auf. Kleine Kinder rannten barfuß umher, die meisten hatten nicht einmal ein Hemd an.

Als Elizabeth vorbeikam, neigten mehrere Männer die Köpfe. Einige verbeugten sich sogar. Offenbar aus Respekt vor ihrem Vater. Dabei hatte sie nicht einmal gewusst, was er für diese Menschen getan hatte.

Masterson deutete mit dem Stock auf die Männer. »Archibald hat für die hiesigen Dörfer viel Gutes getan. Er hat veranlasst, dass eine Miliz aufgelöst wurde, die in dieser Gegend ihr Unwesen trieb, und dafür gesorgt, dass die Dorfbewohner höhere Löhne bekommen, dass die medizinische Versorgung verbessert wurde und die Kinder Schulunterricht erhalten. Vor allem aber hat er ihnen Respekt entgegengebracht.«

»Das habe ich nicht gewusst«, murmelte sie.

»Er hat ihr Vertrauen gewonnen. In dieser Gegend hat er übrigens auch die meisten genetischen Untersuchungen durchgeführt.«

»Weshalb gerade hier?«, fragte Gray.

»Als Archibald die Karte anfertigte, die ich Ihnen gezeigt habe, hat er sich den Punjab genauer angesehen. Die genetischen Hinweise verwiesen auf diese Hügel, doch ich glaube, es steckt noch mehr dahinter.«

Elizabeth runzelte die Stirn. »Was meinen Sie damit?«

»Ich bin mir nicht sicher. Sein Interesse an dieser Region erreichte vor zwei Jahren seinen Höhepunkt. Er stellte die Breitenuntersuchungen in ganz Indien ein und konzentrierte sich fortan ganz auf diese Gegend.« Der Professor blickte sich zu Luca um. »Und auf die Zigeuner.«

Elizabeth vergegenwärtigte sich die damalige Zeit. Sie hatte gerade in Georgetown promoviert. Damals hatte sie kaum Kontakt mit ihrem Vater gehabt. Und auch keine Geduld. Die seltenen Telefonate waren meistens kurz gewesen. Hätte sie gewusst, was er neben seiner Forschung sonst noch machte, wäre vielleicht manches anders gelaufen.

In der Dorfmitte angelangt, wurden sie freundlich begrüßt und zum Essen aufgefordert. Die Speisen waren bereits aufgetragen – Roti, das indische Fladenbrot, Reis, gedünstetes Gemüse, kleine Pflaumen und dicke Datteln, Schüsseln mit Buttermilch – einfache Speisen, aber die Gastfreundschaft kam von Herzen. Eine kniende Frau rührte eine Linsensuppe um, die auf einem hufeisenförmigen Ofen stand. Ihre Tochter legte aus einem Eimer Kuhfladen ins Feuer.

Kowalski stellte sich neben Elizabeth. »Nicht gerade Burger King.«

»Vielleicht deshalb, weil sie die Kühe als heilig verehren.«

»Hey, ich verehre sie auch. Besonders englisch gegrillt, mit einer leckeren gebackenen Kartoffel.«

Elizabeth lächelte. Weshalb wollte dieser grässliche Mann sie ständig zum Lächeln bringen? Plötzlich wurde ihr bewusst, wie eng sie beieinanderstanden. Sie rückte etwas von ihm ab.

An der einen Seite zupfte ein Dorfbewohner die Saiten einer Sitar. Begleitet wurde er von einem Mann mit Mundharmonika und einem Tablaspieler.

Ein hochgewachsener Neuankömmling trat auf sie zu. Er war Mitte dreißig, sein Haar kurz geschoren, seine Haut olivfarben. Er war mit einem traditionellen Dhoti bekleidet, einem fleckenlosen rechteckigen Stück Tuch, das von der Hüfte bis zum Knöchel reichte. Dazu trug er ein langärmliges Hemd und einen geknöpften Kittel. Auf seinem Kopf saß eine mit Stickereien verzierte Strickmütze, die Kufi genannt wird. Er verneigte sich tief und sagte auf Englisch mit schneidigem britischen Akzent: »Ich bin Abhi Bhanjee, doch es wäre mir eine Ehre, wenn Sie mich Abe nennen würden. Bei uns in Indien gibt es ein Sprichwort: *At ithi devo bhava.* Unsere Gäste sind wie Götter. Und das gilt ganz besonders für die Tochter von Professor Archibald Polk, meinem hoch geschätzten Freund.« Er deutete zum Tisch. »Bitte nehmen Sie doch Platz.«

Sie setzten sich. Als der Mann vom Schicksal ihres Vaters erfuhr, verflüchtigte sich sein Lächeln.

»Das habe ich nicht gewusst«, sagte er leise und voller Trauer. »Das ist ein tragischer, höchst betrüblicher Verlust. Mein Beileid, Miss Polk.«

Elizabeth neigte den Kopf und bedankte sich so.

»Er wurde zuletzt in Ihrem Dorf gesehen«, sagte Gray und nickte zu Masterson hinüber. »Er hat dem Professor telefonisch mitgeteilt, er wolle hierherfahren.«

Masterson räusperte sich. »Wir hatten gehofft, Sie könnten uns sagen, wohin Archibald anschließend weitergereist ist.«

»Ich habe gewusst, dass es unklug war, alleine weiterzufahren«, antwortete der Mann und schüttelte den Kopf. »Aber er wollte nicht warten.«

»Wohin wollte er?«, fragte Gray.

»Es war falsch, ihn überhaupt dorthin zu bringen. Das ist ein verfluchter Ort.«

Elizabeth berührte die Hand des Mannes mit den Fingerspitzen. »Wenn Sie etwas wissen ... irgendwas ...«

Er schluckte mühsam, griff in eine Tasche seines Kittels und holte einen kleinen Stoffbeutel heraus. »Angefangen hat es damit, dass ich Ihrem Vater das hier gezeigt habe.« Er öffnete den Beutel und schüttete dessen Inhalt auf den Tisch. »Die finden wir hin und wieder auf den Feldern.«

Alte, matte, fast schwarze Münzen klimperten und tanzten. Eine Münze rollte vor Elizabeth hin. Sie fing sie ab und nahm sie in die Hand. Sie betrachtete die Oberfläche und rieb mit dem Daumen etwas Schmutz ab – erst dann wurde ihr bewusst, was sie da in Händen hielt.

Auf der Münze war das von kleinen Schlangen umrahmte Gesicht einer Frau abgebildet; die Prägung war zwar abgegriffen, aber noch immer deutlich erkennbar. Es war die Gorgo mit Namen Medusa. Elizabeth wusste, was das bedeutete.

»Eine alte griechische Münze«, sagte sie verwundert. »Und die haben Sie auf dem Feld gefunden?«

Abe nickte.

»Erstaunlich.« Elizabeth hielt die Münze in den Feuerschein. »Die Griechen haben eine Zeit lang über den Punjab geherrscht. Wie die Perser, die Araber, die Mogulen und die Afghanen. Alexander der Große hat in dieser Gegend sogar eine große Schlacht ausgetragen.«

Gray nahm ebenfalls eine Münze in die Hand. Seine Miene verdüsterte sich. »Schauen Sie sich das mal an, Elizabeth.«

Sie nahm die Münze entgegen und betrachtete sie. Ihre Hand begann zu zittern. Auf der Münze war ein griechischer Tempel abgebildet. Und zwar nicht irgendein Tempel. Sie starrte die drei Säulen an, die den dunklen Eingang einfassten. Auf der Schwelle war der Buchstabe *E* eingeprägt.

»Das ist der Tempel von Delphi«, flüsterte sie.

»Das scheint die gleiche Münze zu sein wie die, die Ihr Vater aus dem Museum entwendet hat.«

Elizabeth bemühte sich, das alles zu begreifen, doch sie konnte nicht nachdenken. Es war, als hätte ihr Gehirn einen Kurzschluss gehabt. »Wann… wann haben Sie meinem Vater diese Münzen gezeigt?«

Abe runzelte die Stirn. »Das weiß ich nicht mehr genau. Ungefähr vor zwei Jahren. Er sagte mir, ich solle sie gut verstecken, aber da er nun mal tot ist und Sie seine Tochter sind …«

Elizabeth hatte kaum hingehört. Vor zwei Jahren. Um die Zeit herum hatte ihr Vater ihr die Forschungsstelle am Museum von Delphi verschafft. Sie spürte, dass sie die Münze in Händen hielt, der sie die Anstellung zu verdanken hatte. Da er selbst hier zu beschäftigt gewesen war, hatte ihr Vater gewollt, dass sie das Geheimnis weiterverfolgte. Verärgerung wallte in ihr auf, doch in Gegenwart der freundlichen Dorfbewohner wollte sie sich nichts anmerken lassen. Vielleicht hatte ihr Vater ja nicht weggekonnt, weil er die Einheimischen nicht im Stich lassen wollte.

Trotzdem hätte er ihr etwas sagen können.

Es sei denn ... Vielleicht hatte er sie ja beschützen wollen?

Sie schüttelte den Kopf, verwirrt von all den Fragen. Was ging hier vor? Sie suchte auf der anderen Seite der Münze nach Antworten. Dort war ein schwarzes Symbol abgebildet, das anscheinend nicht griechischen Ursprungs war.

Abe bemerkte ihre Verwirrung. Er zeigte auf die Münze, die er offenbar genau kannte. »Das ist ein Chakra. Ein uraltes Hindu-Symbol.«

Aber was hat das auf einer griechischen Münze zu suchen?, dachte sie.

»Darf ich mal sehen?«, sagte Luca. Er ging um den Tisch herum und blickte ihr über die Schulter. Plötzlich versteifte er sich und krampfte die Finger um die Tischplatte. »Dieses ... dieses Zeichen. Das ist auch auf der Roma-Fahne abgebildet.«

»Was?«, sagte Elizabeth.

Er richtete sich auf, die Stirn nachdenklich in Falten gelegt. »Das Zeichen wurde deshalb ausgewählt, weil das Sanskritwort Chakra ›Rad‹ bedeutet. Bei uns steht es für das Rad des Zigeunerwagens, ein Symbol unseres Nomadenerbes und gleichzeitig ein Verweis auf unsere indische Herkunft. Allerdings wurde schon immer gemunkelt, das Zeichen habe noch tiefere, ältere Wurzeln.«

Während die anderen sich über die Bedeutung des Symbols unterhielten, musterte Elizabeth die Münze. Allmählich dämmerte ihr eine Erkenntnis.

Gray war aufmerksam geworden und beugte sich zu ihr hinüber. »Was haben Sie?«

Sie erwiderte den Blick seiner stahlblauen Augen, hielt die Münze hoch und zeigte auf die Seite mit dem Tempel. »Kurz nachdem mein Vater die Münze zu sehen bekommen hatte, hat er im Hintergrund die Fäden gezogen, damit ich die Anstellung am Museum von Delphi bekomme.« Sie drehte die Münze um. »Zur gleichen Zeit begann er, die Verbindung der Zigeuner zu Indien zu untersuchen. Zwei Seiten einer Münze, zwei Forschungsstränge.«

Elizabeth stellte die Münze hochkant. »Aber was liegt dazwischen? Worin besteht die Verbindung?«

Sie wandte sich Abhi Bhanjee zu. Er hatte ihnen nicht alles gesagt.

»Wohin wollte mein Vater?«, fragte sie nicht ohne Schärfe.

Plötzlich ertönte ein Schrei. Ein Mann kam vom Dorfrand her angelaufen. Die Musik verstummte – das Trommeln aber ging weiter, ein dumpfes Dröhnen, das in der Brust spürbar war.

Gray sprang auf.

Auch Elizabeth erhob sich verwirrt und blickte zu den Hügeln hinüber. Sie versuchte, den Ursprung des Geräuschs auszumachen, doch es schien von allen Seiten zu kommen. Dann flammten am bedeckten Himmel drei Lichter auf.

Hubschrauber.

»Alle in den Wagen!«, befahl Gray.

Abe rief etwas auf Hindi, brüllte Befehle. Männer und Frauen flüchteten in alle Richtungen. In dem Durcheinander wurde Elizabeth von den vorbeirennenden Menschen angerempelt und von der Gruppe getrennt. Orientierungslos suchte sie den Anschluss.

Wie Falken stießen die Helikopter aufs Dorf nieder, dann verteilten sie sich und näherten sich aus verschiedenen Richtungen. Als Elizabeth nach oben schaute, stolperte sie, doch ein kräftiger Arm fing sie auf. Kowalski fasste sie um die Hüfte, stellte sie auf die Beine und drängte sie, sich zu beeilen.

»Renn schon, Babe.«

Er bahnte ihr einen Weg durchs Chaos, ein Fels in der Brandung.

Am Dorfrand angelangt, verharrten die Helikopter in der Schwebe. Aus den Seitentüren fielen Seile herab. Noch ehe sie den Boden berührten, glitten dunkle Gestalten in Kampfmontur daran herunter.

Sie würden es nicht mehr bis zum Wagen schaffen.

18:38
Prypjat, Ukraine

NICOLAS KLAPPTE DAS Handy zu. *Ein Problem weniger, über das er sich den Kopf zerbrechen musste.* Er schritt über den Gang zum Festsaal. Er vernahm leise Musik, eine russische Komposition aus dem neunzehnten Jahrhundert. »Snegurotschka«, das Schneemädchen.

Er streifte mit der flachen Hand über seinen Smoking. Während die anderen Haute Couture trugen, hatte er seinen

Anzug in Mailand erworben, ein Einknopfkaschmirsakko von Brioni mit steigendem Revers und Schalkragen. Es war klassisch und elegant, und er hatte es deshalb ausgewählt, weil der Herzog von Windsor solche Anzüge in den Dreißiger- und Vierzigerjahren getragen hatte. Der etwas altmodische Look der Jacke passte hervorragend zu Nicolas' Rhetorik, doch er hatte einen modischen Akzent gesetzt und die traditionelle Fliege – die sich ohnehin nicht mit seinem getrimmten Bart vertrug – durch ein kariertes Seidentuch ersetzt, verziert mit einem in russisches Silber gefassten Diamanten.

Sich seiner beeindruckenden Erscheinung bewusst, betrat er den Ballsaal.

Der neue Marmorboden funkelte im Licht eines Dutzends Baccara-Kristallleuchter, ein großzügiges Geschenk der Firma. Die Tische waren um die leere Tanzfläche herum gruppiert. Der eigentliche Tanz hatte jedoch schon begonnen. Bewegt von politischen Unterströmungen, wogten die Gäste durcheinander, wetteiferten miteinander um das richtige Kopfnicken, ein kurzes Vieraugengespräch mit einem Mächtigen, eine geflüsterte Abmachung.

Der russische Premierminister und der amerikanische Präsident waren besonders umschwärmt. Beide buhlten um Unterstützung im Hinblick auf den Umgang mit Staaten, von denen eine atomare Bedrohung ausging. Im Anschluss an die Feierlichkeiten war in Sankt Petersburg ein wichtiges Gipfeltreffen anberaumt. Die Versiegelung des Reaktorblocks von Tschernobyl war der symbolische Auftakt des Treffens.

Nicolas blickte zu den beiden Politikern hinüber, die von einer Menschentraube umringt waren. Er beabsichtigte, sich mitten ins Gewühl zu stürzen. Da er sich als Fürsprecher der Nuklearreform wachsender Beliebtheit erfreute, würde die Menge sich bereitwillig vor ihm teilen.

Er wollte den beiden Männern, die er töten wollte, vorher wenigstens die Hand schütteln.

Zuvor aber ging er zu Jelena hinüber. Sie stand an einem der Bogenfenster. Fenster und Frau waren von schwerer Seide eingerahmt. In ihrem schwarzen Kleid, das an ihrem schlanken Körper wie Öl hinunterfloss, war sie eine beeindruckende Erscheinung, ein zum Leben erwachtes Hollywoodidol. In der Hand hielt sie ein Sektglas, als hätte sie es vergessen. Sie blickte in die Dunkelheit hinaus.

Er trat neben sie.

Am Horizont, jenseits der verfallenen Stadt, funkelten helle Lichter. Die Arbeiter würden die ganze Nacht durcharbeiten, damit morgen die Tribüne fertig wäre und die Installation des neuen Sarkophags glatt über die Bühne gehen konnte. Die ganze Welt würde das Ereignis verfolgen.

Er berührte Jelena am Arm.

Sie zuckte nicht zusammen, denn im Fenster hatte sie sein Spiegelbild längst ausgemacht.

Sein sinnlicher weiblicher Rasputin.

»Es ist fast schon gelaufen«, sagte er dicht an ihrem Ohr.

Seinem Informanten zufolge waren die Sprengladungen bereits angebracht. Nichts konnte sie mehr aufhalten.

20:40
Punjab, Indien

NOCH EHE GRAY den Dorfrand erreicht hatte, fielen die ersten Schüsse. Es wurde laut geschrien. Die Helikopter knatterten in der Luft. Er drückte sich flach an eine Steinmauer. Der Mercedes stand hinter den Feuern am Rande des Lichtkreises.

Ein Soldat in schwarzer Uniform rannte mit angelegtem Sturmgewehr vorbei. Andere hatten bereits rund ums Dorf Stellung bezogen und verhinderten, dass jemand auf die Felder flüchtete. Als Nächstes würden sie sich auf die Suche nach ihrer Beute machen und das labyrinthische Dorf durchkämmen.

Die einzige Hoffnung für die Dorfbewohner bestand darin, dass ihm und seinen Leuten die Flucht gelang und sie die Angreifer ablenkten. Sie mussten fliehen, bevor das Dorf gesichert war.

Er streckte den Arm nach hinten zu Rosauro aus. »Die Schlüssel.«

Rosauro drückte ihm die Schlüssel in die Hand. Allerdings hatte sie schlechte Neuigkeiten zu vermelden. »Kowalski und Elizabeth fehlen noch.«

Gray blickte sich um. Bei der überstürzten Flucht durch die verwinkelten Gassen hatte er nicht mehr auf sie geachtet. »Suchen Sie sie«, sagte er zu Rosauro. »Sofort.«

Rosauro rannte los.

Gray musterte Luca durchdringend. »Bewachen Sie den Professor. Passen Sie auf, dass Sie nicht gesehen werden.«

Der Zigeuner nickte. In seinen Händen funkelten zwei Dolche.

Gray durfte nicht länger warten.

In gebückter Haltung rannte er ins Freie.

Elizabeth lief mit Kowalski durch eine verwinkelte Gasse. An der einen Seite verlief ein stinkender Abwasserkanal.

»Folgen Sie dem Kanal!«, keuchte sie. »Der führt bestimmt aus dem Dorf hinaus.«

Kowalski nickte und bog um die nächste Ecke. In seiner fleischigen Pranke hielt er eine Pistole. Elizabeth wich nicht von seiner Seite.

»Haben Sie noch eine Waffe übrig?«, fragte sie.

»Sie können schießen?«

»Auf dem College habe ich Tontaubenschießen gemacht.«

»Das ist kein großer Unterschied. In der Realität schreit das Opfer nur ein bisschen mehr.«

Er fasste sich unter der Jacke ins Kreuz und zog eine kleine, stahlblaue Beretta hervor, die er Elizabeth blindlings anreichte.

Sie krampfte die Finger um den Griff; der kalte Stahl übte eine beruhigende Wirkung auf sie aus.

Sie liefen weiter. Kein Mensch hielt sich auf der Gasse auf, doch am Dorfrand wurde geschossen. Die Bewohner verteidigten ihr Heim und ihr Leben.

Ein Helikopter raste im Tiefflug über sie hinweg. Der Luftschwall der Rotoren wirbelte Laub und Müll auf. Sie versteckten sich in einer Lehmhütte. Elizabeth bemerkte mehrere Kinder, die hinter einer Schlafpritsche hockten.

Als der Hubschrauber vorbeigeflogen war, zog Kowalski sie zum Eingang, wich aber gleich wieder zurück und prallte gegen sie. Ein schwarz uniformierter Soldat rannte vorbei. Offenbar hatten sich die Kampfhandlungen inzwischen aufs eigentliche Dorf ausgeweitet. Kowalski spähte nach draußen, winkte ihr zu und trat wieder auf die Gasse.

»Wir versuchen, die Hügel zu erreichen«, sagte er.

Sie bogen um zwei weitere Ecken und gelangten zu einem Weg, der schnurgerade zu den Hügeln führte. Auf der Straße lagen Leichen, Blut floss in den Abwasserkanal. Mindestens einer der Toten trug eine schwarze Uniform. Kowalski rückte dicht an der Wand entlang vor. Die Pistole hielt er in der Hand.

Jenseits des Dorfs ratterte ein Maschinengewehr los.

Wie sollten sie daran vorbeikommen?

Bei dem toten Soldaten blieb Kowalski stehen und machte Anstalten, ihm den Helm abzuziehen.

Zur Tarnung, dachte Elizabeth. Keine schlechte Idee.

Als Kowalski am Helm zerrte, löste sich auf einmal der ganze Kopf. Erschreckt prallte Kowalski gegen Elizabeth. Beide verloren das Gleichgewicht und stürzten.

Hinter ihnen tauchte ein dunkler Schatten auf.

Ein weiterer Soldat.

Sie hob die Pistole und schoss in rascher Folge. Steine splitterten, Querschläger sirrten umher. Sie hatte ihr Ziel verfehlt, den Gegner aber immerhin hinter die Hausecke zurückgetrieben. Hinter ihrem Rücken knallte Kowalskis Waffe, was sich in der engen Gasse anhörte wie ein Kanonenschuss. Sie sah sich über die Schulter um und erblickte am Ende der Straße zwei weitere Soldaten.

Sie waren umzingelt.

Gray rannte geduckt von der Gasse ins Freie. Er warf sich unter den Ochsenkarren, der noch immer neben dem brennenden Müllhaufen stand, und robbte an das eine Feuer heran. Wenn die Schüsse und die Hubschrauber den Ochsen nicht aus der Ruhe bringen konnten, dann musste er ihm eben ein bisschen Feuer unter dem Hintern machen.

Und zwar im wortwörtlichen Sinn.

Gray zog ein brennendes Reifenstück aus den Flammen und warf es in den öligen Müll, der noch immer auf der Ladefläche lag. Es dauerte nicht lange, da fing der Abfall Feuer. Die Flammen breiteten sich rasch aus. Er packte einen brennenden Ast, kroch vollständig unter den Karren und piekste den Ochsen damit am Hinterteil.

Das Tier brüllte auf und trat aus, wobei der Karren einen ordentlichen Tritt abbekam. Als der Ochse zornig losrannte, hielt Gray sich am Rahmen des Karrens fest. Der Ochse lief geradewegs auf die Hügel zu, zog den Karren hinter sich her und ließ eine Spur brennenden Mülls hinter sich.

Gray wurde heftig durchgerüttelt. Er musste sich am Rahmen festhalten und darauf achten, nicht unter die schweren Räder zu kommen. Der Ochse hatte die Hügel erreicht, und der Wagen holperte über eine Regenrinne.

Gray ließ los und sank in den Morast ein.

Der Wagen verschwand in den Hügeln wie ein feuriger Meteor, unterwegs ins Unbekannte. Gray konnte nur hoffen, dass die Beobachter in der Luft durch das Schauspiel abgelenkt wurden.

Gray schwamm und watete durch den morastigen Graben, der ums Dorf herumführte. Schließlich gelangte er zu der Stelle, wo der Mercedes stand. Er wartete, bis der nächste Helikopter ein Stück weiter geflogen war – dann sprang er aus dem Graben hoch und rannte zum SUV hinüber, der sich zwischen ihm und dem Dorf befand.

Er würde sehr schnell einsteigen müssen. Wenn sich die Tür öffnete, würde die Innenbeleuchtung angehen. Den Zündschlüssel in der Hand, holte er tief Luft.

Er durfte nicht länger warten.

Elizabeth, in der Gasse an zwei Seiten von Soldaten eingekesselt, hielt Ausschau nach einem Fluchtweg. Tatsächlich entdeckte sie einen. Ein offenes Fenster. Einen Schritt entfernt.

Sie stieß Kowalski mit dem Ellbogen an und deutete darauf.

»Los!«, knurrte er.

Sie sprang durch die Öffnung. Die Pistole fest umklammernd, prallte sie auf dem Boden auf. Der Raum war leer. Kowalski kam ihr hinterhergehechtet. Im letzten Moment gelang es ihr, ihm auszuweichen. Die Kugeln pfiffen an seinen Fersen vorbei. Aus beiden Richtungen näherte sich Stiefelgepolter.

»Die Tür!«, schrie sie.

Gegenüber dem Fenster führte ein niedriger Durchgang auf eine andere Gasse. Sie flüchteten sich beide ins Freie und liefen geradewegs vier weiteren Soldaten in die Hände.

Beide Parteien hantierten verdutzt mit den Waffen. Doch ehe auch nur ein Schuss abgefeuert wurde, fuhr wirbelnder Stahl auf die Soldaten nieder. Elizabeth und Kowalski wichen zurück. Der eine Soldat zielte mit der Pistole auf die Angreifer, doch schon zischte wieder Stahl durch die Luft und trennte die Hand vom Arm. Ein anderer sank mit durchgeschnittener Kehle auf die Knie.

Im Handumdrehen lagen alle vier Soldaten tot am Boden.

Drei Männer hatten sie gerettet.

Abe und zwei der Dorfbewohner.

Bewaffnet waren sie mit landestypischen Urumi – den berüchtigten Peitschenschwertern Indiens. Jedes Schwert besaß vier biegsame Klingen von zweieinhalb Zentimeter Breite und anderthalb Meter Länge. Gleichzeitig waren sie so dünn, dass der Stahl sich wie eine Peitschenschnur aufrollte. Ihr Vater hatte Elizabeth zu Kampfdarbietungen mitgenommen, die Kalaripayattu genannt wurden. Mit einem Handschlenker wurden die Klingen entfaltet und durchtrennten Fleisch und Knochen mit größerer Wucht als ein normales Schwert.

»Kommen Sie!«, sagte Abe. »Ihre Freunde sind dort hinten.«

Er führte sie zurück ins Dorf. Im Zickzack eilten sie an Häusern und Hütten entlang. Hin und wieder schlug Abe mit seinem Schwert zu und ließ es sogar um Ecken herumschnellen, wo es versteckte Gegner blendete und verstümmelte. Anschließend gaben seine Männer den Verletzten den Rest.

Mit funkelnden Augen beobachtete Kowalski das Gemetzel. »Kein Wunder, dass man sie als Unberührbare bezeichnet, wenn sie solche Waffen besitzen. So eine muss ich mir unbedingt zulegen.«

Als sie um eine weitere Ecke bogen, schlug Abe abermals zu – und riss den Arm mitsamt dem schwirrenden Stahl gleich wieder zurück. Ein überraschter Aufschrei war zu vernehmen.

»Tut mir leid«, sagte Abe.

Rosauro kam hinter der Ecke hervor. Sie hielt sich die Wange. Blut sickerte zwischen ihren Fingern hervor. Als sie Abes Begleiter sah, weiteten sich ihre Augen.

»Gott sei Dank, dass ich Sie endlich gefunden habe!«, sagte sie. »Beeilen Sie sich!«

Im dichten Pulk rannten sie hinter ihr her.

Bald erblickten sie am Ende einer Gasse die wohlbekannten Feuer. Zwischen zwei Lehmhütten kauerte Luca und winkte ihnen zu. Elizabeth machte den Professor aus, der ein Stück weiter weg im Schatten hockte.

Wo steckte Gray?

Plötzlich sprang außerhalb des Dorfes grollend ein Motor an.

»Machen Sie sich bereit!«, rief Rosauro mit blutüberströmtem Gesicht.

Bereit wofür?

Gray legte den ersten Gang ein und trat das Gaspedal durch. Der Vierradantrieb katapultierte den Wagen nach vorn. Als eins der hinteren Seitenfenster zersplitterte, schlingerte der SUV kurz und schoss dann zwischen den beiden Feuern hindurch.

Weiter vorn tauchte ein Helikopter auf. Er verfügte über keine fest eingebaute Waffe, dafür lehnte sich ein Mann mit einem MG aus der offenen Tür.

Gray trat auf die Bremse. Vor der vorderen Stoßstange pflügten Kugeln durch den Morast. Er legte den Rückwärtsgang ein, gab Gas und entfesselte die ganze Kraft des Fünfhundert-PS-Motors.

Er kurbelte am Steuer, und der Wagen schwenkte auf zwei Rädern herum. Als er wieder aufgesetzt hatte, raste Gray auf die Gasse zu und entriegelte die Heckklappe. Als die Klappe von der Hydraulik hochgedrückt wurde, begann am Armaturenbrett eine Warnlampe zu blinken. Der Wagen raste zwischen den beiden Feuern hindurch. Brennender Müll flog durch die Luft.

Er legte eine Vollbremsung hin und hätte Rosauro, die mit den anderen auf den Wagen zugelaufen kam, beinahe am Oberschenkel gerammt. Sie kletterten und hechteten in den Kofferraum. Die neuen Passagiere ließen sich auf die hintere Sitzbank fallen. Gray machte einen wohlbekannten Bulldoggenschädel aus. Sie hatten Kowalski gefunden.

Und Elizabeth auch.

Unter dem Hünen begraben.

»Los!«, rief Rosauro von hinten.

Gray gab Gas und betätigte die Heckklappenverriegelung.

Zwei Helikopter näherten sich aus verschiedenen Richtungen. Zwei MG-Salven pflügten durch den Dreck.

Gray schwenkte herum, fuhr im Zickzack.

Die Helikopter ließen sich nicht abschütteln.

Da knallte es weiter hinten im Dorf – die Schüsse waren auf die Hubschrauber gezielt. Das Sperrfeuer war eindrucksvoll, auch Leuchtspurmunition wurde verwendet. Offenbar hatten die Dorfbewohner ein paar Automatikwaffen der Angreifer konfisziert.

Einer der Helikopterschützen stürzte in die Tiefe. Der Scheinwerfer des Hubschraubers splitterte und erlosch.

Der andere Helikopter schwenkte herum. Gray wich dem Feuerstoß aus und erreichte die Hügel, ohne Gas wegzunehmen. Mit ausgeschalteten Scheinwerfern fuhr er denselben

Weg entlang, über den der Ochse geflüchtet war. Er konnte nur hoffen, dass der Vierradantrieb damit zurechtkam.

Der Wagen hatte den Lichtschein der Feuer hinter sich gelassen und schoss durch die Dunkelheit. Zwei Helikopter verfolgten ihn mit Scheinwerfern. Der dritte Hubschrauber senkte sich am Dorfrand herab und warf Leinen ab, um die überlebenden Männer einzusammeln.

Rosauro beugte sich vor. »Das sind Russen!«

»Russen?«

»Ich glaube schon«, sagte sie. »Die Kämpfer waren mit AN-94 ausgerüstet.«

Das Sturmgewehr des russischen Militärs.

Im Rückspiegel sah Gray, dass Masterson besorgt dreinschaute. Erst ein amerikanisches Söldnerteam und jetzt *Russen* – wieso hatten sie es alle auf ihn abgesehen? Aber diese Fragen mussten noch warten.

»Biegen Sie am Fuß des nächsten Hügels rechts ab!«, rief jemand von hinten mit britischem Akzent. Gray blickte sich um und sah, dass sie noch einen weiteren Mitfahrer hatten.

Abhi Bhanjee.

»Er weiß, wie wir die Verfolger abschütteln können!«, erklärte Rosauro.

Wasser spritzte, als Gray am Fuße des Hangs nach rechts lenkte und durchs morastige Tal preschte.

»An der nächsten Mauer links!«, schrie Abe.

Was für eine Mauer?

Gray beugte sich vor. Es war zu dunkel, um etwas zu erkennen. Wenn er nur Licht gehabt hätte …

Ein Helikopter raste mit flammendem Scheinwerfer vorbei. Das hatte Gray nicht gemeint. Im Scheinwerferlicht machte er jedoch vor sich eine Bruchsteinmauer aus. Bedauerlicherweise waren sie dank der Festtagsbeleuchtung entdeckt worden. Der SUV wurde in grelles Licht gebadet.

Eine MG-Salve schlug ins Wasser ein. Mehrere Schüsse trafen das Wagenheck.

Gray hatte das Mäuerchen erreicht und riss in höchster Not das Steuer nach links herum. Trotz des Vierradantriebs brach das Heck aus. Dann bekamen die Reifen wieder Grip, und der Wagen setzte eine kleine Anhöhe hinauf.

Der Helikopter beschrieb einen weiten Bogen. Der Scheinwerfer allerdings schwenkte mühelos herum und verharrte auf dem SUV.

Der Mercedes schoss über die nächste Anhöhe hinweg, flog durch die Luft und setzte so hart auf, dass Grays Zähne klackten. Hinten wurde geschrien.

Am Fuße des Hangs lag zur Rechten ein schwarzer See inmitten der grauen Landschaft. Doch es war kein Wasser, sondern Wald.

»Eine Mangoplantage!«, sagte Abe. »Alte Bäume. Meine Familie bewirtschaftet die Anpflanzung schon seit mehreren Generationen.«

Gray raste auf die dunkle Obstplantage zu.

Der Scheinwerfer folgte dem Wagen. Schüsse knallten, doch Gray fuhr im wilden Slalom, der sich nicht so leicht ausrechnen ließ. Keine einzige Kugel traf den SUV.

Mit aufbrüllendem Motor bretterten sie in die Plantage hinein. Die Bäume waren in säuberlichen Reihen angeordnet. Die Äste bildeten ein durchgehendes Laubdach, das der Scheinwerfer nicht zu durchdringen vermochte. Als es um sie herum dunkel wurde, nahm Gray das Gas weg. Zur Sicherheit fuhr er noch mehrere Kurven, bis er rechtwinklig zu ihrer ursprünglichen Richtung weiterfuhr. Das Rotorengeknatter wurde leiser. Gray fuhr immer weiter in die Plantage hinein, wie ein Gefangener, der durch ein dunkles Kornfeld flüchtet.

»Wie groß ist die Plantage eigentlich?«, fragte er, denn er wollte wissen, ob sie als Versteck wirklich geeignet war.

»Über viertausend Hektar groß.«

Ein verdammt großes Kornfeld.

Da die Gefahr erst einmal gebannt war, entspannten sich die Passagiere allmählich.

Rosauro beugte sich vor. »Es gibt noch einen Grund, weshalb Abe hierherwollte.«

»Und der wäre?«

Sie hielt eine Münze hoch. Es war die griechische Münze mit dem Chakra auf der Rückseite. Sie zeigte auf den Tempel.

»Er weiß, wo der liegt.«

Gray blickte in den Rückspiegel. Abhi Bhanjee saß in der hintersten Sitzreihe neben Luca. Trotz der Dunkelheit konnte er erkennen, dass der Mann Angst hatte. Er dachte an den Ausdruck, den der Hindu gebraucht hatte, als er von Archibald Polks Verschwinden berichtet hatte.

Ein verfluchter Ort.

13

MONK HIELT WACHE.

In trockenen Kleidern und gewärmt von der Feuerstelle lief er in der Hütte auf und ab. Er bemühte sich, das Knarren der Bodendielen zu vermeiden. Er trug die Stiefel, hatte sie aber nicht zugeschnürt. Auch die Kinder waren für den Fall, dass sie plötzlich aufbrechen mussten, vollständig bekleidet. Auch die Schuhe hatten sie angelassen.

Konstantin und Kiska hatten sich in ihre Decken eingemummt und aneinandergekuschelt. Im Schlaf wirkten sie kleiner, besonders Konstantin. Aufgrund seiner hellwachen Aufmerksamkeit und seiner altklugen Ausdrucksweise wirkte er älter, als er tatsächlich war. Jetzt aber, da er sich entspannt hatte, wurde Monk klar, dass er nicht älter als zwölf war.

Wenn er an den Kindern vorbeikam, bewegte Monk sich besonders leise. Inzwischen wusste er, wo die Bodendielen knarrten, und wich den betreffenden Stellen aus. Pjotr hatte sich an die alte Schimpansin geschmiegt. Sie saß auf dem Boden, der Kopf hing ihr auf die Brust, und sie atmete langsam und gleichmäßig. Pjotr war zuvor aus Angst um seine Schwester in Panik geraten. Monk hatte Vertrauen in den Instinkt des Jungen, doch sie konnten nichts tun. Es hatte eine volle Stunde gedauert, bis Pjotr sich allmählich wieder entspannte, doch die anstrengende Flucht war an ihm nicht spurlos vorübergegangen. Schließlich war er seiner Erschöpfung erlegen und eingeschlafen, bewacht von Marta.

Egal wie behutsam Monk auch auftrat, immer wenn er an ihr vorbeikam, hob sie den Kopf. Mit trübem, warmem Blick sah sie zu ihm auf, dann sanken Lider und Kopf wieder herab.

Pass gut auf ihn auf, Marta.

Wenigstens ein Wesen liebte die Kinder.

Monk ging zu seinem Sitzplatz bei der Tür. Er hatte den umgekippten Tisch vor die Tür gerückt und einen Stuhl davorgestellt. Mit einem Seufzer ließ er sich darauf nieder.

Er lauschte auf die Geräusche des Sumpfes: auf das Gurgeln des Wassers, das Quaken der Frösche, das Zirpen der Grillen und die Rufe jagender Eulen. Vor einer Weile war er erschrocken, als ein großes Tier an der Hütte vorbeigekommen war, doch dann hatte er durch die Fensterläden gespäht und einen dreckbespritzten Eber gesehen, der den Boden umwühlte.

Monk hatte das Tier gewähren lassen, denn es diente ihnen als stoßzahnbewehrter Wachposten. Nach einer Weile war es weitergezogen.

Die Geräusche des Sumpfs lullten ihn ein. Bald darauf sank ihm das Kinn auf die Brust. Er würde nur mal eben kurz die Augen schließen.

Die Zeit wird schon wieder knapp, Monk! Beweg dich!

Er riss den Kopf hoch und knallte damit gegen die Unterseite des umgekippten Tisches. Er hatte bohrende Kopfschmerzen – nicht von dem Zusammenprall, sondern ganz tief drinnen. Einen Moment lang schmeckte er … schmeckte er *Zimt,* würzig und warm, und verspürte eine federleichte Berührung an den Lippen. Der anregende Geruch war deutlich wahrnehmbar.

Dann verflüchtigte er sich.

Nur ein Traum…

Monk aber wusste es besser. Als der sengende Schmerz nachließ, setzte er sich gerade auf. Er betastete die Nähte hinter seinem Ohr.

Wer bin ich?

Konstantin hatte von einem sinkenden Kreuzfahrtschiff gesprochen, von einem beschwerten Netz und seiner Rettung aus dem Wasser. Hatte er auf dem Schiff gearbeitet? War er Passagier gewesen? Doch er fand keine Antworten, da war nur Dunkelheit. Monk ließ den Blick durch den Raum schweifen und stellte fest, dass ihn ein Augenpaar musterte. Pjotr hatte sich nicht gerührt. Er blickte Monk einfach nur an. Als er mit dem Kopf gegen die Tischplatte gestoßen war, hatte das Poltern den Jungen wohl geweckt.

Oder etwas anderes.

Monk erwiderte seinen Blick. Die Sorge in seinen Augen war viel zu groß für einen Jungen. Sie machte Monk ein wenig Angst. Das war kein einfacher Kummer und auch keine Angst. Hoffnungslosigkeit zeichnete sich in dem kleinen Gesicht ab, eine Verzweiflung, die in Kinderaugen nichts zu suchen hatte. Der Junge fröstelte und weckte Marta.

Sie gab leise Laut und blickte sich über die Schulter zu Monk um.

Er erhob sich und ging hinüber. Das Gesicht des Jungen leuchtete im Feuerschein. Zu hell. Monk legte ihm die Hand auf die Stirn.

Heiß. Fiebrig.

Ein krankes Kind hatte ihm gerade noch gefehlt.

Warum gab es nicht mal eine kleine Verschnaufpause?

Seine wortlose Frage wurde von einem grauenerregenden Gebrüll beantwortet. Ganz in der Nähe. Es begann als kehliges Knurren und schraubte sich allmählich in die Höhe. Es hörte sich an, als risse jemand am Seilzug einer Kettensäge.

Auch an der anderen Seite der Hütte ertönte Gebrüll.

Konstantin und Kiska sprangen auf.

Es hatte keine Vorwarnung gegeben.

Monk hatte die Raubkatzen nicht näher kommen gehört. Auch der Junge hatte nichts gemerkt. Vielleicht lag es am Fieber oder an seiner Erschöpfung. Monk hatte gehofft, er würde ihm rechtzeitig Bescheid geben.

In der Hütte waren sie nicht sicher. Am Flussufer hatte er gesehen, dass die Tiger um die siebenhundert Pfund wogen, das meiste davon stahlharte Muskeln. Die Raubkatzen konnten in Sekundenschnelle mit ihren Tatzen die Tür oder das Dach einreißen. Einstweilen aber umkreisten sie nur die Hütte, fauchten und machten sich ein Bild von der Lage.

Konstantin hatte auf eine weitere Gefahr hingewiesen. Selbst wenn die Tiger nicht die Hütte stürmten, würden ihnen bald zweibeinige Jäger folgen. Sie durften sich von den Tigern nicht hier einsperren lassen.

Da sie keine Wahl hatten, handelten sie rasch.

Monk löste das scharfe Bowiemesser, das sie in der Hütte gefunden hatten, vom Gürtel und klemmte sich den Holzgriff zwischen die Zähne – dann trat er zur Feuerstelle und zog einen brennenden Ast hervor. Mit dem Messer hatte er zuvor einen ein Meter langen Ast von einer dürren Kiefer abgehackt. Das Harz war hoch brennbar und machte aus dem Ast eine flammende Fackel.

Monk eilte durch den Raum. An verschiedenen Stellen hielt er die Fackel an die Unterseite des Strohdachs. Das Stroh brannte wie Zunder. Zur Sicherheit hatte er das Kerosin aus der verrosteten Laterne auf ein paar Lumpen geschüttet und sie ins Dach gestopft.

Die Flammen breiteten sich rasch aus.

Das Geheul der Raubkatzen durchschnitt die Nacht.

Konstantin hob zwei Bodenbretter hoch. Zuvor hatte Monk mit dem Messer die Nägel herausgezogen und die Bretter gelockert. Da die Hütte auf kurzen Pfählen stand, gab es darunter einen nach allen Seiten offenen Hohlraum. Für Monk war er zu niedrig, doch die Kinder und Marta konnten dort stehen. Er konnte nur hoffen, dass die Raubkatzen nicht ebenfalls hineinschlüpfen würden.

Kiska entriegelte den Fensterladen gegenüber der Tür und öffnete ihn.

Gleichzeitig beförderte Monk den Tisch mit einem Fußtritt von der Tür weg.

Die Zeit wurde knapp. Während sich die obere Hälfte der Hütte mit Rauch füllte und die Hitze immer mehr zunahm, gab er den Kindern ein Zeichen.

Marta half Pjotr, unter die Bodendielen zu klettern. Kiska war die Nächste. Dann folgte Konstantin. Er nickte Monk zu, nicht länger ein kleiner Junge, sondern ein entschlossener junger Mann. »Sei vorsichtig«, meinte er.

Monk nickte, das Messer zwischen den Zähnen.

Konstantin ließ sich ins Bodenloch hinab und verschwand.

Monk musste die Raubkatzen ablenken. Das brennende Dach und der Rauch hatten sie bestimmt durcheinandergebracht. Er musste ihre Verwirrung noch weiter steigern. Mit der Fackel in der Hand zählte er bis zehn – dann trat er mit voller Wucht gegen die verzogene Tür. Bretter barsten, und die Tür sprang weit auf.

In drei Metern Entfernung hockte ein Tiger. Er fauchte und schlug mit der Tatze ins Leere.

Was wohl so viel bedeutete wie: *Leck mich!*

Einen Moment lang staunte Monk über die enorme Größe des Tigers. Er war viereinhalb Meter lang. In seinen Augen spiegelte sich der Feuerschein des brennenden Dachs. Er bleckte die Zähne, sodass die rosige Zunge in dem gewaltigen Maul sichtbar wurde.

Monk schwenkte die Funken sprühende Fackel in weitem Bogen. Sein Herz trommelte in einem uralten Rhythmus, der noch aus der Zeit stammte, da die Menschen in dunklen Höhlen hockten.

Gleichwohl hoffte er, dass das laute Krachen der Tür die zweite Raubkatze ablenken würde. Sie kam in geduckter Haltung um die linke Ecke geprescht, ein Schemen mit gestreiftem Fell und mächtigen Tatzen. Als der Tiger ihn ansprang, stieß Monk ihm die Fackel entgegen.

Das Fell fing Feuer, die Raubkatze wälzte sich brüllend weg.

Monk erhaschte einen Blick auf das zerfledderte linke Ohr des Tigers. Also war das Zakhar.

Arkadij griff an, um seinen Bruder zu verteidigen.

Monk wusste, dass die Raubkatze ihn umrennen wollte, Fackel hin oder her.

Deshalb holte er aus und schleuderte den brennenden Ast wie einen Speer. Er bohrte sich ins offene Maul des Tigers. Die Raubkatze sprang fauchend hoch und wand sich in der Luft.

Monk nahm das Messer aus dem Mund, wirbelte auf dem Absatz herum und sprang in die Hütte. Mitten in der Drehung sah er aus den Augenwinkeln, dass Zakhar ihm nachsetzte.

Keuchend sprintete Monk durch die rauchgefüllte Hütte. Der Qualm und die Hitze hatten die Wirkung von Tränengas und blendeten ihn. Blindlings rannte er weiter. Das offene Fenster lag unmittelbar gegenüber der Tür.

Mit ausgestreckten Armen hechtete er hindurch.

Verschwommen sah er das Ziel vor sich – da streifte eine Tatze sein Hosenbein. Der Stoff zerriss, er wurde herumgeworfen. Mit der Schulter prallte er so fest gegen den Fensterrahmen, dass sein Arm sofort gefühllos wurde. Aufgrund seines Schwungs fiel er nach draußen. Der Aufprall trieb ihm die Luft aus der Lunge. Das Messer flog in hohem Bogen ins Gras.

Hinter ihm prallte Zakhar gegen die Hüttenwand, denn mit diesem Mauseloch von einem Fluchtweg hatte er nicht gerechnet. Vom Aufprall erbebte die ganze Hütte; die Flammen loderten empor. Das wütende Gebrüll veranlasste Monk, sich sogleich wieder hochzurappeln.

Er stolperte, fing sich aber, dann rannte er von der Hütte weg aufs Wasser zu. Das Stolpern war sein Verderben.

14:20
Washington, D. C.

»SIE LEIDET AN einer Form von Meningitis«, sagte Dr. Juri Raew.

Painter saß dem alten Russen am Esstisch gegenüber. Raew wurde flankiert von John Mapplethorpe, den Painter von einem Dossier her kannte, das Sean McKnight vorbereitet hatte – und von einem Überraschungsgast: Dr. Trent McBride, dem angeblich verschwundenen Kollegen Archibald Polks.

Offenbar hatte man ihn gefunden.

Es gab zahllose Fragen, die Painter ihm stellen wollte, doch die Bedingungen des Treffens im Capital Grille in der Pennsylvania Avenue waren über geheimdienstliche Kanäle sorgsam ausgehandelt worden. Die zu behandelnden Themen waren genau festgelegt. Über Dr. Polk durfte nicht gesprochen werden. Zumindest im Moment nicht. Nur über die Gesundheit des Mädchens durften sie sprechen.

Infolgedessen hatte Painter seine eigenen Experten mitgebracht. Auf seiner Tischseite saßen Lisa und Malcolm. Beide verfügten über die erforderlichen medizinischen Kenntnisse und den entsprechenden Hintergrund, um die neuen Informationen bewerten zu können.

Der Russe fühlte sich anscheinend unwohl in seiner Haut. Er war nicht das Monstrum, das Painter sich vorgestellt hatte, als er die Bedingungen für das Round-Table-Gespräch ausgehandelt hatte. Der Mann wirkte in seinem zerknitterten dunklen Anzug wie ein freundlicher Opa, hatte aber einen gehetzten Blick. Als er über das Kind sprach, bildeten sich auf seiner Stirn Sorgenfalten. Als er die Krankenakten durchsah, die Lisa ihm zugeschoben hatte, vertieften sich die Falten. Painter vermutete, dass er nur deshalb zur Zusammenarbeit bereit war, weil er um das Leben des Mädchens fürchtete.

»Ihr schlechter Gesundheitszustand ist auf das Implantat zurückzuführen«, fuhr Juri fort. »Den Grund kennen wir nicht genau. Die Mikroelektroden des Implantats bestehen aus Karbon-Platin-Nanoröhrchen. Wir nehmen an, dass sie sich umso schneller zersetzen, je stärker die Versuchsperson ihre Gaben nutzt. Hat Sascha in der Zeit, da sie sich in Ihrer Obhut befindet, gezeichnet?«

Painter dachte an ihre fieberhaften Skizzen: an die konspirative Wohnung, das Tadsch Mahal, Monks Porträt. Er nickte. »Was passiert eigentlich, wenn sie zeichnet?«

Mapplethorpe hob die Hand. Seine Stimme klang ölig, ein gutes Mittel, um der Wahrheit aus dem Weg zu gehen. »Sie wissen, dass dies nicht Gegenstand unserer Unterhaltung ist. Sie bewegen sich auf dünnem Eis, Direktor Crowe.«

Juri setzte sich über Mapplethorpes Einwand hinweg, was Painter mit Interesse zur Kenntnis nahm. »Sie ist ein außergewöhnlicher Savant«, sagte er, ohne die warnenden Blicke seiner Sitznachbarn zu beachten. »Bei ihr verbindet sich räumliches Vorstellungsvermögen mit künstlerischer Begabung. Aufgrund des Implantats ist sie in der Lage ...«

»Das reicht!«, fauchte Mapplethorpe. »Sonst beenden wir die Unterredung und ziehen uns zurück. Wenn das Mädchen tot ist, können Sie uns die Leiche schicken.«

Juris Miene verdüsterte sich, doch er schwieg.

Lisa bemühte sich, ihn zum Weiterreden zu bewegen. »Weshalb verschlechtert sich ihr Gesundheitszustand, wenn sie ihre Fähigkeiten einsetzt?«

Juri antwortete leise und mit einem Anflug von schlechtem Gewissen. »Bei der Stimulierung wird die Schnittstelle zwischen organischen und anorganischen Elementen instabil.«

Malcolm stutzte. »Was meinen Sie mit ›instabil‹?«

»Unsere Forscher glauben, dass die Nanopartikel an den Enden der Mikroelektroden abbrechen und die Gehirn-Rückenmarksflüssigkeit kontaminieren.«

Lisa meldete sich zu Wort. »Kein Wunder, dass die Bakterienkulturen kein Ergebnis erbracht haben. Die Meningitis hat keine bakterielle oder virale Ursache, sondern ist Folge der Verunreinigung mit Fremdkörpern.«

Juri nickte.

»Und um sie zu heilen, müssen wir die Kontamination behandeln?«, fragte sie.

»Ja. Wir haben viele Jahre gebraucht, um ein System präventiver Maßnahmen zu entwickeln. Im Wesentlichen verwenden wir ein modifiziertes Medikament aus der Chemotherapie, das zur Behandlung von Blasenkrebs eingesetzt wird. Cisplatin. Das monoatomare Platin bindet vagabundierende Nanopartikel und wird mit ihnen zusammen ausgeschieden. Um die Zusammensetzung des erforderlichen Medikamentencocktails und die Dosierung festzulegen, müssen wir das Mädchen untersuchen und weitere Blutanalysen durchführen.«

Painter bemerkte aus den Augenwinkeln, dass McBride die Lippen zusammenkniff. Offenbar ging ihm die Abhängigkeit von Dr. Raew gegen den Strich. Wenn der Russe die Wahrheit sagte, war er für das Überleben des Mädchens jedoch unverzichtbar.

Lisa legte Painter unter dem Tisch die Hand aufs Knie. Wegen der weit herabhängenden Leinentischdecke bekam niemand etwas davon mit. Sie saßen im Fabric Room des Capital Grille Steakhauses. Das Restaurant war neutraler Boden, an dessen mit edlem Porzellan und feinem Leinen gedeckten Tischen schon zahlreiche Deals geschlossen worden waren. Das Restaurant war erstaunlich leer. Wahrscheinlich hatte Mapplethorpe dafür gesorgt, dass sie nicht gestört wurden.

Lisa drückte sein Knie, um ihm zu signalisieren, dass sie Dr. Raew glaubte. Außerdem waren die Unstimmigkeiten zwischen dem Russen und den anderen beiden Männern nicht zu übersehen. Konnte er daraus einen Nutzen ziehen?

McBride ergriff das Wort. »Wir verfügen über Dr. Raews Medikamente. Wenn Sie das Mädchen in ein Krankenhaus bringen, werden wir unverzüglich mit der Behandlung beginnen. Ich möchte das Walter-Reed-Militärkrankenhaus vorschlagen.«

Painter schüttelte den Kopf.

Versuchen kann man's ja.

Lisa sprang ihm bei. »Sie ist zu geschwächt, um sie zu verlegen. Ihre DIC können wir auch so schon kaum noch beherrschen. Zusätzlichen Stress kann sie nicht mehr verkraften.«

»Dann müssen Sie mich zu ihr lassen«, sagte Juri.

Painter wusste, dass sie am heikelsten Punkt der Unterredung angelangt waren. Das Kind war in politischer und wissenschaftlicher Hinsicht eine heiße Kartoffel. Er hatte es in

Kats und Seans Obhut zurückgelassen. In seiner Eigenschaft als Leiter der DARPA ließ Sean auch im Hintergrund seine Beziehungen spielen. Das Round-Table-Gespräch hier im Restaurant war nur die Spitze des politischen Eisbergs.

Painter hatte keine andere Wahl, als Juri unter Umgehung der Sicherheitsvorschriften von Sigma Zutritt zu dem Mädchen zu gewähren – bedauerlicherweise wusste dies aber auch Mapplethorpe. Und in Anbetracht der Reaktionen am Tisch und der zwischen ihnen herrschenden Spannungen würde Mapplethorpe Juri niemals allein zu dem Mädchen lassen.

»Eine Person darf Dr. Raew begleiten«, sagte Painter.

Mapplethorpe verstand die Einschränkung falsch. »Uns ist bekannt, wo sich die Zentrale von Sigma befindet, falls Sie fürchten sollten, wir könnten zu viel herausbekommen. Sie liegt unter dem Smithsonian Castle.«

Obwohl das für Painter eigentlich keine Überraschung hätte darstellen sollen, krampfte sich ihm der Magen zusammen. Mapplethorpe hatte im Geheimdienstnetz von Washington überall seine Finger drin. Sean hatte ihn vorgewarnt, dass er nicht lange brauchen würde, um herauszufinden, wer die Verantwortlichen waren und wo sie saßen. Trotz seines großen politischen Einflusses war es Mapplethorpe bislang jedoch noch nicht gelungen, sich Zugang zum innersten Bereich von Sigma zu verschaffen. Wahrscheinlich versuchte er hinter den Kulissen, ihre Tore zu stürmen. Seans Ziel war es, ihn auf Dauer davon fernzuhalten.

Painter setzte eine undurchdringliche Miene auf. »Wie dem auch sei, ich lasse nur einen Begleiter zu.« Sein Blick wanderte zwischen den beiden Männern hin und her.

McBride hob die Hand. »Ich gehe mit. Ich kann Juri helfen.«

Der Russe rollte mit den Augen; offenbar war Dr. Raew von dem Angebot wenig begeistert.

Mapplethorpe musterte Painter durchdringend, dann nickte er bedächtig. »Aber wir verlangen für unsere Kooperationsbereitschaft ein Zugeständnis.«

»Und das wäre?«

»Sie dürfen das Mädchen behalten – sobald sie sich erholt hat, gewähren Sie uns jedoch freien Zutritt. Ihre Fähigkeiten sind für uns unverzichtbar. Das ist eine Frage der nationalen Sicherheit.«

»Kommen Sie mir nicht damit«, sagte Painter. »Mit Ihrer Kooperation haben Sie die Grenzen menschlichen Anstands weit überschritten.«

»Wir haben lediglich wissenschaftlichen Beistand geleistet und die Forschung bezuschusst. Das Projekt war bereits weit fortgeschritten. Hätten wir nicht *kooperiert*, wie Sie sich ausdrücken, wäre unser Land in Gefahr.«

»Was für ein Blödsinn! Wenn Sie diese Grenze überschreiten, schaden Sie uns allen. Welche Nation versuchen wir eigentlich zu schützen, wenn wir die Grausamkeiten, die an diesem Mädchen verübt wurden, billigend in Kauf nehmen?«

»Sind Sie wirklich so naiv, Crowe? Die Welt hat sich unwiederbringlich verändert.«

»Das stimmt nicht. Soviel ich weiß, kreist immer noch derselbe Planet um die Sonne. Das Einzige, was sich verändert hat, sind unser Handeln und die Grenzen, die wir zu überschreiten bereit sind. Wir können dem ein Ende machen.«

Mapplethorpe funkelte ihn an. Painter sah die Entschlossenheit in seinem Blick. Dieser Mann war überzeugt von der Notwendigkeit seines Tuns und konnte nichts Falsches darin entdecken. Ein solcher Eiferer war vollkommen unempfänglich für Argumente. Painter fragte sich, woher diese Selbstgewissheit rührte – war das nur Patriotismus, oder täuschte Mapplethorpe sich mit seiner Halsstarrigkeit über die begangenen Grausamkeiten hinweg, über Verbrechen, die zu schrecklich waren, als dass er sie vor sich selbst hätte recht-fertigen können?

Wie dem auch sei, sie waren an einem toten Punkt ange-langt.

»Sind wir uns einig?«, fragte Mapplethorpe. »Ansonsten war's das nämlich. Es gibt auch noch andere Kinder.«

Painter musterte seinen Gegner. Um das Kind zu retten, blieb ihm keine andere Wahl, als sich mit ihm einzulassen. Painter durfte das Mädchen nicht sterben lassen. Er musste am Ende den Kopf hinhalten.

Painter nickte. »Wann sind Sie so weit?«

»Ich brauche eine Stunde, um Dr. Raews Medikamente zu holen«, sagte McBride.

»Wir warten so lange«, sagte Painter und erhob sich, womit die Unterredung beendet war.

Mapplethorpe erhob sich ebenfalls und reichte ihm die Hand, als hätten sie soeben eine Grundstückstransaktion ab-geschlossen. Vielleicht hatten sie das ja tatsächlich. Painter war im Begriff, ein Stück seiner Seele zu verkaufen.

Da er jedoch keine andere Wahl hatte, schüttelte er dem Mann die Hand.

Mapplethorpes Hand war kalt und trocken, sein Griff fest.

Ein Teil von Painter beneidete ihn um seine unerschütter-liche Selbstgewissheit. Aber schlief er nachts auch gut? Als sie durchs holzverkleidete Restaurant zum Ausgang gingen und unter der blaugrünen Markise hindurch auf die Straße traten, sann Painter über eine beunruhigende Bemerkung Mapple-thorpes nach.

Es gibt auch noch andere Kinder.

Was hatte er damit gemeint?

ER MUSSTE WEG von der brennenden Hütte.

Monk rannte aufs offene Wasser zu.

Zakhar brüllte.

Die Raubkatze versuchte, sich durchs Fenster in Sicherheit zu bringen.

Monk lief noch schneller.

Im Wasser machte er ein kleines Floß aus. Zuvor hatte Monk den alten Stechkahn aus dem Schilf hervorgezogen. Den größten Teil des Mooses hatte er abgekratzt und dabei festgestellt, dass das Floß noch schwamm. Bedauerlicherweise fehlten die Ruder, deshalb hatte er aus einem jungen Schössling eine lange Stange zum Staken geschnitzt.

Konstantin stand am Heck des Floßes und stützte sich schwer auf die Stange. Das Floß trieb weiter weg. Wenigstens waren die Kinder in Sicherheit.

Wie geplant waren sie unter der Hütte hervorgekrochen, während Monk die Raubkatzen ablenkte. Das Floß erwartete sie am Ufer. Sie waren an Bord gesprungen, hatten sich abgestoßen und das Gefährt in tieferes Wasser bugsiert.

Monk sollte nachkommen – seine Flucht aus der Hütte war jedoch nicht so glatt verlaufen, wie er sich das vorgestellt hatte.

In der Zwischenzeit war der zweite Tiger – Arkadij – fauchend vor Zorn um die Hütte herumgeprescht und setzte Monk nun nach.

Das Trommeln der schweren Tatzen im Rücken sprintete Monk zum Ufer. Da er keine Waffe besaß, war dies seine einzige Hoffnung.

Von hinten näherte sich ein leises Knurren.

Monk bekam kaum mehr Luft.

Der Herzschlag dröhnte ihm in den Ohren.

Ein scharfes Fauchen … kurz vor dem Absprung.

Das Glitzern von Wasser.

Zu weit entfernt.

Verzweifelt drehte er sich um, ließ sich fallen und rutschte auf dem Rücken über den Boden.

Die Raubkatze duckte sich zum Sprung – da sprang ein dunkler Schatten aus dem hohen Schilf hervor und führte einen Hieb gegen die Flanke des Tigers. Metall blitzte auf. Dann sprang der Schatten über den Tiger hinweg, setzte auf dem Boden auf und verschwand mit weiten Sätzen in einer Ansammlung von Weiden.

Marta.

Die Schimpansin war nicht mit den Kindern zusammen aufs Floß gegangen.

Arkadij, der mitten im Sprung getroffen worden war, lag auf der Seite. Während Monk auf allen vieren rückwärts krabbelte, kam der Tiger wieder auf die Beine. Er schwankte und stieß ein raues, ersticktes Gebrüll aus.

Etwas Schwarzes strömte über den Hals der Raubkatze und überdeckte die Streifen.

Blut.

Aus dem Hals ragte das Heft eines Messers.

Das Bowiemesser aus der Hütte.

Als Monk gestürzt war, hatte er es fallen lassen.

Ohne sagen zu können, woher sein Wissen stammte, erinnerte sich Monk, dass Schimpansen von Natur aus Werkzeuge gebrauchten. Mit Zweigen fischten sie Termiten aus ihren Nestern, mit spitzen Stöcken scheuchten sie Buschbabys aus Baumlöchern hervor.

Und Marta war keine gewöhnliche Schimpansin.

Arkadij zitterte heftig, sein Maunzen wurde vom Blut erstickt.

Ein anderer Tiger brüllte auf.

Zakhars Gebrüll tat Monk in den Ohren weh.

Er rannte aufs Wasser zu. Am morastigen Ufer angelangt, sprang er ab und landete bäuchlings im flachen Wasser. Mit Armen und Beinen arbeitete er sich ins tiefere Wasser vor.

Zakhars zorniges Gebrüll schwoll immer weiter an.

Monk schwamm so weit, bis er tauchen konnte. Als der Druck auf seine Lungen zu groß wurde, tauchte er vorsichtig wieder auf und blickte sich zur Hütte um. Die Flammen loderten in die Dunkelheit empor. Im roten Feuerschein umkreiste Zakhar seinen Bruder. Der andere Tiger regte sich nicht mehr.

Monk hörte, wie Marta durchs Geäst heranfegte. Er sah, wie sie sich von einem Ast schwang und aufs Floß fallen ließ. Es war noch zehn Meter entfernt.

Monk schwamm zu den Kindern und zog sich aufs Floß. Dann lag er keuchend auf dem Rücken.

Marta hatte sich auf der Seite zusammengerollt und schaukelte leicht mit dem Oberkörper. Sie stöhnte leise. Pjotr hatte sie in die Arme genommen.

Monk stützte sich auf die Ellbogen auf, blickte zur Hütte und sah dann wieder Marta an.

Während Zakhar in einem fort brüllte, legte Monk der alten Schimpansin die Hand auf die Schulter. Sie zitterte am ganzen Leib, ihre Haltung drückte Trauer aus.

Du musstest es tun, dachte er.

Arkadij war gequält und missbraucht worden. Man hatte ihn zum Wahnsinn getrieben. Die Raubkatze war eher ein Monstrum gewesen als ein Geschöpf Gottes.

Der Tod war für sie ein Segen.

Trotzdem stöhnte Marta.

Es war niemals leicht zu töten.

Konstantin, der am Heck stand, stemmte sich gegen die lange Stange und lenkte das Floß weiter in den Sumpf hinein.

Monk setzte sich auf. Etwas war ihm aufgefallen. Bevor sie sich in der Hütte schlafen gelegt hatten, hatte er die Rucksäcke auf dem Floß verstaut. Sein Blick heftete sich auf eine Spange, die an einem Reißverschluss befestigt war. Das Dosimeter.

Im Feuerschein war es deutlich zu erkennen.

Das Rosa war eingedunkelt.

Mit der Farbe verdüsterten sich auch ihre Aussichten.

16:31
Washington, D. C.

JURI JUSTIERTE DEN Durchfluss der Infusion. Seine Finger zitterten. Sascha wirkte inmitten der Decken und Laken so verloren in ihrem Bett. Ihr Zustand war schlechter, als er erwartet hatte.

Er fluchte lautlos, weil er eine Stunde verloren hatte, indem er auf McBride und Mapplethorpe wartete. In dieser Zeit hätte er bereits Saschas Behandlung einleiten können. Stattdessen war er in dem FBI-Gebäude eingesperrt gewesen, während die beiden Männer irgendwelche anderen Angelegenheiten geregelt hatten. Schließlich war McBride mit den Medikamenten aus Juris Hotelzimmer aufgetaucht.

Dann waren sie zu Fuß über die Mall zum Smithsonian Castle gegangen. Man hatte sie in Empfang genommen und mit einem der Öffentlichkeit nicht zugänglichen Aufzug in den geheimen Bereich gebracht. Man hatte sie abgetastet, gescannt und ihnen Augenbinden angelegt. Von Hand geführt, hatte Juri in dem unterirdischen Labyrinth rasch die Orientierung verloren. Schließlich gelangten sie in einen Raum, die Tür schloss sich hinter ihnen, und das Schloss klickte.

Dann erst nahm man ihnen die Augenbinden ab.

Juri fand sich in einem kleinen Krankenzimmer wieder. Die eine Wand war verspiegelt und vermutlich von der anderen Seite durchsichtig. Zwei Personen wachten beim Kind: eine große Frau mit kastanienbraunem Haar, die sich als Kat Bryant vorstellte, und Dr. Lisa Cummings, die er bereits im Restaurant kennengelernt hatte. Lisa reichte ihm einen Stapel Untersuchungsergebnisse.

»Wir stehen zu Diensten«, sagte Lisa. »Sagen Sie uns, was wir tun sollen.«

Juri machte sich an die Arbeit. Er las die Berichte und machte sich mit den aktuellen Blutwerten vertraut. Weitere zehn Minuten benötigte er, um die Medikamentendosis zu berechnen. McBride wollte ihm helfen und sah ihm über die Schulter.

»Kommen Sie mir nicht in die Quere!«, knurrte Juri ihn an.

Die Amerikaner hatten kein Rezept, das Mädchen zu retten. Wenn es nach Juri ging, würde es auch so bleiben, denn die Methode war so kompliziert, dass man sie ihm nicht einmal unter Folter hätte entlocken können. Da er Sascha jedoch nicht sterben lassen wollte, ohne es wenigstens versucht zu haben, ließ er McBride zuschauen. Aber wenn Sascha erst einmal außer Gefahr wäre…

Kat unterbrach seinen Gedankengang. »Wird sie durchkommen?«

Juri öffnete das Ventil der Tropfinfusion. Zufrieden mit dem Durchfluss, wandte er sich um und erwiderte Kats Blick. Das Haar hatte sie sich zu Zöpfen nach hinten geflochten, die tiefen Falten um Augen und Mund verrieten ihre Besorgnis.

Er seufzte. »Ich habe getan, was ich konnte«, sagte er wahrheitsgemäß. »Wir müssen stündlich die Nierenwerte überprüfen und das spezifische Gewicht des Urins bestimmen. Daran können wir erkennen, ob wir Fortschritte machen, aber wir werden erst in fünf bis sechs Stunden wissen, ob sie überleben wird.«

Seine Stimme brach. Verlegen wandte er sich ab, denn in Gegenwart dieser fremden Menschen wollte er sich keine Schwäche anmerken lassen. Er bemerkte, dass McBride ihn mit einem kalten Funkeln in den Augen musterte. Er saß auf einem Stuhl bei der Tür. Die Beine hatte er selbstgefällig übereinandergeschlagen.

»Jetzt können wir nur noch abwarten«, murmelte Juri und fasste einen Stuhl neben dem Bett ins Auge. Ein aufgeschlagenes Kinderbuch lag auf der Sitzfläche.

Kat bückte sich und hob es hoch. »Ich habe ihr vorgelesen.«

Juri nickte. Auf dem Herflug hatte Sascha den Kopf an Juris Arm gelegt, und er hatte ihr leise russische Märchen vorgelesen. Bei der Erinnerung daran musste er lächeln. Eigentlich sollten sie zu den Versuchsobjekten keine enge Beziehung entwickeln, doch Sascha war etwas Besonderes.

Seine Hand wanderte zu der Stelle, wo ein Finger von ihr unter der Decke hervorschaute. Der Sensor eines Blutdruckmessgeräts war daran befestigt. Er streichelte den kleinen Finger, der von einer Porzellanpuppe hätte stammen können.

Schließlich lehnte er sich zurück. Das Warten würde sich hinziehen. McBride wippte bereits ungeduldig mit dem Fuß. Die Geräte summten und piepsten. Nach einer Weile ging Dr. Cummings hinaus, um sich mit dem Pathologen zu besprechen. Kat setzte sich auf einen Stuhl an der anderen Bettseite.

Während die erste Stunde langsam verstrich, fiel Juris Blick auf einen Stapel Papier auf dem Nachttisch. Die Ecke einer Seite war mit schwarzem Filzstift beschmiert. Offenbar eine Zeichnung, die Sascha angefertigt hatte. Juri besah sich die Zeichnungen, ohne zu verstehen, was sie bedeuteten. Auf dem letzten Blatt Papier aber war ein Gesicht abgebildet, das er kannte. Er straffte sich.

Das war der Gefangene von Tscheljabinsk-88.

McBride wusste nichts von dem gefangenen Amerikaner. Niemand hatte ihm davon berichtet. Kat aber hatte Juris Blick anscheinend bemerkt.

»Mein Mann«, sagte sie von der anderen Bettseite aus. »Sascha hat das Bild gezeichnet. Ich glaube, sie hat das Foto in meiner Brieftasche gesehen.«

Er nickte langsam und drehte die Zeichnung um.

Ihr Mann…?

»Weshalb hat sie das wohl getan?«, fragte Kat. Sie kniff ein wenig die Augen zusammen. »Ausgerechnet dieses Bild.«

Juri blickte wieder das Mädchen an. Er hatte Herzklopfen, sein Gesichtsfeld verengte sich. Saschas Zeichnung hatte dem Mann das Leben gerettet. Und jetzt saß er hier bei der Frau des Mannes. Das war ein unglaublicher Zufall, jenseits aller Wahrscheinlichkeit. Was hatte das zu bedeuten?

»Dr. Raew?«, sagte die Frau.

In diesem Moment schlug Sascha die Augen auf, und Juri rückte näher ans Bett. Die Frau erhob sich.

Sascha war noch benommen, ihr Blick unscharf. Ihr herzförmiges Gesicht aber wandte sich Juri zu. »*Unchi Pepe…?*«
Dieser Name.

Juri dröhnte der Herzschlag in den Ohren, und ihm schien das Blut in den Adern zu gefrieren. Er musste an das dunkle Seitenschiff einer kalten Kirche denken, an ein Kind, das vor einem Steinaltar eine Stoffpuppe an sich drückte und mit blauen Augen zu ihm aufsah.

Die gleichen Worte. Der gleiche Vorwurf.

Unchi Pepe…

Der Kosename Josef Mengeles, des Schlächters von Auschwitz.

Er ergriff Saschas Hand, wobei sich das Blutdruckmessgerät löste.

Nein, versprach er ihr wortlos. *Nie wieder.*

Tränen traten ihm in die Augen.

Mit ihren Fingerchen hielt sie seine Hand. Ihre Lider flatterten. »Papa… Papa Juri…?«

»Ja«, flüsterte er. »Ich bin da, Kleines. Ich lass dich nicht allein.«

Ihre Líppen bewegten sich, während der Schlaf sie erneut übermannte. Ihre Finger entspannten sich und entglitten ihm. »Marta… Marta hat Angst…«

23:50
Südural

DER KÖRPER WAR noch warm, das Blut jedoch erkaltet.

Das Tier war vor etwa einer Stunde getötet worden.

Leutnant Borsakow nahm die Hand von der Flanke des toten Tigers. Er fasste ihm an den Kopf, packte ein Ohr und zog es hoch. Beide Ohren waren gleich. Somit handelte es sich um Arkadij.

Er ließ das Ohr wieder herabfallen und richtete sich auf.

Mit der anderen Hand hielt Borsakow seine Waffe, eine Jarygin PJa. Er wünschte, sie hätte ein schwereres Kaliber als 9mm gehabt. Er suchte nach Zakhar. Die Raubkatze war nirgends zu sehen.

Hinter ihm qualmte und kokelte die alte *izba*.

Beeindruckt von der Flucht, ging er zum Propellerboot hinüber. Der Pilot und zwei Soldaten befanden sich an Bord und gaben ihm mit ihren Sturmgewehren Feuerschutz. Die Scheinwerfer des Sumpfboots bohrten sich in die Dunkelheit. Der große Propeller am Heck drehte sich langsam.

Borsakow kletterte an Bord und zeigte nach vorn. Der Motor heulte auf, der Propeller kam auf Touren, und dann fuhren sie fort von der kokelnden Jagdhütte, hinaus in die Nacht. Mit Infrarot-Zielfernrohren oder Nachtsichtgeräten wäre die Verfolgung einfacher gewesen, doch im Laufe des Tages hatte sich jemand in den Geräteschuppen geschlichen und ihre magere Ausrüstung zerstört.

Entweder der Amerikaner oder die Kinder.

Sie hatten gewusst, dass man sie jagen würde.

»Sollen wir Generalmajorin Martowa Meldung erstatten?«, fragte sein erster Offizier und streckte die Hand zum Funkgerät aus.

Borsakow schüttelte den Kopf.

Die Generalmajorin nahm Misserfolge nicht gut auf.

Das Propellerboot schnurrte durch den Sumpf.

Er würde sich bei ihr melden, sobald der Amerikaner tot war.

Borsakow blickte sich zu der Insel mit den kokelnden Überresten der Jagdhütte und der toten Raubkatze um. Er dachte an den Amerikaner und an das, was er geleistet hatte.

Wer war dieser Mann? Und wo war er ausgebildet worden?

TRENT MCBRIDE HIELT sich den Telefonhörer ans Ohr. Man hatte ihm gestattet, das Wandtelefon zu benutzen, und ihn zu Mapplethorpes Büro durchgestellt. Trent machte sich keine Illusionen; das Gespräch würde mit Sicherheit abgehört werden.

Das sollte ihn allerdings nicht davon abhalten, einen Lagebericht anzufordern.

Nach ein paar beiläufigen Bemerkungen sagte Trent: »Es sieht so aus, als würde das Mädchen durchkommen.«

Wäre sie gestorben, hätte es keinen Grund gegeben weiterzumachen.

»Ausgezeichnet«, erwiderte Mapplethorpe. Nach einer kurzen, mit unterschwelliger Bedeutung aufgeladenen Pause sagte er: »Wann können wir uns sicher sein?«

Trent sah auf die Uhr und überschlug die Zeit, die er brauchen würde. »Sechs Stunden, bis wir Gewissheit haben«, antwortete er.

Also um Mitternacht.

Es wäre eine Menge Koordinationsarbeit vonnöten, doch bis dahin würde alles bereit sein.

Mapplethorpe brummte zufrieden. »Endlich mal eine gute Nachricht.«

14

»WIR KOMMEN NICHT mehr weiter«, sagte Abhi Bhanjee.

Gray widersprach ihm nicht. Der Mercedes war bis zu den Achsen im Schlamm eingesunken. Die Nerven so straff gespannt wie Klaviersaiten, lenkte er den SUV auf festeren Untergrund.

In den vergangenen zwei Stunden hatte es aus den tief hängenden Wolken in Strömen gegossen. Die Mangoplantage lag fünfzig Kilometer hinter ihnen. Anschließend waren sie durch bewaldetes Gebiet gefahren, doch hier war das Gelände nahezu unpassierbar. Die wogenden Hügel hatten einem Gelände mit steilen Erhebungen und schroffen Felsen Platz gemacht. Vom Regen waren die Flüsse angeschwollen und tosten durch die Täler. Der Himmel weinte.

Wenigstens hatte die Regenflut die Helikopter verscheucht. Die Jäger hatten die Verfolgung abgebrochen, nachdem sie ihre Beute in dem weitläufigen Plantagengelände aus den Augen verloren hatten. Abe kannte sich in der Gegend hervorragend aus und hatte sie durch ein von steilen Hängen eingefasstes Tal aus der Plantage in diese unwirtliche Gegend geleitet.

Niemand kommt hierher, hatte er gemeint. *Der Boden hier taugt nicht für die Landwirtschaft.*

Das war noch untertrieben.

»Es ist nicht mehr weit«, versicherte Abe, als Gray anhielt. »Nicht mal einen Kilometer. Aber von hier aus müssen wir zu Fuß weiter.«

Gray versteckte den Wagen unter den ausladenden Ästen eines Banyanbaums. Er stellte den Motor ab, betrachtete die Felswände und dachte an den Tempel auf der griechischen Münze. Abe hatte gemeint, in dieser Gegend gäbe es ein ganz ähnliches Bauwerk. Hierher hatte Dr. Polk am Tag seines Verschwindens gewollt. Nur einige wenige Dorfbewohner kannten den Ort, der von ihnen verehrt und gefürchtet wurde. Für die Achutas war das heiliger Boden.

Weshalb war Dr. Polk hierhergekommen? Was hatte das Interesse des Professors geweckt?

Regen strömte über die Windschutzscheibe und ließ die Sicht verschwimmen.

»Vielleicht sollten wir warten, bis der Regen nachlässt«, meinte Masterson. »Der Tempel läuft uns schließlich nicht weg.«

Gray sah auf seine Armbanduhr. Es war kurz vor Mitternacht. Bei Tagesanbruch wollte er nicht mehr hier sein. Wenn es hell wurde, würden die Helikopter die Suche fortsetzen. Der panzergroße Mercedes würde in offenem Gelände leicht auszumachen sein. Gray hatte bereits Vorsichtsmaßnahmen ergriffen und das GPS-Gerät ausgeschaltet, denn er konnte nicht ausschließen, dass die Russen ihnen mit seiner Hilfe von Delhi aus gefolgt waren.

Zahlreiche unbeantwortete Fragen gingen ihm durch den Kopf, doch eines wusste er mit Sicherheit. Wenn sie Dr. Polks letzte Schritte nachvollziehen wollten, mussten sie jetzt damit anfangen.

Er wandte sich zu seinen Mitfahrern um. »Ich mache mich mit Abe auf den Weg. Sie sollten besser im Wagen bleiben.«

Elizabeth hob die Hand. »Ich komme mit. Wenn da draußen wirklich ein Tempel steht, werden Sie vielleicht auf meine Hilfe angewiesen sein.«

Kowalski nickte. »Ich begleite Sie.«

Elizabeth schaute ihn an. Ihre anfängliche Verärgerung machte sogleich einem schwerer bestimmbaren Gefühl Platz.

»Wir sollten zusammenbleiben«, meinte Rosauro und langte nach ihrem Rucksack.

Luca nickte.

Masterson rollte mit den Augen. »Sieht so aus, als würden wir alle nass werden.«

Da die Angelegenheit entschieden war, stiegen alle aus. Schon nach wenigen Schritten war Gray bis auf die Haut durchnässt. Er hatte das Gefühl, seine Kleidung sei um zwanzig Pfund schwerer geworden.

»Dorthin müssen wir«, sagte Abe und zeigte auf eine zerklüftete Felswand am Fuße eines bewaldeten Plateaus. Wurzeln ragten aus dem Sandstein hervor wie die knorrigen Gesichter alter Männer, freigelegt von Regen und Wind. Blitze zuckten über den Himmel, Donner dröhnte.

Das Unwetter wurde heftiger.

Gray, der todmüde war, kamen neue Zweifel. Seit sie von Delhi losgefahren waren, hatte er keinen Kontakt mehr zu Sigma bekommen. Das Satellitentelefon hatten sie bei dem Überfall im Hotel zurückgelassen. Das Prepaid-Handy, das er in Delhi gekauft hatte, bekam in diesem abgelegenen Gebiet kein Signal herein.

Sie waren auf sich allein gestellt. Normalerweise wusste Gray es durchaus zu schätzen, wenn er unbeaufsichtigt arbeiten konnte, doch er musste auf die Zivilisten Rücksicht nehmen.

Gray folgte Abe zum Weg. In der Schlucht waren der Regen und der Wind weniger heftig. Allerdings strömte Wasser die Felswände hinunter. Das Tosen des Wasserlaufs wurde lauter.

Im Gänsemarsch gingen sie weiter.

Die Schlucht verlief im Zickzack wie ein Blitz, wurde zwischen den hohen Hügeln abwechselnd schmaler und wieder breiter.

»In Zeiten der Verfolgung hat sich unser Volk hierher zurückgezogen«, erzählte Abe. »Mein Urgroßvater hat mir von Säuberungen erzählt, bei denen ganze Dörfer zerstört wurden. Die Überlebenden haben sich hier versteckt.«

Kein Wunder, dass die Achutas diesen Ort geheim halten, dachte Gray.

»Die Felswände aber bieten auch keinen Schutz«, setzte Abe dunkel hinzu. »Jedenfalls nicht auf Dauer.«

Gray schaute ihn an, doch Abe ging zu der Stelle weiter, wo die Schlucht sich teilte. Er fuhr mit der Hand über die Felswand, als wollte er sich vergewissern – dann wandte er sich nach links.

Gray berührte die Stelle, die Abe angefasst hatte. In den Fels waren Schriftzeichen eingemeißelt, aufgrund des Regens nur als schwache Schatten erkennbar.

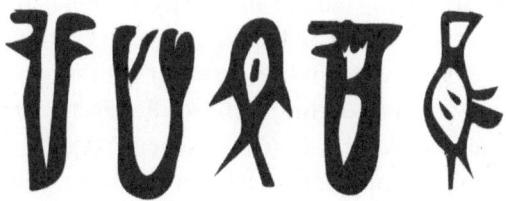

Elizabeth betrachtete die Zeichen. »Harappa«, sagte sie überrascht und schaute umher. »Offenbar befinden wir uns am Außenrand des Industals. Hier war früher einmal eine bedeutende Kultur beheimatet.«

Masterson nickte zustimmend. »Die Angehörigen der Harappakultur besiedelten vor fünftausend Jahren das Industal und hinterließen die Ruinen weitläufiger Städte und Tempelanlagen. Deren Überreste finden sich in der ganzen Region. Vielleicht hat unser junger Hindufreund die Ruinen eines Harappatempels fälschlicherweise für den auf der Münze abgebildeten Tempel gehalten.«

Gray ging weiter. »Es gibt nur eine Möglichkeit, das herauszufinden.«

Bald weitete sich die Schlucht zu einem kleinen, schüsselförmigen Tal. An der gegenüberliegenden Talseite stürzte ein Wasserfall über eine Felswand und ergoss sich in einen kleinen See, der in den Fluss mündete, dem sie folgten.

Abe blieb stehen und holte mit dem Arm weit aus. »Wir sind da.«

Gray runzelte die Stirn. Die Schlucht war leer. Plötzlich blitzte es, und das Tal wurde blendend hell beleuchtet. Silbriger Lichtschein badete die Felswände und wurde vom See in der Mitte reflektiert.

Die Felswände waren terrassenförmig behauen. Bauwerke zogen sich vom Talboden bis zur überhängenden Felskante. Die Gebäude waren im Laufe der Jahrhunderte teilweise zu Geröll zerfallen. Gray musste an die Felswohnungen der Anasazi-Indianer denken. Diese Bauwerke waren allerdings weder von Indianern noch von Indern errichtet worden.

Gray trat vor und drehte sich um die eigene Achse. Die Fassaden der Bauwerke waren aus weißem Marmor, der einen starken Kontrast zum dunkleren Gestein bildete. Die aus weicherem Sandstein bestehenden Felswände waren aufgrund der Einwirkung von Wind und Regen verwittert. Es hatte den Anschein, als wüchsen die Gebäude unmittelbar aus den Wänden hervor. Der weiße Marmor erinnerte Gray an versteinerte Fossilien, die aus einer Felswand ragten.

Obwohl sie von den verwitterten Felswänden halb verdeckt wurden, waren die architektonischen Elemente der Marmorbauten noch immer deutlich zu erkennen. Niedrige dreieckige Dächer wurden von kannelierten Säulen gestützt. Reliefs und Skulpturen, aufgrund des hohen Alters verwittert, schmückten Giebel und Gesimse.

Der Ursprung der Architektur stand außer Zweifel.

»Das ist griechisch«, sagte Elizabeth voller Ehrfurcht. Sie schaute umher, Regenwasser strömte ihr übers Gesicht. »Eine griechische Tempelanlage. Versteckt in Indien.«

Masterson stand neben ihr. Er hielt seinen aufgeweichten Hut in der Hand und fuhr sich mit den Fingern durchs triefnasse weiße Haar. »Einfach unglaublich. Archibald, du alter Narr, du hättest mir doch etwas sagen können...«

Gray staunte ebenfalls; seine Erschöpfung hatte sich im Handumdrehen verflüchtigt.

Elizabeth zeigte nach oben. »Das ist ein Antentempel, eine der einfachsten griechischen Bauformen. Das da drüben ist ein amphiprostyler Tempel. Und schauen Sie sich mal diese abgerundete Säulenfassade an. Das muss ein Tholos sein, ein kreisförmiger Tempel, der in die Felswand hineingebaut wurde.«

Grays Blick fiel auf ein Bauwerk an der anderen Talseite. Sein Herzschlag beschleunigte sich. Der Tempel befand sich auf halber Höhe der Felswand. Auf dem Talboden lagen große Steine, denn ein Teil des Talrands war abgebrochen und in die Tiefe gestürzt. Regenwasser strömte durch die Einkerbung und über die Fassade des Tempels, was ihm ein unwirkliches Aussehen gab.

Ein Irrtum war gleichwohl ausgeschlossen.

Sechs Säulen stützten ein dreieckiges Dach und umrahmten einen dunklen Eingang.

»Genau wie auf der Münze«, bemerkte Rosauro, die ebenfalls aufmerksam geworden war.

Abe wandte sich dem großen Tempel zu. »Das ist noch nicht alles.«

Gray folgte ihm mit angespannter Neugier, und der Rest der triefnassen Gruppe schloss sich ihm an.

Als sie den Geröllhaufen erreicht hatten, trat Abe an die Seite und bedeutete ihnen, ihm zu folgen. Er kletterte über die Steine in die Höhe. Offenbar gab es einen Weg, der nach oben führte.

Im Gänsemarsch folgten sie dem Hindu.

Elizabeth und Masterson setzten ihre Unterhaltung fort. »Was meinen Sie, weshalb die Tempelanlage errichtet wurde? Und noch dazu in dieser merkwürdigen Form?«

»Die Erbauer wollten sich offensichtlich verstecken«, sagte Masterson. »Dieser Ort ist verdammt schwer zu finden, zumal die Tempel in die Felswände hineingebaut wurden. Ähnliche Felsbauten habe ich jedoch auch schon bei den Harappa-Siedlungen im Industal gesehen. Vielleicht haben die Erbauer ja auf einer älteren Harappa-Anlage aufgebaut und sie nach ihren Vorstellungen modifiziert.«

»Das wäre möglich. Es kam häufig vor, dass eine Kultur auf den Überresten der anderen gebaut hat.«

Gray betrachtete unterdessen den Tempel. Aus der Nähe konnte er erkennen, dass es sich bei den schwarzen Schatten der Marmorsäulen um Brandflecke handelte. Feinere Details traten hervor. Risse und Sprünge durchzogen die Fassaden; ein großer Teil des Giebels war abgebrochen.

Gray vermutete, dass die Schäden nicht allein auf das Alter des Tempels zurückzuführen waren. Es sah so aus, als habe hier ein Kampf stattgefunden.

Abe sprang von einem großen Stein und kletterte zwischen zwei Säulen hindurch. Gray folgte ihm auf den Marmorboden des Tempels, froh darüber, endlich aus dem Regen heraus zu sein. Die sechs Stützsäulen standen einen Meter vor der Fassade, sodass unter dem Giebel eine Art Portal lag.

Er machte den anderen Platz. Kowalski und Luca halfen Elizabeth und Masterson. Die mit einem Rucksack bepackte Rosauro bildete den Abschluss. Als alle versammelt waren, wandte Gray sich zum Eingang, doch Abe kniete nieder und murmelte ein Gebet. Gray wartete respektvoll, bis er fertig war.

Abe richtete sich auf und nickte.

Gray holte eine kleine Taschenlampe hervor und schaltete sie ein. Er betrat den Tempel als Erster und leuchtete ins dunkle Innere.

Der große, quadratische Raum maß sieben mal sieben Meter und war ebenso hoch. Weitere Säulen säumten die Wände, mehrere davon waren eingestürzt. In der Mitte des Raums befand sich eine verrußte Feuergrube. An den Seiten gab es Durchgänge zu Nebenkammern, die den Kapellen einer Kirche entsprachen.

In einem der kleineren Räume fiel Gray am Boden etwas auf. Während die anderen den Tempel betraten, ging er näher heran. Abe hielt sich zurück, die Arme nervös vor der Brust verschränkt. Er wartete am Eingang.

Als Gray den Haufen beleuchtete, verstand er auf einmal die Zurückhaltung des Hindus. Der Raum war mit Knochen gefüllt, die wie Holzscheite gestapelt waren. Ganz oben lagen Hunderte Schädel. Menschenschädel. Der gelblichen Farbe der Gebeine nach zu schließen, lagen sie schon lange hier.

Gray dachte an die Brandspuren an der Fassade.

»Bei uns erzählt man sich Geschichten von einer großen Schlacht, die vom Vater an den Sohn und von der Mutter an die Tochter weitergegeben werden«, sagte Abe. »Stattgefunden hat sie vor tausend Jahren. Unsere Ahnen haben hier im Tal die Gebeine entdeckt. Aus Respekt vor den Toten haben wir die sterblichen Überreste gesammelt und sie in die Tempel gebracht.« Er zeigte zum Tal hinaus. »Da draußen liegen noch mehr Gebeine.«

Gray trat wieder in den Hauptraum. Jemand hatte die Talbewohner entdeckt und sie massakriert. Abes geheimnisvolle Bemerkung von vorhin ging ihm durch den Sinn:

Die Felswände bieten auch keinen Schutz. Jedenfalls nicht auf Dauer.

Das Schicksal der Talbewohner war ein warnendes Beispiel für Abes Volk. Das hier war ein gutes Versteck, doch dem Lauf der Welt konnte man sich nicht entziehen.

Gray näherte sich dem einzigen hervorstechenden Merkmal im Raum.

Wie die Tempelfassade war auch dieses Merkmal auf der Münze abgebildet.

Er trat vor die rückwärtige Wand und leuchtete sie mit der Taschenlampe an. In den cremefarbenen Marmor war schwarzer Stein eingelegt, der ein schon wohlvertrautes Symbol darstellte, das bis zur Decke reichte.

»Ein Chakra«, sagte Elizabeth perplex. Sie nahm eine kleine Digitalkamera aus der Tasche und machte Fotos. »Das gleiche wie auf der einen Seite der Münze.«

Luca fuhr mit der Hand über die Wand. Gray ahnte, was ihm durch den Kopf ging. *Ging das Roma-Emblem auf dieses uralte Symbol zurück?*

Hatte Archibald Polk sich die gleiche Frage gestellt?

Kowalski seufzte; der Raum vermochte ihn nicht zu beeindrucken. »Was für eine Enttäuschung.«

»Was reden Sie da?«, schalt Elizabeth ihn aus. »Das ist eine archäologische und anthropologische Entdeckung ersten Ranges.«

Er zuckte mit den Schultern. »Na und? Wo sind das Gold und die Juwelen?«

Gray musste sich widerstrebend eingestehen, dass er mit Kowalski einer Meinung war. Er wandte sich von der Wand ab und schwenkte die Taschenlampe im Kreis. Irgendetwas fehlte, doch es handelte sich nicht um Gold oder Edelsteine.

Rosauro trat neben ihn. »Was ist?«

»Irgendetwas fehlt«, brummte er.

»Wie das?«

Den anderen war der Wortwechsel in dem abgeschlossenen Raum nicht entgangen. Sie blickten herüber.

Gray drehte sich noch einmal um die eigene Achse. »Auf der Münze war doch ein Buchstabe abgebildet, oder? Der griechische Buchstabe Epsilon.«

»Er hat recht«, sagte Elizabeth.

Gray wischte sich Regentropfen aus dem Gesicht. »Alles, was auf der Münze abgebildet ist, haben wir gefunden – die Tempelfassade, das Chakra. Aber was ist mit dem griechischen Buchstaben?«

»Das ist ein zu vernachlässigendes Detail«, meinte Masterson. »Was hat das schon zu bedeuten?«

»Das stimmt nicht«, widersprach Elizabeth. »Jemand hat sich große Mühe gegeben, die Tempelanlage von Delphi nachzubauen. Der Antentempel, den wir eben gesehen haben, ahmt die Form der Schatzkammern von Delphi nach, und der Rundtempel ist ein Nachbau des Tempels, der in Delphi zu Ehren Athenes errichtet wurde. Bei diesem Tempel hier entsprechen das Innere und das Äußere dem Tempel des Orakels. Und das Epsilon war dessen hervorstechender Zierrat.«

Gray vergegenwärtigte sich eine Unterhaltung mit Painter, bei der es um das Epsilon gegangen war. Es war das Symbol eines Prophezeiungskults, ein Code, der sich in Kunst und Architektur durch die Geschichte zog.

Luca trat vor. »Ich glaube, ich kenne den Buchstaben ebenfalls.«

Gray wandte sich an den Zigeuneranführer.

»Ich habe Ihnen ja schon gesagt, dass man uns die Kinder geraubt hat«, sagte Luca. »Die Roma, die nach dem Massaker als Erste ins Lager kamen, haben von einer Steinkirche berichtet. Die Tür war aufgebrochen, doch auf den geborstenen Holzbohlen entdeckte man ein großes Epsilon aus Bronze. Niemand kannte dessen Bedeutung. Jene, welche darüber Bescheid wussten, wurden in einem Massengrab bestattet. Das Geheimnis ist mit ihnen zusammen gestorben. Vielleicht handelt es sich ja hier um das gleiche *E*?«

E für die Chovihanis, dachte Gray. *Die Zigeuner-Wahrsager. Auch wieder ein Prophezeiungskult.*

»Das ist ja alles schön und gut«, beharrte Masterson, der des Themas allmählich überdrüssig wurde. Er wandte sich an Abe. »Wann haben Sie Dr. Polk diese Anlage gezeigt?«

Der Hindu zuckte mit den Schultern. »Zum ersten Mal war ich mit Dr. Polk vor einem Jahr hier. Er hat sich umgesehen, sich Notizen gemacht und ist dann wieder weggefahren.«

Elizabeth wirkte verletzt. »Von seiner Entdeckung hat er mir kein Wort gesagt.«

»Weil er unsere Geheimnisse respektiert hat«, erwiderte Abe steif. »Er war ein guter Mann.«

Gray musterte Mastersons verdrossene Miene. Zu Anfang hatte der Professor über die Entdeckung gestaunt, doch nachdem die Überraschung verflogen war und er festgestellt hatte, dass sie keine Bedeutung für seine eigenen Forschungen hatte, war sein Interesse erlahmt. War es Dr. Polk ebenso ergangen? In archäologischer Hinsicht handelte es sich um eine bedeutende Entdeckung, aber weil er keine Verbindung zu seinen eigenen Forschungen sah, hatte er das Geheimnis der Achutas respektiert und Stillschweigen bewahrt.

Wenn das zutraf, weshalb war er dann kurz vor seinem Verschwinden hierher zurückgekehrt? Offenbar war er auf eine neue Verbindung gestoßen, auf etwas, das sein eigenes Forschungsgebiet betraf.

»Gab es einen bestimmten Grund für Dr. Polks letzten Besuch?«, wandte er sich an Abe. »Vielleicht ein ungewöhnliches Vorkommnis?«

Der Mann schüttelte den Kopf. »Er kam das Dorf besuchen, wie schon so oft. Wir haben uns über die bevorstehende Wahl unterhalten, denn da sollte ein Achuta für einen Bürgermeisterposten kandidieren. Ich hatte eine neue Münze gefunden und sie ihm gezeigt, aber er wollte noch mal die mit dem Tempel drauf sehen. Er hat sie ohne großes Interesse betrachtet und sie während des Gesprächs sogar auf dem Tisch rotieren lassen. Plötzlich machte er große Augen und sprang auf. Er wollte unverzüglich hierherfahren, aber ich war wegen der Wahl verhindert. Ich bat ihn, bis zu meiner Rückkehr zu warten...«

Er verstummte. Elizabeth ergriff das Wort. »Mein Vater war kein sehr geduldiger Mensch.«

Masterson nickte. »An dem Tag hat er mich ganz aufgeregt angerufen. Er meinte, er habe eine Entdeckung gemacht, die unser Verständnis des menschlichen Geistes erschüttern werde.«

Gray kam eine Idee. Er wandte sich Rosauro zu. »Zeigen Sie mir bitte noch mal die Münze.«

Rosauro reichte sie ihm.

Gray untersuchte die Münze: Auf der einen Seite war der Tempel, auf der anderen das Chakra abgebildet. »Elizabeth, Sie haben gesagt, Ihr Vater habe Ihnen die Stelle in Delphi verschafft, weil er wollte, dass Sie herausfinden, ob es eine Verbindung zu seinen eigenen Forschungen gab. Was haben Sie ihm über die Geschichte Delphis erzählt?«

»Nur das Grundlegende«, antwortete sie. »Er interessierte sich weniger für die Geschichte als für die Entdeckung des Ethylengases auf dem Tempelgelände. Mein Vater wollte mehr über die Rituale des Orakels wissen, denn er suchte nach physiologischen Belegen für dessen intuitive Begabung.«

»Dann hat er sich also nicht für die Geschichte interessiert, als er von der Bedeutung des griechischen Buchstabens Epsilon erfuhr?«

»Ich habe ihm einen Aufsatz zu dem Thema geschickt.«

»Wann?«

»Etwa einen Monat, bevor er…« Plötzlich weiteten sich ihre Augen.

Gray nickte. Er kniete auf dem Marmorboden nieder und legte die Taschenlampe ab. Dann stellte er die Münze auf die Kante und versetzte sie innerhalb des Lichtkegels in Drehung.

Neugierig beugte er sich vor.

Die rotierende Münze glich einer verschwommenen Silberkugel. Das *E* befand sich genau in der Mitte der wirbelnden Kugel. Gray ahnte die dahinter verborgene Symbolik. Painter hatte gemeint, das Epsilon habe seine Wurzeln im uralten Kult der Erdmutter Gaia. Jetzt befand es sich im *Mittelpunkt* der Silberkugel, so wie Gaia in der physischen Welt. Aber der Buchstabe repräsentierte auch das intuitive Potenzial des Menschen, das aus dem Mittelpunkt des menschlichen Körpers, dem Gehirn, hervorging.

Gray ließ seine Gedanken schweifen und suchte nach der verborgenen Bedeutung.

Was hatte Archibald Polk erkannt?

Die Münze drehte sich, ein silbriges Mysterium, das ein uraltes Geheimnis barg.

Aber was für ein Geheimnis mochte das sein?

Plötzlich kam Gray eine Idee.

Er streckte die Hand aus und drückte die Münze flach auf den Marmorboden.

Natürlich!

23:35
Prypjat, Ukraine

»DIE AMERIKANER HABEN Sascha in ihrer Gewalt«, sagte Nicolas scharf, als er ins Schlafzimmer trat. Unter dem offenen Bademantel war er nackt, doch der Zorn wärmte ihn.

Jelena posierte nackt auf dem Bett. Sie erwartete ihn, das eine Bein hochgestellt und den Arm auf dem Laken ausgebreitet. Nach der Gala waren sie zu dem außerhalb der Sicherheitszone gelegenen Hotel zurückgefahren, wo die Prominenten untergebracht waren, die an der morgigen Feier teilnehmen würden.

Die letzte halbe Stunde über hatte Nicolas mit einem verschlüsselten Satellitentelefon telefoniert und sich vergewissert, dass für morgen alles vorbereitet war. Bei dem Telefonat mit seiner Mutter im Bau hatte er beunruhigende Neuigkeiten erfahren. Aufgrund ihrer Beziehungen zu ehemaligen Angestellten des KGB hatte sie von den Gerüchten erfahren, die bei den Washingtoner Geheimdiensten in Umlauf waren. Die ganze Stadt war zwölf Stunden lang in Aufruhr gewesen und hatte nach einem Mädchen gesucht. Das musste Sascha gewesen sein. Plötzlich aber war es totenstill geworden. Er wusste ebenso gut wie seine Mutter, was das bedeutete.

Jemand hatte sie gefunden.

Und Nicolas hatte eine Vermutung, wer das sein könnte.

Er ballte die Hand zur Faust.

Wahrscheinlich steckte dieselbe Organisation dahinter, die ihm in Indien zugesetzt hatte, die Dr. Polks Forschungsarbeit durchforstete und etwas aufrührte, das mit Polks Tod eigentlich hätte beendet sein sollen. Ein Versuch, die Spur zu verwischen, war bereits fehlgeschlagen. Aber vielleicht kam es darauf schon nicht mehr an.

Nachdem die Mission gescheitert war, hatte er eine kurze Nachricht erhalten. Offenbar kam das Einsatzteam in Indien dem Geheimnis näher, das Dr. Polk vor jedermann hatte verheimlichen wollen. Einem entscheidenden Punkt seiner Forschung. Einer bedeutsamen Entdeckung, die mit den Kindern zu tun hatte. Aber was mochte das sein?

Jelena stützte sich auf einen Ellbogen auf. Besorgnis schwang in ihrer Stimme mit. »Was willst du wegen der kleinen Sascha unternehmen?«

Nicolas wusste, dass die Kinder einander nahestanden. Da sie im Bau gemeinsam aufwuchsen, übernahmen die älteren Kinder bei den jüngeren häufig die Elternrolle. Jelena hatte die kleine Sascha und deren Bruder besonders in ihr Herz geschlossen.

Für Nicolas waren die beiden ebenfalls wichtig.

Er ließ sich aufs Bett sinken. Besorgt und zornig schmiegte sie sich an ihn. Sie schob ihm die Hand unter den Bademantel und legte sie ihm auf den Schenkel. Ihre Haut war fiebrig heiß. Er hatte sie zu lange warten lassen.

Plötzlich grub sie ihm die Fingernägel in den Schenkel.

Jelena blickte zu ihm auf. Ein Feuer brannte in ihren Augen und wartete darauf, freigesetzt zu werden. Ein Blutrinnsal lief über die Innenseite von Nicolas' Schenkel, ebenso erregend wie die Berührung einer Zungenspitze.

Mit unnachgiebiger Entschlossenheit sagte Jelena: »Der kleinen Sascha darf nichts passieren.«

Ihre Finger krallten erneut zu. Ein sengender Schmerz schoss durch seine Lenden. Er keuchte auf.

»Es wurden bereits entsprechende Maßnahmen eingeleitet«, versicherte er ihr. »Wir brauchen nur noch…«

Die Fingernägel fuhren an seinem Bein nach oben.

»…ein Unterpfand.«

23:45
Punjab, Indien

WÄHREND ES UNABLÄSSIG donnerte und die Tempelkammer von Blitzen erhellt wurde, folgte Elizabeth Gray zu dem großen Chakra an der Wand. Er legte die flache Hand darauf. Als er die Münze in Drehung versetzt hatte, war ihm offenbar etwas klar geworden.

Aber was?

Gray blickte in die Höhe. »Aufgrund meiner Beschäftigung mit der indischen Philosophie weiß ich, dass sich in der Mitte des Chakras für gewöhnlich ein Sanskritbuchstabe befindet, der eines der Energiezentren darstellt. Muladhara, das Wurzelchakra, das am Ende des Rückgrats liegt. Manipura, der Solarplexus. Oder Anahata, das Herzchakra.« Er schaute immer noch in die Höhe. »Hier ist diese Stelle leer.«

»Genau wie auf der Münze«, meinte Elizabeth, ohne zu wissen, worauf Gray abzielte.

»Genau.« Gray hatte die Münze aufgehoben und reichte sie ihr. »Aber drehen Sie die Münze mal um. Wenn Sie durch die Mitte des Chakras auf die andere Seite der Münze blicken, was befindet sich dort?«

Elizabeth wendete die Münze hin und her. Der Buchstabe *E* nahm die Mitte des Tempels ein, genau die Stelle, wo sich auf der anderen Seite die Achse des Chakras befand.

»Das *E*«, murmelte sie.

»Es befindet sich auf der anderen Seite des Rads.« Gray wandte sich an Masterson. »Dürfte ich mir mal Ihren Stock borgen?«

Der Professor reichte ihm widerwillig seinen Gehstock.

Gray trat zurück, reckte den Stock und drückte auf den Rand des Mittelkreises aus schwarzem Marmor. Seine Muskeln spannten sich an, dann schwenkte der kleine Kreis wie ein Rohrventil an einer vertikalen Achse herum.

»Eine Geheimtür!«, rief Masterson aus.

Gray winkte Kowalski zu sich heran. »Helfen Sie mir mal.«

Kowalski ließ sich auf ein Knie nieder und verschränkte die Hände. Gray stellte den Fuß hinein und richtete sich so weit auf, dass er die ausbalancierte Marmorscheibe noch weiter aufdrücken konnte. Der untere Rand der Geheimtür befand sich dreieinhalb Meter über dem Boden. Mit Kowalskis Hilfe schlängelte Gray sich durch die Öffnung.

»Hier ist eine Treppe!«, rief er, als seine Beine verschwanden. »Eine Treppe nach unten! Die Stufen sind aus dem Sandstein gehauen!«

Elizabeth konnte es kaum erwarten. Sie ging zu Kowalski hinüber. »Bitte helfen Sie mir.«

Er fasste sie bei der Hüfte und hob sie hoch. Sie quiekte überrascht. Er war kräftig. Sie hielt sich am Rand der Wandöffnung fest und tastete mit dem Fuß blindlings nach einem festen Halt, um sich hindurchzuzwängen.

»Autsch, das ist meine Nase!«, beschwerte sich Kowalski.

»Verzeihung.«

Er legte die Hand um ihren Fußknöchel und setzte ihren Fuß auf seine Schulter. Sie drückte sich hoch und fiel das letzte Stück durch die Öffnung. Gray stand ein paar Stufen weiter unten und leuchtete die Wände ab. Überall waren Inschriften, ein Gemenge von Zeichen und Buchstaben.

»Schon wieder Harappa«, sagte Elizabeth und richtete sich auf.

»Schauen Sie sich das mal an«, meinte Gray. Er schwenkte die Taschenlampe herum und beleuchtete die Rückseite der Marmortür. Tief in den Stein eingegraben war der Buchstabe Epsilon.

Er hatte mit seiner Vermutung recht gehabt.

Elizabeth nahm die Kamera aus der Tasche und machte mehrere Aufnahmen, während sich Rosauro und Luca zu ihnen gesellten. Allmählich wurde es eng auf der Treppe.

Durch die Öffnung konnte Elizabeth erkennen, dass der Professor sich entfernte.

»Die Kletterei ist was für Jüngere«, sagte er matt und wandte sich zum Ausgang.

»Ich bleibe ebenfalls hier«, erklärte Abe, doch er wirkte eher verängstigt als erschöpft. Elizabeth war nicht entgangen, dass er immer unruhiger geworden war, je näher sie der Tempelanlage kamen.

»Kowalski, bleiben Sie hier!«, rief Gray. »Für den Fall, dass wir in Schwierigkeiten geraten sollten.«

»Geht klar«, antwortete Kowalski. »Allerdings bezweifle ich, dass ich durch die Öffnung käme.«

Sein Blick wanderte zu Elizabeth. Mit einem wortlosen Nicken forderte er sie zur Vorsicht auf.

Abermals donnerte es, und das Felsgestein erbebte.

»Packen wir's«, sagte Gray.

Er stieg die Stufen hinunter und leuchtete. Dann folgten Elizabeth, Rosauro und Luca. Elizabeth streifte mit den Fingern über die Wand. Die Harappaschrift zog sich die Treppe hinunter. Die alte Sprache war noch nicht entziffert worden,

was vor allem daran lag, dass bislang nur wenige Schrift-
zeugnisse entdeckt worden waren. Die Archäologen suchten
noch immer nach der Harappa-Entsprechung des Steins von
Rosetta, nach einem Code, der es ihnen erlauben würde, die
Bedeutung der Zeichen zu entschlüsseln.

Verwundert blickte sie sich um. *Das könnte es sein.*

Vor Aufregung hatte sie Herzklopfen und wunderte sich,
dass niemand ihren dröhnenden Herzschlag hörte. Sie musste
daran denken, dass auch ihr Vater diese Treppe hinunterge-
schritten war. Wahrscheinlich hatte sein Herz ebenso heftig
geklopft wie das ihre. In diesem Moment verspürte sie eine
seltsame Intimität, eine Nähe, die sie zeit ihres Lebens nicht
empfunden hatte. Und auch nie mehr empfinden würde. Sie
musste schwer schlucken.

Die Treppe war nicht lang und endete in einer kleinen Kammer, die aus dem Sandstein geschnitten war. Auf der anderen
Seite gurgelte Wasser. Eine natürliche Quelle strömte in Knie-
höhe aus einem Loch hervor, floss durch einen Spalt im Boden
und verschwand in der gegenüberliegenden Wand.

»Eine Höhlenquelle aus der Harappazeit«, sagte Elizabeth,
die dergleichen schon gesehen hatte. »Da die Kultur am Indus
beheimatet war, hat sie große Fertigkeit auf dem Gebiet der
künstlichen Bewässerung entwickelt.«

Gray leuchtete umher. Der Raum war annähernd kreisför-
mig. In den Sandsteinboden war ein weiteres Chakra eingemeißelt. Die Mitte war diesmal allerdings nicht leer. Dort stand
ein eiförmiger Stein.

»Das ist eine Kopie des Omphalos«, sagte Elizabeth.

Zusammen mit den anderen näherte sie sich dem Stein.
Er reichte ihr bis zur Hüfte und war doppelt so groß wie das
Exemplar im Museum von Delphi. Die Oberfläche war mit
Abbildungen von Bäumen und Blättern verziert.

Elizabeth schluckte erneut und blickte sich um. »Jemand

hat das ursprüngliche Adytum nachgebaut, das innerste Heiligtum des Orakels, den Ort, wo es die Prophezeiungen aussprach.«

Sie näherte sich einem umgekippten Bronzestuhl. Er hatte nur drei Beine. »Hier liegt ein Dreibein. Darauf hat das Orakel gesessen.«

»Oder *die* Orakel.« Gray war ein paar Schritte weitergegangen. Er beleuchtete weitere umgekippte Stühle.

Insgesamt waren es fünf.

Elizabeth machte Aufnahmen. Was hatte es mit dieser Kammer für eine Bewandtnis gehabt? Was war hier geschehen?

Rosauro stand an der Wand und schob gerade die Rucksackriemen auf ihre Schulter hoch. »Das sollten Sie sich mal ansehen«, sagte sie.

Luca stand an der gegenüberliegenden Wand. Er hatte den Arm erhoben, jedoch ohne etwas zu berühren. Trotz der trüben Beleuchtung konnte Elizabeth erkennen, dass seine Hand zitterte.

Sie ging zu Rosauro hinüber. Ein stark geschwärztes Mosaik bedeckte die Wand. Auf dem Boden lagen mehrere herabgefallene Steine. Jemand hatte Teile des Mosaiks abgewischt und von jahrhundertealtem Schimmel und Schmutz gereinigt. Offenbar war er in Eile gewesen. Elizabeth stellte sich vor, wie ihr Vater das Kunstwerk mit einem Tuch abgewischt hatte.

Sie betrachtete die Entdeckung.

Vom Boden bis zur Decke reichend, stellte das Mosaik die Belagerung eines in den Bergen gelegenen Tempels dar. »Parnassus«, murmelte Elizabeth. »Die Angreifer sind Römer. Das Mosaik zeigt den Fall des Tempels von Delphi.«

Auf dem nächsten Abschnitt des Mosaiks war ein ganz ähnlicher Raum wie dieser hier dargestellt. In dessen Mitte stand sogar ein Omphalos – allerdings war der Stein im Querschnitt dargestellt. Darunter war ein kleines Mädchen in den Armen einer jungen Frau zu sehen, die sich vor den Römern versteckte.

Elizabeth blickte sich zu dem hinter ihr befindlichen Stein um. *Das war doch nicht möglich …*

Sie ging an der Wand entlang. Das nächste Tableau stellte eine Karawane von Pferden, Eseln und Wagen dar. An der Spitze ging die Frau mit dem Kind. Die lang gezogene Karawane schlängelte sich über einen Berg. Der letzte Wagen wurde von zwei feurigen Hengsten gezogen, die wohl die Rösser von Apollos Sonnenwagen darstellten. Allerdings zogen sie hier nicht die Sonne. Auf der Ladefläche lag der Stein, unter dem sich die Frau und das Kind versteckt hatten. Der Omphalos von Delphi.

Elizabeth wandte sich um und betrachtete den Stein. Sie zitterte am ganzen Leib. »Das ist keine Kopie«, sagte sie mit einem Schaudern. »Das ist der originale Omphalos. Der Stein, der schon in den historischen Werken Plutarchs und bei Sokrates erwähnt wird.«

»Sehen Sie sich das mal an«, meinte Rosauro.

Sie zog Elizabeth zum nächsten Wandabschnitt. Darauf waren die Schlucht und der Bau der Tempelanlage dargestellt. Auch das Adyton war zu sehen, doch es saß nicht nur ein Orakel auf einem Dreibein, sondern gleich fünf. Sie umringten den Omphalos, der aus dem Loch qualmte wie ein Vulkan. Der Rauch formte das Bild eines Jünglings mit ausgestreckten Armen. Seine Augen brannten, und von seinen offenen Händen stiegen Flammen auf.

Symbolisierte der Jüngling die Kunst der Wahrsagung im Allgemeinen, oder hatte er eine konkretere Bedeutung?

Elizabeth jedenfalls hatte das Gefühl, von den flammenden Augen durchbohrt zu werden.

Gray war der Darstellung ebenfalls gefolgt. Mit ausholender Gebärde zeigte er auf das Wandmosaik.

»Das letzte Orakel, das Kind, muss nach dem Fall des Tempels verschwunden sein. Die griechischen Tempelwächter und deren Unterstützer sind vor der Verfolgung durch die Römer geflohen und haben sich hier niedergelassen, wo sie im Verborgenen inmitten der Harapparuinen einen neuen Tempelkomplex errichtet haben.«

Elizabeth musste an Abes Erklärungen denken. »Siebenhundert Jahre lang haben sie hier unbehelligt gelebt. Vielleicht haben sie sich insgeheim mit den hiesigen Stämmen vermischt. Nach so vielen Generationen gingen die Griechen allmählich in der indischen Kultur auf.«

»Dann gerieten sie in Konflikt mit dem indischen Kastenwesen und infolgedessen ins Visier religiöser Verfolgung«, sagte Gray. »Die vielen Gebeine. Hier hat sich ein Massaker ereignet.«

Luca meldete sich zu Wort: »Und dann sind sie erneut geflüchtet.«

Sie gingen zu ihm hinüber. Er stand einen Schritt von der sprudelnden Quelle entfernt. Hier war kein Mosaik zu sehen, sondern eine flüchtige Zeichnung. Mit schwarzer Farbe war der Angriff auf die Tempel dargestellt. Menschen flohen in alle Richtungen, doch eine Gruppe, hervorgehoben durch davon ausgehende Strahlen, flüchtete in einer Karawane von Wagen mit großen Rädern. Immer kleiner werdend, entschwand sie in der Ferne.

Luca legte den Finger auf die Wagen. Seine Stimme brach. »Das sind unsere Leute«, sagte er. »Die Roma. Von hier stammen wir. Das ist unser Ursprung.«

Gray ging ein Stück zurück. Verblüfft musterte er die Wand.

Die griechischen Tempelwächter waren mit dem Kind und dem Omphalos geflohen, hatten sich in diesem Tal versteckt und waren im Laufe von sieben Jahrhunderten mit der indischen Kultur verschmolzen, derselben Kultur, die sie später verfolgte und abermals auf Wanderschaft schickte, jedoch unter neuem Namen.

Als Zigeuner.

»Der hier dargestellten Geschichte muss eine genetische Abstammungslinie entsprechen«, sagte Gray. »Die von Griechenland bis hierher reicht und wieder zurück nach Europa. Eine genetische Spur der Savant-Begabung.«

»Deshalb wandern wir umher«, sagte Luca, der den Blick noch immer auf die Karawane gerichtet hatte. »Wie der Hindu gesagt hat, kein Ort ist auf Dauer sicher. Deshalb sind wir immer weitergezogen und haben versucht, das große Geheimnis unseres Volkes zu wahren.«

»Bis man ihnen das Geheimnis geraubt hat«, meinte Gray.

»Ein Geheimnis, das bis nach Delphi zurückreicht«, setzte Elizabeth hinzu.

Sie dachte an das Kind in Washington. War das Mädchen wirklich eine Nachfahrin des letzten Orakels von Delphi?

Rosauro trat vor das Fresko und zeigte auf die anderen Figuren, die in unterschiedliche Richtungen vom Tempelbezirk flohen. »Die Flüchtlinge«, sagte sie an Elizabeth gewandt, »waren der Grund, weshalb die genetischen Spuren, die Ihr Vater gefunden hat, in diese Gegend wiesen und weshalb die genetischen Marker hier vor allem in den unteren Kasten zu finden sind. Die Flüchtlinge sind in der ansässigen Bevölkerung aufgegangen.«

Gray war unterdessen noch einmal an der Wand entlanggegangen und hatte jede einzelne Darstellung eingehender betrachtet. Schließlich gelangte er zum letzten Mosaik, das den Flammenjüngling darstellte. »Hier ist eine Inschrift«, sagte er.

Elizabeth trat näher. Es gab drei Textzeilen. Ganz oben waren pittoreske Harappabuchstaben zu erkennen. Die nächste

Zeile war in Sanskrit verfasst, die unterste in Griechisch. Unter den drei Zeilen war ein Chakra abgebildet.

»Die Harappahieroglyphen kann ich nicht lesen«, sagte sie. »Das kann niemand. Ich kann nur die ersten Worte auf Sanskrit und Griechisch lesen. Der Rest ist verwittert. Die Übersetzung lautet: ›Die Welt wird brennen …‹« Sie machte ein paar Fotos, vor allem von der Flammengestalt. »Der Rest ist unwiederbringlich verloren.«

Gray beugte sich vor und berührte das Chakra unter den Schriftzeichen. »Das muss etwas bedeuten. Das Zeichen taucht immer wieder auf.«

Er richtete sich auf und wandte sich dem großen Chakra am Boden zu. Der Omphalos stand in der Mitte des Rades. Elizabeth meinte beinahe, Grays Gedanken lesen zu können. *Wenn das Chakra eine Bedeutung hat, dann muss das, was sich in dessen Mitte befindet, noch wichtiger sein.* Mit zusammengekniffenen Augen näherte Gray sich dem Stein. Bislang hatten sie ihm kaum Beachtung geschenkt.

»Ihr Vater hat den Affenschädel im Museum im *Inneren* des Steins versteckt. Vielleicht hatte er dafür ja einen bestimmten Grund.«

Gray kletterte auf den abgerundeten Omphalos.

»Seien Sie vorsichtig!«, rief Elizabeth, die Angst hatte, er könnte dieses uralte Relikt beschädigen. Sie ging um den Stein herum und entdeckte am unteren Rand eine weitere dreisprachige Inschrift: auf Harappa, Sanskrit und Griechisch.

Sie machte weitere Aufnahmen.

Während er auf dem Omphalos balancierte, leuchtete Gray durch die Öffnung ins hohle Innere.

»Was sehen Sie?«, fragte Elizabeth.

»Gold … in Form zweier Adler.«

Elizabeth stockte der Atem. »Sind die Adler voneinander abgewandt?«

Gray schaute sie an. »Ja.«

»Das ist ein weiteres verschwundenes Artefakt aus Delphi, das Zeus' Adler darstellt. Dem Mythos zufolge ließ Zeus die beiden Vögel von den Enden der Welt aufsteigen, weil er wissen wollte, wo deren Mittelpunkt lag. In Delphi trafen sie sich, am Nabel der Welt.«

»Ihr Vater hat sie bestimmt ebenfalls entdeckt.« Gray griff in den Stein hinein. »Vielleicht sind sie ja aus einem bestimmten Grund hier versteckt worden, genau wie der Schädel in dem Omphalos im Museum.«

Während er umhertastete, ging Elizabeth um den Stein herum und komplettierte die Übersetzung der dreizeiligen Inschrift.

»Ich glaube, ich komme heran…«, sagte Gray.

Elizabeth murmelte die Worte und berührte jeden einzelnen Buchstaben mit dem Finger. »*Habgier und Gotteslästerung stürzen die Menschheit ins Verderben.*«

Sie stutzte.

O nein!

»Ich hab sie«, sagte Gray, als er die goldenen Idole berührte.

Elizabeth richtete sich jäh auf. »Nicht rausnehmen!«

Erschrocken ließ Gray die beiden Adler los.

Ein lautes Rumpeln kam aus dem Stein, gefolgt von einem bedrohlichen Knacken des Bodens. Dann setzte an der Rückseite der Kammer ein anschwellendes Dröhnen ein. Es hörte sich an, als käme ein Güterzug auf sie zugerast.

Alle erstarrten einen Moment lang, dann riss Gray den Arm hoch und zeigte zur Treppe. »Alle raus hier!«, brüllte er.

Zu spät.

Ein Wasserschwall brach mit aller Gewalt aus der Quellöffnung – ein Strahl von einem halben Meter Dicke. Von der Öffnung ausgehend bildeten sich in der Wand Risse.

Eine von Menschenhand erzeugte Springflut.

Das Wasser prallte gegen die gegenüberliegende Wand, ergoss sich in den Raum und holte sie alle von den Beinen.

Elizabeth wurde gegen ihre Begleiter gespült, während sich der Raum rasch mit eiskaltem Wasser füllte. Gray packte sie beim Ellbogen und zog sie zur Treppe.

»Eine Falle...« Sie hustete. »Ein Druckschalter! Mein Vater... er wollte uns warnen...«

»Raus!«, brüllte Gray. »Raus!«

Elizabeth krabbelte die ersten Treppenstufen auf allen vieren hoch. Gray fischte Luca aus dem Wasser und schob ihn zur Treppe. Das Wasser reichte Elizabeth bereits bis zu den Oberschenkeln, und es stieg rasend schnell an. Gray blieb in der Treppenöffnung stehen und schaute in der kleinen Felskammer umher.

Elizabeth wusste weshalb.

Wo war Rosauro?

Gray hatte sie aus den Augen verloren. Als die Wasserflut losbrach, war sie der Quelle am nächsten gewesen. Das Wasser wirbelte in der Kammer umher wie in einem Whirlpool und reflektierte den Schein der Taschenlampe. Er konnte nicht in die Tiefe blicken. Das Wasser reichte ihm inzwischen bis zur Hüfte. Rosauro müsste eigentlich noch stehen können, und selbst wenn sie umgeworfen worden wäre, hätte sie an der Oberfläche schwimmen müssen.

Es sei denn...

Gray reckte Luca den Arm entgegen. »Ihren Dolch!«

Eine silbrig funkelnde Klinge erschien in der Hand des Zigeuners. Er drückte Gray den Dolch in die Hand. Gray warf ihm mit der anderen Hand die Taschenlampe zu.

»Halten Sie die Lampe ins Wasser!«, sagte er und tauchte in die anschwellende Wasserflut.

Er wurde von der Strömung erfasst und an den Wänden

entlanggewirbelt. Er kämpfte nicht dagegen an, sondern ließ sich zur anderen Seite der Kammer tragen. Dass er sie erreicht hatte, merkte er an der Gewalt des weiter unten hervorbrechenden Wasserstrahls. Er drehte sich um und stieß sich zur gegenüberliegenden Wand ab.

Egal ob Rosauro bei Bewusstsein war oder nicht, es konnte nur eine Erklärung dafür geben, dass sie noch nicht aufgetaucht war.

Die Sogwirkung.

Gray tauchte zu der Stelle, wo das Quellwasser abgeflossen war. Im trüben Schein der Taschenlampe machte er eine im Abfluss zappelnde Gestalt aus. Rosauro war vom Abfluss angesaugt worden, ein Arm war in dem Kanal verschwunden. Es war schon vorgekommen, dass Leute am Abfluss eines Swimmingpools ertrunken waren. Und hier war der Sog hundertfach stärker.

Gray packte ihren freien Arm und zog sich zu ihr hinunter. Er stemmte die Beine seitlich des Abflusses gegen den Boden. Rosauro blickte zu ihm auf. Die Panik stand ihr ins Gesicht geschrieben.

Gray streckte den Dolch vor. Er hatte bereits einen Teamkollegen durch Ertrinken verloren – das sollte ihm nicht noch einmal passieren. Die Klinge durchtrennte die Riemen des Rucksacks. Der Rucksack war zur Hälfte in den Abfluss eingesaugt worden und hielt sie fest. Als er ihn gelöst hatte, ließ Gray den Dolch fallen, schlang Rosauro die Arme um die Brust und drückte sich mit den Beinen ab.

Zunächst schien es so, als steckte sie fest. Dann rutschte der Rucksack ein Stück weiter in den Abfluss hinein, wodurch der Sog sich so weit verminderte, dass Gray sie herausziehen konnte. Mit Rosauro in den Armen taumelte er zurück. Er ließ sich von der Strömung herumdrehen und ins Helle und zur Treppe tragen.

Das Wasser reichte inzwischen bis etwa vierzig Zentimeter unter die Decke.

Ein durchdringendes Knirschen ertönte. Die Strömung verstärkte sich, während die Höhlenwand einzustürzen begann.

Gray stieß sich mit den Beinen vom Boden ab, warf sich nach vorn und schoss die überflutete Treppe hoch.

Keuchend tauchte er in Lucas Armen auf. Der Zigeuner zog Gray und Rosauro auf die Treppe. Sie hustete und würgte. Wasser strömte von ihren Lippen, doch sie holte kräftig Luft.

Zwischendurch stieß sie auf Spanisch einen Fluch aus, von dem selbst Kowalski rote Ohren bekommen hätte.

Die Kammer war inzwischen vollgelaufen, und das Wasser stieg brodelnd die Treppe hoch.

»Es wird Zeit, von hier zu verschwinden«, sagte Gray.

Er zog Rosauro auf die Beine und bedeutete Elizabeth und Luca vorzugehen. Rosauro hatte noch weiche Knie, doch da ihr das Wasser bereits über die Füße schwappte, zwang sie sich, aus eigener Kraft die Stufen hochzulaufen. Den schmerzenden linken Arm, der ins Abflussloch gesaugt worden war, stützte sie mit der rechten Hand.

Gejagt vom steigenden Wasser, eilten sie die Stufen hoch.

Oben angelangt, schob Elizabeth sich rückwärts aus der Öffnung und ließ sich dann auf den Boden fallen.

»Beeilung!«, rief Gray, als Luca zögerte.

Luca gehorchte und verschwand durchs Wandloch.

Gray half Rosauro durch die schwarze Marmortür. Gray folgte ihr nach, als das Wasser die letzte Stufe erreichte und über ihm zusammenschlug.

Er sprang ab und löste in dem Moment die Finger, als das Wasser gegen die Tür schwappte und sie zudrückte. Er landete auf dem Boden und blickte in die Höhe. Da die Marmortür schräg geschnitten war, konnte sie sich nur in eine Richtung drehen. Der Wasserdruck hielt sie geschlossen.

Selbstversiegelnd.

Er drehte sich um und vernahm ein Dröhnen, das durch die Schlucht hallte. Blitze zuckten. Brodelndes Wasser strömte über den Talboden. Auch die Schlucht wurde überflutet, doch diese Flutwelle war natürlichen Ursprungs und nicht die Folge von Grays tollpatschigem Vorgehen.

Er starrte die Wassermassen an, die sich durch die Schlucht ergossen.

Kein Wunder, dass man die Tempel in die Felswand hineingebaut hatte.

Gray bemerkte aber noch etwas anderes.

Luca war es ebenfalls aufgefallen. »Wo sind die alle abgeblieben?«, flüsterte er.

Als hätte er die Frage gehört, kam Masterson zur Tür hereingehumpelt. Er stützte sich auf den Spazierstock. Bis jetzt hatte er vor dem Eingang gewartet. Wahrscheinlich hatte er mit Abe und Kowalski zusammen die steigende Flut beobachtet.

»Gott sei Dank«, sagte der Professor. »Sie waren ganz schön lange weg. Was haben Sie entdeckt?«

Elizabeth trat aufgeregt vor. »Die Antwort auf alle offenen Fragen! Es war umwerfend.«

»Ist das Ihr Ernst?«

Hinter Masterson tauchten mehrere Gestalten auf.

Weitere Männer traten aus den beiden Nebenräumen hervor. Alle trugen schwarze Uniformen und hatten Sturmgewehre angelegt.

Die russischen Einsatzkräfte.

»Sie müssen mir alles berichten«, sagte Masterson. »Ihr Vater hat sich nämlich geweigert, mich einzuweihen.«

Kowalski wurde in die Türöffnung geschubst, die Hände auf dem Kopf. Seine rechte Augenbraue war aufgeplatzt, Blut lief ihm übers Gesicht. Die Soldaten zwangen ihn niederzuknien.

»Sie haben Abe getötet«, knurrte er. »Haben ihn abgeknallt wie einen tollwütigen Hund.«

Masterson zuckte mit den Schultern. »Warum auch nicht? Er war ein Achuta. Hunde werden in Indien besser behandelt.«

Die Soldaten verteilten sich.

Elizabeth starrte den Professor ungläubig an. Vorübergehend hatte es ihr die Sprache verschlagen. Als ihr jedoch das wahre Ausmaß seines Verrats bewusst wurde, wallte Zorn in ihr auf. »Sie waren das! Sie haben meinen Vater verraten!«

»Ich hatte keine andere Wahl, Elizabeth. Er ist der Wahrheit zu nahe gekommen.«

Gray wurde ganz kalt. Allmählich wurde ihm klar, welches Spiel hier gespielt wurde. Jemand hatte Masterson dafür bezahlt, dass er ein Auge auf Dr. Polks Forschung hatte und dessen Erkenntnisse an seine Vorgesetzten weiterleitete. Als Elizabeths Vater der Wahrheit auf die Spur gekommen war, hatte man ihn aus dem Spiel nehmen müssen.

Wer steckte hinter alldem?

Masterson war das zornige Funkeln in Grays Blick nicht entgangen. Obwohl Gray die Hände gebunden waren, wich er einen Schritt zurück und schwenkte den Stock. »Commander Pierce, wie es aussieht, müssen Sie und die anderen am Leben bleiben. Für diesen großen Burschen gilt das nicht.«

Er zeigte mit dem Stock auf Kowalski.

»Tötet ihn.«

Kowalskis Augen weiteten sich.

Gray warf sich nach vorn, doch die Soldaten drückten ihm drei Gewehrläufe an die Brust.

»Bitte, Hayden, tun Sie das nicht!«, schrie Elizabeth. »Ich flehe Sie an!«

Ihre Stimme brach; Masterson hatte es ebenfalls bemerkt. Der Professor blickte zwischen Elizabeth und Kowalski hin und her – dann verdrehte er die Augen. »Na schön. Aber nur deshalb, weil ich Ihrem Vater etwas schuldig bin. Aber sobald er Ärger macht, wird scharf geschossen.«

Masterson sah Gray an. »Sie wollten doch wissen, wo Archibald zuletzt gewesen ist.« Er wandte sich ab und marschierte los. »Sie sollten mit Ihren Wünschen etwas vorsichtiger sein.«

DREI

15

MONK STAKTE DURCH den Sumpf, so gut er es mit einer Hand vermochte. Sie wagten nicht anzuhalten. Die ganze Nacht über waren sie gejagt worden. Das Floß glitt lautlos durch die überflutete Landschaft.

Im Laufe der Nacht hatten sich seine Augen an den schwachen Mondschein gewöhnt. Er hatte gelernt, das Floß zu steuern. Mehrfach war ihnen das Sumpfboot gefährlich nahe gekommen. Das schwirrende Geräusch des Propellers und der helle Scheinwerfer hatten Monk jedes Mal vorgewarnt, sodass er das Floß rechtzeitig versteckt hatte. Außerdem hatte sich der Nebel, der dicht über dem Wasser hing, günstig für sie ausgewirkt.

Gleichwohl wären sie einmal fast entdeckt worden, als er die träge Strömung falsch eingeschätzt hatte und gegen einen Baum geprallt war. Die Besatzung des Propellerboots hatte es gehört und war herbeigeeilt. Sie hatten sich so gut es ging unter den Zweigen einer Weide versteckt, doch wenn die Verfolger aufmerksamer gesucht hätten, wären sie bestimmt entdeckt worden.

Die Rettung war aus unerwarteter Richtung gekommen.

Als das Propellerboot langsamer wurde, faltete Kiska die Hände über dem Mund, holte tief Luft und stieß den blökenden Ruf einer Elchkuh aus. Im Laufe der Nacht hatten sie diese Rufe immer wieder gehört. Kiska hatte ihr Talent und ihr phänomenales Gehör schon öfter unter Beweis gestellt, indem sie Vogelrufe mit unheimlicher Genauigkeit nachahmte. Die Verfolger hatten weitergesucht, aber weniger gründlich als zuvor, und waren nach einer Weile weitergefahren.

Ihr Glück konnte jedoch nicht ewig anhalten. Außerdem kamen sie dem radioaktiv strahlenden Karatschai-See immer näher. Das Propellerboot patrouillierte in den sicheren Regionen des Sumpfes, sodass ihnen nur ein Ausweg blieb: Sie mussten zum See hin ausweichen.

Stündlich strich Monk ein Streichholz an und sah nach der Farbe des Dosimeters. Das Pink war inzwischen einem tiefen Rot gewichen. Konstantin hatte Monk ganz sachlich informiert, dass die Strahlendosis nach einem Tag tödlich wäre. Während Monk das Floß durch Schilf und Algen bugsierte, juckte es ihn am ganzen Leib, denn er hatte das Gefühl, allmählich vergiftet zu werden.

Und die Kinder waren noch anfälliger für die Strahlung.

Alle hatten sich an Marta geschmiegt und schliefen unruhig. Aufgrund der Anspannung schreckten sie bei jedem Quaken und jedem Eulenschrei auf. Marta war schließlich auf die Bäume geklettert. Das tat sie regelmäßig, um die Verfolger mit Rufen in die entgegengesetzte Richtung zu locken. Deswegen hatten sie eine volle Stunde Ruhe.

Marta war eben eine kluge Schimpansin.

Monk konnte nur hoffen, dass sie tatsächlich so klug war, wie es den Anschein hatte – denn ihnen drohte noch eine größere Gefahr als eine Strahlenvergiftung.

Im Osten dämmerte es bereits. Wenn es erst einmal hell

wäre, würden sie rasch entdeckt werden. Um zu überleben, mussten sie die Verfolger abschütteln.

Das bedeutete, sie mussten eine falsche Fährte legen.

Konstantin und Kiska hatten die Verpackung ihrer Proteinriegel in kleine Fetzen gerissen und die leeren Wasserflaschen verwahrt. Während Monk einen deutlich erkennbaren Pfad durchs Schilf bahnte, ließen die beiden Kinder die Papierschnipsel und die Flaschen nach und nach ins Wasser fallen.

»Nicht zu viel«, warnte Monk sie im Flüsterton. »Verteilt sie mehr.«

Seit einer Stunde hielt Monk im dunklen Sumpf nach einer geeigneten Stelle Ausschau. Schließlich fand er sie: ein langer, geschwungener Wasserlauf, dicht gesäumt von Weiden und schwarzen Tannengehölzen. Das Timing musste genau stimmen. Sie würden nur einen Versuch haben. Da das andere Ufer noch gut drei Kilometer entfernt war und es rasch heller wurde, mussten sie das Risiko jedoch eingehen.

Pjotr, das dritte Kind im Bunde, saß in der Mitte des Floßes, die Arme um die Beine geschlungen. Während er langsam mit dem Oberkörper schaukelte, schaute er zum Heck des Bootes, als beobachtete er seine Freunde dabei, wie sie die Papierschnitzel ausbrachten, doch Monk wusste, dass der Blick des Jungen in die Ferne ging.

Als sie das Ende des Wasserlaufs erreicht hatten, schwenkte Monk die Stange nach vorn und rammte sie tief in den Morast. Er stemmte sich mit der Schulter dagegen und brachte das Floß zum Stehen. Hier würden sie sich stellen.

Borsakow saß neben dem Piloten des Flugboots. Die Sitze waren über dem flachbodigen Aluminiumrumpf angebracht. Vor ihnen hockten zwei Soldaten. Der eine bediente den

Suchscheinwerfer im Bug, der andere hatte ein Gewehr angelegt.

Nach fünf Stunden Suche taten Borsakow von dem Lärm die Ohren weh. Hinter ihm dröhnte der Motor, der den großen Propeller antrieb. Bei jeder Umdrehung klapperte der durchbrochene Metallschutz des Propellers. Der Luftschwall, der das Boot vorwärtsbewegte, schüttelte Schilf und Baumäste durch.

Der Pilot trug als Einziger einen Kopfhörer. Die eine Hand hatte er aufs Steuer gelegt, die andere auf den Gashebel. Der Gestank der Abgase und des Dieseltreibstoffs überdeckte den Modergeruch des Sumpfes. Langsam fuhren sie über eine flache, offene Wasserfläche. Das Licht der Scheinwerfer schwenkte über das Uferschilf.

Im Laufe der Nacht hatten sie Wildschweine, Elche und von ihren Horsten aufgeschreckte Adler gesehen, waren an Biberdämmen vorbeigekommen und hatten Insektenwolken durchquert. Im Scheinwerferlicht waren unzählige Augenpaare kleiner Sumpfbewohner aufgeblitzt.

Bislang hatten sie noch keinen Hinweis auf die Flüchtlinge entdeckt.

Und die letzte Tankfüllung würde nicht mehr lange reichen.

Ein Affenschrei durchschnitt das Motorengebrumm. Er kam von rechts. Die Soldaten im Bug hatten ihn ebenfalls gehört. Scheinwerfer und Gewehr schwenkten herum. Borsakow tippte dem Piloten auf die Schulter und zeigte in die Richtung.

Im Scheinwerferlicht schwang etwas Großes durch eine Lücke in den Bäumen und verschwand im Wald. Borsakow wusste, dass mit den Kindern zusammen auch ein Versuchstier verschwunden war. Ein Schimpanse.

Der Motor brüllte auf, als der Pilot den Gashebel vorschob. Das Boot raste auf dem Luftkissen auf die Lücke zu. Als sie das Ufer erreichten, wurde das Boot langsamer. Das Schilf war an einer Stelle niedergedrückt. Jemand hatte sich dort zu einem Nebenlauf durchgezwängt.

Endlich …

Borsakow zeigte nach vorn.

Hinter der Lücke schlängelte sich ein schmaler Wasserlauf, gesäumt von Weiden und verstopft mit Schlingpflanzen, die auf dem Wasser trieben. Das Boot wurde schneller. Der Scheinwerfer schwenkte nach links und nach rechts, durchbohrte die Dunkelheit. Der Mann mit dem Gewehr beugte sich vor und fischte eine leere Plastikflasche aus dem Wasser.

Jemand war hier vorbeigekommen.

Borsakow bedeutete dem Piloten, er solle schneller fahren, denn er spürte, dass die Gesuchten ganz in der Nähe waren. Der Wasserlauf beschrieb sanfte Kurven. Das Boot folgte ihm mit schnellen Rechts- und Linksschwenks.

Im Scheinwerferlicht entdeckten sie weiteren Abfall im Wasser, Papierreste und Wasserflaschen. Zu viel. Etwas stimmte hier nicht. Bislang hatten die Flüchtigen keine Anzeichen von Leichtsinn gezeigt. Misstrauisch geworden, tippte Borsakow dem Piloten auf die Schulter und wies ihn mit Gesten an, langsamer zu fahren.

Monk hörte, dass das Motorengebrüll einem Brummen Platz machte.

In geduckter Haltung beobachtete er, wie das Propellerboot um die letzte Biegung bog. Der Pilot hatte das Gas weggenommen, und das Boot wurde langsamer.

Das war gar nicht gut.

Der Scheinwerfer durchbohrte die Dunkelheit und glitt übers Wasser auf sie zu. Es war nur noch eine Frage von Sekunden, bis man sie entdecken würde. Ihre einzige Hoffnung – kam aus dem finsteren Wald zur Linken. Ein dunkler Schatten flog in hohem Bogen über das Boot hinweg und ließ mehrere kleine Gegenstände, die er mit den Füßen festgehalten hatte, ins Boot fallen.

Sie schlugen wie Bomben in den Propeller ein.

Die Patronen aus der Jagdhütte.

Monk hörte, wie sie gegen die Flügel prallten. Der Propeller zerfetzte die Plastikpatronen, die sich nicht entzündeten. Dafür wurde der Vogelschrot mit großer Wucht umhergeschleudert.

Die Männer an Bord schrien vor Schreck und vor Schmerz, als sie von den umherfliegenden Schrotkugeln getroffen wurden. Der Pilot duckte sich und ließ sich vom Sitz fallen. Dabei prallte er gegen den Gashebel, der Motor brüllte auf. Das Boot machte einen Satz nach vorn wie ein von der Wespe gestochener Hase und wurde aus der Kurve getragen. Der Pilot zerrte am Steuerknüppel.

Der Scheinwerfer leuchtete den Wasserlauf entlang und schwenkte über Monk und die Kinder hinweg. Monk sah, dass der Kopilot mit einem Aufschrei auf sie zeigte.

Zu spät, Kumpel.

Die beiden Soldaten im Bug wurden plötzlich nach hinten geschleudert. Sie flogen gegen ihre Kameraden. Ineinander verknäult prallten sie gegen die Verkleidung am Heck. Das Boot hob ab und überschlug sich.

Monk hörte die Schmerzensschreie und das Knirschen der Propellerflügel. Blut und Knochen traten an der Rückseite des Propellers wie ein Kondensstreifen aus – dann schlug das Boot inmitten einer Wolke von Dieselqualm mit der Unterseite nach oben auf dem Wasser auf. Der Motor wurde abgewürgt. Der Scheinwerfer beleuchtete noch das dunkle Wasser.

Monk wandte sich ab. Mit der Unterstützung der Kinder hatte er zuvor Angelschnur aus der Jagdhütte zu einem fingerdicken durchscheinenden Seil verflochten – und in Schulterhöhe quer über den Wasserlauf gespannt. Es hatte die Besatzung umgesäbelt und das instabile Boot umgeworfen.

Marta ließ sich vom Baum aufs Floß plumpsen. Pjotr warf sich ihr in die Arme. Keuchend hockte sie da, erwiderte aber Pjotrs Umarmung. Ihre leuchtenden Augen, die im Mondschein wie Glaskugeln wirkten, suchten Monks Blick.

Monk nickte ihr dankbar, aber auch ein wenig beunruhigt zu.

Mit der Schnitzelfährte hatten sie das gegnerische Boot in den schmalen Kanal gelockt. Martas Bombardement hatte vor allem der Ablenkung gedient, damit die Soldaten nicht die Seilabsperrung bemerkten.

Marta hatte ihre Aufgabe tadellos erfüllt.

Pjotr klammerte sich an sie. Nachdem Monk seinen Plan erläutert hatte, hatte sich der Junge zu Marta gehockt und ihr die Schrotpatronen gezeigt. Er hatte auf Russisch auf sie eingeredet, doch Monk vermutete, dass die Verständigung zwischen den beiden auf einer tieferen Ebene als Sprache gründete. Schließlich hatte Marta die Patronen mit den Füßen gepackt, war auf einen Baum gesprungen und im Geäst verschwunden.

Monk stakte in den nächsten Wasserlauf hinein. Eine träge Strömung bewegte das Floß vorwärts zum fernen Ufer. Obwohl er erleichtert darüber war, dass die Falle funktioniert hatte, wusste Monk ganz genau, dass sie sich einer noch größeren Gefahr näherten.

Doch er hatte keine Wahl.

Millionen Menschenleben standen auf dem Spiel.

Monk musterte Marta und die drei Kinder. Für ihn, der keine Erinnerungen an sein früheres Leben hatte, bedeuteten sie alles. Sie allein zählten für ihn. Er würde alles tun, um sie zu beschützen.

Während er das Floß durchs Wasser steuerte, dachte er an die quälenden Eindrücke, die in der Jagdhütte im Halbschlaf aufgeblitzt waren.

Zimtgeschmack, die Berührung weicher Lippen…

Welches Leben hatte man ihm geraubt?

Und würde er es jemals zurückgewinnen?

00:04
Washington, D. C.

KURZ NACH MITTERNACHT legte Kat den Telefonhörer auf und erhob sich vom Tisch. Sie blickte durch die Glasscheibe ins angrenzende Krankenzimmer. Soeben hatte sie über eine Konferenzschaltung mit Direktor Crowe und Sean McKnight gesprochen. Die beiden waren in Painters Büro und führten aus ihrem Bunker heraus einen Behördenkrieg. Beide Männer waren in einen Machtkampf mit verschiedenen anderen Geheimdiensten verwickelt.

Es ging um das Schicksal des Mädchens.

Aufgrund ihrer Erfahrung auf dem Gebiet hatte Kat ihren Rat beigesteuert, doch mehr konnte sie nicht tun. Jetzt lag es an den beiden, John Mapplethorpes Pläne zu vereiteln.

Kat wusste, wo sie mehr ausrichten konnte.

Sie wandte sich zur Tür, die ins Krankenzimmer führte und von einem bewaffneten Sanitäter bewacht wurde. Am Beobachtungsfenster blieb sie stehen und blickte ins Zimmer.

Von Kissen gestützt, saß Sascha im Bett. Auf dem Schoß hatte sie ein Malbuch und eine Schachtel mit Buntstiften. Einen Infusionsschlauch im Arm, malte sie konzentriert, aber ruhig.

Plötzlich hob Sascha den Kopf und blickte Kat direkt an.

Das Glas war an der anderen Seite verspiegelt; das Kind konnte sie nicht sehen. Dennoch wurde Kat das Gefühl nicht los, dass das Mädchen sie anschaute.

Auf einem Stuhl neben dem Bett saß Juri. Er hatte Sascha dem Tod entrissen und seine Tüchtigkeit damit unter Beweis gestellt. Über die Erholung des Mädchens freute er sich ebenso sehr wie Kat. Zufrieden und erschöpft saß er auf dem Stuhl und döste, das Kinn auf der Brust.

Kat wandte sich ab und nickte dem Wachposten zu. Er hatte die Tür bereits entriegelt und hielt sie ihr auf. Sie trat ins Zimmer. McBride saß immer noch im Sessel. Er hatte lediglich ein paar Telefonate geführt und war unter Bewachung zur Toilette gegangen.

An der anderen Bettseite standen Lisa und Malcolm, beide hielten Notizblöcke in der Hand. Sie verglichen Aufzeichnungen und Zahlen, die so unverständlich waren wie eine Geheimsprache.

Lisa lächelte, als Kat sich ihnen näherte. »Sie hat sich erstaunlich gut erholt. Ich könnte Jahre damit verbringen, die Wirkungsweise der Behandlung zu studieren.«

»Aber das ist doch nur eine Notlösung«, meinte Kat und nickte zu Juri hinüber.

Lisa wandte sich ernüchtert dem Mädchen zu. »Das stimmt.«

Juri hatte für Sascha eine Langzeitprognose abgegeben. Das Implantat schmälerte ihre Lebenserwartung. Es hatte sie in Brand gesetzt wie die Flamme eine Kerze und würde sie verzehren, bis nichts mehr übrig blieb. Je größer die Begabung, desto heißer die Flamme.

Kat hatte Juri gefragt, wie hoch er die Lebenserwartung des Kindes einschätze. Von seiner Antwort war ihr ganz kalt geworden. *Aufgrund ihrer außerordentlichen Begabung bleiben ihr noch vier bis fünf Jahre.*

Kat hatte innerlich vor dem Urteil zurückgeschreckt.

McBride hingegen hatte sich erleichtert gezeigt und seiner Überzeugung Ausdruck verliehen, dass der Einfallsreichtum der Amerikaner die Lebenserwartung des Mädchens sicherlich verdoppeln würde, was immer noch bedeutet hätte, dass Sascha nicht einmal ihren zwanzigsten Geburtstag erleben würde.

Lisa fuhr fort: »Ihre einzige Hoffnung besteht darin, dass das Implantat entfernt wird. Sie würde ihre besonderen Fähigkeiten verlieren, aber wenigstens weiterleben.«

McBride meldete sich hinter ihnen zu Wort. »Sie würde vielleicht weiterleben, aber in welchem Zustand? Das Implantat steigert nicht nur ihre Savant-Begabung, sondern dämpft auch die autistischen Symptome. Nimmt man ihr das Implantat, dann bleibt ein Kind übrig, das keinerlei Kontakt zur Außenwelt mehr hat.«

»Immer noch besser als das Grab«, beharrte Kat.

»Tatsächlich?«, entgegnete McBride herausfordernd. »Wer kann das beurteilen? Mit dem Implantat führt sie ein ausgefülltes Leben, so kurz es auch sein mag. Viele Kinder sind aufgrund ihres körperlichen Zustands von Geburt an zum Sterben verurteilt. Sie leiden an Leukämie, Aids, Missbildungen. Sollte es nicht eher darum gehen, ihre Lebensqualität zu verbessern, anstatt ihr Leben lediglich zu verlängern?«

Kat blickte ihn finster an. »Sie wollen sie lediglich für Ihre Zwecke missbrauchen.«

»Seit wann ist gegenseitiger Nutzen denn etwas Schlechtes?«

Kat kehrte ihm den Rücken zu, enttäuscht von seinen Argumenten und Rechtfertigungen. Das war monströs. Wie konnte er das alles nur rechtfertigen? Zumal das Leben eines Kindes auf dem Spiel stand.

Sascha war immer noch mit dem Malbuch beschäftigt. Sie zeichnete mit einem dunkelgrünen Farbstift. Ihre Hand bewegte sich rasend schnell und scheinbar willkürlich über die Seite.

»Ist es gut für sie in ihrem Zustand, wenn sie malt?«, fragte Kat.

Juri regte sich; die Unterhaltung hatte ihn aufgeweckt. »Nach einer solchen Episode tut ihr Ablenkung gut«, brummte er und räusperte sich. »Das ist, als wenn ein Überdruckventil geöffnet würde. Solange das Implantat nicht von außen aktiviert wird, hat eine solche Beschäftigung eine beruhigende Wirkung.«

»Jedenfalls wirkt sie ganz glücklich«, räumte Kat ein.

Auf Saschas entspanntem Gesicht zeichnete sich der Anflug eines Lächelns ab. Sie richtete sich auf und streckte ihre kleine Hand zu Kat aus. Sie sagte etwas auf Russisch und zupfte mit ihren Fingerchen an Kats Ärmel.

Kat blickte Juri fragend an.

Er grinste müde. »Sie hat gemeint, Sie sollten ebenfalls glücklich sein.«

Sascha schob Kat das Malbuch zu, als fordere sie sie zum Mitmachen auf. Kat setzte sich auf einen Stuhl und schlug das Buch auf. Als sie merkte, dass Sascha keinen Vordruck ausgemalt, sondern auf einer leeren Seite gezeichnet hatte, runzelte sie die Stirn. Das Bild war erstaunlich realistisch. Ein Mann stakte ein Floß durch einen dunklen Wald. Hinter ihm waren weitere Personen angedeutet.

Kats Hände begannen zu zittern. Sie kannte den Mann auf dem Floß. Sie bemühte sich zu begreifen. Der Mann ähnelte Monk. Aber sie konnte sich nicht erinnern, dass Monk je auf einem Floß gewesen wäre. Wie war das Mädchen darauf gekommen?

Sascha spürte anscheinend ihre Unruhe. Ihr Lächeln machte einem verwirrten Ausdruck Platz. Ihre Lippen begannen zu zittern, als fürchtete sie, etwas Falsches getan zu haben. Ihr Blick huschte zwischen Juri und Kat hin und her. Tränen glitzerten in ihren Augen. Auf Russisch murmelte sie ängstlich eine Entschuldigung.

Juri stürzte zum Bett und beruhigte sie mit leiser Großvaterstimme. Kat unterdrückte ihren Unwillen – um Saschas willen. Gleichwohl hämmerte ihr das Herz. Sie hatte bemerkt, wie Juri sich angespannt hatte, als er die erste Zeichnung des

Kindes gesehen hatte. In dem Moment hatte sie den Eindruck gehabt, er habe die abgebildete Person wiedererkannt, doch das war ausgeschlossen.

McBride stand auf und trat neugierig ans Bett.

Kat beachtete ihn nicht. Das ging ihn nichts an. Stattdessen fixierte sie Juri. Über Saschas Kopf hinweg erwiderte er ihren Blick. Er wirkte ebenso schuldbewusst wie das Mädchen.

Weshalb sollte er …

Das Gebäude erbebte von einer gedämpften Explosion. Das Grollen kam von oben. Alarmglocken gellten. Alle Blicke wandten sich zur Decke, doch Kat sprang auf. Sie reagierte den Bruchteil einer Sekunde zu spät.

McBride warf sich nach vorn und packte den blonden Zopf von Dr. Lisa Cummings. Er zog ihn ruckartig zu sich heran und wich gleichzeitig zur Wand zurück. Kat Bryant wollte nach ihm greifen, verfehlte ihn jedoch. Er prallte in die Ecke, wo er keine direkte Sicht mehr auf die Tür und das Fenster hatte.

Mit der anderen Hand holte er das Handy aus der Tasche. Er drückte einen Knopf an der Seite, worauf die obere Hälfte aufklappte. Darunter kam ein kleiner Lauf zum Vorschein. Er drückte ihn fest an Lisas Hals und zielte nach oben auf ihren Schädel.

»Keine Bewegung«, flüsterte er ihr ins Ohr.

Handys waren die neue Geißel der Sicherheitskräfte. Das Gerät, das Mapplethorpe ihm gegeben hatte, war jedoch auf der Höhe der Technik. Man konnte damit sogar telefonieren. Es hatte die Leibesvisitation und die Überprüfung durch den Metalldetektor überstanden, ohne dass das Gerät auch nur gepiepst hätte. Geladen mit Kugeln vom Kaliber .22, war seine Wirkung freilich begrenzt.

»Ich habe fünf Kugeln!«, rief er den verblüfften Anwesenden zu. »Als Erstes werde ich die Ärztin töten – und dann das Kind.«

Ein Wachposten zielte auf ihn, er aber versteckte sich hinter Lisa.

»Lassen Sie die Waffe fallen!«, fuhr er den Mann an.

Der Sicherheitsmann hielt die Stellung, ohne die Waffe sinken zu lassen.

»Es muss niemand sterben!«, sagte McBride. Er nickte zur Decke hin. »Wir wollen nur das Kind. Also legen Sie die Pistole nieder!«

Kat rappelte sich hoch. Um ein Haar hätte sie ihn erwischt. Er musste sie genau im Auge behalten. Sie musterte ihn aufmerksam, las in ihm wie in einem Buch. Gleichwohl gab sie dem Wachmann ein Zeichen, die Waffe zu senken.

»Lassen Sie sie auf den Boden fallen und schieben Sie sie mit dem Fuß zu mir her!«, befahl McBride.

Auf Kats Nicken hin schlitterte die Waffe vor seine Füße.

McBrides Auftrag war ganz simpel; er sollte das Kind in seine Gewalt bringen und auf das Eintreffen von Mapplethorpe und dessen Einsatzkräften warten.

»Wir brauchen jetzt nur noch abzuwarten!«, sagte er. »Keine plötzlichen Bewegungen! Und dass mir niemand den Helden spielt.«

Als der unterirdische Bunker von der Explosion erschüttert wurde, wandte Painter sich unwillkürlich zu dem Wandmonitor zu seiner Linken um. Auf dem großen Bildschirm sah man Saschas Krankenzimmer.

Painter sprang auf. Ihm hämmerte das Herz, und vor Zorn verengte sich sein Gesichtsfeld. Mit einem Faustschlag auf die Tastatur schaltete er die Tonübertragung ein.

»Keine plötzlichen Bewegungen! Und dass mir niemand den Helden spielt!«

Hinter dem Schreibtisch erhob sich Sean. Schüsse waren zu hören. Painter schaltete die Videokamera im Obergeschoss von Sigma auf den Bildschirm hinter dem Schreibtisch. Er riss den Blick von Lisa los und sah auf den anderen Monitor. Der Gang war von Rauch verhüllt. Behelmte Männer in Kevlarwesten rannten mit angelegten Gewehren geduckt durch den Qualm.

»Dieses Arschloch hat vielleicht Nerven!«, sagte Sean.

Er brauchte nicht zu erläutern, wer damit gemeint war. Mapplethorpe.

»Sie wollen das Mädchen haben«, knurrte Sean.

Auf der obersten Etage von Sigma plärrte ein Megafon. »ALLE AUF DEN BODEN LEGEN! JEDER WIDERSTAND WIRD UNERBITTLICH NIEDERGESCHLAGEN!«

Sean stellte sich neben Painter. »Dafür gibt es keine Rückendeckung von oben. Sonst hätten wir eine dienstliche Anweisung bekommen. Der Scheißkerl ist durchgeknallt.« Sean wandte sich Painter zu. »Sie wissen, was Sie zu tun haben.«

Painter beobachtete Lisa. Er sah die Waffe, die ihr an den zarten Hals gedrückt wurde, den er allmorgendlich küsste. Trotzdem nickte er. Für den Fall eines feindlichen Angriffs gab es eine Sicherheitsvorkehrung.

Zunächst aber musste er seine Leute in Sicherheit bringen. Das war ein Kampf zwischen Painter und Mapplethorpe. Er nahm den Telefonhörer ab. »Brant.«

»Sir!«, meldete sich knapp sein Sekretär.

»Protokoll Alpha.«

»Jawohl, Sir.«

Über Lautsprecher wurden die Beschäftigten angewiesen, das Gebäude durch den nächstgelegenen Ausgang zu verlassen. Mapplethorpe wollte den Weg für das Kind freimachen. Um seine eigenen Leute zu schützen, musste Painter ihn gewähren lassen.

Sean wandte sich zur Tür. »Ich gehe hoch und versuche, mit ihm zu verhandeln. Aber falls ich scheitern sollte …«

»Verstanden.« Painter drehte sich um, öffnete eine Schublade und nahm eine Sig Sauer Pistole Modell P220 heraus. »Nehmen Sie die.«

Sean schüttelte den Kopf. »Mit Waffengewalt kommen wir hier nicht weiter.«

Sein Freund trat auf den Gang. Painter krampfte die Hand um den Bildschirm und beobachtete den Monitor. Eines war er Sigma noch schuldig. Er trat vor den Computer und gab den Sicherheitscode ein, dann drückte er den Daumen auf den Fingerabdruckscanner.

Ein rotes Quadrat erschien auf dem Bildschirm, unterlegt von einer blauen Schemazeichnung des Belüftungssystems. Der Countdown war auf fünfzehn Minuten angesetzt. Painter verdoppelte die Zeitspanne und synchronisierte sie mit seiner Armbanduhr. Um 0100 Uhr sollte es losgehen. Sein Blick wanderte zwischen Tür und Bildschirm hin und her. In dieser kurzen Zeit musste er eine Menge erledigen. Aber trotzdem...

Mit fliegenden Fingern gab Painter den Aktivierungscode ein. Der Countdown begann.

Mit der Pistole in der Hand rannte er zur Tür.

7:05
Südural

ALS DIE SONNE über die Berge lugte, lenkte Monk mit der Stange das Floß ins Schilf. Der Bug grub sich ins morastige Ufer. Endlich hatten sie wieder Boden unter den Füßen, auch wenn er schwanken mochte.

»Wartet noch«, wies er die Kinder an.

Mit der Stange prüfte er, ob der Boden trug. Dann kletterte er an Land, wandte sich um und hob Pjotr und Kiska auf einen Grashügel. Konstantin, so beweglich wie eh und je, sprang ohne Monks Hilfe an Land. Die Erschöpfung zeigte sich in seinen dunklen Augenringen und seinem Schwanken. Marta machte ihre Sache kaum besser; sie sprang mit beiden Beinen ab und landete auf allen vieren.

Monk winkte sie weiter. Der Untergrund blieb einen halben Kilometer weit morastig, stieg allmählich an und wurde trockener und fester. Die im Wasser wurzelnden Weiden machten höheren Birken und Fichten Platz. Vereinzelt trafen sie auf grüne Wiesen, auf denen Enzian und Edelweiß wuchsen.

Sie gelangten zu einer Erhebung, und vor ihnen weitete sich die Sicht.

In knapp zwei Kilometern Entfernung lag auf dem Hang des nächsten Berges eine kleine Stadt, durchschnitten von einem silbrig funkelnden Fluss. Monk musterte den Ort aufmerksam. Er wirkte verfallen und verlassen. Die Stein- und Holzhäuser zogen sich entlang einer kiesbedeckten Serpentinenstraße den Hang hoch. Am felsigen Flussufer stand eine alte Mühle. Das Wasserrad war in den Fluss gestürzt und hatte jetzt Ähnlichkeit mit einer Furt. Mehrere Gebäude waren eingestürzt, und überall wucherte Unkraut. Die Häuser verschwanden teilweise im hohen Gras, den Wacholderbüschen und Fichten.

»Das ist eine alte Bergarbeitersiedlung«, erklärte Konstantin. Er faltete die Karte auseinander, um sich zu orientieren. »Da lebt niemand mehr. Dort ist es nicht sicher.«

»Wie weit ist es noch bis zum Bergwerksschacht?«, fragte Monk.

Der Junge maß die Entfernung auf der Karte mit dem Daumen ab, dann zeigte er zu den baufälligen Gebäuden hinüber. »Einen knappen Kilometer hinter der Siedlung. Es ist nicht mehr weit.«

Konstantin blickte zum rechten Stadtrand. Seine Miene verdüsterte sich. Eine Bemerkung erübrigte sich. Halb hinter der

Bergschulter versteckt, erstreckte sich eine grünlich-schwarze Wasserfläche bis zum Horizont.

Der Karatschai-See.

Monk warf einen Blick aufs Dosimeter. Es zeigte noch immer einen rötlichen Farbton. Wenn sie zur Stadt wollten, mussten sie sich dem See jedoch weiter nähern und würden folglich tiefer in dessen Strahlenwolke eintauchen.

»Wie gefährlich ist die Strahlung?«, fragte Monk und ruckte mit dem Kinn Richtung Siedlung.

Konstantin faltete die Karte zusammen und richtete sich auf. »Wir sollten dort besser kein Picknick machen.«

Monk musterte den Jungen anerkennend wegen dessen Versuch zu scherzen. Allerdings lachte niemand. Im Gehen legte Monk jedoch den Arm um den Jungen. Er drückte Konstantin aufmunternd, was ihm ein albernes Grinsen einbrachte. Ein seltener Anblick.

Pjotr und Kiska folgten ihm, und Marta bildete den Abschluss.

Sie hatten es bis hierher geschafft.

Umkehren kam nicht infrage.

In einem Kilometer Entfernung beobachtete Borsakow, wie die Flüchtigen hinter einem Hügelkamm verschwanden. Mit einem halbblauten Fluch, gemünzt auf den Mann mit den Kindern, kniete er neben dem gestrandeten Floß nieder und nahm das Gewehr von der Schulter. Bevor er weitermachte, musste er die Waffe reinigen. Nach dem Bad im Kanal und dem anschließenden Marsch durch den Sumpf war die Waffe dreckverkrustet und voller Wasser. Er legte sie vor sich hin und inspizierte sie: Lauf, Bolzen, Magazin. Er spülte die einzelnen Teile und trocknete sie sorgfältig ab. Zufrieden setzte er das Gewehr wieder zusammen. Die Routinetätigkeit beruhigte ihn und stellte seine Entschlossenheit wieder her.

Er richtete sich auf und schulterte die Waffe.

Da er das Funkgerät verloren hatte, war Borsakow nun auf sich allein gestellt, denn er war der einzige Überlebende des Bootsunfalls. Dem Piloten hatte der Propeller den Arm abgetrennt. Ein anderer Soldat war vom Rand des umstürzenden Bootes zerquetscht worden. Der letzte hatte bäuchlings im Wasser getrieben.

Nur noch Borsakow war übrig, wenngleich er sich die Wade bis auf den Knochen aufgeschlitzt hatte. Mit dem Hemd eines der Toten hatte er die Wunde verbunden. Wenn er das Bein nicht wegen einer Entzündung durch das Sumpfwasser verlieren wollte, musste er sich schnellstens medizinisch versorgen lassen.

Zunächst aber hatte er noch etwas zu erledigen.

Scheitern kam nicht infrage.

Humpelnd nahm Borsakow die Verfolgung auf.

16

»AUFWACHEN!«

Gray hatte das Wort gehört, doch es dauerte eine Weile, bis sein Gehirn es verarbeitet hatte. Ein brennendes Klatschen durchschnitt seine Benommenheit. Es wurde hell, dann lösten die Bilder sich in verschwommene Formen auf.

Luca beugte sich über Gray und rüttelte ihn an der Schulter.

Gray hustete und stützte sich auf den Ellbogen auf. Er blickte sich um. Er befand sich in einem Raum, von dessen Betonwänden die Farbe blätterte. Die rote Tür war verrostet. Das Licht kam von einem vergitterten Fenster hoch an der Wand. Unter dem Fenster saß Kowalski auf einer dünnen, schimmligen Matratze. Den Kopf ließ er zwischen die Beine hängen, und er stöhnte erbärmlich.

Gray atmete tief durch und versuchte, sich zu entspannen. Er vergegenwärtigte sich, was geschehen war. Er erinnerte sich an den mit vorgehaltener Waffe erzwungenen beschwerlichen Aufstieg aus der Schlucht, an einen kurzen Hubschrauberflug und an ein Frachtflugzeug auf einem regennassen Behelfsflugplatz. Er betastete eine Schramme am Hals. An Bord des Flugzeugs hatte man ihn unter Drogen gesetzt.

Gray hatte keine Ahnung, wohin man sie gebracht hatte.

»Elizabeth ... Rosauro ...?«, krächzte er.

Luca schüttelte den Kopf. Er lehnte sich an die Wand und rutschte daran herunter. »Keine Ahnung, wo die sind. Vielleicht in einer anderen Zelle.«

»Und wo sind *wir*?«

Luca zuckte mit den Schultern. Kowalski stöhnte.

Gray richtete sich auf, wartete, bis sich das Kreiseln in seinem Kopf beruhigt hatte, dann trat er ans Fenster. Es lag zu hoch, als dass er aus eigener Kraft hätte hindurchschauen können. Kowalski hob den Kopf und bemerkte, was Gray vorhatte. »Pierce, Sie machen wohl Scherze.«

»Aufstehen«, befahl Gray. »Helfen Sie mir.«

Kowalski hielt sich den Bauch, erhob sich aber. Er verschränkte die Hände. »Wofür halten Sie mich eigentlich? Für Ihre persönliche Leiter?«

»Leitern jammern nicht so viel.«

Gray setzte den Fuß auf Kowalskis Hände, hielt sich am unteren Rand des Fensters fest und zog sich zu den Gitterstäben hoch. Ihm bot sich ein seltsamer Anblick. Vor ihm breitete sich eine vom Wald überwucherte Stadt aus. Die Gebäude waren verfallen und verlassen. Die Dächer waren entweder eingestürzt oder von Moos bedeckt, die Fensterscheiben geborsten, von den Feuertreppen hingen Rostzapfen, und aus den Rissen im Asphalt wuchsen Unkraut und Büsche. An der anderen Straßenseite warb ein vergilbtes Plakat mit einem Riesenrad und anderen Attraktionen für eine Art Jahrmarkt. Im Vordergrund war eine stilisierte, erstaunlich dralle Familie abgebildet.

An der anderen Stadtseite zeichnete sich das Riesenrad vom Plakat vor dem grauen Himmel ab. Ein Überbleibsel vergangener Pracht. Bei dem Anblick wurden Gray die Glieder bleischwer. Er wusste, was er da vor sich hatte. Der Vergnügungspark war zum Symbol der ganzen Stadt geworden.

»Tschernobyl«, murmelte er und ließ sich wieder auf den Boden hinab.

Aber weshalb hatte man sie hierhergebracht?

Gray dachte an den Autopsiebericht des Pathologen, der Dr. Polk seziert hatte. Das Strahlungsmuster deutete darauf hin, dass der Professor hier in Tschernobyl kontaminiert worden war. Im Verlauf der weiteren Untersuchungen hatte Malcolm Jennings seine Einschätzung freilich wieder relativiert.

Was hatte das zu bedeuten?

In den nächsten zehn Minuten suchte Gray die Zelle ab und untersuchte die Tür. Sie war zwar verrostet, aber stabil. Von draußen drangen Geräusche herein; das Scharren von Füßen, ein leises Husten. Offenbar stand dort ein Wachposten. Anscheinend hatte er ihre Unterhaltung mitgehört und seinen Vorgesetzten per Funk Meldung erstattet, denn kurz darauf näherten sich polternde Stiefel.

Zu viele Personen, um einen Ausbruchsversuch zu unternehmen.

Als die Tür geöffnet wurde, trat Gray zurück. Soldaten in schwarz-grauen Uniformen drängten mit vorgehaltener Pistole in den Raum. Ihnen folgte ein hochgewachsener Mann, der im Türrahmen stehen blieb. Sein Gesicht ähnelte dem des Familienvaters auf dem Werbeplakat. Es bestand vor allem aus Winkeln und scharfen Kanten; der sorgfältig gestutzte Bart betonte das Kinn. Er trug einen marineblauen Anzug mit roter Seidenkrawatte. Alles an ihm wirkte maßgeschneidert, sogar die …

»Hübsche Schuhe«, bemerkte Kowalski.

Der Mann blickte auf seine polierten schwarzen Schnürhalbschuhe und runzelte ob dieses unerwünschten Kommentars zu seiner Kleidung missbilligend die Stirn.

»Doch, wirklich«, verteidigte sich Kowalski.

Der Mann wandte sich Gray zu. »*Dobroje utro*, Commander Pierce. Wenn Sie mich begleiten würden, wir haben einiges zu besprechen, und die Zeit ist knapp.«

Gray rührte sich nicht von der Stelle. »Erst wenn Sie mir sagen, wo die beiden Frauen…«

Der Mann winkte ab. »Elizabeth Polk und Dr. Shay Rosauro… Ich versichere Ihnen, beide sind wohlauf. Ihre Unterbringung ist sogar um einiges exklusiver. Aber wir hatten wenig Zeit für die Vorbereitungen. Wenn Sie bitte mitkommen würden.«

Die sechs mit Pistolen bewaffneten Soldaten ließen die freundliche Einladung in anderem Licht erscheinen. Auf dem Gang schaute Gray sich erst einmal um. Zu beiden Seiten gingen Zellen ab; offenbar befanden sie sich in einem leer stehenden Gefängnis. Durch die offenen Türen einiger Zellen sah er Wasserlachen, umgekippte verrostete Bettgestelle und Abfallhaufen in den Ecken. Im Vergleich dazu wirkte ihre Unterbringung recht komfortabel.

Der Gang endete an einem Wachhäuschen. Gray blickte auf einen unkrautüberwucherten Gefängnishof hinaus. In der Ferne ragte der hohe Schornstein des Reaktors von Tschernobyl auf.

Hinter Gray knarrte ein Stuhl, ein irgendwie beunruhigender Laut.

Er wandte sich um. Mitten im Raum stand ein Tisch. Dahinter saß Masterson, wiederum ganz in Weiß gekleidet, ausgeruht und selbstgefällig. Gray musste sich beherrschen, sonst hätte er sich auf ihn geworfen. Doch er brauchte Informationen, und Kooperation war anscheinend der sicherste Weg, sie zu erhalten.

Man schob Gray zu einem Stuhl vor dem Tisch, und er setzte sich. Ein Soldat hielt ihm seine Waffe an den Hinterkopf.

Noch eine zweite Person erwartete ihn in dem Raum. Sie stand hinter dem Tisch. Ihr schwarzes Haar umrahmte ein rauchgraues, stoisches, emotionsloses Gesicht. Sie war mit einem schwarzen Kostüm bekleidet, das zum Kleidungsstil des Mannes passte, der Gray hierhergeleitet hatte. Der Fremde trat zum Tisch und setzte sich, nachdem er Masterson kaum merklich zugenickt hatte.

Er faltete die Hände auf der Tischplatte. »Ich bin der Abgeordnete Nicolas Solokow. Vielleicht haben Sie bereits von mir gehört.«

Gray schwieg, worauf der Mann enttäuscht den Mund verzog.

»Mein Name sagt Ihnen nichts? Nun, das wird sich ändern«, sagte er. Er deutete auf die schlanke Frau. Mit steifer Anmut näherte sie sich Gray. Neben seinem Stuhl ließ sie sich auf die Knie nieder, neigte den Kopf und ergriff seine Hand. Bevor sie ihn berührte, hob sie fragend eine Braue.

Gray zuckte mit den Schultern. Sie hob seine Hand behutsam an und legte sie auf die ihre. Ihre Fingerspitzen kitzelten sein Handgelenk. Sie sah ihm tief in die Augen.

»Wir haben uns bereits mit Elizabeth Polk unterhalten«, fuhr Nicolas fort. »Dr. Polks Tochter hat uns von der Entdeckung berichtet, die Sie in Indien gemacht haben. Wirklich erstaunlich. Allein diese Information war die Mühe wert, Sie hierherzuschaffen. Eine faszinierende Vorstellung, dass unser kulturelles Erbe bis ins alte Griechenland zurückreicht, bis zu dem berühmten Orakel von Delphi.«

Gray räusperte sich. »*Ihr* Erbe?«

Nicolas deutete auf die Frau. »Und das Jelenas. Wir haben alle die gleiche Abstammung.«

Gray dachte an Lucas Ausführungen. »Von den Zigeunern des Altertums.«

»Ja. Dr. Masterson hat mir gesagt, dass Sie über den bedauerlichen, aber notwendigen Raub der Zigeunerkinder Bescheid wissen. Mein Vater war eines dieser Kinder. Und ich glaube, Sie haben bereits ein weiteres Mitglied unserer weitläufigen Familie kennengelernt. Die kleine Sascha. Ein Mädchen mit einer ganz speziellen Begabung.«

Gray wusste, von wem er sprach, ließ sich aber nichts anmerken und heuchelte Ahnungslosigkeit.

Jelena sprach Nicolas leise auf Russisch an.

Der Abgeordnete nickte. »Dann befindet Sascha sich also in Ihrer Gewalt. Versuchen Sie nicht, das abzustreiten.« Er deutete auf die kniende Frau. »Jelena ist ausgesprochen ... scharfsichtig, könnte man sagen. Sie reagiert äußerst sensibel auf Berührungen, nimmt die Hauttemperatur wahr und den Herzschlag. Sie stimmt sich auch auf Ihre Pupillen und Ihren Atem ein. Ihr entgeht nichts. Sie ist mein persönlicher Lügendetektor.«

Nicolas deutete auf sein Ohr. Jelena wandte sich herum und teilte mit der Linken das Haar hinter ihren Ohren. Gray machte die wohlbekannte gewölbte Stahlplatte aus. Sie hatte das gleiche Implantat wie das Mädchen. Diese Frau war Saschas erwachsenes Gegenstück, allerdings mit einer anderen Savant-Begabung.

»Sie hat ein bemerkenswertes Talent«, brummte Nicolas voller Stolz, jedoch mit einem dunklen Unterton.

Gray musterte den Mann und bemerkte, dass etwas an ihm fehlte. »Und wo ist Ihr Implantat?«

Nicolas musterte ihn mit zusammengekniffenen Augen. Sein Gesicht zuckte irritiert; offenbar hatte Gray einen wunden Punkt berührt. Verlegen fuhr er sich über dem rechten Ohr mit den Fingern durchs Haar. »Ich habe offenbar einen anderen Weg beschritten.«

Gray überlegte, was das zu bedeuten hatte. Wenn Nicolas kein Implantat hatte, dann verfügte er über keine angeborene Savant-Begabung. Dennoch hatte ihm jemand eine Machtposition in Russland verschafft. Warum? Worauf lief das alles hinaus?

Nicolas fuhr fort: »Sprechen wir über Sascha. Bei dem Durcheinander, das in Washington herrscht, haben wir Mühe, genaue Informationen über ihren Aufenthaltsort zu bekommen. Das war der Hauptgrund, weshalb man Sie hierhergebracht hat.«

Anstatt uns abzuknallen wie Abhi Bhanjee.

»Wir sorgen uns um Saschas Wohlergehen und wollen sie wiederhaben. Deshalb lautet meine erste Frage, wo hält sie sich auf, und wer hat sie in seiner Gewalt?«

Gray erwiderte offen Nicolas' Blick. »Das weiß ich nicht.«

Jelena schüttelte den Kopf.

»Möchten Sie es noch einmal versuchen? Ich bemühe mich um zivile Umgangsformen. Aber außer Ihnen sind hier noch vier Ihrer Freunde.«

»Ich weiß es wirklich nicht«, sagte Gray. »Als ich sie zum letzten Mal gesehen habe, befand sie sich in der Obhut unserer Organisation.«

Nicolas blickte Jelena an, die nickte. Gray sagte die Wahrheit.

»Und ich nehme an, Sie arbeiten nicht für John Mapplethorpe, denn der Verräter hat versucht, Sie und Dr. Masterson im Hotel in Agra zu ermorden.«

»Das stimmt. Im Gegenteil bemühen wir uns, das Kind von ihm fernzuhalten.«

»Sehr klug von Ihnen. Dem Mann ist nicht zu trauen. Dann können wir vielleicht wirklich miteinander verhandeln. Zumal wir jetzt wissen, dass Sie über Verhandlungsmasse verfügen.«

»Zunächst einmal wüsste ich gern, weshalb Sie das Mädchen wiederhaben wollen«, sagte Gray.

»Sie gehört hierher. Zu ihrer Familie. Wir können hier viel besser für sie sorgen, als das in Ihrem Heimatland möglich wäre.«

»Das mag sein. Aber *weshalb* wollen Sie sie wiederhaben? Was haben Sie mit ihr vor?«

Nicolas musterte Gray mit hinterhältigem Blick. Arglist und Falschheit lagen darin und ein Streben nach Erkenntnis, das vielleicht von mangelnder Begabung auf anderem Gebiet herrührte.

Gray versuchte, sich Nicolas' Schwäche zunutze zu machen. »Verfolgen Sie noch einen anderen Plan, als Kinder wie Sascha auszubeuten?«

Nicolas' Augen blitzten. »Sie sollten unseren Unternehmungsgeist nicht unterschätzen. Und uns auch nicht in solch schwarzen Farben malen. Wir verfolgen ausschließlich humanitäre Ziele, zum Wohle der ganzen Welt. Das Leben einiger weniger Kinder ist im Vergleich zu den Grausamkeiten, die Tag für Tag hingenommen werden, ein kleines Opfer.«

Je mehr Nicolas sich ereiferte, desto deutlicher trat sein Bedürfnis nach Selbstbestätigung zutage. »Welche Ziele meinen Sie?«, fragte Gray.

»Nichts Geringeres, als den Lauf der Menschheitsgeschichte zu verändern.«

Jetzt war Nicolas' Größenwahn nicht mehr zu übersehen. Er straffte sich noch mehr und beugte sich vor.

»Alle paar Jahrhunderte tritt eine große Persönlichkeit auf den Plan, die den Lauf der Geschichte abrupt verändert – jemand, der die Entwicklung der Menschheit grundlegend beeinflusst. Ich spreche hier von den großen Propheten, von Buddha, Mohammed, Jesus Christus. Von Persönlichkeiten, die vollkommen anders denken, welche die Welt mit ganz anderen Augen betrachten, sodass ihre Sichtweise die Menschheit in eine neue Richtung lenkt. Woher kommen diese Gestalten? Woher stammt die Einzigartigkeit ihres Denkens?«

Masterson rutschte auf dem Stuhl, denn inzwischen hatte er einen steifen Rücken.

Gray erinnerte sich an die Unterhaltung, die er mit dem Professor über Autismus und dessen Rolle in der Menschheitsgeschichte geführt hatte. Und er dachte an das Zitat, das dieser angeführt hatte. *Wäre der Autismus auf magische Weise vom Angesicht der Erde getilgt worden, würden die Menschen noch immer am Höhleneingang ums Feuer sitzen.*

»Weshalb sollten wir darauf warten, dass die genetischen Würfel zufällig das passende Ergebnis zeigen?«, fragte Nicolas rhetorisch. »Stellen Sie sich vor, welch ein Zeitalter der Erleuchtung anbrechen würde, wenn man eine solch einzigartige Begabung erkennen, isolieren und zum Wohle aller nutzbar machen könnte. Zumal wenn man diese Begabung auf eine ganz neue Ebene heben könnte.«

Nicolas' Blick fiel auf Jelena.

Allmählich wurde Gray der wahre Umfang des visionären Projekts klar. Hier ging es nicht nur um ein simples Spionageprogramm. Nicolas' Organisation beabsichtigte, die Zügel der Menschheitsgeschichte in die Hand zu nehmen und Individuen mit Implantaten als Vorreiter einzusetzen. Und er ahnte auch, *weshalb* Nicolas eine solche Machtposition innehatte. Jemand baute ihn als Galionsfigur auf, stützte und unterstützte ihn im Hintergrund mithilfe der Kinder. Gray versuchte sich vorzustellen, welche Begabungen diesem einen Menschen zur Verfügung standen.

Er vermochte sein Erschrecken und seine Bestürzung nicht zu verbergen. »Wie wollen Sie das …?«

»Es reicht!«, fauchte Nicolas. »Jetzt, da Sie wissen, was wir vorhaben, werden Sie auch verstehen, weshalb wir Sascha zurückhaben wollen. Sie ist wichtig für das Programm... und besonders wichtig für mich.«

Gray las etwas in seinen Augen. »Warum gerade für Sie?«

»Warum?« Nicolas starrte Gray an. »Weil sie für mich nicht nur eine Versuchsperson ist. Sascha ist meine Tochter.«

Jelena kratzte mit den Fingernägeln über Grays Handgelenk. Sie wandte sich heftig zu Nicolas um. Offenbar war das für sie ebenfalls neu. Kein Wunder, dass man Gray mitsamt seinen Begleitern bis nach Tschernobyl verschleppt hatte.

»Ehe der Tag um ist, werden Sie wissen, wozu ich fähig bin.« Nicolas neigte sich Gray entgegen, seine Augen funkelten vor Entschlossenheit. »Und meine Tochter wird wieder bei mir sein.«

8:20
Südural

GENERALMAJORIN SAWINA MARTOWA stand im Zentrum der Operation Saturn. Hinter ihr wartete der Bergbauzug auf den Schienen, der einen Geruch nach Rauch und Öl ausdünstete. Das Zentrum lag hundert Meter entfernt vom Terminal im Minenkomplex 337, einer aufgegebenen Uranmine, deren Schächte die angrenzenden Berge durchzogen. Im MK 337 hatten die Gefangenen von Tscheljabinsk-88 täglich achtzehn Stunden lang im Dunkeln geschuftet und sich langsam vergiftet.

Jetzt diente der Komplex als Lagerstätte für ausgemusterte Bergbauausrüstung und den Abraum der Operation Saturn. Im Laufe der vergangenen fünf Jahre hatte eine kleine Gruppe von Bergleuten und Sprengstoffexperten mehrere Schächte bis zum Rand mit Gesteinstrümmern gefüllt.

Das Einsatzzentrum der Operation Saturn war in einer kleinen künstlichen Höhle untergebracht. Der mittels Sprengungen geschaffene Hohlraum von der Größe einer Hotellobby wurde eingerahmt von verölten Gerüsten und war vollgestopft mit Bergbauausrüstung: mit Förderbändern, hydraulischen Winden, Entstaubern, Wasserpumpen, Schläuchen. In der Mitte befand sich eine kompakte Bohranlage mit einem spezialgehärteten Bohrer aus Wolframkarbid. Das meiste davon würde entweder hier zurückbleiben oder mit dem nächsten Zug fortgeschafft werden.

Sawina beobachtete, wie ein Bagger eine Gesteinsladung auf einen der Güterwagen kippte. Der Zug würde heute noch eine letzte Transportfahrt nach MK 337 unternehmen.

Alles lief nach Plan.

Gleichwohl überwachte sie breitbeinig den Verladevorgang. Das Gespräch mit Nicolas ging ihr immer noch nach. Sie hatte gewusst, dass er dickköpfig war und zu vorschnellen, leichtsinnigen Entschlüssen neigte. Sie bedauerte, ihm von Sascha erzählt zu haben. Eine solch törichte Vorgehensweise hätte sie ihm nicht zugetraut. Wo war seine Unvoreingenommenheit in solchen Dingen? Sie verfügten noch über *zehn* Omega-Objekte, mehr als genug, um in Moskau die Saat auszubringen. Die zehn Kinder allein reichten aus, ihm die ganze Welt untertan zu machen und eine Wiedergeburt der Menschheit einzuleiten, die vom russischen Imperium angeführt werden würde. Der zukünftige Zar würde nicht nur *einen* Rasputin als Berater haben, sondern gleich *zehn*. Zehn mit Implantaten ausgestattete hellseherisch begabte Savants, die ihm Raum und Zeit gefügig machen würden.

Weshalb begriff er das nicht?

Was bedeutete schon ein einzelnes Kind im Vergleich zu einer solch gewaltigen Vision?

Wenn man Nicolas' Sohn Pjotr dazurechnete, waren es zwei.

Die Begabung des Jungen war zwar stark ausgeprägt, aber nur von geringem Wert. Welchen Nutzen hatte die Empathie, wenn es darum ging, eine neue Welt zu schmieden? Allenfalls war sie dabei hinderlich. Alles, was auf dem Spiel stand, war das genetische Potenzial des Jungen. Ein schwerer Verlust, aber auch nicht unersetzlich. Außerdem bestand immer noch Hoffnung, den Jungen wieder einzufangen. Leutnant Borsakow hatte zuletzt gemeldet, er sei im Begriff, in den Asanow-Sumpf vorzudringen. Es war nicht leicht, dort im Dunkeln jemanden zu finden, aber mittlerweile schien die Sonne, und sie rechnete jeden Moment mit einer Erfolgsmeldung. Zumindest hatte sie das Nicolas gesagt.

Letztlich kam es darauf aber nicht an. Nicolas würde das schon noch einsehen.

Ein Techniker in weißem Kittel und mit Schutzhelm und Atemmaske näherte sich ihr. Er war ein Ingenieur vom Bergbauinstitut in St. Petersburg. »Wir sind bereit, die Steuervorrichtung und die Irisblende zu testen.«

Sie nickte. Nach dem Abschlusstest würde die Höhle geräumt werden. In den vergangenen zwei Tagen hatte sie dem Team Druck machen müssen, damit es den Zeitplan einhielt. Nicolas' Operation sollte heute stattfinden und Sawinas Operation ursprünglich erst zwei Wochen später. Wegen Mapplethorpes Verrat hatten sie jedoch entschieden, beide Operationen auf denselben Tag zu legen. Sobald Nicolas' Erfolgsmeldung vorlag, würde sie den Startbefehl geben.

»Gibt es irgendwelche Probleme?«, fragte sie den Ingenieur.

Wegen der Atemmaske klang seine Stimme gedämpft. »Wir haben das Diagnoseprogramm laufen lassen und die Ammoniumnitrat-Dieselöl-Konzentration überprüft. Außerdem haben wir mit Bodenradar den Abraum gescannt und sämtliche elektrischen Systeme überprüft. Wir warten nur noch auf Ihre

Anweisung, um die Baustelle zu räumen und die Blende zu öffnen. Wir werden jetzt die Zündung testen.«

»Ausgezeichnet.«

Sawina folgte dem Mann unter das Gerüst. Der beweglich montierte Bohrturm wurde bereits weggefahren. Zahlreiche Arbeiter waren auf dem beengten Raum tätig: im Turm, am Boden und mitten unter den Gerätschaften. Sawina blickte zur Rückseite der Höhle. Dort führte ein zwei Meter durchmessender Schacht steil nach oben. Darin befand sich ein stillstehendes Förderband. Aus den Schläuchen tropfte Wasser. Am etwa einen halben Kilometer entfernten Schachtende leuchteten Scheinwerfer. Kleine Gestalten bewegten sich in deren Licht wie Motten im Lampenschein. Das Sprengteam nahm eine letzte Überprüfung vor.

Sawina wusste die Gründlichkeit der Männer zu schätzen.

Man hatte über vierzig Bohrlöcher – so dick wie ihr Daumen und jeweils einen Meter tief – in das Schachtende gebohrt und mit ANFO-Sprengstoff gefüllt. Die Bohrungen führten in eine Verwerfung unter dem Karatschai-See. Die Sprengladungen waren so ausgelegt, dass sie nacheinander detonieren und ein Loch am Grund des vergifteten Sees reißen würden, sodass sich der tödliche Brei aus radioaktivem Strontium und Cäsium in den Schacht ergießen würde.

»Hier drüben, Generalmajorin.« Der Techniker deutete zum Rand der Höhle.

In den Boden war ein drei Meter durchmessender kreisförmiger Lukendeckel eingelassen, den sie von der Sewmorput-Schiffswerft in Murmansk erworben hatte. Es handelte sich um den neuesten Raketensilo-Verschluss, bestehend aus sechs Segmenten halbmeterdicken Stahls in Form einer Irisblende.

Sie stieg von dem Verschluss und trat vor einen Tisch mit einem Diagnose-Laptop. Der Monitor zeigte einen Bauplan an. Mehrere Männer hatten mit der Arbeit innegehalten und schauten zu.

Der Ingenieur sprach in ein Funkgerät, lauschte und nickte Sawina zu. »Im Kontrollraum ist alles bereit. Noch zehn Sekunden bis zur Zündung.«

Sawina verschränkte die Arme vor der Brust. Das Kontrollzentrum lag in Tscheljabinsk-88, in einem der verlassenen Wohnblöcke aus der Sowjetzeit. Zahlreiche Techniker waren in dem kleinen, mit Monitoren und Computern vollgestopften Raum versammelt. Wenn die Bohrstelle evakuiert war, würden dreißig Kameras Bilder übertragen.

Der Ingenieur zählte die Sekunden herunter. »Drei … zwei … eins … *Zündung*.«

Ein Knacken kam von der Silotür, dann öffneten sich die Stahlsegmente wie die Irisblende einer Kamera. Als die Öffnung größer geworden war, drang gedämpftes Wassertosen aus der Tiefe herauf. Sawina trat vor die Iris hin und blickte hindurch. Ein Schacht führte senkrecht zweihundert Meter durch das Gestein.

Der Ingenieur trat neben sie und leuchtete mit einer schweren Taschenlampe in den Schacht hinein. In der Tiefe machte sie silbrige Reflexe aus. Ein unterirdischer Fluss. Im Ural gab es zahlreiche solche Wasserläufe, gewaltige Grundwasserleiter, die das Hochland entwässerten. An der anderen Seite des Gebirges mündete das Wasser ins Kaspische Meer, doch hier speisten die Grundwasserleiter eine Reihe von Flüssen, darunter die Techa und den Ob, die ins Arktische Meer mündeten.

Sawina wandte sich um und blickte in den ansteigenden Schacht, der zu der Verwerfung unter dem Karatschai-See führte. Der See enthielt hundertmal mehr Cäsium und Strontium, als bei der Katastrophe von Tschernobyl freigesetzt worden war. Und die strahlende Giftwolke von Tschernobyl hatte sich um die ganze Erdkugel verteilt. Sie blickte sich zu dem Schacht um, der zum Grundwasserleiter hinunterführte.

Die Gefahr war seit Längerem bekannt. Die Geologen wussten über die Verwerfungen unter dem Karatschai-See Bescheid. Es war nur eine Frage der Zeit, wann es bei einem Erdbeben zu Rissen kommen und sich die gesamte Radioaktivität in das Drainagesystem des Urals ergießen würde. Norwegische Geophysiker nahmen an, dass bei einer solchen Katastrophe das Leben in einem Großteil des Arktischen Ozeans, einer der letzten großen Wildnisse der Erde, vollständig aussterben würde. Von dort aus würde der strahlende Müll um den halben Planeten verteilt werden und seine schlimmste Wirkung im nördlichen Europa entfalten. Konservativen Schätzungen zufolge würden einhundert Millionen Menschen der Primärstrahlung und daraus resultierenden Krebserkrankungen erliegen. Diese Zahl konnte sich aufgrund der ökonomischen und ökologischen Schäden leicht verdoppeln oder verdreifachen.

Ihr Blick wanderte vom ansteigenden Schacht zu dem unterirdischen Fluss. Die Gefahr war stets gegenwärtig gewesen, doch man hatte sie nicht wahrhaben wollen. Die Natur brauchte lediglich einen kleinen Anstoß.

Dann würde die Welt brennen.

Ihr Atem beschleunigte sich, als sie sich das Ausmaß des bevorstehenden Wandels vergegenwärtigte. Aus dem radiologischen Feuer würde ein neues Russisches Reich erstehen, ein Phönix aus der nuklearen Asche.

Nichts konnte sie mehr aufhalten.

Sie hatte ihr ganzes Leben und ihre Seele in den Bau eingebracht, um ihrem Heimatland zu dienen. Was war nach so vielen Opfern und so viel Blutvergießen von Russland noch übrig? Im Laufe der vergangenen Jahrzehnte hatte Sawina beobachtet, wie ihr Heimatland sich in einen korrupten, bemitleidenswerten Schatten seiner selbst verwandelt hatte. Jetzt, gegen Ende ihres Lebens, würde sie neue Hoffnung säen. Das würde ihr Vermächtnis sein, vollendet durch ihren leiblichen Sohn.

Sie würde alles Korrupte hinwegbrennen und eine neue Welt erschaffen.

»Generalmajorin? Gibt es noch etwas zu besprechen?«

Sie schüttelte den Kopf und beherrschte sich. »Ich habe genug gesehen.«

Der Ingenieur nickte und trat vor einen Stahlhebel an seinem Bildschirmarbeitsplatz. Der Hebel sah aus wie die überdimensionale Handbremse eines Autos. Er drückte den Arretierungsknopf, zog den Hebel hoch und schob ihn mit der Schulter nach hinten. Die Irisblende schloss sich vor Sawinas Füßen und versiegelte den Schacht. Es gab noch einiges zu tun. Die Arbeiter, die pausiert hatten, als das Silo sich öffnete, machten sich wieder an die Arbeit und schritten über die Blende hinweg, wie sie es schon seit zwei Jahren gewohnt waren, seit der erste Schacht gebohrt worden war.

Die Operation Saturn konnte beginnen.

Sawina wandte sich ab und ging zum Zug zurück. Sie hatte in Tscheljabinsk ebenfalls noch einige Vorbereitungen zu treffen. Sie sah auf ihre Armbanduhr. Nicolas würde in einer Stunde zur Feier in Tschernobyl fahren. Trotz seines übereilten Vorgehens in letzter Zeit hatte er alles unter Kontrolle. Die Systeme waren jedenfalls einsatzbereit und würden funktionieren. Alles war in Ordnung. Nichts konnte den Lauf der Dinge mehr aufhalten.

Als sie den Zug betrat und die Türen schloss, blickte sie zum Herzen der Operation zurück. Sie versuchte, sich die Millionen Menschen vorzustellen, die sterben würden, doch das war ein abstrakter Gedanke. Die Zahl war so groß, dass man sie nur als nüchternen statistischen Wert erfassen konnte. Sie blickte nach vorn, als sich der Zug in Bewegung setzte und Richtung Tscheljabinsk-88 fuhr. Die Lehrer und Forscher bereiteten sich auf die Evakuierung vor. Die Festplatten der Computer wurden gelöscht, die Akten verbrannt. Auch die Kinder wurden vorbereitet – allerdings nicht auf die Evakuierung. Sie würden noch eine letzte Zugfahrt unternehmen.

Alle bis auf die zehn, die sie begleiten würden.

Sawina vergegenwärtigte sich die Gesichter der anderen Kinder. Vierundsechzig waren es insgesamt, darunter auch Säuglinge. Diese Zahl war zu klein, um nur eine abstrakte Größe darin zu sehen. Die meisten Kinder kannte sie mit Namen. Während der Zug im Dunkeln zum Bau zurückrumpelte, musste sie sich an der Wand abstützen. Ihre Knie zitterten, und eine Woge von Emotionen überkam sie. Sie wehrte sich nicht dagegen. Die Gefühle wallten hoch und schnürten ihr die Kehle zu. Ein paar heiße Tränen rannen ihr über die Wangen. In diesem Moment, da sie unbeobachtet war, ließ sie ihren Gefühlen freien Lauf. Sie nahm sich als Menschen wahr und gestattete sich einen kurzen Moment der Trauer.

Damit aber musste es gut sein.

Als der Zug langsamer wurde, wischte sie die Tränen ab und klopfte sich auf die Wangen. Sie atmete mehrmals tief durch. Es gab kein Zurück mehr.

Die Notwendigkeit war ein grausamer Lehrmeister.

Und sie würde ebenso grausam sein müssen.

9:32
Prypjat

NICOLAS STIEG MIT Jelena in die Limousine. Ein steter Strom von Fahrzeugen ergoss sich aus dem Zufahrtsbereich des Hotel Polissia. Politiker und Würdenträger wurden im

Shuttlebetrieb vorgefahren oder kamen mit ihren eigenen Eskorten. Seit Mitternacht hatten Nachrichtenteams aus aller Welt Kameras aufgestellt und die Übertragungswagen mit den Satellitenantennen in Stellung gebracht. Seit dem Morgen trudelten Prominente und Berühmtheiten ein, um sich interviewen und herumfahren zu lassen und einen Moment im Rampenlicht zu stehen.

In den nächsten Stunden würden die Augen der Welt auf der Versiegelung Tschernobyls ruhen, welche das alte nukleare Zeitalter mit einem Gipfeltreffen abschließen würde, das eine langfristige Lösung des Problems besiegeln sollte.

Nicolas aber verfolgte im Moment seine ganz eigene Agenda.

Als die Türen der Limousine sich schlossen, war er endlich einmal mit Jelena allein. Er wandte sich ihr zu. »Es tut mir leid. Ich hätte dir eher von Sascha und Pjotr erzählen sollen.«

Jelena schüttelte leicht den Kopf. Sie war zornig. Seit der Befragung der Amerikaner hatte sie kein Wort mehr mit ihm gesprochen. Jetzt wandte sie sich ab und blickte aus dem Fenster. Sascha und Pjotr standen ihr besonders nahe. Dabei war mehr im Spiel als bloße Zuneigung. Sie hatte eine ganz persönliche Beziehung zu den beiden Kindern. Jelenas ältere Schwester Natascha war bei ihrer Geburt im Labor gestorben.

»Du kennst die Regeln, die im Bau gelten«, fuhr Nicolas fort, während die Limousine die Straße entlangfuhr. »Die Geburtsakten sind niemandem zugänglich.«

Diese Regel hatte von Anfang an gegolten. Die familiären Beziehungen wurden weitgehend geheim gehalten. Um unerwünschten geschlechtlichen Beziehungen vorzubeugen, wussten die Kinder, wer ihre Brüder und Schwestern waren, doch das war auch schon alles. Die Fortpflanzung wurde von den Genetikern diktiert und kontrolliert.

Nicolas aber war kein gewöhnliches Kind gewesen. Als Sohn der Gründerin hatte man für ihn eine komplette Familiengeschichte erfunden, die in Jekaterinburg begann, wo er vorgeblich von einer Frau mit Namen Solokow im Krankenhaus zur Welt gebracht worden war. Seine tatsächliche Mutter hätte den Namen Romanow vorgezogen, doch das wäre allzu offensichtlich gewesen. Von Anfang an war er für Höheres ausersehen gewesen. Folglich genoss er auch gewisse Privilegien.

»Eines Tages habe ich mir die Akten der Fertilisationsklinik angeschaut«, sagte er. »Ich wollte wissen, ob ich Kinder hatte. Bei der Gelegenheit habe ich entdeckt, dass Sascha und Pjotr von mir abstammen. Aber ich durfte nicht darüber sprechen.«

Er wollte ihr die Hand aufs Knie legen, doch er wagte es nicht, Jelena zu berühren. »Um solch begabte Kinder zu zeugen, hat meine Mutter unsere Verbindung überhaupt erst gefördert. Das war der Versuch, eine erfolgreiche genetische Kreuzung zu wiederholen.«

Jelena sah ihn noch immer nicht an. Ihre kalte Selbstbeherrschung übte auch einen gewissen Reiz auf ihn aus. Er verlangte danach, sie zu berühren, sie aber hatte ihm noch nicht die Erlaubnis erteilt.

»Bitte, *milaja moja*, verzcih mir.«

Sie reagierte nicht.

Er seufzte und blickte nach vorn.

Durch die Trennscheibe hindurch sah er das Kraftwerk von Tschernobyl. Der von einem Wartungsgerüst eingefasste Schornstein ragte hoch in den Himmel. Umgeben war er von einem Durcheinander von Betongebäuden. An der einen Seite stand die klotzige Krypta aus schwarzem Betonstahl. Sie sah aus, als schwitze sie Feuchtigkeit aus. Kein Wunder, dass man das Gebilde als Sarkophag bezeichnete. Es glich einem schwarzen Grabmal und barg in seinem Innern die Ruinen des Reaktors Nummer vier.

Nicolas hatte Aufnahmen des Inneren gesehen, eine verwüstete Landschaft aus verrußtem Beton und verbogenem Stahl. In einem Raum war eine verkohlte, halb geschmolzene Uhr, die zum Zeitpunkt der Explosion stehen geblieben war. In dem Sarkophag waren mitsamt der Trümmer über zweihundert Tonnen Uran und Plutonium begraben, das meiste davon in Form erstarrter Lava, die sich aus dem geschmolzenen Kernbrennstoff, dem Beton und zweitausend Tonnen brennbaren Materialien gebildet hatte. Brocken des explodierten Kerns fanden sich überall, einige waren sogar in die Außenwände eingebettet. Auf den unteren Kraftwerksebenen hatte sich eine radioaktive Brühe aus durchgesickertem Regenwasser und Brennstoffstaub gebildet.

Wen wunderte es da, dass eine neue Lösung gefunden werden musste?

Zur Linken lag die Antwort.

Sie hatte viele Namen: Schutzcontainer, Lebenskuppel, Neuer Sarkophag. Das kuppelförmige Gebilde ragte siebenunddreißig Stockwerke hoch empor. Es wog über zwanzigtausend Tonnen, war über zweihundertfünfzig Meter breit und dreihundertfünfundsiebzig Meter lang. Das Gebilde hatte solch gewaltige Ausmaße, dass die Techniker fürchteten, es könnten sich darin Wolken bilden und abregnen. An der Unterseite der Kuppel warteten von Technikern aus sicherer Entfernung ferngesteuerte Roboterkräne darauf, den alten Sarkophag Stück für Stück abzureißen.

Aber die Dinge waren bereits *in Bewegung* geraten.

Der ganze Container ruhte auf geschmierten Stahlschienen und wurde von zwei gewaltigen hydraulischen Winden langsam vorwärtsbewegt. Es war das größte bewegliche Gebilde, das je von Menschenhand erbaut worden war. Um elf Uhr sollte der Container über den alten Sarkophag gezogen und mit dem angrenzenden Betongebäude verbunden werden.

Dann würde er die strahlende Gruft vollständig einhüllen, würde diese hässliche Hinterlassenschaft Russlands für immer verbergen und von einem Neuanfang künden.

Das war ein passendes Ereignis, um das Gipfeltreffen einzuleiten. Ein Gipfeltreffen, das bedauerlicherweise niemals stattfinden würde.

Die Limousine näherte sich der Tribüne an der Südseite des alten Sarkophags. Die geladenen VIPs nahmen bereits die Plätze ein. Auf der Bühne vor der Tribüne wurden die ersten Reden gehalten. Den Höhepunkt sollte die gemeinsame amerikanisch-russische Erklärung darstellen, die mit der endgültigen Versiegelung Tschernobyls zusammenfallen würde. Die Abfolge der Ereignisse war mit der Versiegelungsaktion genau abgestimmt.

Das galt auch für Nicolas' Plan.

Jähe Angst wallte in ihm auf. So ähnlich hatte Nicolas sich auf dem Podium vor den Nachrichtenleuten gefühlt, als der Heckenschütze auf ihn gezielt hatte. Allerdings war das Risiko heute tausendmal größer.

Warme Finger schlossen sich um seine Hand. Er wandte den Kopf und bemerkte, dass Jelena die Hand auf seine gelegt hatte. Sie starrte noch immer aufgebracht aus dem Fenster und ließ ihn merken, dass die Angelegenheit für sie noch nicht erledigt war. Sie grub die Fingernägel in seine Handfläche, um ihm zu signalisieren, dass sie ihn später bestrafen würde.

Er lehnte sich zurück.

Der Schmerz half ihm, sich zu konzentrieren.

Vor ihm schob sich die Kuppel langsam über den Reaktor.

Er wusste, was bevorstand.

Und eine Bestrafung hatte er zweifellos verdient.

Gray lief in der Zelle auf und ab, als etwas Schweres gegen die Tür schlug. Kowalski rappelte sich hoch, und Luca, der an der Wand lehnte, straffte sich.

»Was zum Teufel war das schon wieder?«, brummte Kowalski.

Das Scharren eines Metallriegels war zu vernehmen, dann öffnete sich die Tür.

Eine Gestalt trat über die Beine eines am Boden liegenden Wachmanns hinweg.

»Beeilung«, sagte der Mann und hob seinen Elfenbeinstock. »Wir müssen von hier verschwinden.«

Gray starrte ihn ungläubig an.

Es war Dr. Hayden Masterson.

Gray rührte sich nicht von der Stelle. Einerseits wollte er den Mann niederschlagen, andererseits ihm die Hand schütteln.

Masterson bemerkte seine Verwirrung. »Commander, ich arbeite für den MI6.«

»Für den britischen Geheimdienst?«

Masterson nickte und seufzte erschöpft. »Die Erklärungen müssen warten. Jetzt müssen wir erst mal verschwinden. Sofort.«

Masterson eilte den Gang entlang, die anderen folgten ihm. Gray blieb kurz stehen und hob die Waffe des Wachpostens auf, eine russische Pistole, die den Spitznamen Gratsch oder Krähe trug. Der Mann war bewusstlos, seine Nase gebrochen. Mastersons Stock war offenbar doch keine reine Show.

Gray schloss zu ihm auf. Misstrauen schwang in seiner Stimme mit. »Sie? Ein Agent des MI6?«

»Aber James Bond ist er nicht, oder?«, brummte hinter ihm Kowalski.

Masterson humpelte weiter und blickte sich zu Gray um. »Eigentlich bin ich im Ruhestand.« Er zuckte mit den Schultern. »Wenn man das Ruhestand nennen will.«

Gray blieb misstrauisch, doch es fiel ihm einfach kein Grund ein, weshalb Masterson sie hätte befreien sollen, wenn er nicht auf ihrer Seite gestanden hätte.

Masterson stürmte weiter. »Ich wurde angeworben, als ich nach erfolgreichem Oxford-Abschluss in Indien stationiert war. Die Russen hatten damals gerade Afghanistan besetzt. Vor zehn Jahren bin ich in den Ruhestand gegangen und anschließend in dieses Schlamassel hineingestolpert, weil mir jemand gutes Geld dafür geboten hat, dass ich Archibald ausspioniere. Es dauerte nicht lange, da hatte ich herausbekommen, dass die Russen dahintersteckten. Also wandte ich mich ans MI6 und packte aus. Der Fall wurde zunächst als unbedeutend eingestuft. Niemand glaubte, dass von Archibalds Forschungsarbeit eine Gefahr für die globale Sicherheit ausgehen könnte. Ich auch nicht, wenn ich ehrlich bin. Das änderte sich erst, als er gekidnappt und in Washington erschossen wurde. Ich habe versucht, dem MI6 Feuer unter dem Hintern zu machen, aber wer hört heutzutage schon auf einen alten Mann? Ich konnte nicht länger warten. Eine Frage des Instinkts. Ich wusste, dass da eine Riesensauerei im Gange war. Als man Archibald getötet hatte, war ich daher bedauerlicherweise gezwungen, Sie alle als Köder zu benutzen, um den Kontakt herzustellen.«

»Als Köder«, sagte Kowalski. »Die haben Abe erschossen.«

Masterson zuckte zusammen. »Ich habe versucht, das zu verhindern, aber Ihr Freund war zu schnell mit seinem Peitschenschwert bei der Hand.« Er schüttelte betrübt den Kopf. »Vielleicht bin ich schon zu alt für das alles.«

»Moment mal!« Kowalski war ins Stolpern geraten. »Sie wollten *mich* erschießen!«

Gray tat seine Bedenken ab. »Masterson hat lediglich geschauspielert.«

Masterson nickte. »Ich wollte überzeugend wirken.«

»Mich haben Sie jedenfalls überzeugt!«

»Ich konnte von Glück sagen, dass es mir gelungen ist.« Masterson wandte sich an Gray. »Der verfluchte Mistkerl beabsichtigt, heute die Hälfte der führenden Politiker dieser Welt zu töten.«

»Was?«

Masterson zog sie zu einer Treppe und senkte die Stimme. »Da unten sind noch mehr Soldaten. Sie hatten mich dort eingelocht. Ich war ein Gefangener, genau wie Sie. Ich werde jetzt Elizabeth und Dr. Rosauro befreien.« Er zeigte an der Wachstation vorbei in den Gang hinein. »Wenn Sie mir Ihren stattlichen Begleiter mitgeben würden, könnten wir versuchen, an ein Telefon heranzukommen und Hilfe herbeizurufen.«

»Nehmen Sie auch noch Luca mit«, meinte Gray. Er wollte die Zivilisten nach Möglichkeit aus dem Weg haben. Außerdem würde die Anwesenheit des Zigeuners Rosauro davon überzeugen, dass Masterson tatsächlich auf ihrer Seite stand.

Luca nickte.

»In Ordnung. Seine Unterstützung kann ich gut gebrauchen«, sagte Masterson. Er zog ein Walkie-Talkie der russischen Armee aus der Jackentasche und reichte es Gray, damit sie Verbindung halten konnten. »Aber in der Zwischenzeit ...«

Gray fiel ihm ins Wort: »... muss ich den Abgeordneten Solokow aufhalten.«

Masterson nickte. »Sie haben weniger als eine Stunde Zeit. Ich weiß nicht, was er vorhat, aber es hat etwas mit den Feierlichkeiten in Tschernobyl zu tun.«

»Mit welchen Feierlichkeiten?«

Masterson zog ein Blatt Papier aus der Tasche, faltete es auseinander und reichte es Gray. »Der alte Sarkophag wird eingekapselt«, sagte er und nickte auf den Ausdruck hinunter. »Unter einem gewaltigen Stahlhangar.«

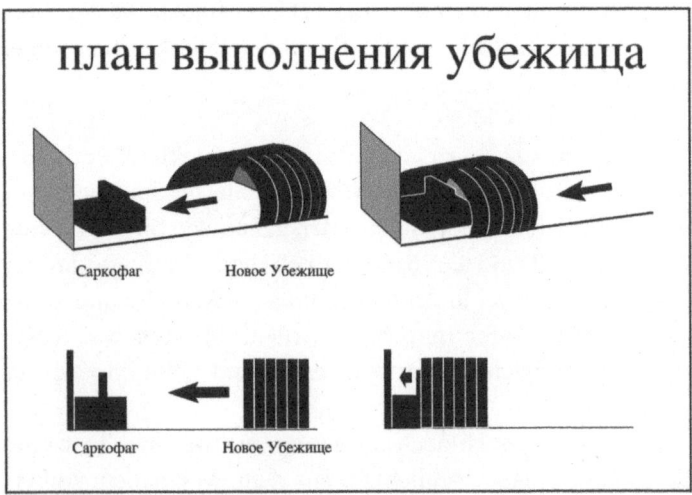

план выполнения убежища

Саркофаг   Новое Убежище

Саркофаг   Новое Убежище

Während Gray die Schemazeichnungen studierte, zählte Masterson die Würdenträger und Staatschefs auf, die an dem Ereignis teilnehmen würden, und fasste den Ablauf der Feierlichkeiten zusammen. »Was Nicolas' Vorhaben angeht, konnte ich nur den Tarnnamen herausbekommen. Operation Uran oder Uranus.«

»Anus wie Arsch?«, meinte Kowalski. »Klingt echt beschissen.«

Ohne ihn zu beachten, wandte Gray sich zur Treppe. »Wo hält sich Solokow im Moment auf?«

»Ist unterwegs nach Tschernobyl.«

Während Gray mit Kowalski die Treppe hinunterstieg, vergegenwärtigte er sich den hoch aufragenden Schornstein. Was immer der Schuft vorhatte, es musste um den Reaktor gehen. Weshalb aber hatte er ausgerechnet Uran als Tarnnamen gewählt? Von den Strategievorlesungen her, denen er während seiner Ausbildung bei den Army Rangern beigewohnt hatte, kannte Gray den historischen Kontext. Operation Uran hatte die russische Offensive im Zweiten Weltkrieg geheißen, die in die blutigste Schlacht der Menschheitsgeschichte gemündet war, die Schlacht von Stalingrad.

Warum ausgerechnet dieser Name?

Etwas beunruhigte Gray, etwas nagte an ihm, doch aufgrund seiner Anspannung kam er nicht darauf, was es war. Der vor ihm liegende Ausgang des Gefängnisses wurde von zwei Soldaten bewacht. Sie wandten Gray den Rücken zu.

Er hob die gestohlene Krähenpistole.

Seine Bedenken mussten warten.

17

ES WAR EIN frischer, sonniger Morgen, und Monk marschierte mit über die Schotterstraße, die sich durch die Geisterstadt schlängelte. Unkraut und Gestrüpp reichten ihm bis zur Hüfte, sodass er das Gefühl hatte, durch grünes Wasser zu waten. Konstantin ging voraus, Pjotr und Kiska bildeten den Abschluss. Auch Marta folgte ihm, doch sie verschwand in dem grünen Meer und teilte mühsam das Gras.

»In den Bergen ist kaum Kohle zu finden«, erklärte Konstantin mit einem Gähnen, das seine Kiefergelenke knacken ließ. »Deshalb werden nur Metalle und Erze gefördert.«

Monk wusste, dass der Junge zwischen Erschöpfung und panischer Angst schwankte. Er führte leise Selbstgespräche, um wach zu bleiben und die Erschöpfung niederzukämpfen.

»Kobalt, Nickel, Wolfram, Vanadium, Bauxit, Platin…«

Monk ließ ihn weiterbrabbeln und schaute wachsam nach rechts und nach links. Die provisorisch wirkenden Holzgebäude waren mit Schindeln verkleidet, die Gehsteige aus Brettern zusammengezimmert. Sie kamen an einem einräumigen Schulgebäude mit unversehrten Fensterscheiben vorbei, durch die man die säuberlich aufgereihten Schulbänke sah.

Zwei verrostete Laster mit der grünen Lackierung der Sowjet-
ära standen halb auf der Straße. Die Fassade des einzigen Zie-
gelsteingebäudes war mit kyrillischen Buchstaben beschriftet.
Monk konnte sie nicht lesen, doch den Regalen nach zu schließen waren darin ein Gemischtwarenladen und eine Post untergebracht gewesen. Daneben befand sich ein Lokal, in dessen Regalen noch verstaubte Flaschen standen.

Es war, als wären die Stadtbewohner eines Tages einfach
fortgegangen, ohne sich auch nur umzuschauen.

Der Anlass war unschwer zu erraten. Von dieser erhöhten Position aus war der Karatschai-See mit seinen morastigen Ufern deutlich zu erkennen. Er funkelte trügerisch in der
Sonne, und nichts deutete darauf hin, welche Gefahr von ihm
ausging. Monk warf einen Blick auf das von seinem Rucksack
baumelnde Dosimeter. Inzwischen hatte es sich dunkelrot gefärbt. Er überprüfte es alle paar Minuten.

»Wir dürfen uns nicht länger als eine Stunde hier aufhalten«, sagte Konstantin. »Hier ist es sehr gefährlich. Wir müssen möglichst schnell unter die Erde.«

Monk nickte und sah nach oben. Der Bergwerkseingang
lag anderthalb Kilometer höher. Er konnte die Vorgebäude
aus Stahl ausmachen und die skelettartigen Kräne, die ein
größeres Gebäude umgaben, das sich an den Berg schmiegte.
Das Hauptgebäude wurde von zwei großen Metallrädern, so-
genannten Schaufelrädern, flankiert, mit denen der Aushub
nach oben befördert worden war. Der Kies, der unter ihren
Füßen knirschte, stammte vermutlich aus diesem Bergwerk.

Monk ging schneller.

Als die Serpentinenstraße eine scharfe Biegung beschrieb,
tauchte vor ihnen am Hang ein weiteres Gebäude auf. Die
Mühle ragte drei Stockwerke hoch auf, das höchste Gebäude
im näheren Umkreis. Sie war aus Baumstämmen erbaut und
hatte ein Blechdach. Das mit Moos und Flechten überwach-

sene hölzerne Wasserrad hatte sich aus der Verankerung gelöst und war in den Fluss gestürzt. Offenbar hatte es sich bei einer Überschwemmung losgerissen.

Plötzlich schrie Kiska auf.

Monk fuhr herum. Pjotr stand stocksteif da, die Augen vor Entsetzen geweitet.

Monk krampfte sich die Brust zusammen.

Nein … nicht hier.

Marta hüpfte um den Jungen herum, sie spürte seine Anspannung. Wie Monk wusste auch sie nicht, woher die Gefahr drohte – doch ihnen beiden war klar, was der Junge spürte.

Vor Monks geistigem Auge blitzte das Bild des angreifenden Tigers mit dem zerfledderten Ohr auf.

Zakhar.

Eigentlich war es ausgeschlossen, dass das Tier ihnen durchs offene Wasser gefolgt war. Aber Tiger waren gute Schwimmer. Die Raubkatze hatte anscheinend den Sumpf durchquert und lauerte nun im Hinterhalt ihrer Beute auf. Monk traute das Zakhar ohne Weiteres zu.

Er musterte das hohe Gras, das Durcheinander der Gebäude. Der Tiger konnte sich überall versteckt haben. Monk bekam eine Gänsehaut, und er meinte, den Blick der Raubkatze körperlich zu spüren. Sie waren hier ohne Deckung. Und sie hatten keine einzige Waffe dabei. Den Dolch hatten sie verloren, als Marta Arkadij angegriffen hatte.

»Zurück«, sagte Monk und zeigte auf das Backsteingebäude. »Geht langsam zu dem Laden.«

Trotz seiner Fenster bot das Gebäude den besten Schutz. Vielleicht würden sie in den Regalen etwas finden, womit sie sich verteidigen konnten. Monk zog Pjotr an seine Seite. Der Junge zitterte am ganzen Leib. Dicht aneinandergedrängt gingen sie den Weg zurück, den sie sich durchs Gras gebahnt hatten.

Monk blickte sich immer wieder um, vor allem deshalb, weil Pjotr sich ständig umschaute. Er vertraute auf die Intuition des Jungen. An der Stelle, wo die Straße eine Biegung zum Bergwerksgebäude beschrieb, lag die Mühle. Monk wusste, dass Tiger höher gelegene Punkte bevorzugten: einen großen Felsbrocken, einen Ast, eine Felsleiste, irgendeine Stelle, von der aus sie ihre Beute anspringen konnten.

Als spürte er, dass er entdeckt worden war, glitt mit geschmeidigen Bewegungen ein Tiger aus einem der oberen Fenster an der Rückseite der Mühle. Hätte Monk nicht genau hingeschaut, wäre er ihm entgangen. Der Tiger verschwand im hohen Gras.

»Lauft!«, drängte er Konstantin und Kiska.

Monk nahm Pjotr auf die Arme.

Die beiden Kinder rannten los, beflügelt von ihrer Todesangst und einem heftigen Adrenalinstoß. Monk und Marta folgten ihnen.

Hinter ihnen knarrte ein Brett, als etwas Schweres vom Wasserrad absprang. Der offene Eingang des Ladens war nur dreißig Meter entfernt. Trotzdem würde es knapp werden. Er hoffte, dass es dort eine begehbare Gefrierkammer gab, in der sie sich verbarrikadieren konnten.

Plötzlich knallte ein Gewehrschuss.

Vor seinen Füßen spritzte Kies hoch.

Monk warf sich zur Seite, rollte sich im hohen Gras ab und drückte Pjotr an sich. Er wälzte sich weiter und landete hinter einem verrosteten Laster.

Der Heckenschütze hatte vom unteren Straßenabschnitt aus gefeuert.

Das musste einer der russischen Soldaten sein.

Monk wandte den Kopf und sah, dass Konstantin und Kiska wie erschreckte Rehe über die Bohlen des Gehsteigs rannten und durch die offene Tür im Laden verschwanden.

Marta folgte ihnen mit einem weiten Satz. Es knallte erneut, und eine Fensterscheibe barst. Immerhin hatten die drei es unbeschadet ins Gebäudeinnere geschafft.

Monk ging hinter dem Laster in Deckung und kauerte sich hin. Um den Laden zu erreichen, musste er offenes Gelände überqueren. Er blickte die Straße entlang.

Der Tiger war nirgends zu sehen. Kein Grashalm bewegte sich. Kein Kies knirschte unter den Tatzen. Zakhar hatte sich über die Schüsse anscheinend ebenso erschreckt wie sie und war in Deckung gegangen.

Monk war zwischen Tiger und Heckenschütze gefangen. Doch das waren nicht die einzigen Gefahren. Sie alle waren einer weiteren Bedrohung ausgesetzt. Hinter der Stadt funkelte der radioaktiv strahlende Karatschai-See. Auch wer sich nicht von der Stelle rührte, war vom Tod bedroht.

00:30
Washington, D. C.

WÄHREND DIE ALARMGLOCKE unablässig gellte, stand Juri neben Saschas Bett und schirmte sie mit seinem Körper von McBride ab. Das Kind hatte sich zwischen den Laken verkrochen und die Hände über die Ohren geschlagen, denn es reagierte überempfindlich auf den Lärm und das Geschrei. Kat Bryant ging zu Sascha hinüber und legte ihr beruhigend die Hand auf den Kopf. Hinter ihr standen der Pathologe Malcolm Jennings und ein Wachmann.

Juri wandte sich McBride zu. Er kauerte ein paar Schritte entfernt, mit dem Rücken zur Zimmerecke, die Hand in den blonden Zopf seiner Geisel Dr. Lisa Cummings gekrallt. Er hielt ihr seine Handypistole an den Hals.

Sie waren an einem toten Punkt angelangt.

Mapplethorpe war mit seinen Leuten schon auf dem Weg hierher. Juris Blut geriet in Wallung bei der Vorstellung, dass der Schuft Sascha mit seinen schmierigen Händen anfasste.

Er näherte sich dem Instrumententisch, auf dem die Medikamente lagen, mit denen er Sascha behandelt hatte, und nahm eine Spritze in die Hand.

»Juri!«, rief McBride warnend.

Er antwortete auf Russisch, denn er wusste, dass McBride die Sprache verstand. »Ich werde nicht zulassen, dass Sie Sascha in die Gewalt bekommen«, sagte er und stach die Nadel in den Infusionsschlauch.

Als er den Kolben vordrückte, schwenkte McBride das Handy vom Hals der Geisel zu ihm herum. In der Spritze war lediglich eine Salzlösung. Das Ganze war eine Finte. Juri fuhr herum und warf sich McBride entgegen. Gleichzeitig trat Lisa ihm mit dem Absatz auf den Spann und rammte ihm den Hinterkopf ins Gesicht.

Der Pistolenschuss knallte in dem kleinen Raum ohrenbetäubend laut.

An der Schulter getroffen, wurde Juri halb herumgewirbelt. Den Schmerz nahm er kaum wahr. Er prallte so fest gegen McBride, dass dieser Lisa losließ. Juri zielte auf McBrides Hals und rammte ihm die *zweite* Spritze, die er unbemerkt vom Instrumententisch genommen und in der hohlen Hand verborgen hatte, in die Schlagader. In dieser Spritze war eine hochkonzentrierte Lösung von Saschas Medikamenten. Es handelte sich um eine giftige Mischung aus Chemotherapeutika, Epinephrin und Steroiden.

Aus nächster Nähe entleerte McBride das Magazin in Juris Bauch. Trotzdem drückte Juri den Kolben vollständig hinunter und spritzte die tödliche Mischung in die Ader, durch die sie geradewegs zum Herzen gelangen würde.

McBride schrie.

Juri stürzte mit ihm zusammen zu Boden. Er wusste, was McBride spürte: Ein sengender Schmerz schoss durch seine Adern, in seinem Kopf baute sich unerträglicher Druck auf, das Herz krampfte. Er bemerkte, dass Kat sich auf Sascha geworfen hatte, um sie vor den Kugeln zu schützen.

Neben ihm krümmte sich McBride in Krämpfen. Speichel flog umher und färbte sich blutig, als er sich die Zunge durchbiss. Sein Körper würde überleben, aber nicht sein Geist. Die Medikamente würden sein Gehirn zerstören, und zurück bliebe eine leere Hülle.

Lisa beugte sich über Juri.

»Helfen Sie mir!«, stöhnte er.

Weitere Hände tauchten auf, wurden auf seinen Bauch gedrückt. Eine Blutlache breitete sich auf dem Boden aus. Kat legte ihm die Hände um den Kopf. Er hustete. Noch mehr Blut. Er fasste nach ihrer Hand.

»Sascha …«, keuchte er.

»Wir werden sie beschützen«, versprach Kat.

Er schüttelte den Kopf. Das wusste er bereits, denn er zweifelte nicht an ihrer Verlässlichkeit. »Noch mehr … mehr *rebojonka*.«

Er hatte Mühe, seine Augen und seine Gedanken zu fokussieren. Die Welt verdunkelte sich, und der Schmerz ging in Kälte über.

Er wollte etwas sagen, den Ort nennen. »Tschela … insk …« Seine Finger wanderten über den Boden, malten zwei Zahlen in sein eigenes Blut: 88.

Lisa ergriff seine Hand. »Halten Sie durch, Juri.«

Er wünschte, er hätte es um Sascha und aller anderen willen gekonnt.

Die Dunkelheit verdichtete sich; Stimmfetzen tönten hohl aus einem langen Tunnel hervor.

Mit dem letzten Atemzug schenkte er Kat das Einzige, das er noch geben konnte.

Hoffnung.

»Er lebt ...«

Benommen hielt Kat Juris Kopf im Schoß. Hatte sie ihn richtig verstanden? Sie blickte auf seine offenen, glasigen Augen. Zuletzt war er ganz aufgeregt gewesen, als habe er sein Gewissen erleichtern wollen. Er hatte sogar Russisch geredet. Seit ihrer Zeit bei der Marineaufklärung sprach Kat fließend Russisch. Einen Teil seiner Worte hatte sie verstanden.

Noch mehr *rebojonka*.

Noch mehr Kinder.

Kinder wie Sascha.

Sie betrachtete das Mädchen im Bett, das jetzt von Malcolm bewacht wurde.

Juri hatte noch mehr gebrabbelt, hatte etwas aufschreiben wollen, doch das war vollkommen unverständlich gewesen. Was hatte er ihr sagen wollen?

Kat wandte sich Lisa zu.

Ihre Freundin kniete in einer Blutlache. »Er hat mir das Leben gerettet«, murmelte sie und legte Juri die Hand auf die Brust. Da sie mit Erster Hilfe beschäftigt gewesen war, hatte sie Juris letzte Worte nicht mitbekommen.

McBride, der hinter Lisa am Boden lag, hatte aufgehört zu zucken. Seine Augen waren ebenso leblos und glasig wie Juris, doch er atmete noch.

Kat konnte sich nicht mehr auf den Beinen halten. Sie setzte sich, und ihr Blick fiel auf Sascha und den Stapel Zeichnungen.

Juris Worte tönten ihr in den Ohren.

Er lebt.

Er hatte ihr die Hand gedrückt.

Eine Botschaft für sie persönlich.

Sie wusste, wen Juri gemeint hatte, doch das war unmöglich.

Gleichwohl hatten seine letzten Worte etwas in ihr freigesetzt und neu entfacht, was niemals vollständig erkaltet war. Sie atmete schwer. Mit jedem Atemzug wurde das Feuer in ihrem Innern stärker, brannte die Zweifel hinweg und brachte Licht in die dunklen Winkel ihres Herzens. Einerseits fürchtete sie, die Dunkelheit aufzugeben; im Schatten war Sicherheit. Doch sie wollte die neuen Flammen nicht ersticken.

Das Feuer veranlasste sie aufzustehen.

Sie hob die Waffe vom Boden auf, die der Wachmann fallen gelassen hatte, straffte sich und sagte: »Hier ist es nicht sicher. Wir müssen uns zu einem Ausgang durchschlagen. Wenn uns das nicht gelingt, müssen wir uns irgendwo verbarrikadieren.«

Als Lisa die Infusionskanüle vom Arm des Mädchens löste, fiel Kats Blick auf das aufgeschlagene Malbuch, das auf dem Nachttisch lag. Mit grünem Buntstift war darin ein Mann auf einem Floß abgebildet.

Es war unmöglich und doch die Wahrheit.

Monk…

Er lebt.

10:07
Südural

DER AMERIKANER HÄTTE eigentlich tot sein sollen.

Borsakow ärgerte sich über den Fehlschuss. Er lag im Schatten eines Schuppens auf dem Bauch. Die Waffe lag vor ihm, seine Wange ruhte am Kolben.

Dass die Zielpersonen ihm auf einmal entgegenrennen könnten, damit hatte er nicht gerechnet. Er hatte sich neu positionieren müssen und abgedrückt, bevor er richtig gezielt hatte. Außerdem vermutete er, dass sich das Zielfernrohr im Sumpf verstellt hatte. Seitdem hatte er keine Gelegenheit gehabt, die Waffe zu testen und die Zielvorrichtung neu zu justieren. Mit den Schüssen hatte er die Flüchtigen gewarnt.

Doch jetzt saßen sie in der Falle.

Zwei Kinder und die Schimpansin versteckten sich in dem Backsteingebäude. Der Amerikaner und der Junge kauerten hinter dem Laster. Im Schutz des hohen Grases kroch Borsakow zurück. Er brauchte nur die Straße zu überqueren, dann hätte er freie Sicht auf den Amerikaner.

Diesmal würde er nicht danebenschießen.

Geduckt schlich er über die Straße und blieb so lange wie möglich in Deckung. An der anderen Straßenseite angelangt, kauerte er sich hinter ein umgekipptes Fass. Mit angelegtem Gewehr beugte er sich vor.

Jetzt hatte er freie Sicht auf den Laster, der ein Stück weiter auf der Straße stand.

Borsakow krampfte verwirrt und verärgert die Finger ums Gewehr.

Da war niemand.

Der Amerikaner und der Junge waren verschwunden.

Pjotr kauerte im Fußraum. Monk hatte ihn zuvor hochgehoben und durchs halb offene Fenster geschoben, dann hatte er sich zwischen die beiden Gebäude hinter dem Laster zurückgezogen. Pjotr hatte er mit Gesten bedeutet, sich vor dem Vordersitz in den Fußraum zu kauern. Jetzt teilte der Junge sich das Versteck mit Laub und Käfern. Die Arme hatte er um die Knie geschlungen.

In einem dunklen Winkel seines Geistes, in den hineinzuschauen er sich fürchtete, war die Erinnerung an eine andere Gelegenheit verborgen, bei der er sich auf diese Weise versteckt hatte: eingezwängt, atemlos, gejagt. Das war in einem anderen Leben gewesen. Nicht in diesem. Damals war er von Stein umgeben gewesen, nicht von verrostetem Stahl.

Zwischen Vergangenheit und Gegenwart schwebend, nahm er in der Dunkelheit winzige Lichtpunkte wahr. Sterne am Nachthimmel. Wenn er lange genug starrte, würden sie heller werden und auf ihn zustürzen. Der Nachthimmel aber machte ihm seit jeher Angst. Deshalb scheute er davor zurück und wandte sich wieder der Gegenwart zu.

Auf einmal verspürte er Hunger. Doch wie die Erinnerung gehörte auch diese Regung nicht zu ihm. In der Nähe schlug ein großes Herz, das Pjotrs eigenen schwachen Herzschlag übertönte. Fremdartige Empfindungen nahmen seine Sinne in Beschlag: feuchtes Gras, das Rauschen heißen Blutes, das Gefühl von Kies unter den Füßen. Ein lauter Atemzug, der viel mehr Luft einsog, als seine eigene kleine Brust zu fassen vermochte. Das Jagdfieber griff auf ihn über.

Dann nahm er einen anderen Geruch wahr.

Einen neuen Geruch.

Ein weiterer Jäger war ganz in der Nähe.

Dessen Geruch war freilich beißender.

Er ging einher mit der Erinnerung an sengenden Schmerz.

Ein Schauder lief ihm über den Rücken, die Wut ließ den Hunger in den Hintergrund treten.

Während Pjotr sich noch kleiner machte, tappte das große Herz auf ihn zu.

Monk rannte an der Rückseite der Gebäude entlang zur unteren Straßenhälfte. Sein Rücken und seine Brust brannten; als er sich durch die schmale Lücke zwischen den Schindelhäusern gezwängt hatte, waren Splitter eingedrungen. Er hatte

Pjotr in den Laster geschoben, wo er zumindest vor dem Tiger einstweilen sicher war – für den Heckenschützen galt das freilich nicht. Vor allem wollte er den Soldaten von den Kindern fortlocken, weiter in die Gassen zwischen den tiefer gelegenen Gebäuden hinein.

Dann kam es darauf an, zu überleben und den Soldaten zu überlisten.

Monk lief in geduckter Haltung. Er hielt sich dicht an den Hauswänden und wich Ansammlungen von trockenem Laub und Kies aus. Er bewegte sich fast lautlos, bis er zur nächsten Straßenkehre gelangte. Er bog um das letzte Gebäude und schlich zurück zur Straße. War er weit genug gelaufen?

Mit angehaltenem Atem spähte er um die Ecke und musterte die Straße. Er sah die Ziegelfassade des Ladens, den verrosteten Laster und die von Unkraut und hohem Gras überwucherte Fahrbahn. Nirgends war eine Bewegung auszumachen. Ein schwacher Wind wehte vom Berg herab und wiegte sachte die Grasspitzen.

Der Heckenschütze war nicht zu sehen.

Er musste irgendwo dort draußen sein. Wahrscheinlich schlich er sich an die Kinder an. Monk musste verhindern, dass der Schütze sie als Geiseln nahm. Er spannte die Beinmuskeln an. Er musste über die Straße zum unteren Teil der verfallenen Siedlung rennen. Auf dem Kies würde er eine Menge Lärm machen.

Doch er musste sich vergewissern, dass der Soldat abgelenkt worden war.

Monk holte tief Luft, sprang aus der Deckung hervor und sprintete über den Kies. »Lauft!«, schrie er und winkte den imaginären Kindern zu. »Rennt einfach weiter!«

Der Heckenschütze sollte glauben, die Kinder wären bei ihm.

Es knallte.

Ein brennender Schmerz flammte in Monks Oberschenkel auf. Das linke Bein gab nach.

Er stürzte zu Boden. An der Handfläche und am Armstummel riss der Kies die Haut auf. Getragen vom eigenen Schwung, wälzte er sich über die Straße. Ein zweiter Gewehrschuss zerfetzte über seinem Kopf mit einem scharfen Sirren das Gras.

Monk drückte sich flach auf den Boden, spähte durchs Gras und sah, dass der Soldat sich aufrichtete. Er hatte sich weiter oben versteckt, auf halber Strecke zum Laden. Den Gewehrkolben an die Schulter gedrückt, pirschte er sich an Monk heran.

Der Soldat hatte geahnt, dass sein Gegner an der Rückseite der Gebäude entlanggeschlichen war, und im Hinterhalt abgewartet.

Doch der Soldat war nicht der einzige Jäger.

Fünfzig Meter von ihm entfernt bewegte sich etwas schnell durchs Gras auf den Soldaten zu.

Borsakow war es nicht anzumerken, doch er war erfüllt von einer abgründigen Befriedigung. Er hatte den Mann getroffen und ihn ausgeschaltet. Er würde die Angelegenheit zu Ende bringen und den Amerikaner zum Ausgleich für den Tod seiner Kameraden leiden lassen: mit einer Kugel durch die Kniescheibe und vielleicht noch einer zweiten durch die Schulter.

Als Borsakow den nächsten Schritt machte, vernahm er hinter sich das Knirschen von Kies, das Rascheln des Grases, eine Art Rauschen.

Doch es kam nicht vom Wind.

Er wusste, was es war.

Borsakow drehte sich um und feuerte, ohne zu zielen. Er drückte den Abzug durch und schwenkte das tackernde Gewehr in weitem Bogen. Wildes Gebrüll durchschnitt die Feuerstöße, als Zakhar aus dem Gras hervorschnellte und ihm entgegenstürmte; in weiten Sätzen, mit ausgefahrenen Krallen, die geschwungenen gelblichen Fangzähne gebleckt.

Borsakow feuerte ohne Unterlass. Blut drang aus dem gestreiften Fell – doch er wusste, dass er das Ungeheuer nicht mehr würde aufhalten können.

Der Tiger war rasend vor Wut und Schmerz, Rachedurst und Hunger, Mordlust und Jagdfieber.

Borsakow schrie aus vollem Halse, ein gutturaler, primitiver Laut, Ausdruck von kreatürlicher Todesangst.

Dann warf der Tiger ihn zu Boden.

Monk richtete sich etwas höher auf und beobachtete, wie der Tiger den Soldaten zerriss. Er musste an den Bär denken, der am Tag zuvor die großen Wölfe zerfleischt hatte. Als mit einem schmatzenden Laut die Knochen brachen, verstummte das Gebrüll des Mannes. Der Tiger hatte ihn beim Hals gepackt und schüttelte ihn wie eine Stoffpuppe. Blut spritzte umher.

Monk hatte genug gesehen und rannte auf den Tiger zu. Sein linkes Bein schmerzte höllisch und blutete stark.

Als achthundert Pfund Muskeln und Tatzen den Soldaten unter sich begraben hatten, war das Gewehr fortgeschleudert worden. Jetzt lag es zwischen dem Tiger und Monk. Ohne die Waffe waren er und die Kinder verloren.

Der Tiger fauchte ihn drohend an.

Zakhar fixierte Monk. Monk konnte in seinen schwarzen Augen lesen, dass er in ihm den Mörder seines Bruders erkannte. Der Tiger kauerte mit angespannten Muskeln über dem zerfetzten Russen. Er bleckte die Zähne, sein Fell war gesträubt. Blut strömte dem Tiger über Brust und Flanken und überdeckte die Streifen. Allein die Wut erhielt die Raubkatze noch am Leben.

Monk ließ sich neben der Waffe auf die Knie fallen und hob sie auf. Da er nur über eine Hand verfügte, verhedderte er sich im Tragriemen und hatte Mühe, an den Abzug heranzukommen.

Er würde es nicht mehr rechtzeitig schaffen.

Zakhar spannte die Hinterbeine an zum tödlichen Sprung – als von der Straße her Raubtiergebrüll ertönte. Es war nicht laut, doch die Wut und die Qual waren unverkennbar. Dieses Gebrüll hatte Monk vor wenigen Stunden gehört.

Arkadijs Todesschrei.

Zahkar hatte das Gebrüll seines Bruders ebenfalls wiedererkannt. Er sprang hoch, drehte sich in der Luft und landete in geduckter Haltung, mit gerecktem Schwanz. Die Raubkatze fauchte, weniger vor Wut denn vor Verwirrung.

Monk hob das Gewehr und zielte auf die Metallplatte am Hinterkopf des Tieres. Er traf unmittelbar darunter.

Nur wenige Schritte entfernt, steigerte sich Zakhars Fauchen zu einem Gebrüll, teils Schmerzensschrei, teils Ausdruck von Trauer und Sehnsucht nach seinem toten Bruder.

Monk zielte noch einmal und drückte ab.

Der Tiger zuckte, dann brach er im Gras zusammen.

Monk sank neben ihm nieder und stützte sich mit dem Armstumpf ab. Er schulterte das Gewehr. Er wusste, dass er gut gezielt hatte, ein Gnadenschuss durch die Schädelbasis. Er sah nach seiner eigenen Verletzung. Die Kugel des Soldaten hatte ihn am Oberschenkel getroffen, doch es war ein glatter Durchschuss.

Er würde überleben.

Monk atmete mehrmals tief durch, dann richtete er sich mühsam auf.

Auf der Straße tauchten Konstantin und Kiska auf. Monk wusste, dass er sein Leben der kleinen Kiska und ihrer Fähigkeit verdankte, Stimmen perfekt zu imitieren. Sie hatte Arkadijs Gebrüll nachgeahmt und es mit einem zusammengerollten Blechstück verstärkt, das Konstantin nun ins Gras warf.

Marta kam aus dem Laden und lief geradewegs zum Laster.

Sie würden Pjotr herausholen und dann weiterziehen. Monk setzte sich hinkend in Bewegung und musterte das oberhalb der Siedlung gelegene Bergwerk. Sie hatten noch einen beschwerlichen Anstieg vor sich, doch zuvor musste Monk noch etwas anderes erledigen. Er humpelte zu Zakhar hinüber, legte dem Tiger die Hand auf die blutige Schulter und wünschte ihm den Frieden, den er zu Lebzeiten hatte entbehren müssen.

»Zieh weiter, großer Bursche... dorthin, wo dein Bruder ist.«

00:43
Washington, D. C.

PAINTER RANNTE ÜBER den leeren Gang auf die Treppe zu. Die Alarmglocken und die Sirene des Protokolls Alpha gellten. Die Evakuierung des Gebäudes war nahezu abgeschlossen. Die Notausgänge mündeten in die angrenzende Tiefgarage. Painter ging davon aus, dass Mapplethorpe die Ausgänge bewachen ließ, damit das Kind nicht unbemerkt entwischte. Wenigstens sollte das Personal den Betonbunker inzwischen verlassen haben.

Alle bis auf diejenigen, die von Mapplethorpes Leuten übertölpelt worden waren.

Nach Auslösung des Sicherheitsprogramms hatte Painter an einem Kommunikationsraum haltgemacht und die Videoübertragung eingeschaltet. Alle Verbindungen nach außen waren gekappt, was darauf hindeutete, dass der Gegner über einen

Plan der Kommandozentrale verfügte. Die internen Leitungen waren jedoch noch offen. Über die in der obersten Ebene installierten Kameras beobachtete er, wie Mapplethorpes Einsatzkräfte ein Dutzend Geiseln zusammentrieben und ihnen mit Plastikriemen die Hände auf den Rücken fesselten.

Es hätte schlimmer kommen können. Zu dieser späten Stunde war Sigma nur schwach besetzt. Zufrieden mit dem Gesehenen, traf Painter die nötigen Vorbereitungen und wandte sich anschließend der unmittelbarsten Gefahr zu. Er stieß die Tür zum Treppenhaus auf und hätte damit Kat Bryant beinahe einen Schlag versetzt.

Sie trug Sascha auf den Armen.

Er bemühte sich zu begreifen.

Hinter Kat machte er Malcolm Jennings und einen Bewaffneten aus.

»Was? Wie?«, stammelte er.

Lisa zwängte sich an Malcolm vorbei und eilte zu ihm. Sie war blutverschmiert. Das Herz hämmerte ihm in der Brust. Wenigstens schien sie unverletzt zu sein. Sie schlang die Arme um ihn und drückte ihn kurz an sich. Er spürte, wie sie vor Erleichterung erschauerte – dann lösten sie sich voneinander und wurden wieder professionell.

»Was ist passiert?«, fragte er.

Kat setzte ihn stichwortartig und emotionslos über die Ereignisse im Krankenzimmer ins Bild und schloss mit dem Satz: »Wir versuchen, aus dem Gebäude herauszukommen.«

»Mit Sascha werdet ihr das niemals schaffen«, sagte er. »Sämtliche Ausgänge werden bewacht.«

»Was sollen wir dann tun?«, fragte Lisa.

Painter sah auf seine Armbanduhr. »Mit eurer Flucht habt ihr mir bereits eine große Last von der Seele genommen.« Er zeigte nach unten. »Bringt Sascha in die Umkleide des Fitnessraums. Verbarrikadiert die Tür.«

»Und was ist mit Ihnen?«, fragte Kat.

Er gab Lisa einen Kuss auf die Wange, wandte sich zur Tür und trat hindurch. »Ich habe noch etwas zu erledigen – dann komme ich nach.«

»Sei vorsichtig«, sagte Lisa.

Kat rief ihm nach: »Direktor! Monk lebt!«

Painter blieb stehen und blickte sich um, doch in diesem Moment fiel die Treppenhaustür zu. *Was sollte das nun wieder heißen?* Zum Nachfragen hatte er jedoch keine Zeit. Das musste warten. Er rannte den Gang entlang, zurück zum Ausgangspunkt, dem Kommunikationsraum. Nach einer Weile wurde er langsamer und schnupperte. Er nahm einen süßlichen Geruch wahr, der mittlerweile vermutlich in der ganzen Kommandozentrale feststellbar war.

Das war die erste Stufe des Sicherheitsprogramms: Ein gasförmiger Brandbeschleuniger wurde freigesetzt. Bereits nach fünfzehn Minuten war eine kritische Konzentration erreicht. Zwar konnte man ihn notfalls stundenlang gefahrlos einatmen, doch so viel Zeit hatten sie nicht. In weiteren zehn Minuten würde das Gas mittels Funken entzündet werden, was auf allen Ebenen der Kommandozentrale einen Feuersturm zur Folge hätte. Die vom Brandbeschleuniger genährte Feuerwalze würde alles verzehren, was sich in dem Betonbunker befand, und nach wenigen Sekunden wieder erlöschen. Dann würde sich die Löschanlage einschalten und die verbliebenen Flammen ersticken.

Im Kommunikationsraum musterte Painter die aufgereihten Monitore, die die Bilder der auf den verschiedenen Ebenen angebrachten Videokameras zeigten.

Schließlich hatte er das Gesuchte gefunden. Auf dem Monitor sah er Mapplethorpe neben Sean McKnight stehen. Er zielte mit einer Pistole auf Seans Rücken. Hinter ihm verschwanden Einsatzkräfte in einem Treppenhaus.

Painter schaltete die Tonübertragung ein.

»Wahnsinn«, sagte Sean gerade. »Sie können die offiziellen Stellen nicht einfach umgehen. Oder glauben Sie etwa, Sie könnten ungestraft einen anderen Geheimdienst angreifen?«

»Das wäre nicht das erste Mal«, knurrte Mapplethorpe. »Das ist alles eine Frage der erzielten Ergebnisse.«

»Mit anderen Worten, der Zweck heiligt die Mittel«, höhnte Sean. »Damit werden Sie nicht durchkommen. Es hat bereits zwei Tote gegeben.«

»Mehr nicht? Wie ich schon sagte, das habe ich schon öfter getan. Im Ausland und daheim.«

Painter schaltete sich ein. Er sprach in ein Mikrofon, seine Stimme wurde über Lautsprecher übertragen. »Mapplethorpe!«

Der Mann zuckte zusammen, ohne die Pistole jedoch sinken zu lassen. Er sah sich um, bis er die an der Wand montierte Videokamera ausgemacht hatte. Er fasste sich wieder und verzog die Lippen zu einem spöttischen Lächeln. »Ah, Direktor, dann haben Sie sich also nicht zusammen mit Ihren Leuten verzogen. Ausgezeichnet. Wir sollten die Angelegenheit rasch zu Ende bringen. Liefern Sie mir das Mädchen aus, dann wird niemandem etwas geschehen.«

»Wir haben Ihren Mann bereits eliminiert, Mapplethorpe«, sagte Painter. »Das Mädchen haben wir gut versteckt.«

»Tatsächlich?« Mapplethorpe sog witternd die Luft ein. »Wie ich merke, haben Sie das Sicherheitsprogramm von Sigma ausgelöst.«

Painter wurde ganz kalt. Mapplethorpe verfügte offenbar nicht nur über einen Übersichtsplan; er war tief in die Rechnerprotokolle vorgedrungen. Sean hatte ihn vor Mapplethorpe gewarnt. Der Schuft hatte überall seine Finger drin. Wie eine schwarze Spinne tanzte er über das Netz der Geheimdienste. Unter seinem glatten, verbindlichen Äußeren verbarg sich ein gefährlicher Kern.

»Ich glaube, Sie haben den Timer auf null einhundert gestellt«, sagte Mapplethorpe, womit er abermals seine umfassenden Kenntnisse unter Beweis stellte. »Wir konnten den Code
nicht entschlüsseln und können den Vorgang folglich nicht aufhalten, aber eine innere Stimme sagt mir, dass das auch gar
nicht nötig ist. Jedenfalls so lange nicht, wie ich zwanzig Geiseln in meiner Gewalt habe. Zwanzig Ihrer Männer und Frauen.
Die draußen Familien haben. Ich glaube nicht, dass Sie es fer-
tigbringen werden, sie eigenhändig umzubringen. Während ich
hingegen…«

Mapplethorpe zielte mit der Waffe auf Seans Hinterkopf.

»…keine solchen Skrupel habe.«

Er drückte ab. Der Lautsprecher wurde übersteuert; zu hören waren ein digitales Ploppen und ein verzerrter Schrei. Sean
sank erst auf die Knie, dann fiel er auf den Boden.

Painter krampfte sich die Brust zusammen; er bekam keine
Luft mehr. Er wollte es einfach nicht glauben. Ein Teil von
ihm erwartete, Sean würde sich jeden Moment unverletzt
wieder erheben. Im nächsten Moment aber brannte sich die
Erkenntnis der Wahrheit wie ein Feuersturm durch seinen
Geist. Mapplethorpes Brutalität und Gefühllosigkeit hatten
ihn so bestürzt, dass er keine Worte fand.

Für seinen Gegner galt das nicht.

»Wir holen uns jetzt das Mädchen, Direktor«, tönte Mapplethorpes Stimme aus dem Lautsprecher. »Und niemand wird uns
daran hindern.«

18

GRAY SCHLOSS DEN schwarzen Gürtel über der tarnfarbenen Feldjacke und stampfte auf, um die Füße vollständig in die Stiefel zu zwängen. Kowalski warf ihm eine Pelzmütze zu. Die gestohlene Uniform passte recht gut, doch sein Teamkollege sah aus, als würde er aus allen Nähten platzen. Die beiden bis auf die Unterwäsche nackten russischen Soldaten hatten vor dem Gefängnis Wache gehalten. Gray und Kowalski hatten sie überwältigt und gezwungen, die Uniformen auszuziehen.

»Auf geht's«, sagte Gray und wandte sich zum Motorrad.

»Scharf!«, rief Kowalski.

Gray wandte den Kopf und stellte fest, dass Kowalski keine Waffe gemeint hatte. Sie waren beide mit russischen Sturmgewehren vom Typ AN-94 bewaffnet.

Kowalski beäugte den Beiwagen des IMZ-Motorrads vom Typ Ural. »So ein Ding wollte ich schon immer mal fahren«, meinte er und kletterte in den offenen Beiwagen.

Gray rückte das geschulterte Gewehr zurecht und saß auf.

Dann heulte der Motor auf, und sie schossen durch das alte Gefängnistor auf die unkrautüberwucherten Straßen Prypjats hinaus. Gray sah auf die Uhr.

Noch zwanzig Minuten.

Er duckte sich, gab Gas und raste durch die verfallene, rostfleckige Stadt. Der Asphalt war geborsten, und überall lagen Glasscherben herum, die eine Gefahr für die Reifen darstellten. Hinter jeder Ecke stießen sie auf unerwartete Hindernisse; auf verrostete Autowracks, moosbedeckte Möbel und einmal sogar auf einen surrealen Haufen Musikinstrumente.

Trotz der vielen Hindernisse legte Gray ein halsbrecherisches Tempo vor und preschte so waghalsig um die Ecken, dass der Beiwagen abhob. Kowalski jauchzte dann lauthals auf. Sie kamen an einem Soldaten auf Patrouille vorbei, der grüßend das Gewehr hob; ein andermal machte Gray in einem zerbrochenen Fenster ein erschrecktes Gesicht aus, offenbar einen der vielen Plünderer.

Als sie den Stadtrand von Prypjat erreichten, flüchteten drei Rehe vor dem knatternden Motorrad. Gray raste dem Horizont entgegen. Er hielt auf den hoch aufragenden Schornstein des Reaktors zu. Trotz des Motorenlärms hörte er von Lautsprechern verstärkte Wortfetzen, die von der Tribüne herüberwehten. Masterson zufolge plante der Duma-Abgeordnete Nicolas Solokow einen Angriff auf die Ehrengäste, die der Versiegelung des Reaktors von Tschernobyl beiwohnen wollten.

Aber was genau hatte der Mann vor?

Worum ging es bei der Operation Uran?

Während Gray über die frisch asphaltierte Straße bretterte, musterte er den vor ihm aufragenden Reaktorbau. Sein Blick wurde von einem Gebilde angezogen, das an eine riesenhafte Nissenhütte erinnerte. Der gewölbte stählerne Hangar reflektierte den morgendlichen Sonnenschein wie ein Spiegel.

Und er bewegte sich.

Das Sonnenlicht floss wie Öl über die geschwungene Oberfläche. Langsam schob sich die Hülle über den Reaktor. Der größte Teil der Anlage war betongrau oder weiß getüncht, doch an der einen Seite fiel ihm ein klotziges Gebilde ins Auge, das schwarz war wie ein fauler Zahn. Das war das Grab des Reaktors Nummer vier, ein gewaltiger schwarzer Sarkophag. Der an einem Ende offene Hangar schickte sich an, das Gebilde zu verschlucken.

Während er dem Kraftwerk immer näher kam, ging Gray im Geiste die verschiedenen Möglichkeiten durch. Archibald Polk hatte an einer tödlichen Strahlenvergiftung gelitten, die er sich vermutlich hier zugezogen hatte. Bei Nicolas' Plan musste der havarierte Reaktor eine Rolle spielen. Anders konnte es nicht sein.

Masterson hatte ihn darauf hingewiesen, dass in Anbetracht der hohen Zahl von Politikern im Umkreis der Tribüne mit hohen Sicherheitsvorkehrungen zu rechnen sei. Die Tribüne war etwa fünfhundert Meter vom Reaktor entfernt. Gray überlegte, ob er die Tribüne oder den Reaktor ansteuern sollte. Und wenn er sich hinsichtlich des Reaktors täuschte? War vielleicht unter der Tribüne eine Bombe versteckt?

Als das Motorrad die Freifläche zwischen Prypjat und Tschernobyl erreichte, vernahm er eine hohl dröhnende Lautsprecherstimme, welche die weltweite nukleare Zusammenarbeit rühmte. Die Stimme war unverkennbar. Gray hatte schon an mehreren Empfängen im Weißen Haus teilgenommen.

Das war der Präsident der Vereinigten Staaten.

Gray bezog das in seine Überlegungen ein. Der Secret Service hatte den Veranstaltungsort sicherlich mehrfach abgesucht und bei den Sicherheitsvorkehrungen strengste Maßstäbe angelegt. Außerdem waren bestimmt an allen Seiten des

Reaktors Agenten postiert, die nach Gefahren Ausschau hielten.

Gray musterte die zahlreichen abgestellten Fahrzeuge und das Meer der Satellitenantennen. Der Tribünenbereich war mit Gittern und Toren abgesperrt, davor patrouillierten Wachposten – zu Fuß und in offenen Jeeps. Grays Verkleidung mochte aus der Entfernung ihre Wirkung nicht verfehlen, doch er bezweifelte, dass er damit bis zur Tribüne würde vordringen können. Er konnte sich nicht ausweisen und hatte keinen Passierschein.

Während er die verschiedenen Möglichkeiten gegeneinander abwog, staunte er über das gewaltige Ausmaß des Projekts. Der riesige stählerne Hangar bewegte sich langsam an zwei Schienen entlang und wurde von walgroßen Hydraulikwinden gezogen. Er hatte den havarierten Reaktor bereits erreicht und schob sich nun darüber. Das im Sonnenschein gleißende Stahlgebilde ragte so hoch in den Himmel, dass die Freiheitsstatue auf ihrer eigenen Schulter hätte stehen können, ohne ans Dach zu stoßen.

Selbst Kowalski stieß angesichts der Dimensionen des rollenden Hangars einen anerkennenden Pfiff aus. Er beugte sich zu Gray hinüber und rief: »Wie sieht eigentlich unser Plan aus?«

Gray hob den Arm und hieß ihn schweigen. Eine andere Stimme unterbrach die Ansprache des Präsidenten. Auch dieser Sprecher war Gray bekannt. Er sprach Russisch, dann wiederholte er alles auf Englisch, damit er auch vom internationalen Publikum verstanden wurde.

Nicolas Solokows Stimme dröhnte Gray entgegen. »Ich protestiere gegen diese Travestie!«, brüllte er. »Hier stehen wir und beglückwünschen uns gegenseitig dazu, dass wir diesen beschämenden Teil der russischen Geschichte ausradieren – dass wir ihn unter einer Stahldecke *verstecken*, als hätte sich das Unglück nie ereignet. Aber was ist mit denen, die bei der Explosion ums Leben kamen, was ist mit den Hunderttausenden, die an Krebs und Leukämie sterben werden, was ist mit den Tausenden Säuglingen, die an Missbildungen, Schmerzen, geistigen Behinderungen leiden? Wer tritt für sie ein?«

Gray war dem Veranstaltungsort inzwischen so nahe gekommen, dass er die Bühne vor der Tribüne sehen konnte. Die Menschen waren noch zu klein, um sie zu unterscheiden, doch seitlich an der Bühne waren große Videomonitore aufgebaut. Auf dem einen sah man den russischen Präsidenten, auf dem anderen den Präsidenten der Vereinigten Staaten. Beide standen hinter einem Podium. In der Mitte der Bühne stand eine weitere Gestalt inmitten des Chaos. Nicolas Solokow. Sicherheitskräfte versuchten, den Abgeordneten von der Bühne zu zerren, während andere ihn abschirmten, damit er weitersprechen konnte. Inmitten des Durcheinanders war Nicolas offenbar auf die Bühne gestürmt, um seinen dramatischen Protest in die ganze Welt übertragen zu lassen.

Männer in schwarzen Anzügen umringten den Präsidenten und schirmten ihn ab.

Was immer Nicolas vorhaben mochte, es hatte bereits begonnen. Gray duckte sich noch tiefer auf den Lenker hinunter und gab Vollgas. Das Motorrad raste über die Asphaltstraße auf die Bühne zu.

Aus den Lautsprechern kam das schrille Pfeifen einer Rückkopplung, dann fuhr Nicolas mit erhobener Stimme fort: »Sie alle glauben, mit so einem hübschen Sarg könnte man dem verfluchten Vermächtnis ein Ende machen, doch Sie irren sich! Das Monster ist bereits aus dem Käfig entwichen! Ganz gleich, wie sicher das Schloss und wie dick der Stahl sein mögen, Sie können das Monster nicht wieder einsperren. Die einzige Möglichkeit, diesem Vermächtnis gerecht zu werden, besteht in einem grundlegenden Einstellungswandel, der eine aufrichtige, nachhaltige Politik zur Folge hat. Diese Feier ist nichts weiter als eine heuchlerische Scharade! Viel Aufhebens um nichts! Wir sollten uns schämen!«

Endlich hatten die Sicherheitskräfte die Unterstützer des Abgeordneten überwältigt. Jemand riss Nicolas das Mikrofon aus der Hand. Er wurde hinter die Bühne gezerrt.

Der russische Präsident ergriff das Wort; er klang zornig und verlegen. Der US-Präsident bedeutete seinen Bodyguards, sich zurückzuziehen, denn er wollte nicht den Eindruck erwecken, er lasse sich von einem angeberischen Politiker ins Bockshorn jagen. Die Ansprachen wurden fortgesetzt.

Hinter der Bühne schickte sich der Hangar an, den Reaktor zu verschlucken.

Gray bremste ab. Er hatte sich noch immer nicht entschieden, ob er die Tribüne oder den Reaktor ansteuern sollte. Er vergegenwärtigte sich Nicolas' Protest und seinen dramatischen Abgang. Das war alles arrangiert gewesen. Der Abgeordnete hatte einen Vorfall in Szene gesetzt, damit man ihn wegbrachte und er nicht an der Veranstaltung teilnehmen musste. Aber wohin war er verschwunden? Das hatte er bestimmt nicht dem Zufall überlassen. Das Risiko, selbst in Mitleidenschaft gezogen zu werden, würde er bestimmt nicht eingehen. Die Leute, die Nicolas von der Bühne gezerrt hatten, mussten in seinen Diensten stehen und brachten ihn nun in Sicherheit.

Hinter dem Gewimmel der Übertragungswagen machte Gray einen grünen Armeejeep aus, der sich mit großer Geschwindigkeit vom Medienbereich entfernte. Er fuhr auf einer unbefestigten Straße parallel zu den zweieinhalb Meter hohen Schienen des riesigen Hangars. Der mit Schlaglöchern übersäte Weg führte weg vom Reaktor und um das Schienenende herum zur Rückseite der Anlage.

Auf dem Rücksitz machte Gray eine Gestalt aus.

Nicolas.

Gray blickte nach oben. Das gleißende Stahlgebilde hatte inzwischen die Hälfte des schwarzen Sarkophags verschluckt. In einer Viertelstunde würde er ihn vollständig umhüllen. Die Tribüne stand etwa fünfhundert Meter vom Reaktor entfernt.

Gray musste eine Entscheidung treffen.

Er dachte daran, wie Nicolas Solokow bei der Befragung in dem Wachhäuschen hinter dem Schreibtisch gesessen hatte. Angefangen vom Schnitt seiner Kleidung bis zu seiner Ausdrucksweise hatte er arrogante Selbstsicherheit ausgestrahlt, Ausdruck eines Egos, das allenfalls von seiner Herrschsucht übertroffen wurde.

Nicolas wollte das Geschehen *beobachten*.

Weshalb aber fuhr er dann *hinter* den Reaktor?

Es sei denn …

Gray lenkte das Motorrad vom Asphalt hinunter und fuhr querfeldein. Er hielt geradewegs auf das Schienenende zu, denn er wollte den Jeep abfangen, wenn er um die Kurve bog.

»Pierce!«, rief Kowalski. »Was haben Sie vor?«

»Ich will den Präsidenten retten.«

»Aber die Tribüne ist dort drüben!« Kowalski zeigte mit ausgestrecktem Arm in die entgegengesetzte Richtung.

Ohne ihn zu beachten, bretterte Gray über das unebene Gelände, als säße er auf einem Geländemotorrad. Kowalski klammerte sich an den Haltegriffen fest. Trotz der vielen Unebenheiten gab Gray noch mehr Gas. Erdklumpen und Grasfetzen wurden hochgeschleudert.

Der Jeep raste unterdessen an den vierhundert Meter langen Schienen entlang. Er hatte das Schienenende fast erreicht. Es würde knapp werden. Die Straße war nicht mehr weit entfernt.

Und dann wurden sie bemerkt.

Jemand zeigte auf das Motorrad. Aus der Ferne mochte es so aussehen, als wären Gray und Kowalski russische Soldaten auf Spritztour. Einen Moment lang würde im Jeep Verwirrung herrschen. Mehr Zeit würde ihnen nicht bleiben.

»Kowalski!«

»Ja?«

»Können Sie einen Hinterreifen zerschießen, wenn sie um die Kurve biegen?«

»Ist das Ihr Ernst?«, erwiderte Kowalski, der heftig durchgeschüttelt wurde.

»Stützen Sie sich ab!«

Gray lenkte das Motorrad auf festeren Untergrund.

»Schießen Sie!«, rief er Kowalski zu.

Der Hüne hielt das Sturmgewehr bereits in der Hand. Er verkeilte sich mit den Beinen im Beiwagen und legte das Gewehr an. »Komm schon, Baby, mach deinen Daddy stolz!«, brummte er.

Der Jeep hatte das Schienenende erreicht. Vor der Biegung wurde er langsamer, fuhr aber immer noch zu schnell. Der Fahrer hatte Mühe, das Fahrzeug auf der Straße zu halten.

Vom Beiwagen her knallte es zweimal in rascher Folge. Bei jeder Betätigung des Abzugs feuerte das russische AN-94 zwei Schüsse ab. Der Jeep geriet ins Schleudern, während der linke Hinterreifen zu qualmen und zu flattern begann. Der Wagen brach seitlich aus und prallte gegen einen Betonpfeiler zwischen den Schienen.

Kowalski johlte und streichelte den Gewehrkolben. »Danke, Baby!«

Da Gray nun wieder über unebenes Terrain steuerte, nahm Kowalski von weiterem Eigenlob Abstand. Das Motorrad hatte in Sekundenschnelle die Straße erreicht.

Der russische Jeep war an einer Seite eingedrückt; der Soldat auf dem Beifahrersitz war bei dem Zusammenprall ums

Leben gekommen. Die anderen drei Insassen waren ausgestiegen und hatten sich in das Gewirr von Betonsperren und Wellblechschuppen zwischen den Schienensträngen zurückgezogen.

Als Gray auftauchte, erschollen von der Tribüne her lauter Beifall und Jubel. Die Feierlichkeiten näherten sich dem Höhepunkt. Aufgrund des Lärms hörte Gray kaum die Schüsse, die auf sie abgefeuert wurden. Der Vorderreifen platzte, doch damit hatte Gray gerechnet. Er lenkte das Motorrad gegen die andere Seite des verunglückten Jeeps und schrammte daran entlang, bis es zum Stehen kam. Anschließend wälzte er sich auf den Boden.

Kowalski stolperte neben ihn, und gemeinsam gingen sie hinter dem Jeep in Deckung. Weitere Schüsse durchsiebten die gegenüberliegende Seite des Jeeps.

Gray riskierte einen Blick an der hinteren Stoßstange vorbei. Ein Mann im Anzug rannte zwischen den Schienen entlang, die zu beiden Seiten zweieinhalb Meter hoch aufragten, erbaut aus Beton und Stahl.

Nicolas Solokow wollte offensichtlich zum hinteren Ende des rollenden Containers. Gray legte an, doch in diesem Moment traf eine Kugel die Stoßstange und pfiff an seinem Ohr vorbei. Er erhaschte einen Blick auf eine qualmende Pistole, mit der eine Frau mit rabenschwarzem Haar freihändig zielte.

Jelena.

Fluchend ging er in Deckung.

Kowalski jaulte auf, als er an der Schulter getroffen wurde.

Die Frau und ein Soldat hatten sie festgenagelt.

Gray sah auf die Uhr.

Noch zehn Minuten.

Hinter Nicolas wurde geschossen. Er versuchte, schneller zwischen den erhöhten Schienen hindurchzurennen, doch bei dem Unfall hatte er sich den linken Knöchel verstaucht. Er musste darauf vertrauen, dass Jelena ihm den Rücken freihielt.

Zwei Arbeiter schritten hinter dem stählernen Schutzcontainer her. Das gewaltige Gebilde rollte langsam über die Schienen und schob sich, gezogen von den gewaltigen Hydraulikwinden, auf den Teflonlagern pro Minute knapp einen halben Meter vor.

Vor Nicolas lag eine garagentorgroße offene Wartungsluke, durch die man in den hoch aufragenden Container gelangen konnte. Das war der Hauptgrund, weshalb Nicolas sich aus dem Staub gemacht hatte. Wenn die Operation Uran startete, wollte er nicht im Freien erwischt werden.

So schnell er konnte, humpelte er über den Kiesweg zwischen den Schienen. Er musste das Tor erreichen, den Container durchqueren und an der Rückseite verlassen, bevor er verschlossen wurde.

Nicht einmal er konnte die Operation Uran noch aufhalten.

Er konnte sich lediglich davor in Sicherheit bringen.

Der Plan war 1999 entwickelt worden, als der Containerimplementierungsplan, kurz CIP, beschlossen worden war. Das Ziel von CIP war es, den alten Sarkophag zu stabilisieren und zu umhüllen. Schon seit Jahren warnten die Ingenieure davor, dass der Sarkophag jederzeit einstürzen und dabei zweihundert Tonnen radioaktives Uran in die Atmosphäre freisetzen könnte. In der ersten Phase von CIP hatte man versucht, den Sarkophag zu stabilisieren. Das bedeutete, Löcher auszubessern, tragende Wandelemente abzustützen und den bröckelnden Schornstein zu sichern. Währenddessen wurde vierhundert Meter entfernt der gewaltige Container gebaut.

Die grundlegenden Konstruktionsarbeiten wurden im Jahr 1999 abgeschlossen – allerdings barg das Gebilde einige Geheimnisse. Nach dem Fall der Sowjetunion grassierte die Korruption. Es hatte nicht viel gekostet, in den neuen Wandstreben vier Sprengladungen anbringen zu lassen. Bis gestern hatten sie dort geschlummert. In der Nacht hatten Nicolas' Männer die verborgenen Sprengsätze per Funksignal scharf gemacht und die Zündung mit dem Schließvorgang abgestimmt. Einmal aktiviert, gab es kein Zurück mehr.

Exakt zwei Minuten vor Versiegelung des Containers würden die Sprengsätze hochgehen. Man würde die Detonationen nicht einmal hören. Alles, was die Zuschauer mitbekommen würden, wäre das Bersten des Betons, gefolgt vom Einsturz eines großen Teils der Sarkophagmauer – des Teils, welcher der Tribüne zugewandt war. Zwei Minuten lang würde die Tribüne starker Strahlung ausgesetzt werden, bevor der Container den Sarkophag versiegeln würde. Es würde keine unmittelbaren Todesfälle geben. Die Anwesenden würden nicht einmal etwas spüren. Dabei hätten sie in den zwei Minuten eine tödliche Strahlendosis abbekommen.

Im Verlauf weniger Wochen würden alle sterben.

Zugegen waren der Premierminister und der Präsident Russlands sowie die politischen Führer Amerikas und mehrerer europäischer Länder. Wenn Nicolas' Aktion erfolgreich verlief, würden die wichtigsten Regierungen destabilisiert werden, und wenn sich nach der Aktion seiner Mutter in Tscheljabinsk-88 die Strahlungswolke um den Globus ausbreitete, würde die Welt eine starke Stimme brauchen, einen Mann, der schon in der Vergangenheit vor einer solchen Katastrophe gewarnt hatte.

Die Welt würde sich dem einzigen Überlebenden der Operation Uran zuwenden.

Im Laufe der nächsten Monate würde Nicolas – mit Unterstützung der im Verborgenen arbeitenden Savants – seine Intuition und seinen außergewöhnlichen Weitblick unter Beweis stellen.

Aus dem bevorstehenden Weltenbrand würde Nicolas als

neuer Herrscher Russlands hervorgehen und von dort aus seinen Einfluss auf die ganze Welt ausdehnen. Das Russische Reich würde sich wie ein Phönix aus der radioaktiven Asche erheben und die Geschichte in eine neue Richtung lenken.

Das waren die Vorstellungen, die ihn antrieben.

Er humpelte zu den beiden Männern, die dem Container folgten. Er nahm die Pistole aus der Tasche. Zwei Kopfschüsse. Aus nächster Entfernung. Wie bleigefüllte Säcke brachen sie zusammen. Augenzeugen gab es keine.

Nicolas eilte durch das offene Wartungstor in der rückwärtigen Wand des Hangars. Dafür benötigte er zwölf Schritte. Die Stahlwände des Containers waren zwölf Meter dick.

Dann befand Nicolas sich im Inneren des Schutzcontainers.

Trotz seiner Erschöpfung staunte er über die gewaltigen Ausmaße des Raums. Die stählerne Hülle ragte hundert Meter hoch auf und maß das Zweieinhalbfache in der Breite. Die Bezeichnung höhlenartig traf es nicht ganz. Wie Sterne am Nachthimmel erleuchteten Hunderte Lampen das riesige Innere, befestigt an dem Stahlgerüst an der Innenseite des Containers. An der Decke sah man ein Zickzackmuster gelber Schienen. Gewaltige Roboterkräne warteten dort darauf, den alten Sarkophag abzureißen. Haken von der Größe eines Schiffsankers und skelettartige Greifarme hingen von den Kränen herunter.

Nicolas drückte im Vorbeigehen den roten Knopf, der das Wartungstor schloss. Langsam senkte es sich herab.

Ursprünglich hatten Nicolas und Jelena vorgehabt, sich in einem Kontrollraum an der anderen Seite des Containers zu verstecken. Der Kontrollraum, von dem aus die Winden gesteuert wurden, war mit einem dicken Bleimantel vor radioaktiver Strahlung geschützt. Außerdem waren die Sprengladungen auf der anderen Seite angebracht, sodass die Strahlung dort vernachlässigbar gering sein würde.

Nicolas musste sich in dem Kontrollraum in Sicherheit bringen, doch er wollte auch Jelena, die sich noch immer zwischen den Schienen aufhielt, vor dem drohenden Strahlenausbruch schützen. Anders als die Besucher auf der Tribüne befand sie sich nicht im unmittelbaren Gefahrenbereich, würde durchs offene Hecktor aber immer noch genug Streustrahlung abbekommen. Die Dosis würde sie vielleicht nicht umbringen, aber ihre Aussichten, gesunde Kinder zu bekommen, drastisch schmälern.

Um sein eigenes genetisches Erbe zu schützen, versuchte Nicolas daher, sie abzuschirmen. Außerdem mochte er sie. Seine Mutter hätte diese zarten Gefühle als Ausdruck von Schwäche betrachtet, doch Nicolas kam nicht an gegen die Empfindungen seines Herzens.

Während das Tor sich langsam herabsenkte, humpelte er weiter.

»Jelena!«, rief Gray hinter dem Jeep hervor. »Sie müssen uns helfen!«

Er bekam keine Antwort.

Jedenfalls nicht von Jelena.

»Pierce, ich glaube nicht, dass Sie sie umstimmen können«, sagte Kowalski. Er kauerte ein paar Schritte von Gray entfernt. Von der Schulter lief ihm Blut über die Jacke, doch es war nur ein Streifschuss. »Das Miststück ist komplett verrückt. Wieso sind ausgerechnet die Verrückten immer so gute Schützen?«

»Ich halte sie nicht für verrückt«, brummte Gray.

Zumindest hoffte er das.

Er hatte bemerkt, wie sie auf die Enthüllung reagiert hatte, dass Sascha Nicolas' leibliche Tochter war. Nämlich mit einer Mischung aus Entsetzen und Fürsorglichkeit. Es bestand eine Verbindung zwischen Jelena und dem Mädchen, die schwerer wog als die Tatsache, dass sie beide Implantate hatten.

Er musste darauf vertrauen, dass ihn seine Intuition nicht trog.

»Sascha ist zu mir gekommen!«, rief Gray. »Sie hat mich ausgewählt. Aus irgendeinem Grund hat sie uns hierhergeführt.«

Die Stille dehnte sich. Dann ertönte eine leise Stimme. »Wie das? Auf welche Weise hat Sascha Sie hierhergeführt?«

Jelena stellte ihn auf die Probe.

Gray atmete tief durch. Er hob das Gewehr hoch und schleuderte es weg.

»Pierce …«, knurrte Kowalski. »Wenn Sie glauben, ich würde meine Waffe wegwerfen, sind Sie ebenso bekloppt wie diese Frau.«

Gray richtete sich auf.

Das Gewehr des Soldaten folgte seiner Bewegung. Jelena richtete sich ebenfalls auf und rief dem Soldaten einen barschen Befehl zu, damit er nicht schoss. Sie wollte mehr über Sascha erfahren. Die beiden Russen hatten sich hinter Betonpfeilern verschanzt. Jelena zielt mit der Pistole auf Gray.

Gray beantwortete ihre Frage. »Sie hat Bilder gezeichnet. Zunächst hat sie die Zigeuner zu meiner Türschwelle geleitet. Dann hat sie das Tadsch Mahal gezeichnet und uns nach Indien gelotst, wo wir erfahren haben, woher Sie in Wahrheit stammen und wie Ihre Geschichte aussieht. Die Frage nach dem *Warum* müssen Sie sich selbst stellen. Sascha ist etwas Besonderes, nicht wahr?«

Jelena musterte ihn wortlos mit dunklen Augen.

Gray fasste das als Zustimmung auf und fuhr fort. Er wollte ihr zeigen, dass er es aufrichtig meinte. »Weshalb hat sie uns nach Indien geführt? Weshalb hat sie sich überhaupt an uns gewandt? Und warum gerade jetzt? Es muss eine Erklärung geben. Ich glaube, Sascha wollte – bewusst oder unbewusst – Ihren Plan vereiteln.«

Jelena zeigte keine Reaktion, doch Gray lebte noch immer.

»Sie hat uns auf einen Weg gebracht, in dessen Verlauf wir Ihre Wurzeln entdeckt haben: Sie führen vom Orakel von Delphi über die Zigeuner bis in die Gegenwart. Ich glaube, es gibt einen Grund, weshalb Ihr Stammbaum sich so entwickelt hat. Vielleicht ging es um die Erfüllung einer bedeutsamen Prophezeiung.«

»Von was für einer Prophezeiung reden Sie?«

Gray bemerkte in ihrer Stimme einen Anflug von Begreifen und Angst. Handelte es sich um einen in ihr kollektives Gedächtnis eingeätzten Albtraum? Er vergegenwärtigte sich die Mosaiken in der indischen Feste, darunter ein Wandmosaik, das eine Feuergestalt darstellte, die aus dem rauchenden Omphalos hervorkam. Gray schilderte ihr rasch die Entdeckung und schloss mit der Bemerkung: »Die Gestalt sah aus wie ein Jüngling mit Feueraugen.«

Jelenas Pistole begann zu zittern – zielte aber immer noch auf Grays Brust. Jelena murmelte einen Namen, der wie Peter klang.

»Wer ist Peter?«, fragte Gray.

»Pjotr«, verbesserte ihn Jelena. »Saschas Bruder. Manchmal hat er Albträume. Dann wacht er schreiend auf und spricht von Flammenaugen. Aber ... aber ...«

»Was wollten Sie sagen?«, setzte er nach; trotz des hohen Zeitdrucks war sein Interesse geweckt.

»Wenn er aufwacht, sehen wir alle Pjotr einen Moment lang brennen.« Sie schüttelte den Kopf. »Seine Begabung liegt auf dem Gebiet der Empathie. Sie ist sehr stark ausgeprägt. Wir haben die Albträume auf eine unwillkürliche Regung seiner Gabe zurückgeführt, die nach außen ausstrahlt. Eine Art empathisches Echo.«

»Das ist kein bloßes Echo«, überlegte Gray laut. »Das ist ein Echo, das auf den Ursprung zurückgeht.«

Wo würde das alles hinführen?

Gray blickte Jelena an. »Sie können das, was geschehen wird, nicht wirklich wollen. Sascha jedenfalls wollte es verhindern. Sie hat mich hierhergeführt. Wenn sie gewollt hätte, dass Nicolas' Plan Erfolg hat, hätte sie lediglich schweigen müssen. Doch das hat sie nicht getan. Sie hat mich *zu Ihnen* geführt, Jelena. Zu Ihnen. An diesen Ort. Es liegt an Ihnen, ob Sie Sascha helfen oder all ihre Anstrengungen zunichtemachen wollen. Sie haben die Wahl.«

Sie traf ihre Entscheidung augenblicklich, vielleicht geboren aus dem Feuer in ihrem Kopf. Sie drehte sich um und drückte ab. Der russische Soldat brach tot zusammen.

Gray eilte zu ihr hinüber. »Wie können wir die Operation Uran stoppen?«

»Das ist unmöglich«, erwiderte sie. Sie klang benommen; vielleicht überforderte sie die plötzliche Umkehr der Rollen, oder aber sie hatte das Gefühl, aus einem langen Traum zu erwachen.

Jelena reichte Gray ihre Pistole, als wüsste er, wohin er sich wenden musste. Er schob sich an ihr vorbei und eilte zwischen den Schienen entlang. Wenn sie nicht wusste, wie man die Operation Uran stoppen konnte, dann vielleicht Nicolas.

»Sie müssen sich beeilen!«, rief sie ihm nach. »Aber ich … ich könnte Ihnen vielleicht helfen.«

Sie wandte sich um und blickte zur Rückseite des Kraftwerkskomplexes, die Nicolas ursprünglich angesteuert hatte.

Gray zeigte zum Motorrad. Trotz des zerfetzten Vorderreifens kämen sie damit immer noch schneller voran als zu Fuß. »Kowalski, helfen Sie ihr.«

»Aber sie hat mich angeschossen.«

Gray hatte keine Zeit, mit ihm zu diskutieren. Er wandte

sich um und rannte durch den Wald aus Betonpfeilern. Vor ihm öffnete sich der von den beiden Schienensträngen eingefasste Weg. Und am anderen Ende humpelte gerade Nicolas durch ein breites Tor in der Wand aus massivem Stahl und verschwand im dunklen Inneren des Hangars.

Gray lief weiter.

Noch sechs Minuten.

Gleich darauf bemerkte er, dass die schwarze Lücke in der Stahlwand schmaler wurde. Das Tor ging zu.

Sie waren aus dem Gefängnis entwischt, aber wie sollte es jetzt weitergehen? Elizabeth rannte hinter Rosauro her, während Luca ihnen mit der Pistole den Rücken freihielt. Masterson stützte sich auf seinen Spazierstock und bemühte sich, mit Elizabeth Schritt zu halten. Sie hatte den alten Mann am Ellbogen gefasst.

Vor allem kam es darauf an, ein Telefon zu finden und Alarm zu geben. Die Stadt wirkte jedoch verfallen und verlassen. Aus dem geborstenen Straßenbelag wuchsen Birken hervor, alles war unkrautüberwuchert, die Gebäudefassaden mit Moos und Flechten bewachsen. Wo sollten sie hier ein funktionierendes Telefon auftreiben?

»An der nächsten Kreuzung nach links!«, keuchte Masterson und deutete mit dem Stock, während er auf seinem unversehrten Bein weiterhüpfte. »Das Hotel Polissia müsste am Ende des nächsten Straßenblocks liegen.«

Masterson hatte vorgeschlagen, sich zum Hotel zu wenden. Offenbar war es für den Galaempfang am Abend zuvor renoviert worden und diente den Gästen als Shuttle-Station.

Doch wie stand es mit ungeladenen Gästen?

Elizabeth hatte mitbekommen, dass Gray und Kowalski mit dem Motorrad davongerast waren, während sie selbst geflüchtet waren. Sie hoffte, die beiden wären unverletzt und würden es schaffen, den Schuft aufzuhalten. Sie hatte Kopfschmerzen, und ihre Augen brannten. Die Anspannung und die Angst forderten ihren Tribut.

»Es tut mir leid«, keuchte Masterson.

Sie blickte ihn an. Sie wusste, dass er sich nicht nur dafür entschuldigte, dass er sie und die anderen in diese Angelegenheit hineingezogen hatte.

»Ich habe nicht geglaubt, dass Ihr Vater in Todesgefahr war«, erklärte er. »Ich dachte, es ginge den Russen nur um so was wie Industriespionage, um Datendiebstahl. Ich konnte mir nicht vorstellen, dass er zu Tode kommen würde.«

Obwohl sie Verständnis für das Verhalten des Professors hatte und sich inzwischen der Ausmaße der Bedrohung bewusst war, konnte sie ihm nicht verzeihen. Nicht den Tod ihres Vaters und nicht die Tatsache, dass er sie ohne ihr Wissen hineingezogen hatte. Sie war der Geheimnistuerei überdrüssig – und das galt nicht nur für die Geheimnisse ihres Vaters, sondern auch für die Mastersons.

Als sie sich der Kreuzung näherten, hielten zwei russische Soldaten sie auf. Der eine ließ eine Zigarette fallen und trat sie aus. Der andere legte das Gewehr an und schnauzte sie auf Russisch an.

»*Kak tebja sawut?*«

»Überlassen Sie das mir«, sagte Masterson und bedeutete Rosauro und Luca, die Waffen zu senken.

Der Professor rückte seinen weißen Hut zurecht und stützte sich schwer auf seinen Stock. Er humpelte vor und rief: »*Dobroje utro!*«

Masterson sprach fließend Russisch. Elizabeth hörte nur die Worte *London Times* heraus. Offenbar gab Masterson sie als Pressevertreter aus.

Der Soldat senkte die Waffe. »Sie sind Englischmänner.«

Masterson nickte mit einem breiten, verlegenen Grinsen.

»Sie sprechen Englisch. Ausgezeichnet. Wir haben uns verlaufen und finden nicht zum Hotel Polissia zurück. Wären Sie so freundlich, uns dorthin zu geleiten?«

Das Stirnrunzeln der Soldaten ließ darauf schließen, dass sie nicht alles verstanden hatten. Masterson nutzte ihre mangelhaften Sprachkenntnisse, um sie zu verwirren und davon abzuhalten, dass sie die Geschichte, die er ihnen aufgetischt hatte, in Zweifel zogen. Der Soldat mit dem Gewehr hatte immerhin verstanden, wohin sie wollten.

»Polissia Gostineetsa?«, fragte er.

»*Da!* Braver Junge. Könnten Sie uns hinbringen?«

Die beiden Soldaten besprachen sich. Dann zuckte der eine mit den Achseln, der andere nickte ihnen zu.

Hinter ihnen heulte ein Motorrad auf und störte die Stille der verlassenen Stadt. Ein Stück weiter die Straße entlang, in der Richtung des Gefängnisses, bog ein Motorrad mit Blaulicht und Beiwagen auf die Straße ein, bemannt mit zwei Soldaten mit Pelzmützen. Man hatte sie bemerkt. Die Verfolger riefen etwas.

Plötzlich versteiften sich die beiden Soldaten.

»Das gibt Ärger«, sagte Masterson und versetzte Elizabeth einen Stoß in den Rücken. »Laufen Sie!«

Rosauro wirbelte auf dem Absatz herum und trat dem nächststehenden Soldaten mit dem Fuß ins Gesicht. Ein Knochen knackte, und der Mann kippte nach hinten. Der andere Wachposten hob seine Waffe, doch Luca kam ihm zuvor und zog seine Pistole. Blut drang aus der Schulter des Soldaten. Er wurde herumgeschleudert, als wäre er von einem Maultier getreten worden. Dennoch ratterte seine Automatikwaffe los und schwenkte zu ihnen herum.

Masterson wälzte sich über den Boden und schirmte Elizabeth ab, während Luca und Rosauro sich flach auf die Straße fallen ließen. Lucas Pistole knallte erneut, und das Gewehrfeuer brach ab.

Masterson wälzte sich von Elizabeth herunter und sackte zusammen. Sie hatte gespürt, dass er getroffen worden war. Er legte sich auf den Rücken, während sich unter ihm eine Blutlache bildete.

»Hayden!«

Mit dem Stock in der Hand winkte er ab. »Laufen Sie!«

Das Motorrad kam immer näher.

Rosauro zog Elizabeth auf die Beine.

Luca schoss auf das Motorrad, doch der Fahrer drehte rechtzeitig ab und ging hinter Autowracks und Trümmern in Deckung. Das Gegenfeuer des Soldaten im Beiwagen beharkte den Asphalt.

»Es tut mir leid, Elizabeth«, wiederholte Masterson mit blutigem Schaum auf den Lippen.

»Hayden…« Sie schlug sich die Hand vor den Mund, denn sie fand keine Worte, um ihm zu danken und zu verzeihen.

Er aber las ihr die Absicht von den Augen ab und bestätigte dies mit dem Anflug eines zufriedenen Lächelns. »Laufen Sie…«, krächzte er und schloss die Augen.

Rosauro zerrte Elizabeth weiter bis zur nächsten Kreuzung. Luca feuerte im Laufen nach hinten – dann klappte der Schlitten auf. Die Munition war ihm ausgegangen. Kugeln pfiffen ihnen um die Ohren.

Rosauro geleitete sie am Straßenrand entlang, wo ihnen ein verrosteter Laster Deckung bot. »Um die Ecke!«

Sie würden es niemals schaffen.

Da Luca das Abwehrfeuer eingestellt hatte, näherte sich das Motorrad über die Straßenmitte.

Elizabeth blickte sich über die Schulter um. Als das Motorrad einen Schlenker um die Toten machte, wälzte Masterson sich plötzlich mit letzter Kraft herum und rammte seinen Stock zwischen die Speichen des Vorderrads. Der Stock brach, das Motorrad stieg hinten hoch und überschlug sich. Es krachte aufs Pflaster, schlitterte über die Straße und ließ eine Blutspur hinter sich zurück.

Rosauro trieb sie zur Eile an: »Los, weiter!«

Hoffentlich hatte der Motorenlärm den Schusswechsel übertönt. An der Kreuzung bogen sie ab. Fünfhundert Meter weiter lag ein hell erleuchtetes, offenbar frisch renoviertes Hotel. Am Straßenrand stand eine blank gewienerte schwarze Limousine.

Sie rannten darauf zu. Luca warf die Pistole weg, und sie bemühten sich, so gut es ging ihre Kleider zu richten und den Staub abzuklopfen, um wenigstens den Anschein von Normalität zu erwecken. Als sie das Hotel erreicht hatten, wurden sie langsamer und schritten auf den Eingang zu, als wären sie ganz gewöhnliche Gäste. Niemand hielt sie auf. Das Hotel war weitgehend verlassen, nur zwei Fahrer fläzten sich in der Lobby. Hinter der Rezeption standen ein paar Angestellte. Die Hotelgäste wohnten anscheinend alle den Feierlichkeiten bei.

Rosauro trat vor den Tresen. »Könnte ich mal telefonieren? Wir... wir sind von der *New York Times*.«

»Im Presseraum... dort drüben«, antwortete ein junger Mann mit müden Augen in gebrochenem Englisch. Er zeigte zu einer Tür, die von der Lobby abging.

»*Spassibo*«, bedankte sich Rosauro.

Sie trat als Erste durch die Tür. In dem dahinter liegenden quadratischen Raum führte ein niedriges Bord an den Wänden entlang. Auf dem Tisch in der Mitte waren Papierstapel, Notizblöcke, Kugelschreiber und Heftmaschinen ausgelegt. Elizabeths Blick wurde jedoch magnetisch von zwei Dutzend schwarzen Telefonen angezogen, die auf dem Wandbord aufgereiht waren.

Rosauro eilte hinüber, nahm den Hörer ab und wartete auf das Freizeichen. Sie nickte zufrieden. Während sie wählte, sagte sie: »Ich alarmiere die Kommandozentrale. Von dort aus wird man eine Rettungsaktion einleiten.«

Elizabeth ließ sich auf einen Stuhl sinken. Jetzt, da sie einen Moment Ruhe hatte, begann sie am ganzen Leib zu zittern. Sie konnte einfach nicht mehr aufhören. Mastersons Tod... da war etwas in ihr zerbrochen. Tränen strömten ihr über die Wangen – sie trauerte um den Professor, aber auch um ihren Vater.

Rosauro wartete darauf, dass abgenommen wurde. Ihre Stirn legte sich in Falten, und sie kniff die Augen zusammen.

»Was ist los?«, fragte Luca.

Rosauro schüttelte besorgt den Kopf. »Es geht niemand ran.«

00:50
Washington, D.C.

PAINTER KLOPFTE LEISE an die Tür der Umkleide und drückte sie vorsichtig auf. Eine Pistole zielte auf sein Gesicht. Dann senkte Kat erleichtert die Waffe.

»Wie sieht's aus?«, fragte er und trat in den Raum.

»Bislang ganz gut.«

Ein Sigma-Angehöriger nahm ihren Platz an der Tür ein. Malcolm saß auf einer Bank und Lisa auf dem Boden. Den Arm hatte sie um Sascha gelegt. Das Mädchen schaute mit großen blauen Augen zu ihm auf und schaukelte leicht mit dem Oberkörper. Als sie Kat in den Blick fasste, entspannte sie sich.

Lisa richtete sich auf. Sie trug einen sauberen, fleckenlosen Kittel. Kat bückte sich, hob Sascha hoch und setzte sich mit ihr auf eine Bank. Sie flüsterte dem Mädchen etwas ins Ohr, was ihm ein Lächeln entlockte.

Lisa umarmte Painter, dann rückte sie ab und musterte ihn. »Was ist los?«, flüsterte sie besorgt.

Painter hatte sich eigentlich nichts anmerken lassen wollen, doch wie hätte er die Wut und die Trauer verbergen können, die in ihm tobten?

»Es geht um Sean«, sagte er.

Kat und Malcolm blickten ihn an.

Painter holte tief Luft. »Der Schuft hat ihn erschossen.« Er hörte noch immer den Schuss und das Ratschen des Pistolenschlittens und sah seinen Freund zusammenbrechen.

»Ach, Gott ...«, murmelte Lisa und schloss ihn in die Arme.

»Mapplethorpe ist unterwegs nach hier unten, er sucht nach dem Mädchen.« Painter sah auf die Uhr.

Kat hatte es mitbekommen. »Das Sicherheitsprogramm?«

»Wird in vier Minuten ausgelöst.« Painter hoffte, dass er alles richtig vorbereitet hatte. Die Luft war inzwischen mit süßlich riechendem Brandbeschleuniger angereichert.

»Falls wir uns hier verteidigen müssen«, fragte Kat, »müssen wir dann befürchten, dass wir mit unseren Schüssen das Gas entzünden?«

Er schüttelte den Kopf. »Die Substanz verhält sich wie gasförmiger C4-Sprengstoff. Es braucht schon einen kräftigen *elektrischen* Funken, um sie zu entzünden. Mündungsfeuer reicht dazu nicht aus.«

Lisa wich ihm nicht von der Seite. »Wie geht es jetzt weiter?«

Painter bedeutete allen aufzustehen. Er wollte sie schützen, so gut es eben ging. Er wollte nicht noch jemanden verlieren. Viele Möglichkeiten gab es jedoch nicht.

»Wir sollten uns besser verstecken.«

Mapplethorpe folgte seinen Männern über den Korridor.

Er hatte diese Gruppe schon häufig eingesetzt, ein Söldnerteam, dem ehemalige Kämpfer der britischen SAS und der südafrikanischen Spezialeinsatzkräfte angehörten. Es handelte sich um eine mobile Kampftruppe, die in der ganzen Welt zum Einsatz kam. Diese Männer schreckten vor nichts zurück, weder vor Mordanschlägen noch vor Entführungen, noch vor Folter oder Vergewaltigung. Was immer er von ihnen verlangte, sie erledigten es im Geheimen. Vor allem verschwanden sie anschließend, ohne Spuren zu hinterlassen. Sie waren wie Schatten, wie Gespenster.

Harte Männer wie sie gewährleisteten die Sicherheit des Landes. Was andere sich nicht trauten, vermochte sie nicht abzuschrecken.

Der Mann an der Spitze hatte die Tür am Ende des Gangs erreicht. UMKLEIDE stand auf dem Schild. Der Soldat hob eine Hand. In der anderen Hand hielt er einen elektronischen Tracker.

Trent McBride hatte gemeint, der Mikrochip, den man dem Kind eingepflanzt habe, funktioniere noch. Hier gab es keinerlei Versteckmöglichkeit. Das aufgefangene Signal hatte sie zu dieser Ebene geführt.

Der Soldat wartete auf seinen Befehl.

Mapplethorpe bedeutete ihm, in den Raum hineinzugehen. Er sah auf die Uhr. In drei Minuten würde das Sicherheitsprogramm ausgelöst werden. Falls Painter Crowe sich nicht doch noch entschloss, den Feuersturm abzublasen, würde er das Kind rechtzeitig in Sicherheit bringen wollen. Wenn sie sich beeilten, sollte das kein Problem darstellen. Am anderen Ende des Korridors war ein Notausgang, der in die Tiefgarage führte.

Die Soldaten stürmten in geduckter Haltung in den Raum. Mapplethorpe folgte ihnen und schloss hinter sich die Tür. Halblaute Bemerkungen wurden gewechselt, als die Männer sich an den Spinden verteilten.

Mapplethorpe folgte dem Mann mit dem Tracker, flankiert von zwei weiteren Soldaten. Der Mann an der Spitze lief mit erhobenem Arm an den Spinden vorbei. Am Ursprung des Signals angelangt, ließ er den Arm sinken und gab den anderen ein Zeichen.

Endlich.

Die Tür war mit einem Schloss gesichert, das einer der Soldaten mit einem Bolzenschneider knackte.

Mapplethorpe winkte. Die Zeit wurde knapp. »Beeilung!«

Der Mann packte den Griff und riss die Tür auf. Mapplethorpe erhaschte einen Blick auf ein digitales Aufzeichnungsgerät, einen Sender – und einen mit der Tür verkabelten Taser.

Eine Falle.

Mapplethorpe machte kehrt und rannte weg.

Die Taserpistole feuerte mit einem Knall, begleitet von einem elektrischen Knistern. Mapplethorpe schrie auf, als sich das Gas in der Luft wie ein gasbefeuerter Grill mit einem dumpfen Geräusch entzündete. Ein glühend heißer Feuerball raste durch den Raum. Mapplethorpe wurde hochgehoben und durch den Gang geschleudert. Die Kleidung brannte sich in seinen Rücken ein. Er atmete Flammen ein, der Schädel verkohlte bis auf den Knochen. Er prallte gegen die Wand, kein menschliches Wesen mehr, sondern nurmehr eine Fackel der Qual.

Eine Ewigkeit lang wälzte er sich brennend am Boden – bis die Dunkelheit ihn in sich aufnahm.

Ein Stockwerk tiefer im Fitnessraum hörte Painter die Schreie, die aus der Ärzteumkleide nach unten drangen. Er hatte die Falle eingerichtet, weil er gewusst hatte, dass Mapplethorpe nach dem Signal des Mädchens suchen würde. Er hatte eines der Cobra-Funkgeräte, mit denen sie an der konspirativen Wohnung die Hubschrauber abgelenkt hatten, in den Spind gestellt. Auch jetzt wieder hatte er das Gerät so eingestellt, dass es das Signal des Mädchens aussendete.

In seiner Kindheit war Painter häufig mit seinem Vater im Mashantucket Reservat, dem Heimatland seiner Vorfahren, auf die Jagd gegangen. Damals hatte er gelernt, Fallen zu stellen und Beute anzulocken. Die Regeln waren die gleichen geblieben.

Die falsche Fährte hatte die Verfolger angezogen wie das Licht die Motten.

Und wie Motten waren sie am Ende verbrannt.

Painter empfand keine Gewissensbisse. Im Geiste sah er immer noch Sean McKnight zusammensacken. Außerdem waren noch zwei Sigma-Angehörige umgekommen. Painter sah auf die Uhr. Der große Zeiger wanderte an der Zwölf vorbei, der kleine stand auf der Eins. Der Auslösezeitpunkt des Sicherheitsprogramms war überschritten.

Er hielt den Atem an, doch nichts geschah.

Nachdem er das Sicherheitsprogramm ausgelöst hatte, war er zur Technikzentrale geeilt und hatte das elektronische Zündsystem von Hand funktionsunfähig gemacht. Er hatte gewollt, dass sämtliche Ebenen mit gasförmigem Brandbeschleuniger geflutet wurden, doch ansonsten hatte Mapplethorpe recht gehabt. Painter hätte niemals zugelassen, dass die von Mapplethorpes Einsatzkräften gefangenen Sigma-Angestellten getötet wurden, auch nicht um den Preis, das Mädchen zu retten. Stattdessen hatte er Mapplethorpe eine Falle gestellt und ihn und sein Team hineingelockt.

Jetzt, da die meisten Kämpfer und ihr Anführer ausgeschaltet waren, würden die anderen sich wahrscheinlich zurückziehen und in der Dunkelheit der Nacht verschwinden.

Lisa lehnte sich an ihn. »Wird sich das Feuer ausbreiten?«

Die Antwort kam von oben. Die Sprinkleranlage schaltete sich ein und ließ Wasser und Löschschaum herabregnen.

»Ist es vorbei?«, fragte sie.

Painter nickte. »Das ist es.«

Dabei wusste er genau, dass es andernorts noch längst nicht vorbei war.

10:53
Prypjat, Ukraine

GRAY SPRINTETE AUF das Stahltor an der Rückseite des gewaltigen Hangars zu. Er rannte den Weg zwischen den hohen Schienen entlang und kam an zwei toten Arbeitern mit Kopfschüssen vorbei.

Der Herzschlag dröhnte ihm in den Ohren, dennoch hörte er den Jubel von der Tribüne herüberschallen, als liefe er bei einer Leichtathletik-Veranstaltung über die Vierhundertmeterbahn. Allerdings hing das Leben der Zuschauer davon ab, dass er rechtzeitig die Ziellinie überquerte.

Mit einer letzten Willensanstrengung zog er noch einmal das Tempo an und hechtete unter dem Tor hindurch. Das Tor war mehrere Meter dick und bestand aus Stahlplatten. Auf allen vieren kroch Gray weiter, während die Unterkante sich weiter herabsenkte und ihm immer näher kam. Die Panik verlieh ihm übermenschliche Kräfte. Er warf sich nach vorn, schlängelte sich weiter und machte sich immer flacher.

Endlich hatte er das Ende des Tors erreicht und wälzte sich in den höhlenartigen Innenraum. Einen Moment lang orientierte er sich: ein gewaltiger Raum, an den Wänden Gerüste, in der Mitte ein zehn Stockwerke hohes gedrungenes Gebilde aus Beton und geschwärztem Stahl. Das war der berüchtigte Sarkophag, der Grabstein über dem Reaktorblock. Inzwischen hatte sich der Hangar fast vollständig über die Gruft geschoben. Hinter dem Sarkophag ragte eine Betonwand auf. Wenn der Hangar zur Ruhe kam, würde er mit der Wand abschließen und den Sarkophag vollständig versiegeln.

Einstweilen aber war der Sarkophag noch wie von einem flammenden Regenbogen von Sonnenschein umwabert. Das war die einzige Verbindung zur Außenwelt. Vor Grays Augen wurde der Lichtbogen ganz allmählich immer schmaler.

Von links, wo die Tribüne lag, war eine Lautsprecherstimme zu hören. Außerdem vernahm Gray das unablässige Dröhnen der hydraulischen Winden, die den Hangar über die letzten Meter zogen.

Dann ertönte von rechts ein Pistolenschuss.

Gray dachte an die Toten vor dem Tor.

Nicolas ließ eine unübersehbare Fährte hinter sich zurück.

Gray rannte los und bog in geduckter Haltung um gestapelte Stahlplatten, einen Haufen Betontrümmer und einen Gabelstapler. Es roch nach Öl, und Gray schmeckte Rost auf der Zunge. Als er die Ecke des Sarkophags erreicht hatte, zog er die Pistole.

Er spähte um die Ecke und sah eine Gestalt, die auf den schmalen Lichtbogen zuhumpelte. Der Mann hatte noch zwanzig Meter zurückzulegen, dann wäre er draußen. Gray hob die Waffe.

»Nicolas!«, rief er.

Der Mann fuhr herum.

»Keine Bewegung!«, brüllte Gray.

Nicolas schaute suchend umher, dann wandte er sich um und flüchtete. Gray durfte es nicht riskieren, ihn zu töten. Zuerst musste er herausfinden, was der Mann vorhatte. Deshalb zielte er sorgfältig und drückte ab. Nicolas' unverletztes Bein knickte ein. Er landete bäuchlings auf dem Boden.

Gray rannte auf ihn zu, doch ein Mann wie Nicolas hatte es nicht deshalb so weit gebracht, weil er unter Stress zusammenklappte. Der Abgeordnete wälzte sich hinter einen Stapel von T-Trägern. Er erwiderte das Feuer und zwang Gray, seitlich auszuweichen und hinter einer Palette mit Bauholz in Deckung zu gehen.

»*Chjort! Rodilja cherez jopu!*«, fluchte Nicolas. »Hier können wir nicht bleiben, du *swoloch*!«, schrie er Gray an. »Uns bleiben nur noch knapp drei Minuten.«

Der Lichtstreifen zwischen der gewaltigen Betonwand und dem rollenden Hangar wurde immer schmaler. Der Zwischenraum betrug gerade mal anderthalb Meter. Kein Wunder, dass Nicolas es eilig hatte.

»Dann sagen Sie mir, wie die Operation Uran gestoppt werden kann!«, erwiderte Gray.

»Die kann man nicht mehr stoppen! Es wurde alles in die Wege geleitet. Wir können uns nur noch in Sicherheit bringen… *jetzt gleich*!«

»Sagen Sie mir, was Sie getan haben.«

»Meinetwegen. Sprengladungen! In den Säulen an der anderen Seite des Sarkophags sind Sprengsätze versteckt. Wenn sie detonieren, wird eine Wand einstürzen und alle Menschen an dieser Seite des Kraftwerks einer tödlichen Strahlendosis aussetzen. Es gibt keine Möglichkeit, die Sprengsätze zu entschärfen. Wir müssen von hier verschwinden!«

Gray versuchte, das Gehörte zu verarbeiten, und zermarterte sich den Kopf nach einer Lösung. Selbst wenn er jetzt nach draußen liefe und alle Anwesenden aufforderte, sich in Sicherheit zu bringen, wäre es zu spät.

»Es gibt keinen Grund, weshalb wir mit ihnen zusammen sterben müssten«, fuhr Nicolas fort. »Die Welt muss eine neue Richtung einschlagen. Sie braucht starke Männer. Männer wie mich. Wie Sie. Unsere Gruppe verfolgt das Ziel, zum Wohle der ganzen Menschheit eine Wiedergeburt einzuleiten.«

Gray erinnerte sich, dass der Abgeordnete erwähnt hatte,

ein neuer Prophet solle die Weltbühne betreten. So also sollte es vonstattengehen. Nicolas wollte die Welt erst in Chaos stürzen und ihr dann eine Lösung anbieten, mit sich selbst als Galionsfigur, die geleitet wurde vom Vorauswissen und den übrigen Spezialbegabungen der mit Implantaten ausgestatteten Kinder.

»Selbst wenn wir hier umkommen sollten«, sagte Nicolas eindringlich, »wäre es damit nicht zu Ende. Alles ist in die Wege geleitet und lässt sich nicht mehr aufhalten. Unser Tod wäre sinnlos. Schließen Sie sich uns an. Männer wie Sie können wir gut gebrauchen.«

Wenn Gray ehrlich war, hatte auch er keine Ahnung, wie man die Katastrophe noch hätte verhindern können.

Hinter Nicolas schlossen sich die Wände.

»Noch zwei Minuten!«, rief Nicolas. »An der Außenseite befindet sich ein bleigeschützter Kontrollraum. Wenn wir uns beeilen, können wir es noch schaffen!«

Nicolas bewegte sich hinter den Trägern; offenbar überlegte er, ob er nach draußen rennen sollte. Eigentlich sollte ihm klar sein, dass dieser Plan mit einem verstauchten Knöchel und einem angeschossenen Bein zum Scheitern verurteilt war.

Andererseits drohte ihm auch der sichere Tod, wenn er sich nicht von der Stelle rührte.

Nicolas warf die Pistole auf den Boden und trat aus der Deckung hervor. Mit seitlich abgestreckten Armen wandte er sich zu Gray um. »Wenn das die einzige Möglichkeit ist zu überleben, dann sei es!«

Gray fluchte verhalten. Da er die Katastrophe nicht mehr verhindern konnte, blieb ihm nichts anderes übrig, als den Mann festzunehmen, der für das bevorstehende Massensterben verantwortlich war. Mit gezückter Pistole trat auch er aus der Deckung hervor.

In diesem Moment schwoll das Dröhnen der Hydraulikpumpen zu einem Kreischen an. Der zwanzigtausend Tonnen schwere Hangar begann zu beben.

Was hatte das zu bedeuten?

Kowalski stieg über den toten Soldaten hinweg und stellte sich neben Jelena vor die Steuerkonsole. Während Gray zu Fuß geflüchtet war, war Jelena auf dem Motorrad losgebrettert wie ein NASCAR-Fahrer auf Crack. Kowalski hatte sich so fest an den Haltegriffen des Beiwagens festgeklammert, dass ihm noch immer die Finger zitterten. Sie waren zur Rückseite des stählernen Hangars gerast und hatten vor einem Betonbunker gehalten, von dem dicke Kabel ausgingen.

Das war der Steuerraum für die hydraulischen Winden.

Es hatte sich ein heftiges, aber kurzes Feuergefecht entwickelt.

Kowalski hatte eingreifen wollen, doch Jelena war herumgewirbelt wie eine Ballerina mit Maschinengewehr. Sie tanzte, vollführte Pirouetten und wich den Kugeln aus, als ahnte sie jeden Schuss voraus. Sie erschoss vier Soldaten. Kowalski schaltete nur einen aus.

Nicolas' Männer, hatte Jelena gemeint, als das Feuergefecht geendet hatte.

Im Inneren des Kontrollraums machte Jelena sich sogleich an die Arbeit. Sie beugte sich über die Konsole und schob die Hydraulikregler bis zum Anschlag vor, um das Schließen des Hangars zu beschleunigen.

Durch das Fenster der Baracke sahen sie, dass einer der großen Motoren zu qualmen begann. Offenbar drohte er durchzubrennen. Auf den Monitoren blinkten rote Warnsymbole.

Das konnte nichts Gutes bedeuten.

Kowalski hielt sich abseits, um Jelena nicht zu stören, und betrachtete die aufgereihten Monitore. Sie zeigten Ansichten aus dem Inneren des Hangars. Auf dem mittleren Bildschirm waren zwei winzige Gestalten zu erkennen.

Gray und der Russe.

Die Kamera zeigte, was Gray nicht sehen konnte.

O Scheiße!

»Jelena!«, rief er. »Ich brauche Ihre Hilfe!«

Als er den Kopf wandte, rutschte sie plötzlich aus. Er fasste sie um die Hüfte. Die Hemdbluse unter der dunklen Jacke war nass und warm. Als er die Jacke teilte, sah er, dass ihre linke Seite blutgetränkt war. Offenbar war ihr Tanz doch nicht so makellos gewesen, wie er gemeint hatte.

»Warum haben Sie nichts gesagt?«, fragte er gequält.

Jelena zeigte auf die Monitore. »Zeigen Sie mir, was Sie meinen.«

Gray bemühte sich zu begreifen, weshalb die Bewegung des Hangars sich plötzlich beschleunigt hatte. Zwanzigtausend Tonnen besaßen eine enorme Trägheit, doch der Container bewegte sich eindeutig schneller als zuvor, und das Kreischen der Hydraulik war nicht zu überhören.

»Nein!«, schrie Nicolas.

Gray wurde bewusst, dass die Angst des Mannes zwei Ursachen hatte: Einerseits fürchtete er, ihnen bliebe zu wenig Zeit zur Flucht, andererseits bestand die Gefahr, dass sein Plan scheiterte, wenn der Hangar sich zu schnell schloss.

»Los!«, sagte Gray und zielte mit der Pistole auf den Russen.

Nicolas ließ die abgestreckten Arme sinken – und nun wurde sichtbar, was hinter den gestapelten Trägern verborgen gewesen war: eine zweite Pistole.

Er zielte auf Grays Bauch und drückte ab.

Gray drehte sich zur Seite, doch die Kugel brannte trotzdem eine Feuerlinie über seinen Bauch. Er zielte und drückte ab. Aufgrund des unerwarteten Angriffs aus dem Gleichgewicht gebracht, traf er nur den Boden. Außerdem sprang der Schlitten auf.

Keine Munition mehr.

Für Nicolas galt das nicht.

Der Russe hob die Waffe und zielte erneut auf Gray.

Infolgedessen entging Nicolas eine Bewegung am gewölbten Dach des Containers. Ein gewaltiger gelber Kran schob sich über die beiden Kontrahenten. Dann löste sich ein riesiger Haken.

Ein sirrender Pfeifton ließ Nicolas innehalten. Er schaute zu dem Stahlhaken auf, der so groß wie ein Schiffsanker war und im nächsten Moment auf den Trägerstapel prallte. Nicolas versuchte wegzuspringen, doch der Stapel kippte um, und seine Beine wurden eingeklemmt.

Seine Pistole schlitterte über den Betonboden.

»Helfen Sie mir!«, stöhnte er in panischer Verzweiflung.

Keine Zeit.

Hinter dem Stapel war die Lücke zwischen dem Container und der Betonmauer des Sarkophags auf einen knappen halben Meter geschrumpft. Gray hechtete über die Träger hinweg und rannte zum Ausgang.

Als er den Streifen Sonnenschein erreichte, kreischte Nicolas: »Du hast noch nicht gewonnen, du *swoloch*! Millionen Menschen werden sterben!«

Gray hatte keine Zeit, ihm zu antworten. Er zwängte sich in die Lücke und schlängelte sich zwischen den zusammenrückenden Wänden hindurch, Beton an der einen Seite, Stahl an der anderen. Der Schutzcontainer war ein Dutzend Meter dick. Gray beeilte sich. Trotzdem wurde der Druck auf seine Brust immer größer; er drohte stecken zu bleiben.

Er atmete noch einmal ein und vollständig wieder aus, um sich möglichst flach zu machen. Dann kämpfte er sich über den letzten Meter, stürzte japsend aus dem Spalt und landete auf allen vieren.

Eine Art Neugeburt.

Zunächst bemerkte er nicht die Gestalt, die an der Seite des Hangars stand. Sie zwängte sich in die Lücke, die er freigemacht hatte.

Gray wandte den Kopf. »Jelena! Nicht! Sie werden es niemals schaffen!«

Er sprang auf und hechtete ihr nach. Doch sie war bereits tief in der Spalte verschwunden; aufgrund seines größeren Körperumfangs konnte er ihr nicht folgen. Mit geschmeidigen Bewegungen entfernte sie sich immer weiter.

Gray hoffte, dass sie unbeschadet bis zur anderen Seite gelangen würde. Dennoch war ihr der Tod gewiss. Erst jetzt bemerkte er die Blutspur, die sie hinterließ.

Hinter ihm ertönte ein Knurren.

»Wo ist Jelena?«, fragte Kowalski.

Gray beobachtete, wie sie verschwand. Er schüttelte den Kopf.

Kowalski schaute zur Wand des Hangars hoch. »Sie ist mir weggelaufen. Vorher hat sie den Anker auf den Schuft fallen lassen. Hat gemeint, sie wolle hier helfen.«

Gray wandte sich ab. »Ich glaube, das ist tatsächlich ihre Absicht.«

Nicolas lag auf dem Rücken, die Beine unter Stahlträgern von einer halben Tonne Gewicht eingeklemmt. Durch den Nebel der Schmerzen hindurch hörte er Schritte, die sich näherten. Er wandte den Kopf. Jelena kam auf ihn zu.

Er zuckte zusammen. Dieser Schmerz war schlimmer als der seiner gebrochenen Knochen. »Ach, *milaja moja*, wo kommst du denn her?«

Sie ließ sich neben ihm zu Boden sinken.

Ihre Bluse war voller Blut.

»*Lubow moja* …« Seelenpein und Fürsorglichkeit schwangen in seiner Stimme mit. Er hob den Arm, und sie warf sich in seine Umarmung. Er hielt sie fest und wiegte sie sanft, während der letzte Rest Sonnenschein erlosch.

Mit einem durchdringenden Knirschen, dem etwas Endgültiges anhaftete, schloss der Container mit der Betonwand luftdicht ab. Kurze Zeit später ertönte ein gewaltiges Rumpeln, als die gegenüberliegende Seite des Sarkophags einstürzte. Die Sprengladungen hatten wie geplant gezündet, doch der Container hatte sich bereits geschlossen, sodass die Teilnehmer der Feierlichkeiten verschont wurden.

Nicolas selbst hatte weniger Glück. Er schaute zu der hell erleuchteten Kuppel hoch. Die Stahloberfläche war mit einer dicken Schicht Polykarbonat verkleidet, das die Strahlung nach innen reflektieren sollte.

Obwohl es sinnlos war, hob Nicolas die Abdeckung des Dosimeters an, das an seiner Jackentasche klemmte. Als er es heute Morgen dort befestigt hatte, war es weiß gewesen. Jetzt war es tiefschwarz.

Er ließ die Hand sinken und legte sie um Jelena.

»Warum?«, fragte er.

Dieses eine Wort barg viele Fragen. *Warum* hatte Jelena ihn verraten? Nicolas wusste, dass sie es getan hatte. Eine andere Erklärung gab es nicht. Aber *warum* war sie zu ihm gekommen?

Jelena schwieg. Er suchte ihren Blick, doch ihre Augen waren glasig geworden.

Tot. Und er würde ebenfalls sterben.

Der lebende Tote.

Er wusste, welches Ende ihn erwartete. Sein Leben lang hatte er Strahlenopfer untersucht. Sein Tod würde ebenso quälend wie erniedrigend sein.

Als er Jelena fester an sich drückte, glitt etwas aus ihrer Hand und landete auf seinem Bein. Er streckte den Arm aus und ergriff ihr letztes Geschenk.

Seine Pistole.

Offenbar hatte sie die Waffe unterwegs vom Boden aufgehoben.

Also deshalb war sie hergekommen.

Um sich zu verabschieden und um ihm einen Ausweg zu eröffnen.

Er schmiegte sich an sie und küsste ein letztes Mal ihre kalten Lippen. »*Ti mojo solnishko…*«

Ja, sie war seine Sonne.

Dann hob er die Pistole.

Und beschritt den Ausweg.

19

MONK HATTE DAS Gewehr geschultert und erklomm die letzte Serpentine. Vor ihm lag ein Bergwerkskomplex, der sich an eine Granitwand schmiegte. Die Außengebäude und das alte Kraftwerk waren stark oxidiert. Von Dächern und Regenrinnen blätterte der Rost, die Fenster waren entweder geborsten oder mit Brettern verrammelt, und das verrostete Werkzeug – Schaufeln, Hacken, Schubkarren – lag noch immer dort, wo man es vor Jahrzehnten abgelegt hatte.

Vor der Felswand waren große Erz- und Abraumhaufen. Dazwischen ragte eine Kippvorrichtung mit Auslegern, Winden und mehreren Förderbändern auf, mit der man das Erz in Laster verladen hatte.

Monk, der sein verletztes Bein notdürftig verbunden hatte, humpelte eilig weiter und überlegte, weshalb er so viel über den Bergbau wusste. War seine Familie vielleicht…

Plötzlich flammten blitzlichtartig Bilder in seinem Kopf auf: *ein alter Mann im Overall, bedeckt mit Kohlestaub… derselbe Mann in einem Sarg… eine weinende Frau…*

Ein stechender Schmerz löschte die Erinnerungsfetzen aus. Er zuckte zusammen und ließ sich von den Kindern und

Marta durch ein Labyrinth von Förderbändern, Loren und Förderrinnen führen. Ein Schienenstrang verschwand in einer dunklen Öffnung in der Felswand. Das war der Haupteingang des Bergwerks.

Monk blickte sich um.

Unter ihm breitete sich der Karatschai-See aus. Monk schätzte, dass der See an dieser Stelle dreieinhalb Kilometer breit und etwa dreimal so lang war. Er musterte die bewaldeten Berge am anderen Ufer und suchte nach einem Hinweis auf den Ausgangsort ihrer langen Wanderung.

»Wir müssen uns beeilen«, mahnte Konstantin.

Monk nickte. Der Junge ging zwischen den beiden jüngeren Kindern. Marta folgte nach. Er führte sie zum Bergwerksstollen.

Doch es gab ein Problem. Der Stollen war mit gestapelten und mit Mörtel verfugten Holzbohlen verrammelt.

Der Umgebung nach zu schließen, war seit einer Ewigkeit niemand mehr hier gewesen. Allerdings bemerkte Monk vor der Barriere einen Haufen Zigarettenstummel und leere Wodkaflaschen. Der Sandboden war mit frischen Fußabdrücken übersät. Offenbar war der Stollen nicht ganz so verlassen, wie er auf den ersten Blick wirkte. Jemand war kürzlich hier gewesen.

Monk schaute sich um. Nirgendwo in der ganzen Anlage sah man geparkte Wagen oder frische Reifenspuren, also mussten die Besucher auf andere Weise von hier verschwunden sein. Konstantin hatte ihm bereits erklärt, wie das vonstattenging.

Eine unterirdische Bahn führte vom Bergwerkskomplex 337 unter dem See hindurch nach Tscheljabinsk-88. Die Grubenarbeiter mussten die Anlage an der anderen Seite verlassen.

Monk hoffte, dass man am Hintereingang nicht mit Besuchern rechnen würde.

Er trat vor die vernietete Stahlplatte, die in die Holzbarriere eingelassen war.

»Was sollen wir jetzt tun?«, fragte Monk. »Anklopfen?«

Konstantin trat neben ihn. Er hob den Riegel an und drückte gegen die Luke. Sie war unverschlossen und schwenkte auf.

Monk nahm das Gewehr von der Schulter und zielte in den Eingang hinein. »Wenn du so was machst, solltest du mich vorwarnen!«, flüsterte er.

»Hier kommt niemand her«, sagte Konstantin. »Es ist zu gefährlich. Deshalb braucht man auch nicht abzuschließen. Die Barriere dient nur dazu, Bären und Wölfe abzuhalten.«

»Und umherstreunende Tiger«, brummte Monk.

Konstantin ließ den Rucksack zu Boden gleiten, öffnete ihn und nahm die Taschenlampe heraus. Er reichte sie Monk, der das Gewehr wieder schulterte.

Geduckt betraten sie den Hauptstollen. Monk leuchtete mit der Taschenlampe. Dicke Holzbalken stützten die Decke des abschüssigen Stollens. Ein Schienenstrang führte in die Dunkelheit jenseits des Scheinwerferkegels. Nahe dem Eingang standen zwei Loren.

Ein Stück weiter entfernt machte Monk undeutlich abzweigende Gänge aus. Er vermutete, dass der Berg mit Schächten und Gängen durchlöchert war. Kein Wunder, dass die Bergwerksarbeiter das stygische Dunkel hin und wieder hinter sich lassen wollten, auch wenn das bedeutete, sich der Strahlung des vergifteten Sees auszusetzen.

»Wohin?«, fragte Monk, als sie sich in Bewegung setzten.

Der Junge zuckte mit den Schultern. »Das weiß ich nicht. Ich weiß nur, dass es weiter *unten* ist.«

Monk seufzte. Das war jedenfalls auch eine Richtungsangabe.

Die Taschenlampe in der Hand, schritt er ins Dunkel hinab.

Sawina war umringt von lächelnden Gesichtern. Die älteren Kinder unterhielten sich aufgeregt, während die jüngeren umhertollten, um ihre innere Unruhe abzubauen. Ganz anders verhielten sich die jüngsten Kinder, die noch keine fünf Jahre alt und somit zu unreif waren, um bereits mit Implantaten ausgestattet zu werden. Diese wenigen Kinder wirkten still und in sich gekehrt und zeigten unterschiedlich stark ausgeprägte Symptome eines unbehandelten Autismus: Schweigen, leerer Blick, stereotype Bewegungsabläufe.

Vier Lehrer bemühten sich, ihre sechzig Schützlinge ein wenig zu ordnen.

»Jeder bleibt bei seiner Gruppe!«

Der Zug wartete hinter der offenen Schutztür an der Rückseite von Tscheljabinsk-88. Die Kinder sollten einen kleinen Ausflug unternehmen. Es kam häufiger vor, dass die Jüngsten in den Genuss einer Zugfahrt kamen, doch heute würde der Zug nur eine einfache Strecke zurücklegen. Er würde nicht wieder zurückkehren, sondern im Zentrum der Operation Saturn anhalten.

Hinter Sawina blickten die Arbeiterwohnungen der Sowjetzeit mit hohlen Fensterhöhlen auf die Kinder nieder. Die Lehrer wirkten trotz ihrer aufmunternden Bemerkungen nicht minder mitgenommen als die Gebäude.

»Habt ihr auch alle eure Medizin genommen?«, rief eine matronenhafte Frau.

Bei der Medizin handelte es sich um ein Beruhigungsmittel, kombiniert mit einem strahlungssensitiven Präparat. So aufgeregt die Kinder jetzt noch waren, würden sie im Verlauf der nächsten Stunde müde werden und einschlummern, damit sie sich nicht ängstigten, wenn die Sprengladung am anderen Ende des Tunnels detonierte und die Operation Saturn einläutete. Das durch den Tunnel einströmende radioaktive Seewasser würde das strahlungssensitive Präparat im Kreislauf der Kinder in ein Nervengift umwandeln, das sie auf der Stelle töten würde.

Sie hatten auch daran gedacht, die Kinder mit einer Spritze zu euthanasieren, doch ein solch intimer Akt stellte eine Überforderung der Betreuer dar, auch wenn sie es noch so gut verstanden, professionelle Distanz zu wahren. Außerdem hätten sie die toten Kinder anschließend verladen und ins Zentrum der Operation Saturn schaffen müssen. Geplant war, dass die während des Abfließens des Sees wochenlang anhaltende Strahlung die Leichen verbrennen und die DNA so weit denaturieren würde, dass niemand sie mehr identifizieren könnte – falls sich überhaupt jemals jemand in die Nähe der Leichen wagen sollte.

Der Plan, für den sie sich dann entschieden hatten, wurde als effizient und weniger grausam betrachtet, außerdem ermöglichte er den Kindern, noch einmal ein bisschen ausgelassen zu sein.

Gleichwohl hatte Sawina die Arme hinter dem Rücken verschränkt. Die Knöchel traten weiß hervor, denn sie musste sich beherrschen, um die Kinder nicht vom Zug wegzuzerren.

Wenigstens hatte sie zehn von ihnen gerettet.

Damit musste sie sich trösten.

Mit den zehn besten.

Die Kinder hielten sich in dem Wohnblock auf, in dem auch die Kontrollstation der Operation Saturn untergebracht war. Wenn sie fertig wären, würde man die zehn Omega-Objekte in eine neu gebaute Einrichtung in Moskau verlegen. Es war an der Zeit, das Projekt aus der Dunkelheit ans Licht zu bringen.

Das sollte ihr Vermächtnis sein.

Doch ein solcher Aufstieg hatte auch seinen Preis.

Munteres Gelächter und fröhliche Rufe schallten von den letzten Kindern in der Reihe herüber. Sie stritten sich darüber, wer in den offenen Güterwagen und wer im vorderen oder hinteren Zugabteil fahren sollte. Nur die älteren Kinder wunderten sich, dass sie nicht von Erwachsenen begleitet werden sollten, doch auch sie wirkten eher aufgeregt als beunruhigt.

Als die letzten Kinder eingestiegen waren, zischte der Zug, die hydraulischen Bremsen seufzten, dann rollte er mit einem elektrischen Knistern in den Tunnel. Gelächter und muntere Rufe schallten herüber. Dann versiegelte die Schutztür die Tunnelmündung, und das Gejohle verstummte.

Die vier Lehrer entfernten sich. Niemand sprach. Jeder blieb für sich. Abgesehen von einer Frau mit ausladenden Hüften und einer Schürze, die ihr bis zu den Knöcheln reichte. Im Vorbeigehen hob sie die Hand und wollte Sawina tröstend berühren, doch dann besann sie sich und ließ die Hand wieder sinken.

»Sie hätten nicht herzukommen brauchen«, murmelte die Frau.

Sawina wandte sich wortlos ab, denn sie wollte nicht, dass man ihr ihre Rührung anmerkte.

Doch… Doch, ich musste.

11:16
Prypjat, Ukraine

GRAY SASS AUF dem Rücksitz der Limousine. Rosauro steuerte, Luca hatte auf dem Beifahrersitz Platz genommen. Bei ihrer Flucht aus der Stadt rasten sie am ersten Kontrollposten vorbei. Die Sperrzone von Tschernobyl erstreckte sich im Dreißigkilometerradius rund um den Kraftwerkskomplex. Es gab zwei Kontrollposten, einen im Zehnkilometerabstand und einen an der Außengrenze.

Gray wollte das zweite Tor hinter sich lassen, bevor jemand merkte, dass mit dem Reaktor etwas nicht stimmte. Es würde nicht lange dauern, bis man die Leichen entdecken und alles absperren würde.

Als Gray und Kowalski vom Ort der Feierlichkeiten zurück nach Prypjat geflüchtet waren, hatte Gray mit einem Walkie-Talkie, das Masterson ihm gegeben hatte, Rosauro angefunkt. Sie hatte gemeldet, dass es ihr bislang nicht gelungen sei, die Kommandozentrale von Sigma zu erreichen. Er hatte sie gebeten, es weiter zu versuchen. Als Gray im Hotel ankam, konnten sie endlich mit Washington Kontakt aufnehmen. Rosauro hatte eine der Limousinen requiriert. Außerdem hatte sie das Handy des Fahrers mitgehen lassen.

Gray umklammerte das Handy und wartete auf einen Anruf von Direktor Crowe. Painter hatte in Washington alle Hände voll zu tun, aber zumindest war Mapplethorpe inzwischen ausgeschaltet, und Sascha befand sich in Sicherheit.

Gray teilte sich den Rücksitz mit Elizabeth und Kowalski. Sein Teamkollege hatte die Brust freigemacht, damit Elizabeth die Schussverletzung an seiner Schulter behandeln konnte.

»Hören Sie auf herumzuzappeln!«

»Aber das tut scheißweh.«

»Das ist bloß das Jod.«

»Aber es brennt trotzdem wie ein beschissener ...«

Mit einem finsteren Blick brachte Elizabeth ihn zum Schweigen.

Das musste man dem Mann lassen: Er hatte Gray im Hangar das Leben gerettet, indem er einen Stahlhaken von einer halben Tonne Gewicht abgeworfen hatte. Auch wenn Jelena die notwendigen Handgriffe ausgeführt hatte, so hatte doch erst Kowalski mit seinen scharfen Augen die Bedrohung bemerkt.

Allerdings hatten sie die Gefahrenzone noch immer nicht hinter sich gelassen.

Gray wandte sich um und blickte zu den wogenden Hügeln hinaus, die mit Birkengehölzen gesprenkelt waren. Ihm hämmerte das Herz. Im Geiste ging er unterschiedliche Szenarien durch. Während sie sich in rasender Fahrt von Tschernobyl entfernten, überlegte er, welches Ziel sie hätten ansteuern sollen.

Nicolas' letzte Worte gingen ihm nicht aus dem Sinn: *Du hast noch nicht gewonnen! Millionen Menschen werden sterben!*

Was hatte er damit gemeint? Gray wusste, dass das keine leere Drohung gewesen war. Es sollte noch etwas anderes passieren. Auch der Deckname von Nicolas' Plan – Operation Uran – gab Gray nach wie vor zu denken. Dies war die Bezeichnung einer sowjetischen Offensive gegen die Deutschen im Zweiten Weltkrieg gewesen. Der Sieg wurde damals aber nicht durch eine einzelne Operation errungen, sondern durch das perfekte Zusammenspiel unterschiedlicher Strategien. Auf die Operation *Uran* folgte die Operation *Saturn*.

Als Gray aus dem Hangar geflüchtet war, hatte Nicolas eine entsprechende Andeutung gemacht. Eine weitere Operation war geplant, aber wo und in welcher Form sollte sie stattfinden?

Endlich klingelte das Handy.

Gray klappte es auf und hielt es sich ans Ohr. »Direktor Crowe?«

»Wie geht es Ihnen da draußen?«, fragte Painter.

»Den Umständen entsprechend gut.«

»Ich habe ein Transportmittel für Sie arrangiert. Ein paar Meilen außerhalb der Sperrzone liegt ein Privatflugplatz, über den die Ehrengäste der Einweihungsfeier angereist sind. Der britische Geheimdienst hat uns einen Jet angeboten. Offenbar versucht man dort, das Gesicht zu wahren, nachdem man Professor Masterson, einem ehemaligen Agenten, kein Gehör geschenkt hat. Übrigens habe ich vorsorglich bereits Alarm gegeben. Die Nachricht von dem vereitelten Anschlag in Tschernobyl breitet sich aus wie ein Lauffeuer. Um kein Risiko einzugehen, werden bereits Evakuierungsmaßnahmen eingeleitet, aber bislang eilen Sie dem Chaos noch voraus.«

»Ausgezeichnet.« Gray musste sich eingestehen, dass der entschlossene Tonfall des Direktors das Seine dazu beitrug, seine Besorgnisse zu beschwichtigen. Er stand nicht allein auf weiter Flur.

»Ich nehme an, Sie hatten einen anstrengenden Tag, Commander.«

»Das gilt vermutlich auch für Sie. Aber ich glaube nicht, dass er schon vorbei ist.«

»Wie meinen Sie das?«

Gray gab die Äußerungen des russischen Abgeordneten wieder und berichtete von seinen bösen Vorahnungen.

»Halten Sie durch«, sagte Painter. »Kat Bryant und Malcolm Jennings sind bei mir. Ich stelle Sie auf den Lautsprecher durch.«

Gray sagte, er fürchte, es sei noch ein zweiter Anschlag geplant, der eine größere Zahl von Opfern erfordern werde.

Kowalski hörte zu, während Elizabeth seine Verletzung verband. »Erzählen Sie ihnen von den Jelly Beans!«, rief er.

Gray sah ihn an und runzelte die Stirn. Im Hangar hatte Jelena versucht, Kowalski zu warnen, bevor sie zu Nicolas geeilt war, doch entweder hatte er sie falsch verstanden, oder ihre Übersetzung war fehlerhaft gewesen.

»Sie wissen schon«, fuhr Kowalski fort. »Die achtundachtzig Jelly Beans.«

Kats flüsternde Stimme tönte aus dem Handy. »Was hat er gesagt?«

»Ich glaube, er hat nicht verstanden, was ...«

»Hat er *Tschela-bins* gesagt?«

»Nein, *Jelly Beans*!«

Kowalski nickte zufrieden. Gray war peinlich berührt. Er konnte einfach nicht glauben, was da geredet wurde.

Einen Moment lang sprachen Painter, Kat und Malcolm durcheinander. Gray bekam nicht alles mit. Kat machte eine Bemerkung über die Zahl achtundachtzig, die mit Blut geschrieben sei.

Malcolms Stimme wurde lauter. Aufgeregt wandte er sich an Gray und Kat. »Könnte es sein, dass Sie den Namen Tscheljabinsk gehört haben?«

»Tscheljabinsk?«, wiederholte Gray.

Kowalski merkte auf.

Gray verdrehte die Augen. »Möglich wär's.«

Kat stimmte ihm zu.

Malcolm verhaspelte sich beinahe, ein deutlicher Hinweis auf seine Erregung. »Auf diesen Namen bin ich erst kürzlich gestoßen. Bei dem ganzen Durcheinander hatte ich allerdings noch keine Gelegenheit, mir über seine Bedeutung Gedanken zu machen.«

»Worum geht es?«, hakte Painter nach.

»Dr. Polks Leichnam. Die Strahlungssignatur der Gewebeproben aus der Lunge wies den gleichen Isotopengehalt an Uran und Plutonium auf wie die der Proben aus Tschernobyl. Wie schon erwähnt, wurde diese Einschätzung durch nachfolgende Untersuchungen relativiert. Die Ergebnisse waren nicht ganz so eindeutig, wie ich zunächst geglaubt hatte. Es sah eher so aus, als wäre Dr. Polk von *mehreren* radioaktiven Quellen verstrahlt worden. Die stärkste Strahlenquelle war allem Anschein nach aber der Kernbrennstoff von Tschernobyl.«

»Worauf wollen Sie hinaus?«, fragte Kat.

»Meine Untersuchungsergebnisse habe ich mit der Datenbank der Internationalen Atomenergiekommission abgeglichen. Allerdings gibt es eine Region, die dermaßen verstrahlt ist, dass sich keine eindeutige Signatur feststellen lässt. Das ist die Region Tscheljabinsk in Zentralrussland. Im Ural lagen die Uranbergwerke und geheimen Plutoniumfabriken der Sowjetunion. Fünf Jahrzehnte lang waren das verbotene Zonen. Erst in den letzten Jahren wurden die Zugangsbeschränkungen aufgehoben.« Er legte eine Kunstpause ein. »In Tscheljabinsk wurde der Kernbrennstoff für Tschernobyl gefördert und gelagert.«

Gray straffte sich. »Und Sie glauben, dass Dr. Polk dort verstrahlt wurde – nicht am Reaktor, sondern an dem Ort, wo der Kernbrennstoff produziert wurde. In Tscheljabinsk.«

»Ja, das glaube ich. Und zwar in Tscheljabinsk-88. Die Sowjets haben im Ural große unterirdische Bergbaustädte angelegt und sie nach den Postleitzahlen durchnummeriert. Tscheljabinsk-40, Tscheljabinsk-75 und so weiter.«

Und Tscheljabinsk-88.

Grays Herzklopfen verstärkte sich. Jetzt wusste er, wohin sie sich wenden mussten. Er kannte sogar die Postleitzahl.

Painter hatte es ebenfalls begriffen. »Ich informiere den britischen Geheimdienst, dass Sie einen kleinen Umweg machen. In gut einer Stunde sollte man so weit sein, Sie zum Ural zu fliegen.«

Gray konnte nur hoffen, dass die Zeit reichen würde.

Millionen Menschen werden sterben.

Als die Limousine den zweiten Kontrollpunkt erreichte und von einem gelangweilt wirkenden Wachposten durchgewinkt wurde, fuhr Painter fort: »Allerdings kann ich Ihnen in der kurzen Zeit keine Bodenunterstützung schicken.«

Während die Sperrzone hinter ihnen zurückblieb, sagte Gray: »Ich glaube, das hat sich erledigt.«

Beiderseits der Straße warteten in niedrigen Gräben oder auf Ausweichstellen altmodische Laster. Insgesamt etwa ein Dutzend. Auf der offenen Ladefläche und in den Fahrerkabinen hockten Bewaffnete.

Luca beugte sich zu Rosauro hinüber und sagte etwas. Sie bremste ab, und Luca richtete sich auf und winkte durchs offene Beifahrerfenster.

Das Signal war unmissverständlich.

Folgt uns.

Während die Limousine weiterfuhr, reihten sich die Laster hinter ihr ein. Nicht nur Direktor Crowe, auch Luca Hearn hatte über das Hoteltelefon Alarm gegeben, nachdem es ihnen zunächst nicht gelungen war, die Kommandozentrale zu erreichen.

Gray erinnerte sich an Lucas Bemerkung über die Roma: *Wir sind überall.* Lucas Weckruf war gehört worden, womit seine Behauptung bewiesen war.

Hinter der Limousine hatte sich eine kleine Zigeunerarmee versammelt.

11:38
Südural

JE WEITER MONK in das Bergwerk vordrang, desto größer wurde seine Gewissheit, dass es verlassen war. Weder Stimmfetzen noch fernes Maschinenbrummen waren zu hören. Einerseits war er erleichtert, dass keine Gefahr einer Entdeckung bestand, andererseits fand er die Stille verstörend. Es war, als hielte das Bergwerk den Atem an.

Monk humpelte einen steil abfallenden Zugangsstollen hinunter. Sein verletztes Bein brannte. Da er keine Übersichtskarte hatte, musste Monk der Spur der Leute folgen, welche die Zigarettenstummel und Wodkaflaschen am Eingang weggeworfen hatten. Die Spur war deutlich zu erkennen. Auf dem sandigen Boden zeichneten sich Fußspuren ab. Die Bergleute hatten den kürzesten Rückweg gewählt, der durch einige steile Schächte führte.

Obwohl das Bergwerk verlassen wirkte, entdeckte Monk zahlreiche Hinweise auf Aktivitäten, die in letzter Zeit stattgefunden haben mussten: Abraum, der in Schächte gekippt worden war, nagelneue Werkzeuge, die an den Wänden lehnten, und sogar eine halb mit Wasser gefüllte Kühltruhe, in der ein paar Bierdosen schwammen.

Konstantin hatte sich mit seiner Schwester etwas zurückfallen lassen, während Pjotr Monk nicht von der Seite wich. Mit großen Augen spähte er in die dunklen Gänge. Monk spürte die Angst des Jungen. Nicht die Enge ängstigte ihn, sondern die Dunkelheit. Hin und wieder schaltete Monk die Taschenlampe aus, um nach dem sprichwörtlichen Licht im Dunkel Ausschau zu halten.

Dann klammerte Pjotr sich jedes Mal an ihn.

Marta hielt sich dicht bei dem Jungen, doch wenn es vollständig dunkel wurde, zitterte auch die Schimpansin, als übertrüge sich Pjotrs Angst auf sie.

Monk hatte das Ende des Zugangsschachts erreicht. Er mündete in einen weiteren Tunnel mit einem Schienenstrang und einem ausgeschalteten Förderband. Als er nach Fußspuren Ausschau hielt, bemerkte er am Ende des Tunnels ein schwaches Grau. Er hockte sich hin, legte beruhigend den linken Arm um Pjotr und schaltete die Taschenlampe aus.

Die Dunkelheit hüllte sie ein wie ein Leichentuch. In der Ferne zeigte sich jedoch ein schwacher Lichtschimmer.

Konstantin rückte neben Monk.

»Von jetzt an kein Licht mehr«, flüsterte Monk und reichte

dem Jungen die ausgeschaltete Taschenlampe. Falls seine Einschätzung, dass der Stollen verlassen war, falsch gewesen sein sollte, wollte er nicht mit hellem Licht auf sich aufmerksam machen.

Monk nahm das Gewehr von der Schulter, das er dem toten Russen abgenommen hatte. »Seid jetzt leise«, meinte er.

Monk rückte im Tunnel vor. Damit seine Schritte nicht im Kiesbett knirschten, ging er auf den Schwellen. Die Kinder folgten ihm dichtauf. Marta balancierte auf der Schiene entlang. Monk horchte auf Stimmen, nach einem Hinweis auf die Anwesenheit von Arbeitern. Alles, was er hörte, war widerhallendes Wassergetröpfel. Je weiter sie kamen, desto lauter wurde es. Monk war sich der Nähe des Karatschai-Sees nur allzu deutlich bewusst.

Außerdem nahm er nun einen stärker werdenden Geruch nach Öl, Schmierfett und Dieselqualm wahr. Als er an der Ecke anlangte, machte Monk mit seiner empfindlichen Nase in dem Mischmasch von Maschinenausdünstungen noch einen anderen Geruch aus. Einen Fäulnisgeruch organischer Herkunft.

Vorsichtig bog er um die Ecke und stellte fest, dass der Tunnel in eine Höhle mündete, die man aus dem Fels herausgesprengt hatte. Das Volumen betrug nur etwa ein Hundertstel der Höhle von Tscheljabinsk-88, doch auch so entsprach ihre Höhe der eines dreistöckigen Hauses, und sie bedeckte eine Fläche von der Größe eines Football-Feldes.

Der größte Teil des Bodens wurde von Maschinen und Baumaterial eingenommen: von Kabelrollen, gestapelten Stützbalken, Gerüstteilen, Abraumhaufen. An der einen Seite stand ein Laster mit einem Bohrgerüst auf der Ladefläche. Es sah so aus, als wäre die Höhle überstürzt geräumt worden. Es fehlte an jeder Ordnung, ganz so, als habe jemand in aller Eile wahllos irgendwelche Habseligkeiten zusammengerafft und in einen Möbelwagen geworfen.

Zumindest hatte man das Licht angelassen.

An der anderen Höhlenseite brannten mehrere Natrium-dampflampen.

»Seid vorsichtig«, sagte Monk. Er bedeutete den Kindern, ein Stück hinter ihm zu bleiben, damit sie sich notfalls zwischen dem herumliegenden Gerät verstecken konnten.

Mit angelegtem Gewehr schlich Monk weiter. Er ging kreuz und quer, hielt den Atem an und achtete darauf, wo er hintrat. An der anderen Seite der Höhle angelangt, entdeckte er ein hohes, explosionssicheres Tor, das den Lampenschein reflektierte. Das Tor wirkte neuer als das Bergwerk. Rechts davon stand ein kleiner Schuppen von der Größe eines Mauthäuschens. Durch die offene Tür hindurch machte Monk ein paar Monitore, eine Tastatur und mehrere Reihen von Schaltern aus.

Es hielt sich niemand darin auf.

Monk bemerkte, dass sein Gewehr zitterte. Er stand unter Hochspannung. Um sich zu beruhigen, atmete er mehrmals tief durch. Der Verwesungsgestank war hier viel stärker als zuvor. Zur Linken des Schuppens hatte sich vor einem Werkzeugstapel eine schwarze, ölige Lache gebildet. Er ging hinüber und spähte um die Ecke.

Es war kein Öl. Sondern Blut.

Den Ursprung des Gestanks hatte er alsbald gefunden. An der Höhlenwand lagen Leichen auf einem Haufen, bekleidet mit Arbeitsoveralls oder weißen Kitteln. Die Wände waren mit Blut bespritzt.

Eine Exekution.

Jemand hatte reinen Tisch gemacht.

Hinter ihm kroch Konstantin aus seinem Versteck hervor. Monk machte kehrt, schüttelte den Kopf und zeigte auf den Computerschuppen. Er wollte nicht, dass die Kinder die Toten sahen. Pjotr und Kiska bedeutete er, in Deckung zu bleiben.

Konstantin näherte sich mit Monk dem Stahltor. »Das habe ich schon mal gesehen«, sagte der Junge. »Manchmal durften wir mit dem Zug fahren. Das ist die Nebenleitstelle.«

»Zeig mir, wie sie funktioniert.«

Konstantin hatte bereits berichtet, was Generalmajorin Sawina Martowa mit der Operation Saturn vorhatte. Der Zugang dazu lag hinter dieser Tür.

Sie zwängten sich in den Schuppen. Konstantin musterte die Schalter, seine Augen huschten über die kyrillischen Beschriftungen. Monk meinte beinahe hören zu können, wie sein Verstand mit übermenschlicher Geschwindigkeit arbeitete. Nach einer Weile flogen seine Hände über die Konsole, und er drückte verschiedene Schalter mit einer solchen Sicherheit, als hätte er dies schon tausendmal getan.

»Wie habt ihr von der Operation Saturn erfahren?«

Konstantin schaute verlegen zu ihm hoch. »Meine Stärken sind schnelles Rechnen und abgeleitete Analyse. Ich habe oft im Rechnerlabor des Baus gearbeitet.« Er zuckte mit den Schultern.

Monk verstand, was er damit sagen wollte. Man konnte einen Jungen in einen Savant verwandeln, doch er blieb immer noch ein Junge: neugierig, vorwitzig, darauf bedacht, seine Grenzen auszuloten.

»Du hast das Passwort geknackt.«

Erneut zuckte Konstantin die Achseln. »Vor einer Woche hat Sascha – Pjotrs Schwester – mir ein Bild gemalt. Sie hat es mir mitten in der Nacht gegeben. Als wir alle wach waren, weil Pjotr mal wieder schlecht geträumt hatte.«

»Was war das für ein Bild?«

»Man sah den Zug, besetzt mit vielen Kindern, die alle tot waren und brannten. Außerdem war darauf die Höhle unmittelbar vor dem Schutztor zu sehen. Und dann... dann habe ich mir am nächsten Tag heimlich die zu der Operation gehörigen Dateien angesehen. Da wusste ich, was sie vorhatten und wann es passieren sollte. Ich hatte keine Ahnung, was ich tun sollte und wem ich vertrauen durfte. Sascha ist mit Dr. Raew nach Amerika geflogen, deshalb habe ich mit Pjotr geredet.« Konstantin schüttelte den Kopf. »Ich weiß nicht, woher Pjotr das wusste … vielleicht weiß er es nicht einmal … Manchmal ist das so bei ihm.«

Konstantin blickte fragend zu Monk auf.

Obwohl er den Jungen nicht ganz verstanden hatte, nickte Monk. »Was weiß Pjotr?«, hakte er nach.

»Er ist ein starker Empath. Er hat gespürt, dass Sie uns helfen würden. Er wusste sogar Ihren Namen. Er hat gemeint, seine Schwester habe ihm den Namen im Traum zugeflüstert. Die beiden sind sehr seltsam, sehr begabt.«

Furcht schwang in der Stimme des Jungen mit.

Konstantin blickte sich sogar ängstlich zu Pjotr um, dann konzentrierte er sich wieder auf die Schalter. »Deshalb haben wir uns an Sie gewandt«, sagte er.

Er legte einen weiteren Schalter um, worauf sich über der Konsole eine Reihe von Monitoren einschaltete. Die Schwarz-Weiß-Bilder zeigten aus verschiedenen Blickwinkeln eine Höhle voller Baugerüste. Auf dem Boden war eine große Irisblende aus Stahl zu erkennen.

Das Zentrum der Operation Saturn.

Auf dem Bildschirm in der Mitte fiel Monk eine Bewegung ins Auge. Man sah einen Zug, der außerhalb der Höhle stand. In den offenen Güterwagen saßen Kinder. Einige waren herausgeklettert und schauten verwirrt umher. Andere spielten fröhlich.

Konstantin klammerte sich an Monks Ärmel fest. »Sie … sie sind schon da.«

Sawina saß in der hell erleuchteten Kontrollstation, flankiert von zwei Technikern. Auf zwei Rechnern gingen sie noch einmal alle Einstellungen durch. Die Kontrollstation war in einem Bunker untergebracht, der unter einem der verlassenen Wohnblocks lag. Fenster gab es keine. Der Kontakt nach außen war auf die sieben LCD-Monitore an der Wand beschränkt. Darauf waren die Bilder der im Tunnel und im Operationszentrum angebrachten Videokameras zu sehen.

Einen Moment lang musterte sie den Zug, dann stand sie auf, denn sie konnte nicht mehr still sitzen. Sie hatte schon wieder einen steifen Rücken. Da sie zu sehr von den letzten Vorbereitungen in Anspruch genommen gewesen war, hatte sie die Kortison-Injektion vergessen. Sie wandte den Blick von dem Zug ab. Nicht weil der Anblick sie schmerzte – das tat er tatsächlich –, sondern weil sie unruhig war.

Sie sah auf die Uhr. Es war ein paar Minuten nach halb zwölf, und Nicolas hatte sich noch immer nicht gemeldet. Sie trat durch die Tür, damit die Techniker nicht mitbekamen, dass sie die Hände rang. Das war ein Ausdruck von Schwäche, und sie zwang sich, damit aufzuhören. Sie wandte sich zur Treppe und stieg eine Etage nach oben. Ziellos ging sie weiter.

Aufgrund ihrer Kontakte zum britischen Geheimdienst hatte sie bereits von den Gerüchten über einen »Unfall« in Tschernobyl gehört. Ein Strahlungsleck. Tote. Der Veranstaltungsort wurde geräumt. Wenn Nicolas Erfolg gehabt hatte, kam die Massenflucht zu spät. Vielleicht saß ihr Sohn in dem ganzen Durcheinander fest. Ihre eigene Operation sollte in fünfundvierzig Minuten starten. Zuvor aber wollte sie von Nicolas die Bestätigung haben, dass sein Vorhaben erfolgreich verlaufen war.

Während sie die Treppe hochstieg, stellte sie sich vor, wie er in seinem Erfolg schwelgte; vielleicht war er auch gerade mit der kleinen Jelena zugange. Nicolas war es durchaus zu-zutrauen, dass er erst ein wenig feierte, bevor er sich wieder der Arbeit zuwandte.

Sie hatte die Etage über der Kontrollstation erreicht. Hier waren nach einem Umbau die Techniker untergebracht worden. Es gab Schlafzimmer, ein Fitnessstudio und einen Begegnungsraum mit Sofas und Esstischen. Im Moment waren nur zehn Kinder anwesend. Sie kannte sie alle mit Namen.

Wie ein mitten im Flug abschwenkender Vogelschwarm drehten sie alle gleichzeitig die Köpfe und sahen sie an. Sawina verspürte einen Anflug von Beklommenheit, der von der Fremdartigkeit der Kinder herrührte. Die Omega-Objekte waren so begabte Savants, dass ihre Fähigkeiten die Schwelle des Physischen überschritten und in einen Bereich vordrangen, der Sawina verschlossen war.

Boris, ein dreizehnjähriger Junge mit eisblauen Augen, musterte sie. Er verfügte über ein eidetisches Gedächtnis und eine geradezu Furcht einflößende Merkfähigkeit. Er erinnerte sich sogar an seine eigene Geburt. »Warum dürfen wir nicht mit den anderen Kindern mitfahren?«, fragte er.

Einige Kinder nickten.

Sawina schluckte, bevor sie antwortete. »Mit euch haben wir etwas anderes vor. Habt ihr eure Rucksäcke gepackt?«

Die Kinder schauten sie wortlos an. Eine Antwort erübrigte sich. Selbstverständlich hatten sie ihre Sachen gepackt. Sawinas Frage war Ausdruck ihrer eigenen Nervosität. Vor ihr war die Macht versammelt, die in ihrem Vaterland eine neue Ära einleiten würde. Und tief in ihrem Innern wusste Sawina, dass diese Macht ihr Begriffsvermögen überstieg.

»Wir brechen in einer Stunde auf«, sagte sie.

Zehn blaue Augenpaare starrten sie an.

Hinter sich hörte sie Schritte. Sie wandte sich um und erblickte einen der Techniker.

»Generalmajorin«, sagte er, »es gibt ein Problem mit dem Tor am anderen Ende des Tunnels. Bitte sagen Sie uns, wie wir weiter verfahren sollen.«

Sawina nickte, froh darüber, endlich etwas zu tun zu haben.

Sie folgte dem Techniker. Die ganze Zeit über spürte sie die zehn eiskalten, leidenschaftslosen Augenpaare im Rücken. Um ihnen zu entkommen, eilte sie die Treppe hinunter.

»Öffne das Tor!«, rief Monk Konstantin zu.

Der Junge, der im Kontrollschuppen stand, nickte. Elektromotoren begannen zu summen, dann teilte sich das Stahltor in der Mitte, und die beiden Hälften rollten zur Seite.

Konstantin kam atemlos angerannt. »Fünf Minuten!«, sagte er.

Monk verstand, was er meinte. Konstantin hatte das Videoüberwachungssystem des Tunnels zu Diagnosezwecken heruntergefahren und neu gebootet. Auf diese Weise hatte der kluge Bursche ein fünfminütiges Blackout herbeigeführt. So lange hatten sie Zeit, die Kinder aus dem Zug zu holen, dann würden sich die Kameras wieder einschalten.

Viel mehr konnten sie nicht tun. Die Hauptsteuerung befand sich am anderen Ende des Tunnels. Sie mussten damit rechnen, dass man dem Kontrollschuppen den Strom abschalten würde, sobald ihre List bemerkt würde.

Sie hatten nur diesen einen Versuch.

Als der Spalt breit genug war, zwängte Monk sich hindurch. Konstantin folgte ihm, auch Marta kam hinterhergehoppelt, überholte Monk sogar.

Das alte Mädchen wusste, dass sie sich beeilen mussten.

Hundert Meter entfernt stand der Zug auf den Schienen.

Monk eilte humpelnd darauf zu. Konstantin rief den Kindern auf Russisch zu, sie sollten aussteigen und durch das Tor rennen. Der Junge winkte mit beiden Händen.

»Räum du den Zug«, sagte Monk. »Ich habe noch was anderes zu erledigen.«

Er hatte zwei Sturmgewehre geschultert, die Magazine enthielten jeweils sechzig Schuss. Konstantin hatte ihm die Funktionsweise der Zugsteuerung bereits erklärt. Ob das reichte, würde sich erweisen.

Kletter in die Fahrerkabine und schieb den Hebel vor.

Monk trabte an der einen Seite des Zugs entlang, Konstantin an der anderen. »Alle aussteigen!«, brüllte Monk. »Los, raus mit euch!«

Konstantin wiederholte die Anweisungen auf Russisch.

Gleichwohl herrschte gut eine halbe Minute lang Chaos. Kinder schrien oder weinten. Hände griffen nach ihm. Alles wogte durcheinander. Allerdings waren die Kinder es gewohnt, Befehle zu befolgen. Allmählich geriet die Kinderflut in Bewegung und wanderte den Tunnel entlang auf das Tor zu.

Jetzt, da er nicht mehr behindert wurde, hatte Monk den letzten Wagen, eine abgeschlossene Kabine, bald erreicht. Er sprang durch die offene Tür und trat ans Vorderende. Neben dem Fahrersitz waren ein grüner und ein roter Hebel zu sehen. Grün für Fahrt, rot für die Bremsen. Auf dem kleinen Armaturenbrett waren Geschwindigkeits- und Spannungsmesser angebracht.

Monk hatte keine Zeit für irgendwelche Finessen. Er lehnte sich aus dem Fenster. »Konstantin!«

»Alles klar! Fahr los!«, antwortete ihm der Junge.

Also dann.

Monk schob den grünen Hebel vor. Es knisterte, ein paar Funken stoben in die Dunkelheit. Der Zug setzte sich ruckartig in Bewegung und rollte in den Tunnel hinein.

Noch vier Minuten.

Er musste das andere Ende des Tunnels erreichen, bevor das Kamerasystem wieder hochgefahren war. Konstantin würde in der Zwischenzeit die Kinder aus dem Tunnel hinausführen und das Tor schließen. Monk hatte dem Jungen gezeigt, wie er den Antrieb blockieren konnte, damit das Tor dauerhaft geschlossen blieb.

Außerdem hatte Konstantin noch eine weitere Aufgabe.

Monk hatte zwei Funkgeräte konfisziert. Wenn er am anderen Tunnelende anlangte, würde er Konstantin Bescheid geben, das dortige Tor zu öffnen. Wenn alles nach Plan verlief, wäre das Überraschungsmoment auf Monks Seite – und dazu kamen noch die beiden Sturmgewehre mit vollem Magazin. Das Ganze war ein Selbstmordkommando, doch er hatte keine Wahl. Die Kinder waren einstweilen in Sicherheit, doch wie viele Millionen würden sterben, wenn die Operation Saturn erfolgreich verlief? Monk blieb nichts anderes übrig, als den Hauptkontrollraum zu stürmen und aus allen Rohren zu feuern.

Ursprünglich hatte er erwogen, die Bohrung zu sabotieren, doch davon hatte Konstantin ihn wieder abgebracht. Die insgesamt fünfzig Sprengladungen waren mit Funkzündern ausgestattet. Selbst wenn es ihm gelungen wäre, den einen halben Kilometer tiefen Schacht rechtzeitig hinunterzuklettern, wäre das Risiko, sie unabsichtlich zur Detonation zu bringen, einfach zu groß gewesen.

Damit war die Entscheidung gefallen.

Mit ratternden Rädern fuhr der Zug durch den finsteren Tunnel, der nur hin und wieder von einer Glühbirne erhellt wurde. Das Führerhaus verfügte über einen einzelnen Scheinwerfer, der den Schienenstrang beleuchtete. Während der Zug weiter beschleunigte, bemerkte Monk eine Kilometermarke an der Wand. Konstantin zufolge war der Tunnel vier Kilometer lang.

Mit angehaltenem Atem zählte er im Geiste eine Minute ab. Dann tauchte an der rechten Tunnelwand eine mit Schablone aufgesprühte 2 auf.

Die halbe Strecke war geschafft.

Jetzt blieben ihm bestenfalls noch dreißig Sekunden.

Das war nicht viel, andererseits auch gar nicht so wenig.

Dann ging das Licht aus, als hätte Gott in die Hände geklatscht.

Der Zug seufzte, als wollte er seinem Unmut Ausdruck verleihen. Antriebslos rollte er in der Finsternis aus.

Plötzlich ertönte von weiter hinten ein durchdringender Angstschrei. Monk verkrampfte sich am ganzen Leib. Er kannte die Stimme.

Pjotr.

Entsetzt musterte Sawina die dunklen Monitore der Kontrollstation. Sie schüttelte den Kopf. Kurz zuvor hatte ein Techniker sie gerufen, weil er Sorge hatte, es könnte ein Systemfehler aufgetreten sein, der etwas mit dem Schutztor am anderen Tunnelende zu tun habe. Als sie unten ankam, waren die Kameras ausgefallen, und es lief das Diagnoseprogramm.

Niemand hatte es gestartet.

Ihr Verdacht erhärtete sich. Irgendetwas stimmte da nicht. Anstatt einfach nur abzuwarten, schaltete sie vorsichtshalber für den ganzen Tunnel die Stromversorgung ab.

»MK 337«, sagte Sawina. »Drüben im Bergwerk ist eine Nebenstelle.«

Einer der Techniker, ein Elektroingenieur, nickte.

»Und wenn ich mich recht erinnere, gibt es in dem Kontrollschuppen auch eine Kamera. Damit Sie mit Technikern auf der anderen Seite kommunizieren können.«

Der Mann nickte erneut – dann weiteten sich seine Augen. »Dieses System ist vom Tunnel unabhängig.«

Diese Vorsichtsmaßnahme sollte für den Fall eines Stromausfalls die Kommunikation zwischen den beiden Stationen sicherstellen.

»Schalten Sie die Kamera ein.« Sie tippte auf einen der Monitore.

Der Ingenieur gab eilig einen Befehl ein. Kurz darauf erschien auf dem Bildschirm ein körniges Schwarz-Weiß-Bild. Bei der Kamera handelte es sich um ein einfaches Modell, das über der Steuerkonsole angebracht war und den Techniker, der daran arbeitete, von der Seite zeigte.

Sawina beugte sich vor. Durch die offene Tür des Schuppens sah man in der dahinter liegenden Höhle Kinder umherwimmeln. Viele Kinder. Die Kinder vom Zug.

Sawina versuchte noch immer zu begreifen, was sie da sah, als ein hochgewachsener Junge in den Erfassungsbereich der Kamera trat. Er war dunkelhaarig, sein Gesicht länglich und kantig. Sie ballte eine Hand zur Faust, denn sie kannte den Jungen.

Was ging da vor?

Sie war den Vormittag über dermaßen beschäftigt gewesen, dass sie Leutnant Borsakows Jagd auf den Amerikaner und die drei Kinder nicht weiter verfolgt hatte. Sie beobachtete, wie Konstantin winkte und den Kindern lautlos etwas zurief. Offenbar hatte Borsakow versagt.

Aber was machten sie dort drüben?

Sie hielt Ausschau nach dem Amerikaner und den anderen beiden Kindern. Ein Kind interessierte sie besonders, denn das wollte sie wiederhaben.

Pjotr schrie, als die Dunkelheit ihn einhüllte. Mit weit aufgerissenen Augen hielt er Ausschau nach einem Lichtschimmer, während Marta ihn in ihren kräftigen Armen hielt. Beide hatten das Durcheinander am anderen Tunnelende genutzt, um sich im letzten Wagen zu verstecken.

Pjotr wusste, dass er bei dem Mann bleiben musste.

Aber die Dunkelheit…

Er schnappte nach Luft, hatte das Gefühl, in einem schwarzen Meer zu ertrinken. Er schaukelte mit dem Oberkörper, während Marta ihn zu beruhigen suchte. Das Ganze war ein wahr gewordener Albtraum. Diesen Traum hatte er schon oft gehabt: Sein Schatten richtete sich auf und verschlang ihn, hüllte ihn ein, bis nur noch Finsternis übrig blieb. Die einzige Möglichkeit, sich dagegen zu wehren, bestand darin, sich selbst in Brand zu setzen und die Dunkelheit zu erleuchten wie eine brennende Fackel – bis er schreiend erwachte.

Auch andere Kinder hatten gemeint, sie hätten ihn im Traum brennen sehen. Zunächst hatte er geglaubt, sie machten sich über ihn lustig, doch nach einer Weile warfen sie ihm merkwürdige Blicke zu, hörten auf, mit ihm zu reden, und mieden ihn beim Spiel. Auch die Lehrer wurden böse auf ihn. Sie schimpften, verweigerten ihm die Honigtörtchen und meinten, er habe die anderen Kinder dermaßen durcheinandergebracht, dass sie bei den Klassenarbeiten schlecht abschnitten. Sie warfen ihm vor, allen Angst zu machen.

Und ihm machte das ebenfalls Angst – eine Höllenangst sogar. Dabei war es nur ein Traum. *Diese* Dunkelheit hier war jedoch kein Traum.

In Panik versuchte er, der Finsternis zu entkommen, doch sie war überall. Er suchte nach Licht, wo keines war. Selbst dieser Versuch schreckte ihn, doch es war immerhin besser als die drückende Dunkelheit.

Aus der Schwärze tauchten Lichtpünktchen auf, als habe jemand kraft seiner eigenen Angst materialisierte glühende Nadeln durch ein schwarzes Tuch gestoßen. Er beobachtete, wie die Sternenlandschaft sich ausbreitete und die Dunkelheit zurückdrängte.

Doch er kannte die Wahrheit. Das waren keine Sterne.

Pjotr spannte sich an, sein Herz hämmerte wie das eines gefangenen Vogels. Er sah, wie die Sterne heller und im Näherkommen größer wurden. Er wusste, er sollte sich abwenden. Stattdessen riss er die Augen noch weiter auf … während sich gleichzeitig die Dunkelheit in ihm ausdehnte. Auch die Finsternis strebte zum Licht, fuhr heulend aus der dunklen Grube, suchte Nahrung.

Die Sterne fielen immer schneller herab, zunächst nur einige wenige, dann immer mehr. Aus allen Richtungen schossen sie heran und stürzten auf ihn nieder.

Er hörte die Schreie und spürte das Hämmern der Herzen. Sie erfüllten ihn mit ihrem Licht. Als der Nachthimmel auf ihn herabstürzte und sein Inneres in Brand setzte, kippte er nach hinten.

Aus der Ferne hörte er einen warnenden Affenlaut.

Denn Marta kannte sein Geheimnis.

Wenn er aus seinen Träumen erwachte, schrie er nicht nur vor Angst – sondern auch vor Erschöpfung.

Mit den Kindern war etwas schiefgelaufen.

Als der Strom abgeschaltet war, beobachtete Sawina weiter die Videoübertragung von MK 337. Auch ohne Tonübertragung war offensichtlich, dass die Kinder aufgeregt waren und ziellos umherwimmelten. Einige weinten. Der Einzige, der einigermaßen beherrscht wirkte, war Konstantin. Er bewegte sich, tauchte irgendwo auf und verschwand dann wieder.

Sawina hielt nach Pjotr Ausschau.

Zwar hatte sie zehn Omega-Objekte, aber wenn ihr noch der Junge zur Verfügung gestanden hätte …

Plötzlich brach eines der Kinder zusammen. Ein anderes Kind wollte ihm aufhelfen, dann stürzte es ebenfalls zu Boden, als hätte es einen Schlag mit dem Knüppel abbekommen. In Panik rannte ein Junge vorbei – dann sackte auch er zusammen.

Der Elektroingenieur war ebenfalls aufmerksam geworden. »Kommt das vom Neurotoxin?«

Sawina war sich nicht sicher. Die Wirkung des radiosensitiven Mittels setzte erst dann ein, wenn es starker Strahlung ausgesetzt wurde. Davon konnte bei MK 337 keine Rede sein.

Dann tauchte auf einmal Konstantin wieder auf. Er trug ein erschlafftes Mädchen auf den Armen und sah geradewegs in die Kamera. Entsetzen lag in seinem Blick.

Auf einmal fiel es Sawina wie Schuppen von den Augen. Da brach auch Konstantin zusammen.

Das Neurotoxin war es nicht.

Konstantin und Kiska hatten das Medikament nicht eingenommen.

Von oben war ein dumpfer Knall zu vernehmen. Dann rummste es mehrmals hintereinander.

Sawina schaute zur Decke.

O nein…

Sie wandte sich um, rannte zur Treppe und stürmte nach oben. Sie hatte Seitenstechen und heftiges Herzklopfen. Dann platzte sie in den Raum, in dem die zehn Kinder auf sie warteten.

Sie hingen schlaff auf den Stühlen oder lagen reglos am Boden. Sie stürzte zu Boris, kniete neben ihm nieder, tastete nach der Halsschlagader. Sein Puls ging ganz schwach.

Also lebte er noch.

Sie wälzte ihn herum und hob die Augenlider an. Die Pupillen des Jungen waren geweitet und reagierten nicht auf Licht.

Sie richtete sich auf und schaute sich im Zimmer um.

Was ging hier vor?

20

PAINTER EILTE DEN Gang entlang. Weiteren Ärger konnte er nicht gebrauchen, doch er bekam ihn.

Nach dem Angriff war der ganze Kommandobunker abgeriegelt worden. Wie vermutet, hatten sich die wenigen überlebenden Einsatzkräfte nach Mapplethorpes Feuertod aus dem Staub gemacht. Painter war entschlossen, jeden Einzelnen ausfindig zu machen und die Hintermänner aufzuspüren, die Mapplethorpe mit Ausrüstung und Informationen versorgt und es ihm ermöglicht hatten, den Angriff durchzuführen.

Zunächst aber musste er erst einmal die Ordnung wiederherstellen.

In der Kommandozentrale hatte er ein Notfallteam zusammengezogen. Die Verletzten waren in Krankenhäuser gebracht worden. Die Toten blieben einstweilen liegen. So lange, bis sein eigenes Team die Spuren gesichert hatte, wollte er niemanden an den Tatort lassen. Das war ein harter Einsatz heute Nacht. Zwar hatte die Klimaanlage den Brandbeschleuniger inzwischen wieder ausgefiltert, doch gegen den Gestank des verkohlten Fleisches war sie machtlos.

Abgesehen davon, dass er die Kommandozentrale sicherte,

kamen obendrein ständig Anrufe von allen möglichen Geheimdienststellen herein: Man wollte wissen, was hier passiert war und was es mit dem vereitelten Terroranschlag in Tschernobyl auf sich hatte. Painter mauerte, so gut es ging. Er hatte keine Zeit für umständliche Berichterstattung oder politische Spielchen, bei denen es darum ging, wer den größeren Schwanz hatte. Der einzige Anruf, den er entgegennahm, war der des dankbaren Präsidenten. Painter nutzte die Gunst der Stunde, um sich von ihm ermächtigen zu lassen, alle anderen zu vertrösten.

Ein weiterer Anschlag drohte.

Das hatte höchste Priorität.

Und da die Ereignisse der letzten Zeit damit in Verbindung standen, widmete er ihm seine volle Aufmerksamkeit. In der medizinischen Abteilung angelangt, wandte er sich zu einem der Einzelzimmer. Bei seinem Eintreten standen Kat und Lisa vor einem Bett.

Sascha lag darin, und Lisa befestigte gerade EEG-Elektroden an der Schläfe des Kindes.

»Geht es ihr wieder schlecht?«, fragte Painter.

»Es ist etwas Neues«, antwortete Lisa. »Fieber hat sie keins mehr.«

Kat hatte die Arme vor der Brust verschränkt. Sorgenfalten zeichneten sich auf ihrer Stirn ab. »Ich habe ihr vorgelesen, weil ich wollte, dass sie nach dem ganzen Durcheinander schläft. Sie hat zugehört. Dann hat sie sich plötzlich aufgesetzt, in eine Zimmerecke geschaut und Pjotr gerufen. Dann wurde sie schlaff und verlor das Bewusstsein.«

»Pjotr? Bist du dir sicher?«

Sie nickte. »Juri hat erwähnt, Sascha habe einen Zwillingsbruder mit Namen Pjotr. Offenbar hat sie halluziniert.«

Lisa war unterdessen vor eine Konsole getreten und fuhr die Geräte hoch. Sascha war an ein EKG- und ein EEG-Gerät angeschlossen, womit die Herz- und die Gehirnaktivität überwacht wurden.

»Ist das TMS-Implantat aktiv?«, fragte Painter.

»Nein«, antwortete Lisa. »Malcolm hat das überprüft. Er war eben mal kurz da. Dann wollte er telefonieren. Aber irgendetwas geht da vor. Das EEG zeigt starke Ausschläge im Bereich der seitlichen Ausbuchtung des Schläfenlappens. Besonders stark sind sie an der rechten Seite, wo das Implantat sitzt. Man könnte fast meinen, sie habe einen epileptischen Anfall. Ihr Puls ist hingegen niedrig und der Blutdruck stark abgefallen. Als würde der Körper seine Ressourcen einem einzigen Organ vorbehalten.«

»Dem Gehirn«, meinte Painter.

»Genau. Alles andere befindet sich im Schlafmodus.«

»Aber was hat das zu bedeuten?«

Lisa schüttelte den Kopf. »Ich habe keine Ahnung. Ich werde noch ein paar Untersuchungen durchführen, aber wenn sie nicht reagiert, fällt mir nur eine Lösung ein.«

»Und wie sähe die aus?«

»Obwohl das TMS-Implantat nicht aktiv ist, sind dort die höchsten EEG-Ausschläge zu verzeichnen. Ich kann mich des Verdachts nicht erwehren, dass die Neuro-Elektroden für Saschas Zustand zumindest mitverantwortlich sind. Die Gehirnaktivität ist in diesem Bereich erschreckend hoch – ganz so, als dienten die Elektroden als Blitzableiter. Wenn ich die Aktivität nicht dämpfen kann, besteht die Gefahr, dass ihr Gehirn durchbrennt.«

Kat erbleichte. »Du hast gemeint, es gäbe eine Lösung.«

Lisa seufzte; sie sah gar nicht glücklich aus. »Wir könnten gezwungen sein, das Implantat zu entfernen. Malcolm telefoniert gerade mit einem Neurochirurgen von der George Washington University.«

Painter ging zu ihr und legte ihr den Arm um die Schulter.

Er wusste, wie viel das Kind ihr bedeutete. Viele Menschen hatten ihr Leben gelassen, um Sascha zu schützen. Wenn sie sie jetzt verlören …

»Wir werden alles tun, was in unserer Macht steht«, versprach Painter.

Kat nickte.

Painters Pager piepste. Er löste den Arm von Kat und las die Nummer des Anrufers ab. Die russische Botschaft. Diesen Anruf musste er entgegennehmen. Gray würde in wenigen Minuten in Tscheljabinsk landen.

Als er hochschaute, winkte Lisa ihn mit müdem Lächeln aus dem Raum. »Ich ruf dich an, sobald sich ihr Zustand ändert.«

Er wandte sich zur Tür – dann kam ihm etwas in den Sinn, das er bislang beiseitegeschoben hatte. Er blickte Kat an.

»Sie haben vor einer Weile eine Bemerkung gemacht«, sagte er. »Ich bin mir nicht sicher, ob ich mich da verhört habe.«

Kat erwiderte seinen Blick.

»Was haben Sie damit gemeint, als Sie sagten, Monk sei am Leben?«

12:20
Südural

MONK SCHLICH IM Stockdunklen am Zug entlang. Mit dem Armstummel tastete er sich an den Wagen vorbei. Während er so über Schwellen und größere Steine stolperte, arbeitete er sich vom Führerhaus nach hinten vor.

In dem Moment, als Monk aus dem Führerhaus geklettert war, hatte Pjotr aufgehört zu schreien. Er war unvermittelt verstummt. Die Stille war noch schlimmer, denn sie war ebenso undurchdringlich wie die Dunkelheit. Monk klopfte das Herz bis zum Hals.

Am nächsten Güterwagen angelangt, zog er sich am Rand hoch und rief: »Pjotr?«

Seine Stimme klang ungewöhnlich laut und hallte im Tunnel wider. Doch er wusste weder, wo der Junge steckte, noch kannte er den Grund, weshalb er überhaupt mitgefahren war. Es blieb ihm nichts anderes übrig, als sich systematisch nach hinten vorzuarbeiten.

Monk ließ sich wieder auf den Boden hinab und ging zum nächsten Wagen weiter.

Da packte etwas seine Hand.

Monk schrie vor Schreck auf. Warme, ledrige Finger schlangen sich um seine Hand. Unwillkürlich riss er den Arm zurück, doch die Finger ließen nicht locker. Ein leiser Laut war zu vernehmen.

»Marta!« Monk ließ sich fallen und umarmte sie ungelenk in der Dunkelheit.

Sie erwiderte seine Umarmung, schmiegte den Kopf an seine Wange und schnaufte vor Erleichterung. Sie zitterte am ganzen Leib. An seiner Brust spürte er ihren hämmernden Herzschlag. Dann löste sie sich aus der Umarmung, jedoch ohne seine Hand loszulassen. Mit sanfter Gewalt zog sie ihn mit sich.

Monk richtete sich auf und ließ sich von ihr führen. Er konnte sich denken, wohin sie ihn brachte. Zu Pjotr. Nach ein paar schnellen Schritten hatte Monk den letzten Wagen erreicht. Dies war kein offener Güter-, sondern ein geschlossener Personenwagen.

Marta hüpfte durch eine offene Tür.

Monk kletterte ihr hinterher. Die alte Schimpansin zog ihn in eine Ecke. Pjotr lag flach auf dem Boden.

Monk tastete ihn ab, machte sich ein Bild von seiner Körperhaltung. »Pjotr?«

Keine Antwort.

Er spürte, dass sich die Brust des Jungen hob und senkte. Er betastete sein Gesicht. War Pjotr verletzt? War er gestürzt? Seine Haut fühlte sich fiebrig an. Dann wanderte Pjotrs kleine Hand wie ein aus dem Nest gefallener Vogel zu Monks Fingern – und schloss sich fest darum.

»Pjotr, Gott sei Dank.« Monk hob den Jungen hoch, setzte sich und nahm ihn auf den Schoß. »Endlich hab ich dich gefunden. Du bist in Sicherheit.«

Magere Ärmchen schlangen sich um seinen Hals. Monk spürte die Hitze des Jungen durch die Kleidung hindurch.

»*Geh*...«, flüsterte Pjotr ihm ins Ohr.

Monk schauderte. Normalerweise sprach der Junge mit zögerlicher Fistelstimme, doch jetzt klang sein Tonfall auf einmal tiefer. Vielleicht lag es an der Dunkelheit oder an Pjotrs panischer Angst. Allerdings nahm Monk bei ihm kein Zittern wahr. Das eine Wort hatte eher wie ein Befehl geklungen als flehentlich.

Vielleicht war die Idee gar nicht so verkehrt.

Er stand auf und hob den Jungen hoch. Pjotr schien schwerer geworden, doch Monk war über eine normale Erschöpfung längst hinaus – er war ausgelaugt bis ins Mark, stand kurz davor zusammenzuklappen. Marta half ihm aus der Tür. Er sprang ab und landete auf dem Boden. Mit dem Jungen auf dem Arm eilte er zurück zur Spitze des Zugs. Ein Gewehr hatte er mitgenommen, das andere aber im Führerhaus liegen gelassen.

Am ersten Wagen angelangt, sagte Monk: »Könntest du vielleicht...?«

Noch ehe er den Satz beendet hatte, löste Pjotr sich aus seinen Armen und stellte sich wieder auf eigene Füße.

»Warte hier.« Monk kletterte in den Wagen, packte das zweite Gewehr und schulterte es.

Er stieg wieder nach draußen. Pjotr ergriff seine Hand.

Monk ließ den Atem entweichen. Welche Richtung sollte er einschlagen? Der Zug hatte etwa in der Mitte des Tunnels gehalten. Entweder sie gingen zu Konstantin und den anderen Kindern zurück, oder sie marschierten weiter. Wenn sie der Wahnsinnigen das Handwerk legen wollten, durften sie jetzt nicht umkehren.

Vielleicht dachte Pjotr ganz ähnlich. Er setzte sich in Bewegung. In Richtung Tscheljabinsk-88.

Mit zwei geschulterten Gewehren und in Begleitung eines Jungen und einer Schimpansin marschierte Monk in den stockdunklen Tunnel hinein. Der Kreis hatte sich geschlossen, sie kehrten zum Ausgangspunkt zurück. Was würde sie dort erwarten?

Der Arzt schüttelte den Kopf. »Tut mir leid, Generalmajorin, aber ich weiß nicht, was mit den Kindern los ist. Diese Art von Katatonie ist bei ihnen bis jetzt noch nicht aufgetreten.«

Sawina ließ den Blick durch den Raum schweifen. Zwei Krankenschwestern und zwei Soldaten hatten ihr geholfen, die Kinder auf den Boden zu legen, aufgereiht wie gefällte Bäume. Aus den angrenzenden Schlafsälen hatten sie Kissen und Decken hergeholt. Dann hatte sie zwei Ärzte gerufen: den Neurologen Dr. Petrow und den Biotechniker Dr. Rastopowitsch.

Der mit einer Jacke mit Schafsfellbesatz bekleidete Petrow hatte die Hände in die Hüfte gestemmt. Das Ärzteteam war gerade mit der Räumung beschäftigt gewesen, als Sawina Unterstützung angefordert hatte. Eine lange Schlange von Lastern und Personenwagen war zur Abfahrt bereit.

»Um mir einen Überblick zu verschaffen, bräuchte ich die Diagnosegeräte«, sagte er. »Aber die haben wir bereits abgebaut.«

»Ja, ich weiß. Dann müssen wir halt warten, bis wir in Moskau sind. Sind die Kinder in diesem Zustand transportfähig?«

»Ich glaube schon.«

Sawina musterte den Arzt durchdringend. Seine Unbestimmtheit missfiel ihr.

Petrow nickte. »Ihr Zustand ist stabil. Ja, sie sind transportfähig.«

»Dann veranlassen Sie alles Nötige.«

»Jawohl, Generalmajorin.«

Sawina überließ alles Weitere dem Ärzteteam und stieg wieder zum Kontrollbunker hinunter. Während sie sich um die Kinder kümmerte, hatte sie auch mit ihren Verbindungsleuten im russischen Geheimdienst und beim Militär gesprochen. Die Informationssperre hinsichtlich der Ereignisse in Tschernobyl wurde anscheinend allmählich gelockert. Es kursierten widersprüchliche Berichte und Gerüchte, angefangen von einer nuklearen Kernschmelze bis zu einem vereitelten Terrorangriff tschetschenischer Rebellen. Übereinstimmend hieß es allerdings, es sei Strahlung ausgetreten, wenngleich das Ausmaß der Kontaminierung weiterhin unklar war.

Warum meldete Nicolas sich nicht?

Die Sorge um ihren Sohn stellte ihre Gelassenheit und Geduld auf eine harte Probe.

Und jetzt auch noch der unbegreifliche Vorfall mit den Kindern.

Sawina musste das Durcheinander verdrängen und sich auf die unmittelbaren Probleme konzentrieren. Ganz gleich, was in Tschernobyl vorgefallen sein mochte, die Operation Saturn würde wie geplant stattfinden. Selbst wenn Nicolas aus irgendeinem Grund gescheitert sein sollte, ihr würde das nicht passieren. Die Operation Saturn allein würde ausreichen, um die Weltwirtschaft zu destabilisieren, Millionen Menschen zu töten und eine radioaktive Wolke um den ganzen Globus zu verteilen. Es würde nicht leicht werden, doch da sie immer noch über die Kinder-Savants verfügte, würden sie es schaffen.

Sie wusste genau, was zu tun war.

Im Bunker angelangt, stellte sie fest, dass die Wandmonitore, abgesehen von der körnigen Videoübertragung von MK 337, weiterhin dunkel waren. Sie betrachtete die auf dem Felsboden verteilten bewusstlosen Kinder. Noch immer regte sich dort nichts.

Sie wandte sich an die beiden Techniker. »Weshalb sind die anderen Kameras noch nicht online?«

Der Cheftechniker erhob sich. »Die Diagnoseroutine und der Neustart wurden vor einigen Minuten beendet. Wir haben auf Ihre Anweisung gewartet, um das System wieder hochzufahren.«

Sawina seufzte und presste sich die Fingerspitzen an die Stirn. Musste man den Leuten immer alles vorkauen? Sie zeigte auf die Konsole. »Also bitte.«

Obwohl sie den Mann am liebsten angefaucht hätte, hielt sie ihre Stimme im Zaum. Als sie die Abschaltung anordnete, hatte sie hinsichtlich der Stromversorgung in der Tat keine konkreten Anweisungen gegeben.

Um weiteren Missverständnissen vorzubeugen, deutete Sawina auf den Monitor, der das Kamerabild von MK 337 wiedergab. »Behalten Sie die Stromabschaltung für die Nebenkontrollstelle bei. Natürlich mit Ausnahme der Kamera.« Von dieser Seite wollte sie keine weiteren Überraschungen mehr erleben.

Während die beiden Techniker sich an die Arbeit machten, leuchteten auf der Konsole Lämpchen auf, und die Monitore zeigten wieder Bilder aus dem Eisenbahntunnel und von der Irisblende. Alles schien in Ordnung zu sein – mit einer spektakulären Ausnahme.

Der Zug stand nicht mehr vor dem Tor.

Sawina deutete auf die Bildschirme. »Lassen Sie nacheinander die Videobilder aus dem Tunnel anzeigen, bis der Zug zu sehen ist.«

Der Techniker drückte verschiedene Tasten, worauf in schwindelerregender Folge Bilder aus dem Tunnel angezeigt wurden. In der Mitte des Tunnels tauchte auf einmal der Zug auf. Er stand reglos auf den Schienen. Sawina trat näher an den Monitor heran und musterte die offenen und geschlossenen Wagen. Nichts regte sich. Es war nicht auszuschließen, dass sich jemand in dem Zug versteckte, doch das glaubte sie nicht.

»Schalten Sie auf die nächsten Kameras um«, befahl sie.

Die Bilder wechselten. Plötzlich nahm sie eine Bewegung wahr.

»Stopp!«

Eine einzelne Wandlampe erhellte diesen Abschnitt des dunklen Tunnels. Sie war etwa einen Viertelkilometer vom Tor entfernt. Zwei Gestalten tauchten aus der Dunkelheit auf und gelangten in den Lichtkreis der Lampe.

Sawina krampfte die Hand um die Konsole.

Es war der Amerikaner… und er führte ein Kind bei der Hand.

Als die beiden sich der Lampe weiter näherten, erkannte Sawina den Jungen.

Pjotr.

Sie richtete sich auf und blickte auf den Monitor, der das körnige Kamerabild von MK 337 übertrug. Weshalb war der Junge nicht bewusstlos wie die anderen Kinder?

»Generalmajorin?«, sagte der Techniker.

Ein Gedanke jagte bei Sawina den anderen, doch ihr fiel keine Erklärung ein. Sie schüttelte den Kopf. Als spürten sie, dass fremde Blicke auf sie gerichtet waren, blieben die beiden stehen. Der Amerikaner blickte sich um. Seine Augen verengten sich.

Als der Strom eingeschaltet wurde und die Lampen angingen, musste Monk davon ausgehen, dass auch die Überwachungskameras wieder funktionierten. Da es keinen Grund und auch keine Möglichkeit gab, sich zu verstecken, ging Monk weiter auf die nächste Lampe zu. Erst dann wurde ihm bewusst, dass etwas nicht stimmte.

Oder vielmehr *fehlte*.

Er blickte sich um. Marta war verschwunden. Er hatte angenommen, sie sei ihnen im Dunkeln gefolgt. Sie bewegte sich nahezu lautlos. Er spähte in den Tunnel hinein. Die Schimpansin war nicht zu sehen. War sie am Zug zurückgeblieben? Monk blickte nach vorn, für den Fall, dass sie vorausgegangen war und sich außer Hörweite befand. Zweihundert Meter weiter endete der Tunnel jedoch vor dem hohen Tor.

Von Marta keine Spur.

Am Tor knackten Lautsprecher, dann ertönte eine barsche Stimme auf Englisch: »Gehen Sie weiter! Bringen Sie den Jungen zum Tor, wenn Ihnen Ihr Leben lieb ist.«

Monk verharrte an Ort und Stelle, denn er war sich unsicher, wie es weitergehen sollte.

12:35
Kyshtym, Russland

GRAY SASS IN EINEM alten Laster und fuhr an der Spitze einer Karawane durch das Flughafentor auf die zweispurige Straße, die ins Gebirge führte. Dichter Fichten- und Tannenwald säumte die Fahrbahn, ein hübscher grüner Korridor.

Im Rückspiegel sah Gray das kleine Bergstädtchen Kyshtym zurückweichen und im dichten Wald verschwinden. Die Stadt lag an den Osthängen des Urals, nur hundertfünfzig Kilometer von Tscheljabinsk-88, ihrem Ziel, entfernt. Wie das ganze Gebiet war auch die Stadt von der nuklearen Katastrophe und der damit einhergehenden Kontamination betroffen. Sie lag auf der windabgewandten Seite eines weiteren Kraftwerkskomplexes mit Namen Tscheljabinsk-40, auch *Majak* genannt, das russische Wort für »Leuchtfeuer«. Was die nukleare Sicherheit anging, war Majak jedoch alles andere als ein leuchtendes Beispiel. Im Jahr 1957 explodierte aufgrund unzureichender Kühlung ein Abfallbehälter, und achtzig Tonnen radioaktiven Materials wurden in der ganzen Region verteilt, was die Evakuierung von mehreren hunderttausend Menschen notwendig machte. Die Sowjets hatten den Unfall bis 1980 geheim gehalten.

Gray machte es sich auf dem Sitz bequem. Die Straße führte über eine Brücke mit feuerrot lackiertem Geländer. Eine Warnung. Die Brücke überspannte eine tiefe Schlucht mit einem Fluss, der die ehemalige Grenze des Sperrbezirks darstellte. Immer höher wand sich die Straße ins Gebirge hinauf.

Grays Wagen folgten ein Dutzend Laster unterschiedlicher Bauart. Alle aber waren in gleichem Maße zerbeult und schmutzig. Gray teilte sich den Vordersitz mit Luca und dem Fahrer, die sich auf Romani unterhielten. Als Luca nach vorn zeigte, nickte er.

»Es ist nicht mehr weit«, wandte Luca sich an Gray. »Es wurden bereits Kundschafter vorausgeschickt, die die Straße im Auge behalten. Sie melden starken Verkehr. Es sind viele Personenwagen und Laster unterwegs ins Gebirge.«

Gray runzelte die Stirn. Das hörte sich nach Räumung an. Kamen sie etwa zu spät?

Auf der Ladefläche hockten vier in Decken gehüllte Männer. Das unter den Decken verborgene Waffenarsenal hatte Gray in Erstaunen versetzt: Kisten mit Sturmgewehren, zahlreiche Handfeuerwaffen, sogar Granaten mit Raketenantrieb.

Luca hatte ihm erklärt, dass derlei Waffen auf dem russischen Schwarzmarkt mühelos erhältlich seien. Die kleine Streitmacht, gestellt von hiesigen Zigeunerstämmen, war in Kyshtym zu ihnen gestoßen. Sie verstärkten die Männer, die Luca aus der Ukraine mitgebracht hatte. Das musste Gray Luca Hearn lassen; wenn man rasch eine Kampftruppe aufstellen musste, war er genau der richtige Mann.

Kowalski und Rosauro saßen in den nachfolgenden Lastern. Elizabeth hatten sie im Flugzeug zurückgelassen, bewacht von drei britischen Soldaten der Spezialeinsatzkräfte.

Sie mussten rasch handeln. Sie hatten vor, die unterirdische Anlage einzunehmen und zu unterbinden, was immer dort vorgehen mochte. Das Ziel der Operation Saturn lag nach wie vor im Dunkeln. Da sie im Zentrum der sowjetischen Plutoniumfabriken und Uranminen stattfinden sollte, musste dabei jedoch radioaktive Strahlung im Spiel sein.

Nicolas Solokows letzte Worte gingen ihm nicht aus dem Kopf.

Millionen Menschen werden sterben.

Gray wusste inzwischen, dass der Abgeordnete neunzig Meilen von hier in der Stadt Jekaterinburg zur Welt gekommen war. Diese Region vertrat er auch im russischen Parlament, was bedeutete, dass er über die Gegend und deren Geheimnisse Bescheid wusste. Wenn jemand eine nukleare Katastrophe auslösen wollte, war dies genau der richtige Ort.

Was aber hatte er vor?

In Kyshtym lief Elizabeth unruhig im Flugzeug auf und ab. Die Arme hatte sie vor der Brust verschränkt, das Kinn vor Konzentration gesenkt. Sie machte sich Sorgen um die anderen und war voller Angst, seitdem sie erfahren hatte, welche Katastrophe Gray mit seinen Leuten verhindern wollte.

Millionen Menschen werden sterben.

Welch ein Wahnsinn.

Die Angst um ihr Team und das Schicksal von Millionen Menschen hielt sie auf den Beinen. Auf einem Tisch stand ein Laptop. Sie hatte versucht zu arbeiten, sich zu beschäftigen. Professor Masterson hatte ihre Kamera verwahrt, als sie von den Russen gekidnappt worden waren. Nach der geglückten Flucht aus dem Gefängnis in Prypjat hatte er sie ihr zurückgegeben.

Auf dem Bildschirm scrollten die Fotos, die auf den Rechner übertragen wurden.

Im Vorbeigehen erhaschte sie einen Blick auf den Omphalos, der in der Mitte des Chakras stand. Trotz ihrer Sorgen frohlockte ihr Herz noch immer bei dem Gedanken, dass dieser Stein das Original aus Delphi war. Seit zwei Jahrzehnten wussten die Historiker, dass der kleinere Stein im Museum eine Kopie war. Das Schicksal des Originals hatte im Dunkeln gelegen. Einige Gelehrte hatten vermutet, ein Prophezeiungskult habe die Zerstörung des Tempels überlebt und den Omphalos entwendet, um ihn in seinem eigenen geheimen Tempel unterzubringen.

Elizabeth trat vor den Laptop. Sie betrachtete den Omphalos. Das war der Beweis. Als ihr plötzlich eine Erkenntnis kam, ließ sie sich auf den Stuhl sinken. Ihr war wieder eingefallen, dass an der Innenseite der Museumskopie eine Zeile Sanskritzeichen eingeritzt war.

Es handelte sich um ein altes Gebet, das an Sarasvati gerichtet war. Vielleicht hatte man die Kopie des Omphalos als eine Art Wegweiser zurückgelassen. Sie scrollte durch die Fotos und stieß auf eine Aufnahme des Wandmosaiks, das ein Kind und eine junge Frau darstellte, die sich unter dem Omphalos mit dem Sanskrit-Gedicht vor einem römischen Soldaten versteckten. Die Übersetzung lautete: *Möge die Göttin Sarasvati, die keinen Anfang, kein Ende und keine Grenzen hat, sie beschützen.* Das Gebet konnte sich durchaus auf das letzte Orakel beziehen, eine Anrufung der Göttin, um ihre Nachfolgerinnen zu schützen. Sarasvati hatte zuletzt in einem heiligen Fluss Zuflucht gesucht. Viele Religionswissenschaftler glaubten, damit sei der Indus gemeint, an dessen Ufern sich die aus ihrer Heimat vertriebenen Griechen niedergelassen hatten.

Elizabeth vermutete, dass die geheime Botschaft deshalb angebracht worden war, damit jemand ihr folgte. So wie sie und ihr Vater.

Sie scrollte zu dem Foto des originalen Omphalos zurück. Sie hatte mehrere Aufnahmen gemacht, auch von der dreisprachigen Inschrift auf Harappa, Sanskrit und Griechisch, die vor der Falle warnte. Sie klickte das Foto an.

Es gab noch eine weitere dreisprachige Inschrift an der Tempelwand. Unmittelbar unter dem Jüngling mit den flammenden Augen. Auch dieses Foto ließ sie anzeigen. Die Harappa-Inschrift war unversehrt, doch vom Griechischen und dem Sanskrit-Text war die Hälfte unleserlich. Nur wenige Worte waren noch zu erkennen.

Sie las den Text laut vor, so weit sie kam. »Die Welt wird brennen…«

Die Zeile ließ sie an die Katastrophe denken, die Gray mit seinen Leuten abzuwenden suchte. Schaudernd betrachtete sie den Jüngling, der inmitten von Flammen und Rauch aus dem Omphalos aufstieg. Wie lautet der Rest der Botschaft? Die einzige intakte Zeile war in der bislang nicht entzifferten Harappasprache gehalten. Das Ganze war ein Worträtsel und stellte eine große Herausforderung dar. Es sei denn…

Elizabeth fuhr zusammen und beugte sich weiter vor. Ihre Sorgen waren einstweilen vergessen. Ihr Blick wanderte zwischen den beiden Fotos auf dem Monitor hin und her. Allmählich begriff sie, was sie da vor sich sah. Es handelte sich um eine Übersetzung der Harappazeichen in die Sprachen Griechisch und Sanskrit. Eine *Übersetzung*. Ihr Atem beschleunigte sich. Was sie da vor sich hatte, war ein digitaler Stein von Rosette, der Schlüssel zum Verständnis einer untergegangenen Sprache.

Sie konzentrierte sich wieder auf die unvollständige Schriftzeile unter dem Feuerjüngling, betrachtete sie eingehend, verglich sie und zog auch die Fotos von der Wandschrift zurate. Nach einer Weile fielen ihr Entsprechungen auf.

Würde es ihr gelingen, den Text zu übersetzen?

Da sie spürte, wie wichtig die Inschrift war, machte sie sich an die Arbeit.

12:45

GENERALMAJORIN SAWINA MARTOWA musterte ihren Gegner. Sie fixierte den Amerikaner auf dem Monitor. Er verharrte in der Lichtinsel der Tunnelleuchte. Sie hob das Mikrofon an die Lippen.

»Gehen Sie sofort zum Tor!«, befahl sie barsch.

Der Mann zuckte zusammen, also hatte er sie wohl gehört. Die Lautsprecher in der Nähe des Tores funktionierten tadellos.

»Generalmajorin«, sagte der Techniker. »Ein dringender Anruf von der Raketenbasis in Archangelsk für Sie.«

Sawina straffte sich und setzte das Headset auf. Einer ihrer Kontaktleute hielt sich auf der Raketenbasis auf. »Hier Martowa.«

»Generalmajorin, aus der Ukraine liegen beunruhigende Meldungen vor. Der Abgeordnete Nikolas Solokow ist anscheinend tot.«

Sawina sog scharf die Luft ein. Ansonsten ließ sie sich nichts anmerken. Ihr Kontaktmann war nicht darüber informiert, dass Nicolas ihr Sohn war, sondern wusste nur, dass er ihre Pläne unterstützt hatte und ihr bei der Umsetzung behilflich gewesen war.

Der Mann fuhr fort: »Es sind Gerüchte hinsichtlich des Ablaufs der Ereignisse in Umlauf. Manche behaupten, er sei von Terroristen getötet worden, andere Stimmen meinen, er habe selber seine Hand im Spiel gehabt. Sicher ist nur, dass er tot ist. Die Videokameras im Innern des Containers zeigen seinen Leichnam und den seiner Assistentin. Er wurde in den Kopf geschossen. Die Strahlung ist noch zu stark, um ihn zu bergen, doch es wurden bereits entsprechende Maßnahmen eingeleitet. Einen genauen Zeitpunkt kann ich allerdings …«

Der Mann brabbelte unentwegt weiter, doch Sawina hörte nicht mehr zu. Tränen traten ihr in die Augen. Sie legte den Kopf in den Nacken, damit sie nicht abflossen. Als der Mann geendet hatte, bedankte sie sich für den Anruf und legte auf.

Sie wandte sich halb zu dem Techniker und dem Elektroingenieur um.

Nicolas war tot.

Ihr einziger Sohn.

Vielleicht hatte sie es ja schon geahnt gehabt. Die vergangene Stunde über hatte sie einen Anflug von Verzweiflung nicht abzuschütteln vermocht. Ihr Atem ging schwerer als zuvor. *Nicolas…*

»Generalmajorin?«, fragte der Ingenieur leise.

Seine mitfühlende Art machte sie nur ärgerlich. Sie wandte sich wieder dem Monitor zu. Der Amerikaner hatte sich nicht von der Stelle gerührt. Die Enttäuschung ließ ihren Zorn auflodern, als wäre er ein leicht entzündliches Öl. Der Amerikaner hatte den ganzen Tag lang gegen sie gearbeitet, und noch immer bot er ihr die Stirn.

Das musste ein Ende haben.

Die Hitze der Wut ließ die Tränen verdunsten.

Ihr Sohn mochte tot sein, doch sie hatte noch ein anderes Kind geboren, den Traum, der sich aus der nuklearen Asche erheben würde. Familienbande waren nicht die einzige Möglichkeit, ein Vermächtnis zu hinterlassen. Es würde vielleicht länger dauern, doch sie würde es vollbringen. Die Welt hatte ihr ihren Sohn geraubt. Sie aber hatte die Macht, sich zu rächen.

Die Schärfe ihrer Stimme ließ den Ingenieur einen Schritt zurückweichen. »Es reicht!« Sie zeigte auf die beiden Monitore zur Linken. Darauf war das Zentrum der Operation Saturn abgebildet. Auf dem einen Monitor sah man den Schacht mit den Sprengladungen, auf dem anderen die in den Boden eingelassene Irisblende. »Operation Saturn starten! Auf mein Kommando!«

Der Ingenieur und der Techniker nahmen an den Kontrollbildtischen Platz. Sie tippten hektisch Befehle ein.

Sawina fixierte den Mann auf dem Bildschirm. Wenn er Pjotr nicht zu ihr bringen wollte, würde sie ihm eben Feuer unter dem Hintern machen. Eine Rückzugsmöglichkeit gab es nicht, eine Flucht war ausgeschlossen.

»Alle Werte im grünen Bereich«, meldete der Ingenieur schneidig. »Wir erwarten Ihren Befehl.«

»Jetzt!«

Sie holte tief Luft und beobachtete die beiden Monitore. Der eine wurde auf einmal weiß. Eine gedämpfte Explosion war zu hören. Gesteinsbrocken stürzten an der Kamera vorbei, gefolgt von einer Schlammflut, welche die Sicht verdeckte. Auf dem anderen Bildschirm öffnete sich die Irisblende, auf die mit großer Wucht ein Schwall aus Schlamm und Erdreich niederklatschte. Im nächsten Moment ergoss sich von oben ein mächtiger Strahl schwarzes Wasser. Obwohl sie die Operation mit einer aus Hoffnung und Rachedurst geborenen Wut eingeleitet hatte, vermochte sie eine dunkle Ader in ihrer stählernen Entschlossenheit nicht zu leugnen. Während sie zuschaute, wie das Wasser in die Tiefe schoss, wusste sie, dass sie sich an der Welt für den ihr zugefügten Verlust rächen würde.

Sie wandte ihre Aufmerksamkeit wieder dem Amerikaner zu.

Einmal geweckt, suchte ihr Rachedurst ein neues Ziel.

Sie war noch nicht fertig.

Monk rappelte sich mühsam hoch. Der Lärm der Explosion dröhnte ihm noch in den Ohren. In dem abgeschlossenen Tunnel hatte ihn die Druckwelle so heftig getroffen, als habe ihm ein Riese auf die Ohren geklatscht. Er hatte sich schützend über Pjotr geworfen.

Mit brummendem Schädel half er dem Jungen auf die Beine. Ein tiefes Grollen kam aus dem dunklen Tunnel, das sich anhörte wie das Knurren eines gewaltigen Drachen. Monk aber wusste genau, was er da hörte.

Das Rauschen von Wasser.

Von Tonnen von Wasser.

Außerdem wusste er, was die Explosion und der unterirdische Wasserfall bedeuteten. Er hatte versagt. Die Operation Saturn hatte begonnen. Eine giftige Brühe ergoss sich ins Innere der Erde.

Der Lautsprecher am Tor knackte.

»Lassen Sie die Waffen fallen!«, sagte die Frau. In ihrem Tonfall mischte sich Feuer mit Eis, kalte Entschlossenheit mit flammendem Zorn. »Bringen Sie den Jungen zum Tor. Ich empfehle Ihnen, sich zu beeilen. Der Strahlungspegel steigt rasch an. Ihnen bleiben weniger als fünf Minuten, dann hat Ihr Körper eine tödliche Dosis absorbiert.«

Monk hatte keine Wahl. Er streifte die Gewehre ab und ließ sie fallen. Pjotr ergriff den Ärmel seines verstümmelten Arms.

Sie rannten die letzten hundert Meter, während die Strahlung im Tunnel immer weiter anstieg. Vor ihnen teilte sich langsam das Tor. Dahinter kamen fünf Soldaten mit angelegten Gewehren zum Vorschein.

Das Empfangskomitee.

Pjotr drängte ihn, schneller zu laufen, als wüsste er mehr als Monk.

Bei jedem Schritt ging von Monks verwundetem Bein ein stechender Schmerz aus. Er bekam kaum mehr Luft. Sein Atem ging rasselnd. Er blickte auf seine Hüfte hinunter. Das Dosimeter klatschte bei jedem Schritt gegen seinen Leib. Monk konnte es deutlich erkennen. Es war tiefrot und wurde zusehends dunkler.

Ungeachtet der Schmerzen rannte er schneller.

Als Monk und Pjotr sich dem Ausgang näherten, ertönte aus der Höhle von Tscheljabinsk-88 ein dröhnender Donnerschlag. Monk geriet ins Stolpern, doch Pjotr zog ihn weiter.

Die Wachposten drehten sich erschrocken um. Einer ließ sich flach auf den Boden fallen. Am Tor angelangt, sprang der Junge über den liegenden Soldaten hinweg. Mit der freien Hand entriss er einem anderen Soldaten die Pistole. Dann drehte er sich um und drückte Monk die Waffe in die Hand.

Monk schwenkte den Arm und feuerte aus nächster Entfernung, wobei ihm eine Fertigkeit zugutekam, die aus seinem Gedächtnis ausgelöscht worden war.

Er leerte das Magazin und schaltete alle fünf Soldaten aus.

Monk warf die Pistole beiseite. Pjotr stürzte vor und packte eine andere Waffe. Er reichte sie Monk, fasste ihn wieder beim Ärmel, und schon ging es weiter.

In der ganzen Höhle erfolgten Explosionen. Menschen schrien, und aus mehreren unbewohnten Gebäuden drang Qualm hervor. Im Laufen sah Monk eine kreischende Granate mit Raketenantrieb vorbeisausen. Sie schlug in einem der Wohnblocks ein. Betonbrocken und Glassplitter flogen umher und trafen die Soldaten auf der Straße.

Der Stützpunkt wurde angegriffen.

Aber von wem?

GRAY STEUERTE DEN Laster die Betonrampe hinunter und durchbrach das Tor. Während des Flugs hatte er Berichte über die unterirdischen Städte gelesen. Die Sowjets hatten Orchester und Musikgruppen hergeschafft, die in Amphitheatern für die Arbeiter gespielt hatten. Gleichwohl war er überrascht von der Größe der Anlage.

Und von dem Chaos in der gewaltigen Höhle.

Sechs Laster hatten den Angriff eingeleitet.

Um sie weichzukochen, hatte Luca gemeint.

Gray hatte keine Einwände gehabt. Das war Lucas Armee, nicht seine.

Er verfolgte nur ein einziges Ziel.

Gray steuerte den Laster durch einen Vorhang aus Rauch. Raketen schlugen in ein fünfstöckiges Wohngebäude ein, das teilweise einstürzte. Luca hockte auf der Ladefläche und zielte mit einem Raketenwerfer. Zwei Laster flankierten den Wagen. Den einen steuerte Kowalski, den anderen Rosauro.

Als sie die Tunnelmündung passiert hatten, blockierten die Zigeuner den Zugang mit zwei mit Baumstämmen beladenen Sattelschleppern. Zwei Dutzend Männer bezogen an der Barrikade Stellung und verhinderten, dass jemand aus der Höhle flüchtete.

Gray war beeindruckt von der Angriffsstrategie der Zigeuner.

Auf der Herfahrt vom Flughafen hatten die Fahrzeuge den Eindruck erweckt, es handele sich um ganz gewöhnliche landwirtschaftliche Transporte, die auf befestigten und unbefestigten Straßen im Gebirge unterwegs waren. Auf das vereinbarte Signal hin hatten sich die friedlich wirkenden Gefährte in eine waffenstrotzende Armada verwandelt. Aus den Heuwagen schauten auf einmal Gewehrläufe hervor. Zugpferde lösten sich von den Wagen, und die bewaffneten Reiter galoppierten in unwegsames Gelände davon. Motorräder schossen aus dem Laderaum von Milchtransportern hervor und rasten über Nebenstraßen. In Minutenschnelle war die Bergregion blockiert.

Die Russen, welche die unterirdische Anlage bereits verlassen hatten, gerieten in Hinterhalte, wurden in die Straßengräben getrieben, entwaffnet und gefesselt. Als Gray den Höhleneingang erreichte, war die Vorhut bereits in den Tunnel eingedrungen und hatte eine Spur aus Feuer und Rauch zurückgelassen, der er lediglich zu folgen brauchte.

Gray hatte keinen Moment gezögert. Sie durften keine Zeit verlieren. Die Operation Saturn musste gestoppt werden.

Auch jetzt wieder waren Lucas Männer ihm behilflich. Wie jede tüchtige Armee, hatten die Zigeuner vor dem Angriff Informationen gesammelt. Auf dem Herweg hatte ein

Mann in einem schwarzen, knöchellangen Mantel mitten auf der Straße gestanden und gewunken. Im Straßengraben knieten zwei Männer in Laborkitteln, die Hände auf den Rücken gefesselt, von Gewehren in Schach gehalten. Die Zigeuner waren nicht gerade sanft mit ihnen umgesprungen. Andererseits hatten die Russen auch die Bewohner des Bergdorfs ermordet und die Kinder entführt.

Die Russen hatten diesen Krieg begonnen; die Zigeuner wollten ihn zu Ende bringen.

Ein Mann reichte Luca eine handgezeichnete, blutbespritzte Karte. Luca gab sie an Gray weiter. Es handelte sich um eine schematische Darstellung von Tscheljabinsk-88. Die Kontrollstation der Operation Saturn war mit einem Kreis hervorgehoben; sie war in einem Bunker unter einem der Wohngebäude untergebracht.

Jetzt, da das Ziel bekannt war, lenkte Gray den Laster die gewundene Straße hinunter zu der Stelle, wo die Belagerung des Wohngebäudes noch im Gange war. Der Überraschungsangriff hatte eine dramatische Wirkung erzielt, doch nun war die Straße teilweise verstopft. Ein Gebäude war vollständig eingestürzt, die Trümmer blockierten die Hauptstraße.

Die Zigeuner in den Lastern schossen aus allen Rohren.

Einige kletterten aus den Fahrzeugen und leiteten eine Bodenoffensive ein.

Gray lenkte den Laster zu den Männern hinüber und ließ ihn ausrollen. Kowalski und Rosauro hatten ebenfalls gehalten. Luca sprang von der Ladefläche und rief etwas auf Romani. Die Männer antworteten ihm. Nach einem kurzen Wortwechsel ging Luca zu Gray und kauerte sich mit ihm hinter einen der Laster.

»Die Russen haben sich in die Gebäude zurückgezogen. Je weiter man vordringt, desto heftiger wird die Gegenwehr.«

Gray kannte den Grund. »Sie haben ihre Einsatzkräfte zusammengezogen, um die Kontrollstation zu verteidigen. Wenn sie die Operation noch nicht gestartet haben, werden sie es bald tun. Wir können nicht länger warten.«

Luca hob die Hand und musterte die versammelten Bodentruppen. »Ich habe da jemanden … ah, da ist er ja.«

Ein kleiner Mann kam geduckt zu ihnen herübergelaufen. Seine Kleidung war zementgrau, seine Kappe schwarz. Die beiden Roma unterhielten sich kurz.

»Das ist Ratte«, stellte Luca den Neuankömmling vor.

»Hübscher Name«, brummte Kowalski.

»Er ist Kundschafter. Er findet Wege, die niemand zu bewachen für nötig hält. Vielleicht entdeckt er ja einen Durchschlupf, aber die Gruppe muss klein sein. Nicht mehr als fünf oder sechs Leute.« Luca blickte sich um. »Das würde passen. *Va?*«

»*Va*«, pflichtete Kowalski ihm bei, dann blickte er erwartungsvoll Gray an.

»Die anderen Männer werden die Russen ablenken«, setzte Luca hinzu und deutete auf die Bodentruppen und die Laster.

»Dann machen wir das?«, fragte Ratte in ungelenkem Englisch.

»*Va*«, bestätigte Gray, was ihm ein Grinsen einbrachte.

Sie machten die Waffen bereit – Gewehre und Handfeuerwaffen – und folgten dem kleinen Mann zu einem Trümmerhaufen. Gray konnte keinen Durchgang ausmachen. Luca gab den vorbeirückenden Bodentruppen ein Zeichen. Ein durchdringender Pfiff hallte durch die Höhle.

Ratte deutete auf eine schräge Wand. Geduckt folgte Gray ihm zu einem Kellerfenster des Wohnblocks.

Nachdem sie hinter dem Kundschafter ins Kellerlabyrinth eingedrungen waren, vernahm Gray hinter sich einen Ruf.

»*Opre Roma!*«

Der Schlachtruf breitete sich aus wie ein Feuer in dürrem Gras.

Das Gewehrfeuer und der Granatenlärm wurden lauter.

Gray hoffte, dass die Zeit noch reichen würde.

Sawina eilte über die Treppe in den Bunker hinunter. Die Stiche im Rücken, den sengenden Schmerz in den Beinen und ihr heftiges Herzklopfen beachtete sie nicht. Als der Angriff losbrach, hatte sie das Tor schließen und verriegeln lassen.

Über dem Bunker warteten fünf tüchtige Soldaten, die Dr. Petrow ausgesucht hatte. Der Plan sah vor, sich mit fünf Kindern abzusetzen, welche die Soldaten huckepack tragen würden. Nicht mehr. Alle zehn konnte sie nicht mitnehmen. Sie hatten nur dann eine Chance zu flüchten, wenn sie rasch und entschlossen handelten. Der amerikanische Gefangene hatte sie auf die Idee gebracht. Er und die Kinder waren durch einen Wartungstunnel geflohen. Sie würden das Gleiche tun.

Zuvor aber hatte sie noch etwas zu erledigen.

Als Sawina in den Bunker trat, rissen der Techniker und der Ingenieur gerade die Tastaturen aus der Konsole. Die Festplatten hatten sie bereits mit starken Magneten gelöscht. Aufgrund der Schäden würde niemand die Operation Saturn mehr stoppen können.

»Ist alles lahmgelegt?«

Der Ingenieur nickte heftig. »Es bräuchte schon ein Elektrikergenie, um die Schäden zu reparieren.«

»Ausgezeichnet.« Sie hob die Pistole und schoss dem Ingenieur in den Kopf. Der Techniker wollte weglaufen, doch Sawina brachte ihn am Fuß der Treppe zu Fall. Mit durchschossenem Hals wand er sich am Boden und erstickte am eigenen Blut.

Sie hatte das Risiko ausschließen müssen, dass die beiden dem Gegner in die Hände fielen. Sonst hätte man sie womöglich mit vorgehaltener Waffe gezwungen, die Schäden wieder zu beseitigen.

Das durfte sie nicht zulassen.

Um sich weitere Genugtuung zu verschaffen, riss sie eine Feueraxt von der Wand und trat vor die Konsole. Sie holte weit aus und zerschmetterte beide Rechner und die elektronischen Schaltungen. Anschließend setzte sie die Axt auf den Boden und stützte sich auf den Griff. Sie starrte die LCD-Monitore an. Sie zeigten noch immer die Bilder verschiedener Überwachungskameras. Sie überlegte, ob sie auch die Bildschirme zerstören sollte, war sich aufgrund ihrer heftigen Rückenschmerzen jedoch nicht sicher, ob sie das überhaupt noch schaffen würde.

Außerdem kam es darauf nicht an.

Sie ließ die Axt auf den Boden fallen und betrachtete den Bildschirm in der Mitte. Ein giftiger Strom schwarzen Wassers ergoss sich in die Tiefe.

Die Angreifer sollten ruhig sehen, was sie angerichtet hatte.

Lächelnd schwelgte sie in ihrer letzten grausamen Handlung, dann wandte sie sich zur Treppe.

Sollten sie ruhig zuschauen, wie die Welt zugrunde ging.

Niemand konnte sie mehr aufhalten.

21

PJOTR FÜHRTE DEN Mann am Ärmel. Ringsumher herrschte Chaos. Soldaten brüllten, Glas splitterte, Gewehrschüsse knallten, Flammen loderten, und Qualm verdickte die Luft. Für Pjotr aber war das alles andere als Chaos.

Als vor ihnen ein Soldat um die Ecke bog, sich umblickte und dann weiterrannte, zerrte er Monk in einen dunklen Eingang. Sie liefen einen Korridor entlang, stürmten eine Treppe hoch und kletterten durch ein Fenster auf einen Trümmerhaufen und von dort ins nächste Gebäude.

»Pjotr, wo willst du eigentlich hin?«

Der Junge antwortete nicht; er konnte es nicht.

Als sie einen weiteren Korridor erreichten, blieb Pjotr stehen. In seinem Kopf gab es tausend Möglichkeiten. Herzen leuchteten wie kleine Scheiterhaufen, flackerten vor Angst, Zorn, Panik, Feigheit, Bösartigkeit. Er ahnte ihre Bewegungen voraus. Das war seine Begabung, doch er konnte noch viel mehr.

Denn er hatte ein Geheimnis.

Wenn er in den vergangenen Jahren schreiend aus seinem Albtraum aufwachte und die anderen Kinder mit seinen

Visionen von brennenden Menschen weckte, gab es einen bestimmten Grund, weshalb seine Klassenkameraden bei den Prüfungen anschließend so schlecht abschnitten. Die Lehrer glaubten, Pjotr habe ihnen Angst gemacht, doch das stimmte nicht. Pjotr besaß die Gabe, ins Herz anderer Menschen zu blicken. Das nannte man Empathie. Doch er hatte ein Geheimnis, von dem nur Marta wusste.

Darüber wusste er von seinen Träumen her Bescheid.

Er konnte nicht nur ins Herz anderer Menschen blicken, er konnte es ihnen auch *rauben.* Nicht *Angst* war der Grund, weshalb die anderen Kinder schlechte Leistungen erbrachten, sondern ihnen fehlte etwas. Kurz nach dem Aufwachen kannten Pjotrs Fähigkeiten keine Grenzen. Er konnte wie Konstantin mühelos große Zahlen multiplizieren; er merkte wie Jelena, wann jemand log; wie seine Schwester sah er verborgene Orte und so weiter. Dieser Zustand hielt so lange an, bis er zu brennen begann.

Er stellte sich vor, die Sterne stürzten kreischend in ihn hinein und füllten seine innere Leere aus. Aus seinen Träumen erwachte er immer, bevor die Sterne ihn verzehrten. Heute jedoch nicht. Pjotr wandelte durch einen Traum, der einfach nicht enden wollte. Er wusste, er hatte eine Grenze überschritten, doch er wusste auch, dass er keine Wahl hatte. Er war dazu bestimmt zu verbrennen.

Mit flammendem Blick schaute Pjotr ins Chaos hinaus. Und indem er durch hundert Augen gleichzeitig blickte, entlockte er dem Chaos ein Muster. Zwar konnte er nicht in die Zukunft schauen – jedenfalls nicht weiter als ein paar Sekunden –, doch seine Ohren nahmen jedes Geräusch auf, seine Augen interpretierten jedes Flackern der Flammen, jede Verlagerung der Schatten, und der tiefe Blick in die fremden Herzen offenbarte ihm, wohin jeder Einzelne sich als Nächstes wenden, ob er um eine Ecke biegen, schießen oder wegrennen würde. Und da er in diesem Moment auch über eine Spur der Begabung seiner Schwester verfügte, reichten seine Sinne stets ein paar Meter weiter.

Ein Weg nahm aus dem Chaos Gestalt an.

Ein Weg, dem sie folgen konnten.

Pjotr trat auf den Gang, Monk folgte ihm.

Er zeigte nach links – und Monk erschoss den Soldaten, der im nächsten Moment dort auftauchte. Der Mann lernte, sich auf Pjotrs Instinkt zu verlassen. Seine Bewegungen denen des Jungen anzupassen und auf Kommando zu schießen. Er führte blindlings aus, was der Junge ihm vorgab.

Gemeinsam bewegten sie sich durch das Muster.

Geleitet von seinem Instinkt.

Denn das war es, was Pjotr in diesem Moment ausmachte: ein von hundert verschiedenen Begabungen befeuerter Instinkt.

Er hatte den vollkommenen Durchblick. Instinkt ist nichts anderes als die unbewusste Deutung zahlloser subtiler Veränderungen in der Umgebung, die gerade stattfinden oder sich anbahnen. Das Gehirn verarbeitet die chaotischen Informationen, erkennt darin Muster, und der Körper reagiert darauf. Es wirkt wie Magic, doch es ist reine Biologie.

Genau dieser Vorgang lief im Moment in Pjotr ab – wenn auch hundertfach intensiviert.

Er dehnte seine Sinne aus, schaute den Menschen ins Herz, deutete ihre Motivation, berechnete Bewegungsrichtungen, Entfernungen, interpretierte Tonfall, Rauch und Hitze … und so weiter. Die zahllosen Details füllten ihn und das Bewusstsein der hundert anderen Kinder aus. Aus dem Chaos bildeten sich Muster, und er wusste genau, was er tun musste.

»Wohin laufen wir?«, fragte Monk erneut.

Dorthin, wo du gebraucht wirst, antwortete Pjotr lautlos.

Er führte Monk eine weitere Treppe hinunter, dann zog er

ihn auf den Boden nieder, denn vor ihnen wurde geschossen. Als Soldaten vorbeikamen, krochen sie unter eine Reihe von Metalltischen, schließlich ging es eine weitere Treppe hinunter in einen lang gestreckten Kellergang, von dem ein Labyrinth von Räumen und weiteren Gängen abzweigte.

Pjotr beeilte sich.

Er sah zwar das Muster, doch er konnte nicht in die Zukunft blicken. Immer schneller tanzte er an den Fäden des Instinkts entlang, denn der Druck der Zeitalter lastete auf ihm. Die Zeit lief ihnen davon.

Der Mann wurde unruhig; vielleicht spürte er das Gleiche. »Wohin …?«

Plötzlich war am Ende des Gangs ein überraschter Ausruf zu vernehmen. Pjotr spürte, wie das Herz des Fremden hämmerte. Ungläubiges Erstaunen schwang in seiner Stimme mit.

»Monk!«

Um ein Haar hätte Gray ihn erschossen. Zwei Gestalten waren auf ihn zugerannt, die eine mit angelegter Waffe. Wäre der eine nicht noch ein Junge gewesen, hätte Gray unwillkürlich abgedrückt.

Stattdessen verharrte er wie gelähmt, schwankte zwischen freudigem Wiedererkennen und Bestürzung.

Sein Freund aber handelte. Er drückte ab. Gray verspürte einen Schlag an der Schulter und wurde zurückgeschleudert. Ein stechender Schmerz durchzuckte ihn.

Kowalski fing ihn auf und brüllte aus vollem Halse: »Monk, du Arschloch! Was soll der Scheiß?«

Der Junge zerrte an dem Mann und zwang ihn, stehen zu bleiben. Verwirrung zeichnete sich in Monks Miene ab. »Wer … wer sind Sie?«

Kowalski schäumte noch immer. »Wer wir sind? Wir sind deine gottverdammten Freunde!«

Gray richtete sich mühsam auf; seine linke Schulter brannte. »Monk, erkennst du uns denn nicht?«

Monk betastete die gerötete und geschwollene Naht hinter seinem Ohr. »Ehrlich gesagt... nein.«

Gray taumelte ihm entgegen. Zahllose Fragen schwirrten ihm durch den Kopf. Das war vollkommen grotesk. Litt Monk an Amnesie, oder hatte man ihm etwas angetan? Wie kam er überhaupt hierher? Gray war es egal. Er umarmte seinen Freund, was einen brennenden Schmerz in seiner Schulter zur Folge hatte. Nur ein Streifschuss, doch er hätte auch einen Körpertreffer in Kauf genommen, um diesen Mann zurück ins Leben zu holen. Er drückte noch fester zu.

»Ich hab's gewusst... Ich hab's gewusst«, flüsterte Gray erschüttert. Tränen rollten ihm über die Wangen. »Mein Gott, du lebst.«

»Wenn wir nicht bald machen, dass wir von hier verschwinden, wird er nicht mehr lange leben.«

Der Mann hatte recht. Gray löste sich von Monk, ließ die Hand aber auf seinem Ellbogen ruhen, um zu verhindern, dass er sich einfach wieder in Luft auflöste.

Monk musterte die beiden Männer. »Hört mal her«, sagte er und zeigte nach draußen. »Ich könnte eure Hilfe gut gebrauchen. Es gibt da etwas, das ich verhindern muss.«

»Die Operation Saturn«, sagte Gray.

Monk schaute verdutzt drein, dann nickte er. »Ja, stimmt. Der Junge kann...«

Plötzlich fuhr Monk herum. »Wo steckt Pjotr eigentlich?«

Gray konnte seine Verwirrung nachvollziehen.

Der Junge war in dem ganzen Durcheinander verschwunden.

ELIZABETH BETRACHTETE DAS Foto auf dem Monitor. Es zeigte das Wandmosaik aus dem indischen Tempel. Fünf Personen saßen auf dreibeinigen Hockern um den Omphalos herum. Durch das Loch im Stein kräuselte sich Rauch wie aus einem Vulkankrater. Aus der Rauchsäule stieg ein Flammenjüngling empor.

Doch es war nicht der Rauch, der ihn hochgehoben hatte.

Auf dem Tisch lagen viele Seiten Papier, die Elizabeth mit Zeilen auf Harappa, Sanskrit und Griechisch vollgeschrieben hatte. Sie verfügte über Fotos der Inschriften an der Wand und am Omphalos. Was ihre Übersetzung anging, war sie sich nicht ganz sicher.

Die Welt wird brennen…

Sie betrachtete das Mosaik eingehender. Fünf Frauen saßen wie in Trance zusammengesunken auf den Stühlen, hatten den Arm jedoch zu dem Jüngling erhoben. Elizabeth hatte zunächst vermutet, sie hätten den Jüngling heraufbeschworen oder herbeigerufen. Inzwischen wusste sie es besser. Sie *beschworen* ihn nicht, sie *stützten* ihn.

Sie fasste die Zeile in den Blick, die sie inzwischen vollständig übersetzt hatte.

Die Welt wird brennen… es sei denn, die vielen werden eins.

Das war eine Warnung. Die Inschrift gab an, was geschehen musste, damit die Welt nicht von einem gewaltigen Feuer verzehrt wurde. Elizabeth dachte an Gray, der Sorge gehabt hatte, dass im Zuge der sich in den Bergen anbahnenden Katastrophe Millionen Menschen durch eine Nuklearexplosion oder radioaktive Strahlung sterben müssten.

Sie stellte sich die pilzförmige Wolke vor, das verzehrende Höllenfeuer einer Atombombe.

Die Rauchwolke auf dem Mosaik sah ganz ähnlich aus.

… es sei denn, die vielen werden eins.

Sie scrollte nach unten, bis unter die frisch übersetzte Zeile, und legte den Zeigefinger auf den Bildschirm.

Ein Chakra.

Mit der Fingerspitze fuhr sie über ein Blütenblatt bis zum Mittelpunkt. Das Chakra symbolisierte die gleiche Warnung. Die Blütenblätter verwiesen alle aufs Zentrum.

Die vielen werden eins.

Sie musterte erneut die fünf Frauen, die einen Jüngling stützten.

Die Vermutung verfestigte sich zur Gewissheit – nicht nur, was ihre Übersetzung betraf, sondern auch deren Bedeutung. Sie ging zum Satellitentelefon hinüber, das Gray ihr dagelassen hatte. Er hatte sie gebeten, Direktor Crowe anzurufen, falls irgendwelche Schwierigkeiten auftreten sollten.

Gleichwohl zögerte sie. Und wenn sie sich täuschte? Sie erwog, den Mund zu halten. Dann dachte sie an ihren Vater und all seine Geheimnisse. An Masterson und dessen Geheimnisse. Sie hatte genug von Geheimnissen und Halbwahrheiten, von unausgesprochenen Mutmaßungen.

Schluss damit.

Sie wollte es anders machen als ihr Vater.

Im Bewusstsein der Bedeutung ihrer Entdeckung setzte sie

das Headset auf und tippte die Nummer ein, die Gray ihr gegeben hatte.

15:18
Washington, D. C.

PAINTER SCHAUTE ZU, wie das Kind für die Operation vorbereitet wurde. Er stand zusammen mit Kat Bryant im Beobachtungszimmer neben dem kleinen OP-Raum der Sigma-Kommandozentrale. Steril verpackte Geräte warteten auf ihren Einsatz bei der heiklen Operation: Ultraschallsauger, Laserskalpelle, stereotaktische Lokalisierer. Tabletts mit Edelstahlinstrumenten und Bohrern in verschiedenen Größen waren auf Tischen aufgereiht. Lisa, Malcolm und ein Team von Neurochirurgen der George Washington University waren mit den letzten Vorbereitungen beschäftigt.

Sascha lag in der Mitte des Raums unter einer dünnen OP-Abdeckung. Nur die Kopfseite schaute heraus, kahl rasiert, mit orangefarbenem Antiseptikum behandelt und in einem starren Rahmen fixiert, der mit dem Scanner verbunden war. Das Stahlimplantat reflektierte das Licht der OP-Leuchte.

Die blasse, besorgte Kat stützte sich mit einer Hand am Fenster ab.

Im Verlauf der vergangenen Stunde hatten die EEG-Messungen und CT-Scans ein Bild von Saschas fortschreitenden Gehirnschäden ergeben. Was immer in ihr vorging, es ließ ihr Gehirn langsam durchbrennen. Deshalb hatte man entschieden, das Implantat zu entfernen, solange das Kind noch bei Kräften war. Das Implantat war anscheinend der Mittelpunkt der neurologischen Hyperaktivität.

Lisa bezeichnete es als »Blitzableiter«.

Die einzige Möglichkeit, Saschas Leben zu retten, bestand darin, das Implantat zu entfernen. Der Neurochirurg hatte die Scans und Röntgenaufnahmen eingehend studiert. Er glaubte, das Gerät gefahrlos entfernen zu können. Die Operation war kompliziert, doch er traute sie sich zu.

Das war die erste gute Nachricht seit Langem gewesen.

Painters Handy klingelte in seiner Hosentasche. Er erwog, einfach nicht dranzugehen, aber dann nahm er das Gerät doch heraus und las die Nummer des Anrufers ab. Der Anruf kam aus Kyshtym in Russland. Er wandte dem Beobachtungsfenster den Rücken zu, klappte das Handy auf und drückte die Annahmetaste.

»Hier Painter Crowe.«

»Direktor«, meldete sich eine Frau, der die Erleichterung deutlich anzuhören war. Es war Elizabeth Polk. »Gray hat mir Ihre Nummer gegeben.«

Sie sprach schnell, und Besorgnis schwang in ihrer Stimme mit. »Was gibt es denn, Elizabeth?«

»Ich bin mir nicht sicher. Ich habe etwas entdeckt, jedenfalls einen Text übersetzt ...«

Painter hörte zu, während sie ihr Anliegen und ihre Befürchtungen vorbrachte und ihm von der Botschaft berichtete, die sie auf dem alten Wandmosaik entdeckt zu haben glaubte.

»Die Orakel saßen völlig zusammengesunken auf den Stühlen. Sie waren bewusstlos, standen unter Drogen, waren völlig ausgelaugt. Ihre einzige Daseinsberechtigung bestand darin, denjenigen zu unterstützen, der die Welt vor der Vernichtung bewahren konnte. Ich weiß, es klingt verrückt, doch ich glaube, es gibt eine Verbindung zu den aktuellen Ereignissen.«

Während sie berichtete, hatte Painter sich wieder dem Beobachtungsfenster zugewandt. Ihre Worte hallten in ihm nach. *Zusammengesunken, bewusstlos, unter Drogen ...*

Diese Beschreibung passte auch auf Saschas Zustand.

Er erinnerte sich, dass Kat berichtet hatte, Sascha habe den Namen ihres Bruders gerufen, bevor sie zusammengebrochen war.

Ihre einzige Daseinsberechtigung bestand darin, denjenigen zu unterstützen, der die Welt vor der Vernichtung bewahren konnte.

Painter sah, wie der Chirurg das Skalpell in die Hand nahm und sich anschickte, die Operation zu beginnen.

Nein.

Er rannte zur Tür.

»Was haben Sie?«, rief Kat ihm zu.

Painter hatte keine Zeit, ihr zu antworten. Er stürmte durch den sterilen Vorbereitungsbereich in den Operationsraum hinein. »Aufhören! Keine Bewegung!«

13:14

»GENERALMAJORIN, SIE SOLLTEN nach unten in den Bunker gehen.« Er war einen Kopf größer als sie und ausgesprochen muskulös. »Wir werden uns dort verbarrikadieren.«

Ein anderer Soldat zerrte den schreienden Dr. Petrow vom Gang in ein Zimmer. Sein Bein war am Knie abgetrennt worden. Blut spritzte. Andere Soldaten hatten Kinder geschultert. Aufgrund des Zusammenbruchs der russischen Streitkräfte hatten sie sich vor dem Guerillaangriff in das Wohngebäude zurückziehen müssen.

Der groß gewachsene Soldat zeigte mit seinem fleischigen Arm zur Treppe. »Bitte, Generalmajorin. Wir werden durchhalten, solange es geht.«

»Die Kinder...«, sagte Sawina, der bewusst war, dass

ihr Plan in sich zusammenbrach. Sie durfte nicht zulassen, dass man ihr raubte, was sie begonnen hatte. »Erschießt sie alle.«

Die Augen des Mannes weiteten sich, doch er war Soldat. Er nickte.

Sawina stieg die Treppe hinunter. Sie konnte nicht dabei zusehen. Als sie den Fuß der Treppe erreichte, bekam sie weiche Knie. Die Tür des Bunkers bestand aus zehn Zentimeter dickem Stahl. Dahinter konnte sie das Ende der Kampfhandlungen abwarten. Durch die Tür sah sie leuchtende Monitore. Auf dem mittleren Bildschirm strömte radioaktiv strahlendes Wasser in den Erdboden. Mit diesem Anblick würde sie sich während des Wartens trösten.

Plötzlich knallten Schüsse.

Die Kinder…

Sie zuckte zusammen und wandte sich zur Tür.

In diesem Moment trat jemand aus dem Schatten hervor und verstellte ihr den Weg.

Ein Junge.

Pjotr.

Pjotr stand im Eingang des Bunkers und blickte die Frau an. Im düsteren Treppenhaus zeichnete sie sich als Schatten ab. Er konnte sie nicht genau sehen, dennoch erkannte er sie. Er konzentrierte sich auf die Flamme ihres Herzens.

»Pjotr!«, rief sie mit jäher Hoffnung.

Als sie auf ihn zutrat, hob er die Arme und griff nach ihr – nicht körperlich, sondern mit flammendem Geist. Er umfasste die Flamme ihres Herzens mit den Händen und hielt sie fest wie einen verängstigten Vogel. Dann drückte er behutsam zu und erstickte die Flamme.

Mit einem Aufschrei fiel die Frau auf die Knie und fasste sich an die Brust. »Pjotr, was tust du da?«

Ihre Hoffnung machte Entsetzen Platz; sie schrie.

Doch er war noch nicht fertig mit ihr.

Pjotrs empathische Begabung wies noch eine andere Facette auf. Allein auf sich gestellt, nahm er die Emotionen anderer Menschen wahr, doch mit der Unterstützung von hundert Kindern vermochte er noch weit mehr.

Während er die Frau mit hundert Augenpaaren fixierte, nahm er in sich auf, was sie ihm darboten: den Schmerz des Skalpells, die quälende Einsamkeit, die Kälte der Vernachlässigung, die Qual des nächtlichen Missbrauchs. Und er griff noch weiter in die Vergangenheit zurück, bis zu einem blauäugigen Kind in einer dunklen Kirche, das eine Frau und einen Mann näher kommen sah. Er nahm die Angst, die dieses Kind verspürte hatte, und stieß sie der Frau wie einen Dolch ins Herz.

Sie schrie auf und warf sich nach hinten, gefangen in niemals endendem Schmerz.

Während die dunklen Emotionen Pjotr durchströmten, wurde auch er von ihrem Feuer versengt. Er vergoss heiße Tränen über die verlorene Unschuld, auch seine eigene.

Die Pistole, die auf ihn gerichtet wurde, nahm er kaum wahr.

Die Frau wollte blindlings töten, was sie quälte.

Ein Schuss zerriss die Stille.

Pjotr prallte zurück, und die Flamme der Frau erlosch zwischen seinen Handflächen. Während er taumelte, brach sie zusammen. Die Hälfte ihres Gesichts war verschwunden. Pjotr blickte auf und sah Monk mit qualmender Pistole die Treppe herunterstürmen.

Der Mann sprang über die Frau hinweg und schloss den Jungen in die Arme.

»Pjotr!«

Monk hob den Jungen hoch und tastete den schmalen Körper ab. Er schien unverletzt, doch seine Haut war fiebrig erhitzt. Er drückte Pjotr an seine Brust.

Auch die anderen kamen die Treppe heruntergerannt.

Bei einem kurzen Feuergefecht hatten sie die Verteidiger ausgeschaltet. Die Russen waren im Begriff gewesen, das Feuer auf eine Gruppe bewusstloser Kinder zu eröffnen.

Wären sie auch nur eine halbe Minute später gekommen...

Die Zigeuner sicherten oben die Umgebung und bewachten die Kinder. Einstweilen waren sie in Sicherheit.

»Ist das die Zentrale?«, fragte Gray.

Monk, der noch immer den Jungen in den Armen hielt, betrat mit den anderen zusammen den Bunker. Die Schalttafel qualmte aus tiefen Rissen. Die Tastaturen waren zerbrochen. Glasscherben knirschten unter den Füßen. Abgesehen von einer Reihe Wandmonitore war alles zerstört.

Monk zeigte auf den mittleren Bildschirm. Er kannte den Raum. Das war das Zentrum der Operation Saturn. Jetzt aber ergoss sich durch ein Loch in der Decke ein dicker Strahl schwarzes Wasser, das strudelnd in einem Bodenschacht verschwand.

»Die Operation hat schon begonnen«, sagte er mit hohler Stimme. »Wir sind zu spät gekommen.«

Auf dem daneben befindlichen Bildschirm sah Monk die Höhle, in der er Konstantin und die anderen Kinder zurückgelassen hatte. Die Kinder lagen auf dem Boden. Das Bild war zu körnig, um erkennen zu können, ob sie noch lebten. Waren sie etwa der Strahlung erlegen?

Abgrundtiefe Verzweiflung machte sich in ihm breit.

Während Gray das Satellitentelefon hervorholte, musterte Monk die anderen beiden Personen: Kowalski und Rosauro. Er versuchte, einen Erinnerungsfetzen zu fassen, doch es gelang ihm nicht. Wer waren diese Menschen? Wenn sie seine

Freunde waren, hätte er dann nicht irgendwelche Gefühle zeigen müssen?

Während er sie musterte, legte Pjotr die Hand auf den mittleren Bildschirm.

»Was macht er da?«, fragte Gray, das Telefon ans Ohr gedrückt.

Monk richtete seine Aufmerksamkeit auf den Jungen. »Pjotr?«

Der Junge starrte den Bildschirm an.

Zu seiner Linken meldete sich Kowalski zu Wort. »Hey! Der Zug hat sich in Bewegung gesetzt!«

Monk wandte den Kopf. Der Zug glitt langsam über die Schienen. Elektrische Funken stoben. Offenbar gab es im Tunnel noch Strom, auch wenn sie keinen Zugriff mehr darauf hatten.

»Ist das der Junge?«, fragte Kowalski. »Hat er den Zug mit reiner Geisteskraft in Bewegung gesetzt?«

Monk hielt einen Moment den Atem an, dann ließ er ihn langsam entweichen. »Nein«, sagte er, den Blick auf den Zug gerichtet. Dann erinnerte er sich wieder. »Es ist noch jemand da draußen.«

»Wer?«, fragte Gray.

Als Pjotr den Bildschirm berührte, dehnte er seine Sinne mit äußerster Kraftanstrengung in den Tunnel aus. Weder Stahl noch Beton vermochten ihn aufzuhalten. Während die Stimmen hinter ihm zurückblieben, drang er in den finsteren Tunnel vor und näherte sich dem einen Stern, der darin noch leuchtete, dem großen Herzen, das er sein ganzes junges Leben lang so sehr geliebt hatte.

Sie kauerte im Zug und schaukelte mit dem Oberkörper. Sie hatte sich vor den Kameras versteckt, weil er sie darum gebeten hatte. Sie war ein Teil des Musters. Im Moment aber war das alles unwichtig. Einen so großen Schmerz wie jetzt hatte er noch nie empfunden. Er brauchte sie. Als er ihr altes Herz erreicht hatte, umfasste er behutsam die Flamme und übermittelte ihr all seine Liebe und Sehnsucht.

Sie spürte seine Anwesenheit und gab leise Laut, griff in die leere Luft. Im finsteren Tunnel umarmten sie einander und teilten Gefühle, deren Tiefe niemand sonst hätte ermessen können.

Das war eines ihrer Geheimnisse.

Er hatte es in dem Moment gewusst, als sich ihre Hände zum ersten Mal berührten. Pjotr kannte den Grund, weshalb die meisten Kinder Marta liebten, bei ihr Trost suchten, in ihren Armen weinten oder sich einfach nur von ihr halten ließen.

Genau wie Pjotr besaß sie die Gabe der Empathie, wovon ihre Wärter allerdings nichts ahnten. Sie waren Seelenverwandte. Und deshalb wahrte er ihr Geheimnis und sie das seine.

Doch es war nicht ihr einziges Geheimnis.

Es gab noch ein dunkleres, angstbesetztes Geheimnis, das sie beide nicht verstanden, obwohl es unbestreitbar existierte. Von ihrer ersten Begegnung an hatten sie gewusst, dass sie beide zusammen sterben würden.

Gray beobachtete, wie der Zug immer schneller zur großen Höhle zurückfuhr. Monk hatte ihm in knappen Worten erklärt, was es mit der Operation Saturn auf sich hatte.

»Aber wer ist in dem Zug?«, fragte er. »Können wir mit den Leuten Kontakt aufnehmen?«

Monk hielt den Jungen fest, der seine kleinen Finger auf den Bildschirm drückte. »Ich glaube, Pjotr ist bereits dort. Der Junge weiß, wie man den Zug steuert.«

»Aber wer befindet sich im Zug?«

»Eine Freundin.«

Am Rand des Bildschirms, der das Innere der Höhle anzeigte, gelangte der Zug in Sicht und hielt an. Eine dunkle Gestalt hüpfte aus dem Wagen und hoppelte in die Höhle.

»Ist das etwa ein Affe?«, fragte Kowalski und wich einen Schritt zurück.

»Ein Menschenaffe«, erklärte Rosauro, als wäre sie es leid, Kowalski ständig zu verbessern. »Genau gesagt, ein Schimpanse.«

»Das ist Marta«, sagte Monk.

Gray hörte den Schmerz aus seiner Stimme heraus. In der Höhle musste die Strahlung gewaltig sein. Die Schimpansin bewegte sich schwerfällig und stützte sich mit den Handknöcheln ab, von der Strahlung bereits geschwächt.

»Was hat sie vor?«, fragte Gray.

»Sie versucht, uns alle zu retten«, antwortete Monk.

Pjotr blieb bei Marta. Er zog ihre Flamme zu sich heran, nicht so dicht, dass er verbrannte, jedoch weit genug, um sich daran zu wärmen und sie wissen zu lassen, was sie tun musste und dass sie nicht allein war. Er blickte durch ihre Augen, nahm die Umgebung durch ihre schärferen Sinne wahr.

Er sah die tosende Wassersäule, spürte die Strahlung, die Marta schwächte und sie verbrannte. Das dunkle Wasser, das sie aus ihren Albträumen her kannten, verströmte einen Geruch nach verwesendem Fisch und machte ihnen beiden Angst.

Das Wasser war gefährlicher als ein reißender Fluss.

Sie aber trotzten ihm gemeinsam.

Marta ging um das Loch herum, welches das Wasser so gierig verschlang. Das musste sie unterbinden.

Es gab nur eine einzige Möglichkeit.

Pjotr teilte Marta mit, was er wusste. Konstantin hatte ihm

erklärt, wie alles funktionierte: die Sprengladungen, die Sender, der dicke Siloverschluss.

Außerdem hatte er Pjotr auf den Hebel hingewiesen.

Marta war auf keine Unterstützung angewiesen. Sie machte den Stahlhebel hinter einem Geräteteil aus. Damit konnte man den Schacht verschließen und den Wasserstrom ins Innere der Erde unterbinden. Pjotr nahm ihre leisen Angstlaute wahr. Er spürte die Resonanz im Brustkasten.

Du schaffst es, Marta …

Sie strengte sich an. Ihre Haut brannte, die Pelzhaare fühlten sich an wie Kiefernnadeln, an den Fingerknöcheln bildeten sich Blasen.

Pjotr hielt ihre Flamme umfasst und übermittelte ihr seine Entschlossenheit.

Sie hatte den Hebel erreicht. Er war ganz nach unten gedrückt. Sie brauchte ihn lediglich hochzuschieben. Sie schob die Schulter darunter, packte den Hebel mit beiden Händen und stemmte sich dagegen.

Der Stahlhebel bewegte sich nicht.

Während sich hinter ihr der Tod in die Tiefe ergoss, spürte Pjotr die Anspannung in ihrem Rücken, ihren Beinen, ihrem Herzen.

Die Flamme, die er mit den Händen umfasste, flackerte.

Marta …

Der Hebel rührte sich nicht von der Stelle.

Monk beobachtete, wie Marta mit dem Hebel kämpfte. Sie war zu schwach. Der Hebel gab nicht nach. Pjotr begann zu keuchen; er teilte die Angst und den Schmerz der alten Schimpansin.

»Wieso rührt sich das Ding nicht?«, fragte Gray.

»Mach schon, du verdammter Affe!«, schrie Kowalski.

Monk beugte sich weiter vor und legte die Hand auf den

Monitor. Er vergegenwärtigte sich, was er im Vorbeilaufen dort gesehen hatte. Plötzlich verspürte er ein Stechen im Kopf. Bilder aus einer anderen Zeit und von einem anderen Ort blitzten auf.

Ein rußbedeckter Mann… eine Sturzfahrt in einer Lore… grinsend gebleckte Zähne in einem staubigen Gesicht… braver Junge! … ganz der Daddy…

Dann war es auch schon wieder vorbei.

Monk versuchte, etwas davon festzuhalten, doch wie beim Erwachen aus einem Traum verflüchtigte sich die Erinnerung im Handumdrehen. Weshalb war ausgerechnet diese Erinnerung hochgekommen? Sie musste irgendetwas bedeuten.

Während die Erinnerung verblasste, sah er auf einmal den rußbedeckten Mann vor sich, der die Lore verlangsamte, indem er…

»Die Handbremse!«, keuchte er.

Abermals blitzte der Stollen vor seinem inneren Auge auf. Er stellte sich den Hebel vor. An dessen Ende befand sich ein Handgriff.

Monk wandte den Kopf zu Pjotr herum und flüsterte ihm ins Ohr. »Marta muss den Hebel ganz am Ende packen und gegen den Griff drücken. Erst dann lässt er sich bewegen.«

Pjotr starrte ins Leere, als wäre er taub, und vielleicht hatte der Junge ihn ja tatsächlich nicht gehört. Monk musste ihn zum Zuhören bewegen.

Rosauro, die seine Enttäuschung offenbar mitbekommen hatte, trat neben ihn. »Wie verständigen sie sich? Telepathisch?«

»Nein. *Empathisch*, glaube ich. Sie teilen ihre Emotionen. Das habe ich schon häufiger bei ihnen beobachtet. Allerdings noch nicht auf eine solch große Entfernung.«

»Dann müssen Sie ihn auf die gleiche Weise ansprechen.«

Monk musterte sie, als habe er eine Verrückte vor sich.

»Rosauros Spezialgebiet ist die Neurologie«, sagte Gray. »Tun Sie, was sie sagt.«

Die Frau sprach langsam und eindringlich. »Bei der Empathie geht es um Sinneswahrnehmungen und Taktilität. Auf dieser Ebene sollten Sie ihn ansprechen können. Bieten Sie ihm etwas an, das beruhigend auf ihn wirkt. Vielleicht kommen Sie dann an ihn heran.«

Monk dachte an Pjotr und Marta. Ständig hatten sie sich berührt, gestreichelt, sich aneinandergeschmiegt, doch eine Geste hatte besonders beruhigend auf Pjotr gewirkt.

Er verlagerte die Haltung und schlang die Arme um den Jungen, wie Marta es häufig getan hatte. Pjotrs Herz schlug so schnell wie das eines Kolibris. Er wiegte ihn ganz sanft, brummte ihm ins Ohr und flüsterte ihm zu, was getan werden musste.

Er konzentrierte sich mit aller Macht.

Drück die Handbremse…

Pjotr blieb bei Marta, während sie sich mit dem Hebel abmühte – dann auf einmal nahm er eine wohlvertraute Wärme wahr. Er wandte den Kopf und sah ein starkes Herz, das mit kräftiger Flamme brannte. Er blickte in das Feuer, und auf einmal hörte und spürte er, was getan werden musste.

Er konzentrierte sich wieder auf Marta und umarmte sie, übermittelte ihr sein Wissen.

Seine Freundin aber zitterte und glühte. Ihre Kräfte ließen rasch nach.

Bitte…

Sie gab verängstigt Laut, griff aber mit ihrer großen Hand nach dem Hebel und fand den Griff.

Der Hebel bewegte sich, doch er war schwergängig. Mit letzter Kraft drückte sie ihn hoch und schob ihn nach hinten. Es ertönte ein lautes Knacken.

Ein Getriebe knirschte.

Marta brach erschöpft zusammen.

»Sie hat es geschafft!«, sagte Gray.

Auf dem Bildschirm war zu sehen, wie die Irisblende im Boden sich allmählich schloss und den Wasserstrom abschnitt. Die Wasserflut, die nicht mehr abfließen konnte, ergoss sich in die Höhle.

Die Schimpansin wurde in den Tunnel gespült, doch es strömte immer mehr Wasser nach. Obwohl sie zu Tode erschöpft und von der Strahlung geschwächt war, kam sie wieder auf die Beine und schwang sich auf den Zug. Während das schwarze Wasser ringsumher anstieg, rannte sie in panischer Angst auf dem Dach hin und her.

Gray brach der Anblick der bedauernswerten Kreatur das Herz.

»Schafft um Himmels willen den verdammten Affen da raus!«, fauchte Kowalski. Er schlug mit der Faust auf die zerstörte Konsole.

Doch ihnen waren die Hände gebunden. Das Tor war geschlossen, und das Wasser stieg im Tunnel, der an beiden Enden verschlossen war, immer höher. Selbst wenn die Steuerung noch funktioniert hätte, wäre es aufgrund der Strahlung für sie alle lebensgefährlich gewesen, das Tor zu öffnen. Außerdem hatte die Schimpansin bereits eine mehrfach tödliche Strahlendosis aufgenommen.

Rosauro wandte sich erschüttert ab und schlug die Hand vor den Mund.

Die alte Schimpansin hockte sich schließlich hin und schlang die Arme um die Beine. Sie begann, mit dem Oberkörper zu schaukeln. Sie wusste, was ihr bevorstand.

Monk drückte den Jungen an sich; eine Träne rollte ihm über die Wange.

Der Junge wiegte sich in seinen Armen im gleichen Rhythmus wie seine Freundin im Tunnel.

Pjotr blieb bei Marta, als das Wasser stieg. Ihr Herz zuckte und flackerte vor Angst. Sie hatte immer schon gewusst, dass das dunkle Wasser sie umbringen würde. Er hielt sie auf die gleiche Weise umarmt, wie sie ihn in der Vergangenheit häufig gehalten hatte. Er umschlang sie mit seinen warmen Armen und zog sie an sich. Sie wiegten sich im selben Rhythmus, zwei Herzen, die mit einer Flamme brannten.

Auch Marta kannte sein Geheimnis.

Sie gab Laut und schmiegte die Wange an ihn.

Pjotr...

Ich liebe dich, Marta...

Als das Wasser seine Freundin verschlang, blickte Pjotr in das dunkle Meer, das ihn ausfüllte und in dem siebenundsiebzig Lichter um sein besonders hell leuchtendes Herz herumwirbelten. Ein Lehrer hatte ihm einmal erklärt, dass die um die Sonne kreisenden Planeten auf ihren Bahnen gefangen seien.

Jetzt verstand er, was der Lehrer gemeint hatte.

Als er die Sterne in sich aufnahm, wusste er, dass er sie nicht mehr loslassen würde. Das war kein Albtraum, in dem er sich lediglich einen Teil ihrer Fähigkeiten aneignete. Er hatte eine Grenze überschritten, und jetzt gab es kein Zurück mehr. Die geraubten Sterne leuchteten zusehends schwächer. Er verbrannte sie, verzehrte seine Freunde, seine Schwester.

Es gab nur eine Möglichkeit, sie wieder freizugeben.

Das war der zweite Grund, weshalb er zu Marta gekommen war.

Er brauchte sie.

Pjotr... nicht...

Du musst...

Zögerlich streckte sie die Hände aus nach dem hellen Licht inmitten seines dunklen Meers. Sie legte ihre langen, warmen Finger um sein Herz.

Pjotr...

Doch sie wusste es. Wenn die anderen Kinder überleben sollten, gab es nur eine Möglichkeit. Die Kinder waren in seinem Orbit gefangen, und wenn er nichts unternahm, würden sie alle durchbrennen. Um sie zu befreien, musste er die Sonne erlöschen lassen, die sie festhielt. Dann würden die Sterne fortfliegen und dorthin zurückkehren, wo sie hergekommen waren.

Und deshalb drückte Marta immer fester zu, während ringsum das dunkle Wasser stieg. Jetzt, da sie ihm nahe war, hatte sie keine Angst mehr. Während sie sich gegenseitig wiegten, schloss sie behutsam die Finger, doch es tat trotzdem weh.

Bevor Pjotrs Licht endgültig erlosch, konzentrierte er sich auf den einen Stern in dem dunklen Meer, der heller leuchtete als die anderen.

Sascha, flüsterte er und vertraute seiner Schwester ein Geheimnis an.

Unvermittelt erschlaffte der Junge in seinen Armen. Seine kleine Hand sank vom Bildschirm herab. Monk sah, wie Marta vom Zug gespült wurde und in der Finsternis des Tunnels verschwand.

Monk legte den Jungen auf den Boden. »Pjotr?«

Der Junge starrte mit glasigem Blick an die Decke, seine Pupillen waren geweitet. Monk tastete nach dem Puls. Er ging nur noch ganz schwach. Die Brust des Jungen hob und senkte sich kaum merklich.

Gedämpfte Rufe und Geschrei tönten aus dem Lautsprecher. Die anderen Kinder. Sie erwachten aus der Bewusstlosigkeit und stellten fest, dass der ganze Raum voller Leichen war.

Gray zeigte auf den Monitor. »Rosauro, Kowalski, holen Sie sie her!«

Monk saß auf dem Boden und hielt den mageren Jungen in den Armen. Pjotr atmete, das Blut kreiste durch die Adern, doch wie Monk so in seine leeren Augen blickte, wusste er, dass der Junge nicht mehr aufwachen würde.

Pjotr... warum?

Gray legte ihm die Hand auf die Schulter. »Vielleicht hat er einen Schock. Das wird schon werden...«

Monk war dankbar für die Aufmunterung, doch er kannte die Wahrheit. Er hatte gespürt, wie der Junge losgelassen hatte. Monks Blick wanderte zu dem Bildschirm, auf dem die Kinder sich regten. Er wusste, was geschehen war. Pjotr hatte sein Leben für seine Brüder und Schwestern geopfert.

Gray hockte sich neben ihn und hielt mit ihm zusammen die Totenwache.

Der Fremde war anscheinend ein guter Mensch, und in diesem stillen Moment ging etwas Tröstendes von ihm aus. Gray weckte bei ihm zwar keine Erinnerungen, doch er hatte das Gefühl, sich ihm gefahrlos öffnen zu können.

Deshalb schämte Monk sich nicht, als ihm die Tränen über die Wangen liefen und er Pjotr, nurmehr eine leere Hülle, ein letztes Mal in den Armen wiegte.

22

PAINTER LIEF DURCH das Durcheinander aus Zelten und Wagen. Das Zigeunerlager breitete sich auf den weitläufigen Rasenflächen der National Mall aus. Es gab traditionelle Zelte aus Haselnussgerten, die man in den Boden gesteckt und mit Segeltuch bedeckt hatte, und moderne, die frisch aus dem Sportgeschäft kamen. Auch die Wagen boten einen farbenfrohen Anblick, angefangen von ganz einfachen Gefährten bis zu geräumigen Wohnwagen mit rauchenden Schornsteinen, die auf großen, bunt lackierten Rädern ruhten.

Die Roma waren aus der ganzen Welt zu dieser Versammlung angereist. In provisorischen Pferchen standen Pferde, Kinder wimmelten umher, Musik wurde gespielt, überall wurde gelacht. Und mit jedem Tag kamen neue Gäste hinzu.

Der Präsident hatte für das Wochenende eine offizielle Feier angesetzt. Zum Dank dafür, dass die Zigeuner ihm das Leben und die ganze Welt vor dem Untergang gerettet hatten, erwies er ihnen nun seine Gastfreundschaft.

Painter ging zielstrebig durch das Gewusel aus bellenden Hunden und spielenden Kindern. Auch Touristen streiften durch die gewundenen Gassen und engen Basare, kauften Andenken, ließen sich die Zukunft aus der Hand lesen oder bestaunten einfach nur das fröhliche Treiben.

Als Painter um eine Ecke bog, öffnete sich vor ihm ein offener Platz, der von einem der größten und am aufwendigsten geschmückten Wagen abgeschlossen wurde. Die Holztür stand offen. Er blickte in einen behaglichen Raum mit einem Doppelbett und in Gelb- und Rottönen bemalten Schränken. Es gab sogar einen kleinen Ofen mit einem kunstvoll verzierten Kaminsims.

Auf der Eingangstreppe saßen Luca und Gray und unterhielten sich angeregt. Der Commander trug den Arm noch immer in der Schlinge. Ein paar Schritte entfernt maß Shay Rosauro sich mit mehreren Zigeunern im Messerwerfen. Eine ihrer Klingen zischte durch die Luft, traf mitten ins Schwarze und drückte das Messer eines Gegners weg. Den lauten Kommentaren der Männer nach zu schließen, war sie im Begriff, die Zigeuner zu besiegen.

Painter wunderte sich, ein Stück weiter Elizabeth und Kowalski zusammen zu sehen. Offenbar war Elizabeth extra aus Indien zurückgekehrt, um der Feier beizuwohnen. Sie arbeitete dort mit Roma-Historikern und indischen Archäologen daran, die überflutete griechische Tempelanlage auszugraben.

Painter blickte nach rechts zur Fahne an der Fassade des Museums für Naturgeschichte. Darauf war ein griechischer Bergtempel mit einem großen *E* in der Mitte abgebildet, der eine Ausstellung über das Orakel von Delphi ankündigte. Da die archäologischen Funde in Indien einen großen Widerhall in der Presse gefunden hatten, waren die Tickets bereits Monate im Voraus ausverkauft. Ein großer Teil davon war an die Zigeuner gegangen, die darauf brannten, etwas über die Herkunft ihrer Stämme zu erfahren.

Luca hatte Painter entdeckt und erhob sich. Der Zigeuner war mit einer weiten Hose mit breitem Gürtel und schwarzen Stiefeln bekleidet. Unter der offenen Weste trug er ein langärmliges, mit Stickereien verziertes Hemd. »Ah, Direktor Crowe! Willkommen!«

Painter nickte dem Clanführer zu. »*Nais Tuke*«, bedankte er sich auf Romani.

Gray erhob sich ebenfalls. Wie Kowalski war auch er mit Jeans und leichter Jacke bekleidet. In den vergangenen Tagen hatten sie sich alle hier eingefunden. Hinter ihnen lagen zwei lange Wochen, angefüllt mit Beerdigungen und anstrengenden Sitzungen. Painter kam fast jeden Abend mit Lisa hierher. Dann streiften sie Arm in Arm durchs Lager und lauschten den Liedern und dem Gelächter der Familien, die sich bei Kerzenschein zum Abendessen versammelt hatten. Das lebenslustige Gewimmel fand Painter tröstend. Außerdem erinnerten ihn die Gruppengesänge und das Gemeinschaftsgefühl an seine Kindheit und die Stammesfeste im Mashantucket-Reservat. Es war ein bisschen so wie Nachhausekommen …

Heute aber hatten sie etwas Ernstes zu besprechen.

Alle gingen zu einem Holztisch. In der Nähe waren zwei kräftige Zugpferde angeleint.

Als sie Platz genommen hatten, fragte Gray: »Wie ist die Sitzung gelaufen?«

Luca erwiderte seinen Blick mit leuchtenden Augen.

Painter kam gerade von einer Besprechung mit Vertretern des Außenministeriums, der russischen Botschaft und mehreren Kinderschutzorganisationen. Dabei war es um das Schicksal der siebenundsiebzig Kinder gegangen, auf die von verschiedenen Seiten Ansprüche erhoben wurden.

»Die Russen haben uns bereitwillig die Verantwortung überlassen«, setzte Painter an. »Sie sind im Moment mit Aufräumarbeiten beschäftigt. Die neuesten radiologischen Untersuchungen der gemeinsamen nuklearen Taskforce deuten darauf hin, dass der teilweise Abfluss des Karatschai-Sees ins Grundwasser zwar katastrophale Auswirkungen auf die flussabwärts gelegenen Gebiete hat und umfangreiche Evakuierungsmaßnahmen erforderlich macht, aber keine globale Katastrophe nach sich ziehen wird. Die Schleusentore wurden rechtzeitig geschlossen.«

Gray wirkte erleichtert. »Und was ist mit den Kindern?«

Painter hatte sie am Vormittag im Krankenhaus besucht. Ein kompletter Flügel des Universitätskrankenhauses von Washington war für die Behandlung der russischen Kinder reserviert. In den vergangenen Wochen hatte das Neurologenteam die Implantate nach und nach behutsam entfernt. Wie der Chefneurologe vermutet hatte, war die Entfernung ein schwieriger, aber nicht übermäßig komplizierter Vorgang. Das letzte Implantat war vor zwei Tagen entfernt worden. Alle Kinder waren wohlauf.

»Erste Untersuchungen haben ergeben, dass den Kindern eine gewisse Savant-Begabung erhalten geblieben ist, allerdings auf niedrigerem Niveau«, sagte Painter. »Der Kollektivzustand, in den sie zuletzt eingetreten sind, hat das Fundament der neurologischen Struktur beschädigt, die für ihre Spezialbegabung verantwortlich war. Aber die Genesung der Kinder macht bemerkenswerte Fortschritte. Wer immer in Zukunft die Verantwortung für sie übernimmt, muss sich darauf einlassen, dass regelmäßig psychologische Untersuchungen stattfinden, bei denen ihre geistige Gesundheit und ihre Fähigkeiten bewertet werden.«

Painter blickte Luca an, der keine Miene verzog. In seinen Augen lag jedoch ein hoffnungsvolles Leuchten. Schließlich lächelte Painter. »Die Anwesenden waren übereinstimmend der Ansicht, dass die Kinder in die Obhut von Zigeunerfamilien gegeben werden sollten.«

Luca schlug mit der Faust auf den Tisch. »Ja!«

Die Zugpferde wieherten erschreckt und stampften mit ihren Hufen auf den Boden.

Im Verlauf der nächsten halben Stunde erläuterte Painter die Einzelheiten, was Luca ein wenig ernüchterte, das Leuchten in seinen Augen jedoch nicht zu trüben vermochte. Schließlich erhoben sich alle und zerstreuten sich.

Elizabeth und Kowalski entfernten sich Seite an Seite.

»Jetzt, wo Sie wieder da sind…«, brummte Kowalski und fuhr sich mit der Hand über den rasierten Schädel. »Hätten Sie vielleicht Lust… Könnten wir vielleicht mal…?«

Gray, der Zeuge von Kowalskis sprachlichen Verrenkungen geworden war, zuckte zusammen und bedeutete Painter, ein Stück beiseitezutreten. »Das wird eine schwere Geburt.«

»Was wollen Sie, Joe?«, fragte Elizabeth und musterte den Hünen mit fragend hochgezogener Braue.

Er geriet ins Stottern und fluchte verhalten, dann straffte er sich. »Was halten Sie von einem Date?«

Geschickt, dachte Painter und verkniff sich ein Grinsen.

Elizabeth zuckte mit den Schultern und ging weiter. »Sie meinen wohl, von einem zweiten Date?«

Kowalskis Stirn sah aus wie ein Waschbrett.

»Ich denke, wenn man beschossen, gekidnappt und verstrahlt wurde und noch dazu die Welt gerettet hat, kann man mit Fug und Recht von einem *ersten* Date sprechen.«

Kowalski stolperte neben ihr her, während er sich bemühte, ihr auch geistig zu folgen. »Dann gehen Sie also mit mir aus?«

Elizabeth nickte. »Wenn Sie die Zigarren mitbringen.«

Kowalski grinste. »Ich hab noch eine ganze Schachtel davon – oh, Mist!« Er blieb stehen und blickte auf seine Schuhe hinunter. Mit dem linken Fuß war er in einen Pferdeapfel getreten. »Das sind nagelneue Chukkas!«

Elizabeth hakte sich bei ihm ein und zog ihn mit sich fort. »Das tritt sich ab.«

»Aber Sie verstehen mich nicht! Das Leder wurde von Hand poliert…«

Sie verschwanden im Gewimmel.

Gray schüttelte den Kopf. »Kowalski hat ein Date. Ich glaube, in der Hölle ist es gerade ein bisschen kälter geworden.«

Painter und Gray wandten sich zum Smithsonian Castle. Auf sie beide wartete eine Menge Arbeit. In der Kommandozentrale von Sigma ging es noch immer drunter und drüber, sowohl im übertragenen wie im wörtlichen Sinn. Bei dem Überfall hatten sie ein paar wichtige Leute verloren, und eine Etage war nach dem Feuersturm komplett gesperrt. Die Instandsetzungsarbeiten und die Überprüfung der Infrastruktur waren in vollem Gange.

Die politische Lage war noch viel heikler. Es war ihnen gelungen, den Neurologen Dr. James Chen festzunehmen, einen der Jasons, die mit Mapplethorpe und McBride unter einer Decke gesteckt hatten. Beim Verhör hatte er mitgeholfen, die korrupten Jasons aus der Masse der anständigen Wissenschaftler auszusortieren, die für das Verteidigungsministerium arbeiteten. Mapplethorpe hingegen stand auf einem anderen Blatt. Er mischte bei allen Geheimdiensten Washingtons mit. Es war noch immer unklar, ob er auf eigene Faust gehandelt oder von Angehörigen des Washingtoner Establishments Rückendeckung gehabt hatte. Infolgedessen igelten sich die Geheimdienste in einer Wagenburg ein, schützten sich selbst und zeigten mit dem Finger auf ihre Konkurrenten.

Auch auf Sigma.

Die Geier kreisten, doch Painter konnte auf die Unterstützung des Präsidenten zählen. Es würde eine Menge Arbeit erfordern, doch über kurz oder lang würden sie die Situation bereinigen. Painter sollte sich morgen mit Sean McKnights

Nachfolger treffen, dem neuen Interimsleiter der DARPA. Der Präsident hatte den Posten zunächst Painter angeboten, doch der hatte abgelehnt. Sigma brauchte Kontinuität. Sie war die gemeinsame Erfindung von Archibald Polk und Sean McKnight, und Painter durfte sie nicht im Stich lassen.

Painter blickte Gray an. »Ich nehme an, Sie werden morgen den ganzen Tag im Krankenhaus sein.«

Gray nickte. »Ich möchte Kat Gesellschaft leisten.«

Monk Kokkalis' Operation war für sechs Uhr morgens angesetzt. Die NMR-Untersuchung hatte gezeigt, was man Monk in dem russischen Labor angetan hatte, doch es war nach wie vor ungewiss, ob die Schäden sich würden beheben lassen. Die Russen hatten einen Mikrochip mit Monks basolateraler Amygdala verbunden. Die Neurologen glaubten, der Chip habe eine temporäre Amnesie ausgelöst und aufrechterhalten. Die gleiche Wirkung konnte man auch mit Chemikalien erzielen. Der Betablocker Propranolol beispielsweise löschte besonders traumatische Erinnerungen. Die Russen hatten bei Monk das biotechnologische Äquivalent ausprobiert.

Vor der Operation hatte Monk sich einer Reihe von Strahlenbehandlungen unterziehen müssen. In der Zwischenzeit hatten die Neurologen weitere Untersuchungen durchgeführt, konnten aber auch jetzt noch nicht sagen, ob er sein Gedächtnis jemals wieder zurückerhalten würde – zumal sich bei der Tomografie noch ein weiterer Befund ergeben hatte. Um den Chip einsetzen zu können, hatte man Monk einen kleinen Teil der Großhirnrinde entfernt.

Gray hatte auf die Neuigkeit mit Entsetzen reagiert. *Erst die Hand, jetzt ein Teil des Gehirns*, hatte er gesagt. *Man könnte fast meinen, Monk würde langsam zerschnippelt.*

»Gibt es irgendwelche Anzeichen dafür, dass Monk Kat inzwischen wiedererkennt?«, fragte Painter.

Gray schüttelte den Kopf. »Die Ärzte haben dafür gesorgt, dass er sie kaum zu sehen bekam. Solange der Chip nicht entfernt ist, wollen sie vermeiden, dass sein Gedächtnis weiterem Stress ausgesetzt wird. Die emotionale Verbindung zu Kat hätte möglicherweise mehr Schaden als Nutzen angerichtet.«

»Aber sie hat ihn doch besucht.«

Gray nickte. »Sie musste ihn unbedingt sehen. Sie ist mit einer Gruppe von Krankenschwestern in sein Zimmer gegangen. Monk hat mit ihnen geplaudert, aber nicht auf Kat reagiert. Er hat nicht die geringste Reaktion gezeigt. Anschließend war sie am Boden zerstört. Sie hat Monk zurückbekommen, aber er ist trotzdem unerreichbar für sie.«

»Dann können wir nur beten.«

29. September, 18:21
George Washington University Hospital

ER ERWACHTE IN einem viel zu hellen Raum. Das Licht blendete ihn und bohrte sich tief in seinen Schädel. Ihm wurde übel, und alles drehte sich um ihn. Er schluckte mehrmals hintereinander und stellte seinen Blick mühsam scharf.

Eine schlanke Frau in einem blauen Kittel tätschelte ihm die Hand. »So ist's gut, Mr. Kokkalis. Einfach nur atmen.« Sie wandte sich ab. »Diesmal kommt er zu sich.«

Das Kreiseln hörte auf. Der pochende Kopfschmerz machte einem dumpfen Druckgefühl Platz. Er lag in einem Krankenzimmer. Nach und nach setzte die Erinnerung ein. Die Operation. Er hob den Arm und stellte fest, dass er in einer Plastikschiene fixiert war. Durch zwei Fusionsschläuche flossen klare

Salzlösung und Blut in seinen Körper. An der Seite piepsten und summten Überwachungsgeräte.

Monk versuchte, den Kopf zu bewegen, doch der Hals tat ihm weh, und von einer Kappe auf seinem Schädel ging ein Schlauch aus.

Verschiedene Ärzte tauchten auf, leuchteten ihm in die Augen, ließen ihn simple motorische Tests ausführen, prüften mit Eiswürfeln seine Schluckfähigkeit und führten weitere Funktionstests mit anderen Schädelnerven durch. Nach etwa zehn Minuten entfernten sie sich, wobei sie über seinen Fall fachsimpelten. Zwei Personen blieben am Fußende des Bettes zurück.

Monk kannte den Mann. »Gray…«, krächzte er; vom Intubationsrohr war sein Hals noch ganz wund.

Die Augen des Mannes leuchteten auf.

Monk wusste, was sich alle erhofft hatten, auch er, doch er schüttelte den Kopf. Er kannte den Mann nur von Russland her. Neben ihm stand eine hinreißend schöne Frau in Jeans und weiter Bluse, der das kastanienbraune Haar auf die Schultern fiel. Mit ihren smaragdgrünen Augen musterte sie Monk, doch er wusste nicht einmal, welche Frage darin zu lesen stand.

Gray berührte sie am Ellbogen. »Es ist vielleicht noch zu früh, Kat. Das weißt du. Die Ärzte haben gemeint, es könne Monate dauern.«

Monk nahm einen vertrauten, würzigen, aber auch moschusartigen Geruch wahr. Er ging mit keiner konkreten Erinnerung einher, trotzdem beschleunigte sich sein Atem. Irgendetwas war da…

»Wir sollten ihn jetzt in Ruhe lassen«, sagte Gray und geleitete die Frau vom Bett fort. »Wir kommen morgen wieder. Es war ein langer Tag. Du solltest sie jetzt nach Hause bringen.«

Gray nickte zu einem Kinderwagen hin. Ein Baby schlief darin, in Decken eingepackt, wie Monk ein Mützchen auf dem Kopf, die Augen geschlossen, der Mund gespitzt.

Monk betrachtete den Säugling. Bilder blitzten in seinem Kopf auf.

Kleine Fingerchen, die sich um seine Finger legten… durch einen langen, dunklen Flur schreitend, das Kind in den Armen wiegend… die strampelnden Beinchen beim Wechseln der Windeln…

Nichts als Erinnerungsfetzen. Zusammenhanglos. Doch diesmal gingen sie nicht mit Schmerz einher, sondern mit einem tröstlichen Leuchten, das nicht gleich wieder verblasste.

In diesem Leuchten fand er ein kleines Stück seiner selbst wieder.

»Sie… sie…« Gray und die Frau wandten sich zu ihm um. »Sie heißt Penelope.«

Der Blick der Frau wanderte vom Kind zu Monk. Sie begann zu zittern, und Tränen strömten ihr über die Wangen. »Monk…«

Sie stürzte zum Bett und warf sich auf ihn. Sie küsste ihn zärtlich, ihr Haar hüllte ihn ein wie ein Zelt.

Er erinnerte sich.

Der Geschmack von Zimt, weiche Lippen…

Ihren Namen wusste er noch immer nicht, doch auf einmal wallte liebevolle Zuneigung in ihm auf, und Tränen traten ihm in die Augen. Vielleicht würde er sich niemals wirklich an ihren Namen erinnern, doch eines wusste er mit unumstößlicher Gewissheit: Wenn sie es zuließ, würde er den Rest seines Lebens damit zubringen, sie aufs Neue kennenzulernen.

GRAY GING DEN Krankenhauskorridor entlang. Kat war bei Monk geblieben. In der Zwischenzeit wollte er nach einem weiteren Patienten sehen. Er wandte sich zur Kinderabteilung und zeigte dem Wachposten an der Eingangstür seinen Ausweis vor.

Er kam an mehreren Stationen und Krankenzimmern vorbei. An den Wänden waren bunte Luftballons und Comictiere abgebildet. Er begegnete einem schlaksigen Jungen im Schlafanzug. Ein kleines Mädchen ging neben ihm her. Die Köpfe der beiden waren an der Seite rasiert. Sie unterhielten sich angeregt auf Russisch.

Offenbar erholten sich die Kinder allmählich von ihrem Martyrium.

Das hieß, alle bis auf *eines*.

Er betrat einen weiteren langen Gang, an dessen Ende ein Einzelzimmer lag. Die Tür stand offen. Stimmengeräusch drang heraus.

Gray klopfte leise an und trat ein. In dem Raum befand sich ein Bett, daneben war ein kleiner Spielbereich mit einem gelben Plastiktisch und mehreren Kinderstühlen. Dr. Lisa Cummings trug gerade etwas ins Krankenblatt ein. Aufgrund ihrer medizinischen Erfahrung unterstützte sie die Chirurgen und Ärzte und hielt Painter über den Krankheitszustand und auftretende Probleme auf dem Laufenden.

Sascha saß am Tisch und malte. Eine rosafarbene Mütze bedeckte ihren kahl rasierten Schädel.

»Mister Gray!«, rief das Mädchen, sprang auf und kam ihm entgegengelaufen. Sie schmiegte sich an sein Bein.

Er tätschelte ihr die Schulter.

Sascha besuchte ihren Bruder ebenso oft wie Gray.

Pjotr saß am Fenster in einem Rollstuhl und schaute in die

Dämmerung hinaus. Er saß da wie eine Schaufensterpuppe. Aufrecht, steif, regungslos.

»Gibt es irgendwelche Veränderungen?«, fragte Gray und wies mit dem Kinn auf die Krankenakte, die Lisa in Händen hielt.

»Doch, schon. Er lässt sich inzwischen mit dem Löffel füttern. Mit Babynahrung. Er scheint infantilisiert zu sein. Die Ärzte glauben, dass er mit der Zeit in seinen Körper hineinwachsen könnte.«

Gray hoffte, sie würden recht behalten. Der Junge hatte die Welt gerettet und dabei alles geopfert.

»Gray, wenn du den Jungen ins Bett legst, lassen wir dich eine Weile mit ihm allein.«

Gray nickte.

»Komm, Sascha, wir gehen auf dein Zimmer.«

»Warte noch!« Sie ließ Grays Bein los und lief zu Pjotr hinüber.

»Sag Pjotr Gute Nacht, dann müssen wir gehen«, beharrte Lisa.

Sascha küsste ihren Bruder auf die Wange, dann kam sie zu Gray zurückgelaufen und reckte ihm die Arme entgegen.

Gray kniete nieder und bot ihr seine Wange zum Kuss. Sie küsste ihn, dann fasste sie sein Ohrläppchen. Sie flüsterte ihm ins Ohr, was ihn kitzelte.

»Pjotr ist nicht da«, sagte sie verschwörerisch. »Jemand *anders* ist da. Aber ich hab ihn trotzdem lieb.«

Gray lief ein Schauder über den Rücken. Offenbar hatte Sascha die Ärzte belauscht. Die Prognose sah düster aus. Selbst wenn Pjotr sich wieder erholen sollte, würde er nicht mehr der Gleiche wie früher sein.

Gray streichelte aufmunternd ihren Arm, wollte ihr aber auch keine falschen Hoffnungen machen. Für sie war es am besten, wenn sie sich auf ihre Weise mit der Realität abfand.

»Sascha«, mahnte Lisa.

»Einen Moment noch!«, rief Sascha und stürzte zum Tisch. »Ich hab etwas für Mister Gray gezeichnet.« Sie wühlte in einem Stapel Papier.

Lisa lächelte. »Sie will einfach nicht ins Bett.«

Sascha brachte Gray eine Seite, die sie aus dem Malbuch herausgerissen hatte. »Hier, nimm«, sagte sie stolz.

Gray betrachtete das Bild eines Clowns. Sie hatte es akkurat koloriert und sogar ein paar Schattierungen hinzugefügt, sodass der Clown traurig und auch ein wenig unheimlich aussah.

Sascha neigte den Kopf wieder an sein Ohr. »Du wirst sterben.«

Gray reagierte bestürzt, doch es lag keine Drohung in ihrer Stimme. Sie hatte es ganz sachlich gesagt, als machte sie eine Bemerkung über das Wetter. Gray überlegte, dass Sascha vermutlich noch Mühe hatte zu begreifen, was der Tod bedeutete. Sie hatte zu viel davon gesehen, und jetzt schwebte ihr Bruder irgendwo zwischen Leben und Tod.

Gray wusste nicht, was er sagen sollte. Aber auch jetzt wieder wollte er sie nicht anlügen. Er richtete sich auf, ließ seine Hand aber auf ihrer Schulter ruhen. »Wir alle müssen irgendwann sterben, Sascha. Das ist der Lauf der Dinge.«

Sie seufzte übertrieben, wie es genervte Kinder bisweilen tun.

»Nein, Dummkopf.« Sie deutete auf die Zeichnung. »Du musst dich davor hüten! Deshalb hab ich das gemalt!«

Lisa zeigte zur Tür. »Das reicht, Sascha. Zeit zum Schlafen.«

»Einen Moment noch!«

»Nein.«

Geknickt ließ Sascha sich von Lisa wegziehen. Sie winkte Gray zum Abschied zu.

Als sie weg waren, ging Gray zu Pjotr hinüber. Er saß gern bei dem Jungen, um ihm zu zeigen, dass er ihn nicht vergessen hatte und dass man sein Opfer in Erinnerung behalten würde. Außerdem kam er wegen Monk her. Der Junge hatte seinem Freund viel bedeutet. Deshalb fühlte Gray sich verpflichtet, Pjotr Gesellschaft zu leisten.

In Wahrheit aber waren die Besuche Balsam für sein Herz. In Gegenwart des Jungen verspürte er eine unerklärliche Ruhe, als gehe von dem Kind noch immer eine empathische Aura aus.

Wie er so dasaß, ließ Gray die vergangenen Ereignisse Revue passieren. Er erinnerte sich, wie der Junge Monk durch den Gang gezerrt hatte. Jetzt begriff Gray, was Pjotr getan hatte. Seine Schwester hatte Monk das Leben gerettet, indem sie dafür gesorgt hatte, dass er vor dem Ertrinken bewahrt wurde, und Pjotr hatte ihn zurückgebracht, so wie man einen geborgten Schraubenschlüssel in den Werkzeugkasten des Nachbarn zurücklegt.

Alles, was geschehen war... Gray wusste, dass es kein Zufall gewesen war, nicht einmal eine Koinzidenz. Er blickte Pjotr an und dachte an Sascha.

Alles war inszeniert gewesen.

Auf einmal musste er an Nicolas Solokows Plan denken. Er hatte die Savants dazu benutzen wollen, den nächsten großen Propheten hervorzubringen. Den nächsten Buddha, Mohammed oder Christus. Bei ihren gemeinsamen Krankenbesuchen bei Pjotr hatte er mit Monk darüber gesprochen.

Anschließend hatte sein Freund dem Jungen zugenickt.

Vielleicht waren die Russen ihrem Ziel ja nähergekommen, als sie selbst sich hätten träumen lassen.

Doch wie dem auch sei: Wie so viele große Persönlichkeiten hatte Pjotr das größtmögliche Opfer erbracht. Jetzt würden sie die Wahrheit niemals erfahren. Und vielleicht war es ja besser so.

Gray seufzte und schob die melancholischen Gedanken beiseite. Er faltete Saschas Malbuchseite auseinander und betrachtete sie. Jetzt musste er sich zu allem Überdruss auch noch vor unheimlichen Clowns Sorgen machen. Als er das Papier glättete, bemerkte er, dass Sascha etwas auf die Rückseite gezeichnet hatte.

Er drehte das Blatt Papier um und starrte die mit schwarzem Filzstift angefertigte Zeichnung an.

Ein kleiner chinesischer Drache, wundervoll ausgeführt.

Der Schock des Wiedererkennens durchzuckte Gray wie ein Stromstoß. Er fasste sich an den Hals. Unter dem Hemd trug er eine Halskette mit einem silbernen Drachenanhänger, das Geschenk einer Mörderin, Versprechen und Fluch zugleich.

Gray blickte zur Tür. Hatte Sascha den Anhänger irgendwann gesehen? Er senkte den Blick wieder auf die Zeichnung. Insgeheim wusste er, dass sie den Anhänger nie zu Gesicht bekommen hatte.

Das war eine Warnung – um Clowns ging es dabei jedoch

nicht. Sascha hatte von unten zu der Zeichnung hochgezeigt. Aus ihrer Perspektive hatte sie nicht auf den Clown gezeigt. Sondern auf die *Unterseite* des Blattes.

Auf das Drachensymbol.

Gray hatte das Gefühl, die Stille des Raums berge eine drohende Gefahr. Er flüsterte deren Namen.

»Seichan.«

EPILOG

DER JUNGE SITZT am Fenster und schaut in die dämmerige Welt hinaus. Er ist noch nicht so weit, um hinauszugehen. Er muss sich erst noch an sein neues Zuhause gewöhnen. Es passt ihm schlecht und erschwert das Nachdenken.

In der Glasscheibe sieht er sein Spiegelbild: dunkles Haar, ein kleines, vertrautes Gesicht. Doch es fühlt sich fremd an. Auch das würde sich mit der Zeit geben. Er sieht das Laub am Fenster vorbeitreiben.

Angst hat er keine mehr, auch nicht, als immer mehr Blätter herabfallen. Was tief in ihm verborgen ist, füllt die Lücken mit verschwommenen Schatten aus. Geformt aus dem Ge-

dächtnis. Er weiß, das ist das Gesicht, das einmal seines gewesen war.

Er erinnert sich noch an die Dunkelheit, an das schwarze
Meer mit den Lichtern darin. Er erinnert sich an die sterbende
Sonne in der Mitte, die erstickt wurde, damit andere Sonnen
weiter ihre Bahn ziehen und leuchten konnten. In jenem letzten Moment aber hatte der Junge, dem einmal dieser Körper
gehört hat, vor ihnen allen ein Geheimnis bewahrt. Als er das
dunkle Meer hinter sich ließ, um zu anderen Orten zu reisen,
brachte er ein anderes Licht in Sicherheit und ließ es in das
leere, dunkle Meer fallen.

Auf dass ihm neues Leben geschenkt werde.

Immer mehr Laub taumelt am Fenster vorbei, und die
Schatten der Erinnerung füllen die Lücken aus, formen das
wahre Gesicht der Person, die jetzt in diesem Körper wohnt.

Das alte Gesicht würde irgendwann in Vergessenheit geraten, jedoch nicht der Junge, der sein Leben opferte, damit etwas Neues entstehen konnte. In seinen Träumen sieht er den Jungen häufig über Felder laufen, einen Hügel erklimmen, ihm zuwinken – und verschwinden.

Er ist glücklich.

Der neue Junge sitzt im Rollstuhl und schaut aus dem Fenster.

Irgendwann wird auch er wieder laufen.

NACHBEMERKUNG DES AUTORS: WAHRHEIT ODER FIKTION?

Wie bei Dr. Archibald Polks Forschungsarbeit stand auch bei mir zu Beginn der Arbeit an diesem Roman mein Interesse am Phänomen der *Intuition*. Existiert sie? Woher kommt sie? Wie gewöhnlich möchte ich zum Schluss dieses Abenteuers kurz darlegen, woher ich meine Ideen habe und inwieweit sie sich mit Fakten belegen lassen.

Das Orakel von Delphi. In der Vorbemerkung habe ich die Mythen und Fakten angesprochen, die das Orakel umgeben. Ob diese Frauen wirklich die Zukunft voraussagen konnten oder nicht, ist umstritten, doch eines wissen wir mit Sicherheit: dass die Prophezeiungen des Orakels von Delphi die Entwicklung der westlichen Zivilisation maßgeblich beeinflusst haben. Was die Details betrifft – wie das Geheimnis um den Buchstaben Epsilon und die halluzinogenen Gase –, so beruhen sie alle auf Tatsachen. Allen, die sich eingehender mit dem Thema befassen möchten, kann ich das großartige Buch *The Oracle: The Lost Secrets and Hidden Message of Ancient Delphi* von William J. Broad empfehlen.

Die Jasons. Diese Wissenschaftlerorganisation, die mit dem Verteidigungsministerium zusammenarbeitet, gibt es wirklich, und sie ist immer noch tätig. Einen faszinierenden Einblick in ihre Geschichte und Erfolge bietet das Buch *The Jasons: The Secret History of Science's Postwar Elite* von Ann Finkbeiner.

Projekt Stargate. Dieses Projekt wurde vom Stanford Research Institute durchgeführt und von der CIA finanziert. Die erstaunlichen Erfolge bei der Fernaufklärung sind Tatsache.

Gehirnmanipulation. In diesem Buch wird viel über die Formbarkeit des Gehirns mittels Implantaten und transkranieller Magnetstimulation sowie Menschen als den »geborenen Cyborgs« spekuliert. Was davon ist wahr? Die Antwort lautet: *alles*. Einen erhellenden und unterhaltsamen Einblick in das Geheimnis des menschlichen Gehirns bietet das Buch *The Brain That Changes Itself* von Dr. Norman Doidge. Was Monks induzierte Amnesie angeht, so werden bereits Chemikalien, vor allem Propranolol, dazu eingesetzt, bestimmte Erinnerungen zu löschen.

Können wir in die Zukunft blicken? Nobelpreisträger beantworten diese Frage mit Ja. Die im Buch erwähnten Experimente mit Spielern und Soldaten haben tatsächlich stattgefunden und wurden von verschiedenen Universitäten in aller Welt wiederholt. Den renommierten Forschern zufolge sind wir in der Lage, etwa drei Sekunden weit in die Zukunft zu blicken. Wie ist das möglich? Auf diese Frage gibt es noch keine Antwort. Die Berichte über die erstaunlichen Savants in Indien – zum Beispiel den indischen Jungen, der nach Oxford reiste, und die Frau, die Einstein begegnete – beruhen ebenfalls auf Tatsachen. Diese Geschichten finden Sie in dem Buch *Intuition: Knowing Beyond Logic* von Osho.

Inder und Zigeuner. Die Geschichte der Roma und ihre Herkunft aus dem indischen Punjab sind wahrheitsgemäß geschildert. Das ist auch der Grund, weshalb das Chakra auf der Romafahne abgebildet ist. Was Indiens Kastensystem angeht, so bietet die unerfreuliche Lage der Unberührbaren nach wie vor Anlass zur Sorge. Manche Historiker glauben, die Vorfahren der Zigeuner wären aufgrund von Spannungen zwischen den Kasten aus Indien vertrieben worden. Weitere Einzelheiten über diesen Konflikt finden sich in einem aufrüttelnden Artikel in *National Geographic* vom Juni 2003 mit dem Titel »India's Untouchables«. Und sollten Sie jemals das Tadsch Mahal besuchen, werden Sie im Obergeschoss des Deedar-e-Taj Hotels auch ein Drehrestaurant vorfinden. Ich empfehle Ihnen Pani Pani oder Golguppa.

Das strahlende Vermächtnis Russlands. Die Schilderung von Prypjat ist zutreffend. Auch die erwähnten Einzelheiten über die sowjetischen Plutoniumfabriken im Ural entsprechen den Fakten, so unglaublich das alles auch klingen mag. Es gab tatsächlich unterirdische Städte, in denen Zwangsarbeiter untergebracht waren. Die meisten Bergleute starben, bevor sie sich die Freiheit verdient hatten. Auch heute noch ist das Gebiet um Tscheljabinsk im Ural einer der am schlimmsten verstrahlten Orte des Planeten. Den Karatschai-See gibt es wirklich, und dem Natural Resources Defense Council in Washington zufolge genügt ein Aufenthalt von weniger als einer Stunde Dauer an seinem Ufer, um eine tödliche Strahlendosis aufzunehmen. Konstantin hatte recht mit seiner Warnung, das sei kein guter Ort für ein Picknick. Schlimmer noch, aus dem See sickert strahlendes Material in den nahe gelegenen Asanow-Sumpf ein. Unter dem See verlaufen Verwerfungslinien. Bei einem Erdbeben könnte Sawina Martowas Plan tatsächlich Wirklichkeit werden. Eine solche Katastrophe würde das Leben im Arktischen Meer auslöschen und ganz Nordeuropa in Mitleidenschaft ziehen.

Neuartige Waffen. In diesem Buch kommen Schallgranaten, strahlungssensitive Gifte, Taser und Handys mit eingebauter Schussvorrichtung vor. Wie Sie sich denken können, gibt es das alles bereits.

Autismus und das autistische Savant-Syndrom. Zwar ist der eigentliche Auslöser für den Autismus nach wie vor unbekannt, doch die neuesten Forschungen des Autism Genome Project in Zusammenarbeit mit dem National Institute of Health haben ergeben, dass bestimmte Gene zusammen mit Umweltfaktoren für das Auftreten der Krankheit verantwortlich sind. Möchten Sie mehr über die Denkweise dieser einzigartigen Persönlichkeiten wissen, empfehle ich Ihnen die Lektüre von Dr. Temple Grandins Buch *Thinking in Pictures*. Ein weiteres Buch, das mir beim Verständnis des Autismus und des Savant-Syndroms geholfen hat, wurde von Daniel Tammet verfasst: *Elf ist freundlich und Fünf ist laut: Ein genialer Autist erklärt seine Welt.*

Den Grundstein für dieses Buch legte ein Zitat von Dr. Temple Grandin. Sie war so freundlich, mir die Verwendung zu gestatten: »Wäre der Autismus auf magische Weise vom Angesicht der Erde getilgt worden, würden die Menschen noch immer am Höhleneingang ums Feuer sitzen.« Meiner Ansicht nach findet sich darin ein Widerhall des Sokrates-Zitats, das ich dem Buch vorangestellt habe: »Nun aber werden uns die größten der Güter durch Wahnsinn zuteil, freilich nur einen Wahnsinn, der durch göttliche Gabe gegeben ist.« Man fragt sich unwillkürlich, ob diese außergewöhnlichen Persönlichkeiten tatsächlich den Verlauf der Menschheitsgeschichte maßgeblich beeinflusst haben.

Um diese Frage zu beantworten, liste ich zum Schluss berühmte historische Persönlichkeiten auf, von denen man annimmt, dass sie autistische Tendenzen aufgewiesen haben.

Hans Christian Andersen
Ludwig van Beethoven
Thomas Edison
Henry Ford
Franz Kafka
Wolfgang Amadeus Mozart
Friedrich Nietzsche
Nikola Tesla
Alan Turing
Jane Austen
Emily Dickinson
Albert Einstein
Thomas Jefferson
Michelangelo
Isaac Newton
Mark Twain
Henry Thoreau
Nostradamus

URTEILEN SIE SELBST.

DANKSAGUNG

Der Auslöser für das Verfassen eines Romans mag der Funke der Inspiration sein, doch erst die Zuwendung aus dem Umfeld des Autors verwandelt eine solche Inspiration in ein fertiges Produkt. In meinem letzten Buch habe ich dem fantastischen Dreamteam von HarperCollins gedankt, dessen Rat und Unterstützung ich gar nicht genug würdigen kann. Diesmal möchte ich ein paar Worte über die Autoren meiner Schreibgruppe verlieren. Ich gehöre dieser Gruppe seit Beginn meiner Laufbahn an – als ich noch grauenhafte Kurzgeschichten schrieb, die inzwischen zum Glück in der Versenkung verschwunden sind –, und ich verdanke es ihrem Rat und ihrer Kritik, dass ich ein besserer Schriftsteller geworden bin. Zunächst möchte ich Penny Hill, Steve und Judy Prey sowie Dave Murray danken, deren Urteil in letzter Minute mir viel bedeutet. Dann wäre da noch die eigentliche Kerngruppe, die von Anfang an meinen Weg begleitet hat: Caroline Williams, Chris Crowe, Lee Garrett, Jane O'Riva, Michael Gallowglas und Danny Grayson. Nicht zu vergessen die Neuzugänge, die stets für frischen Wind sorgen: Leonard Little, Kathy L'Ecluse und Scott Smith. Zu guter Letzt möchte ich noch einen Herrn erwähnen, der inzwischen verzogen ist, dem als Freund, Mentor und Kollege aber besonderer Dank gebührt: Dave Meek. Abgesehen von der Schreibgruppe stehen mir Carolyn McCray und David Sylvian zur Seite. Des Weiteren möchte ich J. A. Konrath danken, dem Autor der wundervollen Jack-Daniels-Serie, der in krisenhafter Zeit für mich da war; Jotu J. Kamplani für seine Auskünfte zu Hieb- und Stichwaffen; und Anthony Ossa-Richard dem Jüngeren für seine Auskünfte zur Geschichte von Delphi. Was den Kern des Romans angeht, möchte ich ganz besonders Temple Grandin, der Autorin von *Ich sehe die Welt wie ein frohes Tier: Eine Autistin entdeckt die Sprache der Tiere*, für die Anregung zu diesem Buch und für die Erlaubnis danken, sie zu zitieren. Und schließlich noch ein ganz besonderer Dank an die vier Menschen, die in allen Stadien der Produktion von ausschlaggebender Bedeutung waren: meine Lektorin Lyssa Keusch und ihre Kollegin May Chen sowie meine Agenten Russ Galen und Danny Baror. Außerdem möchte ich wie immer betonen, dass alle Fehler und Irrtümer zu meinen Lasten gehen.